Janet MacLeod Trotter

RÜCKKEHR NACH JARROW

Der zutiefst bewegende und ermutigende letzte Band der Jarrow-Trilogie

Roman

Übersetzung aus dem Englischen von
Mayela Gerhardt

Die englische Originalausgabe erschien 2004 bei MacLeod Trotter Books unter dem Titel *Return to Jarrow*.

Die deutsche Übersetzung basiert auf der aktualisierten Ausgabe von 2011.

1. deutsche Auflage 2023

Umschlaggestaltung: Michael Star

Veröffentlicht von MacLeod Trotter Books

ISBN 978-1-908359-78-0

www.janetmacleodtrotter.com

DIE AUTORIN

Janet MacLeod Trotter hat zahlreiche hochgelobte Bestsellerromane verfasst. Ihr historischer Roman *The Hungry Hills* wurde für den Sunday Times Young Writer of the Year Award nominiert und *Das Mädchen aus Assam* für den Novel of the Year Award der Romantic Novelists' Association. Ihr Roman *Das Wagnis in der Ferne* schaffte es auf die Shortlist für den RNA Historical Romance of the Year Award. Ihre Bücher sind bisher in elf Sprachen übersetzt worden. Janet MacLeod Trotter wuchs im Nordosten Englands auf. Sie war seit jeher fasziniert von der Geschichte und den Bewohnern dieser Region und studierte an der Universität Edinburgh Geschichte. Besonders gerne porträtiert sie die Frauen der Gegend und ihre Charakterstärke. Janets großes Interesse an ihren familiären Verbindungen zwischen Großbritannien und Indien gab ihr als junge Frau den Anstoß, nach Indien zu reisen, was ihr Inspiration für mehrere Romane verlieh. Weitere Informationen über die Autorin und ihre Romane findet man unter: www.janetmacleodtrotter.com

DAS BUCH

Catherine (Kitty) McMullen ist siebzehn Jahre alt, rastlos und rebellisch. Sie hegt einen Groll auf den neuen Ehemann ihrer Mutter Kate und sehnt sich nach Geschichten über ihren leiblichen Vater, den sie nie kennengelernt hat. Als ihre geschwätzige Tante enthüllt, dass er ein wohlhabender Gentleman war, wächst Kittys Unzufriedenheit mit dem dreckigen, verarmten Jarrow. Sie tritt eine Stelle in der Wäscherei des Arbeitshauses an, wo sie noch unmittelbarer mit den Schrecken und Demütigungen der Armut konfrontiert wird. Umso mehr wächst in ihr der Entschluss, sich weiterzubilden, um ihrer elenden Umgebung zu entrinnen. Dem Spott ihrer Kolleginnen zum Trotz begibt sie sich an die Aufgabe, ihren Horizont zu erweitern. Bald ist die ungebildete und ruppige Kitty McMullen nur noch ein Geist der Vergangenheit, und die wortgewandte, belesene Catherine verlässt den Nordosten, um ihren Träumen zu folgen. Doch die Entbehrungen und Enttäuschungen lassen nicht lange auf sich warten, und die tapfere romantische Heldin muss viele Kämpfe ausfechten. *Rückkehr nach Jarrow* bildet den Abschluss der Bestseller-Trilogie, die mit *Das Mädchen aus Jarrow* begann, mit *Ein Kind aus Jarrow* fortgesetzt wurde und vom Leben der englischen Schriftstellerin Catherine Cookson inspiriert ist.

***

In Erinnerung an Mama – sie ist immer bei mir.
Und an Papa – mit Liebe und Dank für sein Lachen und seine Ermutigung.

1

1923 – Jarrow

Catherine stand im kahlen Wartezimmer des Standesamtes und kochte vor Wut. Ihre Mutter war im Begriff zu heiraten. Sie bohrte die Fingernägel in ihre Handflächen, um nicht zu schreien: *Tu es nicht! Tu es nicht! Wie kannst du Davie McDermott heiraten? Er ist nur ein einfacher Schiffsheizer, der seinen ganzen Lohn für Alkohol verprasst. Er kann kaum einen Satz formulieren. Und jetzt soll er zur Familie gehören! Wo soll ich schlafen, wenn er bei dir im Bett liegt?*

Sie funkelte ihre Mutter an – die Frau, die sie einfach nicht »Mama« nennen konnte. Kate lächelte zurück, als wäre alles in bester Ordnung und als hätte es ihren heftigen Streit an diesem Morgen nicht gegeben.

»Du wirst mir mit deinem miesepetrigen Gesicht nicht meinen Hochzeitstag vermiesen«, hatte Kate sie angeherrscht, während sie sich halb bekleidet in der Spülküche gewaschen hatte. »Ich habe lange genug darauf gewartet.«

»Warum könnt ihr nicht in der Kirche vom Priester getraut werden?«, hatte Catherine zum x-ten Mal eingewandt. »So ist es keine richtige Hochzeit.«

»Das reicht mir völlig. Davie will kein Aufhebens machen und ich auch nicht.«

Catherine wandte den Blick von den fleischigen, kräftigen Armen und schweren Brüsten ihrer Mutter ab. Sie musste daran denken, was Kate und Davie bei Einbruch der Dunkelheit unter der großen Federdecke tun würden – in dem Bett, das sie jahrelang mit ihrer Mutter geteilt hatte. Heute Nacht würde sie nicht spüren, wie Kate schützend einen Arm um sie legte, sie würde nicht ihren schweren Atem hören. Zu lange hatte sie sich darüber geärgert, dass Kate schnarchte und nach Whiskey stank, aber jetzt fürchtete sich Catherine zum ersten Mal davor, ihre Mutter nicht mehr an ihrer Seite zu haben. Auch wenn sie es ihr niemals gesagt hätte.

»Und wo soll ich heute Nacht schlafen?«, fragte sie. »Ich werde nicht bei Opa in der Stube übernachten. Das wäre nicht schicklich. Außerdem schnarcht er noch schlimmer als du.«

»Du kannst auf der Bank schlafen – in der Küche ist es gemütlich. Weißt du nicht mehr, wie wir früher immer dort geschlafen haben, als das Haus noch voller Untermieter war? Vor dem Krieg, als Onkel Jack noch gelebt hat?«

Kate geriet ins Stocken, und Catherine spannte sich an. Wenn ihre Mutter Jack erwähnte, brach sie fast immer in Tränen aus. Kates jüngerer Halbbruder war vor fast fünf Jahren im Krieg gefallen, aber sie weinte immer noch um ihn, besonders nach ein paar Gläsern Alkohol.

»Ich werde bei Lily übernachten«, erklärte Catherine. Sie griff nach dem fadenscheinigen Handtuch, das neben der Tür an einem Nagel hing, und reichte es ihrer Mutter. »Dort bin ich wenigstens willkommen.«

Kate verdrehte die Augen. »Es ist doch nur vorübergehend«, versprach sie. »Davies Schiff legt in einer Woche ab, dann ist alles wieder wie vorher.«

»Nein, es wird nie wieder so wie vorher! Du wirst Mrs McDermott, und ich bleibe Kitty McMullen. Deine uneheliche Tochter.« Bei dem Gedanken verspürte Catherine Übelkeit erregende Wut.

»Es spricht nichts dagegen, dass du seinen Namen annimmst«, bemerkte Kate.

»Niemals!«

»Aber warum denn nicht? Du solltest dankbar sein, dass ich dir endlich einen Vater gebe. Das wolltest du doch immer, oder?«

»Keinen Vater wie ihn.«

Kate packte ihre Tochter an den Schultern und schüttelte sie. »Du hast keinen Grund, auf jemanden wie Davie McDermott herabzuschauen. Er ist ein guter Mann, und du kannst dich glücklich schätzen, dass er bereit ist, uns beide aufzunehmen. Ich habe seit Jahren darauf gewartet, einen Ring am Finger zu tragen, damit ich als respektable Frau durch die Straßen gehen kann. Bei den Heiligen, das habe ich, und du wirst es mir nicht verderben!«

»Ich muss nicht mitkommen, wenn du mich nicht dabeihaben willst«, schimpfte Catherine.

Sofort lenkte Kate ein. »Sei nicht albern, Liebes, natürlich will ich, dass du dabei bist. Wir beide wollen das. Jetzt zieh dich an, und wir reden nicht weiter darüber.«

Das war wieder einmal typisch für ihre Mutter, dachte Catherine verärgert: Erst schalt sie sie wie ein Kind, dann wischte sie ihre Bedenken einfach beiseite, als wären sie unwichtig. Aber sie war kein Kind mehr, sie war siebzehn. Sie besaß den Körper und die Gefühle einer jungen Frau.

Catherine betrachtete Kate. Ihr Gesicht war unter dem großen Hut, den Tante Mary ihr geliehen hatte, gerötet, ihre blauen Augen leuchteten. Meist wirkte ihre Mutter mit ihren einundvierzig Jahren zehn Jahre älter, aber heute sah sie hübsch aus in ihrem violetten Kleid, und sie war aufgekratzt wie ein junges Mädchen.

Kate, Großvater John, Davie und Cousine Maisie hatten schon auf die Hochzeit angestoßen, bevor sie zum Standesamt aufgebrochen waren. Später würde im Penny Whistle, in dem Kate gelegentlich arbeitete, der Alkohol in Strömen fließen. Wie oft hatte man Catherine als Kind in diesen verhassten Pub geschickt, damit sie für ihre Mutter und ihren Großvater mit dem Steingutkrug Whiskey holte? Der Gedanke daran ließ sie erschaudern.

»Geh den Krug für mich auffüllen, Kitty«, hatte Kate immer gesagt und ihr etwas Geld zugesteckt. »Du darfst dir bei Aflecks auch ein paar Bonbons kaufen. Ich hatte einen harten Tag, Liebes, sieh mich nicht so an.«

Und so war Catherine losgezogen, in der schwachen Hoffnung, damit die Gemüter im zerstrittenen Haushalt der William Black Street Nummer zehn zu besänftigen. Doch weitaus häufiger hatte es Großvaters gewalttätige Rauschzustände und Kates mürrisches Selbstmitleid nur noch angeheizt. Ein Krug Whiskey bedeutete, dass Geschirr zu Bruch ging und dass John ihre Mutter laut fluchend mit dem Schürhaken durch die Wohnung jagte. Als Folge davon gab es mindestens ein blaues Auge, und kein Bild hing mehr an der Wand. Später würde sich Großvater einnässen, und Kate würde Catherine wecken, damit sie ihr half, John zu besänftigen und ins Bett zu bringen, während sie der Uringeruch zum Würgen brachte.

Sie selbst würde heute auf jeden Fall keinen Fuß in einen Pub setzen, beschloss Catherine. Sobald die trostlose Trauung vorbei wäre, würde sie sich aus ihrem Kleid befreien und für den Rest des Wochenendes zu Lily flüchten.

Einen Moment später rief der Standesbeamte sie herein.

»Aber Mary ist noch nicht da«, sagte Kate plötzlich aufgeregt und hielt durch die Eingangstür nach ihrer jüngeren Schwester Ausschau.

»Wundert mich nicht«, brummte John McMullen. »Sie will sicher alle warten lassen und dann 'nen großen Auftritt hinlegen.«

»Wir können nicht auf sie warten«, sagte Kate verärgert.

Catherine würde ihrer Mutter nicht sagen, dass ihre Tante gar nicht vorhatte, zur Trauung zu kommen – sie hielt genauso wenig von Davie McDermott wie sie. Für Tante Mary war die Hochzeit ein weiterer Beweis für Kates mangelhaftes Urteilsvermögen.

»Wenn sie glaubt, dass ich sie dafür beglückwünsche, hat sie sich geschnitten. Ich habe Besseres zu tun, als mir anzusehen, wie sich die beiden betrinken und lächerlich machen. Außerdem werde ich Kate nie verzeihen, dass sie meinen Alec einen Weichling und Drückeberger genannt hat, nur weil er im Krieg bei der Musterung durchgefallen ist. Mein Mann ist zehnmal so viel wert wie Davie McDermott«, hatte Tante Mary gesagt.

»Komm schon, Kate«, mahnte Davie, »wir brauchen deine Schwester nicht. Maisie und Kitty können unsere Trauzeugen sein.«

Er half dem alten John auf die Beine und in den Saal, wo der Standesbeamte schon ungeduldig darauf wartete, mit der Zeremonie zu beginnen.

Während Catherine der kurzen Ansprache, den knappen Fragen und den hastigen Antworten lauschte, überkam sie ein leichtes Schuldgefühl. Davie war kein schlechter Kerl. Er war bescheiden und schüchtern und hatte sie nie unfreundlich behandelt. Davie war einer der ersten Untermieter gewesen, an die sie sich erinnern konnte. Gemeinsam mit ihrem Onkel Jack und einem anderen Seemann, Jock Stoddart, war er lautstark durch die Tür ins Haus gepoltert, angeheitert und lachend, während an ihren Seesäcken noch der Geruch des Meeres haftete. Catherine wäre »Stoddie« lieber gewesen, aber er hatte eine andere geheiratet, und somit hatte Kate vor der Wahl gestanden, entweder Davie zum Mann zu nehmen oder sich endlose weitere Jahre von ihrem rüpelhaften Stiefvater John McMullen herumkommandieren zu lassen.

Und warum sollte ihre Mutter Davie nicht heiraten? Hatte sie nicht ein bisschen Glück verdient, nachdem sie für ihren einzigen Fehler, ein uneheliches Kind zu bekommen, jahrelang schikaniert und verunglimpft worden war?

Eine vertraute Welle der Scham überkam Catherine. *Sie* war dieser Fehler. *Sie* war schuld daran, dass das Leben ihrer Mutter ruiniert worden war. Kate war das Gespött der New Buildings in East Jarrow, wo sie lebten. Kate, die Trinkerin, Kate, das Flittchen. »Hat gedacht, sie könnte uns hinters Licht führen und das Kind als ihre kleine Schwester ausgeben. Als ob die alte Rose noch Kinder gebären könnte! Die Kleine wird den gleichen Weg einschlagen wie ihre Mutter. Schlechtes Blut bricht sich Bahn. Kitty McMullen hält sich jetzt schon für was Besseres.«

Wie oft hatte Catherine die kränkenden Worte über sie beide aus den Mündern der Klatschtanten gehört. Sie hatten sich ihr in die Seele gebrannt. Wäre sie bloß nie geboren worden!

Catherine schossen die Tränen in die Augen. Ihre Gefühle waren so verworren. Es war böse und gemein von ihr, ihrer Mutter die Heirat mit Davie zu missgönnen.

Nach der kurzen Zeremonie gab sie Kate und Davie einen Kuss.

»Herzlichen Glückwunsch«, sagte sie und bemühte sich, ein fröhliches Gesicht zu machen. »Ich freue mich für euch.«

»Danke, Liebes«, strahlte Kate, während ihr Freudentränen über die Wangen rannen. »Das ist der glücklichste Tag meines Lebens.«

Catherines Herz krampfte sich zusammen. *Was ist mit dem Tag, an dem du meinen leiblichen Vater kennengelernt hast? Oder an dem du dich in ihn verliebt hast? Mit dem Tag, an dem du mich zur Welt gebracht und zum ersten Mal in den Armen gehalten hast?* Es gab so viel, was sie gern gewusst hätte, aber niemals fragen konnte.

»Jetzt lasst uns weiterfeiern!« John stieß ungeduldig mit seinem Stock auf den Boden. »Reich mir deinen Arm, Kitty.«

Catherine half ihm zum Pub und sagte dann: »Ich komme nicht mit rein, Großvater.«

»Deine Mutter hat heute geheiratet, Mädchen. Amüsier dich! Du kannst nicht zur Beichte gehen, wenn's nichts zu beichten gibt.«

»Woher willst du das wissen?«, neckte Catherine ihn.

»Werd nicht frech«, brummte er. Aber sie wusste, dass er es ihr nicht übel nahm. Trotz des Ärgers, den ihre uneheliche Herkunft der Familie bereitet hatte, war ihr Großvater immer gerecht zu ihr gewesen. Er und Großmutter Rose hatten sie wie ihre eigene Tochter aufgezogen, bis die Wahrheit ans Licht gekommen war. Und er hatte sie auf eine raue Art geliebt und beschützt, wie er es mit seinen Stieftöchtern Kate, Mary oder Sarah, die jetzt in Birtley wohnte, nie getan hatte.

»Ich habe Lily versprochen, sie zu besuchen.«

»Dann geratet nicht auf Abwege, ihr zwei«, brummte er.

»Pater O'Neills Jugendtreff ist der einzige Abweg, auf den wir geraten werden«, sagte Catherine augenzwinkernd und drückte ihrem Großvater einen Kuss auf die Wange. »Sag Kate, dass ich nach der Messe zurückkomme.«

»Geh schon, heilige Catherine, und bewahr mich vor einer Predigt!«

Sie eilte davon, bevor ihre Mutter auftauchen und sie in den Pub zerren konnte. Eine halbe Stunde später hatte sie ihr Kleid gegen einen Rock und einen Pullover ausgetauscht und radelte aus East Jarrow den Hügel hinunter, unter den feuchten Eisenbahnbögen von Tyne Dock hindurch und nach South Shields.

Catherine kannte diese Straßen wie ihre eigene Westentasche. Seit sie laufen konnte, war sie dort immer auf Streifzüge gegangen, hatte die Auslagen in den Geschäften betrachtet und die Straßenverkäufer bestaunt: Leierkastenmänner mit Affen, Wunderheiler mit Tränken, umherziehende Gaukler, Lumpensammler, Teppichhändler und Fischweiber. Die Stadt am Fluss bedeutete für sie sowohl samstägliche Unterhaltung in den lauten, stickigen Kinos als auch die Demütigung, montags ein schweres Bündel zum Pfandhaus tragen zu müssen. Sie liebte und hasste sie gleichermaßen.

Lily wohnte in einem Reihenhaus, das von außen ihrem eigenen ähnelte, drinnen aber grundverschieden war. Lilys Mutter dekorierte die blitzsaubere Küche mit Blumen aus dem Schrebergarten ihres Mannes, deren Duft den wohligen Geruch nach Möbelpolitur und gestärkter Wäsche untermalte. In Kates Küche roch es nach der feuchten Wäsche fremder Leute, schalem Bier und dem Ruß aus der ungeputzten Feuerstelle.

Bei Lily fiel das Licht durch die glänzenden Fenster, während bei Catherine der Schmutz von den Docks und den Stahlwerken hereinwehte, obwohl Kate und sie sich redlich bemühten, die Wohnung sauber zu halten. Aber die Hausarbeit wurde nie richtig fertig, weil John den ganzen Tag ihre Aufmerksamkeit forderte und Kate zu erschöpft war, nachdem sie Gelegenheitsarbeiten verrichtet und die Schmutzwäsche anderer Leute abgeholt hatte.

Lilys Vater arbeitete bei der Trambahn, polierte seine Schuhe und trank keinen Tropfen Alkohol. Ihre Mutter machte die besten Stottie Cakes und Scones von Tyneside. Lily Hearns Eltern boten gutes Essen, Blumen und Sonnenschein, und danach sehnte sich Catherine an diesem seltsamen Tag.

Lily wartete mit einem Päckchen belegter Brote und einer Flasche Limonade in ihrer Satteltasche auf sie.

»Ich war nicht sicher, ob du kommen würdest«, sagte sie und lächelte vorsichtig. »Ist alles gut gelaufen?«

Catherine nickte. »Fahren wir nach Cleadon – in der Stadt ist es zu heiß.«

Lily stimmte zu, und schon bald radelten sie durch die Gegend. Die Flussbrise trieb sie den Hügel hinauf und aus Shields hinaus. Bei einem Kornfeld oberhalb der stattlichen Wohnhäuser von Cleadon hielten sie an. In der Ferne hing dunstiger Rauch über den Docks und Fabriken von Tyneside, und dahinter lag der perlmuttartige Schimmer der Nordsee.

Catherine lehnte sich inmitten des grünen Weizens zurück und schloss in der warmen Sonne die Augen.

»Kann ich bei euch übernachten?«

»Aber sicher«, antwortete Lily und stieß sie verschwörerisch in die Seite. »Damit die Braut und der Bräutigam ein bisschen Zeit für sich haben, hm?«

Catherine setzte sich auf. »Nein, so ist es nicht zwischen ihnen. Kate hat ihn nur geheiratet, damit sie sich Mrs McDermott nennen kann. Es ist ja nicht so, als wären sie verliebt – dafür sind sie zu alt.«

Lily zog die Augenbrauen hoch. »Deine Mutter ist nicht alt. Nächstes Jahr um diese Zeit könntest du ein Geschwisterchen haben. Das wäre doch nett, oder?«

»Nein! Das wäre furchtbar. Sag so etwas nicht, Lily. Ich mag nicht mal daran denken, dass sie – du weißt schon – es tun.«

Lily kicherte. »Fragst du dich manchmal, wie es ist?«

»Was?«

»Mit einem Jungen zusammenzuliegen.«

Catherine schnappte nach Luft. »Natürlich nicht! Ich meine, nicht vor meiner Hochzeit.«

Lily stieß sie an. »Dein Gesicht – ein Bild für die Götter!«

Catherine musste lachen. »Wir sollten nicht über solche Dinge reden. Stell dir vor, was der Priester sagen würde, wenn er uns hören könnte.«

»Es ist nur natürlich, neugierig zu sein«, sagte Lily und fuhr sich durch das dunkle Haar.

Catherine beobachtete, wie die schlanken Finger ihrer Freundin durch die federnden Strähnen strichen.

»Hast du keine Angst davor, ein Kind zu bekommen?«, fragte Catherine leise.

Lily schürzte die Lippen. »Nicht besonders. Mama sagt, eine Geburt ist wie drei Runden mit dem Wäschestampfer. Danach ist man fix und fertig, aber das Ergebnis lohnt sich.«

Die Freundinnen lachten.

»Ich könnte mit Kate nie über solche Dinge reden«, sagte Catherine bewundernd. »Ich wünschte, ich hätte Eltern wie du.«

»Nun, immerhin hast du jetzt einen Vater.«

Catherine spürte Unmut in sich aufwallen. »Kate hat einen Ehemann«, sagte sie schroff. »Das bedeutet nicht, dass er mein Vater ist.«

Lily zuckte mit den Schultern. »Du gewöhnst dich mit der Zeit schon an ihn.«

»Ich will mich nicht an ihn gewöhnen«, rief Catherine energisch. »Ich will ...«

Lilys dunkle Augen blickten sie fragend an. »Was willst du, Kitty?«

Catherine wurde von einer tiefen Sehnsucht erfüllt. Lily war die einzige Person auf der Welt, der sie davon erzählen konnte.

»Ich will meinen richtigen Vater finden. Ich fühle mich bloß wie ein halber Mensch, weil ich ihn nicht kenne. Er muss etwas ganz Besonderes gewesen sein, wenn Kate ein solches Risiko eingegangen ist.« Ihre grünen Augen leuchteten wehmütig. »Ich möchte wissen, wie er aussieht, hören, wie er spricht. Ich will alles über ihn erfahren. Ich fühle mich nicht dazugehörig – das war schon immer so. Ich fühle mich nicht wie Kates Tochter, sondern wie *seine* Tochter, wer auch immer er ist.«

Lily runzelte die Stirn. »Ich wusste nicht, dass es dir so viel bedeutet, Kitty.«

»Das tut es aber! Seit Kate gesagt hat, dass sie Davie heiraten wird, denke ich immer öfter an meinen echten Vater. Ständig.« Catherine ergriff die Hand ihrer Freundin. »Hilfst du mir, ihn zu suchen?«

»Wen – deinen leiblichen Vater?« Lily wirkte erschrocken.

Catherine nickte entschlossen. »Sag, dass du es tust, Lily. Ich werde erst glücklich sein, wenn ich ihn gefunden habe.«

Aus Lilys Blick sprachen Zweifel. Zögernd stimmte sie zu. »Ja, wenn es dir so sehr am Herzen liegt, Kitty.«

2

Catherine gab sich in dieser Woche Mühe, nett zu Davie zu sein. Wenn ihre Mutter von der Putzarbeit nach Hause kam, hatte sie das Abendessen vorbereitet und zog sich danach zurück.

»Ich muss ein Paket nach Jarrow liefern«, verkündete Catherine eines Abends, während sie ein Set aus Kissenbezügen einpackte, an denen sie den ganzen Tag gearbeitet hatte. Sie war stolz auf ihr kleines Gewerbe mit handbemalten Dekorationsgegenständen. Am nächsten Abend sagte sie: »Ich schaue bei Lily vorbei. Bin wieder da, bevor es dunkel wird.«

Aber die Wohnung der McMullens war zu eng. Es gab nur drei Zimmer und eine Spülküche, und Davie und ihr Großvater lungerten ständig in der Küche herum und kamen ihr bei der Arbeit in die Quere. Es störte sie, wenn Davie ihr dabei zusah, wie sie zarte Blumen und Vögel auf Kissenbezüge und Zierdeckchen malte. Sie brauchte Ruhe, aber er hörte nicht auf zu pfeifen. Sie versuchte, es Kate zu erklären.

»Ich brauche den Tisch für meine Malarbeiten, das weißt du doch. Aber er breitet seine Zeitung darauf aus – und seinen Tabak. Die Krümel fallen in meine Farben.«

»Es ist auch sein Zuhause«, erwiderte Kate.

»Und ich habe ein Gewerbe zu führen«, sagte Catherine verärgert. »Ich dachte, du bist stolz darauf, dass ich meinen eigenen Weg gehe.«

»Das bin ich, Liebes.«

»Dann sprich mit ihm«, bat Catherine.

»Das werde ich. Aber du musst dich daran gewöhnen, zu teilen«, mahnte Kate.

Catherine verkniff sich eine Bemerkung, als Davie braunen Schnupftabak von seinem knorpeligen Handrücken in die Nase sog und auf ihre Arbeit nieste.

»Ein schöner Tag für einen Spaziergang«, sagte sie am nächsten Tag auffordernd.

Davie nickte. »Das stimmt. Du hockst schon zu lange über deiner Malerei. Ist nicht gut für deine Augen. Geh spazieren, ich passe solang auf den alten John auf.«

Catherine stand verärgert auf und räumte ihr Arbeitsmaterial in eine Kiste. Sie ertrug es nicht länger, dass er ihr mit seinem Tabakgeruch über die Schulter spähte.

»Und falls du bei Aflecks vorbeikommst, bring mir etwas Tabak mit, Mädchen.«

Sie hätte gern gesagt, dass er sich selbst welchen holen solle, biss sich aber auf die Zunge. In drei Tagen ist er weg, dachte sie. Vielleicht würde Kate ihr dann ein wenig Aufmerksamkeit schenken und ihr abends beim Nähen helfen, anstatt sich mit ihrem Seefahrer-Ehemann zu betrinken und herumzugrölen. Sie sehnte sich nach den seltenen ruhigen Zeiten, in denen Kate und sie gemeinsam an den Kissenbezügen gearbeitet hatten und in denen kein Geld für Whiskey übrig gewesen war.

Catherine lief ziellos die Straße entlang. An deren Ende blieb sie stehen und blickte auf den River Tyne hinunter. Es war Ebbe. Ein strenger Geruch nach Abwasser, Schlamm und Holz wehte vom Jarrow Slake herauf. Als Kind hatte sie in dem Gezeitenstrom gespielt, den Warnungen ihrer Mutter und Großmutter zum Trotz. Sie war mit den anderen Kindern über die schwankenden Holzplanken gelaufen, die im Slake lagerten, und sie hatten sich gegenseitig herausgefordert, sich weiter und tiefer hinauszuwagen. Doch dann war der Tag gekommen, an dem um ein Haar ein kleiner Junge ertrunken wäre, und seitdem war sie nie mehr dorthin gegangen. Billy. Catherine hatte seit Jahren nicht mehr an ihn gedacht. Sie spürte, wie ihr ein kalter Schauer über den Rücken lief. Nein, sie durfte nicht daran denken. In ihrem Kopf schlummerten Erinnerungen, die zu schmerzhaft waren, um sie zu ergründen. Das Beste war, sie zu vergessen.

Sie machte kehrt und entfernte sich vom windigen Flussufer. Ein paar Minuten später war sie oben an der staubigen Straße angelangt und klopfte an Tante Marys Tür. Im ersten Stock flog ein Fenster auf.

»Komm rauf«, rief Mary. »Und denk daran, dir die Füße abzuwischen!«

Catherine schmunzelte, als ihr Kates Bemerkung einfiel: »Wenn Marys Haus in Flammen steht, wird sie den Feuerwehrmännern befehlen, sich vor dem Eintreten die Füße abzuwischen.«

In der Wohnung im Obergeschoss war es stickig. Die Fenster waren geschlossen, damit der schwarze Staub, der draußen herumwirbelte, nicht hereindrang. Ihre Tante stand in der Küche und bügelte. Der Raum wirkte so viel größer als ihre eigene Küche, ohne die klobigen, zusammengewürfelten Möbel, die Kate und ihr Großvater angesammelt hatten.

»Hast du schon genug von dem betrunkenen Seemann?«, fragte Mary verächtlich.

Catherine nickte und fühlte sich wie eine Verräterin.

»Schenk uns eine Tasse Tee ein«, forderte ihre Tante sie auf, »dann kannst du mir alles erzählen. Wie war die Hochzeit? Meinem kleinen Alec ging es gar nicht gut, und ich konnte ihn nicht allein lassen.«

Catherines jüngerer Cousin war nirgendwo zu sehen. »Ist er immer noch krank?«

Mary winkte ab. »Nein, nein, er ist mit seinem Vater unterwegs. Sie sind in Shields beim Angeln.«

Wie sehr wünschte Catherine, sie könnte jetzt mit ihrem sanftmütigen Onkel Alec und ihrem lebhaften Cousin auf dem Pier in South Shields sein. Vater und Sohn beim Angeln im Sonnenschein. Sie verscheuchte den Gedanken schnell.

»Hat sich Kate zum Narren gemacht?«, fragte Mary begierig.

»Nein«, nahm Catherine ihre Mutter in Schutz. »Es war eine ruhige und kurze Angelegenheit, und sie wirkten beide glücklich. Kate sah großartig aus mit deinem Hut, Tante Mary.«

Mary schnaubte. »Sag ihr, dass ich ihn zurückhaben will. Sie hat sich nicht einmal dafür bedankt.«

»Du hast noch gar nicht bei ihr vorbeigeschaut«, wagte Catherine zu sagen.

Mary warf ihr einen strengen Blick zu, und Catherine wusste, dass sie vorsichtig sein musste. Ihre Tante nahm an jeder noch so kleinen Bemerkung Anstoß. Deswegen hatte Kate, die immer ihre Meinung sagte, ständig Ärger mit ihrer jüngeren Schwester. Catherine erinnerte sich an dramatische Auseinandersetzungen, an Drohungen, nie wieder miteinander zu sprechen, und an monatelange Funkstille zwischen den beiden. Schnell goss sie den Tee aus der Kanne, die zum Wärmen auf dem Herd stand, in zarte Porzellantassen.

»Ich war auch nicht auf der Hochzeitsfeier«, gestand Catherine.

Mary lächelte zufrieden. »Das kann ich dir nicht verdenken. Was hätte ein frommes katholisches Mädchen wie du an einem Ort verloren, den Kate ausgewählt hat? Nein, du kommst eher nach mir – du hast zu gute Manieren, um dich in einer Kneipe blicken zu lassen. Da zeigt sich die Abstammung von den

Fawcetts. Mein Vater war ein angesehener Stahlarbeiter und ein Ordensmitglied von St. Beda. Ein Jammer, dass ihn die Schwindsucht so jung dahingerafft hat, als ich noch ein Baby war. Mit ihm wäre unser Leben ganz anders verlaufen. Wir wären Familie Fawcett geblieben, statt als irische McMullens in der Gesellschaft abzusteigen.«

Sie blies die Luft aus ihren geröteten Wangen und nippte an dem starken Tee.

Catherine liebte es, wenn ihre Tante über die Familiengeschichte sprach. Kate tat das fast nie. Nur einmal hatte sie Großmutters ersten Ehemann, William Fawcett, erwähnt. Mit Tränen in den Augen hatte ihre Mutter von einem liebevollen Vater erzählt, der sie an die Hand genommen hatte und mit ihr die Straße hinuntergerannt war, um dem Mond nachzujagen.

Kate hatte in diesem Moment so sanft und liebevoll gewirkt, dass sich Catherine getraut hatte, sie auf ihren eigenen Vater anzusprechen. Sofort hatte ihre Mutter das Thema im Keim erstickt und schroff gesagt, Catherines geheimnisvoller Vater sei gestorben und sie solle nie mehr nach ihm fragen. Aber Kate hatte dabei so erschrocken gewirkt, dass Catherine zweifelte, ob sie die Wahrheit gesagt hatte. Vermutlich wollte ihre Mutter nur nicht, dass sie nach ihrem verschwundenen Vater suchte. Catherine war sicher, dass er immer noch irgendwo sein musste und ein interessanteres Leben führte als sie.

»Ich will ebenso wenig eine McDermott sein, wie du eine McMullen sein wolltest«, sagte Catherine leise.

»Arme Kitty«, sagte Mary mitfühlend, »natürlich willst du das nicht. Davie ist nur ein gewöhnlicher Heizer – ein ungehobelter Kerl. Ich weiß nicht, was sich Kate dabei gedacht hat. Natürlich ist ein drittklassiger Ehemann in den Augen mancher Frauen besser als gar keiner, vor allem, wenn man einen so schlechten Ruf hat wie deine Mutter.«

Catherine zuckte zusammen. »Ich werfe Kate nicht vor, was sie getan hat, aber sie kann von mir nicht verlangen, dass ich ihn als Vater ansehe. Das könnte ich niemals.«

»Natürlich nicht. Zwischen Davie McDermott und deinem echten Vater liegen Welten ...« Mary hielt inne. Catherines Herz begann zu klopfen.

»Du kanntest meinen richtigen Vater?«, flüsterte sie.

Mary wurde nervös. »Ich sollte nicht darüber reden. Das liegt alles weit in der Vergangenheit. Deine Mutter wäre darüber gar nicht glücklich.«

»Bitte, Tante Mary, erzähl mir etwas über ihn – egal was. Kate hat immer nur gesagt, dass ich seine Augen und Haare habe.«

»Ja, du hast sein gutes Aussehen«, sinnierte Mary. »Sein hübsches kastanienbraunes Haar und seine schönen Augen.«

»Erzähl mir mehr«, bat Catherine.

Ihre Tante gab nach. »Er ist in dem Gasthaus eingekehrt, in dem wir früher gearbeitet haben«, sagte Mary vorsichtig.

»In welchem Gasthaus?«

»Im Ravensworth Arms – bei Schloss Ravensworth. Du weißt schon, dort, wo deine Großtante Lizzie lebt.«

Catherine nickte. Großmutter Rose hatte zu ihren Lebzeiten liebevoll von einem besonderen Ort auf dem Land gesprochen, an dem ihre Schwester wohnte. Seit dem Krieg und dem Tod ihrer Großmutter hatte Lizzie den Kontakt zu ihren Verwandten in Jarrow verloren.

»Ich wusste gar nicht, dass du woanders gearbeitet hast«, sagte Catherine erstaunt. »Ich dachte, du hättest immer in Tyneside gelebt.«

»Nein, ich habe im Ravensworth Arms gearbeitet. Es war ein angesehenes Gasthaus, in dem Geschäftsleute abstiegen und Angestellte aus dem Schloss verkehrten. Ich hatte den Ruf, sehr fleißig zu sein, deshalb waren sie bereit, auch Kate einzustellen.«

Catherine dachte bei sich, dass ihre Mutter trotz all ihrer Fehler jederzeit doppelt so hart arbeiten konnte wie Mary.

»Allerdings wäre es besser gewesen, wenn ich kein gutes Wort für sie eingelegt hätte, bei all dem Ärger, den sie verursacht hat.«

Catherine errötete. »Dort hat sie meinen Vater also kennengelernt?«

Mary nickte.

»War er jemand aus dem Schloss?«

»Nein, nicht direkt.«

»Wer war er dann?« Catherine hielt den Atem an.

»Dein Vater war ein vornehmer junger Mann. Ja, mit einem silbernen Gehstock und einem schönen schwarzen Mantel mit Lammfellkragen. Ein echter Gentleman. Er soll ein entfernter Verwandter der Liddells gewesen sein.«

»Der Liddells?«

»Der Adelsfamilie von Schloss Ravensworth.«

»Nein!« Catherine verschlug es die Sprache.

Mary nickte, und ihre Augen leuchteten, als sie das lang gehütete Geheimnis preisgab.

»Er kam in geschäftlichen Angelegenheiten auf das Anwesen.«

»Was für eine Art Geschäfte?«

Mary zuckte mit den Schultern. »Das weiß ich nicht, aber es muss etwas Wichtiges gewesen sein. Er schien ständig auf dem Schloss zu verkehren – und er fand immer Zeit, um im Gasthaus vorbeizuschauen.«

»Und so hat er sich in Kate verliebt?«

»Verliebt?« Mary schnaubte. »Männer seines Standes verlieben sich nicht in Barmädchen! Nein, die haben es nur auf das Eine abgesehen. Er war so unverfroren, an ihren freien Tagen vorbeizukommen und sie in seiner Kutsche mitzunehmen. Sie dachte, niemand wüsste, was sie trieben, aber sie war die Lachnummer im Gasthaus. ›Seht euch Lady Kate an‹, haben sie gesagt und: ›Da fährt die Herzogin von Jarrow mit ihrem Edelmann!‹«

Catherine schluckte. »Er hat ihr also den Hof gemacht – es war nicht nur ...?«

»Falls man es so nennen kann, wenn sich ein Gentleman in ein Dienstmädchen verguckt«, sagte Mary herablassend. »Aber ja, er kam regelmäßig zu Besuch, mindestens zwei Jahre lang.«

»Vielleicht dachte Kate, dass er sie heiraten würde? Nachdem er sie so lange umworben hatte ...«, sagte Catherine leise.

»Umso törichter von ihr! Ich habe deine Mutter immer wieder gewarnt, sich von ihm nicht den Kopf verdrehen zu lassen. Ich habe gesehen, dass sie verrückt nach ihm war – und welches Mädchen wäre das nicht gewesen? Er war hochgewachsen und attraktiv, hatte eine vornehme Stimme und war sehr wortgewandt. Aber er hätte sie nie im Leben geheiratet.«

»Vermutlich nicht«, sagte Catherine wehmütig.

»Nein, niemals. Außerdem war er einer anderen versprochen. Das hat er Kate an dem Tag gesagt, als – nun ja, als sie ihren großen Fehler begangen hat. Sie ist nur ein einziges Mal mit ihm gegangen, da bin ich mir sicher. Aber einmal ist alles, was es braucht«, erklärte Mary.

Catherine errötete. Vielleicht hatte sich Kate in der verzweifelten Hoffnung mit ihm vereinigt, dass er sich für sie entscheiden würde? Sie rieb sich die feuchten Hände am Rock ab.

»Was ist aus ihm geworden?«

»Er hat sich in Luft aufgelöst«, sagte Mary missbilligend, »und Kate musste sich dem alten John allein stellen. Bei den Heiligen, dein Großvater hätte sie bei lebendigem Leib gehäutet, wenn Jack nicht dazwischengegangen wäre!«

»Vielleicht hätte mein Vater zu Kate gehalten, wenn er von mir gewusst hätte?«, sagte Catherine mit hoffnungsvollem Blick.

Mary schüttelte den Kopf. »Er wusste von dir. Monate später ist er zurückgekommen und hat nach Kate gefragt. Ich habe ihm die Meinung gegeigt und ihm gesagt, dass sie in Schande nach Jarrow zurückgekehrt ist, mit seinem Kind im Bauch. Ich habe ihm sogar gesagt, wo er sie finden konnte.«

Catherine schluckte ihre Tränen hinunter. »Aber er hat sie nie aufgesucht?«

»Das ist das Seltsame daran«, sagte Mary nachdenklich. »Ich hätte schwören können, dass er auf der Stelle zu ihr fahren würde. Er ist aus dem Gasthaus gestürmt wie ein Hund, der sich von der Leine losgerissen hat. Aber ich hätte mitbekommen, wenn er zu ihr gegangen wäre – Kate und Rose haben nie etwas von einem Besuch erzählt. Also habe ich den Mund gehalten. Kate ging es ohnehin schlecht genug, da musste ich sie nicht zusätzlich mit der Ankündigung, dass der feine Herr bei ihr auftauchen könnte, in Schrecken versetzen. Die ganze Zeit, in der sie mit dir schwanger war, ist sie wie eine Trauernde herumgelaufen.«

Catherine saß fassungslos und stumm da. Konnte das die Wahrheit sein? Ihr Vater war ein feiner Herr gewesen, ein wohlhabender Mann, so wie sie es sich immer erträumt hatte? Als Kind hatte sie sich eine Fantasiewelt erschaffen, in der ihr Vater sie aus den Gassen von Jarrow auf einen Landsitz mit immerwährendem Sonnenschein entführte. Jetzt schien es, als läge die Realität gar nicht so weit von ihrer Traumwelt entfernt. Wenn er von seiner vor langer Zeit verlorenen Tochter erführe, würde er sie vielleicht als sein Kind anerkennen? Bei dem Gedanken wurde Catherine schlecht vor Sehnsucht. Sie musste ihn finden und mit eigenen Augen sehen, was für ein Mann ihr Vater war. Er hatte Kate abgewiesen, nicht sie!

»Wie hieß er?«, flüsterte Catherine.

Mary runzelte die Stirn. »Alexander irgendwas.«

»Bitte versuch, dich zu erinnern.«

»Es ist so lange her«, protestierte Mary. »Ein Doppelname. Alexander ... Pringle-Davies. Ja, das war es!«

»Alexander Pringle-Davies«, wiederholte Catherine mit verträumter Stimme.

Mary sah sie bestürzt an. »Erzähl das bloß nicht Kate. Ich hätte nicht so viel sagen sollen. Wenn sie es erfährt, macht sie Kleinholz aus mir! Von mir weißt du nichts darüber, hörst du?«

»Ja, Tante Mary«, sagte Catherine.

»Es bleibt also unser Geheimnis?«

Catherine nickte. Sie konnte sich nicht vorstellen, Kate nach so privaten Dingen zu fragen. Ihre Mutter hatte ihr schon vor Jahren klargemacht, dass ihre schändliche Vergangenheit niemals erwähnt werden durfte. Catherine wusste, dass sie von Kate keine Hilfe bei der Suche nach ihrem Vater zu erwarten hatte. Aber jetzt, da sie mit neuen Informationen ausgestattet war, spürte sie noch größere Entschlossenheit, ihn zu finden. Allein die Tatsache, dass sie über ihn sprechen konnte – über eine echte Person aus Fleisch und Blut mit einem Namen und einer Position in der Gesellschaft –, versetzte sie in helle Aufregung.

Auf dem Heimweg klammerte sich Catherine an dieses neue Wissen. Es gab ihr die Kraft, Davie entgegenzutreten, dem Eindringling in ihrem Haus, der es wagte, ihren Vater ersetzen zu wollen. Als sie bei Aflecks vorbeikam, ging sie nicht hinein, um Tabak zu kaufen. Sollte sich Davie doch selbst welchen besorgen! Sie war Alexander Pringle-Davies' Tochter und gehörte nicht hierher. Sie war für ein besseres Leben bestimmt als für die rußigen Gassen einer Hafenstadt. Catherine reckte stolz den Kopf.

3

Lily brachte Catherine davon ab, ihren unbekannten Vater aufzuspüren.

»Und was willst du tun, wenn du in Lamesley angekommen bist? An die Schlosstür klopfen und fragen, ob er da ist? Was willst du den Leuten sagen, Kitty? Sie werden sich fragen, warum du nach ihm suchst. Welchen Namen wirst du angeben?«

Das hatte Catherine nicht bedacht. Es könnte zu unangenehmen Fragen führen. Ich bin Kates uneheliche Tochter. Ihr wurde übel bei dem Gedanken, bloßgestellt zu werden. Sobald die Leute davon erfuhren, änderten sie ihr Verhalten, warfen ihr diesen Blick zu. Sie hatte ihn so oft in den Augen der Nachbarn gesehen: Mitleid, gemischt mit Verachtung. Selbst im Freundeskreis hatte sie grausame Sticheleien ertragen müssen, war von den anderen Kindern beim Spielen ausgeschlossen worden. Das eine Mal auf Cissys Geburtstagsfeier ... Nein, sie wollte nicht daran denken. Die Erinnerung war wie eine schwelende Wunde.

»Lass die Sache auf sich beruhen«, sagte Lily bestimmt. »Du stichst mit deinen Fragen nur in ein Wespennest.«

Catherine war enttäuscht, aber was sollte sie tun? Lily würde sie nicht begleiten, und sie hatte nicht den Mut, allein zu fahren. Sie würde ihren Plan verwerfen müssen.

Den Sommer über stürzte sich Catherine in andere Aktivitäten. Jetzt, da Davie wieder auf See war, beschäftigte sie sich tagsüber mit ihrer Malerei und ging an den langen Abenden zu Lily. An den Samstagnachmittagen musste Lily nicht in der Wäscherei des Arbeitshauses arbeiten, und sie fuhren mit dem Fahrrad in die nähere Umgebung. Zweimal in der Woche besuchten sie den katholischen Jugendtreff, den Pater O'Neill leitete.

Der ältere Priester wachte mit Argusaugen über die Tanzveranstaltungen im Gemeindesaal, aber Catherine genoss sie trotzdem. Sie musste nicht lange überredet werden, um den anderen in den Pausen ein Lied oder ein Gedicht vorzutragen. Auch beim Tanzen setzte sie nie aus. Catherine war flink und wendig, lachte gern, scherzte mit den Jungs und hatte immer einen Tanzpartner parat. Lily mochte mit ihrem dunklen Aussehen hübscher sein, aber Catherine war genauso gefragt. Sie war temperamentvoll, konnte Witze erzählen und bildete immer den Mittelpunkt einer fröhlichen, plaudernden Menge.

Catherine lebte für die Momente, in denen sie mit ihren Freunden zusammen sein und herumalbern konnte, fernab von ihrer fordernden Mutter und ihrem Großvater. Unter der Oberfläche mochte sie ängstlich oder unsicher sein, aber sie verbarg es hinter einer sorglosen Fassade.

»Tanz mit mir, Kitty«, rief Tommy Gallon lächelnd und zog sie auf die Beine.

»Pater O'Neill wird uns etwas erzählen«, scherzte Catherine. »Das ist schon das zweite Mal an diesem Abend.«

»Und wenn es nach mir geht, gibt es noch zwei weitere Male«, verkündete Tommy.

Catherine lachte. »Das bedeutet eine Stunde Beichte für dich diese Woche.«

»Für dich lohnt es sich, Kitty.«

Catherine wurde rot, als er sie auf die Tanzfläche führte. Tommy war Bergarbeiter, ein paar Jahre älter als sie, und unter dem Stoff seines besten Anzugs spürte sie seine drahtige Kraft. Er sah gut aus, aber sie konnte sich lebhaft ausmalen, was für einen Aufstand Großvater machen würde, wenn sie Tommy mit nach Hause brächte.

»Bergarbeiter – nichts als Ärger machen die. Kriechen wie Tiere unter der Erde rum, um ihren Unterhalt zu bestreiten. Dreckige Unruhestifter sind das.«

Es spielte keine Rolle, dass seine Stieftochter Sarah einen Bergarbeiter geheiratet hatte. Oder vielleicht sagte er es, um ihre Tante zu ärgern. Einige von Catherines Cousins arbeiteten inzwischen ebenfalls unter Tage, aber ihr Großvater gab den glücklosen Bergleuten für alles die Schuld, vom Einbruch im Eisenhandel bis zum schlechten Wetter.

Als Tommy fragte, ob er sie nach Hause begleiten könne, lehnte Catherine ab.

»Ich übernachte heute bei Lily.«

»Dann bringe ich dich dorthin«, beharrte Tommy.

Catherine zögerte, aber Lily schaltete sich ein. »Du kannst uns beide begleiten. Wir nehmen dich in die Mitte, damit wir dich im Blick haben.«

Tommy begleitete sie, und sie plauderten den ganzen Weg über, aber Catherine verschwand schnell im Haus, bevor er ihr einen Abschiedskuss geben konnte.

Als sie an diesem Abend neben Lily im Bett lag, dachte sie an Tommy, und ihr Puls beschleunigte sich. Sie fühlte sich zu ihm hingezogen und wusste, dass auch er sie mochte. Aber wohin würde ein Kuss führen? Sie befürchtete, wie Kate von der Leidenschaft überwältigt zu werden und sich nicht mehr beherrschen zu können. Catherine spürte, wie ihr die Röte ins Gesicht schoss. Sie sollte gar nicht an solche Dinge denken! Einmal hatte sie bei der Beichte erwähnt, dass sie sexuelle Gedanken gehabt hatte, und der Priester hatte ihr mit den Flammen der Hölle gedroht. Es war eine Sünde, an solche Dinge zu denken.

»Wirst du Tommy nächste Woche küssen?«, fragte Lily plötzlich.

»Nein, niemals!«, rief Catherine bestürzt.

»Warum nicht? Ich finde ihn attraktiv.«

»Es wäre nicht richtig.«

»Ein bisschen Küssen und Kuscheln schadet doch nicht«, sagte Lily.

»Doch, tut es«, protestierte Catherine. »Man kann davon schwanger werden.«

»Ich glaube nicht, dass es vom Küssen kommt«, sagte Lily skeptisch.

»Nun, ich werde jedenfalls kein Risiko eingehen. Außerdem ist Tommy Gallon nur ein Bergarbeiter – ich werde einen besseren Mann heiraten.«

Lily schnaubte. »Sei nicht so wählerisch. Tommy hat Arbeit und wird im Vergleich zu vielen anderen hier sehr gut bezahlt. Die Männer aus den Stahlwerken haben seit sechs Monaten keinen Broterwerb mehr. Du solltest die armen Schlucker sehen, die im Arbeitshaus auftauchen und verzweifelt nach irgendeiner Beschäftigung suchen.«

Catherine wurde unbehaglich zumute. Wenn Rose und John nicht zu Kate gehalten hätten, wären sie und ihre Mutter möglicherweise auch im Arbeitshaus gelandet. Lily zufolge wurden dort viele unverheiratete Mütter mit ihren Babys weggesperrt, bis ihre Kinder das erwerbsfähige Alter erreicht hatten.

»Ich bin nicht auf der Suche nach einem Jungen«, sagte Catherine.

Sie rollte sich im Bett zusammen und versuchte, die Gedanken an Tommys muskulöse Arme und an die Geruchsmischung nach Seife und Kohlenstaub auf seiner Haut zu vertreiben. Vielleicht konnte ein Kuss wirklich keinen Schaden anrichten.

Als sie fast eingeschlafen war, murmelte Lily: »Fragst du dich auch, wie sie untenrum aussehen?«

»Wer?«, gähnte Catherine.

»Die Jungs. Ich habe noch nie einen nackten Mann gesehen – nicht einmal meinen Vater. Du etwa?«

Catherines Herz begann zu rasen. Einen Moment lang bekam sie keine Luft. Ein Schreckensbild drängte sich unaufgefordert in ihren Geist.

»Natürlich nicht«, keuchte sie.

Aber tief in ihrem Inneren wusste sie, dass es eine Lüge war. Oder woher stammte dieses Bild in ihrem Kopf? Sie konnte mit niemandem darüber sprechen, nicht einmal mit Lily und schon gar nicht mit dem Priester.

Catherine lag schwitzend und zitternd da, überwältigt von der Angst. Die Freude über den Abend war verpufft. War es nur ein Produkt ihrer Fantasie? Wenn ja, musste sie wirklich eine Sünderin sein. Wenn nicht ... Sie ballte die Hände zu Fäusten, schloss die Augen und versuchte, das Bild zu verdrängen. Wie schon als Kind schob sie ihre Gedanken in eine imaginäre Kiste und schloss sie darin ein.

4

Den ganzen Herbst über ging Catherine mit Lily zu den Tanzveranstaltungen, und Tommy wetteiferte mit seinem Freund Peter darum, sie nach Hause zu begleiten. Ihre Aufmerksamkeit verblüffte Catherine. Was fanden sie an ihr bloß so anziehend? Lily war bei Weitem die Hübschere. Möglicherweise lag es daran, dass Catherine nicht auf den Mund gefallen war und den Jungs konterte, anstatt zu erröten und verschämt zu schweigen wie einige der anderen Mädchen. Oder vielleicht hatten sie von ihrer unehelichen Herkunft gehört und dachten, sie wäre leichte Beute? Nun, das war sie nicht. Sie konnten sie nach Hause begleiten, bis sie in Rente gingen. Sie würde sich keinem von ihnen hingeben, ohne vorher den Segen des Pfarrers zu empfangen und einen Ring am Finger zu tragen.

Je kürzer die Tage wurden, desto früher schwand das Licht für Catherines Malerei. Anfang Dezember verbrachte die Familie einen ruhigen Abend vor dem Kamin. Großvater John döste in seinem Sessel, Catherine hockte auf der Kaminbank und nähte einen Kissenbezug. Kate bereitete am Küchentisch Brot zu, und Mehl stieg im Schein der Lampe als gelbliche Wolke auf.

Catherine rieb sich die vom schwachen Licht schmerzenden Augen und blickte auf. Kate beobachtete sie, die Finger in einer Teigkugel vergraben.

»Du solltest deine Augen nicht überanstrengen, Liebes. Hast du für heute nicht genug getan?«

»Ich habe eine große Bestellung für Weihnachten«, gähnte Catherine.

»Morgen helfe ich dir«, versprach Kate. Sie lächelten sich an. »Und jetzt mach dich fertig fürs Bett, und ich stelle das Brot zum Aufgehen hin.«

Catherine erhob sich und streckte ihre müden Glieder. Als Kate die Brotform auf dem Herd abstellte, hörten sie, wie der Riegel der Küchentür klackte und schwere Stiefel in die Spülküche stapften. Kate drehte sich um.

»Bist du das, Davie?«

»Ja!«

Kate stürmte zur Tür und breitete die Arme aus, als ihr Mann das Zimmer betrat. Er umarmte sie, und sie gab ihm einen Kuss auf den Mund. Sie lachten wie ein junges Liebespaar. Catherine wandte den Blick ab, und ihr Magen krampfte sich zusammen. Lilys Worte gingen ihr durch den Kopf. *»Nächstes Jahr um diese Zeit könntest du ein Geschwisterchen haben.«* Gott bewahre! Sie wäre diejenige, die helfen müsste, das Kind großzuziehen, und würde für immer hier festsitzen.

»Hallo, Kitty«, sagte Davie freundlich.

Catherine nickte und hockte sich wieder auf die Kaminbank.

»Was sitzt du da auf deinen vier Buchstaben?«, rief Kate. »Schenk Davie eine Tasse Tee ein und hol ihm ein Stück von der Käsepastete aus der Speisekammer. Jetzt mach schon, Kitty!«

Mit finsterem Blick nahm Catherine ihre Näharbeit wieder auf. »Ich muss das hier noch fertig machen.«

Kate starrte sie wütend an, aber Davie sagte besänftigend: »Lass das Mädchen in Ruhe arbeiten. Ich habe keinen Hunger.« Er holte eine halbe Flasche Whiskey aus seinem Seesack hervor.

Kates Augen begannen zu leuchten. »Ich hole uns Gläser.«

John regte sich. »Was ist los? Davie, bist du das, mein Sohn?«

»Ich hab dir Tabak mitgebracht«, sagte Davie schmunzelnd zu seinem

Schwiegervater, »und 'nen Tropfen von dem harten Zeug.«

»Gut gemacht, Junge!« Ein Lächeln huschte über Johns hageres Gesicht. Ungeduldig fuchtelte er mit der Hand vor Kate herum. »Jetzt schenk schon ein, Frau.«

Kate ignorierte ihn, stellte Davie einen Stuhl hin und nahm ihm den Mantel ab. »Setz dich. Wie war deine Reise? Wann bist du angekommen? Du hättest Bescheid sagen sollen, dann hätten wir dich abgeholt. Nicht wahr, Kitty? Du bist so dünn wie ein Schürhaken. Warst du krank?«

Davie lachte, seine Augen strahlten vor Zuneigung. »Mir geht es großartig. Komm und setz dich zu mir, Kate.«

»Nein, ich sehe doch, dass du etwas zu essen brauchst«, sagte sie. »Ich hole die Pastete. Und ich kann dir im Handumdrehen ein paar Kartoffeln braten.«

Davie hielt sie am Arm fest und zog sie auf seinen Schoß. »Hör auf, so einen Wirbel zu machen.« Er küsste sie auf die Wange und goss den Whiskey in die Gläser. »Reich das deinem Großvater, Kitty.«

Catherine funkelte ihn an. Sie war nicht sein Dienstmädchen.

»Komm schon.« John stupste sie mit dem Fuß an. »Tu, was dein Vater sagt.«

Sie stand auf, verkniff sich eine Erwiderung und reichte ihrem Großvater das Glas, das Davie ihr hinhielt. Der Abend war ruiniert. Die drei würden die Flasche austrinken und sie dann losschicken, um Nachschub zu holen. Aber darauf konnten sie lange warten. Kate hatte sich nicht einmal die Mühe gemacht, das Mehl vom Tisch zu wischen, bevor sie zu trinken begann. Catherine fühlte sich elend bei dem Gedanken, dass sie ausharren musste, bis das Trinken und Plaudern vorbei waren, bevor sie sich auf die harte Bank betten konnte. Als Kind hatte sie sich manchmal dort zusammengerollt und war eingenickt, während rundherum getrunken und gelärmt wurde. Aber dafür war sie jetzt zu alt. Es ärgerte sie, dass Kate sie das Bett wärmen ließ, wenn Davie weg war, sie aber rausschmiss, sobald er zurückkam.

»Wie lange bleibst du?«, fragte Catherine ihn.

»Bis nach Weihnachten.«

»Wie schön«, rief Kate erfreut. »Wir werden eine wunderbare Zeit haben.«

»Ich habe dir ein Geschenk mitgebracht, Kitty«, sagte Davie lächelnd. Er kramte ein in Zeitungspapier eingewickeltes Päckchen aus seiner Tasche und reichte es ihr.

»Willst du es nicht bis Weihnachten aufbewahren?«, fragte Catherine und verschränkte die Arme vor der Brust.

»Dafür kaufe ich dir etwas anderes.«

Kate sagte: »Komm schon, Kitty, sei nicht undankbar. Ich will sehen, was es ist.«

Catherine nahm das Päckchen entgegen und wickelte es aus der fremdsprachigen Zeitung aus. Im Inneren befand sich eine kunterbunt bemalte Puppe. Am liebsten hätte sie ihm gesagt, dass sie zu alt für Puppen war.

»Sie ist aus Russland. Mach sie auf«, drängte Davie. »Du kannst sie in der Mitte aufziehen.«

Catherine drehte die Puppe auf halber Höhe und staunte nicht schlecht: Darin befand sich eine weitere Puppe, kleiner und mit anderen Mustern bemalt.

»Noch mal«, gluckste Davie.

Sie zog den oberen Teil der zweiten Puppe ab und enthüllte eine dritte. Sie fuhr damit fort, bis sechs Puppen zum Vorschein gekommen waren. Die Letzte war eine winzige Nachbildung der Ersten. In ihrem Inneren befand sich nichts. Catherine hörte nur ein hohles Geräusch, als sie dagegen klopfte. Sie war von den ausdruckslosen Figuren fasziniert und abgestoßen zugleich. Die Puppen waren genau wie sie: Hinter der Fassade verbarg sich eine Persönlichkeit, die sie der Welt nicht zu zeigen wagte. Wenn sie all ihre Gesichter ablegte, würde sie dann eine verängstigte, hohle Gestalt in ihrem Inneren finden? Der Gedanke machte ihr Angst. Genau wie die Puppen.

Schnell steckte sie sie wieder zusammen.

»Sind sie nicht hübsch?«, fragte Kate.

»Ja«, sagte Catherine und schluckte, »aber ich bin zu alt für Puppen. Vielleicht gefallen sie ja Cousine Ida. Ich gebe sie Tante Sarah mit, wenn sie das nächste Mal zu Besuch kommt. Ida spielt sicher gern damit.«

Davie warf ihr einen seltsamen Blick zu. Ihre Ablehnung hatte ihn verletzt. Oder er wollte ihr damit sagen, dass er sie durchschaut hatte.

»Unserer Kitty kann man's einfach nicht recht machen«, sagte Kate verärgert. »Beachte sie gar nicht. Was hast du für mich, Davie?«

Davie wühlte wieder in seiner Tasche, entrollte einen Pullover und zog ein Stück Stoff heraus.

»Du hast mir ein Staubtuch mitgebracht?«, neckte Kate.

»Schau mal rein.«

Sie entfaltete das Tuch mit kindlicher Aufregung. Darin befand sich eine Metallbrosche. Kate hielt sie gegen das Licht: ein exotischer Vogel in Kobaltblau.

»Sie passt zu deinen Augen«, sagte Davie schüchtern.

Plötzlich fing Kate an zu weinen.

Davie sagte erschrocken: »Ich dachte, sie würde dir gefallen ...«

»Das tut sie«, schluchzte Kate. »Sie ist wunderschön! Seit Jahren hat mir niemand mehr so etwas Großartiges geschenkt.«

»Was bist du rührselig!«, schnaubte John. »Wozu brauchst du schon Schmuck? Willst du dir die Brosche an den Putzkittel stecken?«

Kate starrte ihn an. »Ich finde schon etwas, wozu ich sie tragen kann.« Sie wischte sich mit dem Ärmel die Tränen ab. »Danke, Davie.« Er schenkte ihr noch einen Schluck Whiskey ein.

Catherine beobachtete die beiden von ihrem Platz vor dem Kamin und fragte sich, ob ihr leiblicher Vater Kate einmal eine solche Brosche geschenkt hatte. Alexander hätte ihr bestimmt etwas viel Edleres gekauft. Aber selbst wenn, wäre die Brosche längst verkauft oder verpfändet, denn abgesehen von Davies billigem Ehering besaß Kate keinen Schmuck. Catherine wünschte, Kate hätte ihr etwas von ihrem Vater vermacht – einen Hinweis auf seinen Geschmack, einen greifbaren Beweis für seine Existenz. Aber ihre Mutter hätte jedes Geschenk schon vor langer Zeit für Alkohol veräußert. Wut regte sich in ihr. Sie stand auf.

»Ich möchte jetzt schlafen. Einige von uns müssen morgen arbeiten.«

»Bleib noch etwas.« Kate bedeutete ihr, sich wieder hinzusetzen. »Es ist noch früh.«

»Dann schlaft ihr hier, und ich lege mich ins Bett«, forderte Catherine sie heraus und blieb stehen.

»Nur ein bisschen länger, Liebes.«

»Nach dem Whiskey merkst du nicht mehr, wie die Zeit vergeht«, murmelte Catherine.

»Werd nicht frech!«, schimpfte Kate sofort aufgebracht. Sie erhob sich von ihrem Stuhl und schwankte auf ihre Tochter zu. »Schau mich nicht mit seinen Augen an!«, zischte sie. »Du hast kein Recht, so mit mir zu sprechen. Ich habe mir für dich die Finger wund geschuftet, du selbstsüchtiges Mädchen. Ich habe ein bisschen Spaß verdient, wenn mein Mann von der See zurückkommt. Du wirst mir nicht vorschreiben, was ich in meinem Haus zu tun und zu lassen habe!«

»Es ist auch mein Zuhause«, erwiderte Catherine, »selbst wenn es nicht den Anschein macht. Warum sollte ich wie ein Untermieter auf der Bank schlafen? Ich bringe mehr Geld nach Hause als du – steht mir da nicht ein Bett zu?«

»Dann leg dich eben zu deinem Großvater«, sagte Kate abweisend.

Catherine starrte ihre Mutter an. Wie konnte sie so etwas vorschlagen, wo sie genau wusste, was für ein lüsterner Greis er war? Sie erinnerte sich an Zeiten, in denen der alte John in ihr Schlafzimmer getorkelt war und sich betrunken an Kate zu schaffen gemacht hatte. Ihre Mutter hatte versucht, ihn abzuwehren, während Großmutter Rose hilflos im Nebenzimmer im Bett gelegen hatte.

»Ich ziehe aus«, drohte Catherine ungestüm, »und komme nie mehr zurück!«

»Red nicht so ein dummes Zeug.«

»Ich meine es ernst. Ich melde mich bei einer Agentur und suche mir auswärts eine Stelle als Dienstmädchen.«

»Das würdest du nicht tun.«

»Und ob!«

John spottete: »Du hältst es keine zwei Minuten aus, für vornehme Leute zu schuften. Dafür bist du viel zu aufsässig.«

Catherine war verärgert. »Ich kann genauso zupacken wie jedes andere Mädchen auch.«

»Aber du denkst anders«, sagte John. »Du kommst nach mir und lässt dich nicht von denen da oben rumkommandieren. Die sind nicht besser als wir, Kitty. Jeder muss sich den Hintern abwischen, ganz egal wer. Du kannst nicht für einen reichen Piefke arbeiten – überlass das ordinären Mädels wie Kate.«

»Wenn hier einer ordinär ist, dann du!«, fauchte Kate.

Augenblicklich packte John den Schürhaken und schwang ihn nach Kate. Aber er war nicht mehr so schnell auf den Beinen, und sie wich ihm mühelos aus. Er fluchte und stürzte sich erneut auf sie.

»Ich ziehe dir wieder eins mit der Bratpfanne über!«, drohte sie. »Du alter Narr kriegst mich nicht klein.«

Catherine sprang zur Seite, als John gegen einen Stuhl trat. Davie stand abrupt auf und drängte sich zwischen die beiden.

»Ruhig Blut, das ist nicht nötig.«

»Aus dem Weg!«, rief John. »Wenn du sie nicht in ihre Schranken weist, tue ich es.«

»Leg den Schürhaken weg«, sagte Davie.

»Das ist mein Haus«, schimpfte John und drohte Davie mit der Eisenstange. »Du sagst mir nicht, was ich zu tun habe.«

Davie packte den Schürhaken und entwand ihn Johns Griff. Er knallte auf den Tisch und zerschmetterte ein Glas. Whiskey spritzte auf die mehlige Oberfläche.

Davie schob John zurück auf seinen Platz. In Kates Augen stand ein Ausdruck des Triumphs. Seit dem Tod ihrer Mutter hatte sie keinen Verbündeten mehr gegen den tyrannischen John gehabt. Catherine erkannte an diesem Blick, dass ihre Mutter Davie nicht ermutigen würde, bald wieder zur See zu fahren.

Ihr Protest war nach hinten losgegangen. Jetzt würde sich Davie für die nächsten Wochen in Nummer zehn einnisten. Ihre Drohung, das Haus zu verlassen, war dumm gewesen, denn sie konnte nirgendwohin. Die Wände der heißen, beengten Küche schlossen sich um sie herum. Sie saß in der Falle.

5

Ein inoffizieller Krieg wurde erklärt: Kate und Davie gegen Catherine. Zumindest sah Catherine das so. Kate überließ ihr den Haushalt, während sie arbeiten ging, und erwartete, dass bei ihrer Rückkehr das Abendessen auf dem Tisch stand. Aber Catherine musste schon den ganzen Tag die Männer mit Speisen und Getränken versorgen, während sie versuchte, mit ihren Weihnachtsbestellungen voranzukommen. Davie half ihr immerhin, die Kohle ins Haus zu tragen, und machte die eine oder andere Besorgung, wenn er seine Zeitung kaufen ging, aber John rührte keinen Finger.

Sobald Kate nach Hause kam, war es mit Davies Hilfsbereitschaft vorbei. Er ergriff bei allem für sie Partei.

»Hör auf deine Mutter«, wiederholte er ständig. Oder: »Siehst du nicht, dass Kate einen harten Tag hatte? Tu einfach, was sie sagt, Mädchen.«

Catherine kochte vor Wut. Für sie war jeder Tag ein harter Tag. Und anschließend arbeitete sie im Halbdunkel mit ihren Textilfarben weiter, während die anderen plaudernd und trinkend zusammensaßen. Kate half ihr auch nicht wie versprochen mit ihren Weihnachtsaufträgen.

»Gib mir einen Sixpence für einen Krug Bier, Liebes«, raunte Kate ihr in der Spülküche zu. »Du verdienst gutes Geld.«

»Warum gibt *er* dir nichts?«, protestierte Catherine.

»Davies Geld gehört ihm – und er geht großzügig damit um. Ich will ihn nicht um mehr bitten.«

Catherine blickte verächtlich drein. Warum durften die Männer ihr Geld ausgeben, wofür sie wollten, während von den Frauen erwartet wurde, dass sie ihr Geld für den Haushalt verwendeten? Wenn sie verheiratet wäre, würde das anders sein. Widerwillig gab sie ihrer Mutter die Münze. Aber sie war fest entschlossen, dass Kate nie etwas von dem Geld erfahren würde, das sie gespart und in den Dachsparren des Toilettenhäuschens versteckt hatte. Die jahrelange Furcht vor dem verschwenderischen Verhalten ihrer Familie hatte sie Vorsicht gelehrt. Das Geld gehörte nur ihr, zusammengetragen durch fleißige Arbeit und Sparsamkeit. Sie würde nicht zulassen, dass ihre Mutter alles für Alkohol verprasste.

Den ganzen Dezember über verließ Catherine kaum das Haus, außer um zur Beichte und zur Messe zu gehen. Sie verpasste den Tanzabend im Gemeindesaal.

»Ich kann nicht hingehen, Lily«, sagte sie zerstreut, als ihre Freundin vorbeikam. »Ich habe zu viel zu tun.«

»Das kannst du auch später noch machen«, drängte Lily.

»Die Leute rechnen fest mit diesen Geschenken. Ich kann sie nicht hängenlassen. Geh doch mit Amelia oder einem der anderen Mädchen hin.«

Lily zog verärgert ab, und Catherine sah sie erst nach Weihnachten wieder. An Heiligabend arbeitete Catherine bis in die Nacht an ihren Bestellungen. Sogar Kate half verspätet beim Nähen, auch wenn sie ihre Arbeit etwas nachlässig verrichtete. Um Mitternacht marschierte Catherine durch Jarrow, um ihre letzten Waren an die wohlhabenderen Haushalte auszuliefern. Am ersten Weihnachtstag war sie so erschöpft, dass sie in der Messe einschlief und ständig gähnte, während sie Kate bei der Zubereitung des Mittagessens half.

Die Arbeit wurde auch im neuen Jahr nicht weniger. Obwohl die Werften Entlassungen vornahmen, schien es viele Interessenten für ihre Kissenbezüge zu geben. Geburtstage, Hochzeiten, Taufen und der nahende Muttertag bescherten ihr mehr Arbeit, als sie bewältigen konnte.

Catherine wurde müde und reizbar, wollte die Aufträge aber nicht ablehnen. Sie brauchte das Geld, um es beiseitezulegen. Davies Lohn war aufgebraucht, aber das schlechte Wetter und der rückläufige Handel hatten seine Fahrt zur See verzögert. Bei den Mahlzeiten tischte Catherine sich selbst die kleinsten Portionen auf, bis ihr Appetit schwand und sie das Interesse am Essen verlor. Niemand schien es zu bemerken, aber die Gemüter gerieten in Aufruhr, als Kates Lohn nicht mehr für Alkohol ausreichte. John humpelte den Hügel nach Tyne Dock hinunter, um seine Pension in den Pubs zu verjubeln, weigerte sich aber, etwas zum Haushalt beizusteuern.

»Es ist mein Geld. Ich hab mir dafür den Rücken krumm gemacht und geb es aus, wie ich will«, erklärte John, als sich Kate beschwerte.

»Es ist eine Hinterbliebenenrente, weil Jack im Krieg gefallen ist«, fuhr Kate ihn an. »Ich habe darauf ebenso viel Anspruch wie du!«

»Er war mein Sohn – mein Fleisch und Blut«, knurrte John. »Du warst nur seine Halbschwester.«

»Ich habe ihm wesentlich mehr bedeutet als du«, sagte Kate unter Tränen. »Er hat große Stücke auf mich gehalten.«

»Er hat dich für ein Flittchen gehalten.« John spuckte ins Feuer. »Wenn du auch nur einen Penny von meinem Geld anrührst, kriegst du meinen Gürtel zu spüren.«

Catherine versuchte, das Gezänk der beiden zu ignorieren, aber ihr Magen verkrampfte sich. Sie wusste nie, wann der Streit in Gewalt umschlagen würde. Ihr blieb nur, zu arbeiten, jeden Penny zurückzulegen und für bessere Zeiten zu beten. Ihr einziger Trost, ihre einzige Befreiung war ihr wöchentlicher Gang zur Kirche.

Sie betete für ihre Mutter und ihren Großvater, denn sie befürchtete, dass sie sterben könnten, ohne von ihren Sünden reingewaschen worden zu sein. Kate ging nur alle Jubeljahre zur Beichte, »zum Großreinemachen«, wie sie es nannte, aber John ging gar nicht hin. Also oblag es ihr, die beiden zu retten. Sie kniete in der großen Kirche und vertraute der Muttergottes ihren Kummer an. Die Beichte beim strengen Priester verschlimmerte ihre Schuldgefühle noch, aber das Gebet zur Jungfrau Maria verlieh ihr Trost und Kraft.

Während einer Andacht wurde Catherine auf eine kraftvolle, melodiöse Stimme aufmerksam. Während sie ihr lauschte, breitete sich ein tiefes Gefühl der Ruhe in ihr aus. Die Stimme klang männlich und schön zugleich. Einen Moment lang stellte sie sich vor, wie der Sänger aussah, und das Bild ihres Vaters als junger Mann kam ihr in den Sinn, so wie Tante Mary ihn beschrieben hatte. Er war groß, gut gekleidet, besaß markante Gesichtszüge, einen kühnen Blick und ein offenes Lächeln.

Catherines Herz hämmerte vor einem Verlangen, das nicht nur geistiger Natur war. Sie zögerte, sich umzudrehen, falls der Sänger eine Enttäuschung war. Doch schließlich siegte ihre Neugier, und sie warf einen Blick über ihre Schulter nach hinten. Erschrocken schnappte sie nach Luft. Es war, als hätte sie den Mann aus ihren Tagträumen heraufbeschworen. Er war zwar nicht so hochgewachsen, wie sie es sich vorgestellt hatte, aber sein Mantel war gut geschnitten, und seine dunklen Augen leuchteten beim Singen vor Lebensfreude.

Catherine hatte ihn noch nie zuvor erblickt. Als die Messe endete, beobachtete sie, wie er allein die Kirche verließ, und eilte nach draußen, um zu sehen, wohin er ging. Er lief in Richtung Shields und war schon bald außer Sichtweite. Wie alt mochte er sein? Zweiunddreißig, dreiunddreißig? War er verheiratet? Hatte er sich in der Stadt niedergelassen, oder war er nur zu Besuch?

Auf dem Heimweg kreisten Catherines Gedanken um die offenen Fragen. Als sie East Jarrow erreichte, hatte sie alle Hoffnung fahren lassen, dass ein solcher Mann ein Mädchen wie sie überhaupt eines Blickes würdigen könnte. Aber er hatte eine tiefe innere Sehnsucht in ihr geweckt. Er war die Art von Mann, die sie sich wünschte, die sie begehrte. Sie wusste, dass es sündhaft war, so über Männer zu denken, aber er ging ihr nicht mehr aus dem Kopf.

Zu Hause angelangt, überkam sie stärker denn je das Gefühl, eingeengt zu sein. Trotz ihrer Erschöpfung beschloss Catherine, dass sie mehr ausgehen und ihre Freunde wiedersehen musste. Sie hatte sie viel zu lange vernachlässigt. Wozu schuftete ein siebzehnjähriges Mädchen Tag und Nacht wie eine Arbeiterin in einem Ausbeuterbetrieb? Niemand dankte ihr dafür.

An diesem Samstag schleppte sie die Zinkwanne ins Schlafzimmer, verriegelte die Tür und wusch und schrubbte sich gründlich. Überrascht stellte sie fest, wie dünn ihre Arme und Beine waren. Während sie mit der Seife über ihren Körper fuhr, spürte sie ihre hervorstehenden Rippen. Ihre Brüste wirkten kleiner, ihr Haar schlaff und brüchig. Catherine ließ sich in der engen Badewanne zurücksinken, plötzlich zu müde, um hinauszusteigen.

Sie musste eingenickt sein, denn sie schreckte auf, als Kate an die Tür hämmerte.

»Kitty, bist du da drin? Dir wachsen noch Schwimmflossen. Komm und zieh dich an, sonst verpasst du den Tanz!«

»Ich glaube, ich gehe doch nicht hin.«

»Sei nicht albern«, rief Kate, »natürlich gehst du. Ich will nicht den ganzen Abend dein sauertöpfisches Gesicht sehen müssen.«

Auf das Drängen ihrer Mutter hin stieg Catherine aus der Wanne. Eine halbe Stunde später trug sie ihre Lieblingskombination aus einem blauen Kleid und passenden Stöckelschuhen, die sie von ihrem Weihnachtsgeld gekauft hatte, und eilte zum Gemeindesaal.

Sie entdeckte Lily, die auf der Seite der Mädchen neben Amelia saß. Lily winkte ihr zu und lächelte überrascht. Catherine erwiderte ihr Lächeln und war froh, dass sie gekommen war.

»Hast du dich endlich von deinen dringenden Geschäftsangelegenheiten losreißen können?«, flachste Lily.

»Ja, aber nur für heute Abend«, sagte Catherine.

Amelia rappelte sich auf. »Ich dachte, du wärst Nonne geworden – wir sehen dich immer nur auf den Knien in der Kirche.«

»Jetzt bin ich doch hier«, erklärte Catherine lachend und ließ sich auf einen Stuhl sinken, »und zum Tanzen bereit.«

Sie ließ den Blick durch den Saal schweifen und sah, dass Tommy und Peter zu ihr herüberschauten und sie anlächelten. Catherine lächelte zurück, und ihre Laune hob sich weiter. Heute Abend würde sie sich amüsieren und alle Sorgen über ihr Zuhause vertreiben.

»Du hast letzte Woche einen netten Ausflug nach Durham verpasst«, sagte Lily.

»Ja«, bestätigte Amelia und stupste Lily an, »nicht, dass sie viel von der Stadt gesehen hätte.«

Lily kicherte.

»Was meinst du?«, fragte Catherine.

»Lily hat mehr Zeit am Flussufer verbracht als in der Kathedrale«, sagte Amelia verschwörerisch.

»Haben wir nicht!« Lily wurde rot.

Catherine musterte ihre Freundin. »*Wir?*«

Die beiden Mädchen brachen in Gelächter aus. Bevor Catherine etwas sagen konnte, begann Miss McGrath auf dem Klavier zu spielen und eröffnete den ersten Tanz. Catherine sah, wie sich Tommy und Peter aus der Gruppe der Jungen auf der anderen Seite des Saals lösten. Sie stand auf, um sie zu begrüßen.

»Hallo, Kitty. Schön, dass du dein Schweigegelübde gebrochen hast«, sagte Tommy lächelnd.

»So lange ist es nun auch wieder nicht her«, protestierte Catherine.

»Mir kommt es aber so vor.«

»Ich bin froh, dass du meine Abwesenheit bemerkt hast«, erwiderte sie lachend.

Dann schob er sich an ihr vorbei und zog Lily hoch. »Komm, meine Süße.«

Lily nahm seinen Arm, und sie gingen auf die Tanzfläche. Catherine warf Amelia einen fragenden Blick zu.

»Ja, sie gehen miteinander aus«, antwortete sie.

»Seit wann?«

»Seit der Weihnachtsfeier.« Amelia reichte dem schüchternen Peter ihren Arm.

Catherine starrte ihnen nach, als sie dem anderen Paar folgten. Rasch nahm sie wieder Platz, sie fühlte sich plötzlich schwach auf den Beinen. Warum hatte Lily in der Kirche nie etwas gesagt? Seit zwei Monaten war sie mit Tommy Gallon zusammen, ohne dass sie davon erfahren hatte.

Ihr wurde übel und schwindlig, als ihre Verblüffung einem Stich der Eifersucht wich. Jemand hätte es ihr sagen müssen! Tommy hatte ihr quasi schon den Hof gemacht. Sogar der stille Peter hatte sich für Amelia entschieden und nicht für sie. Mit einem Mal fühlte sie sich allein und gedemütigt. Sie hielt die Hände fest im Schoß umklammert und schluckte ihre Tränen hinunter.

Als der Tanz zu Ende ging und die Mädchen zurückkamen, zwang sich Catherine, die Sache auf die leichte Schulter zu nehmen.

»Du bist ja ein Schelm, dass du mir nichts von Tommy erzählt hast«, scherzte sie.

»Er hat mich nach der Weihnachtsfeier nach Hause begleitet«, erzählte Lily atemlos und schmunzelte. »Er ist wirklich charmant.«

»Du nimmst das mit Tommy aber nicht ernst, oder?«, konnte sich Catherine nicht verkneifen zu fragen.

Lily warf ihr einen Blick zu. »Natürlich tue ich das. Er ist ein netter Kerl«, sagte sie leise, »und ein guter Küsser!«

Ihre Freundinnen unterdrückten das Lachen. Catherine fühlte sich benommen. Hitze kribbelte auf ihrer Haut.

»Aber – aber er ist doch nur ein Bergarbeiter«, platzte sie heraus.

Lily und Amelia starrten sie an. Catherine hatte keine Ahnung, warum sie das gesagt hatte, aber anstatt es zurückzunehmen, plapperte sie weiter.

»Wie sieht die Zukunft als Frau eines Bergmanns aus? Du wirst ununterbrochen schuften, Wäsche waschen und zu jeder Tages- und Nachtzeit aufstehen, um sie alle zu verköstigen und zur Arbeit zu schicken. Ich weiß, wovon ich spreche. Meine Tante Sarah ist mit einem Bergarbeiter verheiratet und hat vier Söhne in der Zeche. Die Arbeit nimmt kein Ende – sie ist vor ihrer Zeit gealtert.«

Lilys Gesichtsausdruck wechselte von Verwunderung zu Wut.

»Hör auf, mich zu belehren, Kitty. Wer gibt dir das Recht, auf Tommy und mich herabzusehen? Er ist ein prima Kerl, und mich stört nicht im Geringsten, dass er in der Mine arbeitet. Es ist harte, ehrliche Arbeit. Er sitzt nicht müßig zu Hause herum und bemalt ab und zu ein paar Kissenbezüge – er tut etwas Sinnvolles. Mag sein, dass es dreckig und gefährlich ist, aber ich liebe ihn dafür umso mehr.«

»Dann bist du umso dümmer«, zischte Catherine, gekränkt von Lilys Worten. »Ich würde niemals einen Bergarbeiter heiraten.«

»Dann wirst du als alte Jungfer sterben, Kitty«, spottete Lily. »Die Art Mann, die du suchst, gibt es nicht für Mädchen wie uns.«

»Für mich schon«, erklärte Catherine.

Amelia nahm Lily in Schutz. »Sprich nicht so mit Lily. Du trägst die Nase so hoch in der Luft, dass sie mit Eis bedeckt ist!«

Die anderen Mädchen hatten den sich zuspitzenden Streit inzwischen mitbekommen. Um sie herum wurde es still. Lily drehte Catherine den Rücken zu, die Wangen rot vor Empörung und die Augen feucht vor Tränen. Die anderen beobachteten sie und fragten sich, was gesagt worden war. Catherine ertrug ihre anklagenden Blicke nicht. Sie stand auf und begann stark zu zittern. Sie fühlte sich wieder wie ein Kind. Sie gegen alle anderen, von der Feier ausgeschlossen.

Ohne ein weiteres Wort schnappte sie sich ihre Jacke und floh aus dem Raum. Sie stürzte auf die Straße und bahnte sich blindlings ihren Weg durch die dunklen Gassen von Tyne Dock. Heiße Tränen strömten ihr über das Gesicht. Warum hatte sie so verletzende Dinge zu Lily gesagt? Sie hatte sie nur vor dem Leben als Frau eines Bergmanns warnen, aber nicht Tommy schlechtmachen wollen. Oder doch? War sie dermaßen eifersüchtig, weil sich Tommy für Lily entschieden hatte, anstatt auf sie zu warten, dass sie ihre beste Freundin angegriffen hatte? Sie hatte sie verletzen wollen. Sie war verachtenswert. Kein Wunder, dass niemand sie zur Freundin haben wollte. Und das war alles, was sie wirklich wollte – Freunde zu haben, dazuzugehören. Warum musste sie anders sein?

»Du bist ein Bastard durch und durch.« Deshalb. Die hasserfüllten Worte, die eine zornige Nachbarin ihr vor langer Zeit entgegengespien hatte, hallten in ihrem Kopf wider. Sie war von Geburt an dazu verflucht, nicht zu den anderen dazuzugehören. Sie würde immer anders sein, immer im Abseits stehen.

Vor ihrem geistigen Auge war sie wieder das kleine Mädchen, das die Hintertreppe zu Cissys Haus hinaufstieg, mit einem sauberen Kittelkleid und Schleifen im Haar. Sie hörte das Kreischen der anderen Kinder, die sich bei einem Spiel amüsierten. Ihre Freundin hatte vergessen, sie abzuholen, aber sie war nicht zu spät, ganz gleich, was Kate behauptete.

Catherine klopfte an die Tür und hüpfte vor Aufregung. Niemand kam. Sie klopfte lauter. Endlich machte jemand auf. Cissy stand grinsend in der Tür, die anderen drängten sich hinter ihr, atemlos vom Blinde-Kuh-Spiel.

»Tut mir leid, dass ich zu spät bin ...«

»Du kannst nicht reinkommen«, unterbrach Cissy sie. »Du bist nicht eingeladen.«

»Aber ...«

»Meine Mama sagt, du hast keinen Papa.«

Die Tür knallte zu. Sie konnte das Lachen dahinter hören. Der Schmerz durchfuhr sie wie eine scharfe Klinge.

Catherine schluchzte bei der Erinnerung daran und stolperte den Hügel hinunter, weg vom Gemeindesaal, ohne das Klingeln der Glocke und die Rufe des Fahrers zu hören, als die Trambahn sie nur knapp verfehlte. Plötzlich stand sie inmitten völliger Dunkelheit. Sie tastete umher und spürte eine kalte, glitschige Wand. Wo war sie? Wo waren die Straßenlaternen? Panik übermannte sie. Catherine drehte sich um sich selbst, und die Schwärze schien vollkommen. Sie war irgendwo verschüttet, wo es nach Urin und Schimmel stank. Über ihr war ein seltsames Grollen zu hören, als bebte die Erde. Das war die Hölle. Kein heißes Feuer und keine lodernden Flammen für sie, nur ein kaltes, stinkendes Nichts.

Catherine drückte sich an die Wand, um nicht umzukippen. Sie bekam keine Luft mehr. Aus der Dunkelheit tauchten Schatten auf und versuchten, sie mit sich zu reißen. Ihr schwirrte der Kopf, und in ihren Schläfen pulsierte ein Druck, als wollte ihr Gehirn seinen Käfig sprengen. Auf einmal spürte sie, wie Flüssigkeit aus ihrer Nase schoss. Sie schmeckte Blut. Als sie die Hände hob, um den Schwall aufzuhalten, spürte sie, wie etwas Klebriges durch ihre Finger floss.

Sie stieß einen entsetzten Schrei aus. Plötzlich blitzte ein Licht auf, eine Bahn raste auf sie zu. Die Scheinwerfer erhellten den höhlenartigen Tunnel. Catherine erkannte, dass sie sich unter den Eisenbahnbögen von Tyne Dock befand. Sie nahm den Gedanken halb wahr, dann erlosch das Licht, und die Welt schloss sich um sie, als sie an der schleimigen Wand hinab in die Bewusstlosigkeit glitt.

6

Catherine hörte gedämpfte Stimmen hinter der Schlafzimmertür.

»... aber so viel – so viel hat sie noch nie geblutet, Dr. Dyer.«

»Sie ist sehr schwach. Hat sie ausreichend gegessen, Kate?«

Eine Pause, dann: »Sie isst wie ein Spatz. Die Mädchen von heute wollen in ihren kurzen Kleidern gertenschlank aussehen.«

»Das ist schon einmal passiert, nicht wahr?«, fragte Dr. Dyer.

»Nein!«

»Nicht die Blutung, sondern der Kollaps. Gegen Kriegsende – damals war Catherine etwa dreizehn Jahre alt. Sie konnte wochenlang nicht laufen, obwohl ich keine Schäden an ihren Beinen feststellen konnte. Absolute Erschöpfung.«

»Sie wollte bloß nicht zur Schule gehen«, schnaubte Kate. »Hat wie eine Prinzessin im Bett gelegen, während ich sie mit feinem Essen gefüttert habe, um ihre Lebensgeister zu wecken.«

Der Arzt sagte freundlich: »Und so sollten wir es jetzt wieder machen, Kate. Sie ist sehr geschwächt, und das Nasenbluten ist besorgniserregend. Sie muss viel Leber essen, damit sie keine Blutarmut bekommt. Das Mädchen braucht gutes Essen und Ruhe.«

Kate seufzte. »Irgendetwas muss sie krank gemacht haben. Catherine ist ein starkes Mädchen, das ist nicht normal.«

»Sie wird eine Weile mit ihrer Arbeit aussetzen müssen.«

»Ja, vielleicht liegt es an den Farben.« Kate stürzte sich auf den Gedanken. »Ich habe gehört, dass bleihaltige Farben schädlich sein können – sie vergiften einen. Meine Mutter hat früher am Puddelofen gearbeitet, und mehrere Frauen dort sind an einer Bleivergiftung gestorben.«

»Schon möglich«, überlegte Dr. Dyer, »wobei ich keine Anzeichen für eine Vergiftung sehe – kein Erbrechen. Trotzdem würde ich die Sachen sicherheitshalber verstauen, bis sie sich erholt hat.« Er öffnete die Tür. »Ich komme morgen wieder.«

»Danke, Doktor«, sagte Kate. »Sie waren so gut zu uns. Ich will mir gar nicht ausmalen, was passiert wäre, wenn Sie sie nicht gefunden hätten ...« Kate stockte.

»Ich bin auch froh, dass ich sie gefunden habe. Keine Sorge – wie gesagt, sie ist ein starkes Mädchen. Auf Wiedersehen, Kate.«

Catherine schloss die Augen, während die Worte über sie hinwegspülten. Sie fühlte sich entrückt, als würde sie schweben, wie in einem Traum. Doch ihr Körper war bleischwer und drückte sie aufs Bett. Sie war kraftlos wie ein Katzenjunges und zu erschöpft, um sich auch nur einen Zentimeter zu bewegen. Es war wunderbar, einfach im Bett zu liegen und nichts tun zu müssen, nicht denken zu müssen. Sie befand sich in einer Welt aus warmen, kratzigen Decken, dem Geruch nach Kampfer und dem Knistern des Küchenfeuers, das Kate anschürte. Das ferne Rufen des Lumpensammlers unten an der Straße war das letzte Geräusch, das sie hörte, bevor sie in den Schlaf sank.

In den folgenden Tagen kehrte die Erinnerung an jenen schrecklichen Abend zu Catherine zurück. Dr. Dyer war mit seinem Auto vorbeigefahren und hatte sie zusammengesackt auf dem Straßenpflaster entdeckt. Sie konnte sich nicht mehr vor

Augen führen, was geschehen war, nachdem er sie dort aufgelesen, nach Hause gebracht und ins Bett getragen hatte, erinnerte sich nur noch an aufgeregte Stimmen und warmen Tee, an Schreie und das Stillen der Blutung. Sie lag in Kates Bett, und Davie teilte sich mit dem übellaunigen John die Stube.

Die Zeit war stehen geblieben. Die Tage unterschieden sich nicht von den Nächten; sie schlief, wachte auf und schlief wieder ein. Kate fütterte sie wie ein kleines Kind mit Suppe und Tee, kühlte ihr Gesicht mit einem feuchten Tuch und sang leise. Catherine nahm alles dankbar in sich auf, denn sie wusste, dass die zärtliche Zuwendung und die Geborgenheit des großen Betts nicht von Dauer sein würden.

Nach einer Woche wurde das Gezänk hinter der Schlafzimmertür lauter.

»Wird Zeit, dass du deinen nichtsnutzigen Hintern wieder zur See schaffst«, herrschte John Davie an. »Und wann gibt es Abendessen? Das faule Fräulein da drinnen braucht nicht als Einzige etwas zu essen.«

»Ich kann nicht überall gleichzeitig sein«, schimpfte Kate. »Du wirst in den nächsten fünf Minuten nicht verhungern.«

»Sie spielt nur die Kranke«, grummelte John. »Ein bisschen Nasenbluten, und sie liegt eine Woche im Bett. Du bist viel zu nachgiebig.«

»Ja«, stimmte Davie zu, »sie saugt dich aus.«

»Das tut ihr alle!«, rief Kate. »Euch beiden könnte es nicht schaden, wenn ihr mal einen Finger rühren und das Essen auftragen würdet.«

»Und dem Mädchen könnte es auch nicht schaden, aufzustehen und sich an den Tisch zu setzen«, murmelte Davie.

»Seit wann bist du Arzt?«, fragte Kate.

»Ärzte!«, rief John verächtlich. »Die bringen mehr Leute um, als sie heilen. Dieser schottische Quacksalber treibt uns noch ins Armenhaus, weil er dich drängt, Kitty schickes Essen vorzusetzen.«

»Woher willst du das wissen? Du steuerst keinen Penny bei – keiner von euch!«

»Das werde ich, sobald der Handel wieder in Schwung kommt«, verteidigte sich Davie.

»Dann mach dich auf den Weg zum Hafen – du wirst kein Schiff finden, wenn du den ganzen Tag hier rumsitzt.«

»Wenn es das ist, was du willst ...«

»Ja, das will ich!«

»Ich wäre auch lieber auf See als hier, wo mich meine Frau aus dem Bett verbannt und er den ganzen Tag nur meckert. Ein Wirbelsturm wäre angenehmer!«

Catherine hörte, wie die Hintertür zuschlug, während sich Kate in der Küche zu schaffen machte und die Sachen auf den Tisch knallte.

»Bist du jetzt glücklich?«, zischte sie John an.

Er schnaubte: »Du und das Mädchen habt ihn vertrieben, nicht ich. Wenn du meine Frau wärst, würde ich dich mit dem Gürtel züchtigen.«

»Ja, das ist deine Antwort auf alles, nicht wahr?«, sagte Kate verbittert. »Was glaubst du, warum ich Davie geheiratet habe?«

»Weil er zu feige ist, um sich gegen dich zu wehren.«

»Nein, weil er Manns genug ist, seinen Gürtel dort zu lassen, wo er hingehört – in seiner Hose.«

Catherine wartete darauf, dass der Schürhaken gegen das Kamingitter schepperte oder Geschirr herumflog. Aber das Fluchen ihres Großvaters verstummte, und eine unheilvolle Stille blieb zurück. Mit Schrecken dachte sie, dass sich die Wut und Bitterkeit als Nächstes gegen sie richten würden.

Eine Woche später befand sich Davie auf einem Schiff mit Kurs auf das Kap der Guten Hoffnung, und Kate war mit ihrer Geduld am Ende. Sie warf Catherine aus dem Bett und unterzog das Schlafzimmer einem Frühjahrsputz. Kates Mittel gegen Trübsinn bestand darin, doppelt so hart zu arbeiten und sich körperlich zu verausgaben, damit sie keine Zeit zum Grübeln hatte.

»Vertreib deinen Kummer durch Arbeit, Mädchen«, befahl sie, als Catherine sie teilnahmslos beobachtete. »Es bringt nichts, herumzusitzen und sich selbst zu bemitleiden. Als Erstes kannst du mir helfen, die Matratze auszuklopfen.«

»Ich bin zu müde«, klagte Catherine.

»Du musst nur ein bisschen frische Luft in deine Lungen bekommen, das ist alles. Wir tragen die Matratze raus auf den Hof.«

Catherine mühte sich ab, um ihrer Mutter zu helfen, während John am Feuer saß und die Aktivitäten ignorierte. Sie hustete, als um sie herum Staub und Federn aufgewirbelt wurden, und fing Kates grimmigen Blick auf.

Am nächsten Morgen weckte Kate sie. »Ich gehe in Jarrow beim Renovieren helfen. Du musst deinem Großvater das Frühstück bringen. Bei Simpsons in der Oswald Street gibt es Wäsche abzuholen, und du musst ein Päckchen zu Gompertz bringen – Davies Anzug. Sieh zu, dass du einen guten Preis dafür bekommst.«

»Nicht zum Pfandhaus!«, protestierte Catherine. Sie hatte die Demütigung nie vergessen, zur Pfandleihe geschickt zu werden, während die Nachbarn von der Türschwelle aus zugesehen hatten.

»Wovon sollen wir sonst diese Woche Lebensmittel kaufen?«, fragte Kate gereizt. »Ich bin zum Mittagessen wieder da.« Dann war sie verschwunden.

Catherine saß noch lange da, fühlte sich wie betäubt und allein. Sollte so ihr Leben aussehen? Schuften im Haushalt und regelmäßige Abstecher zum Pfandhaus? Aber was konnte sie sonst tun? Sie hatte die Schule mit dreizehn Jahren verlassen, ohne ein Zeugnis, das ihr Kenntnisse bescheinigte. Ihr Kopf mochte voller Träume und Geschichten sein, aber ihr fehlte die Bildung, um sie zu Papier zu bringen. Schon als Kind hatte sie versucht, Bruchstücke von Erzählungen aufzuschreiben, die ihr eingefallen waren, aber es war nie etwas Überzeugendes dabei herausgekommen. Sie errötete, als sie an die lange Geschichte dachte, die sie an die Lokalzeitung geschickt hatte und die schon am nächsten Tag ungelesen zurückgeschickt worden war. Es hatte sie schrecklich gekränkt – das tat es immer noch.

Sie könnte wieder mit dem Malen anfangen. Aber womöglich ruinierte sie damit ihre Gesundheit. Es mochte auf tragische Weise romantisch klingen, als junge Künstlerin zu sterben, aber sie wollte leben. Eine plötzliche Sehnsucht nach dem Leben erfüllte Catherine. Sie wollte die Welt jenseits der New Buildings kennenlernen und auch jenseits von Jarrow und Shields. Sie war schließlich die Tochter eines Gentlemans.

Catherine zwang sich, aufzustehen und ihr bestes Kleid anzuziehen. Sie würde es ihnen allen zeigen. Heute würde sie sich eine Arbeit fernab der William Black Street suchen. Die Wäsche der Simpsons musste warten, und was das Pfandhaus anging – Davies Anzug war Kates Angelegenheit; sie konnte ihn selbst hinbringen.

Als Catherine am Abend zurückkam, schlug Kates Sorge schnell in Wut um.

»Ich habe dich überall gesucht! Du bist nicht bei den Simpsons vorbeigegangen, und Davies Anzug liegt immer noch auf dem Tisch. Wo zum Teufel warst du?«

»Ich habe mich bei Mrs Bridge gemeldet.« Catherine sah sie triumphierend an.

»Wer ist Mrs Bridge?«

»Sie leitet eine Arbeitsvermittlung«, sagte Catherine stolz.

»Für Hausangestellte?«

»Nicht nur dafür, sondern für alle möglichen Positionen. Sie meinte, ich wäre die ideale Gesellschaftsdame.«

John grölte vor Lachen. »Hört sie euch an!«

Kate starrte sie nur sprachlos an.

»Es stimmt«, beharrte Catherine. »Eine Dame aus Cleadon sucht jemanden. Mrs Bridge meint, ich sei genau die Richtige. Morgen gehe ich zum Vorstellungsgespräch.«

»Vorstellungsgespräch!«, rief John. »Unsere Kitty als Gesellschaftsdame? Sie hat den Verstand verloren!«

Kate fand ihre Stimme wieder. »Mach dir nichts vor. Du wirst ein Mädchen für alles sein – eine Dienstmagd. Ich kann nicht glauben, dass du darauf reinfällst. Du gehst da nicht hin.«

»Doch, das werde ich.«

»Es geht dir noch nicht gut genug. Die Arbeit wird dich umbringen.«

»Ach, aber es geht mir gut genug, um für euch die Dienstmagd zu spielen und zum Pfandhaus zu laufen?«

»Komm mir nicht mit deinem frechen Mundwerk!«

»Keine Sorge, du wirst mein freches Mundwerk in Zukunft nicht mehr hören. Ich bleibe hier nicht länger wohnen. Wenn die Dame aus Cleadon mich einstellt, ziehe ich bei ihr ein. Ich dachte, du freust dich für mich.«

»Ich soll mich freuen, dass du dich als Magd verdingst?«, rief Kate verächtlich.

»Was soll ich denn sonst tun?«, protestierte Catherine.

»Etwas, wofür du ein Händchen hast, zum Beispiel in einem Laden arbeiten. Du hast einen Sinn für Zahlen und Geschäfte.«

»Du willst nur, dass ich hierbleibe und die Hausarbeit für dich erledige.«

»Und was wird aus mir?«, meldete sich John zu Wort. »Wer kümmert sich um mich, während Kate arbeiten geht?«

»Du schaffst das schon.« Catherine warf ihm einen herausfordernden Blick zu.

»Geh nicht«, flehte Kate plötzlich. »Lass mich nicht mit …«

Catherine erkannte an ihrem Blick, dass ihre Mutter Angst hatte, mit John alleingelassen zu werden. Aber warum sollte sie sich die Chance auf ein besseres Leben entgehen lassen? Ihre Furcht, für immer dort festzusitzen, war größer als ihr schlechtes Gewissen, weil sie Kate allein mit John fertig werden ließ. Außerdem würde Davie bald zurückkommen.

»Davie ist doch auch noch da. Er wird sich freuen, dass ich weg bin.«

»Ich weiß nicht, warum du so gegen ihn bist«, erwiderte Kate. »Er hat nichts getan, womit er deine Ablehnung verdient.«

Catherine wusste, ihre Mutter würde nie verstehen, dass ihr Verhalten weniger von einer Abneigung gegen Davie herrührte als vielmehr von einer tiefen Sehnsucht nach ihrem leiblichen Vater.

»Mein Entschluss steht fest«, sagte Catherine. »Morgen fahre ich nach Cleadon.«

Kate ließ geknickt den Kopf hängen, während John ins Feuer spuckte und alle Frauen verfluchte.

Eine Woche später hatte Catherine die Stelle in Oakside Manor ergattert. Mithilfe einer Leihgabe von der Kirche hatte sie ihre Uniform gekauft, und sie hatte eine kleine Tasche mit Habseligkeiten gepackt. Ihre Mutter begleitete sie zur Haltestelle.

»Ich verstehe immer noch nicht, wozu du als Gesellschaftsdame eine Uniform brauchst.«

»Ach, das ist nur, damit ich adrett aussehe«, erklärte Catherine aufgeregt. »Du solltest sehen, wie stattlich das Haus ist! Es hat fünf Schlafzimmer, ein Badezimmer so groß wie unsere Küche und zwei Innentoiletten! Und die Gärten – die Bäume schirmen das Anwesen vollständig von der Straße ab, es ist wie eine geheime Welt. Und es gibt Gewächshäuser. Mrs Halliday sagt, dass sie Pfirsiche anbauen. Stell dir nur vor, diesen Sommer werde ich frische Pfirsiche essen!«

Kate schnappte nach Luft und blieb stehen. Catherine sah, wie sie sich die Hände vor den Mund schlug.

»Was ist los?«, fragte sie besorgt. In den Augen ihrer Mutter schimmerten Tränen. »Hast du Seitenstechen? Willst du dich hinsetzen?«

Kate schüttelte den Kopf, brachte aber kein Wort heraus.

»Den restlichen Weg schaffe ich allein«, versicherte Catherine ihr.

»N-nein«, würgte Kate hervor. »Es lag bloß an dem Gerede über Pfirsiche.« Sie wischte sich ungestüm mit dem Ärmel über die Augen.

»Es tut mir leid«, sagte Catherine verwirrt. »Ich wollte nicht so viel über Pfirsiche reden. Ich bringe dir welche mit, wenn ich kann.«

Kate lächelte traurig. »Das ist es nicht, Liebes. Es hat mich nur an etwas erinnert.«

»Woran?«

»Ich habe vor langer Zeit in einem herrschaftlichen Haus gearbeitet, wo es große Gewächshäuser gab. Der Geruch der Pfirsiche ...«

Catherine hielt den Atem an. »Du meinst Ravensworth?«

Kate warf ihr einen argwöhnischen Blick zu. »Wer hat dir das erzählt?«

Catherine zuckte mit den Schultern. »Vermutlich Großmutter.«

Kate nickte. »Ja, ich habe bei deiner Großtante Lizzie in Ravensworth gelebt, als ich ungefähr so alt war wie du. Ich bin ihr zur Hand gegangen, weil sie sich ein Bein gebrochen hatte. Ihr Mann Peter hat dort als Gärtner gearbeitet. Sie waren ein nettes Paar. Ich war eine Weile als Küchenhilfe auf dem Schloss beschäftigt.«

Catherine staunte, als sie sich vorstellte, dass ihre Mutter an einem solchen Ort gearbeitet hatte. Tante Mary hatte das Gasthaus erwähnt, aber nicht das Schloss. Vielleicht war sie eifersüchtig auf Kates Stelle gewesen. Was für Geschichten ihre Mutter über den Adel und seine Lebensart erzählen könnte, wenn sie sie nur zum Reden brächte!

»Wie war es«, fragte Catherine atemlos, »für die Liddells zu arbeiten?«

Sofort sah Kate sie misstrauisch an. »Was weißt du über die Liddells? Konnte Mary mal wieder ihren Mund nicht halten?«

Catherine antwortete nicht. Abrupt hob Kate die Tasche auf, die Catherine auf dem Gehsteig abgestellt hatte, und lief die Anhöhe hinunter. Catherine seufzte frustriert. Ihre Mutter würde ihr nie etwas über ihre Vergangenheit erzählen, geschweige denn über Alexander Pringle-Davies. Sie wusste nur, dass frische Pfirsiche Kate an eine Vergangenheit erinnerten, die ihr zu beschämend oder beängstigend erschien, um in Gedanken dorthin zurückzukehren.

Als die Trambahn nach Cleadon einfuhr, strich Kate ihrer Tochter mit einer rauen Hand über die Wange.

»Pass gut auf dich auf, Mädchen.«

»Ich bin im Nu wieder da«, versuchte Catherine, ihnen die Trennung zu erleichtern. »Ich bekomme jeden Samstagnachmittag frei, wenn Mrs Halliday ihre Schwester in Sunderland besucht.«

»Das ist schön«, sagte Kate lächelnd.

Einen Moment flackerte ein Hauch von Schönheit im Gesicht ihrer Mutter auf. Catherine beugte sich vor und gab ihr einen Kuss auf die Wange. Im nächsten Moment schob Kate sie mit ihrer Tasche in die Tram und winkte. Als sie einen Sitzplatz gefunden hatte und sich umdrehte, war ihre Mutter schon verschwunden.

Catherine fühlte einen kurzen Abschiedsschmerz. Aber der Gedanke an das prächtige Anwesen, das bald ihr Zuhause sein würde, ließ ihre Vorfreude wieder aufleben. Für sie begann ein neues Leben, abseits der Schande und Armut, die sie in East Jarrow verfolgten, und sie konnte es kaum erwarten, es in Angriff zu nehmen.

7

»Und die Blakes kommen zum Nachmittagstee«, rief Mrs Halliday ihr nach, als sich Catherine zurückzog. »Sie essen gern Sandwiches mit Ei und Kresse und Zitronenbiskuit – aber nicht zu viel Zitrone, du bist manchmal etwas ungeschickt, Louisa.«

Catherine umklammerte den Türgriff und verkniff sich eine Erwiderung.

»Und du kannst die Teemahlzeit in der Gartenlaube servieren. Es sei denn, es ist bewölkt, dann nehmen wir sie im Speisesaal zu uns, bei geöffneten Balkontüren. Falls es nicht zu windig ist – in dem Fall kannst du sie schließen. Oder vielleicht sollten wir den Tee einfach hier drin servieren? Was denkst du, Louisa?«

Dass du eine pedantische, lächerliche alte Schachtel bist, die ihren Hintern in Bewegung setzen und ausnahmsweise etwas Sinnvolles tun sollte!, hätte Catherine am liebsten laut zu ihrer unentschlossenen, nörgelnden Arbeitgeberin gesagt, die neben dem Kamin saß und sich in dem stickigen Raum Luft zufächelte. Nur Mrs Halliday konnte mitten im Juni auf einem Feuer bestehen, unfähig, sich zu entscheiden, ob es schön bleiben oder regnen würde.

Catherine drehte sich zu ihr um. »Ich werde den Tee im Esszimmer servieren und die Türen halb öffnen. Ist das alles, Ma'am?«

»Ja, ja, für den Moment schon«, schnaufte Mrs Halliday. »Und ich hoffe, du hältst vor meinen Besuchern deine spitze Zunge im Zaum, Louisa. Du wirst von Tag zu Tag dreister.«

Catherine verließ den Raum und ballte die Hände zu Fäusten, um nicht zu schreien. Sie polterte in die Küche, wo Sam, der alte Gärtner, gerade Tee schlürfte.

»Wenn hier jemand dreist ist, dann sie! Ich bin seit fünf Uhr morgens auf den Beinen, um Feuer zu machen und Wasser zu erwärmen, und das mitten in einer Hitzeperiode! Und jetzt erwartet sie Besuch zum Tee und verlangt, dass ich vergnügt mit Tabletts durch den Garten und das Haus hüpfe, obwohl ich noch die Betten für ihre versnobte Schwester und ihren Schwager herrichten muss, die morgen anreisen.«

»Nun ja«, murmelte Sam, »dafür bekommst du schließlich einen Lohn, Louisa.«

»Nicht annähernd genug«, schimpfte Catherine. »Und hör auf, mich ›Louisa‹ zu nennen! Ich bin Kitty, außer für diese verrückte Mrs Halliday und ihre Freunde.« Catherine ahmte die atemlose Stimme ihrer Arbeitgeberin nach. »O nein, nein, nein! Meine Zofe kann nicht Kitty heißen, das ist viel zu gewöhnlich, meinst du nicht? Ich werde dich Janet nennen – nein, Rachel. Oder Sarah. Schlicht, aber würdevoll. Louisa. Das ist es, Louisa.«

Sam kicherte über die Imitation. »Du gehörst auf die Bühne, Mädchen.«

»Ich gehöre überall hin, nur nicht hierher«, seufzte Catherine. »*Gesellschaftsdame*, dass ich nicht lache. Ich habe noch nie in meinem Leben so geschuftet. Meine Mutter hatte recht, ich bin nur eine Dienstmagd mit einem schicken Namen. Und wie sie mich ansehen, die gnädige Frau und ihre hochnäsigen Freundinnen, als täten sie mir einen großen Gefallen, dass ich sie bedienen darf. Unglaublich, dass ich es ein ganzes Jahr ausgehalten habe.«

»Es gibt Schlimmeres«, sagte Sam freundlich.

Über ihnen an der Wand bimmelte die Glocke. Catherine biss die Zähne zusammen.

»Bestimmt hat sie ihre Meinung wieder geändert. Jetzt werden Gurkensandwiches und Rosinenbrot auf dem Rasen serviert, und ich tanze dazu Tango mit einer Rose zwischen den Zähnen.«

Sam stand kichernd auf, während sich Catherine für die Rückkehr in den Salon und die Begegnung mit der wankelmütigen Mrs Halliday wappnete.

Als sie später in der heißen Küche über einem Rhabarberkuchen schwitzte, fragte sie sich zum tausendsten Mal, warum sie geblieben war. Der Traum von der Arbeit als Gesellschaftsdame und einem vornehmen Leben auf dem Land war schon nach wenigen Wochen ausgeträumt gewesen. An dem Tag, an dem man sie in »Louisa« umgetauft hatte, war Catherine klar geworden, dass ihre Mutter recht gehabt hatte und dass sie trotz ihrer schicken Bezeichnung nur das Mädchen für alles war. Man hatte sie reingelegt. Außer Sams Frau, die bei der Wäsche half, gab es auf Oakside Manor keine andere Haushaltshilfe.

»Aber du bist doch so zupackend«, hatte Mrs Halliday erstaunt gerufen, als Catherine eine zweite Küchenkraft vorgeschlagen hatte. »Ich möchte niemand anderes haben. Außerdem musst du dich nur um mich kümmern. Das ist keine schwere Arbeit für ein junges Mädchen wie dich.«

Catherine musste sich eingestehen, dass sie nur aus Sturheit geblieben war und weil sie nicht zugeben wollte, dass Kate von Anfang an ins Schwarze getroffen hatte. Sie erduldete die Quengelei und Unschlüssigkeit ihrer Arbeitgeberin, blieb aber standhaft, wenn es um ihre freien Tage ging. Mrs Halliday hatte versucht, ihr die vereinbarten arbeitsfreien Samstagnachmittage zu streichen, an denen sie nicht zu ihrer Schwester fuhr, aber Catherine ließ sich nicht beirren und verließ Cleadon jeden Samstagnachmittag, um nicht ständig auf Abruf zur Verfügung zu stehen.

Ihre freien Stunden verstrichen viel zu schnell, und ihr blieb nur Zeit für einen kurzen Besuch zu Hause und in der Kirche, bevor sie nach Oakside Manor zurückkehrte. Der einzige Lichtblick ihrer Woche war die tiefe Bassstimme des geheimnisvollen Mannes, der in der Kirche hinter ihr saß. Wenn er da war, hob sich Catherines Stimmung, wenn er nicht kam, war sie enttäuscht. Sie hatte gehört, wie der Priester ihn »Mr Rolland« genannt hatte, aber nicht mehr über ihn herausfinden können.

Wenn Davie daheim war, stellte sich Catherine darauf ein, dass ihre Familie schon nachmittags in der Küche saß und aus dem Steingutkrug trank – bei geöffneter Tür, damit die frische Brise vom Fluss hereinströmte. Sie händigte Kate den Großteil ihres Lohns aus und flüchtete dann die Straße hinauf in Tante Marys gepflegtes Haus.

»Warum schaust du nicht bei Lily vorbei?«, hatte Kate kürzlich vorgeschlagen. »Von Mary kriegst du nur Gemecker zu hören. Du brauchst ein bisschen Spaß an deinem freien Tag, etwas Gesellschaft von Gleichaltrigen.«

»Lily geht mit jemandem aus«, seufzte Catherine.

»Und was ist mit Amelia?«, ließ Kate nicht locker.

Catherine zuckte mit den Schultern. Sie hatte sich seit über einem Jahr nicht mehr in den Jugendtreff getraut, weil sie befürchtete, dass ihre früheren Freunde ihr die kalte Schulter zeigen würden. Sie hatte zu niemandem mehr Kontakt.

Als sie jetzt darüber nachdachte, während sie den Rhabarberkuchen in den glühenden Ofen schob, fühlte sie sich schrecklich allein. Sie war knapp neunzehn Jahre alt, aber ihr Leben bestand aus Plackerei und Einsamkeit. Mit einem Mal sehnte sie sich nach dem unbeschwerten Lachen und Geplauder von Lily, Tommy und den anderen.

Am nächsten Samstag nahm sie ihren Mut zusammen und ging bei ihrer alten Freundin vorbei. Mrs Hearn öffnete ihr die Tür.

»Lily ist nicht da, Liebes. Sie nimmt am Ausflug des Jugendtreffs nach Hexham teil. Hast du nicht davon gehört?«

Catherine schluckte. »Ich war so mit der Arbeit beschäftigt.«

Lilys Mutter nickte. »Es ist schön, dich zu sehen. Ich habe deine Besuche vermisst, Kitty. Und wie ihr Mädels miteinander plaudert und lacht.«

Catherine stiegen die Tränen in die Augen. »Ich vermisse das alles auch.«

Einen Augenblick später begann sie vor der Haustür der Hearns offen zu weinen. Mrs Hearn legte ihr schnell einen Arm um die Schulter und schob sie in die Küche. Sie brachte ihr ein sauberes, gestärktes Taschentuch, eine Tasse Tee und ein großes, ofenwarmes Stück Rosinenbrot. Nachdem sie aufgegessen hatte, fühlte sich Catherine zehnmal besser.

»Warum kehrst du nicht nach Hause zurück, wenn du in Cleadon so unglücklich bist, und suchst dir hier etwas?«, fragte Lilys Mutter.

»Ich will nicht wieder bei meiner Familie wohnen«, gestand Catherine. »Wir kommen nicht gut miteinander zurecht.«

Mrs Hearn dachte nach. Plötzlich hellte sich ihr Gesicht auf. »Lily hat erzählt, dass in der Wäscherei noch Mädchen gesucht werden.«

Catherine versuchte, ihre mangelnde Begeisterung zu verbergen. Das Harton-Arbeitshaus rief immer noch Schrecken hervor. Zu Hause durfte es mit keinem Wort erwähnt werden, um den Zorn ihres Großvaters nicht zu entfachen. Es beschwor eine schreckliche Zeit in Kates Kindheit herauf, in der sie zum Betteln auf die Straße geschickt worden war und in der John in Harton Schwerstarbeit hatte verrichten müssen, damit etwas zu essen auf den Tisch kam.

»Du könntest dort wohnen«, schlug Mrs Hearn vor. »Warum bittest du nicht Pater O'Neill, ein gutes Wort für dich einzulegen? Eine Empfehlung des Priesters bewirkt wahre Wunder. Und du und Lily könntet euch wieder öfter sehen. Sie würde sich freuen.«

Catherine sah überrascht auf. »Glauben Sie wirklich?«

»Natürlich«, antwortete Mrs Hearn lächelnd. »Was auch immer es war, worüber ihr euch entzweit habt, war es nicht wert. Ich weiß, dass du Lily fehlst – sie hat es mir gesagt.«

Catherine war nicht sicher, ob sie es nur aus Freundlichkeit sagte, aber die Worte machten ihr Mut. Sie verließ das Haus der Hearns mit einem neuen Anflug von Optimismus. Selbst eine Tätigkeit in der Wäscherei des Arbeitshauses wäre besser als ihre jetzige Situation, wenn sie Lily als Freundin zurückgewinnen könnte.

Nach der Abendandacht am Samstag nahm sie ihren Mut zusammen und sprach mit Pater O'Neill. Er musterte sie unter seinen drahtigen grauen Augenbrauen, während sie ihn um Hilfe bat, und sie spürte ihre vertraute Angst vor ihm. Wie oft war sie als kleines Mädchen schreiend aus einem Albtraum erwacht, in dem ein schwarz gekleideter Priester in der Dunkelheit des Beichtstuhls lauerte, aus dem sie nicht entkommen konnte? In ihrer kindlichen

Fantasie hatte sie den Albtraum immer mit dem strengen Pater O'Neill in Verbindung gebracht.

Catherine wappnete sich für eine Ablehnung, aber er nickte schließlich.

»Ich kenne die Hausvorsteherin – ich werde mit ihr sprechen.«

»Danke, Pater«, sagte Catherine schnell und verschwand.

In der Woche darauf wartete zu Hause ein Brief auf sie.

»Mach ihn auf«, drängte Kate. »Was steht drin?«

Catherine blickte zum alten John hinüber, der auf seinem Sessel döste.

»Ich habe ein Vorstellungsgespräch«, flüsterte Catherine. »In Harton.«

Kate zuckte zusammen. »Nicht etwa im Arbeitshaus?«

»Doch, in der Wäscherei«, sagte Catherine trotzig.

Kate schnaubte ungläubig. »Du hältst keine fünf Minuten in einer Wäscherei durch. Dafür musst du stark wie ein Ochse sein. Ich spreche aus Erfahrung.«

»Wofür muss sie stark wie ein Ochse sein?«, fragte John, der aus seinem Nickerchen erwachte.

»Für nichts«, sagte Kate nervös.

Catherine sah ihn kühn an. »Ich habe ein Vorstellungsgespräch in der Harton-Wäscherei.«

Alle Farbe wich aus Johns hagerem Gesicht. »Harton? Du wirst da nicht arbeiten!«

»Warum nicht?«

»Weil ich es sage, du freches Luder!«

»Dort bekomme ich mehr Lohn als bei der hochnäsigen Mrs Halliday. Das weiß ich von Lily.«

»Und sie könnte öfter zu Hause vorbeischauen«, versuchte Kate, John zu beschwichtigen. »Sie fehlt dir doch, oder?«

»Ich hab dich nicht nach deiner Meinung gefragt.« John trat wütend gegen das Kamingitter. Er stand auf und funkelte Catherine an. »Deine Großmutter und ich haben dich vor diesem Teufelsloch bewahrt, du undankbares Biest. Rose hat sich halb totgearbeitet, um dich großzuziehen. Aber wir haben es getan, um deine Schlampe von Mutter und dich vor dem Arbeitshaus zu retten. Und jetzt sagst du, du willst dort arbeiten! Es ist eine Schande für den Namen McMullen, dass einer von uns an so einem Ort schuften muss!«

»Es ist ehrliche Arbeit, Großvater«, sagte Catherine, »und ich bekomme ein festes Gehalt, keine Almosen für Hilfsarbeiten.«

Kate schnappte erschrocken nach Luft, und Catherine begriff zu spät, was sie gesagt hatte. Im Nu ergriff John den eisernen Schürhaken und schwang ihn vor ihr herum.

»Du wagst es, mir so was ins Gesicht zu sagen?«, brüllte er. »Ich war nur dort, um deine Großmutter und ihre Gören durchzufüttern. Ein McMullen nimmt von niemandem Almosen an!«

Als er den Schürhaken in die Höhe riss, stürzte Kate zwischen die beiden und schob Catherine zur Tür.

»Lauf, Kitty!«, befahl sie und schubste ihre widerspenstige Tochter nach draußen.

»Ich bring sie um!«, brüllte John, als Catherine auf die Straße flüchtete. Aber Kate blockierte die Tür mit ihrem massigen Körper.

»Siehst du, was du mit deinem frechen Mundwerk angerichtet hast?«, rief sie ihrer Tochter nach. »Verschwinde und lass dich so schnell nicht wieder blicken!«

Catherine irrte durch die Straßen von South Shields, bis sich ihr Herzschlag beruhigt hatte. Sie war erschüttert über Johns Ausbruch, aber umso entschlossener, die Stelle zu bekommen. Seine Ablehnung beruhte auf Vorurteilen und Angst. Auch Kates Spott, sie sei nicht stark genug für eine solche Arbeit, wurmte sie.

Doch als es so weit war, musste Catherine all ihren Mut zusammennehmen, um durch die abschreckenden Tore der rußgeschwärzten Backsteinfestung zu treten. Es war ein Armengefängnis, ein Ort ohne Hoffnung für die Mittellosen und Geächteten. Ihre Schritte hallten in den langen, kahlen Gängen wider, die Fenster waren zu hoch, um irgendeine Aussicht zu bieten. In der Ferne hörte sie Türenklappern und gelegentliche Schreie.

Die Hausvorsteherin, Mrs Hatch, führte sie durch die große, lärmende Wäscherei. Die riesigen Walzen und Pressen ratterten und zischten, die Luft war drückend heiß und staubig. Mehrere Reihen junger Frauen standen schwitzend vor den Maschinen. Die bezahlten Wäscherinnen trugen hellblaue, die Insassinnen braune Overalls. Catherine rutschte das Herz in die Hose. Nervös sah sie sich nach Lily um, entdeckte sie aber nicht.

»Pater O'Neill hält Sie für eine aufgeweckte junge Frau und eine tüchtige Arbeiterin«, sagte die Hausvorsteherin, als sie ihr Büro erreichten. Sie hatte scharfe Gesichtszüge, runzelte die Stirn unter ihrer gestärkten weißen Haube und trug eine makellose Uniform.

Catherine nickte, um ihre Überraschung zu verbergen.

»Können Sie addieren?«

»Ja, Ma'am.«

»Besitzen Sie einen Schulabschluss?«

Catherine errötete. »Nein, aber ich habe mein eigenes Gewerbe geführt.«

»Schreiben Sie ordentlich? Notieren Sie hier etwas. Und dann addieren Sie diese Zahlen.«

Catherine befolgte die Anweisung und fragte sich, warum man zum stundenlangen Bügeln von Laken derartige Fähigkeiten brauchte. Mrs Hatch begutachtete ihre Arbeit, spitzte die Lippen und verkündete: »Gut genug, schätze ich. Ich setze Sie versuchsweise als Prüferin ein, weil Pater O'Neill überzeugt ist, dass Sie dazu in der Lage sind. Also enttäuschen Sie mich bitte nicht.«

»Ich werde mein Bestes geben, Ma'am«, versprach Catherine und fragte sich, was eine Prüferin machte.

»Nennen Sie mich ab jetzt Vorsteherin Hatch. Ich zeige Ihnen, wo Sie arbeiten werden.«

Catherine folgte ihr zurück in die dampfende Wäscherei und wurde zu einer Kabine in der Ecke geführt.

»Ihre Aufgabe besteht darin, den gesamten Wäschebestand zu kontrollieren«, rief Mrs Hatch über den Lärm hinweg, »und ein Auge auf die Insassinnen zu haben.« Sie nickte in Richtung der braun gekleideten Frauen.

Catherine spürte einen Stich im Herzen, als sie diese Arbeitshausfrauen betrachtete. Sie waren die Eingesperrten, die Frauen, die weniger Glück als Kate gehabt hatten und die niedrigsten Arbeiten verrichteten.

Die Hausvorsteherin fuhr fort: »Sie werden hier übernachten und bekommen alle zwei Wochen einen Tag frei. Jedes zweite Wochenende müssen Sie auf der

Obdachlosenstation aushelfen. Sind Sie damit einverstanden?«

Catherine schluckte und nickte.

»Als leitende Angestellte müssen Sie hier wohnen. Stellt das für Ihre Eltern ein Problem dar?«

Catherine schaute erschrocken. »Nein«, sagte sie rasch. »Ich lebe zurzeit auch außerhalb.«

»Gut. Wann können Sie anfangen?«, fragte Vorsteherin Hatch.

»Ich habe eine Woche Kündigungsfrist.« Während sie das sagte, spürte sie Genugtuung. Nie wieder würden Mrs Halliday und ihresgleichen ihr auf den Nerven herumtanzen. In Zukunft wäre sie eine Angestellte, die Verantwortung für andere trug.

Catherine verlor keine Zeit, ihre Arbeitgeberin davon in Kenntnis zu setzen.

»Eine Wäscherei?«, rief Mrs Halliday entsetzt. »Wieso willst du in einer Wäscherei arbeiten? Um Himmels willen! Dort wärst du verschwendet.«

Catherine ging in aller Ruhe ihrer Arbeit nach, während Mrs Halliday weiter schimpfte. »Nein, nein, Louisa. Wenn du dir wegen der freien Tage Sorgen machst, garantiere ich dir, dass du deine Samstagnachmittage bekommst.«

»Meine Mutter will, dass ich nach Jarrow zurückkehre«, sagte Catherine. Das war zwar nicht die ganze Wahrheit, aber auch keine Lüge.

»Aber du hast hier eine Zukunft! Mit der Zeit kannst du eine ausgezeichnete Zofe werden.«

Catherine verkniff sich die Erwiderung, dass sie nie wieder für irgendjemanden das Dienstmädchen spielen würde. Ihr Vater war ein Gentleman. Nichts, was Mrs Halliday sagte, konnte sie umstimmen. Als sie ihre kleine Tasche gepackt hatte und durch den Dienstboteneingang hinausging, betrachtete sie das solide steinerne Herrenhaus inmitten des satten Frühsommergrüns.

»Eines Tages werde ich in so einem Haus wohnen«, beschloss sie spontan. »Und ich werde mich nicht durch den Hintereingang reinschleichen, sondern die Vordertreppe hinaufgehen, weil es mir gehören wird!«

»Mit wem sprichst du, Kitty?«, fragte Sam und blickte von seiner Hacke auf.

Sie drehte sich erschrocken um, als sie merkte, dass sie belauscht worden war.

»Nur mit mir selbst«, sagte sie mit einem verlegenen Lachen.

Er schüttelte den Kopf, als wäre sie verrückt. Vielleicht war sie das, weil sie es wagte, so weit über ihren Stand hinauszuträumen. Aber danach strebte sie. Tief in ihrem Inneren loderte wie ein frisch angefachtes Feuer der Wunsch, das Leben zu führen, für das sie geschaffen war.

»Pass auf dich auf, Mädchen.« Sam winkte zum Abschied.

Sie rief ihm Lebewohl zu und schritt durch das Tor, ohne einen Blick zurückzuwerfen.

8

In den ersten Wochen plagten Catherine Zweifel, ob sie die Stelle im Arbeitshaus hätte annehmen sollen. Im Sommer war es in der Wäscherei heiß und laut, und nach neun Stunden brummte ihr der Kopf, und ihre Augen brannten. Die Arbeiterinnen waren schüchtern oder übellaunig, und die anderen leitenden Angestellten beäugten sie mit Argwohn.

»Wie kommt es, dass ein Mädchen wie sie als Prüferin arbeiten darf?«, fragte Hettie, eine sturköpfige Frau um die dreißig, gut hörbar beim Essen in der Kantine. »Sie ist gerade erst neunzehn. Ich arbeite seit sechzehn Jahren hier und bin immer noch Aufseherin. Und es ist ja nicht so, als ob sie irgendeine Ausbildung hätte.«

Catherine aß weiter und zwang sich bei jedem Bissen zum Schlucken. Sie musste sich mit Hettie ein kleines Zimmer teilen, und die bissige Frau hatte ihr deutlich zu verstehen gegeben, dass ihr das nicht passte.

»Es ist, als würde ich mit der heiligen Catherine zusammenleben – die Wände sind mit Kruzifixen und Heiligenbildern tapeziert«, fuhr Hettie fort, und die anderen lachten. »Der Linoleumboden ist ganz durchgescheuert vom vielen Hinknien.«

Catherine schmunzelte, als fände auch sie die Bemerkung amüsant. »Ich danke der Muttergottes bloß dafür, dass sie mir eine so sympathische Mitbewohnerin beschert hat.«

Das sorgte für ein paar Lacher, und Hettie runzelte die Stirn. Ihr hasserfüllter Blick machte deutlich, dass es unklug war, zurückzuschlagen, aber Catherine konnte nicht anders. Sie hatte der Frau nichts Böses getan und wollte sich nicht vorwerfen lassen, dass sie zu jung oder zu arbeitswütig war.

Sie wünschte, sie könnte mit Lily darüber sprechen, aber dafür gab es kaum Gelegenheit. An ihrem ersten Tag hatten sich die Freundinnen zugelächelt, und Lily hatte ihr großmütig viel Glück zugeraunt, ohne Neid auf Catherines höhere Position zu zeigen. Catherine war erleichtert gewesen, aber bald darauf enttäuscht, weil sie so wenig Kontakt hatten. Sie selbst gehörte zum Personal, während Lily eine einfache Arbeiterin war. Lily war zum Bügeln eingeteilt und stand damit eine Stufe über den Insassinnen in der Wäscherei. Sie verbrachte die ganze Zeit hinter den heißen Rohren und surrenden Lederriemen der Bügeltische. Lily aß mit den anderen Lohnarbeiterinnen zu Mittag, und um fünf Uhr ging sie nach Hause.

Mit Catherine sprach sie nur flüchtig, wenn sie die Stapel frisch gebügelter Bettlaken ablieferte, die für die Krankenstation bestimmt waren.

»Hettie Brown ist sogar auf ihren eigenen Schatten eifersüchtig«, sagte Lily. »Geh ihr aus dem Weg.«

»Wie soll ich das machen, wo wir uns ein winziges Zimmer teilen?«

»Dann leg dich zumindest nicht mit ihr an«, warnte Lily. »Wenn sie sich erst einmal auf dich eingeschossen hat, macht sie dir das Leben zur Hölle. Ich habe oft genug gesehen, wie sie die Insassinnen zum Weinen gebracht hat. Sie hat früher gebügelt, bis Vorsteherin Hatch sie in die Krankenstation versetzt hat. Wenn man vom Teufel spricht …«

Mrs Hatch erschien an der Tür, und Lily eilte davon, während Catherine den Bestand an frischer Bügelwäsche überprüfte.

Da sie sich mit den älteren Frauen schwertat, die den Großteil des Personals im Arbeitshaus ausmachten, stürzte sich Catherine umso entschlossener in ihre neue Aufgabe. Nach einem intensiven Tag in der Wäscherei verbrachte sie oft den halben Abend bei den älteren Menschen auf den Krankenstationen. Es erinnerte sie daran, wie sie sich als Kind um ihre bettlägerige Großmutter Rose gekümmert hatte, und es verstörte sie nicht, wenn die alten Leute verwirrt vor sich hin brabbelten oder auf der Suche nach ihrem Haus oder längst verstorbenen Menschen herumirrten.

Eines Samstags sagte Vorsteherin Hatch zu ihr: »Wir brauchen jemanden, der die Frauen heute Nachmittag zu den Cottages begleitet, Miss McMullen. Ich möchte, dass Sie mitfahren.«

Catherine nickte zustimmend und fragte sich, was für Cottages gemeint waren.

»Sie müssen sie beaufsichtigen und sicherstellen, dass es kein ungebührliches Verhalten gibt. Um vierzehn Uhr versammeln sich alle am Haupttor. Miss Brown übernimmt mit Ihnen gemeinsam die Aufsicht.«

Catherine wurde flau im Magen. Hettie würde ihr den unerwarteten Ausflug zweifellos verderben. Trotzdem war sie neugierig, wohin sie fahren würden, und vielleicht konnte sie sich abseits des Arbeitshauses sogar mit Hettie anfreunden.

Die Frauen, die sich in ihren tristen braunen Uniformen und Wollstrümpfen im Sonnenschein versammelt hatten, sahen jung aus. Einige lächelten und scherzten, als erwarteten sie etwas Besonderes.

»Wer stört, bleibt hier«, verkündete Hettie, woraufhin sofort Stille eintrat.

Zufrieden sah sie Catherine an und zwinkerte ihr zu. Ermutigt durch ihre plötzliche Freundlichkeit, lächelte Catherine sie an. Ein alter Armee-Krankenwagen hielt rumpelnd vor dem Tor, und Hettie scheuchte die Frauen in den behelfsmäßigen Bus.

»Wir setzen uns nach vorn«, wies sie Catherine an und machte es sich auf dem Sitz neben dem Fahrer bequem.

»Wie lange sind wir unterwegs?«, fragte Catherine.

»Etwa eine halbe Stunde«, sagte Hettie, dann wandte sie sich ab und plauderte den Großteil der Fahrt mit dem Fahrer. Die sechzehn Frauen hinter ihr unterhielten sich gelegentlich im Flüsterton und zogen sich damit den Tadel von Aufseherin Brown zu. Catherine traute sich nicht, Hettie nach dem Grund für die Fahrt zu fragen, damit sie sich vor den anderen nicht über sie lustig machte.

Der Bus brachte sie aus der Stadt hinaus und folgte der Küste nach Süden. Catherine war so verzaubert von den wogenden Maisfeldern und fernen Klippen im Nebel, dass sie überrascht war, als der Wagen eine holprige Straße hinauffuhr und zum Stehen kam. Um sie herum befanden sich längliche, einstöckige Gebäude. Sie umringten einen kahlen Hof, wo Hühner im Staub pickten. Dahinter sah Catherine Gemüsebeete.

»Eine Stunde«, rief Hettie. »Wer sich danebenbenimmt, steigt direkt zurück in den Bus.« Die Frauen standen hastig auf, ihre Aufregung war spürbar. »Ich bringe sie rein«, sagte Hettie zu Catherine. »Du gehst hinterher und passt auf, dass niemand abhaut.«

Eine Frau, die Catherine vom Sehen aus der Wäscherei kannte, zog trotzig die dichten Augenbrauen hoch. »Wohin abhauen?«, murmelte sie.

Der Fahrer schlug seine Zeitung auf, während Hettie die Frauen in eine lange, niedrige Halle führte. Vor der Tür bemerkte Catherine eine Gruppe Mädchen, die mit einem Springseil herumstanden und die Besucher neugierig musterten. Die

Wäscherin lächelte ihnen zu, erhielt aber keine Reaktion.

»Arme Kinder«, flüsterte sie Catherine zu, »sie haben keine Mütter.«

»Woher wissen Sie das?«, fragte Catherine überrascht.

Die Frau warf ihr einen seltsamen Blick zu. »Wenn sie eine Mutter hätten, würden sie doch drinnen warten, oder?« Sie kam einen Schritt näher. »Haben Sie etwas Süßes dabei, Miss?«

Catherine kramte in ihrer Tasche und zog ein Bonbon heraus. »Das ist alles, was ich habe.«

»Danke, Miss.« Die Frau strahlte, als hätte sie ihr etwas Wertvolles geschenkt.

Als sie durch die Tür traten, sah Catherine Kinder, die in zwei Reihen standen – die Mädchen in gestärkten weißen Schürzen und die Jungen in kurzen grauen Hosen und Pullovern. Sie warteten und reckten die Hälse, um zu sehen, wer durch die Tür kam, und ihre Gesichter hellten sich auf, wenn sie eine der Frauen erkannten. Am hinteren Ende hielt eine Krankenschwester zwei Säuglinge auf dem Arm.

Die Erkenntnis traf Catherine wie ein Hammerschlag: Das hier war das Waisenhaus des Arbeitshauses. Und diese Kinder mussten zu den Frauen gehören. Es war Besuchstag; ein Nachmittag, an dem man so tun konnte, als wäre man Mutter, als wäre man kein Waisenkind, und an dem man alles erzählen konnte, was es zu erzählen gab. Bestürzt blieb sie stehen. Wie oft bekamen sie ihre Kinder zu sehen? Alle zwei Wochen, einmal im Monat? Nicht lange genug, um etwas miteinander zu unternehmen. Aber genau darum ging es den Verantwortlichen ja: nicht lange genug, um Einfluss auszuüben und die Nachkommen mit ihren Sünden zu beflecken.

Die Frauen stellten sich gegenüber auf und warteten darauf, dass Hettie das Gespräch mit der Heimleiterin beendete und ihnen die Erlaubnis gab, mit dem Besuch zu beginnen. Die Uhr in der Halle schlug viertel vor drei.

»Also gut, eine Stunde.«

Die angespannte Stille löste sich auf, als die Mütter vorstürmten, um ihre Kinder zu umarmen, und das Stimmengewirr einsetzte. Die kleineren Mädchen und Jungen kletterten auf den Schoß ihrer Mütter und ließen sich drücken. Die Älteren waren befangener, traten von einem Bein aufs andere, zwirbelten ihre Haare und kauten an den Nägeln.

Einige Mütter überreichten kleine Leckereien, die sie sich von ihren Rationen abgespart hatten, oder Bonbons, für die sie das Personal mit ihrem spärlichen Taschengeld bestochen hatten. Die jungen Frauen, die ihre Kleinkinder fest im Arm hielten, schienen am glücklichsten zu sein; ihr Summen war nahezu frenetisch.

Catherine sah entsetzt zu. Sie fühlte sich elend, ihr war übel. Das hätten so leicht Kate und sie sein können. Wäre sie herbeigeeilt, um ihre Mutter zu umarmen, oder wäre sie beschämt vor ihr zurückgewichen? An den verbitterten Blicken einiger älterer Kinder erkannte sie, dass die Moralpredigten ihrer Erzieherinnen jegliche Liebe vergiftet hatten. Ihre unverheirateten Mütter galten als sündhaft und nicht zu retten. Sie mussten von ihnen getrennt aufwachsen, sonst riskierten sie, den gleichen Weg einzuschlagen.

Die Wäscherin versuchte, ihren mürrischen Sohn zum Reden zu bringen. Er starrte sie unter dunklen Augenbrauen an, die genau wie ihre aussahen.

»Bekommst du genug zu essen? Arbeitest du immer noch im Gemüsegarten? Es muss nett sein, um diese Jahreszeit draußen zu sein. In der Wäscherei ist es heiß wie in der Hölle ...«

Er sah sie erschrocken an, und sie blickte sich schnell um, um zu sehen, ob jemand sie gehört hatte. Catherine stellte sich taub. Die Frau fuhr mit ihrem einseitigen Gespräch fort, und der Junge brummte gelegentlich. Schließlich zog sie Catherines Bonbon wie einen Trumpf aus der Tasche und reichte es ihm. Sie verstummte und sah ihm beim Lutschen zu.

Die Stunde zog sich hin, und ein kleines Mädchen wurde unruhig. Die Mutter der Kleinen schaute auf die Uhr und wippte sie verzweifelt auf und ab, aber ihre Tochter schrie immer lauter.

»Geben Sie sie zurück«, befahl die Pflegerin, »es ist fast Zeit zum Stillen.«

»Nur noch eine Minute«, flehte die Mutter und ließ ihre Tochter nicht los.

Hettie mischte sich ein. »Nein, sofort.«

»Aber ich hatte noch keine Stunde«, jammerte die Frau und brach in Tränen aus.

Hettie riss ihr das Baby aus den Armen und stieß sie beiseite. »Ab in den Bus, oder der nächste Besuch wird gestrichen!«

Die junge Frau schlug die Hände vors Gesicht und schluchzte, als ihre kleine Tochter weggebracht wurde.

»Hexe«, murmelte die Wäscherin. Plötzlich richtete sie sich auf. »Jetzt seien Sie nicht so und geben Sie der Frau ihr Kind zurück. Sie hat nicht genug Zeit gehabt.«

Im Raum herrschte bestürztes Schweigen, nur das Weinen der Mutter war zu hören. Dann schritt Hettie durch die Halle und brüllte Befehle.

»Raus hier, Jenny McManners! Die Zeit ist abgelaufen. Allesamt an der Tür aufstellen!«

Ungläubiges Gemurmel lief durch den Saal.

»Wer nicht tut, was ich sage, kommt nächsten Monat nicht wieder«, drohte Hettie.

Die Heimleiterin klatschte in die Hände. »Kommt, Kinder, verabschiedet euch von euren Müttern.«

Die Kleinen begannen zu weinen und klammerten sich an die Frauen. Auch einige der Mütter brachen in Tränen aus. Jenny drückte ihren Sohn an sich. Catherine sah, wie der Junge seine Mutter ebenfalls für einen kurzen Moment umarmte.

Plötzlich traten Catherine Tränen in die Augen. Es war zu grausam für die Kinder. Was immer ihre Mütter auch getan hatten, eine solche Behandlung verdiente niemand von ihnen. Sie warf Hettie einen wütenden Blick zu, während die Aufseherin durch die Halle lief, die Frauen zur Tür schob und die Kinder beiseitestieß. Catherine war so zornig und aufgewühlt, dass es ihr die Sprache verschlug. Sie stand da und ballte die Hände zu Fäusten.

Als die Mutter des kleinen Mädchens weinend an ihr vorbeikam, legte sie ihr tröstend den Arm um die Schultern und führte sie aus der Halle.

»Bald sehen Sie sie wieder«, sagte Catherine aufmunternd.

Als der Bus zurück in die Stadt rumpelte, wies Hettie sie zurecht. »Du darfst die Insassinnen nicht anfassen.«

»Aber man darf sie schlagen und herumschubsen?«, fauchte Catherine.

Hettie starrte sie an. »Was regst du dich so auf? Es ist nur ein Haufen verkommener Frauen und Gören – der Abschaum der Menschheit.«

»Sie sind doch noch Kinder«, sagte Catherine und kämpfte mit den Tränen. »Es ist nicht ihre Schuld.«

»Ich kann nicht glauben, dass du wegen dieser kleinen Bastarde heulst.«

Bastarde. Das Wort war wie ein Tritt in ihre Magengrube. Catherine spürte, wie sich ihre Eingeweide zusammenkrampften.

»Halten Sie den Bus an!«, keuchte sie und sprang von ihrem Sitz auf.

Der Wagen kam ruckartig zum Stehen. Catherine stürzte hinaus, beugte sich vor und erbrach sich in den Straßengraben. Die Erinnerung an die schreckliche Stunde in der trostlosen Halle ließ sie würgen, bis ihr Magen leer war und schmerzte.

Gedemütigt drehte sie sich um und sah, wie die Frauen sie durch die offene Tür anstarrten. Catherine kramte nach einem Taschentuch und wischte sich den Mund ab.

Als sie wieder einstieg, murmelte sie: »Das liegt an der Busfahrt – mir wird davon immer schlecht.«

Hettie beäugte sie. »Herrje, was für ein Theater!«

Ihr neugieriger Blick bereitete Catherine ein mulmiges Gefühl. Sie wusste, falls Hettie jemals von ihrer schändlichen Herkunft erfuhr, würde ihr Leben nicht mehr lebenswert sein.

9

Nach ihrer Auflehnung musste Jenny McManners die Wäscherei verlassen und wurde zur Betreuung von Obdachlosen und Landstreichern eingesetzt. Gelegentlich sah Catherine sie Böden schrubben, wenn sie samstags auf der Obdachlosenstation Dienst tat. Aber die schlimmste Strafe war für Jenny, dass man ihr die monatlichen Ausflüge zu den Cottages der Kinder gestrichen hatte.

Als zur Erntezeit im Waisenhaus ein Gottesdienst mit anschließendem Teetrinken stattfinden sollte, sprach Catherine mit Hettie.

»Könnte McManners nicht daran teilnehmen? Sie hat ihre Strafe abgegolten.«

»Sie hat die Regeln gebrochen und fast einen Aufstand verursacht«, erklärte Hettie streng.

»Ich bin sicher, dass sie es nicht noch einmal tut.«

Hettie warf ihr einen stechenden Blick zu. »Das geht dich nichts an.«

Catherine erwiderte nichts mehr, aus Angst, dass die rachsüchtige Frau anfangen könnte, in ihrer Vergangenheit zu schnüffeln. Sie steckte Jennys Sohn Süßigkeiten zu und sagte, sie seien von seiner Mutter. Er sprach kein Wort, sah sie nur aus traurigen, wütenden Augen an. Sie kannte diesen Blick: Er offenbarte die gleichen verworrenen Gefühle der Verbitterung und Scham darüber, keinen Vater zu haben.

Catherine wurde bewusst, dass der beste Weg, ihre Vergangenheit zu vertuschen, darin bestand, an sich zu arbeiten. Sie hatte die Schule ohne Abschluss verlassen, aber sie würde sich selbst weiterbilden.

An einem freien Samstag fasste sie den Mut, die öffentliche Bibliothek zu betreten. Mit hämmerndem Herzen stieß sie die schweren Türen auf und ging hinein. Sie hätte sich nie vorstellen können, dass es so viele Bücher an einem Ort geben konnte. Als Kind hatte sie manchmal einen verstohlenen Blick in die Romane der Untermieter geworfen oder in die ihrer Großtante Maggie, aber Kate hatte sie immer gescholten, wenn sie Dinge angefasst hatte, die ihr nicht gehörten. Die McMullens besaßen keine Bücher, abgesehen von Onkel Jacks zerfledderter Geschichte des Burenkriegs und einer Ausgabe von Charles Dickens' *Eine Weihnachtsgeschichte*, die ihr der Nachbar von oben geschenkt hatte. Catherine hatte häufig das Geld für die Fahrt mit der Tram zur Schule gespart, um Bildergeschichten zu kaufen, und einmal hatte sie sich von einer Mitschülerin einen Geschichtenband ausgeliehen und ihn nie zurückgegeben. Sie hatte das Buch gelesen, bis es auseinandergefallen war, und sich zu sehr geschämt, es in diesem Zustand zurückzugeben. Bei der Erinnerung wurde ihr heiß vor Schuldgefühlen.

Während sich Catherine noch umschaute und überlegte, wo sie anfangen sollte, kam ihr eine Bibliothekarin zu Hilfe.

»Was suchen Sie?«, fragte sie in gedämpftem Tonfall.

Wissen, Lernen, ein neues Leben.

»Äh – Shakespeare – und, ähm, Gedichte«, murmelte Catherine.

Anstatt sie zu verspotten, wie sie befürchtet hatte, nickte die Frau, führte sie zu einem großen Bücherregal und deutete auf die Werke von Shakespeare.

»Die Lyrik steht dort drüben. Wenn Sie sich etwas ausgesucht haben, kommen Sie zum Schalter und melden sich an.«

Catherine verlor in der riesigen, stillen Bibliothek fast die Nerven, griff wahllos nach einem Buch und eilte zum Schalter. Draußen verbarg sie das Buch unter ihrer Jacke und lief zurück in ihr Zimmer. Da Hettie nicht da war, vertiefte sie sich den Nachmittag über in *Romeo und Julia*. Auch wenn sie einige Wörter nicht verstand, genoss sie den Klang der Sprache und sagte die Sätze laut in den leeren Raum hinein.

In der folgenden Woche ging sie zurück und lieh sich mehr Bücher aus. In diesem Winter arbeitete sie sich durch zwei weitere Theaterstücke, drei Dickens-Romane, Gedichte von Wordsworth und Matthew Arnold, *Die Mühle am Floss* von George Eliot und *Tess von den d'Urbervilles* von Thomas Hardy. Besonders identifizierte sie sich mit Tess' tragischem Schicksal, die zwar von edler Herkunft war, aber in Armut geboren wurde.

Catherine kaufte sich ein Schreibheft und begann, Kurzgeschichten über glücklose Heldinnen und herrschaftliche Häuser zu verfassen, um das Gelesene nachzuahmen. Ihr Onkel Jack hatte ihr einmal ein Schulheft geschenkt, und sie hatte darin eine weitschweifige Geschichte über ein irisches Mädchen niedergeschrieben. Aber Kate musste das Heft zum Kaminanfeuern benutzt oder es bei einem Frühjahrsputz weggeworfen haben, denn sie hatte es seit Jahren nicht mehr gesehen. Und ihr stieg immer noch die Schamesröte ins Gesicht, wenn sie daran dachte, wie die Lokalzeitung ihren einzigen Versuch, eine Geschichte zu veröffentlichen, zurückgewiesen hatte, nachdem sie Amelia kostbare Münzen für das Abtippen bezahlt hatte. Niemand durfte ihre Geschichten zu Gesicht bekommen, schon gar nicht Hettie, also versteckte sie sie unter ihrer Matratze. Sie waren nur für sie bestimmt – eine Möglichkeit, sich in einer anderen Welt zu verlieren, in der sie für ein paar kurze, zauberhafte Minuten alles tun konnte.

Ein Buch spornte Catherine mehr als jedes andere an, ihr Ansehen in der Welt zu steigern. Am Schalter gab jemand *Lord Chesterfields Briefe an seinen Sohn* zurück. Etwas an dem Titel oder dem aristokratischen Namen des Autors weckte ihr Interesse. Sie bat darum, es ausleihen zu dürfen.

Während Hettie an diesem Abend im Aufenthaltsraum Karten spielte, entdeckte Catherine bei Lampenschein in ihrem Zimmer den Schlüssel zu ihrem Vorhaben. Die Briefe waren an Chesterfields unehelichen Sohn gerichtet und enthielten Anweisungen, wie er sich verhalten musste, um in der Welt voranzukommen. Gutes Benehmen und ein gepflegtes Erscheinungsbild waren alles. Sie blieb bis spät in die Nacht wach, um über die Ratschläge nachzudenken, und nutzte in der folgenden Woche jede freie Minute, um weiterzulesen. Als sie das Ende erreicht hatte, fing sie wieder von vorn an, unterstrich Passagen und machte sich mit einem Bleistift Notizen am Rand, als wäre es ein Lehrbuch. Sie verlängerte das Buch Monat für Monat, bis sich die Seiten aus der Bindung lösten.

Sie versuchte, sich damit in eine neue Person zu verwandeln, feilte an ihrer Sprache und ihren Tischmanieren und sparte einen Teil ihres Gehalts, um es für bessere Kleidung auszugeben. Sie ging sehr sorgsam mit ihrem Geld um und legte einen Teil der monatlichen zwei Pfund und zehn Schilling für eine Lebensversicherung für Kate und die Beerdigung ihres Großvaters zurück. Sie befürchtete, dass einer von beiden mittellos sterben und ein Armenbegräbnis bekommen würde. Während sie also jede Woche dafür betete, dass Kate und John ihre Sünden vergeben wurden und ihnen die Hölle erspart blieb, bewahrte sie sie mit ihren Rücklagen zugleich vor einem schändlichen Tod.

Catherine nahm Französisch- und Zeichenunterricht, so wie es sich für eine

Dame gehörte. Sie ignorierte Hetties Spott, was diese nur noch mehr anstachelte.
»Da kommt die verdammt heilige Catherine«, stichelte sie im Personalraum.
»Du solltest nicht fluchen, Hettie«, sagte Catherine empört.
»Oh, seht sie euch an! Sie fühlt sich uns überlegen. Dabei wissen wir alle, dass sie ein ordinäres Mädchen aus East Jarrow ist und ihre Mutter sich in den Pubs besäuft!«
Catherine wurde blass. Wer hatte diese Gerüchte über sie verbreitet? Sicherlich nicht Lily. Aber sie wusste, wie leicht in einer kleinen Stadt Skandale die Runde machten. Wenn Hettie ihre Familie ins Visier genommen hatte, würde sie in den New Buildings genügend Klatschtanten finden, die ihr bereitwillig Auskunft gaben. Catherine bekam es mit der Angst zu tun.
»Ich weiß nicht, was du meinst«, erwiderte sie. »Ich komme aus einer guten katholischen Familie. Wir McMullens arbeiten hart und halten uns bedeckt.«
Hettie lachte. »Ihr haltet euch für was Besseres, meinst du wohl.«
Hetties Freundin Gert warf ihr einen verschlagenen Blick zu. »Du bist doch mit dem alten John McMullen verwandt, oder?«
Catherine nickte zaghaft.
Gert schnaubte. »Meine Mutter sagt, er hat sich früher mit jedem in der Stadt geprügelt. Als ich ein Kind war, haben die McMullens bei uns in der Nähe gewohnt – in der Leam Lane. Ich weiß noch, wie er uns Mädchen mit seinem Schürhaken verjagt hat, sobald wir nur in seine Richtung geschaut haben.«
Bei der Erwähnung der Leam Lane begann Catherines Herz zu hämmern. An diesem Ort war sie geboren worden und hatte sechs Jahre dort gelebt, bis die Nachbarn daran zu zweifeln begannen, dass sie das Kind ihrer Großmutter Rose war. Im Alkoholrausch hatte Kate ihr einmal erzählt, dass sie in die New Buildings gezogen waren, um den Gerüchten zu entgehen.
»Deinetwegen ist mein Leben eine Qual«, hatte Kate ihr vorgeworfen. »Ich habe wie verrückt gearbeitet, um deinen Unterhalt zu bezahlen, und dann seid ihr einfach in die New Buildings geflüchtet, ohne es mir zu sagen! Niemand hat den Unsinn geglaubt, dass Rose deine Mutter ist – ich wusste, dass keiner es glauben würde. Du hängst mir wie ein Klotz am Bein!«
»Das muss ein anderer McMullen sein«, sagte Catherine und schwitzte bei der Erinnerung an Kates bittere, betrunkene Worte. »In Jarrow und Shields wimmelt es von McMullens.«
»Dieser John war ein Schläger und ein unflätiger Säufer«, fuhr Gert fort.
Hettie lachte. »Ich wette, unsere heilige Kitty würde das nicht gutheißen.«
»Ja«, stimmte Gert zu, »und seine Tochter Kate soll genauso schlimm sein.«
»Kate?«, hakte Hettie nach. »Heißt deine Mutter nicht so, Kitty?«
Catherine erhob sich und ließ ihr Essen fast unangerührt stehen. Sie verließ den Saal mit so viel Würde, wie ihre zitternden Beine zuließen. Sie überlegte, sich in ihrem Zimmer auszuweinen, aber Hettie könnte ihr nachkommen und mit ihren gehässigen Anspielungen fortfahren. Wie viel wusste sie schon über ihre Vergangenheit? Sie bezweifelte, dass Gert jemals in der Leam Lane gelebt hatte, denn sie konnte sich nicht an sie erinnern. Wahrscheinlich plapperte sie nur irgendwelchen Tratsch nach. Catherine hielt es keinen Moment länger dort aus.
Sie kämpfte gegen ihre Tränen an und stolperte in den kühlen Frühlingsabend hinaus, schlug den Weg zu Lilys Haus ein. Wie oft hatte sie schon bei den

Hearns Trost gesucht und in dem nahe gelegenen gemütlichen Heim Zuflucht gefunden?

»Kitty!«, rief Lily. Sie standen einen Moment verlegen da, dann zog ihre Freundin sie ins Haus. »Ich dachte, du wärst zu vornehm geworden, um uns zu besuchen«, neckte sie.

Catherine versuchte zu lächeln, dann brach sie in Tränen aus.

»Ich habe es nicht so gemeint«, sagte Lily konsterniert und legte den Arm um sie. Catherine schluchzte an ihrer Schulter, außerstande zu sprechen. »Ist es wieder diese Hexe Hettie Brown?«

»J-ja.«

»Ich habe dir ja gesagt, dass sie Ärger macht. Komm mit in mein Zimmer und erzähl mir alles.«

Im schwindenden Licht saßen sie auf Lilys Bett, während Catherine ihrer Freundin das Herz ausschüttete.

»Sie macht mir das Leben zur Hölle – legt mir Sachen unter das Kissen, um mich zu erschrecken. Neulich haben Gert und sie die Laken so festgesteckt, dass ich nicht mehr ins Bett kam – und ich weiß, dass sie es vor der letzten Inspektion durcheinandergewühlt haben, damit ich Ärger mit Mrs Hatch bekomme. Und vorige Woche hat sie mir Bilder von diesen Muskelmännern an die Wand gehängt – ich konnte sie gerade noch rechtzeitig entfernen, bevor die Vorsteherin kam.«

»Oh, hast du sie noch?«, scherzte Lily.

»Ich meine es ernst, Lily. Sie legt es darauf an, dass ich entlassen werde. Warum hasst sie mich so?«

Lily drückte sie an sich. »Weil du jung bist und versuchst, etwas aus dir zu machen. Leute wie Hettie ertragen das nicht. Hör mal, warum fragst du nicht, ob du das Zimmer wechseln darfst?«

»Aber was soll ich sagen? Mrs Hatch wird einen triftigen Grund haben wollen.«

»Sag, du brauchst zum Beten dein eigenes Zimmer.«

Catherine stöhnte. »Fang du nicht auch noch an.«

Lily lachte. »Du musst zugeben, dass du eine echte Betschwester sein kannst.«

Wie sollte sie erklären, dass es ihr Trost verschaffte, der Muttergottes ihre Sorgen zu erzählen? Sie konnte nicht erwarten, dass Lily verstand, wie wichtig es war, für ihre Familie zu beten, weil sonst alle Schuldgefühle und Ängste, die seit ihrer Kindheit in ihr schlummerten, in ihr aufsteigen und sie überwältigen würden. Sie war als Sünderin geboren worden und würde in den Flammen der Hölle schmoren, wenn sie auch nur eine Minute aufhörte, zu beten oder um Vergebung zu bitten – das hatte der Priester gesagt. Auch ihr Großvater und Kate würden wegen ihrer Trinkerei und Flüche dort landen, also lag es an ihr, auch sie zu retten.

Als sie nichts erwiderte, versuchte Lily, sie aufzumuntern. »Zeig ihnen deine humorvolle Seite, Kitty. Wenn du dich ein wenig entspannst, kann man viel Spaß mit dir haben. Und du solltest mehr rauskommen. Nimm doch an unserem Osterausflug nach Morpeth teil.«

Catherine strahlte. »Das wäre schön. Kann ich mit dir fahren – oder sitzt du mit Tommy zusammen?«

Lily lachte abschätzig. »Tommy? Von dem habe ich mich getrennt.«

»Oh, das wusste ich nicht, tut mir leid.«

»Das muss es nicht. Er hat sich an Weihnachten betrunken und seinen ganzen Lohn verspielt. Er konnte sich nicht einmal ein Geschenk für mich leisten. Mit so einem Kerl will man doch nicht enden, oder?«

»Nein«, sagte Catherine zerknirscht.

»Wir nehmen an dem Ausflug teil und vergessen die Jungs«, erklärte Lily und sprang auf. »Möchtest du ein Stück von Mamas Rosinenbrot?«

»Ja, bitte«, sagte Catherine und lächelte dankbar.

Als sie sich auf den Rückweg nach Harton machte, war sie fest entschlossen, sich von Hettie und dem leeren Geschwätz nicht von ihrem Posten verdrängen zu lassen. Sie würde Lilys Rat befolgen und ihre Kolleginnen für sich gewinnen, indem sie den Clown spielte und über sich selbst lachte, auch wenn sie innerlich verletzt war. Sie würde ihnen Kitty McMullen, die Entertainerin, zeigen, so wie sie es als junges Mädchen getan hatte. Indem sie die Komikerin gespielt hatte, war sie wieder in den Kreis der Kinder aufgenommen worden, die sie wegen ihrer unehelichen Herkunft abgelehnt hatten. Ich werde sie zum Lachen bringen, beschloss Catherine. Die Leute vergaßen, grausam zu sein, wenn man sie zum Lachen brachte.

Sie fuhr mit Lily nach Morpeth und genoss es, im Park zu picknicken und mit einem Boot über den Fluss zu schippern. Im Laufe des Sommers wurden sie wieder dicke Freundinnen, radelten an ihren freien Tagen durch die Landschaft, gingen ins Kino und besuchten die örtlichen Jahrmärkte. Catherine bemühte sich, den Mitarbeiterinnen des Arbeitshauses gefällig zu sein, und schrieb für das Sommerfest ein Theaterstück, in dem sie Hettie die Hauptrolle zuteilte.

Die Frau strotzte vor Selbstgefälligkeit und hielt ihren Auftritt für einen Riesenerfolg, obwohl sie den halben Text vergaß. Sie war so beglückt, dass sie Catherines Bitte nachkam und Jenny McManners wieder erlaubte, ihren Sohn zu besuchen. Catherine hatte beobachtet, wie Jennys Wut in Verdrossenheit umgeschlagen war, nachdem sie ihre Niederlage akzeptiert hatte. Die unglückliche Mutter hatte den Ausflug zum Waisenhaus an Weihnachten nur machen dürfen, weil Vorsteherin Hatch die Aufsicht geführt und Hettie es nicht gewagt hatte, Jenny zurückzuhalten.

Catherine frohlockte insgeheim über Hetties Sinneswandel.

Kurze Zeit später zitierte die Hausvorsteherin sie in ihr Büro.

»Sie haben fleißig gearbeitet, Miss McMullen«, sagte Mrs Hatch anerkennend. »Und ich freue mich, dass Sie mit Miss Brown und den anderen besser zurechtkommen. Ich hatte anfangs befürchtet, dass Sie etwas unter Selbstüberschätzung leiden.«

Catherine verkniff sich die Bemerkung, dass Hettie diejenige war, die unter Selbstüberschätzung litt, und nicht sie. Stattdessen nickte sie nur.

»Deshalb werde ich Sie zur stellvertretenden Leiterin der Wäscherei befördern.«

Catherine starrte sie an.

»Möchten Sie die Beförderung nicht?«, fragte die Hausvorsteherin scharf.

»Doch, selbstverständlich«, sagte Catherine schnell. »Vielen Dank, Vorsteherin Hatch.«

»Das bedeutet, dass Sie ein eigenes Zimmer bekommen.«

Catherine lächelte erleichtert. »Danke.«

Die Neuigkeit rief Unmut bei einigen der Mitarbeiterinnen hervor, die fanden, dass Catherine mit Anfang zwanzig viel zu jung für eine solche Position war.

»Sie hätte dir zugestanden, Gert«, sagte Hettie laut zu ihrer Freundin.

Bei Hetties neidischem Blick drehte sich Catherine der Magen um. Kurz nachdem sie ihr eigenes Zimmer bezogen hatte, flammten die Gerüchte über sie mit neuer Boshaftigkeit auf.

10

Herbst 1926

»Was glaubt ihr, woher sie ihre schicken Klamotten hat?«, fragte Hettie im vertraulichen Flüsterton. »Diesen Wintermantel mit Pelzkragen kann sie sich von ihrem Lohn unmöglich leisten.«

»Das stimmt«, pflichtete ihr eine andere Aufseherin bei.

»Sie muss einen spendablen Verehrer haben«, erklärte Hettie. »Und wir wissen alle, was solche Männer als Gegenleistung erwarten.«

Catherine erstarrte am Eingang zum Personalraum und versteckte sich hinter der halbgeöffneten Tür.

Gert schaltete sich ein. »Letzte Woche hat sie einen Blumenstrauß bekommen. Direkt vor die Tür geliefert, unverfrorener geht's nicht.«

Catherine errötete bei der Erinnerung an Tommy Gallons impulsive Geste. Er hatte eine Partie Kopf oder Zahl gewonnen und war mit einem Arm voller Chrysanthemen vorbeigekommen. Er hatte sich nichts dabei gedacht. Sie waren nur Freunde aus dem Jugendtreff, und Tommy hatte schon vor langer Zeit aufgegeben, bei ihr oder Lily landen zu wollen.

»Nein, die waren von einem befreundeten Bergarbeiter, hat sie gesagt.«

»Ich dachte, die streiken und sind knapp bei Kasse? Offenbar haben sie mehr Geld als Verstand.«

»Also wer ist dieser reiche Verehrer?«, fragte eine andere Frau.

»Ich weiß es nicht«, schnaubte Hettie. »Sie ist zu hochnäsig, um noch mit unsereins zu sprechen. Aber es muss einen Mann geben.«

»Ich wette, es ist jemand, den sie bei ihren katholischen Tanzveranstaltungen kennengelernt hat«, vermutete Gert.

»Ja«, stimmte Hettie zu. »Sie spielt die Heilige, aber in Wahrheit ist sie frivol und freizügig mit ihren Gefallen.«

Alle stimmten mit ein:

»Und sie versucht, ganz vornehm zu sprechen ...«

»Als käme sie aus besseren Kreisen.«

»Dabei ist sie so ordinär, wie man nur sein kann.«

»Aus East Jarrow.«

»Mit einem Säufer als Großvater ...«

»Und einer Mutter, die ebenfalls an der Flasche hängt.«

»Furchtbar!«

»Ihr Vater ist die meiste Zeit auf See, nicht wahr, Gert?«

»Ich habe gehört, dass er nur ihr Stiefvater ist.«

»Was soll das heißen?«

»Nun«, sagte Hettie atemlos, »es ist nur eine Vermutung, aber wisst ihr noch, wie bestürzt sie wegen Jenny McManners und ihrem unehelichen Sohn war? Ich sage, sie weiß aus erster Hand, wie es sich anfühlt, ein Bastard zu sein.«

Alle schnappten schockiert nach Luft.

»Nein!«

Catherine klammerte sich am Türrahmen fest und kämpfte gegen die Wogen der Übelkeit an. Am liebsten wäre sie davongerannt. Sie waren abscheulich! Aber sie sollte reingehen und ihnen zeigen, dass ihre Worte ihr nichts anhaben konnten.

Es war nur Gerede, das Hetties bösartigen Gedanken entstammte; sie hatten keine Beweise. Sie hatte nichts Falsches getan, und es gab keinen reichen Verehrer.

Mit klopfendem Herzen zwang sie sich, den Raum zu betreten. Die Gespräche verstummten augenblicklich. Zwei Frauen wandten sich wieder ihrem Strickzeug zu, die anderen starrten auf das Puzzle auf dem Tisch.

»Ich habe Rosinenplätzchen von meiner Tante Mary mitgebracht und dachte, ich könnte sie mit euch teilen«, sagte Catherine fröhlich.

Sie lächelte sie der Reihe nach an und genoss den schuldbewussten Ausdruck auf einigen Gesichtern.

»Wie nett«, murmelte eine der Strickenden.

»Nein, danke, davon bekomme ich Bauchweh«, sagte Hettie abweisend und stand auf. »Kommst du, Gert?« Ihre Freundin zögerte, dann folgte sie ihr.

Catherine spürte, wie ihr Mund trocken wurde. Wenn sie alle gingen, würde sie wie ein welkes Blatt zerbröseln.

»Keine Sorge«, sagte Catherine mit aufgesetzter Heiterkeit, »wenn sie zu hart sind, spenden wir sie den Steinbrechern.«

Eine Frau lachte. »Ich probiere einen. Ich mag alles, wo Rosinen drin sind.«

Damit war der Bann gebrochen, und Catherine eilte erleichtert zum Tisch und riss das Pergamentpapier auf. Sie bereitete eine Kanne Tee zu, und schon bald plauderten sie über die kürzer werdenden Tage, das Ende der Aussperrung der Bergarbeiter und die Frage, ob Vorsteherin Hatch es sich leisten konnte, beim Weihnachtsball Mince Pies aufzutischen.

Als Catherine an diesem Abend im Bett lag, sorgte sie sich nicht um sich, sondern um Tommy. In der abgeschirmten Welt des Arbeitshauses vergaß man leicht, was draußen vor sich ging. Aber nach ihrem beiläufigen Gespräch über die Aussperrung durch die Minenbetreiber schämte sie sich, dass sie nicht mehr darüber nachgedacht hatte.

Tommy war seit sechs Monaten im Streik, und sie konnte sich lebhaft vorstellen, wie seine Familie versuchte, sich irgendwie durchzuschlagen. Seine Mutter nahm Schmutzwäsche an oder Untermieter auf, ging ins Pfandhaus, bis das Haus leer war, scharrte entlang der Bahngleise nach heruntergefallenen Kohlestücken und riskierte, beim Stehlen von Brennholz verhaftet zu werden. Die Kinder gingen vor Hunger mit Bauchschmerzen ins Bett, die Männer schnallten ihre Gürtel enger, die Frauen kauerten über Tassen mit heißem Wasser, weil man sie in den Geschäften nicht mehr den Tee anschreiben ließ. Als Kind hatte sie selbst harte Zeiten durchlebt, als es in den Werften kaum Arbeit gegeben hatte und das bisschen Geld, das hereingekommen war, nie ausgereicht hatte, um die Schulden zu begleichen.

Wütende Tränen brannten ihr in den Augen. Warum wurden die arbeitenden Menschen so behandelt, während ihre Vorgesetzten in riesigen Villen hausten und sich nicht einen Tag lang um Geld sorgen mussten? Die Welt war völlig verdreht. Es gab diejenigen, die ihr ganzes Leben lang hart schufteten und nie genug verdienten – wie einige der Unglücklichen, die im Arbeitshaus landeten. Und dann gab es Leute, die keinen Tag gearbeitet hatten und mehr Geld besaßen, als sie ausgeben konnten – wie Mrs Halliday auf Oakside Manor. Selbst in ihrem kurzen Leben hatte Catherine diese Ungerechtigkeit zu spüren bekommen, und die Sache machte ihr zu schaffen.

Und Tommy, der großherzige Dummkopf, verschwendete wertvolle Pennys für einen Blumenstrauß, weil er wusste, welch große Freude er ihr damit bereitete. Er war zehn Mrs Hallidays wert.

Sie bekam kein Auge zu, setzte sich auf und zog ihren neuen Wintermantel über, der so viel Aufsehen erregt hatte. Sie hatte ihn von ihrem eigenen, hart verdienten Geld bezahlt und würde ihn mit Stolz tragen. Catherine holte ein halb volles Schreibheft hervor und begann, die Charaktere für eine Geschichte zu entwerfen. Es waren markante, kurze Skizzen, basierend auf Personen, die sie kannte – Kolleginnen, ehemalige Untermieter von Kate, Leute aus der Hafengegend, boshafte Kinder. Vielleicht würde die Geschichte nie geschrieben werden, aber es half ihr, ihre Wut über die Ungerechtigkeit des Lebens zu lindern und schließlich einzuschlafen.

Als sie Tommy das nächste Mal sah, steckte sie ihm eine halbe Krone zu, die sie eigens für ihn aufgehoben hatte. Er wollte sie nicht annehmen.

»Damit du deiner Mutter etwas zu Weihnachten kaufen kannst – und deinen kleinen Schwestern«, ermutigte Catherine ihn. Sie fügte nicht hinzu, dass es das schlimmste Gefühl der Welt war, nichts in seinem Weihnachtsstrumpf zu haben. Kate hatte ihren einmal mit eingewickeltem Gemüse gefüllt, weil sie sonst nichts zu verschenken hatte, und Catherine hatte vor Zorn und Enttäuschung geweint. Ein prall gefüllter Strumpf, der nur Kartoffeln und Karotten enthielt, erschien ihr noch grausamer als ein leerer. Das wünschte sie keinem Kind.

Tommy gab ihr einen Kuss auf die Wange, aber Catherine stieß ihn mit einem kurzen Lachen weg. Sie standen nach der Messe vor der Kirche, und sie wollte nicht, dass sich jemand ein falsches Bild von ihnen machte.

Als sie sich umdrehte, stieß sie fast mit einem großen Mann zusammen. Er zückte seine Melone und lächelte.

»Verzeihung.«

»Nein – es war meine Schuld«, stotterte Catherine und starrte ihm ins Gesicht. Ihr Herz raste. Es war Gerald Rolland, der Mann mit der tiefen, sinnlichen Stimme, der hinten in der Kirche saß und sang. Der Mann, den sie in den letzten zwei Jahren beobachtet hatte und der ihren Blick nicht ein einziges Mal erwidert hatte. Jetzt lächelte er sie an und zog seinen Hut, als wäre sie eine feine Dame.

»Die Musik heute war wunderschön, nicht wahr?«, sagte sie spontan.

»Ja, das war sie wirklich«, stimmte er zu. »Diese Jahreszeit mag ich am liebsten – all die Weihnachtslieder, die schönen Melodien.«

»Ich auch«, schwärmte Catherine und merkte, dass ihr Gesicht tiefrot wurde. »Und Sie haben eine wunderbare Gesangsstimme.«

Er sah sie überrascht an. Beim forschenden Blick seiner dunklen Augen bekam sie weiche Knie. »Wie freundlich von Ihnen«, sagte er und lächelte wieder. Sein Mund war breit und sinnlich. Er rückte seinen Hut zurecht und fügte hinzu: »Wir sehen uns sicher bald wieder in der Kirche. Einen schönen Tag noch.«

Catherine nickte lächelnd und sah zu, wie er in seinem gut geschnittenen schwarzen Mantel davonschritt. Ihr Herz hüpfte wie ein Jo-Jo. Tommy hustete, und als sie sich zu ihm umdrehte, grinste er amüsiert.

»*Sie haben eine wunderbare Gesangsstimme*«, ahmte er sie nach.

Sie versetzte ihm einen Stoß. »Das hat er wirklich.«

»Kitty, deine Wangen glühen. Ist das etwa Liebe?«

Sie hielt sich die Hände vors Gesicht und ermahnte ihn, still zu sein. »Ich habe das nur aus Höflichkeit gesagt.«

»Mir hast du nie gesagt, dass ich wunderschön singe«, witzelte er.

»Weil du wie eine Krähe krächzt«, sagte sie lachend.

»Ich weiß, wann ich mich geschlagen geben muss«, sagte Tommy bedauernd. »Vielleicht zahlen sich die ganzen Französischstunden und dein vornehmes Sprechen ja doch aus.«

»Was soll das denn heißen?«, fragte Catherine empört.

Tommy grinste. »Du hast das alles doch nicht gemacht, um jemanden wie mich zu beeindrucken, nicht wahr, Kitty?«

Catherine erwiderte nichts, denn sie wusste, dass er recht hatte.

Am nächsten Samstag kam Gerald Rolland nach der Andacht auf sie zu und lächelte zaghaft.

»In welche Richtung sind Sie unterwegs?«

Sie starrte ihn sprachlos an, während ihr Herz in ihrem Brustkorb hämmerte.

»Es tut mir leid, ich dachte nur ...« Er hustete verlegen. »Aber vielleicht warten Sie auf Ihren Freund?«

»Auf welchen Freund?«, stammelte Catherine. »Oh, Sie meinen Tommy? Meine Güte, nein, er ist nicht mein Freund! Ich habe keinen. Und ja, gehen wir gern ein Stück gemeinsam.« Sie wurde purpurrot.

Sie verharrten einen Moment auf der Stelle und lächelten verlegen.

»Und?« Er schaute sie fragend an.

»Und was?«

»Wo wohnen Sie?«, fragte er.

»Oh!«, rief Catherine. Die Vorstellung, dass er sie zur William Black Street begleitete, wo sie die Nacht verbringen würde, versetzte sie in Panik. Davie war zu Hause, und Kate und er waren bestimmt schon betrunken. Ihre Mutter würde Mr Rolland umgarnen und ihn in die muffige Küche zerren, wo sie lauthals singen und Whiskey trinken würden. Gerald Rolland sah nicht wie jemand aus, der Schnaps trank. Aber sie wollte auch nicht, dass er sie bis zum Tor des Arbeitshauses begleitete, wo die boshafte Hettie oder eine ihrer Späherinnen sie entdecken könnte.

»Ich gehe nicht direkt nach Hause«, beeilte sich Catherine zu sagen. »Ich wollte noch ins Kino.«

»Oh, verstehe«, sagte er überrascht. »Läuft etwas Gutes?«

»Ja – also … ich weiß es nicht. Das wollte ich noch herausfinden. Gehen … gehen Sie gern ins Kino?« Sie spürte, wie sie schwitzte, als sie die Frage aussprach. Was war nur in sie gefahren, dass sie sich so forsch verhielt?

Er wirkte verblüfft, dann nickte er. »Ja, das tue ich. Treffen Sie jemanden, oder gehen Sie allein?«

Catherine wand sich innerlich. Er fand es vermutlich seltsam, dass sie allein ins Kino ging, aber das tat sie schon, seit sie ein kleines Mädchen war. Damals war es das Größte für sie gewesen, wenn Onkel Jack ihr einen Penny zugesteckt hatte und sie in das lärmende kleine Kino gestürmt war, um sich von den bewegten Bildern und der Orgelmusik in eine magische Welt entführen zu lassen.

»Ich wollte allein gehen«, sagte sie und begegnete seinem Blick mit einem Anflug von Trotz.

Plötzlich lächelte er. »Darf ich Sie begleiten? Ich habe heute Abend noch nichts vor.«

Catherine war entzückt. »Natürlich, sehr gern.«

Er nickte, und gemeinsam machten sie sich auf den Weg ins Stadtzentrum. Während sie überlegten, in welchen Film sie gehen wollten, verriet sie ihm ihren Namen, dass sie in Jarrow lebte, als leitende Angestellte in Harton arbeitete, gern las, malte und mit dem Fahrrad durch die Landschaft fuhr. Er hörte ihrem Geplauder aufmerksam zu, lachte über die Schilderungen ihrer Kolleginnen, und Catherine überspitzte deren Marotten, um ihn zu erheitern.

Er bestand darauf, für gute Plätze im Parkett zu bezahlen, um einen Film mit Rudolph Valentino zu sehen, und kaufte Pralinen für die Pause. Catherine glaubte angesichts solchen Glücks zu träumen. Wenn Hettie Brown sie jetzt sehen könnte, wie sie im Dunkeln neben dem attraktiven, wohlhabenden Gerald Rolland – Versicherungsvertreter und Basssänger – saß, würde sie einen Anfall bekommen. Catherine verspürte ein wohliges Kribbeln bei dem Gedanken, ihrer Familie und ihren Freunden einen solchen Mann vorzustellen.

Danach spürte sie den Drang, ihren Arm unter seinen zu schieben und durch die Straßen von South Shields zu schlendern. Aber er machte keine Anstalten, sich ihr zu nähern.

»Kann ich Sie zu Ihrer Tram bringen?«, fragte er höflich. »Ich fahre in die Gegenrichtung.«

Sie nickte enttäuscht.

»Vielen Dank für die Einladung zum Film«, sagte sie, als die Bahn vor ihnen zum Stehen kam.

Er tippte sich an den Hut. »Vielleicht können wir das bei Gelegenheit wiederholen?«

Catherine lächelte freudig. »Das fände ich sehr schön.«

Er winkte ihr zu, und sie reckte sich, um ihm durch das schmutzige Fenster nachzublicken, während sich die Tram die Anhöhe nach East Jarrow hinaufkämpfte. Sie konnte Kates Gesichtsausdruck kaum erwarten, wenn sie ihr von dem stattlichen Mann erzählen würde, der ihr Pralinen gekauft hatte. Sie könnten bei einer heißen Tasse Tee darüber plaudern. Kate würde vor Bewunderung große Augen machen.

»Wo warst du denn?«, begrüßte Kate sie aufgebracht. »Du hast nicht gesagt, dass du so spät kommst.«

»Erst in der Kirche und dann im Kino«, sagte Catherine und konnte ihr zufriedenes Lächeln nicht verbergen.

Kate kniff misstrauisch die Augen zusammen. »Dein Abendessen ist völlig verkohlt. Vom Kino hast du nichts gesagt. Mit wem warst du da?«

Catherine wurde schwer ums Herz. Am Blick ihrer Mutter und am Geruch ihres Atems erkannte sie, dass sie in einer streitlustigen Stimmung war. Davie und John sah sie nirgendwo. Vielleicht waren sie in den Pub gegangen und hatten Kate zurückgelassen, oder es hatte einen Streit gegeben. Kate packte sie am Arm.

»Kehr mir nicht den Rücken zu. Ich habe dir eine Frage gestellt. Mit wem warst du zusammen? Du scheinst dich wie ein Schneekönig zu freuen.«

»Ein Bekannter hat mich in einen Rudolph-Valentino-Film eingeladen«, gab Catherine zu.

»Ein Junge?«

»Kein Junge – ein Mann. Ein freundlicher Herr.«

»Was für ein Herr? Du hast nie etwas von diesem Bekannten erzählt. Dein Großvater wird Feuer speien, wenn er davon erfährt.«

»Ich habe nichts Unrechtes getan«, sagte Catherine und ärgerte sich über den Tonfall ihrer Mutter. »Ich bin kein Kind mehr und kann mir meine Freunde selbst aussuchen.«

»Nicht, solange du noch unter meinem Dach wohnst«, schnauzte Kate.

»Ich wohne nicht unter deinem Dach«, widersprach Catherine. »Ich zahle selbst für meinen Lebensunterhalt. Ich komme nur an meinen freien Tagen hierher, um dich bei Laune zu halten und Großvater zu sehen.«

Das schien Kate noch mehr zu erzürnen. Sie schüttelte ihre Tochter.

»Werd bloß nicht frech. Du bist immer noch ein Mädchen, egal, wie vornehm du dich aufführst. Und du bist zu jung, um mit einem Mann auszugehen. Hast du etwas getan, was du nicht hättest tun sollen?«

Catherine schüttelte Kates Hände ab. »Du meinst so wie du?«, giftete sie. »So dumm bin ich nicht.«

Kate verpasste ihr wütend eine Ohrfeige. Catherine sog erschrocken die Luft ein und hielt sich die Wange. Im nächsten Moment tat es Kate leid.

»Verzeih mir, Liebes«, sagte sie mit brüchiger Stimme und versuchte, sie in den Arm zu nehmen. »Ich wollte dich nicht schlagen. Ich habe nur Angst, dass ein Mann dich ausnutzt. Lass mich mal sehen! Ich hole einen nassen Lappen. Setz dich hierher, Liebes. Nicht weinen, bitte nicht weinen.«

Doch es war Kate, die gleich darauf in Tränen ausbrach und sich selbst, den unaufrichtigen Männern und der Welt im Allgemeinen die Schuld an all ihren Problemen gab. Sie wirkte alt und erschöpft und tupfte sich mit ihrer schmutzigen Schürze die Augen ab, während Catherine ihr schlückchenweise Wasser einflößte. So schnell konnte Kate mit ihrem betrunkenen Misstrauen und ihrer besitzergreifenden Bedürftigkeit einen schönen Tag oder ein besonderes Gefühl ruinieren. Catherine zwang sich, ihren Unmut über ihre launische Mutter zu unterdrücken. Warum versuchte sie überhaupt, sie zufriedenzustellen? Sie hätte die Sache mit Gerald Rolland und dem Kino für sich behalten und so tun sollen, als wäre sie mit Lily unterwegs gewesen. Aber sie konnte Kate einfach nicht anlügen.

»Erzähl mir von deinem Freund«, schniefte ihre Mutter und versuchte zu lächeln.

Catherine fühlte sich erschöpft und niedergeschlagen. Sie hatte keine Lust mehr, über ihn zu reden. Sie würde die zarten Triebe ihrer aufkeimenden Beziehung vor Kate geheim halten, damit sie sie nicht verdarb. Ihre Mutter wäre einem älteren, wohlhabenden Mann gegenüber besonders misstrauisch, weil er sie schmerzlich an ihr gescheitertes Verhältnis zu Alexander Pringle-Davies erinnern würde.

»Es gibt nichts zu erzählen«, sagte Catherine müde. »Er ist nur ein Bekannter aus der Kirche. Das mit dem Abendessen tut mir leid.«

»Ich mache dir etwas anderes«, sagte Kate, und ihre Stimmung hellte sich auf. Der Sturm war plötzlich vorbei. »Gebratenes Brot mit Ei?«

Der süße Schokoladengeschmack lag immer noch auf Catherines Lippen. »Nein, danke. Ich trinke nur eine Tasse Tee.«

»Unsinn«, sagte Kate und stand auf, »du musst etwas auf die Rippen bekommen – bist ja nur Haut und Knochen. Ich kann mich nicht darauf verlassen, dass du in Harton vernünftig isst, aber ich kann dafür sorgen, dass du es in meinem Haus tust. Und die Männer wollen sicher auch etwas essen, wenn sie zurückkommen.«

Kate hatte wieder die Kontrolle übernommen. Catherine wusste, dass es einfacher war, nicht zu widersprechen, und half, die Eier zuzubereiten, während sie sich an den Gedanken klammerte, Gerald Rolland am nächsten Tag in der Messe zu sehen. Sie konnte es kaum erwarten.

11

Catherine versuchte ihre Enttäuschung zu verbergen, als er am nächsten Tag nicht zu ihr kam. Vor der Kirche wimmelte es von Menschen, und er verschwand, bevor sie ihn ansprechen konnte. Sie dachte die ganze Woche über an ihn und fragte sich, ob sie sich ihren zauberhaften gemeinsamen Abend nur eingebildet hatte. Aber in ihrem Schrank lag immer noch die Schachtel mit den restlichen Pralinen. Sie wollte sie nicht aufessen, weil sie eine süße Erinnerung an den besten Abend ihres Lebens waren.

Was wusste sie über ihn, abgesehen davon, dass er eine seriöse Arbeit bei einem Versicherungsunternehmen ausübte? Er hatte kaum von sich erzählt und war ihren Fragen mit knappen Antworten ausgewichen. Seine Mutter lebte noch, irgendwo bei Newcastle. Er liebte Musik, besonders Bach und Haydn. Er wohnte in einem großen Haus mit Blick auf den Park und die Uferpromenade. Das war alles, was sie über ihn wusste. Vielleicht war er Witwer, oder er war sitzen gelassen worden und deshalb misstrauisch gegenüber jungen Frauen. Vielleicht war er aber auch gar nicht an ihr interessiert und hatte am vergangenen Samstag nur nicht gewusst, was er sonst tun sollte.

Trotzdem ging sie am darauffolgenden Samstag wie üblich in die Kirche, sowohl in der Hoffnung, ihn zu sehen, als auch aus Pflichtgefühl.

Während des Gottesdienstes ignorierte er sie, aber danach lief er ihr draußen in der Dunkelheit hinterher.

»Kitty!«

Sie blieb stehen und drehte sich um. »Mr Rolland.«

»Duzen wir uns doch«, forderte er sie auf, »ich bin Gerald. Gehst du in die Stadt?«

»Ich wollte meine Freundin Lily besuchen.«

»Dann begleite ich dich dorthin, einverstanden?«

Catherine nickte und bemühte sich, ruhig zu wirken. Sie machten sich auf den Weg durch die eisigen Straßen, ihre Schritte klapperten über das Kopfsteinpflaster. Er unterhielt sich mit ihr, als wären sie alte Freunde, und erkundigte sich nach der vergangenen Woche. Auf halbem Weg zu Lilys Haus fragte er plötzlich: »Erwartet dich deine Freundin?«

Catherine errötete. »Nein, aber es macht ihr nichts aus, wenn ich vorbeischaue.«

»Dann ist sie nicht beleidigt, wenn du sie nicht besuchst?«, fragte er. »Ich fände es schön, wenn wir heute Abend wieder zusammen ins Kino gingen.«

Catherines Herz machte einen Sprung. »Ja, ich auch. Im Palladium läuft ein Film mit Carole Lombard.«

»Dann lass uns hingehen«, drängte Gerald.

Catherine lächelte verschmitzt. »Wenn du mich dieses Mal die Pralinen kaufen lässt.«

Sie saßen im überfüllten Kino, dicht nebeneinander, und ließen sich die Schokolade auf der Zunge zergehen. Irgendwann berührte seine Hand ihre, und er ließ sie mehrere Minuten lang dort liegen. Catherine war hingerissen von der warmen Schwere, von seiner Haut an ihrer.

Danach schob er seinen Arm unter ihren und begleitete sie zur Haltestelle.

»Nächsten Freitag wird in der St.-Benedikt-Kirche Händels Messias aufgeführt«, sagte Gerald. »Möchtest du hingehen?«

»Sehr gern«, sagte Catherine und strahlte.

»Dann besorge ich uns Karten. Wir sehen uns um halb acht vor der Eingangshalle.«

Catherine ging nach Hause und dachte voller Freude an den nächsten Freitag. Erst später fragte sie sich, warum er nicht erwähnt hatte, dass sie sich tags darauf in der Messe sehen würden. Und am Sonntag stahl sich Gerald aus der Kirche, ohne mit ihr zu sprechen. Sie rätselte über sein unberechenbares Verhalten. Wenn sie allein waren, schenkte er ihr seine ganze Aufmerksamkeit und hatte immer ein interessantes Gesprächsthema parat. Aber sonntags in der voll besetzten Kirche sah er nicht einmal in ihre Richtung.

Trotzdem war Catherine froh über seine Gesellschaft, wann immer sie sie genießen konnte. Vermutlich war er ein schüchterner Mann und würde mit der Zeit auch nach außen hin offener mit ihr umgehen.

Nach einem vergnügten Abend bei der Messias-Aufführung wagte Catherine vorzuschlagen: »Nächsten Samstag ist der Weihnachtsball der Belegschaft. Möchtest du mich begleiten?«

Er wirkte erschrocken und wandte den Blick ab. »Ich kann nicht tanzen.«

»Das musst du auch nicht«, sagte Catherine lachend. »Wir können einfach Mince Pies essen und den anderen zusehen.«

»Nein, tut mir leid. Ich habe versprochen, meine Mutter zu besuchen. Ich werde an diesem Abend nicht in South Shields sein.«

Catherine verbarg ihre Enttäuschung. Sie wusste, dass es eine Ausrede war. Aber vielleicht hasste er Tanzen und wollte nicht vorgeführt werden. Sie würde nichts tun, um ihn in Verlegenheit zu bringen, also verwarf sie die Idee.

»Dann sehe ich dich also zwei Wochen lang nicht?«, fragte sie enttäuscht.

Er nahm ihre Hand. »Ich nehme dich mit zu einem Konzert nach Newcastle«, schlug er vor. »Am Samstag vor Weihnachten. Hast du Lust darauf?«

»Ja, natürlich!« Catherines Stimmung hellte sich augenblicklich auf. »Ich war noch nie in Newcastle. Fahren wir mit dem Zug hin?«

»Eine Zugfahrt und ein Konzert – und eine Teemahlzeit im Fenwick«, versprach er mit seinem sinnlichen Lächeln. Dann hob er ihre Hand an seine Lippen und küsste sie.

Catherine zitterte vor Aufregung, als sie in die Tram stieg, und vergaß darüber, dass er kurz zuvor ihren Vorschlag abgelehnt hatte, mit ihr zur Tanzveranstaltung im Arbeitshaus zu gehen. Stattdessen ging sie mit Lily hin, konnte sich aber nicht verkneifen, ihrer Freundin von ihrer heimlichen Liaison zu erzählen.

»Doch nicht etwa Mr Rolland aus der Kirche?« Lily schnappte nach Luft.

Catherine grinste. »Ja, und nächsten Samstag fahren wir nach Newcastle zu einem Konzert und zum Teetrinken. Er ist ein Gentleman, und er weiß so viel über Musik. Wusstest du, dass er früher in einem Kino in Newcastle Orgel gespielt hat?« Catherine zögerte. »Was ist los?«

Lily schüttelte den Kopf. »Nichts. Es ist nur … nun ja, ich dachte, ich hätte gehört, dass er verheiratet ist.«

Catherine starrte sie fassungslos an. »Nein, ist er nicht! Das kann nicht sein. Gerald ist nicht der Typ, der ein Mädchen an der Nase herumführt.«

»Ich muss mich geirrt haben«, sagte Lily rasch. Sie sahen sich misstrauisch an.

Vielleicht war Lily ein bisschen eifersüchtig darauf, dass sie von einem solchen Mann umworben wurde. Danach sprachen sie nicht mehr über Gerald Rolland, außer als Lily am Ende des Abends sagte: »Pass auf dich auf, Kitty. Mach keine Dummheiten in Newcastle.«

Catherine war verletzt, dass ihre Freundin an ihr zweifelte. Lily wusste schließlich, wie vorsichtig sie war, wenn es um Jungs ging. Im Gegensatz zu ihr hatte sie sich nie von Tommy Gallon auf die Lippen küssen lassen, also musste Lily gerade reden! Doch je näher die Fahrt nach Newcastle rückte, desto nervöser wurde sie und fühlte sich zunehmend unwohl. Am Freitagabend bekam sie zu ihrem Entsetzen starkes Nasenbluten. Gert rief die Hausvorsteherin herbei, und Catherine bekam Bettruhe verordnet.

»Ist das schon einmal vorgekommen?«, wollte Vorsteherin Hatch wissen.

»Ja«, gab Catherine zu, »aber es geht wieder vorbei.«

»Sie sollten sich über das Wochenende zu Hause ausruhen. Wir werden Ihre Mutter benachrichtigen.«

»Nein«, sagte Catherine beunruhigt. Sie wollte nicht, dass Kate auch nur in die Nähe des Arbeitshauses kam und sie vor der Hausvorsteherin und ihren Kolleginnen bloßstellte. »Morgen bin ich wieder auf den Beinen.«

Aber am Samstagmorgen kam sie vor Schwäche kaum aus dem Bett. Catherine fragte, ob Lily sie besuchen könne, um ihrer Familie eine Nachricht zu überbringen. Zu ihrer Bestürzung stand Hettie an der Tür und belauschte ihr Gespräch.

Catherine setzte verzweifelt nach: »Richtest du Mr Rolland, dem Chorleiter, bitte aus, dass ich nicht zur Probe kommen kann?«

Lily nickte. »Wo finde ich ihn?«, flüsterte sie.

»Tyne Dock, viertel nach eins«, murmelte Catherine frustriert und kämpfte mit den Tränen.

Es dauerte drei Tage, bis sie wieder auf den Beinen und in der Wäscherei war. Lily hatte kaum Gelegenheit, ihr etwas zu erzählen.

»Ja, er war da«, flüsterte sie ihr im Trockenraum eilig zu. »Er wirkte nicht sehr erfreut, als ich ihm gesagt habe, dass du krank bist. Er war sehr einsilbig und hat sich nicht einmal für meine Mühe bedankt«, fügte sie entrüstet hinzu.

Betroffen legte Catherine ihr eine Hand auf den Arm. »Danke, dass du hingegangen bist. Du bist eine wahre Freundin, Lily.«

Am Weihnachtstag sah Catherine Gerald in der Messe. Er warf ihr einen prüfenden Blick zu, als er an ihr vorbeiging, und tippte sich an den Hut, sagte aber nichts. Kate, die neben ihr stand, entging weder Geralds Blick noch das errötende Gesicht ihrer Tochter.

»Das ist er, nicht wahr?«, sagte sie und starrte Gerald hinterher, als hätte sie einen Geist gesehen. »Der Mann, mit dem du im Kino warst.«

Catherine raunte, sie solle leise sein, und ging davon. Kate hinkte ihr hinterher.

»Den Typ Mann kenne ich«, sagte sie mit bitterem Lachen. »Schicke Klamotten und hochtrabende Worte, aber ein Herz aus Stahl.«

Catherine wurde wütend. »Du weißt gar nichts über ihn«, zischte sie.

»Warum ignoriert er dich dann?«

»Weil er schüchtern und reserviert ist«, nahm Catherine ihn in Schutz.

Kate schnaubte. »Fall nicht auf einen Kerl rein, der sich für etwas Besseres hält. Achte nicht auf seine Worte – sein Blick verrät dir mehr. Sieh ihm in die

Augen, Kitty.«

In angespannter Stille gingen sie nach Hause. Was wusste Kate schon? Sie war wegen ihrer eigenen Fehler mit Männern so verbittert, dass sie in allen nur das Schlechte sah. Selbst Davie, der sie anhimmelte, bekam ihre boshafte Zunge zu spüren, wenn sie in einer ihrer düsteren Stimmungen war.

Catherine bemühte sich, die Verärgerung über ihre Mutter und die Enttäuschung darüber, dass Gerald am Weihnachtstag nicht mit ihr gesprochen hatte, abzuschütteln. Während Kate in der Spülküche am Whiskey nippte, machte sich Catherine an die Zubereitung des Mittagessens: gefülltes Schweinefilet mit Gemüse. Sie freute sich, dass John die neue Pfeife gefiel, die sie für ihn gekauft hatte, und auch Davie schien mit dem Tabakbeutel und dem Feuerzeug, die sie ihm schenkte, zufrieden zu sein. Doch die Stimmung kippte schlagartig, als Kate ihr Geschenk öffnete. Beim Anblick der perlenbesetzten Hutnadel und der marineblauen Handschuhe brach ihre Mutter in Tränen aus.

»Du solltest nicht so viel Geld für mich ausgeben«, heulte sie. »Ich habe es nicht verdient. Solche Handschuhe habe ich schon lange nicht mehr getragen.«

»Etwas Schickes für die Kirche«, sagte Catherine unbeholfen.

Kate warf ihr einen Blick zu. »Was soll das heißen? Glaubst du, ich gehe nicht oft genug hin?«

»Aber nein.«

Mit einem Mal war Kate streitlustig. »Wann habe ich die Gelegenheit dazu? Ich kümmere mich um ein Haus voller fauler Männer, die mich herumscheuchen.«

Davie sagte versöhnlich: »Das Mädchen hat es nicht so gemeint.«

»Was weißt du denn schon?«, schnauzte Kate. Catherine spürte beim wütenden Funkeln in den Augen ihrer Mutter eine vertraute Angst. Sie brannte auf einen Streit.

»Es war nicht immer so, weißt du. Als ich ein kleines Mädchen war, sind wir jeden Sonntag zur St.-Beda-Kirche in Jarrow gegangen.«

»Halt den Mund und trag das Mittagessen auf«, befahl John.

»Was für eine prächtige Kirche – die Männer haben sie mit ihren eigenen Händen erbaut.« Kate warf John einen trotzigen Blick zu, und Catherines Magen verkrampfte sich. Sie wusste, wohin das führte. »Ja, mein Vater war einer von ihnen. William Fawcett.«

»Das reicht«, knurrte John, packte den Schürhaken und hieb damit gegen das Kamingitter. »Erwähn diesen Namen nicht in meinem Haus!«

»Die Fawcetts waren in Jarrow sehr angesehen«, provozierte Kate ihn weiter. »Wir waren eine gute katholische Familie, sind regelmäßig in die Kirche gegangen und haben in einem angesehenen Stadtteil gewohnt.«

»Kate ...«, sagte Davie warnend.

»Im Gegensatz zu den McMullens. Sie haben in einer alten Hütte gehaust – die reinste Müllhalde war das, hätte nicht mal als Schweinestall getaugt.«

John brüllte: »Warte, bis ich dich in die Finger bekomme!«

Aber Kate wusste, dass John mittlerweile zu unsicher auf den Beinen war, um sie zu erwischen. »Mama hat den Tag verflucht, an dem sie dich kennengelernt hat«, rief sie blindwütig. »Sie hat meinen echten Vater von Herzen geliebt, nicht dich.«

»Nein!«, schrie John. »*Ich* habe sie vorm Puddelofen gerettet, nicht der verfluchte Fawcett.«

»Du hast sie umgebracht«, schrie Kate zitternd, »mit deiner Sauferei und Schlägerei. Du bist schuld, dass wir auf der Straße gelandet sind, du hast uns zu Bettlern gemacht.«

John schleuderte den Schürhaken nach seiner Stieftochter. Die Eisenstange traf Kate an der Schulter, prallte auf den Tisch und stieß das Kännchen mit der Soße um. Sie griff nach dem Schürhaken und sah John rachsüchtig an.

»Nicht, Kate!«, flehte Davie.

Catherine stürzte auf ihre Mutter zu, entwand ihr den Schürhaken und schob sie zur Tür. Davie zog den fluchenden John zurück zu seinem Platz. Draußen auf dem Hof blockierte Catherine die Hintertür, bis sich ihre Mutter beruhigt hatte. Sie betete, dass keiner der Nachbarn den Aufruhr gehört hatte. Die Gasse hinter dem Haus war menschenleer.

Kate keuchte mehrere Minuten lang vor Wut. Plötzlich sackten ihre Schultern zusammen, und sie begann hysterisch zu schluchzen. Catherine spürte eine Mischung aus Wut, Mitleid und Scham. Was hatte ihre Mutter dazu getrieben, die Vergangenheit aufzuwühlen und eine solche Szene zu machen? Niemand hatte etwas davon, den alten John zur Weißglut zu bringen.

»Danke, dass du Weihnachten ruiniert hast«, murmelte Catherine, verärgert über Kates Sturzbäche an Tränen. Das war es, was der Whiskey mit ihrer Mutter machte: Er verwandelte sie in ein heulendes, unberechenbares Monster. Sie musste an die Szene am Grab ihrer Großmutter Rose zurückdenken: Kate hatte sturzbetrunken gejammert und alle beschämt, während sich Catherine trostsuchend an die Hand ihres Großvaters geklammert hatte. Er war gefasst und würdevoll gewesen, während Kates wilde Trauer sie erschreckt hatte.

»Es tut mir leid«, weinte Kate.

Catherine wandte sich ab und warf einen Blick in die Küche, wo das Geschrei verstummt war. Die Soße tropfte von der Tischdecke, und sie fragte sich, ob das Essen noch zu retten war.

»Geh nicht«, schluchzte Kate, »bitte geh nicht. Ich brauche dich, Kitty.«

»Nein, tust du nicht«, sagte Catherine verärgert. »Du willst nur, dass jemand das Chaos aufräumt, das du angerichtet hast.«

»Sprich nicht so mit deiner Mutter.« Kate sah verletzt aus. »Ich weiß nicht, was über mich gekommen ist. Es lag nur daran, dass ich ihn heute gesehen habe – heute in der Kirche.«

»Wen gesehen?«

»Deinen Verehrer. Er hat mich an ihn erinnert …« Sie ließ den Kopf hängen.

Catherines Herz krampfte sich zusammen. »An wen?«, flüsterte sie. »An meinen Vater?«

»Ja«, sagte Kate heiser. Sie blickte auf und sah sie aus trüben, verzweifelten Augen an. »Ich musste daran denken, wie anders die Dinge gelaufen wären, wenn ich damals noch eine Fawcett und keine McMullen gewesen wäre.«

Catherine hielt den Atem an, wollte ihre Mutter nicht unterbrechen, während sie sich ihr anvertraute.

»Wieso wäre es anders gewesen?«, fragte sie leise.

Kates Stimme zitterte. »Er hat mich als Kate Fawcett geliebt – als die Tochter von William Fawcett, einem Freund der Liddells. Er hatte meinen Vater als einen ehrenwerten Mann kennengelernt.« Kates Ton wurde härter. »Aber als er herausfand, dass ich eine gewöhnliche McMullen war, konnte er gar nicht schnell genug davonlaufen.«

Catherines Gedanken wirbelten umher. Alexander hatte ihren Großvater gekannt, William Fawcett. William war ein Freund der Liddells gewesen! Meinte Kate die Liddells aus Ravensworth, und war Alexander einer von ihnen? Wenn ja, könnte an Tante Marys Geschichte über ihren aristokratischen Vater wirklich etwas dran sein. In ihrem Kopf pochte das Blut.

Kate machte einen Schritt vorwärts, schwankte und stützte sich an der Backsteinmauer ab. Sie sah besorgt aus, als hätte sie zu viel gesagt.

»Mach nicht den gleichen Fehler wie ich, Kitty«, drängte sie. »Gib nicht vor, jemand zu sein, der du nicht bist. Denn früher oder später wird man dir auf die Schliche kommen.«

12

Die rauen Januarwinde gingen mit einer zunehmenden Stagnation in den Werften einher. In den nahe gelegenen Zechen herrschte Kurzarbeit, und die Stahlwerke standen still. Davie hatte Arbeit auf einem Kohlefrachter gefunden, der zwischen Newcastle und Göteborg verkehrte, und ohne ihn war Kate missmutig. Aber am meisten setzte Catherine zu, dass Gerald spurlos verschwunden war.

Sie stürzte sich in die Arbeit und in ihre Lektüre und verstärkte ihre Bemühungen, an sich zu feilen. Ihre Mutter irrte sich; es war möglich, sich zu wandeln und zu einer neuen Person zu werden. Kates warnende Worte am Weihnachtstag hatten Catherines Entschlossenheit, ihre schändliche Vergangenheit hinter sich zu lassen, nur noch verstärkt. Vielleicht hatte Gerald irgendwie davon erfahren. Oder vielleicht hielt er sie für zu ungebildet und unwissend, um seine Lebensgefährtin zu sein. Für Kitty McMullen aus den New Buildings mochte eine Beförderung zur stellvertretenden Leiterin der Wäscherei ein großer Aufstieg sein, aber es war nur die erste Sprosse auf der Leiter, die sie zu erklimmen gedachte, um der unqualifizierten Arbeiterschaft zu entkommen.

Sie würde Krankenschwester werden. Es war ein angesehener Beruf, für den auch die Mittelschicht angeworben wurde. Catherine durchforstete die öffentliche Bibliothek nach Büchern über Anatomie und lernte bis spät in die Nacht.

Eines Abends tauchte überraschend Vorsteherin Hatch in ihrem Zimmer auf. Catherine sprang auf und klappte ihre Bücher zu.

»Setzen Sie sich wieder, Miss McMullen. Bei Ihnen brennt noch sehr spät Licht«, bemerkte die Hausvorsteherin.

»Ich lerne«, sagte Catherine stolz.

»Darf ich mal sehen?«

Catherine reichte ihr ein Lehrbuch. Mrs Hatch blätterte darin und blickte erstaunt auf. »Warum interessieren Sie sich so für den menschlichen Körper?«

Catherine errötete. »Ich möchte Krankenschwester werden«, stammelte sie.

Die Hausvorsteherin zog eine Augenbraue hoch. »Das haben Sie noch nie erwähnt.«

»Nein.«

»Gehen Sie mit einem Mann aus?« Mrs Hatch sah sie durchdringend an.

Catherine wurde vor Verwirrung noch röter. »Nein, Vorsteherin Hatch.«

»Da habe ich aber etwas anderes gehört.« Mrs Hatch schlug das Buch zu und reichte es ihr zurück. »Es wurden Bedenken geäußert, dass Ihr Interesse an derartigen Dingen ein wenig – unangemessen ist. Ich möchte nicht, dass Sie etwas tun, was den Ruf der Angestellten des Arbeitshauses schädigt. Sie sollten weniger Bücher dieser Art im Personalraum herumliegen lassen.«

Sie ging aus dem Zimmer und ließ Catherine sprachlos zurück. Sie hatte die Bücher nicht herumliegen lassen. Jemand musste in ihrem Zimmer geschnüffelt haben. Hettie und Gert versuchten bestimmt, sie in Schwierigkeiten zu bringen! Was hatten sie der Hausvorsteherin sonst noch erzählt? Wie konnten sie es wagen, Lügen über sie zu verbreiten? Würde sie ihrem bösartigen Getuschel nie entrinnen? Wie konnte Mrs Hatch ihnen nur glauben? Catherine warf sich aufs

Bett und weinte vor Wut.

Am Samstagabend ging sie in die Kirche, um in der flackernden Düsternis und im sanften, geduldigen Antlitz der Muttergottes Trost zu finden. Nach der Hälfte der Andacht hörte sie eine vertraute, tiefe Stimme. Als sie sich umdrehte, entdeckte sie Gerald und konnte sich ein freudiges Lächeln nicht verkneifen. Er lächelte kurz zurück.

Danach spazierten sie gemeinsam nach Shields, als hätte es keine Unterbrechung in ihrem Liebeswerben gegeben.

»Ich hatte in Newcastle zu tun – meiner Mutter ging es nicht gut«, erklärte er.

»Oh, das tut mir leid«, sagte Catherine besorgt. »Fühlt sie sich jetzt besser?«

»Ja, danke.« Der Wind peitschte um sie herum. »Gehen wir in ein Café und trinken etwas Warmes«, schlug er vor.

Als sie sich bei einer Tasse heißer Schokolade aufwärmten, platzte Catherine heraus: »Ich habe mir Sorgen gemacht, dass du für immer verschwunden bist.«

Er warf ihr einen Blick zu. »Ich dachte, du hättest dir Ausflüchte zurechtgelegt, um nicht mit mir nach Newcastle zu fahren. Ich war verärgert, dass du deine Freundin geschickt hast, anstatt mir selbst gegenüberzutreten.«

Catherine ergriff seine Hand. »Aber nein, ich war krank. Ich hatte schreckliches Nasenbluten und konnte kaum den Kopf vom Kissen heben. Ich wollte so gern mit dir zu dem Konzert gehen. Und dann hast du mich nach der Messe vor der Kirche ignoriert – ich war todunglücklich.«

Gerald warf ihr ein fragendes Lächeln zu, das sie vor Sehnsucht erschaudern ließ.

»Du hast mich also wirklich vermisst, Kitty?«, fragte er.

»Ja«, sagte sie und wurde rot. »Ich denke jeden Tag an dich.«

Er drückte ihre Hand. »Du hast mir auch gefehlt. Aber jetzt bin ich wieder da, und wir können uns weiterhin sehen – samstags und vielleicht auch an anderen Tagen, wenn du nicht arbeitest.«

Catherine freute sich über seine Worte. »Das ist wunderbar!«

»Aber eins noch, Kitty«, mahnte er, »ich möchte nicht, dass du deiner Freundin alles erzählst oder mit anderen über uns tratschst. Die Sache bleibt unter uns.«

Einen Moment überkamen Catherine Zweifel. Lilys Worte, dass Gerald verheiratet sei, fielen ihr plötzlich wieder ein.

»Was ist los, Kitty?«

Sie musste ihn fragen. »Du bist doch nicht verheiratet, oder?«

Er wich zurück, als hätte sie ihm eine Ohrfeige verpasst. »Wofür hältst du mich?«, fragte er beleidigt.

»Ich meine, du warst nicht früher einmal verheiratet, oder?«, fragte Catherine schnell. »Mir würde es nichts ausmachen, wenn du Witwer wärst. Ich habe mich nur gefragt …«

Sein Blick ließ sie vor Scham erblassen. Wie konnte sie nur so etwas vermuten?

»Es tut mir leid«, murmelte sie.

Mit kummervollen Augen sah er sie an. »Ich verzeihe dir, Kitty. Ich nehme dir nicht übel, dass du denkst, ein Mann meines Alters könnte bereits verheiratet sein.« Er nahm wieder ihre Hand. »Aber ich kann dir versichern, dass ich nie verheiratet war. Ich habe nie die richtige Frau gefunden.«

Sein Blick und seine Berührung bewirkten, dass Catherines Herz vor

Aufregung und Hoffnung zu rasen begann.

Fortan trafen sie sich samstagabends regelmäßig, und als der Frühling kam und die Tage länger wurden, schlug Gerald vor, in der Umgebung von South Shields fernab der belebten Straßen abends spazieren zu gehen. Sie genoss seine Gesellschaft und war begierig darauf, alles von ihm zu lernen, von Musik bis zu Versicherungsfragen. Er nahm sie mit zu Konzerten und ermutigte sie, wieder mit dem Klavierspielen anzufangen. Kate hatte versucht, sie als Kind dazu zu bewegen, aber Catherine war wie gelähmt gewesen, aus Furcht vor den Schulden, die sich wegen der unbezahlten Unterrichtsstunden und des prächtigen, auf Pump gekauften Klaviers angehäuft hatten. Sie hatte sich dagegen aufgelehnt, indem sie das Lernen verweigert und alles darangesetzt hatte, zu versagen.

Aber Gerald entfachte erneut ihre Liebe zum Klavier und ihre Begeisterung für klassische Musik. Sie war mit traditionellen Volksliedern und irischen Melodien aufgewachsen, die sie von John gelernt hatte. Kate konnte singen wie eine Nachtigall und hatte Catherine einmal die Tränen in die Augen getrieben, als sie das bittersüße Lied »Thora« über eine winterliche Landschaft und ein verlorenes Kind vorgetragen hatte. Aber allzu oft artete Kates Gesang in Krawall und anzügliche Lieder aus, die Catherine zum Erröten brachten.

Geralds Liebe zur Musik war edel und rein, und sie beschwor ihn, ihr alles beizubringen, was er wusste. Er war geduldig und verständnisvoll. Vor allem spottete er nicht wie ihre Kolleginnen über ihre Versuche, ihre Fähigkeiten auszubauen.

»Hör nicht auf sie, Kitty«, sagte er. »Sie sind nur neidisch. Du besitzt eine Anmut und Kultiviertheit, die sie nie erreichen werden, und du bist wissbegierig. Du musst deine Ausbildung fortsetzen. Du bist zu gut für die Wäscherei eines Arbeitshauses – eine Ausbildung zur Krankenschwester wäre genau das Richtige.«

Als der Sommer kam, wuchs Catherines Unzufriedenheit mit ihrer Arbeit. Nach Mrs Hatchs Warnung scheute sie sich, sich ihrer Arbeitgeberin anzuvertrauen. Deshalb nahm sie ihren Mut zusammen und bat Pater O'Neill um Hilfe.

»Krankenschwester?«, rief er verwundert.

»Ja, Vater, das ist mein Berufswunsch.«

Der Priester schüttelte den Kopf. »Sie würden dich niemals einstellen«, sagte er unverblümt. »Dir fehlt die nötige Qualifikation. Es ist eine harte Ausbildung, Kitty, das würdest du nicht schaffen. Sei dankbar für das, was du hast. Du machst dich gut in der Wäscherei – das ist eine große Leistung für ein Mädchen, das nichts gelernt hat.«

Catherine wollte schreiend aus dem Gemeindesaal rennen. Sie war zutiefst verletzt, dass er ihren Ehrgeiz abtat. Ein Mädchen, das nichts gelernt hat. Sie hasste ihn dafür, dass er sie so abwertete. Sie würde es ihnen allen zeigen! Hartnäckig lieh sich Catherine weiterhin dicke Fachbücher über Medizin aus, ackerte sich hindurch und machte sich in ihrer krakeligen Schrift Notizen.

Manchmal zweifelte sie an sich selbst, und während sie ihre Aufzeichnungen betrachtete, dachte sie, dass Pater O'Neill recht hatte. Sie konnte zwar gut malen, aber sie wusste, dass ihre Schrift unsauber und die Wörter falsch geschrieben waren. Sie hatte nicht gelernt, Aufsätze zu schreiben oder ihre Gedanken in grammatisch korrektes Englisch zu fassen. Ihr Geist war eine ungezähmte Wildnis, und die Anstrengung, sie zu kultivieren, laugte sie aus.

Nur wenn sie mit Gerald zusammen war, fühlte sie sich besser. Mit ihm konnte sie ohne Verlegenheit üben, sich gewählt auszudrücken und über Kunst und Musik zu sprechen. Manchmal wünschte sie, er wäre etwas forscher und würde mehr tun, als bloß mit ihr Arm in Arm durch die stillen Gassen zu schlendern oder ihr am Ende des Abends die Hand zu küssen. Sie sehnte sich danach, dass er sie fest an sich drückte und sie auf die Lippen küsste, wie in den Kinofilmen, aber er war stets reserviert, und sie kam nicht an ihn heran.

Doch bald würde Catherine einundzwanzig werden und damit volljährig. Dann wäre sie nicht mehr an Kates Regeln gebunden. Sie würde eine erwachsene Frau sein, die heiraten konnte. Vielleicht wartete Gerald auf diesen Moment.

Kate schlug vor, ein Fest zu veranstalten.

»Du musst deine Volljährigkeit gebührend feiern«, erklärte sie. »Mary und ich bereiten etwas Leckeres zu essen vor, und wir laden Sarah und deine Cousins aus Birtley ein. Und deine Freunde können natürlich auch kommen. Ein rauschendes Fest wird das! Onkel Alec spielt auf der Fiddle, wir schieben die Möbel beiseite und tanzen.«

Catherine beäugte ihre Mutter argwöhnisch. Sie wollte auf keinen Fall, dass sich Kate vor all ihren Freunden zum Gespött machte. Und wen sollte sie einladen? Lily und Amelia natürlich und Tommy und Peter und Cousine Ida. Aber was war mit Gerald? Es wäre eine gute Gelegenheit, um ihn der Familie vorzustellen – solange sich Kate nicht volllaufen ließ.

»Komm schon, Kitty«, drängte Kate, »du feierst genauso gern wie ich. Und guck mich nicht so an. Ich werde dich nicht blamieren. Ich rühre keinen Tropfen an, versprochen.«

Catherine lächelte erleichtert und nickte. »Eine Geburtstagsfeier wäre nett.«

»Wenn das Wetter mitspielt, tragen wir die Tische raus und machen ein Straßenfest draus, wie nach dem Krieg«, schwärmte Kate. »Dann haben wir mehr Platz zum Tanzen. Und ein paar Nachbarn können dazustoßen – zum Beispiel Cissy und ihre Mutter.«

Catherines Magen krampfte sich zusammen. Sie war erst acht Jahre alt gewesen, als Cissy und die anderen Mädchen sie von ihrer Geburtstagsfeier ausgeschlossen hatten, aber der Schreck und die Demütigung würden ihr für immer im Gedächtnis bleiben. Der Schmerz war wie eine offene Wunde; es fühlte sich an, als wäre es gestern passiert.

Kate bemerkte ihren Blick. »Vielleicht nicht Cissy. Aber die McGraths. Sie haben ein Klavier – wir könnten es nach draußen schieben.«

Catherine schwindelte bei den Plänen ihrer Mutter. So wie es aussah, würde ganz Jarrow zu ihrem Geburtstag kommen.

»Können wir nicht in Tante Marys Wohnung feiern?«, fragte Catherine. »Sie ist größer.«

Kate guckte verletzt. »Schicker, meinst du. Ich will nicht, dass sie sich an so einem Tag vor uns aufspielt. Du bist meine Tochter, und das Fest findet hier statt.«

Catherine fühlte sich schuldig – sie hatte an Geralds Reaktion gedacht.

»Dann sollten wir es auf die Familie und engen Freunde beschränken«, sagte

Catherine entschieden.

Kate schaute sie an. »Die engen Freunde? Lernen wir also deinen geheimnisvollen Mann kennen, Mr Rolland?«

Catherine wurde sofort rot. »Er ist kein geheimnisvoller Mann, er ist nur zurückhaltend.«

Kate schnaubte. »Du hältst ihn versteckt, weil du dich für deine Familie schämst.«

»Nein, tue ich nicht!«

»Dann lad ihn zu deiner Feier ein«, drängte sie.

»Das werde ich«, sagte Catherine grimmig.

Als sie das nächste Mal mit Gerald spazieren ging, erzählte sie ihm davon.

»Ich habe am Montag Geburtstag, und an meinem freien Samstagnachmittag darauf veranstalten wir ein Fest. Du kommst doch, oder? Meine Familie möchte dich kennenlernen – sie glauben schon, ich hätte dich mir nur ausgedacht.« Sie lachte, um die Sache aufzulockern, aber sein besorgter Blick schnürte ihr den Magen zu.

»Ich bin nicht sicher«, sagte er ernst. »Vielleicht muss ich Mutter besuchen.«

Catherine entzog ihm ihren Arm. »Du kannst deine Mutter doch am Sonntag besuchen. Es ist mein einundzwanzigster Geburtstag! Erklär es ihr – sie wird es verstehen. Oder weiß sie etwa nichts von uns?«

Er wandte den Blick ab.

»Du hast ihr nie von mir erzählt, habe ich recht?« Catherine sah ihn entsetzt an. Sie ballte die Hände zu Fäusten. »Es ist offensichtlich, dass ich dir nichts bedeute! Sonst würdest du meine Familie kennenlernen und meinen besonderen Tag mit mir teilen wollen.«

Sie drehte sich um und lief mit energischen Schritten über den Schotterweg neben den Gleisen. Sie rupfte an den langen Gräsern, aus denen Schmetterlinge emporflatterten. Gerald liebte sie nicht. Er war sich zu fein dafür, auf eine Feier in East Jarrow zu gehen. Der angewiderte Blick auf seinem schönen Gesicht hatte ihr offenbart, dass zwischen ihnen eine große Kluft bestand.

»Kitty, warte! Bleib stehen!«, rief er und rannte ihr hinterher. Er wirbelte sie herum. »Natürlich komme ich. Ich wusste nicht, dass es dir so viel bedeutet.«

Sie schluckte ihre zornigen Tränen hinunter. »Selbstverständlich tut es das. Wie kannst du das nicht wissen?«

Er sah lächelnd zu ihr herunter. »Ich bin froh, dass dir unsere Freundschaft so viel bedeutet. Mir sind unsere gemeinsamen Momente auch sehr wichtig.«

Ermutigt lächelte sie zurück. »Für mich sind sie das Allerwichtigste, Gerald.«

Er beugte sich vor und küsste sie auf die Stirn. Es war ein väterlicher Kuss, wie ein Segen. Sie reckte ihm das Gesicht entgegen und hoffte, dass er sie auch auf die Lippen küssen würde. Aber er trat einen Schritt zurück und reichte ihr seinen Arm. Catherine überspielte ihre Enttäuschung und tröstete sich damit, dass sie ihn überzeugt hatte. Gerald würde auf der Feier zu ihrer Volljährigkeit der Ehrengast sein.

13

Der Juni begann heiß und stürmisch. Am Samstag, dem Tag ihrer Geburtstagsfeier, eilte Catherine in die William Black Street, um bei den Vorbereitungen zu helfen.

»Es ist zu windig, um draußen zu feiern«, entschied Mary. »Sonst werden meine Tischdecken bis nach China geweht.« Sie hatte wunderschön bestickte Platzdeckchen mitgebracht, und Alec war schwer beladen mit Tellern und Teetassen aus Porzellan vorbeigekommen.

Kate machte ein enttäuschtes Gesicht, dann nickte sie. »Ich schrubbe den Hof sauber, dann können wir dort tanzen.«

Mary raunte Catherine gut hörbar zu: »Mich wirst du nicht in ihrem Hof tanzen sehen, selbst wenn der Papst persönlich vorbeikommt.«

Kate zwinkerte ihr zu. »Wir erwarten einen viel wichtigeren Gast als den Papst. Stimmt's, Kitty?«

Mary lächelte: »Ja, natürlich. Müssen wir einen Knicks machen, wenn er eintritt?«

»Hört auf, ihr beiden«, sagte Catherine und lachte verlegen. »Verhaltet euch einfach normal. Aber stellt ihm nicht zu viele Fragen, macht keinen Wirbel und erzählt ihm keine Geschichten aus meiner Kindheit. Und sagt nicht, dass er der erste Mann ist, den ich mit nach Hause bringe.«

»Aber das ist er«, sagte Kate.

»Sagt einfach gar nichts.«

Ihre Mutter und ihre Tante wechselten einen Blick. »Die McMullens und gar nichts sagen? Den Tag möchte ich erleben!«, flachste Mary.

»Ja«, kicherte Kate, »eher friert die Hölle zu.«

Catherine schnappte nach Luft. »Und sagt nicht solche Sachen!«

Die Frauen lachten über ihr betroffenes Gesicht.

»Er muss etwas Besonderes sein«, bemerkte Davie und steckte den Kopf von draußen herein, wo er eine Girlande über der Haustür aufhängte.

Tante Sarah und vier ihrer Cousinen und Cousins trafen mit dem Zug aus Birtley ein. Das Geplauder, Geschirrklappern und Zuschlagen der Ofentüren wurden immer lauter, während alle halfen oder im Weg standen. Für den alten John wurde ein Stuhl nach draußen gestellt, und Davie zog mit zwei Cousins los, um Bier zu holen und ihren Durst zu stillen. Nicht zum ersten Mal wünschte Catherine, ihr Stiefvater wäre weit weg auf See. Sie würde ihm nie verzeihen, wenn er Kate dazu verleitete, sich zu betrinken und herumzugrölen.

Um viertel vor vier hatten sie im Wohnzimmer Staub gewischt und den Tisch hübsch gedeckt mit einer Auswahl an Sandwiches, Scones und Kuchen. Der Küchenboden war geschrubbt, das Kamingitter und Kaminbesteck glänzten, und am offenen Fenster kühlte weiteres Backwerk ab, mit dem die Teller aufgefüllt werden konnten. Alle Schmutz- und Bügelwäsche war in die Waschküche verbannt worden, und auf dem Kaminsims und den Fensterbänken standen frische Blumen.

Catherine trug ein neues hellblaues Kleid und dazu Ohrringe, die Tante Mary ihr geschenkt hatte. Von Kate hatte sie ein Halstuch in grellen Farben bekommen. Sie hatte versucht, Freude darüber zu zeigen, würde es aber wahrscheinlich nie tragen.

Sie betrachtete ihre Mutter, die von ihrem Backmarathon immer noch ein rotes

Gesicht hatte, während ihr Kleid dunkle Schweißflecken aufwies und ihre Schürze voller Mehl war.

»Komm, zieh deine Schürze aus«, sagte Catherine und versuchte, ihre Nervosität zu zügeln. »Ich helfe dir, die Haare hochzustecken. Du ziehst dich doch noch um, oder?«

Kate blies die Luft aus ihren Wangen. »Man könnte meinen, der König kommt, um die Truppen zu kontrollieren«, neckte sie. Aber sie ließ sich von Catherine ins Schlafzimmer führen und suchte eine saubere Bluse und einen Rock aus.

Während sie Kates dichtes, braunes Haar kämmte, bemerkte Catherine: »Du hast kein einziges graues Haar. Lilys Mutter hat jede Menge.«

»Ein Wunder«, brummte Kate. »Dein Großvater hat mir weiß Gott genug Ärger bereitet, um fünfmal graue Haare zu kriegen. Von euch ganz zu schweigen.«

Sie drehte sich um und legte ihrer Tochter eine raue Hand aufs Gesicht. »Was bist du bezaubernd in deinem neuen Kleid.«

Der sanfte Tonfall ihrer Mutter brachte Catherines Augen zum Glänzen. Wie selten sie ihn hörte und wie sehr sie sich als Kind danach gesehnt hatte. Jetzt war ihre Kindheit offiziell beendet, und sie konnte ihr als Frau gleichberechtigt in die Augen blicken. Allerdings fühlte sie sich Kate nicht ebenbürtig, denn innerlich war sie immer noch ein kleines Mädchen, das sich nach ihrer Anerkennung sehnte.

»Ich hoffe, du magst ihn«, sagte Catherine, plötzlich von Zweifeln geplagt.

»Deinen geheimnisvollen Mann?« Kate sah sie nachdenklich und wehmütig an. »Du bist ein besserer Menschenkenner als ich. Ich bin sicher, er ist ein echter Kavalier. Solange er sich dir gegenüber anständig benimmt, heiße ich ihn in diesem Haus willkommen, als gehörte er zur Familie.«

Catherine spürte eine Welle der Dankbarkeit. Sie umarmte ihre Mutter spontan. »Danke, Kate. Danke, dass du das für mich tust.«

Kates Lippen bebten. Catherine befürchtete, sie könnte weinen, und löste sich von ihr. Sie sollten ihre Gäste nicht mit roten Augen begrüßen.

Kate wandte sich ab. »Beginnen wir mit der Feier«, sagte sie forsch.

Zurück in der Küche trafen sie auf Lily und Amelia, die Lavendelwasser und Taschentücher als Geschenke mitgebracht hatten. Tommy und Peter überreichten ihr Blumen und einen Kanarienvogel.

»Was um alles in der Welt soll ich damit anfangen?« Catherine lachte.

»Halte ihn als Haustier«, sagte Tommy vergnügt.

»Vorsteherin Hatch erlaubt keine Haustiere.«

»Ich werde ihn für dich hüten«, sagte Kate. »Ich wette, er hat mehr Verstand als der alte John.«

Das Gelächter und der Lärm in der Küche schwollen an. Kate schob die Gäste ins Wohnzimmer und forderte sie auf, sich an den Speisen zu bedienen.

»Können wir nicht ein paar Minuten warten?«, fragte Catherine. Angespannt warf sie immer wieder einen Blick zur Tür, in der Hoffnung, dass Gerald eintraf.

»Welche Zeit hast du ihm genannt?«, fragte Mary.

»Um vier – gegen vier«, stammelte Catherine, »glaube ich.« Vor Nervosität waren ihr Mund und ihre Kehle trocken.

Sie schaute zum zigsten Mal auf die Uhr. Zwanzig nach vier.

»Wir schneiden den Kuchen erst an, wenn er kommt«, versprach Kate. »Schenk den Tee ein, Sarah. Wir sind alle ausgedörrt.«

Catherine hielt sich im Wohnzimmer beschäftigt, reichte belegte Brote herum und plauderte mit den Gästen.

»Ich verteile die hier nur kurz«, sagte sie und verließ den Raum. Lily folgte ihr mit einem Tablett Scones.

Durch die offene Haustür blickten sie auf die Straße. John hielt einen Krug Bier in der Hand und wurde in der Juni-Sonne allmählich rot.

»Ich habe immer noch Wachdienst«, sagte er. »Bis jetzt keine Spur vom Feind.«

»Großvater!«, schimpfte Catherine. Ihr wurde schwer ums Herz. Zwei Nachbarn standen auf der anderen Straßenseite mit verschränkten Armen vor ihren Türen und beobachteten sie. Catherine nickte ihnen zu, und sie winkten zurück. Wie viele von ihnen standen draußen, um zu sehen, wer Kitty McMullen den Hof machte?

Catherine zog sich wieder ins Haus zurück. Viertel vor fünf. Sie bekam es mit der Angst zu tun. Ihm war etwas zugestoßen. Er hatte versprochen zu kommen; er würde sie nicht absichtlich im Stich lassen.

»Vielleicht wartet er auf die Tram«, meinte Lily.

Catherine nickte. Aber um fünf Uhr wurde ihr klar, dass es unwahrscheinlich war. Gerald hätte in einer Stunde von seiner Pension an der Uferpromenade nach Jarrow laufen können. Während sie mit ihren Verwandten und Freunden scherzte und lächelte, wogte ihr Magen wie eine raue See.

Zweifel plagten sie. Sie wusste nicht, wo genau er wohnte, weil sie noch nie dort gewesen war. Sie hatte niemanden von seinen Freunden oder seiner Familie kennengelernt. Seine geliebte Mutter wusste nichts von ihrer Existenz. Warum war er so geheimnistuerisch? Warum durfte sie ihn nur sehen, wenn er es bestimmte? Er führte ein Doppelleben. Lily hatte recht, er musste verheiratet sein. Sie war genauso dumm wie Kate, weil sie auf seine vornehmen Kleider und seine kultivierte Art hereingefallen war. Aber das war lächerlich. Gerald war ein frommer Kirchgänger, ein Ehrenmann, und er hatte ihr sein Wort gegeben, dass er nie verheiratet gewesen war. Wie konnte sie an ihm zweifeln?

Halb sechs. Catherines Sorge schlug in Wut um. Gerald hatte herausgefunden, dass ihre Mutter eine gefallene Frau und sie unehelich geboren worden war. Das war die Wahrheit. Welchen anderen Grund könnte er haben, sie vor ihrer ganzen Familie zu demütigen? Kates sündiges Verhältnis zu ihrem Vater hatte ihr ein weiteres Mal das Leben verdorben. Warum war ihre Mutter so schwach? Am liebsten wäre sie aus dem Haus gerannt, um den mitleidigen und besorgten Blicken zu entkommen.

Endlich wurde der Kuchen angeschnitten, und alle sangen »Happy Birthday«.

»Wünsch dir was!«, rief jemand.

Catherine schloss die Augen. Sie wusste, dass ihr größter Wunsch – Gerald möge zur Tür hereinkommen – jetzt nicht in Erfüllung gehen würde. Also wünschte sie sich mit aller Entschlusskraft, der William Black Street Nummer zehn zu entfliehen und der Schmach, Kates Tochter zu sein.

Die restliche Zeit verbrachte sie wie eine Zuschauerin, die Fremde beim Feiern beobachtet. Onkel Alec spielte auf seiner Fiddle, und Tarn McGrath stimmte mit der Tin Whistle ein. Der Tisch wurde beiseitegeschoben, und im Wohnzimmer wurde getanzt, wobei die Tänzer gegen Johns Eisenbett stießen. Vom Tee wurde auf Bier und Whiskey umgeschwenkt. Tommy und die Cousins aus Birtley maßen am Küchentisch beim Armdrücken ihre Kräfte, während Sarah und Kate mit jedem Drink lauter wurden.

Catherine war froh, dass Gerald nicht da war, als ihre Mutter schwankend vor dem Kamin stand, »Cushie Butterfield« sang und in Tränen ausbrach, als jemand erwähnte, dass es Jacks Lieblingslied gewesen sei. Was machte es schon, wenn sich Kate betrank und ihre Feier an sich riss? Der Funke war in dem Moment erloschen, als Catherine klar geworden war, dass Gerald nicht kommen würde.

Die letzten Feiernden torkelten erst zu später Stunde in die Nacht hinaus. Sarah und Ida übernachteten bei Mary, während sich die Jungs mit dem schnarchenden John in der Stube stapelten. Catherine legte sich völlig erschöpft auf die Bank.

»Tut mir leid, Liebes«, sagte Kate und beugte sich über sie. Der vertraute Geruch nach Whiskey verursachte Catherine Übelkeit.

»Macht nichts«, murmelte sie und vergrub das Gesicht in ihrem Arm.

»Du hast etwas Besseres verdient als ihn«, lallte ihre Mutter.

»Ich werde hier nichts Besseres finden.«

»Natürlich wirst du das, Kitty. Lass nicht zu, dass ein fauler Apfel das ganze Dingsda verdirbt.«

»Das ganze Fass.«

»Ja, das Fass.« Kate hatte Schluckauf.

»Komm ins Bett, Frau«, rief Davie müde aus dem Hinterzimmer.

Kate gluckste. »Siehst du, ich habe schließlich auch einen gefunden.«

Catherine schnaubte. Sie würde sich nie mit einem Mann wie Davie oder mit einem Leben wie Kates zufriedengeben.

Nachdem ihre Mutter gegangen war, stand sie auf, warf sich eine Decke über ihr Nachthemd und ging nach draußen. Die Nachtbrise roch intensiv nach Meer, und die Wolken zogen rasch an den Sternen vorbei.

Sie war verletzt über Geralds Zurückweisung. Sie sehnte sich nach ihm, aber er hatte sie bitter enttäuscht. Die Sehnsucht lastete auf ihr. Aber die Sehnsucht wonach? Vielleicht nicht nur nach Gerald, sondern nach etwas dort draußen, inmitten der Sterne, das für sie unerreichbar war. Zum ersten Mal dachte Catherine darüber nach, zu fliehen, wirklich zu fliehen, nicht nur aus der William Black Street, sondern aus Jarrow. Der Gedanke spukte ihr im Kopf herum, beängstigend und befremdlich. Es gab eine Welt jenseits von Shields, weit weg von Tyneside, in der Menschen wie ihr Vater lebten.

Sie fröstelte mit ihren nackten Füßen. Eines Tages würde sie dorthin gelangen.

14

Am folgenden Samstagabend wartete Gerald vor der Kirche auf sie. Catherine drängte sich an ihm vorbei und stolzierte die Straße hinunter. Er lief ihr hinterher und hielt sie am Arm fest.

»Kitty, warte. Was ist denn los?«

Sie schüttelte ihn ab. »Was los ist? Du hast mich vor meiner ganzen Familie blamiert, das ist los!«

»Wann?«

»An meinem Einundzwanzigsten«, blaffte sie ihn an.

»Du meinst deine Geburtstagsfeier?« Er klang belustigt.

»Ja, die Feier, zu der du versprochen hattest zu kommen«, sagte sie vorwurfsvoll. »Meine ganze Familie und meine Freunde waren da. Alle haben darauf gewartet, dich kennenzulernen, und ich habe alle fünf Minuten auf die Uhr gesehen, mir Sorgen gemacht und gedacht, dir sei etwas Schreckliches passiert. Und die anderen haben mich angeguckt, als hätte ich mir das mit uns nur ausgedacht.«

Plötzlich stieg ein verzweifeltes Schluchzen aus Catherines Magengrube auf.

Bestürzt ergriff er ihre Hände. »Es tut mir aufrichtig leid.« Gerald zog sie rasch um die Ecke. Seine dunklen Augen blickten reumütig zu ihr herunter. »Ich hatte keine Ahnung, dass es dir so viel bedeutet. Ich war in Newcastle – Mutter ging es wieder schlechter, und ich wollte sie nicht allein lassen. Ich wusste nicht, wie ich dir eine Nachricht zukommen lassen sollte. Ich war sicher, dass du es verstehen würdest, sobald du den Grund erfährst. Und wo du doch so viele Freunde eingeladen hattest, dachte ich nicht, dass ich dir fehlen würde.«

Sie starrte ihn ungläubig an, zitternd und weinend. Wie konnte ihm nicht bewusst sein, wie sehr sie ihn liebte?

»Bitte verzeih mir, Kitty«, flehte er und drückte ihre Hände.

Sie wollte ihm verzeihen, aber die Demütigung an ihrem furchtbaren Geburtstag saß zu tief.

»D-du ha-hast mir nicht mal eine Karte geschickt«, sagte sie kläglich. »Nichts, um zu zeigen, dass ich dir auch nur ein kleines bisschen bedeute.«

»Aber das tust du« versicherte er, zückte ein Taschentuch und tupfte ihr die Tränen ab. »Ich habe ein Geschenk für dich, aber ich konnte es nicht mit der Post verschicken.«

»Was ist es?«, schniefte Catherine.

»Mein liebes, süßes Mädchen, bitte hör auf zu weinen. Gehen wir hoch nach Simonside, und ich erzähle es dir. Die frische Luft wird dir guttun.«

Ihre Neugier war geweckt, und Catherine ließ zu, dass er den Arm um sie legte und sie zügig aus der Stadt führte. Entlang der Bahnstrecke mischte sich der Geruch des frisch gemähten Grases mit dem der Schlacke auf den Gleisen. Der abendliche Ruf der Vögel schwoll an, während das Klappern und Getöse der Werften hinter ihnen verhallte. Oberhalb des Bahndamms, verborgen durch Brombeersträucher und Weißdorn, setzte sich Gerald mit ihr auf eine behelfsmäßige Bank aus einer alten Eisenbahnschwelle. Es war ihr Lieblingsplatz, geschützt und abgeschieden, und Catherine sehnte sich auf einmal danach, dass er alles wieder in Ordnung bringen würde.

Er nahm ihre Hand und streichelte sie. »Ich muss dir ein Geständnis machen«, sagte er mit seiner tiefen Stimme. »Meine Mutter war krank, aber ich wusste, dass ich alle Anstrengungen hätte unternehmen müssen, um zu deiner Feier zu kommen. Ich bereue es, dich im Stich gelassen zu haben.«

»Ich mache dir keine Vorwürfe wegen deiner kranken Mutter«, sagte Catherine großherzig.

»Das war nicht der einzige Grund«, sagte Gerald und sah sie eindringlich an. »Ich hatte Angst zu kommen.«

»Angst? Was meinst du damit?«

»Deine Familie ...«

»Ich wusste es«, erklärte Catherine zitternd und zog ihre Hand zurück. »Du schämst dich für uns, weil wir aus den New Buildings kommen, weil Großvater keine Ausbildung hat und weil mein Stiefvater ein einfacher Seemann ist. Außerdem hast du sicher die Gerüchte über meine Mutter gehört.«

»Nein«, rief Gerald, überrascht über ihren Ausbruch. »Ich weiß nicht viel über deine Verwandten. Aber wie ich gehört habe, sind die McMullens eine große Familie, die sich um ihre eigenen Leute kümmert und mit Fremden nicht leicht warm wird. Um ehrlich zu sein, war ich besorgt, dass deine Familie einen falschen Eindruck bekommen könnte, was uns angeht.«

»Welchen Eindruck?«, fragte Catherine verwirrt.

»Dass wir miteinander ausgehen.«

Sie spürte eine bleierne Schwere. »Aber ich dachte, das tun wir.«

Er hob sanft ihr Kinn an, sodass sie in seine dunkelbraunen Augen blickte.

»Wir kennen uns noch nicht sehr gut«, murmelte Gerald. »Wir müssen mehr Zeit miteinander verbringen – allein –, um herauszufinden, ob wir zusammenpassen.«

Catherines Herz begann zu hämmern. »Was meinst du?«

Er lächelte. »Das ist mein Geschenk für dich, Kitty. Wir fahren zusammen in Urlaub, nur du und ich. Ohne Mutter, ohne McMullens, ohne neugierige Nachbarn. Selbstverständlich zahle ich für alles.«

Catherine spürte, wie eine aufgeregte Röte ihren Hals überzog und zu ihrem blassen Gesicht hinaufstieg.

»Wohin fahren wir?«, flüsterte sie.

»Ins Landhotel in Gilsland. Das liegt in Cumbria – eine wunderschöne Landschaft. Wir können lange Spaziergänge machen, und es gibt hervorragendes Essen. Ich war schon einmal dort.«

Catherine beäugte ihn misstrauisch. »Mit wem?«

»Allein«, sagte er. »Das Hotel ist auf alleinreisende Geschäftsleute ausgerichtet.«

Catherine lächelte erleichtert. »Wir müssen also nicht so tun, als wären wir ...« Sie brach ab und wurde vor Verlegenheit noch röter.

Gerald lachte. »Kitty McMullen, hast du einen Moment lang gedacht, ich würde dir etwas Ungebührliches vorschlagen?«

»Nein!«

»Das tue ich auch nicht. Ich würde nie versuchen, deine liebe, vertrauensvolle Art auszunutzen. Das macht dich ja gerade so anziehend, Kitty: deine jugendliche Unschuld.«

Er ließ sie wie ein Kind klingen. »Ich bin jetzt eine erwachsene Frau«, rief Catherine ihm in Erinnerung.

Er beugte sich vor und küsste sie auf die Stirn. »Natürlich bist du das. Du hast das Recht, aus freien Stücken nach Gilsland zu fahren, als berufstätige junge Frau, die einen guten Lohn bezieht. Genau das wirst du tun. Wir reisen beide getrennt an, damit es nicht für Gerede sorgt, aber sobald wir da sind, verbringen wir so viel Zeit miteinander, wie wir wollen.«

Catherine spürte ein leichtes Prickeln. »Warum sollte es Gerede geben, wenn alles korrekt zugeht?«

»Du weißt doch, wie die Leute sind. Wir wollen ja nicht, dass der Priester oder deine Arbeitgeber davon Wind bekommen, nicht wahr? Du kannst ein paar Tage vor mir eintreffen, und ich komme nach. Was hältst du davon?«

Catherine sehnte sich nach dieser Reise, aber die Vorstellung machte sie nervös. »Wann dachtest du, hinzufahren?«

»Am besten wäre für mich der August. Mutter verbringt den Sommer immer bei ihrer Cousine an der Küste, und ich nehme dann normalerweise eine Woche Urlaub.« Er beugte sich dichter an sie heran. »Sag ja, Kitty.«

Sie verspürte den starken Drang, ihm die Arme um den Hals zu schlingen und ihn auf seine sinnlichen Lippen zu küssen. Sie würde es in Kauf nehmen, nicht öffentlich mit ihm auszugehen, um in Gilsland mit ihm zusammen zu sein. Und vielleicht wäre er nach dem Urlaub offiziell ihr Auserwählter. Sie spürte einen plötzlichen Anflug von Hoffnung.

»Ja, ich würde gern dorthin fahren«, sagte sie lächelnd.

Unerwartet gab Gerald ihr einen kurzen Kuss auf die Lippen, der sie voller Verlangen zurückließ.

Der Sommer zog sich in die Länge, während Catherine ungeduldig auf das Treffen in Gilsland wartete. Sie war noch nie eine ganze Woche aus Jarrow weg gewesen, geschweige denn mit einem Mann. Beim Gedanken daran spürte sie eine Mischung aus Angst und Vorfreude. Außer Lily erzählte sie niemandem, dass Gerald ebenfalls im Hotel sein würde. Kate war überrascht, aber erfreut über ihre Urlaubspläne.

»Ich finde es wunderbar, dass du dich endlich einmal amüsierst. Aber willst du nicht mit Lily oder Amelia verreisen?«

»Sie können es sich nicht leisten«, sagte Catherine mit einem Schulterzucken. »Außerdem lerne ich dort bestimmt andere junge Frauen kennen.«

Kate beäugte sie. »Und junge Männer. Finde jemanden in deinem Alter, ja? Nicht so einen wie Mr Rolland.«

Catherine wandte sich schnell ab, um ihr Erröten zu verbergen. Sie hatte ihrer Mutter nichts von ihrer Versöhnung mit Gerald erzählt.

»Such dir jemanden, der zu dir passt«, fuhr Kate fort, während sie den Brotteig knetete. »Auch andere Mütter haben hübsche Söhne.«

Catherine schaffte es, sich an den Samstagabenden kurz mit Gerald zu treffen, um bei schönem Wetter spazieren oder bei Regen ins Kino zu gehen. Sie konnte ihre Aufregung über die bevorstehende Reise kaum zügeln, aber er schmunzelte nur und tätschelte ihre Hand, als wäre er nachsichtig mit einem Kind.

Zwei Wochen vor ihrer Abreise rief die Hausvorsteherin sie in ihr Büro. Catherine befürchtete, ihr könnte zu Ohren gekommen sein, dass sie mit einem Mann in Urlaub fahren würde. Hatte Lily ihr Geheimnis ausgeplaudert? Sie setzte sich Mrs Hatch gegenüber und verschränkte die Hände im Schoß, um ihr Zittern zu verbergen.

»Miss McMullen, ich komme direkt zur Sache. Haben Sie immer noch die Absicht, Krankenschwester zu werden?«

Catherine starrte sie an. »Krankenschwester? Ich weiß es nicht. Ich schätze schon. Also, ja.« Ihr Herz pochte vor Erleichterung, dass es nichts mit Gerald zu tun hatte.

Die Hausvorsteherin nickte und griff nach einem Zettel. »Es gibt eine Möglichkeit für Mädchen wie Sie, die nicht über die nötigen Qualifikationen oder Erfahrungen verfügen, in den Pflegebereich einzusteigen«, erklärte sie. »Sie können eine Ausbildung zur Hebamme machen.«

»Zur Hebamme?«, fragte Catherine erstaunt.

»Ich habe hier Informationen über einen solchen Kurs. Wenn Sie Interesse haben, kann ich ein gutes Wort für Sie einlegen. Sie lernen schnell und sind zupackend. Ich wüsste nicht, warum Sie nicht irgendwann eine voll ausgebildete Krankenschwester werden könnten.«

Catherine war sprachlos. Hier bot sich ihr die Chance, von der sie geträumt hatte: eine qualifizierte Krankenschwester zu werden, eine Frau mit einem Beruf. Sie sah sich selbst in der adretten Uniform einer Oberschwester mit gestärkter Haube. Gerald würde sie bewundern, vielleicht genug, um sie zu heiraten.

»Natürlich geht es nicht nur um die Ausbildung«, fuhr Mrs Hatch fort. »Sie müssen fern von zu Hause Ihren Unterhalt bestreiten. Es muss eine finanzielle Unterstützung gefunden werden.«

»Fern von zu Hause?«, fragte Catherine nach.

»Ja, die Ausbildung ist in London. Sie wäre eine hervorragende Grundlage, und ich würde es nicht vorschlagen, wenn ich nicht überzeugt wäre, dass Sie der Sache gewachsen sind.«

»London!«, rief Catherine. »Oh, da kann ich nicht hingehen. Es ist zu weit weg von …« Sie konnte sich nicht so weit von Gerald entfernen, nicht jetzt, da zwischen ihnen eine Abmachung bestand.

Die Hausvorsteherin warf ihr einen strengen Blick zu. »Wenn Sie wirklich weiterkommen wollen, Miss McMullen, dann müssen Sie bereit sein, woanders hinzugehen.«

Catherine spürte eine Woge der Enttäuschung. Noch vor wenigen Wochen, nach ihrem Geburtstag, hätte sie wahrscheinlich die Chance ergriffen, Tyneside zu verlassen. Aber jetzt war sie so verliebt wie nie zuvor. Ihre Zukunft gehörte Gerald, nicht der Geburtshilfe. Die Hebammen, die sie kannte, waren einfache Frauen, Analphabetinnen, die ihren Nachbarinnen für ein paar Pennys aushalfen. Zudem widerte sie die Vorstellung von der Geburt eines Kindes an. Es war die unschöne, unbekannte Seite der Krankenpflege, über die sie nicht in Kenntnis gesetzt werden wollte. Kate hatte einmal gesagt, eine Geburt sei schlimmer als eine Folter, und Catherine fürchtete sich davor. Wenn sie davon träumte, geschäftig in der Uniform einer Oberschwester durch die Gegend zu huschen, hatte das nichts mit dem blutigen und schweißtreibenden Arbeitsalltag einer Hebamme zu tun.

»Wenn Sie sich um das Geld Sorgen machen, können wir Pater O'Neill sicherlich um ein Darlehen für die Zugfahrt und die Bücher bitten.«

»Es tut mir leid, Vorsteherin Hatch, aber ich will keine Hebamme werden«, antwortete Catherine.

Die Hausvorsteherin runzelte die Stirn. »Denken Sie noch einmal darüber nach.

Wenn Sie Ihre Meinung ändern, sagen Sie mir vor Monatsende Bescheid. Die Ausbildung beginnt im September.«

Catherine nickte und erhob sich schnell. Als sie die Tür öffnete, fügte Mrs Hatch hinzu: »Viele Mädchen würden diese Gelegenheit sofort beim Schopfe packen. Hier geht es nicht um illegale Geburtshilfe, sondern um eine richtige Ausbildung. Glauben Sie also nicht, dass Sie dafür zu gut sind, Miss McMullen.«

Catherine eilte aus dem Büro und fühlte sich getadelt. Sie hatte ihre Arbeitgeberin enttäuscht, aber sie konnte ihr den wahren Grund für ihr Zögern nicht nennen. Vielleicht würde Mrs Hatch sie verstehen, wenn Gerald ihr einen Antrag machte.

Doch eine innere Stimme mahnte sie, dass sie einen Fehler beging. Sie konnte sich gut vorstellen, wie Kate sagte: *Pack den Stier bei den Hörnern, Kitty, und geh nach London. Wenn du deine Ausbildung in der Tasche hast, kommst du zurück nach Jarrow, Liebes.*

Sie vertraute sich Lily an. »Meinst du, ich habe das Richtige getan?«

Lily zuckte mit den Schultern. »Es ist eine großartige Gelegenheit, Kitty. Ich würde es machen, wenn man es mir anbieten würde.«

»Wirklich?«, fragte Catherine überrascht. Lily war immer so heimatverbunden gewesen.

»Ja.« Lily nickte, von ihren eigenen mutigen Worten mitgerissen. »Allein der Gedanke, in London zu sein! Das Königspaar zu sehen und die vielen großen Geschäfte.«

»Würdest du mitkommen?«, fragte Catherine neugierig.

»Natürlich würde ich das«, erklärte Lily.

Sie sahen sich an und mussten über ihre Kühnheit lachen.

Dann sagte Lily: »Sie würden mich nicht zur Ausbildung zulassen, und die alte Hatch wird für eine einfache Wäscherin wie mich auch kein gutes Wort einlegen.«

Catherine seufzte. »Möglicherweise nicht. Aber wäre es nicht spaßig, wenn wir zusammen weggingen?«

Lily musterte sie. »Hast du Gerald davon erzählt?«

Catherine wandte den Blick ab. »Nein.«

»Warum nicht?«

Catherine mochte nicht darauf antworten. Sie befürchtete, dass er sie ermutigen könnte, nach London zu gehen.

15

Aus dem Zugfenster sah Catherine die mit violettem Heidekraut bedeckten Moore, und als sie auf den ruhigen Bahnsteig trat, wurde sie von einem wohlriechenden Lufthauch eingehüllt. Ein offener Omnibus des Hotels holte die Neuankömmlinge ab, und sie saß neben einem gesprächigen Mädchen aus Edinburgh. Als sie Gilsland erreichten, das in einer Senke unterhalb des windigen Hochmoors lag, wusste sie, dass ihre Begleiterin Helen hieß, drei Brüder hatte, in einer Telefonzentrale arbeitete, Tennis spielte und in Douglas Fairbanks verliebt war.

Catherines Befürchtung, vor Geralds Ankunft zwei Tage allein verbringen zu müssen, verflog innerhalb weniger Minuten. Zur Teezeit waren Helen und sie bereits dicke Freundinnen, und am Abend verabredeten sie sich mit zwei Bankangestellten aus Preston zum Tennisspielen.

»Aber ich habe noch nie gespielt«, rief Catherine.

»Das macht nichts«, sagte Terence, ein großer, schlaksiger Mann mit abstehenden Ohren, »Billy auch nicht.«

»Doch, habe ich«, protestierte Billy.

»Davon merkt man aber nichts«, sagte Terence grinsend.

Bevor sie sich ins Bett legte, kniete Catherine davor nieder und dankte für das blitzsaubere Hotel, den überwältigenden Blick auf den weiten Himmel und die moosgrünen Wiesen sowie für ihre fröhlichen neuen Gefährten. Sie fand keinen Schlaf, weil sie daran dachte, dass Gerald bald eintreffen würde, öffnete das Fenster und lehnte sich hinaus.

In der Dämmerung hörte sie in der Ferne ein Schaf blöken und dann Stille. Es duftete nach Honig und Gras. Sie atmete tief ein und staunte über die klare Luft. Keine Spur von Kohlenstaub, Pech- oder Abwassergestank. Noch etwas anderes verwirrte sie am Nachthimmel, der von Minute zu Minute dunkler wurde. Zu Hause war er ein gelblicher Dunst aus Rauch und dem Licht der Laternen, der sich wie eine Decke über die Stadt legte. Hier wirkte der Himmel endlos und funkelte vor Tausenden von Sternen. Sie hatte nicht gewusst, dass es so viele gab. Sie konnte es kaum erwarten, diesen romantischen Himmel mit Gerald zu teilen.

Catherine blieb am Fenster stehen, bis ihr kalt wurde, und gab sich fantasievollen Gedanken hin. Lehnte ihr Vater in einem anderen Landhaus auf einer Fensterbank und blickte in diesem Moment zum Sternenhimmel empor? Hatte sich Kate jemals aus Ravensworth Castle hinausgelehnt und nach ihrem Geliebten gesehnt, so wie sie es jetzt tat? Catherine erzitterte und verdrängte diese beunruhigenden Gedanken. Sie schlüpfte ins Bett, ließ das Fenster geöffnet und schlief in wenigen Minuten ein.

Die zwei Tage des Wartens verstrichen schnell in Gesellschaft von Helen und den Bankangestellten. Morgens spielten sie Tennis, verzehrten danach ihr Lunchpaket, und am Nachmittag machten sie einen Spaziergang. Nach dem Tee arrangierte Terence ein Kricketspiel auf dem Rasen, und am Abend versammelten sie sich um das Klavier und sangen, während der Filialleiter eines Geschäfts aus Newcastle sein Repertoire an Varietéstücken zum Besten gab.

»Sing uns ein paar Lieder aus Tyneside vor, Kitty«, drängte Helen und schob sie nach vorn.

Catherine brauchte nicht lange überredet zu werden. Sie erinnerte sich an die vielen Male, die sie für ihren Großvater John und ihre Großmutter Rose vor dem Kamin gesungen hatte, und trug die traditionellen Lieder mit Genuss vor.

Ihre Freunde klatschten, Terence legte den Arm um sie und erklärte: »Ich würde jederzeit dafür bezahlen, dich in der Musikhalle singen zu hören, Kitty McMullen.«

Am nächsten Vormittag traf während eines Tennisspiels überraschend Gerald ein. Catherine hatte gedacht, er käme wie sie mit dem Nachmittagszug, aber er hatte einen frühen Bus genommen.

Sie lachte, weil sie einen treffsicheren Aufschlag gemacht hatte, mit dem Billy nicht gerechnet hatte.

»Gut gemacht!«, rief Terence und klopfte ihr auf die Schulter.

»Da ist ein Mann, der dich anstarrt«, bemerkte Helen und deutete über den Zaun. »Ist dein Vater gekommen, um nach dir zu sehen?«, fragte sie lachend.

Catherine drehte sich erschrocken um und blinzelte in die Sonne. »Gerald!«, keuchte sie und winkte ihn herbei.

Er nickte ihr zu, dann drehte er sich um und ging davon, die Hände hinter dem Rücken verschränkt. Verlegen wandte sie sich wieder um. »Er ist ein Freund.«

Helen zog die Augenbrauen hoch. »Ich glaube, er ist ein bisschen eifersüchtig«, neckte sie.

»Sei nicht albern.«

»Möchtest du die Partie zu Ende spielen?«, fragte Terence verunsichert.

»Natürlich will ich das. Gerald wird nichts dagegen haben.«

Doch wie es schien, hatte Gerald sehr wohl etwas dagegen. Nach dem Match eilte Catherine los und fand ihn im Foyer, wo er sich schmollend hinter einer Zeitung verschanzt hatte.

»Lass dir von mir nicht den Spaß verderben«, sagte er. »Wie ich sehe, hast du keine Zeit verloren, neue Freunde zu finden.«

»Was sollte ich denn sonst tun?«, erwiderte Catherine. »Auf dem Zimmer sitzen und Trübsal blasen? Komm, ich stelle dich ihnen vor. Helen kommt aus Schottland. Sie ist wirklich nett, und die Jungs aus Preston sind sehr unterhaltsam.«

»Ich bin hierhergekommen, um mit dir zusammen zu sein, nicht mit einem Haufen Jungs aus den Baumwollspinnereien.«

Catherine errötete. »Sie sind Bankangestellte. Und es war dein Vorschlag, herzukommen.«

Ein Paar mittleren Alters betrat den Raum und warf ihnen einen Blick zu. Catherine nahm Gerald die Zeitung aus der Hand und flehte: »Lass uns rausgehen. Ich habe die Minuten gezählt. Streiten wir uns nicht wegen eines albernen Tennisspiels.«

Beschwichtigt ging Gerald voran in den Garten. Sie fanden ein ruhiges Plätzchen hinter den Gemüsebeeten, und sie schob ihren Arm unter seinen.

»Ich bin froh, dass du vorgeschlagen hast, hierherzufahren – es ist ein großartiger Ort. Ich konnte es kaum erwarten, dass du kommst. Das Tennisspielen und die anderen Aktivitäten waren nur zum Zeitvertreib. Diese Jungs sind mir völlig egal.«

»Der lange Lulatsch hat ein Auge auf dich geworfen«, sagte Gerald misstrauisch.

»Terence?« Catherine lachte. »Nun, er verschwendet seine Zeit. Ich will mit dir zusammen sein, Gerald, mit niemandem sonst.«

Zum ersten Mal lächelte er sie an, und sein schönes Gesicht hellte sich auf. »Komm, wir machen einen Spaziergang über den Hügel. Weiter hinten verläuft ein Stück der alten Römerstraße, wusstest du das?«

Catherine wusste es, erzählte aber nicht, dass sie am Vortag mit den anderen dort entlanggelaufen war.

»Zeig es mir«, erwiderte sie lächelnd.

Der Rest der Woche verging viel zu schnell, und sie verbrachten jede wache Stunde miteinander. Gerald war ihr gegenüber noch nie so besitzergreifend gewesen, hielt sie von den anderen fern und lehnte Einladungen zum Tennis, Kricket oder Brettspielen am Abend ab. Das Wetter blieb schön, und abends spazierten sie am Flussufer entlang. Catherine war nur zeitweise etwas enttäuscht, dass sie nichts mit Helen und den jüngeren Männern unternehmen konnte. Aber mit Gerald allein in der Dämmerung spazieren zu gehen, war besser als alles andere. Er war so viel liebevoller und entspannter, wenn sie ungestört waren, dass sie eine Vorstellung davon bekam, wie das Leben an seiner Seite sein könnte.

Am letzten Abend versuchte sie, das Gespräch auf die Zukunft zu lenken.

»Ich finde es wunderschön hier – die Moorlandschaft und den Geruch dieser Gegend. Ich möchte gar nicht mehr zurück.«

»Es ist wirklich schön«, stimmte Gerald zu. »Ich habe dir ja gesagt, dass es dir gefallen würde.«

»Ich wünschte, wir beide könnten für immer hierbleiben«, sagte sie und drückte seine Hand.

Er lachte. »Das können wir aber nicht – auf uns beide wartet Arbeit. Und in der heutigen Zeit können wir dankbar sein, dass wir welche haben.«

»Das weiß ich, aber Träumen schadet ja nicht. Was wünschst du dir, Gerald?«

Er blieb stehen, sein Gesicht wirkte wehmütig im Schein der untergehenden Sonne. »Ein gutes Leben zu führen und glücklich zu sein, nehme ich an. Die richtige Partnerin zu finden und sie ebenfalls glücklich zu machen.«

Catherines Herz setzte einen Schlag aus. Meinte er sie? Zögernd berührte sie sein Gesicht und spürte die raue Oberfläche seines Kinns. Er küsste ihre Handfläche.

»Gerald …«, flüsterte sie.

Mit einer raschen Bewegung umschlang er sie mit den Armen und zog sie an sich. Er beugte sich hinunter und drückte seinen Mund auf ihren. Seine Lippen waren überraschend weich und feucht, als sie ihre berührten. Es war ihr erster richtiger Kuss, der Kuss, nach dem sie sich den ganzen Sommer lang gesehnt hatte, aber jetzt, da es passierte, packte sie die Angst. Sein Mund saugte, seine starke Zunge forschte und versuchte, ihre Lippen auseinander zu drücken. Catherine presste sie fest aufeinander. Sie hatte eine unklare Vorstellung davon, dass es zu einer Schwangerschaft führen könnte, wenn sie ihn in ihren Mund ließ. Warum war sie so unwissend in diesen Dingen? Warum hatte sie Lily nicht genauer befragt, wie weit man mit einem Mann gehen konnte? Lily hatte Tommy geküsst; sie musste es wissen.

Anstatt sich zu freuen, dass Gerald sie endlich so küsste, wie ein Mann eine erwachsene Frau küsst, hatte sie panische Angst, dass sie etwas Falsches tat. Sie stand starr wie eine Statue da, die Augen fest zusammengekniffen, bis er aufhörte.

Als sich Gerald von ihr löste, spürte sie die Kälte des Abendwinds auf ihren feuchten Lippen.

»Was ist los, Kitty?«
»Nichts.«
»Es tut mir leid, ich dachte ... Ich war überwältigt von diesem perfekten Abend. Ich hätte das nicht tun sollen.« Er klang gekränkt.
Catherine sagte schnell: »Oh, aber ich wollte es auch.«
»Nein, es war falsch von mir. Du bist noch so jung.« Gerald wandte sich ab. »Wir sollten uns auf den Rückweg machen.«
Catherine kamen die Tränen. Mit ihren dummen Ängsten hatte sie alles verdorben. Sie schluckte schwer. »Ich liebe dich. Bitte geh nicht.« Sie griff nach seinem Arm. »Ich muss dir etwas sagen. Ich habe ein Angebot, nach London zu gehen, abgelehnt – ich konnte den Gedanken nicht ertragen, so weit von dir entfernt zu sein.«
Er blieb stehen und starrte sie an. »Was für ein Angebot?«
»Die Hausvorsteherin hat mir vorgeschlagen, in London eine Ausbildung zur Hebamme zu machen. Ich habe abgelehnt.« Catherine suchte nach Zustimmung in seinem Gesicht.
»Du hast doch nicht gesagt, dass es meinetwegen ist?«, fragte er erschrocken.
Sie schüttelte den Kopf, fühlte sich niedergeschlagen. »Ich habe gesagt, dass es zu weit weg von zu Hause ist. Außerdem reichen meine Ersparnisse nicht dafür.«
»Aber ist es nicht das, was du machen wolltest: in der Krankenpflege arbeiten?«
Catherine blickte ihm in die Augen. »Ich will nicht in London sein, sondern bei dir.«
Sie starrten sich an. Gerald streckte die Hand aus und berührte ihr Haar.
»Du hast das alles nur meinetwegen abgelehnt?«
Sie nickte. Er stieß einen langen Seufzer aus und zog sie sanft in seine Arme.
»Oh, liebe Kitty. Das habe ich nicht verdient.«
»Doch, das hast du, und ich bereue es nicht«, versicherte sie ihm, drückte ihre Wange an seine Brust und erwiderte seine Umarmung.
Sie standen im schwindenden Licht und schmiegten sich wortlos aneinander. Catherine wünschte, sie könnte für immer so verharren, dem leisen Schlag seines Herzens lauschen und die Wärme seines Atems auf ihrem Haar spüren. Doch als der Nachtwind auffrischte, löste er sich von ihr.
»Komm, wir sollten zurückgehen, bevor sie die Türen abschließen.«
Catherine versuchte, den Moment hinauszuzögern. Sie hatte das Gefühl, dass es zwischen ihnen noch so viel Ungeklärtes gab, sobald sie den Rückzugsort von Gilsland verlassen hätten.
»Wenn wir wieder zu Hause sind«, sagte sie, »gehen wir dann offiziell miteinander aus? Wir haben uns diese Woche prächtig verstanden, oder? Du hast gesagt, wir müssen herausfinden, ob wir zusammenpassen. Und das tun wir, nicht wahr?«
Im Halbdunkel konnte sie seinen Gesichtsausdruck nicht erkennen, aber seine Stimme war voller Wärme.
»Es war eine grandiose Woche, Kitty, eine der besten, die ich je erlebt habe. Und wenn es dir so viel bedeutet, sagen wir gern, dass wir miteinander ausgehen.«
Catherine spürte große Erleichterung.

»Das ist wunderbar!«, rief sie. Sie hörte ihn leise lachen. »Gerald«, sagte sie impulsiv, »bitte küss mich noch einmal.«

Er zögerte einen Moment, dann trat er näher und küsste sie sanft auf die Lippen. Es war ein keuscher Kuss, ohne Leidenschaft, aber zärtlich. Catherines Herz schlug schneller bei dem Gedanken, dass sie Gerald als ihren Auserkorenen präsentieren konnte. Sie müssten nicht mehr um die Stadt herumschleichen und belebte Orte meiden. Sie würde ihn zum Tee nach Hause einladen – oder zumindest zu Tante Mary. Sie könnten beim Erntedankfest zusammen tanzen.

Als sie ihre Lippen auf seine drückte, durchfuhr sie ein köstliches Kribbeln bei dem Gedanken, ihn Kate vorzustellen. Sie hatte einen Kavalier gefunden, der ihr die Seriosität geben würde, nach der sie sich sehnte. Kate wäre froh und stolz und würde Gerald umschmeicheln. Ihre Mutter würde die Verbindung gutheißen – und ein bisschen neidisch sein.

16

An dem Abend, an dem sie nach Jarrow zurückkehrte, konnte Catherine nicht widerstehen, in die William Black Street zu eilen, um von ihren Neuigkeiten zu berichten. Ein Gewitter beendete das schwüle Wetter abrupt, und sie kam völlig durchnässt an. Davie war wieder auf See, und die niedergeschlagene Kate wurde bei ihrem Eintreffen sofort fröhlich. Als sie hörte, dass Gerald Rolland ebenfalls in dem Hotel gewesen war, fiel ihr die Kinnlade herunter.

»Wusstest du, dass er da sein würde?«, fragte sie erstaunt und half ihrer Tochter aus dem triefenden Mantel.

»Ich hatte so eine Ahnung«, gab Catherine zu.

»Du wirst rot«, stellte Kate fest. »Na so was! Er muss herausgefunden haben, dass du dorthin fahren wolltest. Ich hoffe, du hast ihm ordentlich die Meinung gegeigt, weil er bei deiner Geburtstagsfeier nicht aufgetaucht ist.«

»Das ist Schnee von gestern«, sagte Catherine schnell. »Wir haben jetzt eine Abmachung.«

»Was soll das heißen?«

»Gerald Rolland und ich sind ein Paar«, verkündete Catherine strahlend.

»Bei allen Heiligen!« Kate schnappte nach Luft. »Hältst du mich zum Narren?«

»Nein!«

John wachte vor dem prasselnden Feuer auf. »Warum weckst du mich?«, brummte er. »Kitty, bist du das? Hast du mir Zigaretten mitgebracht?«

»Ja, Großvater, und einen Topf Honig aus Gilsland.«

»Unsere Kitty geht mit einem Mann aus«, sagte Kate aufgeregt. »Du bringst ihn doch an deinem nächsten freien Tag zum Tee mit, oder?«

»Ich glaube es erst, wenn ich ihn sehe«, schnaubte John.

»Es ist wahr«, beharrte Catherine.

»Hör nicht auf ihn. Wenn es nach ihm ginge, würden wir alle als alte Jungfern sterben«, höhnte Kate.

»Was sagst du da, alte Schlampe?«, knurrte er. »Hol mir ein Stück Brot und streich etwas von Kittys Honig drauf.«

Kate ignorierte ihn. »Erzähl mir, was du die ganze Woche gemacht hast. War es ein schickes Hotel?«

Catherine genoss es, ihrer Mutter alles zu berichten, während sie Brot holte und es mit Honig bestrich, um den Frieden zwischen John und Kate zu bewahren. Ihre Mutter lachte und kommentierte ihre pointierten Beschreibungen der anderen Gäste.

Als Catherine aufstand, um sich auf den Weg zu machen, war es schon spät. Kate drängte sie, zu bleiben.

»Es gießt immer noch in Strömen. Warum übernachtest du nicht hier, Liebes?«

»Nein, ich habe gleich morgen früh Dienst.« Sie zog ihren Mantel und ihren Hut an, die vor dem Kamin gewärmt wurden.

Kate begleitete sie zur Tür. »Dieser Mann«, sagte sie mit ernstem Blick, »führt dich doch nicht an der Nase herum?«

Catherine sagte empört: »Natürlich nicht. Ich bin ihm wichtig. Und wegen der Feier – seine Mutter war krank, und er hatte gehört, dass die McMullens eine geschlossene Sippe sind. Er hat befürchtet, dass wir ihn nicht akzeptieren würden.«

Kate brummte: »Nun, daran lässt sich nichts ändern. Er muss uns so nehmen, wie wir sind.« Ihre Mutter sah sie eindringlich an. Trotz der dunklen Ringe und Fältchen waren Kates Augen immer noch lebhaft. »Ich hoffe nur, dass er nicht seine Spielchen mit dir treibt.«

Sie wussten beide, dass sie dabei an Catherines Vater dachte. Seine unausgesprochene Anwesenheit schwebte wie eine offene Frage zwischen ihnen.

»Er ist nicht so«, sagte Catherine und schlüpfte schulterzuckend in ihren nassen Mantel.

»Das hoffe ich«, entgegnete Kate, und in ihrer Stimme schwang Bedauern mit.

Auf dem Rückweg nach Harton durch den strömenden Regen gingen Catherine die ernüchternden Worte ihrer Mutter nicht mehr aus dem Kopf. In der Nacht kühlte es stark ab, und ihr wurde einfach nicht warm, obwohl es in dem engen Zimmer mit Blick auf eine Backsteinmauer stickig war. Am nächsten Morgen nieste sie stark, und ihr Kopf pochte. Abends bekam sie Nasenbluten und legte sich ins Bett.

Die Hausvorsteherin kam vorbei und stellte ihr seltsame Fragen über ihren Urlaub.

»Vielleicht haben Sie sich einen Infekt eingefangen«, sagte sie.

Catherine schwirrte der Kopf. Sie fühlte sich zu schwach und müde, um zu antworten.

»Es tut mir leid, Vorsteherin Hatch«, war alles, was sie murmeln konnte.

Am nächsten Tag schlich sich Lily zu ihr. »Ich darf eigentlich nicht hier sein, aber ich habe dir Mamas Salbe zum Einreiben mitgebracht. Sie heilt alles, von Erkältungen bis zum Hexenschuss. Hattest du eine schöne Zeit? Hat Gerald dich gut behandelt?«

Catherine brachte ein schwaches Lächeln zustande und nickte. »Es war die beste Zeit meines Lebens. Wir sind jetzt ein Paar.«

Lily schnappte nach Luft. »Das ist großartig! Soll ich ihm Bescheid geben, dass es dir schlecht geht?«

Doch bevor Catherine antworten konnte, stürmte Hettie ins Zimmer.

»Raus mit dir!«, fuhr sie Lily an. »Wenn ich dich noch einmal hier erwische, landest du direkt bei Vorsteherin Hatch.«

Lily verließ fluchtartig das Zimmer. Hettie verharrte vor dem Bett.

»Wolltest du, dass Lily etwas für dich erledigt?«, fragte sie.

Catherine schüttelte den Kopf. Sie befürchtete, Hettie könnte sie belauscht haben.

»Hattest du einen schönen Urlaub? Die Krankheit hat ihn dir wohl verdorben. Ich hätte das ja nie gemacht – so ganz allein loszuziehen, das gehört sich nicht. Aber ihr jungen Leute ...«

Catherine wandte das Gesicht ab und presste sich ein Stück zerrissenes Laken vor die Nase. Sie hatte keine Kraft, auf Hetties abfällige Bemerkungen zu reagieren.

Als sie sich am nächsten Tag mühsam für die Arbeit zurechtmachen wollte, bemerkte sie entsetzt, dass sie einen Ausschlag hatte. Er juckte, und sie konnte nicht aufhören, sich zu kratzen. Ihre Kolleginnen bemerkten es sofort.

»Hast du das am ganzen Körper?«, fragte Gert angewidert.

»Das kommt nur von Lilys Salbe«, sagte Catherine nervös, während alle sie anstarrten.

Am Abend kamen Hettie und Gert, um ihr mitzuteilen, dass sie auf die Krankenstation verlegt werden sollte.

»Aber ich bin nicht ansteckend«, protestierte sie schwach.

»Vorsteherin Hatch hat es so angeordnet. Wir sollen dir helfen, deine Sachen dorthin zu bringen«, sagte Hettie mit Genugtuung.

Catherine wurde in einen fensterlosen Raum des Sanatoriums gebracht, weit weg von den anderen. Sie hörte den hartnäckigen Husten eines Schwindsüchtigen, der irgendwo anders in diesem Trakt lag. Als sie sich zurücklehnte, fühlte sie sich benommen und verängstigt. Was glaubten sie, was ihr fehlte?

Sie schien eine Ewigkeit dort zu liegen, bis die Hausvorsteherin unvermittelt mit einem Arzt auftauchte.

»Dr. Lovell wird Sie untersuchen«, sagte Mrs Hatch barsch. Dann verschwand sie und schloss die Tür hinter sich. Catherine setzte sich erschrocken auf. Sie wollte nicht mit diesem Mann allein gelassen werden. Sie hatte ihn in einem schroffen Ton mit den Insassinnen reden hören. Er musterte sie grimmig unter seinen buschigen grauen Augenbrauen.

Ohne ein Wort der Begrüßung begann er, in ihren Ohren und ihrem Mund herumzustochern, und leuchtete ihr mit einer kleinen Taschenlampe in die Augen. Sie zuckte zusammen, als er sie mit kalten Fingern abtastete und ihre Hände und Arme untersuchte. Catherine dachte an den freundlichen Dr. Dyer und wünschte, sie wäre daheim und würde von ihrem schottischen Arzt untersucht.

»Legen Sie sich zurück und ziehen Sie Ihr Nachthemd hoch«, ordnete Dr. Lovell an.

Catherine starrte ihn entsetzt an. »Warum?«

»Stellen Sie keine Fragen und tun Sie einfach, was ich sage«, schnauzte er sie an.

Sie lehnte sich mit einem mulmigen Gefühl zurück und schloss die Augen, während seine Hände jeden Zentimeter von ihr betasteten. Er zog ihre Beine auseinander und untersuchte sie mit einem kalten Instrument. Catherine wimmerte vor Unbehagen und Scham.

»Mit wem hatten Sie in letzter Zeit Kontakt?«, fragte er.

Sie öffnete die Augen und fragte verwirrt: »Was meinen Sie?«

»Mrs Hatch hat mir erzählt, dass Sie im Urlaub waren. Hatten Sie engen Körperkontakt mit einem Mann?«

Catherine starrte ihn verwirrt an.

Ungeduldig fügte er hinzu: »Sie haben einen verdächtigen Ausschlag. Wir müssen wissen, ob Sie sich beim intimen Kontakt mit einem Mann angesteckt haben. In der Belegschaft sind Sie dafür bekannt, vertraulichen Umgang mit Männern zu pflegen.«

Catherine wurde blass. Sie dachten, sie hätte mit einem Mann zusammengelegen! Sie, die so viel Angst vor körperlicher Nähe hatte, dass sie küsste, als wären ihre Lippen zusammengenäht, wurde beschuldigt, sich unzüchtig benommen zu haben. Schlimmer noch, sie dachten, sie wäre deswegen krank. Wie konnten sie es wagen, sie so zu beschuldigen? Sie war frommer und rechtschaffener als alle anderen Bediensteten zusammen.

Catherine wurde vor Schreck heiß und kalt. Sie war sprachlos. Dieser abscheuliche Mann hatte sie nicht nur am ganzen Körper betatscht, sondern die

Hausvorsteherin hatte es auch noch angeordnet. Auch Mrs Hatch dachte das Schlimmste von ihr. Aber was sollte sie sagen? Sie war mit Gerald im Urlaub gewesen und hatte ihm erlaubt, sie zu küssen. Zählte das als intimer Kontakt? Konnte sie sich diesen Ausschlag durch einen langen Kuss eingefangen haben?

Sie schluckte schwer und zwang sich zu sagen: »Ich habe den Ausschlag von einer Salbe bekommen. Lily dachte, sie würde mir gegen die Erkältung helfen. Als ich aus meinen Ferien zurückgekommen bin, hatte ich den Ausschlag noch nicht«, sagte sie trotzig, »und ich war auch noch nie mit einem Mann intim.«

Obwohl sie den Vorwurf zurückwies, brannte ihr Gesicht vor Scham. Sie hatten ihre romantischen Gedanken an Gerald ruiniert und die unschuldigen Erinnerungen an ihren gemeinsamen Urlaub in den Schmutz gezogen. Nun würde sie den anderen niemals davon erzählen. Hettie musste ihr Gespräch mit Lily über Gerald mitbekommen und die Information gegen sie verwendet haben.

Dr. Lovell wischte sich die Hände an einem Tuch ab und schloss seine Tasche.

»Ich glaube nicht, dass Grund zur Besorgnis besteht«, sagte er schroff, »aber ich werde zur Sicherheit empfehlen, dass Sie isoliert bleiben, bis der Ausschlag verschwunden ist.«

Er verließ das Zimmer. Catherine saß auf dem Bett, umklammerte ihre Knie und zitterte. Sie war wütend und fühlte sich elend. Ein Teil von ihr wünschte sich, aus dem Arbeitshaus zu stürmen und alle zum Teufel zu jagen. Sie hatte sich noch nie so geschämt. Aber damit würde sie sich geschlagen geben. Sie würde als Schuldige dastehen, und die scheinheiligen Schlangen wie Hettie und Gert hätten gewonnen.

In der langen, schlaflosen Nacht wälzte sich Catherine im Bett hin und her und wurde von düsteren Gedanken geplagt. Sie musste etwas falsch gemacht haben, um in eine solche Lage zu geraten. Es war eine Sünde gewesen, überhaupt in diesen Urlaub zu fahren. Hegte sie in ihrem tiefsten Inneren genauso fleischliche Gelüste gegenüber Gerald wie Kate damals gegenüber ihrem Vater? Vielleicht war der Hautausschlag eine Strafe. Sie war ebenso von Schwäche befallen wie Kate.

Die Leute mussten recht haben, wenn sie sagten, dass die Sünden der Mütter auf ihre Töchter übersprangen und dass sie getrennt von ihnen aufwachsen mussten, um nicht den gleichen Weg einzuschlagen. Deshalb hatten ihre Großeltern Kate weggeschickt und sie als ihre eigene Tochter ausgegeben. Sie hatten sie vor Kates verderblicher Schwäche bewahren wollen. Sie hätten ihrer Mutter niemals erlauben dürfen, zurückzukehren und sich um sie zu kümmern. Von dem Moment an, als Kate den Haushalt übernommen hatte, war alles aus dem Ruder gelaufen – die Trinkerei, die Schulden, die Streitereien und die Gewalt, die ungehobelten Männer, die als Untermieter in ihr Haus gekommen waren ...

Flüchtig blitzte die Erinnerung an einen Mann auf, so lebhaft, als wäre es ein Film, mit hagerem Gesicht, kurzem dunklem Haar und jadegrünen Augen, der sie anlächelte.

»Komm her, hübsche Kitty, und ich erzähle dir die Geschichte von Osian und dem magischen Pferd.«

Er zog sie auf seinen Schoß. Sie spürte das raue Wollgewebe seiner Hose an ihren nackten Beinen, die Wärme seiner Hände. Während er die Geschichte erzählte, strich sein Atem heiß über ihren Nacken und er wippte mit ihr auf und ab, als wäre er das galoppierende Pferd. Sie wollte absteigen, aber das Pferd galoppierte zu schnell, und sie klammerte sich voller Angst fest.

Die Erinnerung verblasste, bevor ihr wieder einfiel, wie er hieß oder wer er war, aber sie verursachte ihr ein flaues, trostloses Gefühl.

Bei Anbruch des neuen Tages verflog ihre Angst. Catherine hatte beschlossen, zu bleiben und ihre Bemühungen zu verdoppeln, um vor den anderen Angestellten respektabel zu erscheinen. Sie würde ihnen keinen Grund geben, ihren Ruf zu schädigen oder der Hausvorsteherin irgendwelche Geschichten zu erzählen. Sie würde sich erst wieder von Gerald küssen lassen, wenn sie verlobt wären.

Zwei Tage später arbeitete sie wieder in der Wäscherei und ging am Abend direkt zur Beichte. Sie bekannte, dass sie sich schuldig fühlte, weil sie Gerald geküsst und sich in Gedanken mit Fleischeslust beschäftigt hatte, und hörte, wie Pater O'Neill sie mit strenger Stimme im Beichtstuhl zurechtwies. Danach fürchtete sich Catherine erst recht davor, Gerald zu küssen, den gleichen Weg wie ihre Mutter einzuschlagen und in der Hölle zu schmoren.

Trotzdem sehnte sie sich danach, ihn wiederzusehen. Da sie krank gewesen war, hatte sie ihn am Sonntag nicht in der Messe gesehen. Am nächsten ging sie erwartungsfroh in die Kirche. Aber er war nirgendwo zu sehen und seine tiefe, melodiöse Stimme nicht zu hören. Als sie nach Hause kam, fragte Kate ihr Löcher in den Bauch und brannte darauf, ihn kennenzulernen.

»Er arbeitet auswärts«, sagte Catherine ausweichend.

»Hast du ihn nach dem Urlaub noch einmal gesehen?«

»Nein.«

Kate schnalzte mit der Zunge. »Das ist kein gutes Zeichen.« Sie sah ihre Tochter durchdringend an. »Du hast – du hast doch nicht ...?«

Catherine fuhr sie an. »Was? Ihm seinen bösen Willen gelassen?«

Kate wich zurück. »Ich will nur nicht, dass du auf ihn reinfällst ...«

»So wie du damals, meinst du?«, erwiderte Catherine unverblümt, verletzt darüber, dass ihre Mutter genauso wenig von ihr hielt wie ihre Kolleginnen. Sie stürmte hinaus und kam zwei Wochen lang nicht mehr zu Besuch.

17

Am folgenden Wochenende tauchte Gerald wieder auf. Erleichtert wartete Catherine nach der Messe auf ihn.

»Warst du weg? Mir kommt es vor, als wäre eine Ewigkeit vergangen. Geht es deiner Mutter gut? Du hast mir schrecklich gefehlt«, plapperte sie, als sie durch eine Seitenstraße gingen.

Er nickte bei ihren Fragen, ohne sie anzusehen, war in Gedanken woanders. »Ja, es scheint eine Ewigkeit her zu sein«, sagte er abwesend.

»Wollen wir zu unserer Bank am Bahndamm gehen?«, fragte sie aufgeregt. »Ich möchte alles darüber erfahren, wo du gewesen bist.«

»Am Sonntag nach unserer Rückkehr warst du nicht da«, sagte er anklagend.

Catherine wurde rot. »Nein, ich lag ein paar Tage krank im Bett – mit einer schlimmen Erkältung.«

»Oh, das tut mir leid. Ich dachte, vielleicht ...« Er verstummte.

Sie sah ihn besorgt an. »Stimmt etwas nicht?«

Er schüttelte den Kopf, als wollte er ihn von unangenehmen Gedanken befreien. Schweigend liefen sie hinauf nach Simonside, und Catherine war darauf bedacht, ihn nicht mit zu vielen Fragen zu belästigen. Sie setzten sich auf ihre Bank, obwohl der Septemberwind um sie herum fegte und sie mit Regentropfen bespritzte.

»Meine Familie würde dich gern zum Tee einladen«, brach sie das Schweigen. »Nichts Ausgefallenes. Vielleicht nächsten Samstag?«

Er sah sie stirnrunzelnd an, als könnte er sich nur schwer auf das konzentrieren, was sie sagte.

»Samstag? Oh, ja, in Ordnung.«

»Gerald«, sagte sie ratlos, »erzähl mir, was du auf dem Herzen hast. Du scheinst meilenweit weg zu sein.«

»Ich habe über Gilsland nachgedacht«, murmelte er.

Ihr Herz begann zu rasen. »Ich denke die ganze Zeit daran. War es nicht wundervoll? Die beste Zeit meines Lebens.«

»Hast du noch einmal darüber nachgedacht?«, fragte er.

Ihr Magen krampfte sich zusammen. »Über uns, meinst du?«

Er warf ihr einen seltsamen Blick zu. »Nein, über die Hebammenausbildung.«

Catherine starrte ihn verwirrt an.

»Ich habe darüber nachgedacht, was für eine große Chance das für dich ist«, fuhr Gerald fort. »Und ich würde dir gern helfen – dir das nötige Geld leihen.«

Tränen brannten in ihren Augen. Sie blinzelte schnell und drängte sie zurück.

»Es ist zu spät. Ich musste der Hausvorsteherin bis Ende August Bescheid geben.«

Er schürzte die Lippen. »Das tut mir leid, ich hätte dir gern geholfen. Du hast es verdient, voranzukommen.«

Catherine platzte heraus: »Hebamme zu sein, bedeutet mir nichts, das war nie mein Berufswunsch. Ich möchte hierbleiben und mit dir zusammen sein.«

Er rutschte unruhig hin und her. »Du bist sehr süß.« Aber er beugte sich nicht zu ihr herunter und versuchte nicht, sie zu küssen oder über ihre gemeinsame Zukunft zu sprechen. Stattdessen erzählte er von einem Konzert, das er in Newcastle besucht hatte, und vom Urlaub seiner Mutter an der Küste.

Als der Regen stärker wurde, eilten sie zurück in die Stadt. Unten am Hügel

trennten sie sich. Catherine ballte frustriert die Fäuste.
»Du kommst also nächsten Samstag?«
»Nächsten Samstag?«, fragte er.
»Zu mir nach Hause. Zum Tee«, erinnerte sie ihn.
»Oh, Tee, ja, natürlich.«
»Wir wohnen in der William Black Street Nummer zehn. Passt es dir um vier Uhr nachmittags?«
Er nickte, tippte sich an den Hut und ging davon. Catherine schluckte ihre aufsteigende Panik hinunter. Gerald hatte ihr keinen Grund gegeben, zuversichtlich zu sein, dass er dieses Mal kommen würde. Im schwindenden Licht trottete sie nach East Jarrow, ohne den Regen zu bemerken. Sie würde Kate Bescheid geben müssen, nur für den Fall, dass er doch auftauchte. Als sie die New Buildings erreichte, hatte sie sich davon überzeugt, dass Gerald sein Versprechen halten würde. Das Gespräch über den Hebammenlehrgang hatte nichts Negatives bedeutet, es war nur ein Zeichen für seine Großzügigkeit, dass er sie unterstützen wollte und an ihre Zukunft und ihr Wohlergehen dachte.
Die ganze Woche über lief Catherine mit einem mulmigen Gefühl in der Magengrube herum. Sie wollte am Samstag früh nach Hause gehen, um sich zu vergewissern, dass Kate das Haus geputzt hatte und anständig aussah. Und sie würde sicherstellen, dass John entweder nüchtern war oder früh ins Bett ging.
Auf dem Weg nach East Jarrow kaufte sie einen großen Biskuitkuchen mit Cremefüllung, der Gerald sicher schmecken würde. Als sie das Haus erreichte, stellte sie mit Entsetzen fest, dass rund um die Feuerstelle nasse Wäsche hing. Der Tisch war nicht gedeckt und voller Bügelwäsche.
Catherine wuselte herum und schnappte sich die feuchten Laken. »Kate! Er kommt in einer Stunde. Warum wäschst du an einem Samstag?«
Ihre Mutter kam aus der Spülküche, die Haare zerzaust, die Ärmel hochgekrempelt.
»Dein Großvater hat ins Bett gemacht«, sagte sie kurz. Sie warf Catherine einen vorsichtigen Blick zu.
»Was ist los?«
»Lies das besser – es ist heute Morgen gekommen«, sagte Kate düster und zog einen Umschlag aus ihrer Schürzentasche.
Er war bereits geöffnet worden. Catherine warf ihrer Mutter einen wütenden Blick zu.
»Du hast ihn gelesen.«
»Er ist von ihm. Tut mir leid, Liebes.«
Sie ertrug Kates mitleidigen Gesichtsausdruck nicht. Mit zitternden Händen wandte sie sich ab und entfaltete den Brief.

Liebste Kitty,
ich kann am Samstag nicht zum Tee kommen – und auch an keinem anderen Tag in der Zukunft. Es tut mir aufrichtig leid, dass ich Dir solchen Schmerz bereite. Ich wollte nie, dass Du eine solche Zuneigung zu mir entwickelst. Ich schätze Dich zu sehr, um zuzulassen, dass es so weitergeht.
Du solltest wissen, meine Liebe, dass ich in den letzten zwei Jahren der Beziehung mit einer anderen Frau nachgetrauert habe. Ich war mit der Tochter eines Kanzleiangestellten hier in South Shields verlobt, aber da ich mir meiner und

ihrer Gefühle nicht sicher war, habe ich die Verlobung kurz vor der Hochzeit gelöst. Du, liebe Kitty, warst mir in diesen schweren Zeiten ein großer Trost und hast mir den Willen zurückgegeben, wieder zu lieben. Aber ich erkenne nun deutlich, dass ich diese andere Frau wirklich liebe und keine andere heiraten könnte.

Du warst der Fels, an den ich mich in meiner Verzweiflung geklammert habe. Bitte verzeih mir, dass ich mich so auf Dich gestützt habe. Ich hoffe, Du findest in den kommenden Jahren einen Mann, der Deiner Liebe würdig ist.

Leb wohl, Kitty!
Mit freundlichen Grüßen
Gerald Rolland

Catherine wollte schreien, als sie den Brief zerknüllte und ins Feuer warf. Wie konnte er ihr das antun? Er war die ganze Zeit einer anderen versprochen gewesen. Was war er für ein Feigling! Heiße Tränen schossen ihr in die Augen. »Du bist ohne ihn besser dran«, erklärte Kate. »Ein Kerl wie er macht ein Mädchen nicht glücklich. Alles nur süße Worte und falsche Versprechen. Einen Tag dort, am nächsten fort ...«

»Sei still!«, fuhr Catherine sie an. »Du hast keine Ahnung, wovon du redest. Du hast ihn nicht gekannt, also urteile nicht über ihn. Und du hättest meinen Brief nicht lesen dürfen!«

»Nun, es macht keinen Unterschied«, verteidigte sich Kate. »Er hat dich so oder so hintergangen. Ich habe ihm nicht mehr über den Weg getraut, seit er dir die Geburtstagsfeier verdorben hat – und die ganze Heimlichtuerei, um nicht mit dir gesehen zu werden. Jetzt wissen wir auch, warum. Er hatte die ganze Zeit ein anderes Mädchen.«

»Ja, das hatte er«, sagte Catherine unter Tränen. »Bist du jetzt glücklich? Ich wette, du freust dich, dass ich genauso dumm war wie du und auf schicke Klamotten und eine klangvolle Stimme hereingefallen bin.«

»Ich habe nie gesagt ...«

»Zumindest habe ich mich nicht in Schwierigkeiten gebracht«, blaffte Catherine.

»Sprich nicht so mit mir«, fauchte Kate.

»Ich glaube nicht, dass er eine andere Frau hatte«, rief Catherine, außerstande, sich zu bremsen. »Er dachte nur, ich wäre nicht gut genug für ihn. Ich wette, irgendeine Tratschtante aus der Nachbarschaft hat ihm von mir und dir erzählt. Du bist nicht die Einzige, die diese Schande nie loswerden wird – ich habe sie genauso am Hals. Hast du dir darüber jemals Gedanken gemacht?«

Kate warf ihr einen so zornigen, verzweifelten Blick zu, dass Catherine sich abwandte.

Ihre Mutter folgte ihr. »Ich lasse mich von meinem eigenen Fleisch und Blut nicht wie ein Stück Dreck behandeln.« Sie packte Catherine am Arm. »Ich habe dich so gut erzogen, wie ich konnte, aber habe ich dafür je einen Dank bekommen? Kein einziges Wort!« Sie schüttelte sie. »Also gib mir nicht die Schuld für deine Probleme mit diesem Mann – die hast du dir selbst eingebrockt. Ich habe dich vor ihm gewarnt, aber du weißt ja immer alles besser.«

Catherine löste sich aus dem Griff ihrer Mutter. »Lass mich in Ruhe!«

»Mit Vergnügen.« Kate zitterte vor Wut. »Geh und schmor in deinem eigenen Elend. Raus hier!«

Catherine flüchtete auf die schlammige Straße, ohne sich darum zu scheren, ob die Nachbarn sie von ihren regennassen Türschwellen aus anstarrten. Niemand würde sich über das Geschrei aus dem Haus der McMullens wundern.

Sie rutschte und schlitterte die Anhöhe hinunter, zitterte und schluchzte vor Schreck. Gerald hatte sie im Stich gelassen, Kate hatte sie rausgeworfen, und die Frauen in Harton verachteten sie. Wohin konnte sie fliehen? Catherine stolperte ziellos durch die Stadt, verstört und verängstigt. Aber sie wusste, dass sie in Bewegung bleiben musste, denn wenn sie auch nur einen Moment stehen blieb, würden die Dämonen, die sie verfolgten, sie einholen.

18

Catherine stand am Bahnhof von Tyne Dock. Es war kurz nach drei Uhr nachmittags. Ohne wirklich zu wissen, warum, kaufte sie eine Fahrkarte nach Lamesley. Als sie im Zug saß und die Werften und Reihenhaussiedlungen von Jarrow und Hebburn vorüberziehen sah, spürte sie, wie ihre Angst und ihr Kummer abflauten.

Es war offensichtlich, dass sie nicht hierhergehörte. Solange die Leute von der Schande ihrer unehelichen Herkunft wussten, würden sie sie niemals akzeptieren. Sie schnürte sie wie ein Leichentuch ein und bestimmte, wer sie für ihre Nachbarn und Arbeitskollegen war. In ihren Augen war sie die ordinäre Kitty McMullen, Tochter einer gefallenen Frau, mit Sünde befleckt. Ganz gleich, wie sehr sie sich bemühte, an sich zu arbeiten, wie fromm sie auch war, würde sie es in den Straßen von Jarrow oder Shields niemals zu Ansehen bringen. Sie war mit Kates Fehler behaftet.

Kate!, dachte sie verärgert. Ihre Mutter hatte ihr Leben ruiniert, nicht nur durch ihre Schwäche für Männer, sondern auch durch ihre Trinkerei und ihre sprunghaften Stimmungen. Sie schwankte zwischen Übergriffigkeit und Zurückweisung, zwischen erdrückender Liebe und jähen Schlägen. Wenn sie an ihre Kindheit zurückdachte, gab es mehr Demütigungen als Zuwendungen: der wöchentliche Gang zum Pfandhaus, das Schlangestehen inmitten erwachsener Männer, um Whiskey zu kaufen, die grausamen Beschimpfungen der Nachbarskinder.

Catherine kniff die Augen zusammen und versuchte, sich von den Erinnerungen zu befreien. Kate und sie würden nie miteinander auskommen: Sie waren so verschieden wie Tag und Nacht. Aber sie war nur zur Hälfte Kates Tochter – es war die kleinere Hälfte, die streitsüchtige, ungehobelte Hälfte. Irgendwo hatte sie einen Vater, nach dem sie kam, einen impulsiven Romantiker, einen kultivierten Gentleman. Von ihm musste sie ihren Sinn für schöne Dinge geerbt haben und den Drang, mehr zu erreichen.

In ihr brannte stärker denn je der Wunsch, herauszufinden, wer er war. Sie spürte eine neue Verwegenheit, und es kümmerte sie nicht mehr, was die Leute über ihre Fragen denken mochten. Sie war überzeugt, dass er sie retten würde, wenn sie ihn nur finden könnte. Sie hatte das falsche Leben am falschen Ort geführt, dabei passte dieses andere Leben der Schönheit und Bildung, das ihr bisher verwehrt geblieben war, viel besser zu ihr.

Als sie auf den Bahnsteig von Lamesley trat, betrachtete Catherine die Maisfelder. Nicht weit entfernt schimmerten die Wälder rings um das Anwesen von Ravensworth rostrot und golden, während dahinter ein Bergwerksdorf Rauch ausstieß wie ein Zug, der die fernen Hügel hinaufschnaufte.

Jetzt, da sie angekommen war, hatte sie keine Ahnung, wo sie mit der Suche anfangen sollte. Aber die Luft war nach dem Regen der letzten Tage kühl und klar, und sie genoss es, einfach die Straße entlangzugehen und die angenehme Frische einzuatmen. Vor der grauen, gedrungenen Kirche blieb sie stehen und legte die Hand an die kalte Steinwand. War das der Ort, an dem Großmutter Rose als kleines Mädchen gesessen und eine Braut aus Ravensworth bewundert hatte? Catherine hatte mit Begeisterung den Geschichten ihrer Großmutter über ihre Besuche auf dem Land gelauscht und den überlieferten Erzählungen von deren eigener

Großmutter. Geschichten von einer Frau, die vor hundert Jahren gelebt hatte, über Adlige, die bei Fackelschein ausritten, und Frauen in Reifröcken. Sie erschauderte bei dem Gedanken, dass sie an derselben Stelle stehen könnte wie jemand, der den Duke of Wellington gesehen hatte.

Auf einmal fiel Catherine ihre Großtante Lizzie ein. Soweit sie wusste, war sie verwitwet, lebte aber mit ihrem Sohn George immer noch auf dem Anwesen. Sie hatte sie seit Jahren nicht gesehen. Vielleicht wusste ihre Großtante, wer ihr Vater war.

Sie fragte eine halbe Stunde im Dorf herum, bis man sie den Hügel hinauf zu einer Reihe von Cottages im Wald schickte. Sie passierte ein altes Tor mit einer verlassenen, mit Brettern vernagelten Pförtnerloge. Über ihr raschelte der Tunnel aus Bäumen, und die ersten herbstlichen Laubblätter rieselten auf sie herab. Der Weg war moosbewachsen und überwuchert, und Catherine spürte, wie die Geister der Vergangenheit sie beim Gehen beobachteten.

Nach mehrmaligem Klopfen kam eine gebückte, grauhaarige Frau zur Tür gehumpelt. Sie erkannte Catherine nicht und blinzelte sie aus einem faltigen, wettergegerbten Gesicht an.

»Ich bin es, Kitty, deine Großnichte«, wiederholte Catherine lauter, »aus Jarrow.«

Ein Lächeln erschien auf Lizzies Gesicht. »Die kleine Kitty? Das gibt's doch nicht! Komm rein, ich freu mich, dich zu sehen. Du hast doch nichts gegen Katzen? Nimm Platz. Ich habe gerade eine Kanne Tee aufgesetzt. Was führt dich her? Geht es deiner Mutter gut?« Sie drehte sich besorgt um.

»Ja«, sagte Catherine hastig, »alle sind wohlauf.«

»Deine Mutter ist ein wunderbares Mädchen«, keuchte Lizzie. »Wir hatten eine schöne Zeit, als sie hier gewohnt hat. George und Alfred haben große Stücke auf sie gehalten. Kate kann gut mit Kindern umgehen.«

Catherine fühlte sich unbehaglich. Wenn ihre Großtante wüsste …

»Ich schenke uns den Tee ein«, rief Catherine und sprang auf, um zu helfen. Ein Kater mit rötlichem Fell schlich auf sie zu und rieb sich an ihren Beinen.

Sie unterhielten sich ein paar Minuten lang über die Neuigkeiten aus der Familie, wobei Catherine laut in Lizzies Hörrohr rief. Aber es fiel ihr nicht schwer, das Gespräch wieder auf die alten Zeiten zu lenken, als Kate noch in Ravensworth gelebt hatte. Das Gesicht der alten Frau hellte sich auf, als sie von früher erzählte.

»Sie kam, um mir zu helfen, nachdem ich gestürzt war«, erklärte sie. »Ein hübsches Mädchen – so eine reine Haut für jemanden, der in der Stadt aufgewachsen ist. Sie war hier sehr beliebt, immer hilfsbereit, und sie hat ständig gesungen, wie ein Vogel. Sie hat für die alte Witwe in Farnacre gearbeitet.«

Lizzie erzählte lang und breit von der ehemaligen Lady Ravensworth und einem Skandal wegen eines Hausdieners, bis Catherine sie zum ursprünglichen Thema zurückholte.

»Und wie kam es, dass meine Mutter in dem Gasthaus gearbeitet hat?«

»Das habe ich doch gerade erzählt«, sagte Lizzie ungeduldig. »Der Earl ist gestorben, und Lady Emma hat Kate nach Farnacre mitgenommen. Dann ist Lady Emma mit dem Hausdiener durchgebrannt, und als der nächste Earl gestorben ist, gab es für Kate keine Arbeit mehr auf dem Landsitz, also hat sie im Wirtshaus angefangen.«

Catherine war immer noch verwirrt, und die entscheidende Frage brannte ihr weiterhin auf der Zunge. Sie nahm ihren Mut zusammen.

»Hat Kate meinen Vater bei der Arbeit auf dem Schloss kennengelernt?«

Die alte Frau wirkte auf einmal nervös. »Deinen Vater? Also, das weiß ich nicht.«

»Aber es ist möglich?«

Lizzie saugte gedankenverloren an ihren Wangen. »Kate hat nie darüber gesprochen. Sie hat mir nie gesagt, wer er war. Ich dachte immer …«

»Was?«, drängte Catherine.

»Ein Bursche, der im Schlossgarten gearbeitet hat, war in sie verliebt – Robert. Ja, er hat seine ganze freie Zeit im Gasthaus verbracht, hat mein Peter erzählt. Und er hat kurz nach Kates Abreise geheiratet, also wusste er möglicherweise nicht, dass sie mit seinem Kind schwanger war.«

Catherine war skeptisch. Kate hätte nicht riskiert, wegen eines einfachen Gärtners in Ungnade zu fallen.

»Tante Mary hat gesagt, dass mein Vater ein Gentleman war und eine enge Verbindung zu den Liddells hatte.«

Lizzie nickte. »Nun, Robert besaß die Umgangsformen eines Gentlemans – und er hat für die Liddells gearbeitet, bis sie das Schloss verlassen haben. Er ist mit ihnen auf ihr Landgut in Northumberland gezogen.«

»Tante Mary hat erzählt, sein Name sei Alexander Pringle-Davies. Sagt dir der Name etwas?«

Lizzie starrte sie an, dann brach sie in schallendes Gelächter aus. »Master Alexander? Ach, Unfug! Mary redet viel Unsinn.«

»Du kanntest ihn also?«

»Nicht direkt. Er hatte hin und wieder geschäftlich auf dem Schloss zu tun – ein fescher junger Mann. Er war entfernt mit dem alten Earl verwandt – und ein Freund von Lady Emma. Über ihn und Lady Ravensworth wurde viel getratscht ... Aber er und Kate? Nein, das ist ein Hirngespinst von Mary.«

Catherine war verletzt, dass ihre Großtante die Vorstellung, sie könnte einen solchen Vater haben, als lächerlich abtat. Aber es entmutigte sie nicht, sondern bestärkte sie nur noch in der Überzeugung, dass dieser Mann Kates Liebhaber gewesen sein musste. Wäre es Robert, der Gärtner, gewesen, hätte es eine eilige Hochzeit geben können. Aber Kate hatte ihre Erwartungen an die Liebe wohl zu hochgesteckt und sich in einen Mann verliebt, der so weit über ihrer Gesellschaftsschicht stand, dass eine Heirat nicht infrage gekommen war.

»Er war also mit dem Earl verwandt, sagst du?« Catherine wollte unbedingt mehr über ihn herausfinden.

Lizzie runzelte die Stirn. »Ich glaube schon – ich habe ewig nicht mehr an ihn gedacht. Früher habe ich ihn oft ausreiten sehen.« Sie seufzte. »Nein, ich erinnere mich nicht an die Geschichte. Mein Peter hätte sie dir erzählen können. Er kannte Master Alexander, als er noch ein Junge war – ein aufgeweckter kleiner Kerl, der jede Menge Schabernack im Kopf hatte.«

Catherine war frustriert. Würde ihr Großonkel noch leben, könnte er die Geheimnisse lüften, die Kate nicht preisgeben wollte.

»Wo ist Mr Pringle-Davies jetzt?«

Lizzie schüttelte den Kopf. »Ich weiß es nicht. Seit Kriegsende wohnen keine Liddells mehr auf dem Schloss. Es ist jetzt eine Mädchenschule, wusstest du das? Peters herrliche Rasenflächen wurden in Hockeyfelder verwandelt. Die Gärten sind verwildert, obwohl mein George sein Bestes gibt. Und dort, wo früher die Gewächshäuser standen, bauen sie jetzt Ferienhäuser.« Sie schnalzte mit der Zunge und saugte energisch an ihren Wangen.

Das Licht in dem niedrigen Häuschen wurde schwächer, und Catherine erhob sich zum Gehen. Von ihrer Tante mit ihrem schwindenden Gedächtnis würde sie nichts Weiteres erfahren.

»Warum bleibst du nicht über Nacht?«, schlug Lizzie vor. »Es ist schon spät, und du wirst nicht vor Einbruch der Dunkelheit zu Hause sein. George kommt gleich zurück – er kann dir die alten Gärten zeigen.«

Catherines Stimmung besserte sich schlagartig, denn sie hatte keine Lust, in die Stadt zurückzukehren. »Sehr gern.«

Sie half ihrer Tante, Kartoffeln und Möhren zu schälen, bis ihr Onkel auftauchte. George bückte sich beim Betreten der Küche, nahm seine Kappe ab und kratzte sich das dünne, rötliche Haar. Es schien ihn verlegen zu machen, eine Besucherin anzutreffen.

Aber Catherine zeigte Interesse an seinen Modellen, die er aus Maisstängeln fertigte, und beruhigte ihn damit. Sie aßen Kanincheneintopf und Bratäpfel, und danach erklärte er sich auf seine schroffe Art bereit, sie vor Einbruch der Dunkelheit über das Anwesen zu führen. George war bei der Privatschule als Gärtner angestellt.

»Ich habe keine Zeit, alles so zu pflegen, wie es eigentlich sein sollte«, sagte er entschuldigend, als sie sich dem schattigen, mit Türmen und Zinnen versehenen Anwesen näherten und an den alten Ställen vorbeikamen. Die Uhr über dem Torbogen schlug sieben Mal, und aus einem offenen Fenster hörte man jemanden Tonleitern auf dem Klavier üben. Als sie um die Ecke gingen und eine Terrasse betraten, wehte ihnen ein penetranter, fauliger Geruch nach verblühten Rosen entgegen. Die Steinplatten waren uneben und rissig, die Blumenbeete von wilden Gräsern überwuchert, aber die Rasenflächen, die sich bis zum Wald erstreckten, waren ordentlich gestutzt. Eine davon war als Tennisplatz ausgewiesen.

George deutete auf zwei neu errichtete Häuser am Waldrand. »Früher haben wir dort Pfirsiche und Melonen angepflanzt. Wir bauen immer noch Gemüse an, aber nichts Ausgefallenes. In den Schuppen lagern wir Baumstämme. Früher hatten wir köstlichen Spargel und Chicorée und die leckersten Stangenbohnen.«

Dahinter ragte das Schloss dunkel und düster in der Dämmerung auf.

»Warum sind so wenige Lichter an?«, fragte Catherine.

»Die eine Hälfte wird nicht benutzt«, erklärte George. »Sie ist nicht sicher. Die Böden stürzen ein. Darunter liegen alte Minen.«

»Sind die Liddells deshalb weggezogen?«

George nickte. »Sie haben ihr Schloss dank der Kohle gebaut – und es durch die Kohle verloren. Das gibt einem zu denken, nicht wahr?«

Catherine sah ihren Onkel an. In ihm steckte mehr, als seine wortkarge Schüchternheit vermuten ließ.

»Erinnerst du dich an einen Mann namens Pringle-Davies?«, fragte sie, als sie weitergingen. »Er war vor vielen Jahren hier zu Besuch, als du noch ein Junge warst.«

George nahm seine Kappe ab, kratzte sich am Kopf und setzte sie mit einer raschen Bewegung wieder auf. Er schüttelte den Kopf.

»Vielleicht kanntest du ihn als Master Alexander?«, drängte Catherine.

Er ging weiter, als hätte er sie nicht gehört. Sie umrundeten eine Ecke mit überwucherten Rhododendren und standen plötzlich vor einem See. Er war halb versandet und mit blassem Schilf bewachsen, das in der Abendbrise raschelte und ächzte. Das Wasser glitzerte im schummrigen Licht und kräuselte sich dort, wo kleine Fische an der Oberfläche nippten.

»Wie bezaubernd!«, rief Catherine. Am hinteren Ende stand ein verlassenes Bootshaus, dessen Dach halb eingefallen war.

»Die Schülerinnen dürfen hier nicht hin, aber ich komme manchmal mit meiner Angel her und fange ein paar Fische«, gestand George.

Catherine war wie gebannt. Hier konnte sie sich die einstige Pracht dieses mächtigen Anwesens besser vorstellen als beim Anblick des verfallenen Schlosses. Sie malte sich aus, wie der Adel auf dem See ruderte oder im Schatten der überhängenden Bäume picknickte. Trotz seines verwahrlosten, überwucherten Zustands war es immer noch ein Ort verblasster Romantik; ein See, der nur zum ästhetischen Vergnügen geschaffen worden war. Sie sog den betörenden Geruch nach reifem Obst und dem von Seegras bedeckten Wasser ein.

Plötzlich sagte George: »Doch, ich erinnere mich an ihn. Master Alexander.«

Catherine starrte ihn an, und ihr Herz machte einen Sprung.

»Er hat mir einmal einen halben Schilling geschenkt.«

»Warum?«

»Weil ich ihm und Lady Ravensworth mit einer Laterne den Heimweg geleuchtet habe. Sie waren abends ins Gewächshaus gekommen, um die Pfirsiche zu probieren. Vater und ich waren gerade dabei, es für die Nacht abzuschließen.«

Catherine spürte eine Welle der Enttäuschung. Also war es wahrscheinlicher, dass Pringle-Davies Lady Ravensworths Liebhaber gewesen war und nicht Kates.

»Deine Mutter war auch da«, setzte George nach. »Sie hat Alfred auf dem Arm getragen, weil er müde war.«

Catherines Magen krampfte sich zusammen. »Bist du sicher? Hat Kate ihn auch gesehen?«

Ihr Onkel nickte. »Jetzt fällt mir wieder ein, dass sie miteinander bekannt waren.«

»Was meinst du?«

»Nun, ich war einmal zum Angeln unten am See. Ich hätte nicht dort sein sollen«, sagte er und wurde rot. »Da habe ich sie auf der anderen Seite gesehen.«

»Zusammen?«

»Ja, sie spazierten dort entlang und unterhielten sich. Ich hörte ihn lachen. Er muss ihr zufällig begegnet sein. Kate hat oft diesen Weg zurück zum Schloss genommen, nachdem sie bei uns zu Besuch war. Master Alex hat mit jedem geredet.«

Catherine zitterte in der kühlen Brise. Sie blickte über den See und konnte Kate dort fast mit Alexander sehen. Eine junge, hübsche Kate mit schmalem Gesicht und glänzendem braunem Haar, die mit dem großen, attraktiven Cousin der Liddells lachte.

»Wann hast du ihn zum letzten Mal gesehen?«, fragte sie leise, als könnte jegliches Geräusch ihre Vision zerstören.

»Das ist Jahre her«, sagte George und führte sie zurück auf den Weg. »Ich kann mich nicht erinnern, ihn nach dem Tod des alten Earls noch oft gesehen zu haben. Damals war es ein ständiges Hin und Her – in drei Jahren haben drei Männer das Anwesen geerbt. Vielleicht ist er in Ungnade gefallen. Er war ein netter Kerl, aber Vater zufolge recht ungestüm.«

Catherines Verdruss nahm zu. Sie spürte Alexanders Anwesenheit ganz deutlich, aber er entzog sich ihr.

»Wer könnte wissen, was aus ihm geworden ist?«

George drehte sich um und warf ihr einen misstrauischen Blick zu. »Warum willst du das wissen? Wieso fragst du überhaupt nach ihm?«

Sie zuckte mit den Schultern und lächelte. »Ich wollte nur wissen, wie das Leben zu der Zeit war, als meine Mutter hier gearbeitet hat.« Sie hakte sich bei ihm unter. »Danke, dass du mich herumgeführt hast. Mir hat es Spaß gemacht – und ich werde nicht verraten, dass du unerlaubt geangelt hast, wenn du nicht verrätst, wie neugierig ich bin.«

Aber während der Wind in dieser Nacht auffrischte und durch den Schornstein pfiff, lag Catherine wach und stellte sich Kates heimliche Verabredungen am abgelegenen See vor. Wie leicht wäre es, sich an einem solchen Ort zu verlieben. Zum ersten Mal konnte sie sich in Kates Situation hineinversetzen: ein naives, kontaktfreudiges Mädchen, das sich von der Aufmerksamkeit des charmanten, unbekümmerten Alexander geschmeichelt fühlte.

Sie wälzte sich auf dem harten Ausziehbett hin und her und störte den Kater mit dem rötlichen Fell. Doch was war mit Alexander passiert? Er war inmitten der Wirren um die verstorbenen Earls und der Unterbrechung der geschäftlichen Beziehungen spurlos verschwunden. Inzwischen hatte der Krieg in Europa den Adel dezimiert, das Schloss versackte in einer alten Mine, und die Liddells waren schon lange ausgezogen.

Am nächsten Morgen stand Catherine früh auf und bereitete für ihre Großtante und ihren Onkel Porridge zu. Nach dem Frühstück verabschiedete sie sich von ihnen.

»Ich denke, ich mache noch einen Rundgang durchs Dorf, bevor ich den Zug nehme«, sagte sie. »Danke für alles, Großtante Lizzie.«

»Richte deiner Mutter und Mary meine besten Wünsche aus.«

»Und Großvater?«, fragte Catherine.

Lizzie schnalzte missbilligend mit der Zunge. »Wenn es sein muss.«

Als sie sich mit Küsschen verabschiedeten, blitzte in Lizzies Gesicht plötzlich eine Erinnerung auf.

»Er war ein Künstler«, verkündete sie.

»Wer?«, fragte Catherine.

»Master Alex. Seitdem du gefragt hast, habe ich versucht, mich zu erinnern. Er ist immer durch die Gegend gezogen und hat die Leute in einem kleinen Heft gezeichnet. Er hat auch ein Bild von Peter und den Kindern gemacht. Ich habe es all die Jahre hinten in der Bibel aufbewahrt.«

»Darf ich es sehen?«, fragte Catherine aufgeregt.

Ihre Tante humpelte zur Feuerstelle und zeigte auf zwei große Bücher, die in einer Ecke neben dem Herd standen. »Hol sie herunter, Liebes. Es ist im Alten Testament.«

Catherine legte die Bücher behutsam auf den Tisch. Lizzie zog mit zitternden Händen ein vergilbtes Stück Papier heraus.

»Hier. Er hat meinen Peter genau getroffen«, sagte sie liebevoll.

Die Kohlezeichnung war verwischt und verblasst, aber die Personen waren sauber skizziert: ein Mann mit einer Kappe, der auf einem niedrigen Karren saß, und zwei Jungen, die ihm über die Schultern grinsten. Aus ihrem

Zeichenunterricht wusste Catherine, wie schwierig es war, Menschen zu zeichnen.

»Das ist George«, sagte sie erfreut und fuhr mit dem Finger über die Skizze. In der Ecke standen die Initialen »APD«. Sie spürte Nervenkitzel bei diesem greifbaren Beweis für Alexanders Existenz.

Lizzie nickte. »Wie ich schon sagte, er war ein Künstler.«

Catherine hätte das Bild gern mitgenommen, aber sie wusste, wie viel es ihrer Tante bedeutete, und fragte nicht danach.

Als sie den Hügel wieder hinunterging und das Geläut der Kirchenglocken von Lamesley über die Felder schallte, fragte sie sich, ob Alexander auch ihre Mutter gezeichnet hatte. Sie war überzeugt, dass dieser Mann ihr Vater war, sie spürte es tief in sich drin. Sie musste nur herausfinden, wohin er gegangen war.

Catherine umrundete das Gasthaus in Ravensworth eine halbe Stunde lang, bevor sie den Mut aufbrachte, näherzutreten. Der vordere Eingang war verriegelt, also ging sie hinten herum, vorbei an Ställen und Nebengebäuden, wo Hühner im Dreck pickten.

»Was wollen Sie hier?«, fragte eine korpulente Frau mit einer verblichenen Schürze, während sie an der Tür einem Hund Essensreste zuwarf.

»Kann ich ein Glas Wasser haben?«, fragte Catherine und kam sich albern vor.

Die Frau nickte. »Kommen Sie rein.« Catherine folgte ihr in die düstere Küche und sah zu, wie sie Wasser in ein Glas goss. »Sie sind nicht von hier. Haben Sie sich verlaufen?«

»Ich habe eine Tante besucht«, erklärte Catherine und trank schnell einen Schluck. »Zwei Verwandte von mir haben früher hier gearbeitet. Kate und Mary McMullen. Kannten Sie sie?«

Die Frau schüttelte den Kopf. »Das muss ziemlich lange her sein. Wir haben den Gasthof schon seit zehn Jahren. Haben ihn vom alten Bram Taylor übernommen.«

»Wohnt er immer noch in der Gegend?«, fragte Catherine hoffnungsvoll. Er würde sich bestimmt an Kate und ihren Vater erinnern, denn laut Tante Mary hatten sie sich hier häufig getroffen.

Die Frau schüttelte wieder den Kopf. »Er ist im Krieg gestorben, an Herzversagen.«

Catherine machte einen letzten Versuch. »Kannten Sie einen Mann namens Pringle-Davies? Er war oft geschäftlich auf dem Schloss.«

Die Wirtin runzelte die Stirn und wiederholte den Namen. »Kommt mir bekannt vor.« Dann leuchtete ihr Gesicht auf. »Ja, ein Mann namens Davies war ab und zu hier. Wir haben seine Pferde getränkt und gefüttert, wenn er auf dem Schloss war.«

Catherines Herz schlug schneller. »Ein gut gekleideter Herr?«

Die Frau nickte.

»Wissen Sie, wo er wohnt?« Sie hielt den Atem an.

»O nein, er ist tot. Ist etwa zu der Zeit gestorben, als die Liddells Ravensworth verlassen haben, wenn ich mich recht erinnere.«

Catherine fühlte sich, als hätte sie einen Faustschlag ins Gesicht bekommen. »Tot ... sind Sie sicher?«

»Ja. Ich erinnere mich an die Art Männer, die viel Geld für die besten Zimmer ausgeben.«

»Woran ist er gestorben?«, presste Catherine hervor.
Die Frau wirkte überrascht. »An Altersschwäche, nehme ich an.«
»Altersschwäche? Aber war er nicht noch recht jung?«
Die Wirtin schnaufte. »Er war mindestens achtzig Jahre alt. Warum interessieren Sie sich eigentlich so für ihn?«
Catherine schwindelte. Die Frau musste einen anderen Davies gemeint haben. Zumindest bedeutete das nicht, dass Alexander tot war. Sie bedankte sich und machte sich rasch auf den Weg, murmelte, sie müsse ihren Zug erwischen. Die Wirtin blieb an der Tür stehen und sah ihr nach.
Frustriert über die erfolglose Suche ging sie zurück zum Bahnhof. Es war alles schon über zwanzig Jahre her. Wer würde sich an ein Dienstmädchen aus dem Ort erinnern, das überstürzt abgereist war, oder an einen gelegentlichen Gast im Wirtshaus mit einem gut geschnittenen Mantel und einem Spazierstock mit Silberspitze?

Immer noch in Gedanken versunken, traf Catherine im Arbeitshaus ein, wo sie eine böse Überraschung erwartete. Als sie in den Personalraum schlenderte, fuhren die Frauen ruckartig herum und starrten sie an.
»Wo warst du?«, durchbrach Hettie die verblüffte Stille. »Vorsteherin Hatch will es wissen.«
»Heute ist mein freier Tag.« Catherine war entrüstet. »Ich kann tun und lassen, was ich will.«
»Das glaubst du«, sagte Hettie mit einem Funkeln in den Augen, das sie verunsicherte.
»Wir haben die ganze Stadt nach dir abgesucht«, sagte Gert aufgeregt. »Gestern Abend hat deine Mutter nach dir gefragt – sie hat erzählt, dass ihr euch gestritten habt und sie sich Sorgen macht, du könntest eine Dummheit begehen.«
»Sie war sehr aufgewühlt«, erklärte Hettie. »Also hat Mrs Hatch gesagt, dass wir helfen sollen, dich zu suchen. Wir waren bei deinem katholischen Treff und haben sogar den Priester gefragt, aber du warst nicht in der Kirche.«
»Und bei Lily«, sagte Gert, »aber wir konnten dich nirgendwo finden.«
»Dann fing deine Mutter an zu weinen und sagte, du wärst vielleicht zu einem Mann namens Gerald Rolland gegangen, um ihm die Meinung zu sagen«, erzählte Hettie schadenfroh.
Catherine starrte sie fassungslos an. »Ihr wart doch nicht ...?«
»Aber deine Mutter wusste nicht, wo er wohnt, also hat Mrs Hatch die Polizei gerufen«, sagte Gert.
»Die Polizei!« Catherine schlug die Hände vors Gesicht. Sie fühlte sich schwach auf den Beinen.
»Es ging nicht anders«, sagte Hettie. »Wir dachten, du wärst in echter Gefahr. Wir haben erfahren, dass du deinen Urlaub mit diesem Mann verbracht hast. Aber bei ihm warst du auch nicht, und er hat Stein auf Bein geschworen, dass er dich seit einer Woche nicht gesehen hatte.«
Catherines Knie gaben nach. Sie hielt sich an einer Stuhllehne fest. Was hatte Kate jetzt wieder angerichtet? Ihr wurde schlecht vor Angst.
»Also, wo warst du?«, fragte Hettie. »Wenn du nicht bei diesem Mr Rolland warst, wo dann?«
»Ich habe meine Großtante Lizzie besucht«, würgte Catherine hervor und

schluckte ihre Tränen hinunter. »Ihr hattet kein Recht, nach mir zu suchen, kein Recht.«

Hettie schnaubte. »Das sieht Vorsteherin Hatch anders. Was für ein Theater. Du kannst dich auf etwas gefasst machen, so viel steht fest.«

Eine der älteren Frauen sagte besorgt: »Geh besser zu Mrs Hatch und klär das, Kitty. Je eher, desto besser.«

19

Die Hausvorsteherin war außer sich. »Sie sind eine egoistische junge Frau«, schimpfte sie, »einfach zu verschwinden, ohne jemandem Bescheid zu sagen. Ihre Mutter war krank vor Sorge. Und was die Sache mit diesem Mr Rolland angeht – meine Zweifel waren offenbar berechtigt, als Sie diesen seltsamen Ausschlag hatten.«

Catherine war blass und schwitzte. »Ich habe nichts Unanständiges getan«, stotterte sie.

»Es sieht aber nicht gut aus«, blaffte Mrs Hatch. »Sie fahren ohne Anstandsdame in den Urlaub – und mit was für einem Mann? Einem Mann, der nicht die Absicht hat, Sie zu heiraten. Sie haben Schande über diese Institution gebracht. Dabei sind Sie so eine eifrige Kirchgängerin. Sie waren sehr töricht, wirklich sehr töricht.«

Catherine schluckte ihre Angst hinunter. Wurde sie entlassen?

»Der ganze Aufruhr tut mir schrecklich leid. Aber es war mein freier Tag, und ich habe in letzter Minute beschlossen, meine Großtante Lizzie zu besuchen.« Sie hielt dem Blick der Hausvorsteherin stand. »Ich bin eine erwachsene Frau und dachte nicht, dass ich eine Erlaubnis brauche, um Verwandte zu besuchen.«

Mrs Hatch sah sie kühl an, als würde sie ihr die Geschichte nicht glauben. »Nur aus einer Laune heraus, ja?«

Catherine blickte zu Boden. Sie konnte ihr schlecht sagen, dass sie nach ihrem Vater gesucht hatte.

Die Hausvorsteherin fuhr fort. »Ihre Mutter war in einem schrecklichen Zustand, als sie hier eintraf – wir mussten etwas tun.«

Catherine wurde übel. War Kate betrunken gewesen? Was hatte sie ihnen sonst noch über ihren Streit erzählt oder über ihre Familie ausgeplaudert?

»Sie gehen sofort zur Polizeiwache und melden, dass Sie nicht mehr vermisst sind, und dann versöhnen Sie sich mit Ihrer Mutter.« Mrs Hatch stand auf. »Heute Nachmittag um vier sind Sie wieder hier und helfen auf der Obdachlosenstation aus. Zur Strafe kriegen Sie einen Monat lang keinen freien Tag.«

Catherine öffnete den Mund, um zu protestieren.

»Seien Sie froh, dass ich es dabei belasse«, warnte die Hausvorsteherin. »Die Aufsichtsbehörde würde weniger Verständnis zeigen.«

Catherine schluckte, nickte und eilte aus dem Zimmer.

Plötzlich wurde sie wütend. Sie hatte nichts Falsches getan. Nur die giftigen Gedanken der anderen Angestellten hatten sie in Schwierigkeiten gebracht. Und ihre zudringliche Mutter. In ihr brodelte Wut auf Kate. Mit ihrer Geschwätzigkeit hatte sie diesen ganzen Wirbel verursacht und ihre Affäre mit Gerald aufgedeckt. Oh, Gerald! Catherine schämte sich bei dem Gedanken, dass auch er in die Sache hineingezogen worden war. Wie sehr würde er sie dafür verachten, dass sie ihm die Polizei auf den Hals gehetzt hatte.

Mit jedem grimmigen Schritt wuchs ihre Entrüstung. Das nachsichtige Lachen und die sanften Zurechtweisungen der Polizisten gossen noch mehr Öl ins Feuer, und als sie die Anhöhe nach East Jarrow hinauflief, platzte sie fast vor Wut über die Ungerechtigkeit der Situation. Jegliches Mitgefühl, das sie in Ravensworth für die junge Kate empfunden hatte, war erloschen. Diese Kate existierte nicht mehr. Sie hatte sich in eine trunksüchtige, manipulative und rachgierige alte Frau verwandelt.

Catherine stürmte in die Küche und schreckte Kate aus ihrem Nickerchen auf.

»Diesmal bist du zu weit gegangen!«, fauchte sie. »Was hast du dir dabei gedacht, ins Arbeitshaus zu kommen und ein solches Chaos auszulösen?«

»Kitty«, japste Kate und fasste sich an die Brust. »Hast du mir einen Schrecken eingejagt! Wo warst du denn bloß? Ich habe mir solche Sorgen gemacht ...«

»Nein, hast du nicht. Du hattest mich gerade aus dem Haus gejagt, schon vergessen? Bestimmt hast du der Hausvorsteherin eine Schmierenkomödie vorgespielt und so getan, als wäre ich dir wichtig, aber das ist eine Lüge. Du wolltest dich nur rächen, stimmt's? Ich hätte nie gedacht, dass du so tief sinken würdest. Du hast es darauf angelegt, dass sie mich rausschmeißen!«

Kate wirkte erschüttert. Sie rappelte sich auf. »Ich wollte mich bei dir entschuldigen, aber du warst nicht da. Da habe ich Angst bekommen, dass du zu diesem Mr Rolland gegangen bist, weil du so aufgelöst warst.«

»Und deshalb musstest du ausplaudern, dass ich mit ihm im Urlaub war?« Catherine zitterte, während sie sprach. »Jetzt halten mich alle für den letzten Dreck. Für ein Flittchen, das den Männern hinterherjagt. Wolltest du, dass sie das denken?«

»Nein, niemals!«

Die Schlafzimmertür ging auf. »Was ist das für ein Lärm?« Davie stand mit schlaftrunkenem Gesicht in kurzer Hose und Unterhemd da. Er entdeckte seine Stieftochter. »Wo bist du gewesen? Deine Mutter war mit den Nerven am Ende, als ich gestern Abend nach Hause gekommen bin.«

Catherine ballte die Hände zu Fäusten. Sie hatte es satt, dass man ihr diese Frage stellte, und sie wollte sich nicht von Kates Mann belehren lassen.

»Ich habe Verwandte besucht, wenn ihr es unbedingt wissen wollt«, erklärte Catherine herausfordernd. »Ich war über Nacht in Ravensworth.«

Kate zuckte zusammen und setzte sich wieder hin. »Ravensworth?«, hauchte sie.

»Bei Großtante Lizzie.« Catherine beobachtete ihre Mutter aufmerksam. »Wir haben über die alten Zeiten gesprochen, als du dort gewohnt und auf dem Schloss gearbeitet hast. Onkel George hat mir auch einige Dinge erzählt.«

»Dinge?«, fragte Kate nervös.

»Ja, wir haben einen schönen Spaziergang gemacht – runter zum See.«

Kates Gesicht wurde grau vor Schreck. »Warum?«

»Weil ich etwas über meinen Vater herausfinden wollte. Alexander Pringle-Davies. So heißt er doch, oder?«

Kate stieß ein gequältes Stöhnen aus.

»Das reicht«, sagte Davie, eilte zu Kate und legte schützend einen Arm um sie.

»Wer hat dir das erzählt?«, flüsterte Kate. Tränen stiegen ihr in die Augen.

»Tante Mary«, sagte Catherine und fühlte sich plötzlich schlecht, als sie den Kummer ihrer Mutter sah. »Ich wollte etwas über ihn erfahren«, versuchte sie zu erklären. »Ich wollte ihn finden und habe im Gasthaus nachgefragt, aber sie wussten nichts.«

Kate begann zu weinen. Davie drückte seine Frau an sich und wiegte sie in den Armen. Catherine war elend zumute. Sie konnte ihnen nicht erklären, dass sie sich nur wie ein halber Mensch fühlte, weil sie nichts über ihren Vater wusste. Ihn zu finden, würde sie vollständig machen, die seltsame Leere füllen, die sie stets in sich trug.

»Kannst du mir nicht von ihm erzählen?«, flehte Catherine. »Mir helfen, ihn zu finden?«

»Nein!«, schluchzte Kate. »Es ist zu spät.«

»Für mich nicht«, sagte Catherine. Sie ging auf ihre Mutter zu und nahm ihre Hand. »Sag mir einfach, wo er herkommt ...«

»Kitty«, unterbrach Davie sie, »du verstehst es nicht. Dein Vater ist tot.«

Catherine schreckte zurück. »Woher willst du das wissen?«

Davie warf ihr einen bedauernden Blick zu. »Ich habe seinen Grabstein gesehen – in Schweden. Auf einem Friedhof für Ausländer.«

Catherine starrte ihn fassungslos an. »In Schweden?«

Er zuckte mit den breiten Schultern. »Es war sein Grab, mehr weiß ich nicht. Er ist vor vielen Jahren gestorben.«

Sie sah Kate fragend an, aber der Blick ihrer Mutter war starr und trostlos.

»Er ist tot«, bestätigte sie mit tonloser Stimme. »Sprich mich nie wieder auf ihn an.«

20

Nach dem Aufruhr um ihr Verschwinden war für Catherine im Arbeitshaus nichts mehr wie zuvor. Die Hausvorsteherin bewachte sie mit Argusaugen, und ihre Kolleginnen machten anzügliche Bemerkungen, über die sie früher vielleicht gelacht hätte, die sie jetzt aber zu sehr verletzten. Sie zog sich zurück und stürzte sich in die Arbeit. Freiwillig übernahm sie jede Zusatzschicht und trieb sich bis zur völligen Erschöpfung an, sodass sie danach ins Bett fiel und in einen traumlosen Schlaf sank. Manchmal verausgabte sie sich so sehr, dass sie aus Nase und Mund blutete und sich vor Scham in ihrem Zimmer verschanzte.

In der Abgeschiedenheit ihres Raums las sie Bücher aus der Bibliothek und schrieb Geschichten. Sie wurde von einer Schreibwut gepackt, die sie die tristen Stunden und das Arbeitshaus vergessen ließ. Ihre tragischen Liebesgeschichten spielten allesamt in prächtigen Herrenhäusern mit Terrassen, Rasenflächen und einem verwunschenen See, umringt von dichten Wäldern. Selbst ein Jahr nach ihrem Besuch in Ravensworth waren ihr die Farben und Gerüche jener Landschaft noch präsent. Sie verarbeitete ihre Einsamkeit in Gedichten und schrieb sich in einen Fernstudiengang ein, um ihre literarische Ausdrucksweise und Technik zu verbessern.

An einem Herbsttag im Jahr 1928 fand Lily sie weinend in ihrem Zimmer vor.

»Die Kursleiter halten meine Texte für Schund«, klagte Catherine. »Sie sagen, meine Grammatik und Rechtschreibung wären so schlecht, dass ich das Schreiben niemals als Beruf in Betracht ziehen soll.«

Lily legte einen Arm um ihre Freundin. »Es spielt keine Rolle, was sie denken. Du kannst alles schaffen, was du dir vornimmst.«

»Nein, kann ich nicht.« Catherine war verzweifelt. »Ich werde alles hinschmeißen.«

Lily sah zu, wie sie das Heft zerriss, in das sie seit Monaten geschrieben hatte.

»Kitty«, sagte Lily bestimmt, »vergiss das Schreiben. Du kannst nicht für den Rest deines Lebens hier drinnen versauern. Am Samstag machen wir eine Radtour, zum Beispiel ans Meer. Wir können dort picknicken – das Wetter ist noch warm genug. Was meinst du?«

Catherine sehnte sich plötzlich nach der Meeresluft. Sie schlang die Arme um das liebenswürdige Mädchen. »Danke, Lily. Wenn ich dich nicht zur Freundin hätte, wäre mein Leben nicht lebenswert.«

Im Herbst unternahmen sie mehrere Ausflüge mit dem Rad durch die Natur, und nach einem Tag an der frischen Luft und körperlicher Betätigung kehrte Catherine angenehm müde zurück. Sie fing wieder an, über belanglose Dinge zu lachen, Witze zu erzählen und das Leben in Harton für eine Weile zu vergessen.

Wenn es regnete und sie nicht draußen unterwegs sein konnte, besuchte sie gelegentlich Kate und den alten John, und sie rösteten altbackenes Brot über dem Feuer. Davie war die meiste Zeit des Jahres auf See, und Kate vermisste ihn. Catherine hörte zu, wie sich ihre Mutter und ihr Großvater gegenseitig anfauchten, und fragte sich, wie es die beiden so lange unter einem Dach ausgehalten hatten.

Die Gespräche mit ihrer Mutter waren immer noch angespannt. Keine von ihnen konnte der anderen die Kränkung vom Vorjahr verzeihen. Catherine hatte Gerald seitdem nicht mehr gesehen. Er war aus der Gemeinde verschwunden, vielleicht weggezogen. Sie schämte sich zu sehr, um nachzuforschen.

Manchmal fragte ein vergesslicher John: »Macht dir jemand den Hof, Mädchen?«

»Nein, Großvater.«

»Hast du mir Tabak mitgebracht?«

»Ich habe ihn dir beim Reinkommen gegeben«, sagte Catherine.

»Du rauchst ihn gerade, du dussliger alter Mann«, erinnerte Kate ihn.

John schaute finster drein und zog ein paar Minuten an seiner Pfeife, dann fragte er wieder: »Und, Mädchen, macht dir schon jemand den Hof?«

»Nein, niemand!«, sagte Catherine ungeduldig.

»Denn wenn es so weit ist, will ich den Kerl sehen.«

Catherine verdrehte die Augen. »Großvater, ich gehe mit niemandem aus. Ich habe keine Zeit für Jungs. Also hör auf zu fragen.«

John brummte und vertiefte sich hinter einer Rauchwolke in seine Gedanken.

»Er reist im Geist rückwärts«, sagte Kate, als Catherine aufbrechen wollte. »Die Hälfte der Zeit weiß er nicht mehr, welcher Tag ist. Aber er wird munter, sobald du zur Tür reinkommst, Kitty. Er lebt für dich, Liebes.«

Catherine seufzte. Sie fand diese Besuche deprimierend, aber wenn sie überlegte, sie auszusetzen, siegte ihr Schuldgefühl. Es war das gleiche Pflichtbewusstsein, das sie antrieb, regelmäßig in die Kirche und zur Beichte zu gehen. Wenigstens wurde sie dort nicht mehr von Geralds Anwesenheit bedrängt. Sie betete für Kate und John, damit sie nicht in die Hölle kamen, und sie betete für sich und das Seelenheil ihres Vaters und fand Trost in den vertrauten Worten, die in dem Gebäude widerhallten. Doch sie schmerzte der Gedanke, dass sie ihren Vater niemals kennenlernen oder von ihm in ein anderes Leben gerettet werden konnte – sofern Davies Geschichte der Wahrheit entsprach.

Vielleicht würde ihr Dasein nie besser werden als jetzt, dachte Catherine, während sie mit dem Rosenkranz in der Hand niederkniete. Und worüber konnte sie sich beklagen? Sie bekam ein gutes Gehalt, und ihre Familie hatte ein Zuhause, während der Handel in der Stadt immer mehr zum Erliegen kam und die Stahlwerke die Produktion eingestellt hatten. Sie wusste, dass die Zahl der Mittellosen im Arbeitshaus immer weiter anstieg, denn die Stationen füllten sich.

Trotzdem wurden am Hafen immer noch zahlreiche Schiffe entladen, und in der Stadt tummelten sich wie vorher viele Kunden und arabische Seefahrer. Lily war eine wunderbare Freundin, und sie konnte auch ohne einen Mann leben. Vielleicht würde sie ihr Leben Gott widmen und Nonne werden. Während der stillen Gebetszeiten, wenn die Sonne durch die Buntglasfenster schien und farbiges Licht auf die Kirchenbänke warf, sann sie über eine solche Zukunft nach.

Dann platzte Frank in ihr Leben. Es war Frühling, und die Stelle als Leiterin der Wäscherei war frei geworden. Catherine hatte sich beworben, in der Hoffnung, dass der Skandal von vor achtzehn Monaten nun hinter ihr lag. Sie war gut gelaunt und sang gerade »Red Sails in the Sunset«, als eine Tenorstimme aus dem Lagerraum in ihren Gesang einstimmte.

Verblüfft hielt sie inne. Hinter einem Stapel Kisten tauchte plötzlich ein junger Mann mit rötlichem Haar und Schnurrbart auf und grinste.

»Frank Pearson«, sagte er und reichte ihr die Hand. »Ich habe einen Vorrat an Seife für Sie.« Er klopfte auf die oberste Kiste. »Hat Ihnen schon einmal jemand gesagt, was für eine hübsche Stimme Sie haben, Miss?«

»Sind Sie von der Firma Proctor?«, fragte Catherine und zögerte, ihm die Hand zu schütteln.

»Von Lumley, Miss. Die beste Seife diesseits des Atlantiks. Seifenpulver für die große Wäsche, Seifenstücke für Kragen und Manschetten. Sie riecht besser als die Karbolseife, die Sie verwenden. Werfen Sie einfach einen Blick darauf.«

Bevor sie antworten konnte, hatte er die oberste Kiste geöffnet. »Ich kann Ihnen zudem günstige Konditionen bieten. Bessere als Proctor. Probieren Sie sie einfach einen Monat lang aus.«

»Die Entscheidung liegt nicht bei mir«, sagte Catherine.

»Aber wie ich sehe, sind Sie eine Führungskraft – und eine junge Frau, die weiß, was sie will«, beharrte er. »Also könnten Sie es vielleicht vorschlagen?« Er hatte sehr blaue Augen. »Kenne ich Sie nicht von irgendwoher?«, fragte er.

Catherine spürte einen Anflug von Unbehagen. In ihrer Kindheit hatte auf diese Frage meist ein abfälliges Schnauben gefolgt: »Ach ja, du bist doch die Kitty McMullen aus den New Buildings.«

»Ich habe Sie noch nie gesehen«, erklärte Catherine und wurde rot.

Er schnippte mit den Fingern. »Ich hab's – letzte Woche im Palace. Sie sind das Double von Clara Bow.«

Catherine musste lachen. »Und Sie sind ein Meister im Süßholzraspeln.«

Er machte einen Schritt auf sie zu, und sie nahm einen angenehmen Hauch von Rasierwasser wahr.

»Vergessen Sie die Seife. Darf ich Sie am Samstag ins Kino einladen? Im Essoldo läuft ein Film mit Rudolph Valentino.«

Catherine mochte ihn auf Anhieb. Woher wusste er, dass ihre erste Leidenschaft die samstäglichen Frühvorstellungen im Lichtspielhaus gewesen waren, mit einer Stange Lakritz, ein ganzer Nachmittag ohne Botengänge?

»Ja, gern«, sagte sie mit einem Lächeln. »Ich bin übrigens Kitty«, fügte sie hinzu und reichte ihm die Hand.

Er nahm sie und hielt sie länger fest, als es für einen Händedruck nötig gewesen wäre.

Frank bekam keinen Auftrag für seine Seife, doch Catherine versicherte ihm, dass sie bei ihm bestellen würde, wenn man sie zur Leiterin der Wäscherei beförderte. Aber er bekam seinen Nachmittag mit ihr, auch an mehreren darauffolgenden Samstagen. Sein frisches Aussehen und sein fröhliches Geplauder waren für sie genau die richtige Stärkung, die sie nach Monaten ohne männliche Gesellschaft brauchte. Sie hatte vergessen, wie viel Spaß es machte, zu plaudern und zu flirten, wie gut es sich anfühlte, wenn ein Mann im dunklen Kinosaal ihre Hand hielt. Frank war unkompliziert und genoss das Leben. Er arbeitete mit großem Einsatz und lebte auf der anderen Seite des Flusses in Percy Main.

Lily schien ein bisschen eifersüchtig auf Catherines neue Romanze zu sein.

»Du hast gar keine Zeit mehr für deine Freunde«, schimpfte sie.

»Ich sehe ihn nur samstags«, erwiderte Catherine. »Sonntags probt er mit der Kapelle der Heilsarmee, also können wir dann etwas zusammen unternehmen.«

»Ich wette, dein Großvater weiß nicht, dass er bei der Heilsarmee ist.«

»Nein, und ich werde es ihm auch nicht auf die Nase binden. Wir amüsieren uns nur ein bisschen miteinander, es ist nichts Ernstes.«

»Für manche ist das in Ordnung«, sagte Lily. »Besorgst du mir auch so einen?«

Catherines wiedergefundenes Glück wurde durch einen Rückschlag in Harton getrübt.

»Sie haben mich übergangen!«, klagte sie Frank Ende Mai unter Tränen. »Die Hausvorsteherin hat die Stelle an eine junge Frau aus Gateshead vergeben. Kannst du das glauben? Nach all den Stunden harter Arbeit, die ich in den letzten Jahren geleistet habe. Die Stelle hätte mir gehören sollen!«

»Natürlich hätte sie das. Sie wissen nicht, was Qualität ist, auch wenn sie sie direkt vor Augen haben. Es findet sich schon etwas anderes – keine Sorge.«

Frank lud sie ins Kino ein. In den hinteren Reihen beruhigte er sie mit sanften Worten und flüsterte ihr ins Ohr: »Ich bin sehr von dir angetan, Kitty.« Er legte ihr eine Hand um die Taille, zog sie an sich und küsste sie auf die Lippen.

An diesem Tag bekamen sie nicht viel von dem Film mit. Sie schmiegten sich aneinander und küssten sich, und Catherine vergaß ihren verletzten Stolz für eine Weile. Danach machten sie einen Schaufensterbummel durch die Stadt. Sie hatte den Eindruck, dass Frank ihr etwas sagen wollte. Er blickte sie immer wieder an, lächelte und schüttelte den Kopf.

»Du bist ein großartiges Mädchen. Ich bin der glücklichste Mann in ganz Tyneside, nicht wahr?«

Ein paar Tage später fing Lily Catherine im Trockenraum ab.

»Kitty, bitte nimm es mir nicht übel, aber ich habe etwas über Frank gehört.« Sie sah nervös aus und vergrub die Hände in ihrer Schürzentasche.

Catherine war wegen der ausbleibenden Beförderung immer noch geknickt und fragte unruhig: »Was ist mit ihm?«

»Es ist nur ein Gerücht, das ich von den anderen Wäscherinnen aufgeschnappt habe – eine von ihnen kommt aus Percy Main.«

Catherine musterte sie argwöhnisch.

»Sie sagen, er hat eine Freundin – auf der anderen Seite des Flusses.«

»Sei nicht albern, ich weiß, dass das nicht stimmt«, wies Catherine die Idee sofort zurück. »Du solltest nicht auf das Geschwätz hören –schon gar nicht hier. Du weißt doch, dass sie immer versuchen, mich schlecht zu machen.«

Sie ließ Lily stehen und war verärgert, dass ihre Freundin versuchte, die Beziehung zwischen ihr und Frank zu trüben. Nachdem ihr der berufliche Aufstieg verwehrt worden war, half die Liebe zu ihm ihr, die langen, heißen Tage in der Wäscherei durchzustehen.

Doch als der Samstag näher rückte, spürte sie beim Gedanken, ihn zu sehen, ein vertrautes Unbehagen. Er würde sie doch nicht genauso hintergehen wie Gerald?

Sein offenes Lächeln und sein Begrüßungskuss zerstreuten ihre Zweifel. An diesem frühsommerlichen Tag war es zu heiß für einen Kinobesuch, also fuhren sie mit der Trambahn zur Strandpromenade. An einem Wägelchen kauften sie sich ein Eis, und während sie Arm in Arm umherschlenderten, spürte Catherine den Drang, die Wahrheit zu erfahren.

Sie platzte heraus: »Die Mädchen aus der Wäscherei erzählen Dinge über dich – schlechte Dinge.«

Frank blieb stehen und warf ihr einen fragenden Blick zu.

»Sie sagen, du hättest in Percy Main noch eine andere Freundin.«

Sein helles Gesicht lief rot an. »Wie bitte? Ich hoffe, du glaubst ihnen nicht.« Sein Blick war so verletzt, dass sie sich schuldig fühlte, das Thema angesprochen zu haben.

»Nein, natürlich nicht, aber ...«

Er warf sein Eis weg und packte sie jäh am Arm, sodass sie ihres fallen ließ. »Kitty, ich bin verrückt nach dir. Für mich gibt es keine andere Frau. Das musst du doch wissen, oder? Hör nicht auf das, was andere sagen.«

»Du hast recht, das werde ich nicht.«

»Hör zu, Kitty, willst du mich heiraten?«

Sie sah ihn blinzelnd an, als hätte sie sich verhört. »Heiraten?« Sie lachte nervös.

Aber sein Blick war eindringlich. »Ich meine es ernst, Mädchen. Heirate mich jetzt. Wir besorgen uns eine Sondergenehmigung. Dann können wir beide überall hingehen.«

Catherines Überraschung wich der Besorgnis. »Es ist zu früh. Wir kennen uns doch kaum.«

»Wir kennen uns gut genug. Du bist das einzige Mädchen, mit dem ich zusammen sein will«, betonte Frank. »Ich liebe dich. Liebst du mich nicht, Kitty?«

»D-doch ...«

»Dann beweis es mir. Sag, dass du mich heiraten wirst. Sag es!«

Catherine war sich der neugierigen Blicke der Passanten bewusst. Sie löste sich aus seinem Griff.

»Ich kann nicht. Es ist zu überstürzt.«

»Ist es nicht«, sagte Frank mit flehendem Blick. Sie hatte ihn noch nie so aufgewühlt erlebt. »Wir lieben uns, das ist das Einzige, was zählt. Jetzt oder nie, Kitty.«

Catherine verspürte den albernen Impuls zu lachen. Er klang wie ein Held aus einem der neuen Tonfilme. Aber sein Gesicht verriet ihr, dass er es vollkommen ernst meinte. Es ergab keinen Sinn. Warum so plötzlich? Wieso reagierte er nach ihrer Frage derart überreizt?

Catherines Inneres krampfte sich zusammen.

»Es gibt doch ein anderes Mädchen, nicht wahr?«, flüsterte sie.

Frank sah sie verärgert an. »Ich kann nicht glauben, dass du mich noch einmal fragst.« Er wandte sich ab, schob die Hände in die Taschen und ging davon.

Catherine, peinlich berührt, dort stehengelassen zu werden, eilte ihm hinterher. »Frank, warte. Ich habe es nicht so gemeint. Ich verstehe nur nicht, warum du es so eilig hast. Können wir nicht einfach ein bisschen weiter miteinander ausgehen? Ich bin schon einmal verletzt worden, weißt du ...«

Er hielt inne und sah sie an. Nach einem langen Moment lächelte er, obwohl seine blauen Augen traurig wirkten.

»Ja, natürlich können wir das.«

Erleichtert schob sie ihren Arm durch seinen, und sie liefen zurück in die Stadt. Obwohl sie ab und zu miteinander sprachen, war Catherine wegen des missglückten Nachmittags bedrückt. Sie schluckte ihre Enttäuschung hinunter, als er zur Fähre ging, ohne sich mit ihr für die folgende Woche zu verabreden.

Als der nächste Samstag kam, war Catherine nicht überrascht, dass Frank nicht auftauchte. Sie wusste, dass etwas zwischen ihnen schiefgelaufen war, auch wenn ihr nicht klar war, was genau. Hätte sie Ja sagen und ihn heiraten sollen? Wie sehr hätte sich ihr Leben dann verändert. Keine Wäscherei mehr, keine abfälligen Bemerkungen über ihre Sittlichkeit oder ihre Herkunft. Ein Neuanfang. Mrs Francis Pearson. Der Name einer verheirateten Frau, den sie wie ein Ehrenabzeichen hätte tragen können. Catherine wanderte ziellos durch die Stadt, und ihr Herz klopfte jedes Mal, wenn sie in der Ferne jemanden sah, der Frank ähnelte, es aber nicht war. Das ganze Wochenende wünschte sie, sie hätte Ja gesagt, und verfluchte sich für ihre Vorsicht.

Als sie am Ende der nächsten Woche am Personalraum vorbeikam, hörte sie schallendes Gelächter. Sie trat ein. Die sechs Frauen verstummten und starrten sie an.

»Wollt ihr den Witz mit mir teilen?«, fragte sie.

Ihre Kolleginnen warfen ihr betretene Blicke zu. Dann griff Hettie nach der Zeitung, die offen auf dem Tisch lag.

»Wie heißt dein Freund noch gleich?«

An der Schadenfreude in ihrer Stimme erkannte Catherine, dass es eine schlechte Nachricht war. Ihr wurde flau im Magen.

»Frank Pearson, stimmt's?«, drängte Hettie. »Aus Percy Main. Er spielt in der Kapelle der Heilsarmee Kornett.«

»Und was, wenn es so wäre?«

»Er hat letzten Samstag geheiratet.«

Catherine starrte sie ungläubig an. Der stickige Raum schien den Atem anzuhalten. Die Worte sirrten ihr in den Ohren, als würde sie gleich ohnmächtig werden. Sie versuchte, sich den Schock nicht anmerken zu lassen, und klammerte sich an einer Stuhllehne fest.

»Ja, und das ist noch nicht alles«, fügte Hettie mit verschlagenem Blick hinzu. »Seine Frau hat am Montag ein Kind zur Welt gebracht!«

»Du lügst!«, rief Catherine.

»Hier steht es schwarz auf weiß«, sagte Hettie und schwenkte triumphierend die Zeitung. »Haben wir dir nicht gesagt, dass er ein Schuft ist?«

Catherine schlug sich die Hand vor den Mund und wirbelte herum. Sie stürmte aus dem Zimmer und rannte zur Toilette. Mit schwindelndem Kopf erbrach sie sich in die Kloschüssel.

21

Zermürbt von mehreren schlaflosen Nächten, eilte Catherine zu Pater O'Neill.

»Ich möchte Nonne werden«, erklärte sie. »Ich habe lange darüber nachgedacht, und es ist das Einzige, was ich je tun wollte. Ich bin nicht für die Ehe geschaffen, Pater.«

Der alte Priester musterte sie unter stahlgrauen Augenbrauen und schüttelte den Kopf. »Sie würden dich nicht nehmen«, sagte er unumwunden.

Catherine errötete. »Bitte lassen Sie es mich versuchen, Pater. Ich finde es schrecklich in Harton.«

»Kitty«, sagte er mit Nachdruck, »ich habe dich aufwachsen sehen. Ich kenne dich gut genug, um zu wissen, dass du nicht für ein Leben in stillem Gehorsam und Besinnlichkeit geschaffen bist.«

»Doch, das bin ich!«, protestierte sie.

Er erhob die Hand. »Siehst du, was ich meine?« Ein halbes Lächeln schlich über sein Gesicht. »Nein, Kitty, geh zurück und arbeite hart. Ich werde mit Vorsteherin Hatch über dich reden.« Damit entließ er sie.

Catherine war immer noch wütend über seine Ablehnung, als sie am folgenden Samstag einen Besuch in der William Black Street machte.

»Ich bin fertig mit Jarrow!«, rief sie Kate zu, die vor der Feuerstelle herumwuselte. »Hier gibt es nichts mehr für mich.«

Ihre Mutter scheuchte sie von der Ofentür weg und schob ein Blech mit Stottie Cakes hinein. »Du hast eine ausgezeichnete Arbeit in Harton«, schnaufte Kate und knallte die schwere Eisentür zu. »Du solltest sie nicht hinschmeißen, nur weil dich ein Junge an der Nase rumgeführt hat.«

»Ich habe endgültig genug von der Wäscherei. Sie machen mir das Leben zur Hölle – seit der Sache mit Frank umso mehr.« Catherine spürte, wie ihr erneut Zornestränen in den Augen brannten. Sie hatte die ganze Woche geweint und sich gewundert, dass ein Mensch so viele Tränen produzieren konnte.

Kate musterte sie, die Hände in die Hüften gestemmt. »Warum hast du mir nichts von diesem Frank erzählt?«

»Ich hätte es noch getan ...« Catherine blickte finster drein.

Kate stieß einen langen Seufzer aus. »Nun, was geschehen ist, ist geschehen.« Sie wischte sich die mehlbestäubten Hände an der Schürze ab. »Ich finde, das beste Mittel gegen Liebeskummer ist harte Arbeit. Schrubb deinen Kummer weg, Mädchen, das ist die beste Medizin.«

Catherine konnte sich ein müdes Lächeln über diesen hausbackenen Ratschlag nicht verkneifen. Es würde mehr als einen Tag Hausarbeit brauchen, um all ihren Kummer loszuwerden.

»So ist es gut, Liebes«, ermutigte Kate sie. »Schenk den Tee ein, und wir trinken eine Tasse, bevor dein Großvater aufwacht und mit seinem Gezeter anfängt.«

Während sie an dem abgenutzten Küchentisch saßen und an dem heißen, süßen Tee nippten, erzählte Catherine ihr, wie sie Pater O'Neill angefleht hatte.

»Du und Nonne?« Kate prustete in ihre Teetasse. Sie riss die Augen auf, dann lachte sie schallend. »Nonne!«

»Hör auf zu lachen«, schimpfte Catherine.

Aber Kate war nicht mehr zu bremsen. Sie johlte und schaukelte auf ihrem Stuhl herum, bis ihr die Tränen über die verquollenen Wangen kullerten. Catherine schob gekränkt ihren Stuhl zurück.

»Wenn du so darauf reagierst ...«

»Nun komm schon, setz dich wieder, Liebes«, rief Kate und wischte sich die Tränen an ihrer Latzschürze ab. »Beachte mich gar nicht. So herzhaft habe ich schon lange nicht mehr gelacht.« Sie sah ihre Tochter an, und ihr Lachen verebbte. »Man muss auch mal die lustige Seite sehen. Ich meine, haben die armen Nonnen nicht schon genug Probleme? Du würdest ihnen keine Sekunde Ruhe gönnen.«

Catherine öffnete den Mund, um zu protestieren, dann hielt sie inne. Sie schnaubte belustigt. »Ja, vielleicht hast du recht.«

»Und du würdest die Kleidung hassen.« Kate kicherte wieder. »Wie viele Nonnen hast du schon gesehen, die Stöckelschuhe und einen schicken Hut tragen wie du?«

Auch Catherine konnte sich das Lachen nicht verkneifen.

»Nein, Mädchen«, erklärte Kate. »Ich bin sicher, Gott hat andere Pläne für dich.«

Sie lächelten sich an und tranken Tee, bis die Kanne leer war. Ausnahmsweise schien Kate es nicht eilig zu haben, mit der Hausarbeit weiterzumachen. Es tat gut, wieder einmal zu lachen, und Catherine fühlte sich danach viel besser. Könnte es doch nur immer so entspannt mit Kate sein. Doch Kates kurze nüchterne Momente waren wie Ruhepausen in einem Sturm.

Als der Sommer kam, wuchs Catherines Unmut über ihre Situation. Trotz des Versprechens des Priesters schien sich in Harton nichts zu ändern. Davie kam von der See zurück, und Kate hatte keine Zeit mehr für sie. Es war wieder Geld für Whiskey da, und ihre Mutter wurde laut und aggressiv, wenn Catherine es wagte, Kritik an ihrem Alkoholkonsum zu äußern.

»Hört euch Schwester Catherine an«, spottete Kate. »Die erste Nonne in Stöckelschuhen! Guck nicht so. Ich trinke in meinem eigenen Haus ein Schlückchen, wenn ich das will. Ich habe genug von dir und deinem verkniffenen Gesicht!«

Aus einer Laune heraus ging Catherine zum Friseur, ließ sich einen Bob schneiden und eine Dauerwelle verpassen, um sich besser zu fühlen. Kate fing sofort an zu schimpfen, als hätte sie es nur getan, um sie zu ärgern.

»Wo sind deine schönen langen Haare geblieben?«, kreischte sie. »Du siehst aus wie ein Junge! Wenn ich daran denke, wie viele Stunden ich damit verbracht habe, dir Locken zu machen, als du noch ein Kind warst.«

Catherine erinnerte sich. Die Demütigung einer boshaften Lehrerin, die ihre Locken glatt zog und ihr Haar zu Zöpfen flocht, war als kleines Mädchen eine tägliche Tortur für sie gewesen.

»Tja, jetzt bin ich kein Kind mehr«, antwortete sie und stürmte davon, bevor ihre Mutter sah, wie traurig sie war.

Catherines einziger Lichtblick bestand darin, mit Lily für ein paar Stunden auf dem Fahrrad zu entkommen.

»Wenn du dich an einen anderen Ort wünschen könntest«, fragte Catherine ihre Freundin, als sie neben einem Heuwagen picknickten, »welchen würdest du wählen?«

Lily zuckte mit den Schultern.

»Na los, such dir einen aus«, drängte Catherine.

»Durham vielleicht. Ja, Durham ist nett.«

Catherine war enttäuscht. »Nein, einen Ort, an dem wir noch nie waren. Eine Insel in der Südsee oder das Zentrum von London.«

Lily guckte ängstlich. »Nein, ich möchte nicht an einen fremden Ort gehen.«

Catherine verdrehte die Augen. »Ich würde gern irgendwo hinfahren, wo es nicht nach Gaswerken riecht, wo man nachts die Sterne sieht und wo das Meer sauber ist.«

Lily stimmte ihr zu. »Ja, solange es am Meer liegt.«

»Und wo es prächtige Häuser mit eigenen Gärten gibt«, schwärmte Catherine.

»Und Innentoiletten«, meinte Lily lachend. »Und nette Jungs mit guten Manieren.«

»Jungs«, schnaubte Catherine. »Solange wir zusammen sind, pfeife ich auf die Kerle.«

Kurz darauf ging Catherine zur Hausvorsteherin und erklärte: »Lily und ich würden gern an einem anderen Ort arbeiten. Könnten Sie uns helfen, Mrs Hatch? Ich weiß, dass Sie manchmal von Stellen in anderen Einrichtungen hören.«

Zu ihrer Überraschung wies die Hausvorsteherin ihre Bitte nicht zurück. Die ältere Frau nickte.

»Pater O'Neill hat schon mit mir über Sie gesprochen. Ich denke, es wäre gut für Sie, einmal wegzukommen. Aber ich bin überrascht, dass Lily auch gehen will.«

»Doch, das tut sie«, sagte Catherine bestimmt. »Wo ich hingehe, geht sie auch hin.«

Mrs Hatch nickte. »Ich werde mich darum kümmern.«

Ein paar Wochen später, kurz nach Catherines dreiundzwanzigstem Geburtstag, rief die Hausvorsteherin sie in ihr Büro.

»In Tendring in Essex ist eine Stelle als Wäschereileiterin zu besetzen. Ich denke, Sie hätten sehr gute Chancen. Es ist kleiner als Harton, aber es gibt dort auch Arbeit für Lily als Prüferin. Möchten Sie, dass ich Ihnen mit der Bewerbung helfe?«

Catherine nickte schnell. Sie wusste nicht, wo Essex lag, aber es klang historisch und ein bisschen exotisch.

Lily war verblüfft, als sie von den freien Stellen erzählte. »Essex? Das klingt, als wäre es sehr weit weg.«

»Vorsteherin Hatch sagt, es liegt in der Nähe von London – also können wir uns in der freien Zeit die Sehenswürdigkeiten anschauen.«

»Es ist aber trotzdem ziemlich weit weg von Tyneside.« Lily war skeptisch.

»Komm, Lily, wir haben uns schon immer gewünscht, mal von hier wegzukommen und ein bisschen was von der Welt zu sehen, bevor wir alte Jungfern sind. Vielleicht findest du da unten ja sogar einen reichen Mann. Bitte sag, dass du mitkommst, wenn man uns die Stellen anbietet! Allein schaffe ich das nicht.«

Lily stimmte zu. »Natürlich lasse ich dich nicht allein gehen.«

Völlig unerwartet traf Catherine zwei Tage später auf Gerald Rolland. Als sie den attraktiven Mann auf sich zukommen sah, war sie wie vom Donner gerührt.

»Meine liebe Kitty«, rief er, als sei sie die Person, die er auf der ganzen Welt am liebsten wiedersehen wollte. »Wie geht es dir? Wie hübsch und erwachsen du mit deinem Bubikopf aussiehst.«

Catherine zitterte. Es war zwei Jahre her, dass sie ihn gesehen hatte, auch wenn es ihr wie eine Ewigkeit vorkam. Er sah immer noch genauso gut aus.

»Mir geht es gut, danke«, sagte sie und versuchte, sich ihre Nervosität nicht anmerken zu lassen.

»Wollen wir einen Tee trinken gehen?«, schlug er vor. »Ich habe noch so viele Fragen an dich.«

Catherine stimmte wie automatisch zu, und die bitteren Worte, die sie sich für ihn aufgespart hatte, versiegten auf ihren Lippen.

In der Ecke eines Cafés in Shields erfuhr sie, dass er in Middlesbrough gearbeitet hatte.

»Aber jetzt bin ich wieder da«, erklärte er lächelnd. »Ich wollte dich sehen – ich habe auf dich gewartet.«

Sie sah ihm in die Augen, und ihr Herz hämmerte. »Hast du die andere Frau geheiratet?«

Er schüttelte den Kopf. »Ich weiß nicht, welcher Wahnsinn mich geritten hat, dir diesen Brief zu schreiben. Ich schäme mich jetzt so dafür.« Er umschloss ihre Hände mit seinen. »Du bist es, die mir wichtig ist, Kitty, niemand sonst. Ich habe so oft an dich gedacht, aber mich nie getraut, dir zu schreiben, nachdem ich dich so schlecht behandelt hatte. Und da ich in Middlesbrough war, konnte ich dir vor meiner Rückkehr auch nichts anbieten.«

Catherine war verunsichert und verwirrt. Eigentlich sollte sie ihn hassen, aber bei seiner Berührung spürte sie eine Woge der Sehnsucht.

»Was meinst du mit ›anbieten‹?«

Er beugte sich näher zu ihr. »Bitte verzeih mir, was ich getan habe. Ich möchte dir diesmal richtig den Hof machen, noch einmal von vorn anfangen. Keine halben Sachen mehr – wir werden es allen erzählen.«

»Auch deiner Mutter?«, forderte Catherine ihn heraus.

Geralds Gesicht verdüsterte sich. »Mutter ist vor einem Jahr gestorben.«

»Das tut mir leid, ich wusste nicht …«, sagte Catherine schnell.

»Woher hättest du es auch wissen sollen?«, sagte er und lächelte wehmütig. Er drückte ihre Hände fester. »Aber vielleicht erlaubst du mir ja, deine Familie kennenzulernen?«

»Du meinst, aller guten Dinge sind drei?«, stichelte Catherine.

»Ich kann dir nicht verdenken, dass du mir nicht traust«, sagte Gerald. »Ich wünsche mir nur eine zweite Chance, um meine Liebe zu dir zu beweisen. Bitte, Kitty?«

Als Catherine bei ihrer Mutter eintraf, war sie von der Begegnung noch ganz durcheinander. Sie konnte sie nicht für sich behalten.

John stach mit dem Schürhaken ins Feuer. »Ist das nicht der Kerl, der dich bei deiner Geburtstagsfeier versetzt hat? Ich hab den ganzen Nachmittag wie ein Wachposten vor der Tür gehockt und nach ihm Ausschau gehalten.«

»Daran erinnerst du dich also«, schnaubte Kate, »wo du sonst ein Gedächtnis wie ein Sieb hast.«

»Der muss schon auf den Knien hier reingekrochen kommen, wenn er meinen Segen haben will«, grummelte John.

Kate drehte sich zu ihrer Tochter um. »Du willst dich doch nicht ernsthaft wieder auf ihn einlassen, oder?«

Catherine wunderte sich über den Tonfall ihrer Mutter. Sie hatte gedacht, Kate wäre erleichtert, dass ein wohlhabender Mann wie Gerald ihr eine Zukunft bieten wollte. Die vergangenen Demütigungen würden bald vergessen sein, wenn er ihr einen Ehering an den Finger steckte.

»Möglicherweise schon«, antwortete Catherine abwehrend. »Ich dachte, ich würde ihn hassen – aber als ich Gerald wiedergesehen habe, wusste ich, dass er mir immer noch etwas bedeutet.«

Kate stieß einen ungeduldigen Schrei aus. »Kitty McMullen, sei nicht so dumm! Dieser Mann hat dich nicht verdient.«

»Ich dachte, du wärst froh, mich los zu sein«, erwiderte Catherine.

»Nicht, wenn du bei jemandem wie ihm landest. Der Kerl lügt, sobald er den Mund aufmacht.« Sie lief durch den Raum und fasste ihre Tochter an den Schultern. »Du hast die Chance auf eine gute Arbeit und einen Neuanfang im Süden – pack die Gelegenheit beim Schopf. Sieh zu, dass du von hier fortkommst und etwas aus dir machst.«

Catherine schüttelte ihre Mutter ab und war einen Moment lang sprachlos. Dann stotterte sie: »Vielleicht bekomme ich die Stelle nicht.«

»Du wirst sie bekommen.« Kate war unnachgiebig. »Und wenn nicht diese, dann eine bessere. Gib dich nicht mit einer zweitklassigen Ehe mit einem Mann zufrieden, der wie ein Wetterhahn heiße und kalte Luft bläst.«

Catherine musste plötzlich lachen. »Ich glaube nicht, dass Wetterhähne heiße und kalte Luft blasen.«

Kate schnaubte und schob sie weg. »Du weißt, was ich meine. Nicht jeder von uns hat ein Wörterbuch verschluckt wie du.«

Eine Woche lang lief Catherine unruhig umher und versuchte zu entscheiden, was sie tun sollte. Sie sagte sich, dass sie erst eine Entscheidung treffen musste, wenn sie von der Arbeit in Essex hörte. Vielleicht wurde ja nichts daraus, und dann konnte sie mit Gerald ausgehen und abwarten, wohin es führte. Sie liebte ihn immer noch; das merkte sie daran, wie ihr Herz beim Gedanken an ihn zu rasen begann.

Am Ende der Woche rief Mrs Hatch sie zu sich.

»Ich freue mich, Ihnen mitteilen zu können, dass sowohl Sie als auch Lily in Tendring angenommen worden sind.«

Catherine verspürte ein Triumphgefühl, das aber schnell von Zweifeln verdrängt wurde. Offenbar spiegelte es sich auf ihrem Gesicht wider.

»Sie nehmen das Angebot doch an?«, fragte die Hausvorsteherin ungeduldig.

»Ich – ich muss es erst mit Lily besprechen.«

Mrs Hatch sagte knapp: »Ich gebe Ihnen ein paar Tage Bedenkzeit, und am Montag teile ich dem Arbeitshaus Ihre Entscheidung mit.«

Catherine fuhr nach Shields und streifte durch die Stadt, von Unentschlossenheit gepeinigt. Am Bootssteg in der Nähe der Promenade beobachtete sie, wie Kinder die Enten fütterten und Pärchen über das Wasser ruderten. Über ihr kreisten die Möwen, und ein dunkeläugiger Eisverkäufer zwinkerte ihr zu, als sie vorbeiging. Warum sah die Stadt gerade jetzt so liebenswert und vertraut aus, wo sich ihr die Möglichkeit bot, ihr zu entkommen?

Sie könnte hier mit Gerald unzählige Sommertage verbringen. Warum sollte sie all das für eine ungewisse Zukunft an einem fremden Ort wegwerfen, der so weit von zu Hause entfernt war? Lily würde es verstehen, wenn sie die Stelle nicht antrat. Wahrscheinlich wäre sie sogar erleichtert. Mrs Hearn weinte schon seit einem Monat bei der Vorstellung, dass ihre Tochter fortgehen würde.

Catherine lief zurück in die Stadt und steuerte auf das Café zu, in dem sie mit Gerald verabredet war, um ihm ihre Antwort mitzuteilen. Sie warf einen Blick durch das Fenster und sah, dass er nicht da war. Ein vertrautes Gefühl der Panik stieg in ihr auf, und Galle brannte in ihrer Kehle. Sie schlich draußen herum und tat so, als betrachtete sie das Schaufenster nebenan. Vielleicht hatte Kate recht, was ihn anging.

Einen Moment später hörte sie, wie Gerald ihren Namen rief, und drehte sich um. Sie sah, wie er über die Straße auf sie zukam, und spürte eine Welle der Erleichterung. Er hatte sie also doch nicht enttäuscht. Dann traf sie die Erkenntnis: Sie würde ihm nie ganz vertrauen.

»Kitty, entschuldige, dass du warten musstest – die Bahnen waren brechend voll. Komm, wir gehen rein.«

»Sie waren nicht voll«, widersprach Catherine.

»Was meinst du?«

»Die Bahnen. Sie waren nicht voll. Warum kommst du zu spät?«

»Sei nicht albern. Das ist doch nicht wichtig. Jetzt bin ich ja da«, erklärte er mit nachsichtigem Lachen und zog sie am Ellenbogen mit sich.

Die Worte ihrer Mutter hallten in ihrem Kopf wider. *»Kitty McMullen, sei nicht so dumm! Dieser Mann hat dich nicht verdient.«*

Sie schüttelte ihn ab.

»Es *ist* wichtig. Es ist alles wichtig! Du lässt mich mit diesem fiesen, feigen Brief im Stich, und zwei Jahre später tauchst du wieder auf und erwartest, dass ich den Vorfall vergesse. Zwei Jahre, Gerald! Ich bin kein Spielzeug, das du in die Hand nehmen und dich damit vergnügen kannst, wenn dir danach ist.«

Er starrte sie an. »Natürlich nicht.«

»Nur zu deiner Information: Ich ziehe nach Essex, um dort zu arbeiten. Zusammen mit Lily. Als Leiterin der Wäscherei. Schieb dir das in deine Pfeife und rauch es.«

Sie drehte sich auf den Absätzen um und stolzierte davon. Ihr Herz raste über ihre Tollkühnheit. Wenige Augenblicke später eilte er ihr hinterher.

»Kitty, komm zurück. Sei nicht albern. Du kannst nicht gehen ...«

Sie beschleunigte das Tempo. Er holte sie ein und versuchte, sie an der Hand festzuhalten.

»Ich will dich heiraten! Das wollte ich dir heute sagen. Natürlich bitte ich deinen Großvater um Erlaubnis.«

Sie schüttelte ihn ab. »Du wirst ihn nicht fragen. Er befördert dich mit einem Tritt in die nächste Woche, wenn du nur vor seiner Tür auftauchst. Und jetzt lass mich in Ruhe.«

Eine Trambahn hielt direkt neben ihnen an.

»Ich lasse dich nicht gehen – ich brauche dich, Kitty. Ich liebe dich, und ich weiß, dass du mich auch liebst. Erinnerst du dich an unsere schöne Zeit in Gilsland?«

»Mag sein, aber ich traue dir nicht für fünf Penny über den Weg, Gerald Rolland. Also verschwinde!«

Zwei Arbeiter, die auf den Stufen der Tram standen, johlten.

»Da hast du dir ja 'ne echte Wildkatze geangelt, Junge.«

»Sei nicht so hart zu ihm, Mädchen.«

Catherine drehte sich um und fuhr sie an. Als sich die Bahn in Bewegung setzte, sprang sie hinein. Nur so konnte sie Gerald und seinen beschämenden Bitten entkommen. Sie wusste nicht, wohin die Tram fuhr, nur, dass sie sich von dem flehenden, quengelnden Mann auf dem Straßenpflaster entfernte.

»Kitty, geh nicht! Ich werde mich ändern, ich verspreche es …«

Als er in der Ferne verschwand, atmete Catherine erleichtert auf. Die vorlauten Männer warfen ihr amüsierte Blicke zu, aber sie starrte trotzig zurück. Sie fühlte sich befreit. Die Welt jenseits von Tyneside lockte sie. Sie spürte instinktiv, dass sie gerade den größten Fehler ihres Lebens vermieden hatte.

»Er bläst heiß und kalt wie ein Wetterhahn!« Sie lachte laut auf.

Die Männer neben ihr schüttelten den Kopf, als wäre sie verrückt.

Zwei Wochen später waren die Vorbereitungen getroffen, die Fahrkarten gekauft und die Koffer gepackt. Catherine kehrte für die letzte Nacht nach Hause zurück, und Tante Mary und Onkel Alec kamen zum Abschiedsessen vorbei. Kate wuselte in der Küche herum, hantierte lautstark mit Töpfen und Geschirr und wies ihre Familie an, ihr nicht zwischen den Füßen herumzustehen.

»Setz dich kurz hin und unterhalte dich mit dem Mädchen«, forderte Davie sie sanft auf. Aber Kate ignorierte ihn und wuselte weiter herum.

Mary tippte auf den Sitz neben sich. »Komm her, Kitty. Ich habe etwas für dich.« Sie hielt ihr eine Schachtel hin, die mit grünem Seidenpapier und einer weißen Schleife umwickelt war.

Catherine war froh über die Ablenkung, denn Kates hektische Betriebsamkeit machte sie nervös. Genüsslich zog sie an der Schleife und entfaltete das Papier vorsichtig, damit es wiederverwendet werden konnte. In der Schachtel lag ein weicher, blauer Wollschal. Sie nahm ihn in die Hand, hielt ihn sich vor das Gesicht und atmete den neuen Geruch ein.

»Er ist wunderschön, Tante Mary«, rief sie. »Vielen Dank.«

Mary lächelte erfreut. »Mein Alec sagt, dass es da unten eiskalt sein kann – der Wind kommt direkt aus Sibirien.«

»Red keinen Unsinn!«, fuhr Kate sie an. »Sie zieht nach Essex, nicht nach Russland.«

»Es stimmt aber.« Mary war entrüstet. »Sag es ihr, Alec.«

Onkel Alec nickte verschämt. »Die Gegend ist flach, und im Winter pfeift der Ostwind herein ...«

»Wir brauchen keine Lektion in Geografie«, unterbrach Kate ihn. »Und jetzt aus dem Weg – die Speisen sind heiß.«

»Kein Grund, unhöflich zu sein«, schimpfte Mary.

Catherine berührte ihre Tante kurz am Arm. »Der Schal ist wunderschön. Ich werde ihn bei jedem Wetter tragen.«

Sie wickelte ihn schnell wieder ein und schob ihn aus dem Blickfeld, um den Streit zwischen den Schwestern nicht weiter anzuheizen. So oft hatte ihre Eifersucht in der Vergangenheit für Zerwürfnisse und Kontaktabbruch gesorgt, weil beide wussten, wie sie die andere am besten ärgern konnten. Bald würde sie das endgültig hinter sich lassen.

Als sie John zum Tisch halfen, verlangte er nach einem Krug Bier.

»Ich kann Kitty doch nicht gehen lassen, ohne auf ihr Glück anzustoßen.«

»Du darfst das Bier auch gern bezahlen«, murmelte Kate.

»Ich hole es«, bot Davie schnell an, um einen neuen Konflikt zu vermeiden.

Nach Schinkensuppe und Stottie Cakes, die sie mit Tee und Bier hinunterspülten, entspannten sich die Gemüter. Kate servierte Scones, Rosinenbrot und Kirschkuchen.

»Meine Lieblingssorte«, erklärte Catherine lächelnd, als Kate den Kuchen triumphierend auf den Tisch stellte.

»Schneid dir ein großes Stück ab«, forderte ihre Mutter sie auf. »Und wenn etwas übrig bleibt, kannst du es als Proviant einpacken.«

Das Geplauder am Tisch wurde immer lauter, während Davie die Teetassen aus einer halb vollen Whiskey-Flasche auffüllte.

»Ich habe Tante Sarah geschrieben, dass ich abreise«, erzählt Catherine.

»Rechne nicht damit, dass sie auftaucht, um sich von dir zu verabschieden«, sagte Mary abschätzig. »Bei all den Jungs hat sie keine Sekunde für sich. Aber es geschieht ihr recht, weil sie einen Bergarbeiter geheiratet hat.«

»Mick ist sehr nett«, verteidigte Kate ihn, »und die Kinder ebenfalls.«

»Bergarbeiter«, grummelte John. »Nichts als Ärger machen die.«

»Sie hat mir zehn Schilling geschickt«, sagte Catherine.

»Wirklich?«, riefen Mary und Kate im Chor.

»Da seht ihr, was ich meine«, beschwerte sich John. »Sie behaupten, kein Geld zu haben, und werfen damit um sich, als gäbe es kein Morgen.«

»Nun, das Risiko besteht hier nicht«, spottete Kate.

»Was hast du gesagt?«, schnappte John.

Davie ging dazwischen. »Komm, setz dich ans Feuer, John, und wir trinken noch einen.«

Catherine half ihrer Mutter und Tante, den Tisch abzuräumen. Sie blickte auf die Uhr.

»Du kannst noch nicht ins Bett gehen«, mahnte Kate, die ihren Blick bemerkt hatte. »Wir singen noch ein bisschen, wenn wir mit dem Abwasch fertig sind.«

Zwei Stunden später, nach Johns Erzählungen über irische Helden, einem weiteren Krug Bier und Kates Gesang, beschlossen sie, Catherine am nächsten Morgen zum Zug zu bringen.

»Wir fahren alle nach Newcastle und verabschieden uns von dir«, erklärte Kate.

»Ja, genau wie damals bei unserem Jack«, stimmte John zu, »als er gegen die Hunnen in den Kampf gezogen ist.«

»Du warst damals nicht hier, Davie, oder?«, fragte Mary.

»Nein, er war auf See, um Leute wie dich und Alec zu beschützen«, erklärte Kate rasch.

»Oder zu Hause in Cumbria bei seiner ersten Frau«, sagte Mary gehässig.

»Jack war ein prächtiger Bursche«, sagte Davie, ohne den Köder zu schlucken.

Aber Kate wurde plötzlich wehmütig. »Armer Jack. So fern von der Heimat zu sterben.«

»Fang nicht damit an«, knurrte John.

Kate schlang die Arme um Catherine. »Natürlich kommen wir mit und verabschieden dich. Wir nehmen alle ab Tyne Dock den Zug und trinken auf dem Weg dorthin einen Schluck im Penny Whistle, um uns zu trösten.«

Catherine befreite sich aus ihrer trunkenen Umklammerung. »Ich will keinen großen Wirbel machen. Außerdem ist es sehr früh. Ich muss um sechs Uhr los. Um halb sieben treffe ich Lily und ihre Eltern.«

»Wir werden da sein«, versprach Kate. »Du kannst dich doch nicht von Fremden verabschieden lassen.«

Mary und Alec machten sich spät auf den Heimweg. Kate und Catherine räumten auf und brachten John ins Bett. Er schwadronierte von seiner Zeit im Krieg, als er in Afghanistan durch die Hitze und den Staub marschiert war.

»Kitty, versuch du, ihn zum Einschlafen zu bringen«, sagte Kate ungeduldig. »Du konntest immer am besten mit ihm umgehen.«

Im Wohnzimmer, in dem ihr Großvater schlief, roch es nach Inkontinenz, und Catherine wappnete sich, als sie ihn mit Davies Hilfe auf das alte Eisenbett hievte und ihm die Stiefel auszog.

John klammerte sich an sie und begann zu weinen. »Genau wie meine kleine Ruth – ein liebes, liebes Mädchen.«

»Schlaf jetzt, Großvater. Ich schreibe dir aus Essex.« Catherine machte sich mühsam los.

»Wer war Ruth?«, fragte Catherine, als sie die Tür hinter dem jammernden Mann schloss.

Kate zuckte mit den Schultern, ihr Blick war trüb. »Er redet viel Unsinn, betrunken oder nüchtern. Wahrscheinlich hat es nie eine Ruth gegeben.«

Catherine fand keinen Schlaf, sie döste auf der harten Bank vor sich hin und sah immer wieder auf die Uhr. Im Morgengrauen stand sie auf und bespritzte sich in der Spülküche mit kaltem Wasser. Sie schürte das Feuer, zog sich an und kochte eine Kanne Tee. Während sie auf der Kaminbank hockte, ließ sie den Blick über die vertraute Küche mit den zusammengewürfelten Möbeln und den rußigen Wänden schweifen und fragte sich, wann sie das wohl wieder tun würde. An Weihnachten? Nächstes Jahr? Nie wieder? Sie dachte an die vielen Male, die sie dort gesessen und zufrieden eine Bildergeschichte gelesen hatte, den anderen aus dem Weg gegangen war, nur um für irgendeinen längst vergessenen Fehler geohrfeigt oder angeschrien zu werden.

Auf der Straße hörte sie Schritte, die näher kamen. Leise ging sie zur Tür. Es war Mr Hearn.

»Lily schickt mich, um dir mit deinem Gepäck zu helfen«, sagte er, und sein Gesicht schimmerte im frühen Licht.

Catherine war ihrer aufmerksamen Freundin dankbar. Sie eilte zurück ins Haus, zog sich den Mantel und Hut an und ging zur Schlafzimmertür ihrer Mutter. Sie ließ die Hand unschlüssig auf der Klinke ruhen und lauschte auf ein Geräusch, welches darauf hinwies, dass Kate oder Davie wach waren. Ein regelmäßiges Schnarchen drang durch die Tür. Sie wollte nicht hineingehen und die beiden zusammen im Bett liegen sehen. Wenn Kate aufwachte, würde sie mit roten Augen und nach schalem Whiskey stinkend zur Tür kommen und sie vor Lilys Vater beschämen.

Catherine klopfte leise an die Tür. »Tschüss. Ich bin jetzt weg.«

Dann entfernte sie sich schnell, schnappte sich ihren Koffer und eilte zur Haustür, bevor jemand reagieren konnte. Sie schloss die Tür hinter sich und lief zügig die Straße hinunter, begierig darauf, fortzukommen. Mr Hearn plauderte freundlich, aber sie war wortkarg und sah sich um, während sie nach Tyne Dock hinuntergingen. Sie passierten die vertrauten Wahrzeichen: das Gaswerk, die Leam Lane, in der sie geboren worden war, und die riesigen, triefenden Eisenbahnbögen, die zu den Docks führten.

Am Bahnhof plauderte sie aufgeregt mit Lily und ihrer Mutter. Als der Zug einfuhr, half Mr Hearn ihnen mit den Koffern beim Einsteigen. Erst als Lily in Tränen ausbrach und ihre Eltern umarmte, spürte Catherine eine schmerzliche

Sehnsucht und suchte den Bahnsteig nach einem Anzeichen auf ihre Mutter ab. Vielleicht hatte ihr schwaches Klopfen sie geweckt und sie war den Hügel hinuntergeeilt, um ihr nachzuwinken.

Doch die Türen knallten zu, und der Zug setzte sich ruckartig in Bewegung, ohne dass Kate auftauchte. Davie und sie würden sicher bis zum späten Vormittag ihren Kater ausschlafen. Der Zug nahm an Fahrt auf, entfernte sich von den Docks und fuhr an Jarrows dicht gedrängten Straßen vorbei, und Catherine empfand eine Mischung aus Jubel und Bedauern.

Aus einem Impuls heraus riss sie das Fenster auf und steckte den Kopf hinaus. Der Kohlenrauch und die Flussgerüche schlugen ihr entgegen. Die New Buildings flogen in einem Wirbel aus Dampf vorbei und verschwanden. Unerwartete Tränen stiegen ihr in die Augen. Sie wischte sie unwillig weg.

»Tschüss und auf Nimmerwiedersehen, Jarrow«, brüllte sie aus dem Fenster. »Ich habe für den Rest meines Lebens genug von dir!«

»Kitty!«, rief Lily erschrocken über die Heftigkeit ihres Ausbruchs.

»Es ist die Wahrheit«, sagte Catherine und drehte sich aufsässig zu ihrer Freundin um. »Ich hasse diesen Ort. Ich komme nie wieder.«

»Sag das nicht.«

»Ich meine es ernst. Ich werde niemals zurückkehren!«

Etwa zu dieser Zeit wachte Kate auf und bemerkte, dass ihre Tochter verschwunden war. Eine halb ausgetrunkene Tasse mit inzwischen kaltem Tee stand noch neben dem Herd.

Sie stürmte ins Schlafzimmer und schrie: »Sie ist weg, Kitty ist weg!«

»Beruhig dich, Frau«, sagte Davie und rieb sich die Augen.

»Sie hat sich nicht verabschiedet. Warum hat sie uns nicht geweckt? Sie hat sich nicht einmal verabschiedet. Ich wollte ihr doch noch sagen ...«

Kate warf sich aufs Bett und vergoss bittere Tränen des Bedauerns.

22

Durch das Zugfenster betrachtete Catherine die Landschaft von Essex, während Lily von der langen Reise erschöpft in dem aufgeheizten Abteil döste. Sanfte Hügel und dichte Wälder wichen Feldern mit heranreifendem Getreide. In Witham hielt der Zug inmitten eines Meers aus Mohnblumen. Catherine erinnerte sich an das erste Mal, als sie die blutroten Blüten in der Natur hinter Shields gesehen hatte. Kate hatte ihr gesagt, wie die Blumen hießen, und war erstaunt, dass sie sie nicht kannte. Aber das war vor dem Weltkrieg gewesen, als Mohnblumen noch als Symbol für den Sommer gegolten hatten und nicht für die Gefallenen in Flandern, wie Onkel Jack.

Catherine verdrängte den unliebsamen Gedanken. In diesem üppigen Gebiet blühten überall Blumen, und die flüchtigen Blicke auf die gewellten Ziegeldächer der Marktstädte machten ihr Lust auf ihr neues Zuhause. Der Zug ratterte weiter nach Colchester, und die Landschaft wurde zu einem Flickwerk aus grünen Wiesen und verschlungenen Bächen. Milchkühe wanderten gemächlich unter einem wolkenlosen blauen Himmel zu den Melkställen. Weideland, Deiche, Windmühlen und Vieh zogen im Rhythmus des Zugs vorbei und lullten sie ein.

In Colchester leerte sich das Abteil, und Lily wachte auf. Zwei nach Haaröl riechende Soldaten stiegen ein und setzten sich neben sie. Der Jüngere zwinkerte ihnen zu. Catherine errötete und sah noch konzentrierter aus dem Fenster, als der Zug an Fahrt gewann.

»Hübsch sieht es hier aus, Lily«, sagte sie und ließ den Blick über die Kirchturmspitzen und Fachwerkhäuser schweifen. »An unserem freien Tag können wir die Gegend erkunden. In dem Reiseführer aus der Bibliothek stand, dass es zwei verfallene Abteien und eine Burg gibt.«

»Solange wir uns auch die Geschäfte ansehen«, gähnte Lily und musterte den Soldaten neben ihr aus dem Augenwinkel.

»Ihr Mädels seid nicht von hier, oder?«, fragte der junge Mann und grinste.

»Nein, wir kommen aus South Shields«, sagte Lily stolz. Er sah sie verständnislos an. »Am Tyne.«

»Und wo ist das?«

Catherine antwortete kurz: »Bei Newcastle. Oben im Norden.«

Der Soldat zog eine Packung Player's heraus und hielt sie ihnen hin. Sie schüttelten den Kopf.

»Warum seid ihr hier?«, fragte er und zündete sich eine Zigarette an.

»Um zu arbeiten«, sagte Lily. »Wir fangen im Arbeitshaus in Tendring an.«

Der Soldat blies den Rauch aus. »Nie gehört.«

»Es ist eine Einrichtung in der Nähe von Harwich«, sagte Catherine und wunderte sich über seine Unwissenheit.

Er schüttelte den Kopf. »Ich weiß nicht, warum ihr in dieser Gegend arbeiten wollt. Hier sagen sich Fuchs und Hase Gute Nacht.«

»Ich finde es sehr charmant«, sagte Catherine in ihrem vornehmsten Tonfall.

Der Soldat zog die Augenbrauen hoch. »Wenn man Gras und Wasser mag.«

Lily grinste.

»Was macht ihr dann hier, wenn es so eintönig ist?«, fragte Catherine, die sich über ihre Freundin ärgerte.

»Wir flüchten für einen Abend nach Harwich. In Colchester gibt es nur Teestuben und alte Bauern.« Er stupste Lily an. »Wie ist denn euer South Shields?«

»Wunderbar«, schwärmte Lily. »Es gibt große Geschäfte, Lichtspielhäuser und Werften – ein lebhafter Ort.«

»Klingt nach meiner Art von Stadt«, sagte er schmunzelnd. »Harwich hat nicht viel zu bieten, aber ich kann euch die Sehenswürdigkeiten zeigen. Wollt ihr mitkommen, Mädels?«

»Nein, danke«, sagte Catherine sofort.

»Und was ist mit deiner Freundin? Sie sieht aus, als könnte sie eine Aufmunterung brauchen.«

Catherine bemerkte mit Sorge, dass Lily Tränen in den Augen standen. Das Gespräch über ihre Heimat hatte sie aufgewühlt.

»Sie ist müde, das ist alles.« Catherine drehte dem Soldaten den Rücken zu und suchte nach einer Ablenkung. Sie verfluchte ihn dafür, dass er Lily an Tyneside erinnert hatte. Nach einer Weile rief sie: »Schau mal, da steckt ein Boot im Feld fest!« Sie deutete auf ein Schiff mit roten Segeln, das am Horizont auf einer Weide gestrandet war. »Es muss ein Lastkahn oder etwas in der Art sein.«

Der ältere Soldat neben ihr ergriff zum ersten Mal das Wort. »Das ist ein Segelboot. Das Meer dringt bis zum Festland vor. Früher lag der Landstrich dort ganz unter Wasser. Man nennt ihn auch Klein-Holland, weil er so flach ist.«

Sie sah ihn überrascht an. »Nein so etwas.« Sein Gesicht war ernst, aber sein Blick war freundlich. Catherine wurde neugierig und begann, Fragen über die Gegend zu stellen. Er erzählte ihr, dass es entlang der tückischen Sandbänke mehrere Leuchttürme und Feuerschiffe gab, dass Harwich die Endstation der Great Eastern Railway bildete und täglich Schiffe zum Kontinent verkehrten. Die Menschen lebten immer noch von der Austernfischerei und vom Wildgänse- oder Entenfang in den zahllosen Bächen und Fahrrinnen. Es klang geheimnisvoll und romantisch. Catherine spürte einen erwartungsvollen Schauer bei der Vorstellung, an den äußersten Zipfel Englands zu fahren, der nur eine kurze Segelfahrt von den Niederlanden und der weiten Welt entfernt war.

»Ihr müsst nach Clacton-on-Sea fahren«, warf der jüngere Soldat ein. »Dort gibt es einen schönen Badestrand und um diese Jahreszeit auch ein bisschen Unterhaltung auf der Promenade. Den Rest von Essex könnt ihr links liegen lassen.« Er zwinkerte Lily zu. »Möchtest du, dass ich dich nach Clacton mitnehme, Lily, mein Mädchen?«

»Vielleicht«, kicherte Lily.

Bevor sie in Harwich anhielten, hatte der Soldat seinen Namen und seine Adresse auf ein Stück seiner Zigarettenschachtel gekritzelt und es Lily in die Hand gedrückt.

»Ich lade dich auf ein Getränk im Bahnhofshotel ein, bevor du weiterfährst«, drängte er sie. »Das muntert dich auf.«

Catherine warf Lily einen warnenden Blick zu. »Wir werden abgeholt, danke.«

Der Soldat zuckte mit den Schultern. »Macht nichts, Lily, wir holen das mit dem Getränk in Clacton nach.« Die Männer halfen ihnen mit ihren Taschen, obwohl Catherine beteuerte, dass sie auch ohne die Hilfe der Armee zurechtkämen.

»Ich dachte schon, die werden wir nie los«, murmelte sie, als sie davongingen.

»Der Dunkelhaarige war doch nett«, sagte Lily.

»Du hättest ihn nicht ermutigen sollen. Er ist ein Wildfremder.«

»Du hast doch gesagt, wir könnten hier reiche Männer aus dem Süden finden«, entgegnete Lily.

»Aber nicht in den Kasernen von Colchester«, erklärte Catherine abweisend.

Lily warf ihr einen Blick zu. »Du musst gerade reden. Glaub nicht, dass ich nicht bemerkt hätte, wie du für den anderen Soldaten deine vornehme Stimme aufgesetzt hast: ›Oooh, nein so etwas, nein so etwas!‹«

Ihre Diskussion wurde von einem stämmigen Mann in einer Tweedjacke unterbrochen, der ihnen hinter der Absperrung zuwinkte.

»Ich bin Mr Stanway, der Hausvorsteher«, begrüßte er sie mit festem Händedruck. »Der Wagen steht draußen, folgen Sie mir. Vines, unser Pförtner, ist mit Gicht außer Gefecht gesetzt. Also bin ich gekommen, um Sie abzuholen. Ich verpasse deswegen meine Bridge-Partie.«

»Das tut uns leid, Sir«, sagte Catherine und eilte ihm mit ihrer schweren Tasche hinterher.

»Da kann man nichts machen. Vines ist schuld. Er schwört Stein und Bein, dass er nicht trinkt, aber nach dem Jahrmarkt geht es ihm immer miserabel. Ich würde ihn ja vor die Tür setzen, aber er ist mit jemandem von der Aufsichtsbehörde verwandt. So, da wären wir. Klettern Sie rein. Schieben Sie die Kiste mit dem Fisch einfach beiseite. Mrs Stanway kann ohne ihren Rollmops nicht leben.«

Eingezwängt auf dem Rücksitz des verbeulten alten Fords versuchte Catherine, sich mit dem Mann zu unterhalten, gab es aber bald auf. Der geschwätzige Hausvorsteher hielt das Gespräch einseitig, stellte Fragen, ohne sich die Antworten anzuhören.

Harwich sah in der Abenddämmerung nach einer tristen Hafenstadt aus, eingehüllt in Meeresnebel, der sich nach der Hitze im Zug kalt anfühlte. Durch den Dunst erkannte man eine niedrige, schlammige Küstenlinie, die von Steinmauern eingefasst war. Als sie sich landeinwärts schlängelten, verwandelte sich die wasserreiche Landschaft in ein Sumpfgebiet, das von breiten Gräben durchzogen wurde. Der perlmuttfarbene Himmel über ihnen war weit und leer. Catherine wurde übel von dem Fischgeruch aus der Kiste und den kurvigen Landstraßen. Als sie zu Lily blickte, sah sie, dass ihre Freundin ebenfalls kreidebleich war.

Catherine kurbelte das Fenster herunter und atmete die feuchte, salzige Luft ein. Sie fuhren durch kleine Dörfer, bestehend aus einer Ansammlung von Cottages, die sich zu beiden Seiten der aus Flintstein erbauten Kirchen aufreihten. Mr Stanway ratterte ihre Namen herunter: Little Oakley, Great Oakley, Stones Green, Thorpe-le-Soken. Kurz nachdem sie das letzte Dorf verlassen hatten, tauchte vor ihnen ein Heuwagen auf. Der Kutscher hockte oben, trug einen hohen schwarzen Hut und lenkte sein Pferd. Catherine fand den Anblick malerisch. Gerade fragte sie sich, wie sie auf der schmalen Straße an ihm vorbeikommen sollten, als Mr Stanway das Tempo beschleunigte.

»Vorsicht!«, rief sie.

Der Hausvorsteher wich weder aus, noch bremste er. Mit klopfendem Herzen spähte sie in das schwindende Sommerlicht, aber es war nichts zu sehen.

»Wo ist er geblieben?«, keuchte sie.

»Wo ist wer geblieben?«, rief er über seine Schulter.

»Der Wagen … vor uns … auf der Straße«, stotterte sie.

»Die Straße ist seit vielen Meilen leer«, schnaubte Mr Stanway.

»Aber ich habe ihn gesehen«, sagte Catherine. »Der Fahrer hatte einen hohen schwarzen Hut auf ...«

Lily warf ihr einen seltsamen Blick zu.

»Hast du ihn nicht gesehen?«
Lily schüttelte den Kopf.
Mr Stanway schnaufte. »Sie müssen einen Geist gesehen haben. Die Leute hier behaupten ständig, Dinge gesehen zu haben – das einfache Volk.«
Catherine errötete. »Wahrscheinlich war es nur ein Schatten.«
Der Vorsteher fuhr fort, ohne ihre Verlegenheit zu bemerken. »Natürlich haben wir hier in der Gegend ein sehr berühmtes weibliches Gespenst – St. Osyth. Die Dänen haben sie getötet. Sie spukt noch immer an der Küste herum, ganz in Weiß gekleidet, den Kopf unter den Arm geklemmt. Ich möchte ihr nicht in einer finsteren Nacht begegnen«, gluckste er.
»Aber das Kloster bei Clacton-on-Sea ist einen Besuch wert – ein prächtiges Torhaus.«
Lily stupste Catherine an. »Dann müssen wir dorthin, nicht wahr?«
Aber Catherine fühlte sich unwohl wegen des Vorfalls. Sie hatte den Kutscher und seinen Heuwagen deutlich gesehen. Eine seltsame Atmosphäre umgab diesen flachen, leeren Landstrich. Sie drang ihr wie die dunstige Abenddämmerung in die Knochen und schien die Vergangenheit in sich zu tragen.
Als sie Tendring erreichten, wuchs ihre Besorgnis weiter. Das Dorf bestand nur aus einer Handvoll schlichter Cottages und einer weiß getünchten Kirche, die von Kastanienbäumen umringt war. Nach einer weiteren halben Meile gelangten sie zu einer hohen Mauer und einem massiven, rostigen Tor. Sie warteten einige Minuten in der Dunkelheit, während Mr Stanway lauthals nach dem Wächter rief, bis ein alter Mann in altmodischen Reithosen mit einem Schlüsselbund herbeigehumpelt kam und sie hereinließ.
»Ist das Haus nachts immer verschlossen?«, fragte Catherine.
»Natürlich«, antwortete der Hausvorsteher schroff. »Nach sieben – im Winter nach vier – kommt niemand mehr rein oder raus. In letzter Zeit treiben sich jede Menge Obdachlose herum, aber unsere Aufnahmekapazitäten sind begrenzt.«
»Was ist mit Besuchern?«
»Besucher?« Er klang überrascht.
»Falls wir Freunde einladen wollen ...«
»Die können Sie an Ihrem freien Tag sehen – jeden zweiten Samstag. Die Aufsichtsbehörde befürwortet keine Besuche. Die Insassen können ihre Familienmitglieder mittwochnachmittags sehen. Aber Mrs Stanway wird Ihnen das alles morgen früh erklären. Ich nehme an, Sie möchten jetzt schnell ins Bett.«
Die Freundinnen wechselten einen besorgten Blick, als das schwere Tor hinter ihnen zufiel, sagten aber nichts. Sie waren zu müde, um an diesem Abend viel von ihrer Umgebung mitzubekommen, abgesehen von der kühlen Düsternis des hoch aufragenden gotischen Gebäudes und der Kargheit ihrer schmalen Schlafräume, die kaum mehr als Kabinen waren und durch einen langen Korridor voneinander getrennt wurden.
Catherine fiel in einen unruhigen Schlaf und träumte von entgleisten Waggons, die mit rasender Geschwindigkeit auf das Meer zusteuerten, und erwachte erst, als sie zu ertrinken drohte. Morgens war ihr noch immer mulmig von der langen Reise und der anschließenden Autofahrt.
»Miss McMullen?« Eine ältere Frau mit faltigem Gesicht und einer gestärkten Haube klopfte an ihre Tür und lugte herein, ohne auf eine Antwort zu warten. »Ich bin Mrs Atter. Ich zeige Ihnen, wo der Speisesaal ist.«

»Danke«, sagte Catherine, knöpfte eilig ihre Strickjacke zu und folgte ihr. »Kann ich meiner Freundin Lily Bescheid geben?«

»Miss Hearn hat bereits gefrühstückt.« Die Frau sprach bedächtig und betont, als ginge sie sparsam mit Worten um. »Zuerst essen die Assistenten, dann die leitenden Angestellten. Die Hausvorsteherin möchte Sie gleich nach der Morgenandacht sehen.«

Sie passierten einen Schlafsaal mit Eisenbetten und groben grauen Decken, in dem zwei Frauen den Boden wischten. Gelbes Licht drang durch die staubigen Sicherheitsgitter an den hohen Fenstern, und Catherine fragte sich, wozu sie nötig waren. Sie bogen in einen weiteren langen Korridor ein, von dem man auf einen kahlen Hof blickte. Drei alte Frauen in verblichenen blauen Overalls saßen auf einer Bank und betrachteten die abgenutzten Steinplatten.

Mrs Atter sagte: »Dieser Hof ist für die alten Frauen. Der nächste ist für die Mädchen.«

Catherine staunte nicht schlecht, als sie das Ende des Flurs erreichten und auf einen identischen Hof blickten, wo eine Schar junger Mädchen herumlief und hüpfte. Es war das erste wirkliche Geräusch, das sie in diesem widerhallenden Labyrinth aus Korridoren und Innenhöfen hörte.

»Gibt es kein separates Heim für die Kinder? Mit einer Schule?«

Mrs Atter schüttelte den Kopf. »Die Mädchen auf der einen Seite, die Jungen auf der anderen. Die Schwachsinnigen kommen in die Anstalt in Colchester.«

Zum Frühstück gab es Porridge und Tee, aber Catherines Magen war vor lauter Angst so verknotet, dass sie kaum etwas anrührte. Sie hatte das Gefühl, in einer Nacht fünfzig Jahre in die Vergangenheit gereist zu sein.

Mrs Atter bemerkte ihren mangelnden Appetit. »Seit der Inspektor da war, gibt es zweimal die Woche Würstchen zum Frühstück. Und sonntags und donnerstags wird zum Mittagessen Braten aufgetischt.«

Catherine lächelte schwach und fragte sich, was sie den Rest der Woche bekamen. Zumindest waren sie in Harton gut ernährt worden. Sie folgte den anderen in die Kapelle, zu eingeschüchtert, um zu ihrem katholischen Glauben zu stehen. Es roch angenehm nach poliertem Holz, und neben der Sakristeitür stand eine Vase mit rosa Nelken und Duftwicken. Der Pfarrer hielt eine kurze Andacht mit Gebeten und einem Kirchenlied, dann entließ er sie zu ihrer Arbeit. Sie konnte Lily nur ein kurzes, aufmunterndes Lächeln zuwerfen, als ihre Freundin von der Armenaufseherin weggeführt wurde.

Mrs Stanway erwartete Catherine. Sie war eine große, attraktive Frau mittleren Alters und rief ihr etwas über die Schulter zu, während sie forsch voranschritt und sie aus dem Gebäude auf einen großen gepflasterten Trockenhof führte.

»Waschhaus, Trockenräume, Schmutzwäsche.« Sie wies auf eine Reihe von Gebäuden gegenüber. »Wie ich sehe, haben Sie Ihre Assistentin bereits kennengelernt.«

»Habe ich das?«

»Mrs Atter.«

»Oh, das hat sie gar nicht erwähnt«, sagte Catherine.

»Sie ist sehr erfahren – arbeitet schon seit den Achtzigerjahren hier, als die Kettlewells das Haus verwaltet haben. Sie waren die ursprünglichen Aufseher. Ich kann nicht behaupten, dass sich seitdem viel verändert hat. Aber wie Mr Stanway sagt: ›Was nicht kaputt ist, muss man nicht reparieren.‹ So sieht das zumindest unsere Aufsichtsbehörde. Der Inspektor hat sie vor ein paar Jahren aufgerüttelt, aber in diesem Teil der Welt ändern sich die Dinge nur sehr langsam.«

»Ist jetzt nicht der County Council für den Betrieb der Einrichtung verantwortlich?«, fragte Catherine. »Bei uns zu Hause werden die Aufsichtsbeamten ersetzt, seit das neue Gesetz in Kraft getreten ist.«

Mrs Stanway lachte kurz auf. »Wie ich schon sagte, alles braucht seine Zeit.« An der Tür drehte sie sich um und warf Catherine einen Blick zu. »Ich muss sagen, Sie sind deutlich jünger, als ich erwartet hatte. Ein schmächtiges Ding.«

Empört erwiderte Catherine: »Ich war zwei Jahre stellvertretende Leiterin einer städtischen Großwäscherei und bin stark wie ein Ochse.«

Die Frau lachte wieder. »Gut, das gefällt mir. Sie haben auf jeden Fall ein erstklassiges Zeugnis vorzuweisen. Trotzdem verstehe ich nicht, warum Sie die Stadt verlassen, um in einem solchen Provinznest zu arbeiten. Warum sind Sie hier?«

Catherine war verblüfft über ihre Direktheit. »Ich, äh – wollte eine Veränderung, ein bisschen von der Welt sehen.«

Mrs Stanway verzog das Gesicht. »Mehr als ein bisschen werden Sie hier auch nicht zu sehen bekommen.« Sie bemerkte Catherines Bestürzung. »Hören Sie nicht auf mich. Ich komme aus London, und wenn man einmal dort gelebt hat, kann kein anderer Ort mithalten.«

Sie führte Catherine in die Wäscherei und stellte sie dem Personal vor. Es war drückend heiß, selbst so früh am Tag.

Bevor sie sie allein zurückließ, drehte sich die Hausvorsteherin noch einmal um und erkundigte sich: »Haben Sie noch eine Frage?«

Catherine nahm ihren Mut zusammen. »Gibt es in der Nähe eine katholische Kirche? Ich möchte die Messe am Sonntag nicht verpassen und regelmäßig zur Beichte gehen.«

Mrs Stanway sagte: »In Great Bentley gibt es einen Priester, glaube ich. Aber ich kann nicht versprechen, dass ich Sie dorthin bringen kann. Reicht unsere Kapelle nicht aus?«

Catherine stellte sich vor, wie der alte John bei diesem Vorschlag vor Wut schäumte. »Lily und mir macht es nichts aus, zu Fuß zu gehen«, antwortete sie.

Ihre Vorgesetzte winkte ab. »Ich vermute, Sie können sich die Fahrräder ausleihen.«

Catherine spürte Erleichterung.

»Da fällt mir ein«, fügte Mrs Stanway hinzu, »ich brauche noch Ihre Geburtsurkunde. Nur für die Unterlagen.«

Catherine erstarrte: »Ich – ich habe keine. Ich meine, ich habe sie nicht … nicht mitgebracht.« Der forschende Blick der Frau ließ sie erblassen.

»Bitten Sie doch Ihre Familie, sie Ihnen zu schicken. Sie haben doch Familie?«

»Ja, ja, natürlich«, stammelte Catherine. »Meine Mutter wird sie mir schicken.«

Mrs Stanway musterte sie noch einen Moment, dann nickte sie. »Gut.«

Catherine blieb mit hämmerndem Herzen zurück und versuchte, sich so weit zu beruhigen, dass sie Mrs Atters träger Stimme über den Lärm der

Wäscherei zuhören konnte. Die Frau musste sie für beschränkt halten, denn sie konnte sich auf nichts anderes konzentrieren als auf den Gedanken, dass sie keine Geburtsurkunde vorzeigen konnte.

Sie war bisher noch nie danach gefragt worden und hatte auch Kate nicht darauf ansprechen wollen. Erhielten uneheliche Kinder überhaupt eine? Wahrscheinlich nicht. Und wenn es eine gäbe, was stünde dann darin? *Vater unbekannt? Unehelich geboren?* Oder wurden John und Rose als ihre Eltern angegeben, was den Angaben in ihrem Antrag widersprechen würde, dass Kate McDermott ihre engste Angehörige war? Warum hatte sie Kate noch nie danach gefragt?

Catherine spürte, wie sie von einer Welle der Panik überrollt wurde. Sie hatte diesen großen Schritt gewagt, um einen Neuanfang zu machen und der Schande ihrer Vergangenheit zu entkommen, und nun wurde sie davon eingeholt, noch bevor sie ihre neue Stelle angetreten hatte. Vertraute Übelkeit stieg aus ihrer Magengrube auf. Was sollte sie bloß tun?

23

Catherine ignorierte die Forderung der Hausvorsteherin nach einer Geburtsurkunde. Von Zeit zu Zeit sprach Mrs Stanway sie darauf an, und Catherine tat so, als hätte sie es völlig vergessen.

»Ich frage danach, wenn ich meiner Familie das nächste Mal schreibe«, versprach sie. »Ich war so beschäftigt.«

Und das stimmte. Die Wäscherei des Arbeitshauses war groß und veraltet, ständig versagten die Geräte und mussten repariert werden. Catherine versuchte, sich mit den Arbeiterinnen anzufreunden, aber sie begegneten ihrer Offenheit mit mürrischem Misstrauen. Es war eine Mischung aus Mädchen vom Lande, die außer den umliegenden Dörfern nichts von der Welt gesehen hatten, und älteren, gebrechlichen Frauen, die ihr halbes Leben dort verbracht hatten, und sie taten sich schwer damit, ihren Akzent aus dem Norden zu verstehen. Die älteren Frauen waren so sehr an das Leben in der Anstalt gewöhnt, dass sie sich nie jenseits deren Mauern hinauswagten und von »der Queen« sprachen, als wäre Königin Victoria nicht schon vor fast dreißig Jahren gestorben.

Auch Mrs Atter, mit der sie sich täglich darüber stritt, wie die Dinge zu handhaben waren, begrüßte ihre Bemühungen um Vertrautheit nicht.

»Die müssen wissen, wer hier das Sagen hat«, schimpfte sie. »Wenn man ihnen den kleinen Finger reicht, nehmen sie die ganze Hand. Mrs Kettlewell hat nie etwas davon gehalten, dass sich die Klassen mischen.«

Ihre Worte bedrückten Catherine, denn sie war mit der streitlustigen Maxime des alten John aufgewachsen, dass niemand etwas Besseres war, egal in welche Klasse er hineingeboren wurde. Aber strebte sie nicht genau danach, eine angesehene Frau aus der Mittelschicht zu sein, mit einer beruflichen Position, zu der man aufschaute? Sie hatte diesen Weg eingeschlagen und würde jetzt keinen Rückzieher machen.

Lily war für die Armenhilfe eingeteilt worden, und die versprochene Stelle als Prüferin kam nie zustande. Tagsüber bekam Catherine ihre Freundin kaum zu Gesicht, aber abends trafen sie sich in der Nähstube, um über ihren Flickarbeiten zu plaudern, und bei schönem Wetter spazierten sie durch die Gärten des Arbeitshauses. Lily half der Armenaufseherin bei der Bearbeitung des nicht enden wollenden Stroms von arbeitslosen Männern, die um Hilfe baten. Sie trug ihre Namen in die Liste ein und händigte ihnen Berechtigungskarten aus, mit denen sie eine Mahlzeit und eine Übernachtung in den Notunterkünften erhielten.

Wenn morgens die Tore geöffnet wurden, stapfte eine Gruppe von ihnen die Straße hinunter, um im Auftrag des Kanalisationsamtes bis zum Sonnenuntergang Gräben auszuheben und Deiche zu reparieren.

»Sie kommen von überall her«, berichtete Lily Catherine, »es sind nicht nur die Landarbeiter aus der Umgebung. Einer der Männer hat früher im Kino Orgel gespielt, aber die Tonfilme haben ihn arbeitslos gemacht. Und dann gibt es noch die Burschen, die seit ihrer Rückkehr aus Flandern keine Woche mehr am Stück gearbeitet haben.«

Catherine war überrascht, dass im ländlichen Süden genauso viel Not herrschte wie im industriellen Norden. Sie hatte gedacht, die Region wäre geprägt von malerischen, reetgedeckten Häusern, gepflegten Gärten und stattlichen Landhäusern. Doch an ihrem freien Tag hatte sie trostlose, verfallene

Behausungen gesehen, vor deren Türen Frauen mit verkniffenen Gesichtern standen.

»Flandern«, seufzte Catherine, »dabei ist der Krieg schon mindestens zehn Jahre vorbei. Ich frage mich, ob Jack auch so geendet wäre – als arbeitsloser Soldat?«

»Apropos Soldaten«, versuchte Lily, die Stimmung aufzuheitern, »wir haben nächsten Samstag frei. Warum treffen wir nicht die Jungs aus der Kaserne?«

Catherine verzog das Gesicht.

»Komm, Kitty«, flehte Lily. »Wir haben uns seit einem Monat nicht weiter als fünf Meilen von Tendring entfernt. Ich habe es satt, auf den alten Drahteseln der Stanways durch die Gegend zu fahren. Der Sommer ist fast vorbei. Lass uns einen Ausflug nach Colchester oder Clacton machen, bitte!«

»Müssen wir die Soldaten treffen?«, fragte Catherine unwillig. »Warum fahren wir nicht allein hin? Ich würde gern versuchen, mich in Colchester in der Bibliothek anzumelden.«

»Wir brauchen ein bisschen Spaß, Kitty«, drängte Lily. »Es ist doch nichts dabei, wenn wir zusammenbleiben.«

»Und was erzählen wir den Stanways?«

»Nichts«, sagte Lily. »Was geht sie das an? Es ist unser freier Tag. Wir sind keine Gefangenen.«

In diesem Moment fielen mit lautem Scheppern die Tore für die Nacht zu, und die Schlüssel rasselten im riesigen Schloss. Catherine erschauerte.

»Also gut«, lenkte sie ein, »schreib diesem Bob. Aber plaudere es nicht aus. Mrs Atter stellt mir ständig verfängliche Fragen über meine Herkunft. Sie wird uns bestimmt bei der Hausvorsteherin verpfeifen.«

Lily tat ihre Besorgnis ab. »Sie ist so schusselig wie ein altes Huhn«, sagte sie.

»Trotzdem – ich traue ihr nicht über den Weg«, warnte Catherine.

Am Freitag erhielt Lily eine Nachricht von Bob aus Colchester, dass Alf und er sie um dreizehn Uhr beim Musikpavillon auf der Strandpromenade von Clacton-on-Sea treffen würden. Sie liehen sich die Fahrräder des Arbeitshauses, und Lily erklärte mit ernster Miene, dass sie das Kloster von St. Oswald besuchen und nach dem kopflosen Gespenst suchen würden.

»Sie heißt St. Osyth«, prustete Catherine, als sie durch das Tor davonradelten. »St. Oswald ist ein Heiliger aus dem Norden.«

»Das ist doch gehupft wie gesprungen«, sagte Lily. »Der Hausvorsteher war zu sehr damit beschäftigt, uns Ermahnungen zu erteilen, um es zu merken. Wir tun einfach so, als hätten wir das Kloster besucht.«

»Lily Hearn«, rief Catherine lachend, »dafür kommst du direkt ins Fegefeuer!«

»Hoffen wir, dass der Tag die Flunkerei wert ist!«, erwiderte Lily grinsend und trat schneller in die Pedale.

Zweimal verirrten sie sich in dem Gassengewirr, obwohl sie die Küste wie eine verlockende Fata Morgana in der Ferne sahen. Ein warmer Südwind umwehte sie, und Schmetterlinge flatterten aus den wogenden Gräsern, während hoch oben inmitten blendend weißer Wolken die Brachvögel riefen. Sie trafen verspätet, erhitzt und außer Atem ein.

»In diesen Menschenmassen werden wir sie nie finden«, sagte Lily besorgt.

Die Promenade erstreckte sich entlang der niedrigen, ausgewaschenen Küstenlinie und gab den Blick auf einen belebten Strand und fröhlich bemalte Badehütten frei.

»Doch, werden wir«, sagte Catherine und blinzelte kurzsichtig in die Ferne. »Schau, da ist der Musikpavillon.«

Lily lächelte, strich sich die Haare glatt und schob ihr Fahrrad an den Horden von Tagesausflüglern vorbei. Bob lächelte, als er sie sah, und drückte seine Zigarette aus. Er trug ein Hemd mit offenem Kragen, während Alf unbeholfen und schwitzend in Jackett und Krawatte dastand.

Bob führte sie zu einem Café mit Aussicht aufs Meer und bezahlte einen Jungen dafür, dass er den Nachmittag über auf die Fahrräder aufpasste. Sie gönnten sich einen Eisbecher und begannen, sich in der fröhlichen Stimmung der kleinen Stadt am Meer zu entspannen. Danach schlenderten sie über die Promenade und sahen einer Aufführung von Harlekin und Kolumbine zu. Danach forderte Bob sie auf, ihre Schuhe und Strümpfe auszuziehen und durch das Wasser zu laufen. Alf schaute skeptisch, aber als die Mädchen in die seichten Wellen rannten, krempelte er seine sorgfältig gebügelten Hosen hoch und folgte ihnen.

»Ich bin nicht ans Meer gewöhnt«, gestand er Catherine. »Ich komme aus Warwickshire.«

Lily kreischte, als Bob sie bespritzte. Die Mädchen revanchierten sich, und bald waren sie alle durchnässt.

»Wenn die alte Atter dich jetzt sehen könnte, Kitty«, kicherte Lily.

»Sie bräuchte Riechsalz, um sich zu beruhigen«, lachte Catherine.

»Wer ist Atter?«, fragte Bob und schlang einen Arm um Lily.

»Die heilige alte Frau aus Tendring. Sie hält uns für Töchter des Teufels, weil wir nicht in die Kapelle gehen. Wir sind ja katholisch«, erklärte Lily. »Wir müssen mit dem Rad zum Priester in Great Bentley zur Beichte fahren – und sonntags zur Messe.«

Catherine wartete angespannt auf eine negative Reaktion. Sie war mit Straßenkämpfen zwischen Katholiken und Protestanten aufgewachsen. Ihr Großvater gab jedem eins hinter die Ohren, der sich positiv über Andersdenkende äußerte. Als es während des Kriegs in Irland zum Osteraufstand gekommen war, hatte man sie auf dem Weg zur Kirche bespuckt und als Verräterin beschimpft, nur weil sie einen Rosenkranz bei sich getragen hatte.

Aber Bob lachte nur und küsste Lily auf die Wange. »Was für tugendhafte Mädchen ihr seid«, neckte er. »Euer Heiligenschein blendet mich.«

Catherine warf Alf einen Blick zu. Er lächelte schüchtern. »Ich bin Anhänger der Christian Science.«

Bob verdrehte die Augen. »Verflixt, ich bin umgeben von einem Haufen Heiliger. Ich nehme nicht an, dass ich einen von euch zu einem Drink verführen kann?«

Sie lachten, und Catherines Anspannung löste sich. Letztlich gingen sie Tee trinken und anschließend Fish and Chips essen, bevor sie ihre Fahrräder abholten.

»Können wir euch wiedersehen?«, fragte Bob und hielt Lilys Hand fest.

»Natürlich«, antwortete sie sofort. Er küsste sie auf die Wange, und sie vereinbarten, sich in zwei Wochen zu treffen.

Catherine und Alf tauschten einen Blick und einen unbeholfenen Händedruck aus. Sie mochte seine sanfte Ernsthaftigkeit, aber die Erfahrung hatte sie gelehrt, vorsichtig zu sein. Er war wahrscheinlich verheiratet. Sie wollte sich nicht erneut zum Narren machen oder verletzen lassen. Sie würde Alf auf Abstand halten.

Das warme Spätsommerwetter hielt bis in den September an. An ihrem nächsten freien Tag trafen sich die vier in Colchester, dann in Wivenhoe an der Mündung des River Colne, wo Schiffe gebaut wurden. Sie überquerten den schlammigen Fluss in einem Kahn, der von einem pensionierten Seemann an einem Seil gezogen wurde, und machten auf Mersea Island ein Picknick. Catherine war begeistert von der Ansammlung aus Hausbooten und kleinen Segeljachten, die im Windschatten der hügeligen Insel dümpelten, und von den Kiebitzen, die über das Watt huschten.

Nach dem Picknick gingen Bob und Lily spazieren, und Catherine legte sich ins Schilf und kaute auf einem langen Grashalm, während Alf von seiner Familie erzählte. Sein älterer Bruder hatte den Weltkrieg überlebt und war überzeugt, dass seine Gebete ihn gerettet hatten.

»Der Arzt hat gesagt, er würde die Nacht nicht überstehen, so viel Blut hatte er verloren. Er lag im Fieberwahn. Hatte eine Vision von einer Gestalt in einem groben weißen Gewand, die ihn hochhob, nach Hause trug und ins Bett legte. Dann wachte er im Feldlazarett auf und brabbelte, er habe einen Engel gesehen. Die Krankenschwestern konnten nicht glauben, dass er die Nacht überlebt hatte. Zwei Tage später ging es ihm gut genug, um auf einem Schiff zurück nach England gebracht zu werden. Das hat ihn dazu bewogen, Christian Scientist zu werden. Und mich ebenfalls – ich habe immer zu ihm aufgeschaut.«

Catherine setzte sich auf und schirmte die Augen vor dem gleißenden Licht ab, das vom Meer reflektiert wurde. Ein Reiher erhob sich lautlos aus dem Schilf.

»Ich nehme an, du findest die Geschichte unglaubwürdig«, sagte Alf entschuldigend.

»Nein«, versicherte sie ihm. »Als meine Großmutter im Sterben lag, dachte sie, ich sei ihre verstorbene Tochter, die zu ihr zurückgekehrt ist. Sie hat mich immer wieder ihr ›Engelskind‹ genannt. Damals fand ich das verstörend, aber jetzt verstehe ich, dass es sie getröstet haben muss.« Sie sah Alf an. »Vielleicht hat dein Bruder im Fieberwahn eine der Krankenschwestern für die geisterhafte Gestalt gehalten. Aber was zählt, ist, dass es ihm die Kraft verliehen hat, sich ins Leben zurückzukämpfen. Das ist immer noch die Macht des Gebets.«

Alf berührte Catherines Hand. Er ließ seine Hand dort liegen und wärmte ihre, während sie auf das plätschernde Meer blickten und dem Zwitschern der Rohrsänger lauschten. Selten hatte sie solchen Frieden gespürt wie in diesem Moment. Er versuchte nicht, sie zu küssen oder die Stille zwischen ihnen zu stören, und sie wunderte sich, dass es mit einem Mann so sein konnte. Die Männer, die sie kannte, waren fordernd und saugten sie aus wie Blutegel – sei es ihr Großvater, die Männer, die ihr den Hof gemacht hatten, oder das schemenhafte Monster aus ihrer Kindheit mit den jadegrünen Augen und raubtierhaften Pranken.

Catherine schauderte und verdrängte die Erinnerung, aber Alf zog seine Hand zurück, weil er dachte, sie wollte ihn abschütteln.

»Komm, wir laufen durchs Wasser«, schlug sie vor.

Er folgte ihr zum schlammigen Strand, und sie wateten durch das seichte Wasser. Als sie mit vom Schlick bläulich verfärbten Beinen wieder herauskamen, zog Alf ein blütenweißes Taschentuch hervor, um sie zu säubern. Bob und Lily trafen sie lachend und sandverschmiert an. Catherine musterte ihre Freundin. Ihr Gesicht war gerötet und ihr Haar vom Wind zerzaust, sie hielt mit Bob Händchen. Catherine beschlich ein ungutes Gefühl bei dem Gedanken, was sie getan haben könnten.

In Wivenhoe verweilten sie zu lange bei Pasteten und Pommes frites und kehrten zu spät zurück. Es war schon fast dunkel, und sie mussten am Tor rütteln, damit Vines kam und sie hereinließ. Er murrte laut, und am nächsten Tag wollte die Hausvorsteherin den Grund für ihre Verspätung wissen. Catherine stellte fest, dass die Frau sehr aufbrausend sein konnte.

»Wir haben nicht ohne Grund Vorschriften. Wenn unser Personal sie nicht einhält, was für ein Vorbild ist das für die Insassen?«

»Es wird nicht wieder vorkommen, Mrs Stanway«, sagte Lily zerknirscht.

»Nein, wird es nicht«, schimpfte die Hausvorsteherin, »denn wir leihen Ihnen unsere Fahrräder nicht mehr aus. Zumindest nicht für den Rest des Monats, bis Sie Ihre Lektion gelernt haben.«

Lily stiegen Tränen in die Augen. »Aber bitte, Mrs Stanway, wir haben uns verabredet ...« Sie brach ab, als Catherine sie anstieß.

»Mit wem?«, fragte die Hausvorsteherin misstrauisch.

»Nur mit Bekannten«, stotterte Lily, »aus dem Feldlager.«

»Soldaten?«

Lily wandte stumm den Blick ab.

»Das ist nicht gut«, rügte Mrs Stanway. »Die Aufsichtsbehörde sieht eine solche Verbrüderung gar nicht gern. Ich kann nicht zulassen, dass meine Mädchen diese Institution in Verruf bringen.«

Catherine war entrüstet. »Wir haben nichts Verwerfliches getan. Es war unser freier Tag, und wir können hingehen, wo wir wollen. Wir sind erwachsene Frauen, falls Ihnen das entgangen sein sollte.«

Die Hausvorsteherin sah sie erstaunt an. »Kein Grund, unhöflich zu werden. Ich dachte, Sie sind ruhige junge Frauen, aber es ist nicht das erste Mal, dass mir Beschwerden über Sie zu Ohren kommen. Ich versuche nur, eine geordnete Einrichtung zu führen. Sie werden nicht noch einmal zu spät kommen.«

Sie ließ sie gehen, rief ihnen aber nach: »Und legen Sie mir bitte Ihre Geburtsurkunde vor, Miss McMullen. Das Personalbüro besteht darauf, sie zu sehen.«

Sie machten sich an die Arbeit, ohne die Gelegenheit zu haben, über den Vorfall zu sprechen, und als Catherine Lily das nächste Mal allein im Nähzimmer antraf, war ihre Freundin tief betrübt.

»Ich halte es hier nicht aus, wenn ich nicht rauskann, um Bob zu sehen.«

»Doch, das wirst du«, versuchte Catherine, sie zu trösten. »Bis zu unserem nächsten freien Tag haben sich die Wogen wieder geglättet. Mrs Stanway ist nicht wirklich beunruhigt – sie hat nur Angst vor der altmodischen Aufsichtsbehörde.«

»Warum beharrt sie so auf deiner Geburtsurkunde?«

Catherine zuckte ausweichend mit den Schultern. »Ich wette, die alte Atter hat sie gegen uns aufgehetzt. Du hast ihr doch nichts über mich erzählt, oder?«

»Was meinst du?«

»Über meine Familie«, sagte Catherine vorsichtig.

»Nicht direkt. Nur, dass du keine Geschwister hast. Sie hat mir natürlich nicht geglaubt. ›Ich dachte, die Katholiken vermehren sich wie Karnickel‹«, ahmte Lily die schleppende Sprechweise der alten Frau nach.

Catherine erschrak.

»Du hättest ihr nichts sagen sollen. Kein Wort mehr zu ihr«, sagte sie nachdrücklich. »Das geht sie nichts an.«

In dem Moment, in dem sie die Worte aussprach, wusste Catherine, dass sie zu harsch klangen. Aber es war zu spät. Lily stürmte gekränkt aus dem Zimmer.

24

Es war Erntezeit, und unter den Bäumen rings um die Kirche rangelten die Kinder aus dem Arbeitshaus um Kastanien. Dann fegten starke Südoststürme die gelbbraunen Blätter davon und verwüsteten die Gärten. Catherine und Lily sprachen zwei Wochen lang kaum miteinander, aber an ihrem nächsten freien Tag beschlossen sie, gemeinsam nach Great Bentley zu laufen und den Bus nach Colchester zu nehmen. Zu Catherines Leidwesen hatte Alf Dienst, und da sie sich mit den beiden anderen wie das fünfte Rad am Wagen fühlte, machte sie sich auf den Weg zur Bibliothek.

Dort war sie so in die Bücher vertieft, dass sie zu spät zur Bushaltestelle kam, wo eine besorgte Lily auf sie wartete. Sie hielten einen Bauernwagen an, der sie ein Stück mitnahm, und mussten die letzten fünf Meilen im Dunkeln zu Fuß zurücklegen. Sie bekamen großen Ärger mit Mrs Stanway, die deutlich machte, dass sie Catherine die Geschichte, den ganzen Nachmittag in der Bibliothek verbracht zu haben, nicht abkaufte. Zur Strafe durften sie das Gelände einen Monat lang nicht verlassen.

»Warum hast du nicht auf die Zeit geachtet?«, schimpfte Lily. »Es ist ungerecht, dass sie es an uns beiden auslässt. Ich bin nur deinetwegen zu spät gekommen!«

»Tut mir leid«, sagte Catherine kleinlaut.

»Jetzt kann ich Bob einen Monat lang nicht sehen.«

»Wenn Bob dich so gern sehen will, kann er ja herkommen«, sagte Catherine.

Lily warf ihr einen vernichtenden Blick zu. »Und was soll er hier tun? Im Regen stehen und sich mit mir durch das Gitter unterhalten? Sei nicht albern.«

»Wir sitzen in einem Boot«, seufzte Catherine. »Ich kann wochenlang nicht zur Kirche oder zur Beichte gehen.«

Das schien Lily erst recht aufzuregen. »Jetzt tu nicht so heilig. Ich weiß, wie du mit Jungs bist. Nur weil Alf nicht aufgetaucht ist, musstest du Bob und mir den Tag verderben. Ich wette, du hast den Bus mit Absicht verpasst.«

Catherine starrte sie an, bestürzt darüber, dass Lily so etwas von ihr dachte. Doch bevor sie etwas entgegnen konnte, war Lily verschwunden.

Über eine Woche ging Catherine Lily aus dem Weg und hoffte, dass sich ihr Ärger legen und sie bald wieder Freundinnen sein würden. Doch Anfang Oktober entdeckte sie Lily weinend im Lagerraum. Sie fuchtelte wütend mit einem Brief vor ihr herum. »Mein Bob wird versetzt. Er geht nach Indien!«

»Indien?«, rief Catherine und legte schnell einen Arm um sie. »Oh, Lily ...«

Aber Lily schüttelte sie ab. »Ich werde ihn nie wiedersehen, und du bist an allem schuld!« Ihr Schluchzen wurde lauter.

Catherine wich zurück. »Was kann ich dafür, dass er nach Indien geht?«

»Wenn du den Bus nicht verpasst hättest, könnte ich ihn am Samstag sehen«, jammerte Lily. »Jetzt reist er nächste Woche ab, ohne dass ich ihm einen Abschiedskuss geben kann.«

»Fahr trotzdem hin«, ermutigte Catherine sie. »Ich springe für dich ein und gebe dir Geld für ein Taxi.«

»Taxi?«, echote Lily und schreckte aus ihrem Elend auf. »Wo sollen wir denn hier ein Taxi finden?«

Catherine sah sie hilflos an. »Warum bittest du ihn nicht, dich irgendwo in der Nähe zu treffen, zum Beispiel in Great Bentley?«

Der Vorschlag heiterte Lily auf, aber nach ein paar Tagen fieberhafter Korrespondenz stellte sich heraus, dass Bob keinen Urlaub bekommen würde, um sie zu besuchen. Sie versank in Schwermut, und Catherine konnte nichts tun, um sie aufzumuntern. Das bedrückte Schweigen ihrer Freundin war schwerer zu ertragen als ihre vorherigen Wutausbrüche.

»Du kannst ihm immer noch schreiben, um in Kontakt zu bleiben«, schlug Catherine vor.

»Ich bin nicht so gut im Briefeschreiben wie du«, antwortete Lily niedergeschlagen. »In ein oder zwei Monaten wird er mich vergessen haben.«

Lily war so verzweifelt, dass Catherine sich nicht traute, sie zu fragen, ob Alf ebenfalls ins Ausland entsandt wurde. Sie kannte seine Anschrift nicht, und er hatte ihr nicht geschrieben, um sie über seine Abreise zu informieren. Beim Gedanken an ihn spürte sie einen leichten Abschiedsschmerz.

Der Herbst ging in den Winter über, und aus dem Norden und Osten wehten raue Winde heran. Catherine schrieb ihrem Onkel Alec, er habe recht gehabt, was das Wetter anging, und sie sei sehr dankbar für Tante Marys Schal. Ihre Tante berichtete ihr als Einzige aus der Heimat, denn Kate schien nicht imstande zu sein, auch nur eine kurze Nachricht zu verfassen. Mary schrieb, dass Davie von der See zurückgekehrt sei und Gelegenheitsarbeiten verrichte. Kate borgte mehr als je zuvor bei den Nachbarn, und John lag mit einer Erkältung im Bett und klagte über Schmerzen in den Beinen.

So trist sich das Leben in Tendring auch zeigte, war Catherine froh, nicht den ganzen Winter in der William Black Street eingesperrt zu sein. Doch die kurzen Tage und das schlechte Wetter hielten sie weiter von Ausflügen außerhalb der Mauern des Arbeitshauses ab, als würde der Winter sie nach und nach belagern.

An manchen Novembertagen lichtete sich der graue Nebel, der vom Marschland aufstieg, gar nicht. Diese windstillen Tage waren die kältesten, die Catherine je erlebt hatte, und die Feuchtigkeit drang ihr bis in die Knochen. Mrs Stanway hatte sich erweichen lassen und war bereit, den jungen Frauen wieder die Fahrräder auszuleihen, aber Lily hatte keine Lust mehr, durch die Gegend zu radeln, und es wurde früh dunkel. Sie wartete vergeblich auf einen Brief von Bob.

»Vielleicht ist er noch auf See«, versuchte Catherine, sie zu trösten, »und Briefe aus Indien brauchen Wochen.«

Aber Lily ließ sich nicht aufheitern. Lustlos ging sie ihrer Arbeit nach und warf Catherine vorwurfsvolle Blicke zu, wenn sie in der Nähe war. »Ich hasse mein Leben. Ich hasse es hier. Ich wünschte, ich wäre nie von zu Hause weggegangen.«

Gelegentlich fuhr Catherine allein los, kämpfte gegen den Wind an und radelte bis ans Meer, nur um der erdrückenden Welt von Tendring zu entfliehen.

Die Sümpfe und die trostlose, einsame Küste zogen sie wie eine Sirene an, doch nun erschien ihr der niedrige, eintönige Horizont trostlos. Schwärme von Gänsen flogen über sie hinweg, stießen klagende Rufe aus und spiegelten ihre eigene wachsende Unzufriedenheit mit Essex wider. Sie dachte an die heiteren Sommertage zurück und fragte sich, wie es ihnen ihr Abenteuer so schnell hatte verleiden können.

Während Catherines Melancholie zunahm, hob sich Lilys Laune merkwürdigerweise. Sie plauderte wieder mit den anderen Mitarbeiterinnen und erzählte ihnen von South Shields zur Weihnachtszeit.

»Ich fahre an Weihnachten nach Hause«, sagte Lily zu Catherine. »Mir ist egal, was es kostet, ich werde nicht hier sitzen und zusehen, wie sich die Leute mit Plumpudding vollstopfen und so tun, als hätten sie Spaß. Kommst du mit?«

Catherine war hin- und hergerissen. Die Feiertage in Tendring zu verbringen, war keine schöne Vorstellung, aber nach Hause wollte sie auch nicht fahren. Es käme einem Eingeständnis ihrer Niederlage gleich. Um ihr schlechtes Gewissen zu beruhigen, schickte sie Kate Geld für das Weihnachtsessen und die Geschenke für die Familie.

An einem düsteren Wintermorgen begleitete sie Lily zum Tor und half ihr, das Gepäck in Vines' Wagen zu verstauen. Der Pförtner hielt eine Laterne hoch, und ihre Freundin hatte in dem fahlen Licht glücklich gerötete Wangen.

»Warum kommst du nicht mit, Kitty?«, fragte sie plötzlich. »Noch ist es nicht zu spät.«

Catherine schüttelte den Kopf. »Genieß die Zeit dort, und wir sehen uns in einer Woche wieder. Dann erzählst du mir alles.«

Etwas an Lilys Gesichtsausdruck alarmierte sie. Sie hielt ihre Freundin am Arm fest. »Du kommst doch zurück?«

Lily sagte nichts, ihr Blick war voller Bedauern.

»Du bleibst dort, habe ich recht?«, flüsterte Catherine.

Lily erklärte: »Ich wollte nie wirklich weggehen – ich habe es nur dir zuliebe getan, Kitty. Ich weiß nicht, ob ich es ein zweites Mal über mich bringe.«

Catherine redete panisch auf sie ein: »Wenn der Winter erst einmal vorbei ist, wird es wieder besser. Wir können uns amüsieren, nach Clacton fahren und neue Leute kennenlernen.«

Lilys Blick wurde ernst, und sie schüttelte den Kopf. Catherine erkannte, dass sie sie verloren hatte. Vines hüstelte und brummte, er könne nicht den ganzen Tag warten.

»Was wirst du tun, Kitty?«, fragte Lily auf einmal besorgt.

Catherine antwortete trotzig: »Alles, außer nach Jarrow zurückkehren.«

Lily schlang die Arme um sie, und sie drückten sich kurz. »Pass gut auf dich auf«, sagte Lily und machte sich los.

Catherine schluckte ihre Tränen hinunter, außerstande zu sprechen. Sie sah zu, wie Lily in den Wagen stieg, und winkte ihr nach. Noch lange stand sie fröstelnd da und blickte in der Dunkelheit auf die entschwindenden Rücklichter, dann stapfte sie wie betäubt wieder die Auffahrt hoch.

Später am Tag stellte Mrs Atter sie zur Rede.

»Warum sind Sie nicht mit Miss Hearn heimgefahren?«

»Mir fehlt das Geld«, sagte Catherine knapp.

»Sie kommen nicht gut mit Ihrer Mutter aus, habe ich gehört«, erwiderte sie.

»Wer hat Ihnen das erzählt?«, fragte Catherine bestürzt.

»Unter den gegebenen Umständen ist das allerdings nicht verwunderlich«, erklärte Mrs Atter und kniff missbilligend die Augen zusammen. »Zu Mrs Kettlewells Zeiten hätte man jemanden wie Sie niemals eingestellt. Dieser Ort ist nicht mehr das, was er einmal war.«

»Ich weiß nicht, wovon Sie sprechen«, sagte Catherine aufgebracht.

»Mich haben Sie keine Minute getäuscht«, fuhr die Frau fort. »Keine Geburtsurkunde, keine Geschwister, kein Wort über einen Vater, ständig auf der Jagd nach Männern. Behaftet mit der Sünde der Mutter. Ich habe es von Anfang an erkannt.«

Catherine fühlte sich der Ohnmacht nahe. »Sie haben kein Recht, so etwas zu sagen«, keuchte sie. »Das sind nichts als Lügen!« Aber noch während sie es aussprach, wusste sie, dass ihre glühenden Wangen sie verrieten. Sie stürmte an Mrs Atter vorbei aus der Wäscherei, spürte die Blicke der anderen Frauen auf sich.

Sie floh über den Trockenhof in den Gemüsegarten, kauerte sich hinter einen Pflanzschuppen und erbrach sich auf den Erdboden. Wie viele der Arbeiterinnen hatten Atters giftige Anschuldigungen mitbekommen? Hatte sie schon mit jemand anderem darüber getratscht oder war sie, was noch schlimmer wäre, mit ihren Mutmaßungen zu Mrs Stanway gegangen? Wer hatte ihr diese Dinge erzählt? Catherine krümmte sich vor Elend. Nur Lily wusste, dass sie keinen richtigen Vater hatte. Nur sie hatte davon erzählen können. Ein Schluchzen blieb ihr in der Kehle stecken. Lily! Wie hatte sie sie nur so verraten können?

Catherine jammerte und schluchzte vor Schmerz und Wut, dass ihre beste Freundin so etwas fertiggebracht hatte. Es war eine kleinliche Rache dafür, dass sie Bob verloren hatte. Aber Lily hatte ihr weit größeres Unrecht angetan. Möglicherweise würden die Wunden, die Lily ihr zugefügt hatte, nie heilen. Schwankend stand Catherine auf. Nun, jetzt war sie fort. Ein Glück, dass sie sie los war! Sie würde auch ohne Lily Hearn in der Welt zurechtkommen!

Catherine bespritzte ihr Gesicht mit eiskaltem Wasser aus dem Brunnen und ging zurück in die Wäscherei, trotzte den neugierigen Blicken. Später am Tag suchte sie die Hausvorsteherin auf und teilte ihr mit, sie wolle sich in eine andere Einrichtung versetzen lassen. Mrs Stanway versuchte nicht, sie davon abzuhalten.

»Die jungen Frauen aus dem Norden sind zu aufsässig für ein ruhiges Landhaus wie unseres«, sagte sie. »Sie suchen sich besser eine Stelle in der Stadt.«

Der Januar brachte Eisregen, und noch bevor der Monat zu Ende ging, ergatterte Catherine einen Posten in der Wäscherei des Arbeitshauses in Hastings, an der Küste von Sussex.

Wenige Tage vor ihrer Abreise erhielt sie einen fröhlichen Brief von Lily, in dem sie berichtete, dass sie wieder in Harton arbeitete, und fragte, warum Catherine ihr nicht geschrieben hatte. Catherine spürte einen kurzen Schmerz über ihre verlorene Freundin, dann zerriss sie den Brief und warf ihn im Speisesaal ins Feuer. Sie würde nicht antworten. Mit freudloser Genugtuung dachte sie daran, dass sie in ein paar Tagen weiter von Tyneside entfernt sein würde als je zuvor – und von den Menschen, die sie enttäuscht hatten.

25

1930 – Hastings

»Machen Sie sich keine Sorgen, vielleicht wird es nie passieren«, sagte die Frau lächelnd. Catherine erkannte den irischen Akzent, den sie oft in den Straßen von Jarrow gehört hatte.

»Wie bitte?«, schreckte sie aus ihrer Träumerei auf einer Parkbank auf. Es war noch zu früh im Jahr, um mit einem Boot über den See zu schippern, aber in der milden Frühlingssonne spazierten viele Menschen unter den knospenden Bäumen entlang.

»Sie sehen aus, als trügen Sie die ganze Welt auf Ihren Schultern – und Sie sind viel zu jung und hübsch für eine solche Last, Miss McMullen.«

Catherine errötete. »Woher wissen Sie meinen Namen?«

Die Frau lachte. »Ich arbeite in der Wäscherei – schon seit einem Monat.«

Catherine sah blinzelnd zu ihr auf. Sie war hübsch, um die vierzig, mit roten Locken und einem Glockenhut. Lachfalten umspielten ihre blauen Augen, die sie für einen Moment an Kate erinnerten.

»Verzeihung, ich weiß nicht ...«

»Sie brauchen sich nicht zu entschuldigen«, erwiderte die Frau und lachte wieder. »Sie haben Dutzende Wäscherinnen unter Ihrem Kommando und sausen immer umher wie eine Biene – eine fleißige Arbeiterbiene. Ich freue mich zu sehen, dass Sie sich nach Feierabend ein paar Minuten Entspannung gönnen. Nur Arbeit und kein Vergnügen, das ist ein langweiliges Leben, finden Sie nicht auch?«

Catherine staunte über ihre Direktheit.

Die Frau schlug sich die Hände vors Gesicht. »Ich und mein vorlautes Mundwerk. Da genießen Sie eine ruhige Minute, und dann kommt Bridie McKim daher und verdirbt sie Ihnen. Entschuldigung, Miss McMullen, beachten Sie mich gar nicht.« Sie ging davon.

Ohne nachzudenken, sprang Catherine auf und rief: »Nein, bitte gehen Sie nicht. Ich wollte nicht unhöflich sein.«

Die Frau drehte sich um und sah sie mit fragendem Lächeln an.

»Miss McKim, sagten Sie?«

»Mrs McKim, um die Wahrheit zu sagen – obwohl nur die Heiligen wissen, wo der Mister steckt«, sagte sie zerknirscht. »Er ist vor fünf Jahren eine Zeitung kaufen gegangen und seitdem nicht zurückgekommen. Man sollte meinen, dass er das Warten satthat. Und die Ergebnisse der Pferderennen sind längst nicht mehr aktuell.« Sie lachte über Catherines schockierten Gesichtsausdruck. »Aber meine Freunde nennen mich Bridie.«

Catherine lachte unvermittelt. Es klang seltsam in ihren Ohren. Sie hatte seit Monaten nicht mehr gelacht. Nach kurzem Zögern streckte sie der Frau die Hand entgegen.

»Miss McMullen«, antwortete sie, als sie sich die Hand schüttelten, und kam sich dann dumm vor, weil die Frau bereits wusste, wer sie war. »Nenn mich ruhig Catherine«, fügte sie hinzu.

Sie war sich nicht sicher, warum sie einer ihrer Untergebenen anbot, sie bei ihrem Vornamen zu nennen, denn bei ihrer Ankunft in der Wäscherei von Hastings hatte sie sich vorgenommen, nicht zu vertraut mit den Arbeiterinnen umzugehen. Das hatte ihr in der Vergangenheit nur Ärger eingebracht. Seit sie in der Stadt eingetroffen war, hatte sie die hügeligen Straßen, den malerischen Hafen und die ausgedehnte Küste mit ihren rötlich-gelben Klippen allein erkundet. Schon bald war sie wieder aus ihrer Unterkunft im Arbeitshaus ausgezogen und hatte nur fünfzehn Gehminuten entfernt ein Zimmer über einem Gemüseladen gemietet.

Sie liebte Hastings bereits für den Meeresduft und die Blumenpracht so früh im Jahr, für die eleganten Hotels und die Häuser mit ihren Erkerfenstern entlang der Promenade. Sie genoss es, durch die weitläufigen Parks und die Alleen mit den erhabenen Villen zu spazieren, die sich den Hügel hinaufschlängelten und durch Lorbeerbäume und Eiben vor neugierigen Blicken abgeschirmt wurden. Selbst im Februar, wenn die graue, schäumende See bei einem Wintersturm über den Pier und das Ufergeländer schwappte, schwelgte sie in der Anmut der Stadt. Das Meer war ihr zwar vertraut und die malerischen Fischerboote am Kiesstrand erinnerten sie an Shields, aber es lagen Welten zwischen diesem Ort und dem Gestank des Tyne, dem Dröhnen der Sirenen und dem Donnern der Güterzüge.

Nach einem langen Arbeitstag als Leiterin der Wäscherei lief Catherine meilenweit die steilen Hügel hinauf, die das Meer überragten, oder am Strand entlang vom Fischersteg bis zum Freibad in St. Leonards. Sie war sich nie einsam vorgekommen – bis jetzt.

»Darf ich mich kurz setzen?«, fragte Bridie. Catherine nickte, und Bridie nahm neben ihr Platz. »Ich weiß, es geht mich nichts an, aber als ich vorbeikam, hast du so traurig ausgesehen und diesen Brief in der Hand gehalten. Sind es schlechte Nachrichten?«

Catherine starrte auf den zerknitterten Brief in ihrer linken Hand. Für einen Moment hatte Bridies Ankunft sie von dessen traurigem Inhalt abgelenkt. Kates Nachricht schien ihr fremd zu sein, denn sie konnte sie nicht wirklich glauben.

»Ja«, bekannte sie. »Mein Großvater ist gestorben. Am Gründonnerstag. Und ich habe am Ostersonntag für ihn gebetet und wusste nicht …« Sie brach ab, als ein Schluchzer ihr das Wort abschnitt. Zu ihrer Beschämung weinte sie offen vor Bridie. Aber die ältere Frau schien daran keinen Anstoß zu nehmen. Sie drückte Catherines Hand.

»Armes Mädchen. War er krank?«

Catherine nickte und kramte nach einem Taschentuch. Bridie zog ihr eigenes hervor. Es roch nach Maiglöckchen, Kates Lieblingsblumen, was Catherine noch mehr zum Weinen brachte.

»Vielleicht war es ein Segen für ihn«, tröstete Bridie sie. »Er war bestimmt kein Mensch, der sich gern lange mit Schmerzen herumgequält hätte.«

Catherine war verdutzt. »Nein, war er nicht. Woher weißt du das?«

Bridie zuckte mit den Schultern. »Männer sind die schlimmsten Patienten. Ich habe meinen Vater gepflegt. Es war ein Segen, als er von uns ging – sein Gesicht von den Schmerzen befreit zu sehen, als wäre er wieder ein kleiner Junge, der friedlich schläft.«

Catherine schniefte. »Ich fühle mich schlecht, weil ich ihn nicht mehr gesehen habe. Ich bin letzten Sommer von zu Hause weggezogen und an Weihnachten nicht heimgefahren, obwohl mir meine Tante geschrieben hat, dass er krank ist. Jetzt weiß ich, dass ich es hätte tun sollen.«

»Und wo ist dein Zuhause?«

»Jarrow, Tyneside.«

»Da hast du es«, erklärte Bridie. »Das liegt am anderen Ende des Landes. Er hätte doch sicher nicht erwartet, dass du für einen oder zwei Urlaubstage den weiten Weg auf dich nimmst, oder?«

Catherine zerknüllte den Brief fester. »Meine Mutter schon. Sie sagt, Großvater hätte den Mut verloren, nachdem ich gegangen bin. Er hat nichts mehr gegessen und sich für nichts mehr interessiert, außer wenn ein Brief von mir kam. Sie gibt mir die Schuld daran, dass es mit ihm so schnell bergab ging. Dabei konnte sie ihn zu seinen Lebzeiten nicht ausstehen.«

»Steht das alles in dem Brief?«, fragte Bridie besorgt. »Das ist eine furchtbare Last.«

»Nicht wortwörtlich«, gab Catherine zu, »aber ich kann zwischen den Zeilen lesen.«

»Nun, vielleicht solltest du das nicht tun«, sagte Bridie unverblümt. »Vielleicht will dich deine Mutter damit trösten, dass du deinem Großvater so viel bedeutet hast.«

Darauf war Catherine gar nicht gekommen, und es fiel ihr schwer, das zu glauben.

»Sie möchte, dass ich zur Beerdigung komme, aber das kann ich nicht. Es ist zu teuer, und ich habe zu viel zu tun, um mir freizunehmen. Und was hat er jetzt noch davon? Er ist tot. Es bringt mehr, wenn ich hier unten eine Kerze anzünde und für ihn bete.«

Sie sah Bridie fragend an. Ihre neue Bekannte nickte bestätigend und tätschelte ihr die Hand.

»Natürlich. Ich bin sicher, dass deine Mutter und dein Vater Verständnis dafür haben, wenn du ihnen schreibst und es erklärst.«

Catherine wandte schnell den Blick ab. Die Erwähnung ihres Vaters löste eine plötzliche Unruhe in ihr aus. Doch dann wurde ihr klar, dass sie für diese Fremde eine gewöhnliche, respektable Frau mit einer ganz normalen Familie war. Wie wunderbar, in einem solchen Licht gesehen zu werden. Umso entschlossener war sie, nicht nach Tyneside zu fahren und die alten Wunden der Schande und des Scheiterns wieder aufzureißen.

»Ich werde natürlich Geld schicken«, versicherte Catherine optimistischer, »um die Beerdigungskosten zu decken.«

Bridie nickte und murmelte, das sei großzügig und umsichtig. Catherine spürte eine Welle der Dankbarkeit. Kurze Zeit später verabschiedete sich Bridie und machte sich auf den Weg. Catherine fragte sich, wieso sie dieser nahezu Fremden so schnell alles Mögliche über sich erzählt hatte. Vermutlich lag es daran, dass Bridie McKim offen über ihre eigene Situation gesprochen und sie wie eine seit Langem verschollene Freundin behandelt hatte.

26

Als der Sommer kam, erkundete Catherine an den langen Abenden und schönen Sonntagen die Klippen und die hügelige Landschaft der South Downs. Die Regeln im Arbeitshaus in Hastings waren weniger streng als in Harton oder Tendring, und sie hatte mehr Freizeit. Dennoch versuchte sie, keine Vergleiche zum letzten Sommer zu ziehen, als Lily an ihrer Seite gewesen war, denn sie wollte sich nicht eingestehen, wie sehr ihre frühere Freundin ihr fehlte. Sie fühlte sich schlecht, weil sie Lilys Brief nicht beantwortet hatte, aber jetzt schien es zu spät dafür zu sein.

Entschlossen, nicht in der Vergangenheit zu verharren, nahm Catherine Schwimmunterricht und ging jeden Abend ins Freibad von St. Leonards, wo sie das kühle Wasser nach der Hitze und dem Lärm in der Wäscherei belebte. Bei der Arbeit fiel ihr Bridie McKim mit ihrer Schlagfertigkeit und ihrem ansteckenden Lachen inmitten der anderen Wäscherinnen auf, und sie fragte sich, wie sie die Frau bisher übersehen haben konnte.

Bridie war respektvoll, aber freundlich und erkundigte sich nach ihrer Familie und der Beerdigung. Catherine verschwieg, wie sehr sich Tante Mary darüber aufgeregt hatte, dass Kate die Hälfte des Gelds, das Catherine für die Bestattungskosten geschickt hatte, für Alkohol verprasst hatte. Catherine war verunsichert, was die irische Frau anging, und bereute, dass sie sich ihr so bereitwillig anvertraut hatte. Doch Bridie schien ihr distanziertes Verhalten nichts auszumachen, und sie erheiterte weiterhin ihre Kolleginnen, wenn die Hausvorsteherin außer Hörweite war.

An einem heißen Abend war Catherine erschöpft, aber rastlos und machte einen Spaziergang bei Mondschein. Sie ging den Hügel hinunter, umrundete die gedrungene Burgruine und lief am Eingang der St. Clements Caves vorbei. Sie malte sich gern aus, wie im achtzehnten Jahrhundert Schmuggler in der Dunkelheit ihre Beute durch die engen Gassen der Altstadt zu den feuchten Höhlen geschleppt hatten. An einem Sonntagnachmittag hatte sie einen Sixpence bezahlt, um sie zu besichtigen; es hatte großer Andrang geherrscht. Doch in dieser sternenklaren Nacht hielt sie die Schatten dort für Geister und glaubte, das Scharren ihrer Stiefel zu hören, als der warme Wind geräuschvoll über den Kies strich. Sie folgte der Hauptstraße bergab, vorbei an Fachwerkhäusern und dem holzverkleideten Wirtshaus Bull Inn, atmete den Meeresduft ein und stellte sich vor, sie hätte unten am Ufer ein Stelldichein mit einem verwegenen Schmuggler.

Vom Hafen lief Catherine die Promenade entlang bis ans Ende des Badeorts St. Leonards. Sie zog die Schuhe aus, tapste über den Sand zum Wasser und kühlte ihre Füße im plätschernden Meer. Sie wurde von Gelächter aufgeschreckt und fuhr herum. Zwei Gestalten lagen unterhalb der Promenadenmauer. Im Mondlicht sah sie, wie sie sich aneinanderschmiegten und ein Kichern unterdrückten. Ein paar Meter weiter lag ein weiteres Paar auf dem Kiesstrand und dahinter noch eins. Sie war mitten in eine Gruppe turtelnder Pärchen gestolpert, die sich in der nächtlichen Brise abkühlten.

Plötzlich fühlte sie sich schmerzhaft allein. Niemand legte seine Arme um sie und hielt sie in der Dunkelheit fest, um ihre Schlaflosigkeit zu lindern. Sie dachte an die Männer, die sie geküsst und ihre Hand gehalten hatten, und sehnte sich einen von ihnen herbei. Es war fast ein Jahr her, dass sie auf Mersea Island neben dem sanften Alf im hohen Schilf gelegen hatte. Sie hatte keine Ahnung, wo er jetzt war, aber in diesem Moment wünschte sie sich brennend, er wäre bei ihr.

Catherine schnappte sich ihre Schuhe, verließ eilig den Strand mit seinen Turteltäubchen und floh zurück in ihr gemietetes Zimmer. Sie schlief schlecht, aber am nächsten Tag war sie fest entschlossen, ihre Lebensumstände zu ändern. Hastings war der Ort, an dem sie bleiben wollte, also würde sie sich eine richtige Wohnung suchen und sie mit hübschen Gegenständen füllen. Wenn sie schon keine Gesellschaft hatte, würde sie es zumindest behaglich haben. Sie bekam ein gutes Gehalt und hatte mehr als genug gespart, um eine Monatsmiete Anzahlung zu leisten.

Innerhalb einer Woche hatte Catherine eine hübsche Erdgeschosswohnung in einem großen Haus in der Clifton Road gefunden. Das war ihr persönlicher Rückzugsort; kein Zimmer mit geborgten Möbeln, das sie an die Mietshäuser ihrer Kindheit erinnerte.

Noch in derselben Woche trat sie dem örtlichen Tennisverein bei und trainierte dort mittwochabends und samstagnachmittags. Zu ihrer Überraschung wurde sie schnell besser, und schon bald wurde sie gefragt, ob sie an Doppelspielen teilnehmen wolle. Im Kreis ihrer neu gewonnenen Freunde war sie ungezwungen und gesellig und erzählte ihnen Anekdoten über die Wäscherei und ihre exzentrischen Mitarbeiterinnen. Bei einem gemischten Doppel lernte Catherine einen Versicherungsvertreter namens Maurice kennen.

Er holte sie mit seinem karamellfarbenen Morris Minor ab und nahm sie mit auf Ausflüge in die Umgebung. Sie fuhren nach Brighton und in die Feigengärten von West Tarring; sie picknickten an ruhigen Bächen, wo rotbraune Rinder auf saftigen Weiden grasten. Sie besichtigten das aus Ziegeln erbaute Herstmonceux Castle. Maurice ließ nicht zu, dass Catherine für irgendetwas bezahlte.

»Ich kann es aber«, bot sie an. »Ich verdiene ein gutes Gehalt.«

»Davon will ich nichts hören«, erklärte Maurice. »Du bist ein außergewöhnliches Mädchen. Schön, talentiert und reich – genau die Art Erbin, nach der ich suche«, scherzte er.

Catherine lachte, betört von seinen Schmeicheleien.

Maurice ging nicht gern spazieren, sondern zog es vor, in seinem kostbaren Gefährt durch die Gegend zu kurven, aber er leistete ihr gute Gesellschaft, und sie überließ ihm die Entscheidung, wohin sie fuhren. Je länger der Sommer andauerte, desto häufiger sprach er davon, was sie nach der Tennissaison unternehmen könnten, als wäre es selbstverständlich, dass sie sich weiterhin treffen würden. Catherine tat alles, um ihm zu gefallen, schloss auf seine Empfehlung hin sogar eine Lebensversicherung ab. Nur zu einer Sache war sie nicht bereit.

»Komm schon, Catherine«, drängte Maurice nach einem Picknick, als sie sich am Rand eines reifen Maisfelds küssten, »ein bisschen mehr – nur für mich.« Er ließ eine Hand in ihre offene Bluse gleiten und küsste ihr Dekolleté.

Bei seiner flinken Berührung verspürte sie das vertraute Herzklopfen. »Nein, Maurice.« Sie schob seinen Kopf sanft beiseite. »Ich habe dir doch gesagt, nicht das.«

»Komm schon«, rief er lachend, »du musst deinem Priester nicht alles erzählen. Du bist eine erwachsene Frau. Ich höre, dass dir das Herz bis zum Hals schlägt, mein Schatz. Ich weiß, dass du es willst.«

Er fuhr mit einem Finger ihr bestrumpftes Bein hinauf und drückte ihren Schenkel, beugte sich wieder vor und küsste sie auf die Lippen. Catherine spürte, wie ihre Entschlossenheit ins Wanken geriet. Er erregte sie, und ein Teil von ihr sehnte sich danach, dem süßen Verlangen nachzugeben, das in ihr aufstieg. Aber jedes Mal, wenn sie an diesen Punkt gelangte, drängte sich ihr das Bild von Kate in den Kopf, wie sie mit ihrem unbekannten Vater verkehrte. Es bereitete ihr Unbehagen und Angst. Niemals durfte sie einen solch dummen, verhängnisvollen Fehler begehen.

Sie stieß Maurice von sich und setzte sich auf. »Nein! Ich will nicht – und ich muss dem Priester bei der Beichte sehr wohl alles erzählen.«

Seine braunen Augen blickten sie flehentlich an. »Du liebst mich nicht so, wie ich dich liebe.«

»Doch, das tue ich«, protestierte Catherine verwirrt.

»Ich bin verrückt nach dir, Mädchen«, sagte Maurice, nahm ihr Gesicht in die Hände und bedeckte es mit Küssen, zart wie Schmetterlinge. »Wenn ich dir wirklich etwas bedeute, dann zeigst du es mir, indem du mich liebst. Das ist alles, was wir tun würden, Schatz, uns körperlich lieben. Ich passe auf. Ich bin vorbereitet.«

Catherine war alarmiert. Was meinte er mit »vorbereitet«? Er musste eine Art Verhütungsmittel haben. Aber das war ebenfalls verboten und dem Priester zufolge eine Sünde, die mit Mord vergleichbar war.

»Hör auf damit.« Sie stieß ihn wieder weg und stand auf. »Bring mich bitte nach Hause.« Sie fand es schrecklich, wie ein weinerliches Kind zu klingen.

Er sah sie plötzlich verärgert an. »Du weißt nicht, was du verpasst, Mädchen. Du und deine verstaubte Religion – sie hält dich davon ab, glücklich zu sein. All diese Schuldgefühle und kein Spaß. Also, das ist nichts für mich.«

»Sprich nicht so über meine Religion. Wir Katholiken können genauso viel Spaß haben wie ihr Protestanten – vielleicht sogar mehr«, antwortete sie gereizt. »Aber ich setze nicht mein Seelenheil aufs Spiel, nur um dir ein paar Minuten Befriedigung zu verschaffen.«

»Glaubst du, das ist alles, worum es geht – um meine Befriedigung?«, fragte Maurice mit verletztem Blick.

»Das tut es doch, oder?«

»Natürlich nicht. Ich liebe dich. Das habe ich dir oft genug gesagt, nicht wahr?«

Catherine sah ihn hilflos an. »Wenn du mich wirklich liebst«, sagte sie leise, »drängst du mich nicht dazu, mit dir zu schlafen – nicht bevor ich es will, nicht vor der ...« Sie brach verlegen ab.

»Der was?«, fragte Maurice.

»Der Ehe«, flüsterte Catherine heiser.

Er starrte sie an, dann lachte er kurz auf. »Ach, die Ehe.« Er sagte es, als wäre es bedeutungslos. »Was für ein altmodisches Mädchen du doch bist – trotz allem.«

Catherine errötete. »Was meinst du mit ›trotz allem‹?«

Maurice stand auf und zupfte seine Kleidung zurecht, richtete seine Krawatte. »Ich hatte im Verein den Eindruck, dass du ... na ja, du weißt schon – ein Mädchen bist, das sich gern amüsiert.«

»Das bin ich«, stotterte Catherine.

Er schaute sie an. »Nein, ich meine modern. Verfügbar.« Er betonte das Wort. »Das dachten übrigens alle Jungs im Verein. Du solltest nicht solche Signale aussenden, wenn du es nicht wirklich willst, Catherine. Das kann dich in ernsthafte Schwierigkeiten bringen. Wenn ich nicht so ein Gentleman wäre ...«

Sie starrte ihn sprachlos an.

»Egal«, sagte er brüsk. »Steig ins Auto, ich bringe dich nach Hause.«

Mit Tränen in den Augen raffte sie die Reste des Picknicks zusammen. Was hatte sie getan, um im Tennisverein einen solchen Ruf zu erlangen? Sie hatte nie jemandem schöne Augen gemacht. Gerade Maurice musste wissen, wie züchtig sie war. Es war so ungerecht! Sie schluckte Tränen der Wut und der Kränkung hinunter, während sie mit zitternden Händen versuchte, den Picknickkorb zu schließen. Vor Aufregung bekam sie kein Wort heraus, als Maurice den Wagen anließ und zurück nach Hastings fuhr. Sie fühlte sich elend, weil sie wusste, dass ihre kurze Sommerliebe vorbei war.

Als das Auto vor ihrem Haus hielt, beugte sich Maurice vor, und einen Moment lang dachte Catherine, er würde sie küssen.

»Mach besser die Knöpfe zu«, sagte er mit einem Blick auf ihre Bluse, als er die Beifahrertür öffnete. Während sie mit den Knöpfen hantierte, trommelte er mit den Fingern auf dem Lenkrad herum und pfiff eine Melodie.

Sie stieg aus und knallte die Tür zu, das gemurmelte »Dankeschön« blieb ihr im Hals stecken. Das Auto brauste davon, und sie starrte ihm wie betäubt hinterher. Erst später, als sie sich vollständig bekleidet in das große Bett in der Ecke ihres geräumigen Wohnzimmers fallen ließ, fiel ihr ein, dass sie ihren Picknickkorb auf der Rückbank vergessen hatte.

Sie würde ihn nicht zurückverlangen. Die Vorstellung, Maurice jemals wiederzusehen, war ihr zuwider. Sie fühlte sich dumm und fragte sich, was er über sie erzählen würde. Vielleicht würde er so tun, als hätten sie miteinander geschlafen, um das Gesicht zu wahren, und ihr Ansehen weiter schädigen. Sie vergrub ihr glühendes Gesicht im Kissen, voller Qual darüber, wie die Männer im Tennisverein über sie redeten. Nur weil sie ihr eigenes Geld verdiente, eine Wohnung hatte und von keinem Mann abhängig war, schätzten sie sie falsch ein. Dachten ihre Freundinnen auch so? Tratschten sie hinter ihrem Rücken über sie und waren eifersüchtig darauf, dass sie mit vierundzwanzig schon so selbstbestimmt lebte?

Catherine weinte die ganze Nacht hindurch und fragte sich, warum sie solche Männer anzog – verheiratete oder verlogene, bedürftige Männer. Irgendetwas schien mit ihr nicht zu stimmen. Sie musste schuld sein – oder warum passierte ihr das immer wieder? Sie hieb mit den Fäusten auf sich ein und bohrte die Fingernägel in ihr Fleisch. Wie hassenswert sie war. Ein Bastard durch und durch. Sie würde nie mit einem Mann glücklich werden, denn jeder würde sie durchschauen. Sie konnte noch so vornehm sprechen und noch so feine Manieren an den Tag legen, sie würden immer herausfinden, dass dahinter die ordinäre Kitty aus den New Buildings lauerte, Kates schändliche Tochter. Kate! Catherine schluchzte vor Verzweiflung. Alles führte immer zu Kate zurück.

In den frühen Morgenstunden wurde sie von Bauchkrämpfen geplagt. Sie krümmte sich vor Schmerzen und konnte sich nicht bewegen. Am nächsten Morgen setzte ihre Periode ein. Sie verpasste die Messe, lag von der Außenwelt abgeschottet zusammengerollt im Bett und lauschte den Geräuschen draußen: ferne Kirchenglocken, eine singende Kinderstimme, Schritte auf dem Gehsteig.

Sie döste und träumte, sie wäre wieder in Jarrow und läge krank im Bett. Der

Vorhang hob sich im Wind, und sie hörte die Kinder in der Gasse bei einem Hüpfspiel singen. Sie riefen ihren Namen, aber sie konnte sich nicht bewegen. Kate sagte, sie solle aufstehen und sich zu ihnen gesellen, aber sie war an die kratzige Matratze gefesselt, und als sie versuchte, etwas zu erwidern, versagte ihre Stimme.

»Miss McMullen? Catherine!«

Eine Stimme weckte sie. Für einen konfusen Augenblick dachte sie, es sei Großmutter Rose, dann überrollte der Schmerz der Erinnerung sie mit neuer Kraft. Sie legte sich zurück und regte sich nicht. Die Besucherin würde bald wieder verschwinden. Doch wer auch immer es war, klopfte noch lauter an die Tür.

»Catherine! Bist du da drin?«

Eine Nachbarin aus der Wohnung im oberen Stock rief: »Was wollen Sie?«

»Ich suche meine Freundin. Tut mir leid, dass ich störe. Aber wissen Sie, ob Catherine McMullen zu Hause ist? Sie war heute Morgen nicht in der Kirche, und ich habe mir Sorgen gemacht, dass ihr etwas fehlt.«

Es war Bridie McKim.

»Ich habe sie heute noch nicht gesehen. Sie ist gestern Nachmittag von einem Auto abgesetzt worden. Vielleicht hat sie nur einen Tag frei. Die Vorhänge sind noch zugezogen.«

»Das sehe ich. Haben Sie einen Schlüssel zu ihrer Wohnung?«, fragte Bridie. »Vielleicht ist sie ohnmächtig geworden und liegt da drin.«

Catherine setzte sich entrüstet auf. Was ging es die beiden an, ob sie den Gottesdienst versäumte oder sich einen Tag freinahm? Sie würde im Bett liegen bleiben und sterben, wenn sie es wollte, ohne dass sie sich einmischten. Die Nachbarin antwortete, sie habe keinen Schlüssel, aber sie könnten versuchen, die Tür aufzubrechen. Catherine kämpfte sich aus dem Bett, immer noch in den Kleidern vom Vortag, und zog hastig die Bettdecke zurecht.

Aber Bridie sagte der Frau, das sei nicht nötig.

»Nein, nein, ich mache mich auf den Weg. Wenn Sie sie sehen, richten Sie ihr bitte aus, dass Bridie McKim hier war. Falls sie etwas braucht, soll sie mich einfach benachrichtigen.«

Catherine stand mit angehaltenem Atem auf der anderen Seite der Tür und hörte, wie Bridie über den Flur davonging und die Haustür schloss. Auf ihre Erleichterung folgte schnell Bedauern. Wie nett von der Frau, dass sie ihre Abwesenheit in St. Mary Star of the Sea bemerkt und sich die Mühe gemacht hatte, vorbeizukommen. Tränen brannten in ihren müden Augen. Niemand sonst in Hastings hätte sich solche Umstände gemacht.

Catherine eilte zu dem großen Erkerfenster und zog den Vorhang zurück. Sie klopfte fest an die Scheibe.

»Warte, Bridie!«, rief sie. Die Besucherin blickte sich um, und ein breites Lächeln erschien auf ihrem Gesicht. Catherine bedeutete ihr, zurückzukommen, und sie winkte zur Bestätigung.

»Ich habe geschlafen«, erklärte Catherine verlegen, als sie die Tür öffnete.

»Armes Mädchen«, sagte Bridie besorgt, »du siehst schrecklich aus – und ich habe dich mit meinem Gezeter geweckt. Ich komme später wieder.«

»Nein, bleib«, sagte Catherine bestimmt. Sie war ihrer eigenen Gesellschaft überdrüssig und ertrug den Gedanken nicht, noch länger allein zu sein. »Bitte komm rein. Ich setze den Kessel auf.«

»Nichts da«, sagte Bridie. »Du ruhst dich aus und lässt mich das machen.«

Zu ihrer eigenen Verblüffung tat Catherine ergeben, was ihr gesagt wurde. Bridie zog die Vorhänge auf, sodass die Sonne hereinfiel, dann eilte sie in die kleine Küche und kochte Tee, während sich Catherine auf einen großen Sessel fallen ließ.

»Die Tassen stehen im Schrank über dem Spülbecken«, rief Catherine.

»Rühr dich nicht vom Fleck, ich finde sie schon«, rief Bridie zurück und summte, während sie sich an die Arbeit machte.

Catherine spürte eine überwältigende Erleichterung, während sie einfach nur dasaß und zusah, wie die rothaarige Frau in der Wohnung umherlief und das Kommando übernahm. Sie empfand dieselbe behagliche Zufriedenheit wie in ihrer frühesten Kindheit, als sie zwischen den Knien ihrer Großmutter Rose gesessen hatte, um sich von ihr die Haare bürsten zu lassen, während Kate das Brot aus dem Ofen geholt und aus voller Kehle gesungen hatte.

In dieser Welt der Frauen hatte sie sich wohl und geborgen gefühlt. Nie wieder war sie von solcher Wärme und Zufriedenheit umhüllt gewesen wie in jenen ersten Tagen, als sie Rose für ihre Mutter und Kate nur für ihre ungestüme ältere Schwester gehalten hatte.

Sie brauchte keine Männer. Die Erkenntnis traf Catherine wie ein Blitz. Wenn Männer so wenig von ihr hielten, konnte sie auch ohne sie auskommen. Solange es Frauen wie Bridie gab, die ihr wahre Freundschaft entgegenbrachten, war sie zufrieden.

»Hier, trink das.« Bridie reichte ihr eine dampfende Tasse Tee. »Und dann erzählst du deiner Tante Bridie all deine Sorgen.«

Catherine nahm die Tasse und lächelte dankbar.

27

Catherine und Bridie wurden dicke Freundinnen. In jenem Herbst verbrachten sie ihre Freizeit zusammen, schlenderten wie Schulkameradinnen Arm in Arm die Promenade entlang oder gingen ins Kino. Bridie lachte gern über Charlie Chaplin, Catherine mochte lieber die glamouröse Mary Pickford.

»Ich verstehe nicht, was an einem armen Mann, der vom Pech verfolgt ist, so lustig sein soll«, beschwerte sich Catherine. »Ich möchte eine Geschichte mit Happy End.«

Bridie lachte. »Eine kleine Romantikerin bist du. Wir sehen uns an, was du willst. Wenn ich an Weihnachten nach Hause fahre, nehme ich Maisie mit ins Kino. Sie liebt ulkige Männer.«

Maisie war Bridies zwölfjährige Tochter, die in der Obhut ihrer Familie in Irland geblieben war, während Bridie in England Arbeit suchte. Sie sprach oft von dem Tag, an dem sie genug Geld gespart hätte, um ihre Tochter nachzuholen. Catherine war jetzt schon traurig bei dem Gedanken, Weihnachten nicht mit ihrer neuen Freundin verbringen zu können.

»Wir werden uns beide Filme ansehen«, erklärte Catherine, »Chaplin in der Frühvorstellung und Pickford am Abend, nur für den Fall, dass du in Irland keine Gelegenheit dazu bekommst.«

Bridie klatschte begeistert in die Hände. »Was für ein aufmerksames Mädchen du doch bist.« Sie sah sie liebevoll an. »Ich wünschte, du wärst meine Tochter.«

»Und was ist mit Maisie?« Catherine errötete.

Bridie seufzte. »Ach, Maisie. Sie ist ein liebes Kind, aber ... sie ist nicht besonders helle, falls du verstehst, was ich meine.«

Catherine wollte sie nicht weiter bedrängen. Es genügte, dass Bridie sich ihr anvertraute, denn mit Ausnahme der mütterlichen Hausvorsteherin Mrs Townsend wusste niemand in der Wäscherei, dass Bridie eine Tochter hatte. Nun hatte Catherine wieder eine Vertraute, jemanden, der Lilys Platz einnahm. Aber Bridie war weltgewandter, und Catherine konnte mit ihr über alles reden und sich ihrer Anteilnahme sicher sein. Sie erzählte ihr von den katastrophalen Liebesaffären mit Frank und Gerald in Tyneside und Maurice in Hastings und von ihrem Bedauern, dass aus ihrer Freundschaft mit Alf in Essex nichts geworden war. Das einzige Thema, über das sie nicht sprechen wollte, war Kate, und Bridie drängte sie nicht.

Ihre Freundin half ihr, Möbel für ihre Wohnung auszusuchen, und gemeinsam sahen sie sich in Secondhand-Läden und bei öffentlichen Versteigerungen nach Schnäppchen um. Catherine kaufte einen antiken Tisch und Stühle aus Nussbaumholz für das Erkerfenster, Teller mit chinesischem Weidenmuster, edle Feuereisen aus Messing und ein Regal mit Vitrinentür für ihre wachsende Büchersammlung. Lieber ließ sie Mahlzeiten ausfallen und sparte beim Essen, um sich luxuriöse Gegenstände für ihre Wohnung leisten zu können. Dennoch ging sie sorgsam mit ihrem Geld um, legte jeden Monat die Hälfte ihres Gehalts zur Seite und wählte ihre Anschaffungen nach reiflicher Überlegung aus.

»Du hast den Geschmack einer echten Lady«, sagte Bridie bewundernd. »Bist du sicher, dass du nicht die Tochter des Duke of Northumberland bist?« Catherine wusste, dass es nur ein Scherz war, aber bei mehreren Gelegenheiten platzte sie fast damit heraus, dass sie tatsächlich die Tochter eines Adligen war.

Als Weihnachten näher rückte, wurde Catherine immer bedrückter.

»Warum fährst du nicht zu deinen Eltern?«, schlug Bridie vor. »Erwarten sie dich nicht? Wann hast du sie das letzte Mal gesehen?«

»Vor eineinhalb Jahren«, antwortete Catherine schuldbewusst.

»Dann fahr nach Hause und mach dir eine schöne Zeit. Du bist zu jung, um die Feiertage allein zu verbringen.«

»Die Townsends haben mich liebenswürdigerweise zum Weihnachtsessen eingeladen«, sagte Catherine und versuchte, Begeisterung vorzutäuschen.

»Sie sind älter als ich«, protestierte Bridie. »Nein, du fährst zu deinen irischen Cousins in den Norden. Ich wette, die wissen, wie man feiert.«

Catherines Gesichtsausdruck musste ihre Angst verraten haben. Bridie setzte sich neben sie auf die Bank im Erkerfenster. Draußen peitschte der Wind gegen die Bäume und zerrte an den Hüten der Passanten.

»Was ist los? Habe ich etwas Falsches gesagt?«

Catherine schüttelte den Kopf, dann brach sie unvermittelt in Tränen aus. Bridie zog sie in ihre Arme und streichelte ihr tröstend übers Haar.

»Ist ja gut, ist ja gut«, raunte sie, »wein dich ruhig aus. Sag Tante Bridie, was dich bedrückt.«

Zögernd begann Catherine, ihrer Freundin von Kate zu berichten und von der Schmach, keinen Vater zu haben, die wie eine schwarze Wolke über ihr hing. Sie erzählte ihr von Kates zerstörerischem Alkoholkonsum und von der Angst, in einem streitlustigen Haushalt aufzuwachsen, in dem die Stimmung blitzschnell umschlagen konnte und wo Prügel so üblich waren wie Regentage.

»Mein Stiefvater Davie ist recht nett«, räumte Catherine ein, »aber er ist schwach – er kann Kate nichts abschlagen. Wenn er mit etwas Geld in der Tasche von der See zurückkommt, trinken sie tagelang.« Sie sah Bridie an und hoffte, dass sie es verstehen würde. »Du kannst dir nicht vorstellen, wie es war, dort aufzuwachsen. Ich dachte, ich hätte eine richtige Mama und einen richtigen Papa und drei große Schwestern und einen Bruder. Eines Tages fingen die Nachbarskinder an, mich zu schikanieren und herumzuschubsen. Ich habe sie zurückgeschubst. Da haben sie es gesagt.« Catherine schluckte ihre Tränen hinunter. »›Du hast keinen Papa, du hast keinen Papa‹, immer und immer wieder, als wäre es ein Hüpflied. Sie wussten es alle, nur ich nicht. Sie haben gesagt, dass Kate meine Mutter ist. ›Du hast keinen Papa und deine Mama ist eine Säuferin.‹«

Tränen rannen ihr übers Gesicht, während sie sich an den Vorfall erinnerte.

»Ich bin durch den Hof zurückgerannt, um dem schrecklichen Singsang zu entkommen, und als ich zum Haus blickte, stand Kate am Fenster und starrte mich an. Ich war erst sieben, aber ich wusste sofort, dass die Kinder die Wahrheit gesagt hatten.« Catherine kniff die Augen zusammen. »Kate hatte alles mitangehört. Aber sie hat gelächelt. Sie stand da und lächelte. Es war der schlimmste Moment meines Lebens, aber die dumme Frau lächelte, als sollte ich mich über diese Nachricht freuen.« Catherine erschauderte. »Ich werde ihr dieses Lächeln nie verzeihen – nie.«

»Ganz ruhig, ganz ruhig«, tröstete Bridie sie und wiegte sie in den Armen, »mein armes, liebes Mädchen.«

»Jahrelang konnte ich den Gedanken nicht ertragen, dass sie meine Mutter ist –

ich nenne sie immer noch Kate, als wäre sie meine Schwester.« Catherine sah ihre Freundin unglücklich an. »Ich kann nicht heimfahren. Das verstehst du doch, oder?«

»Natürlich tue ich das. Was für eine furchtbare Last auf deinen jungen Schultern.«

»Ich fange gerade erst an, das alles hinter mir zu lassen«, fuhr Catherine fort. »Seit ich dich getroffen habe, habe ich diesen grauenhaften Albtraum nicht mehr – ich werde von einem Mann in einer schwarzen Robe verfolgt und kann nicht weglaufen, ich bin an etwas gefesselt, und Kate steht in der Ferne und schaut zu, aber sie lacht, weil sie denkt, dass alles nur ein Witz ist.«

Catherine nahm das Taschentuch, das Bridie ihr reichte. »Danke. Du scheinst mir immer die Tränen zu trocknen.« Sie versuchte zu lächeln. »Du bist eine großartige Freundin, Bridie. Mehr als das. Du bist Freundin und Mutter in einem – eine echte Mutter, die mich immer gernhat und nicht nur, wenn ich mich mit einem Krug Whiskey den Hügel hinaufgekämpft habe.«

»Das liegt daran, dass ich dich wirklich gernhabe«, sagte Bridie. »Aber zu einem Schluck Sherry würde ich trotzdem nicht Nein sagen. Ich glaube, wir brauchen beide einen. Du bleibst hier sitzen, und ich hole zwei Gläser.«

Sie schürten das Feuer, und Bridie setzte sich zu Catherines Füßen, während sie Sherry tranken und die Mince Pies aßen, die Bridie mitgebracht hatte. Später legten sie Kastanien in die Glut und verzehrten sie dampfend heiß. Von Kate oder der Heimreise nach Jarrow sprachen sie nicht mehr, und als sich Bridie auf den Weg machte, war Catherine erleichtert, dass ihre Freundin nun über ihre wahre Situation Bescheid wusste. Zwischen ihnen würde es keine Geheimnisse mehr geben.

»Du wirst mir fehlen«, sagte Catherine und umarmte sie innig. »Komm bald zurück, ja?«

»Wie ein falscher Fuffziger«, schmunzelte Bridie und küsste sie auf die Stirn. »Ich lasse dich nur ungern allein – erst recht nicht jetzt, wo ich weiß, was du durchgemacht hast. Wenn es Maisie nicht gäbe ...«

»Ich weiß«, beruhigte Catherine sie schnell. »Du musst mir nichts erklären. Du tust das, was eine Mutter tun sollte – du stellst deine Tochter an erste Stelle. Ich bewundere dich dafür. Ich wünschte, du wärst meine.«

Bridie berührte ihre Wange. »Das bin ich.«

Nachdem sie fort war, ging Catherine zurück zum Feuer und starrte in das flackernde Licht. Sie war schläfrig und zufrieden. Dieser elegante Raum, der mit den langen Samtvorhängen und dem gelben Schein der großen Leselampe gemütlich wirkte, war ihr Zuhause. Nur ihres. Eines Tages würde sie vielleicht jemanden haben, mit dem sie es teilen könnte.

Bridie reiste Mitte Dezember nach Irland. Sie schickte Catherine eine Postkarte, auf der ein Mann mit einem Esel abgebildet war. »Das ist das örtliche Taxi!«, schrieb sie. Sonst berichtete sie nichts, aber sie hatte ihre Adresse hinzugefügt.

Catherine schrieb ihr einen langen Brief mit ausführlichen Beschreibungen der winterlichen Landschaft und Neuigkeiten aus der Wäscherei. Am ersten Weihnachtstag besuchte sie die Messe in der eleganten viktorianischen Kirche in der Altstadt, deren Fassade Kieselsteine schmückten. Während Catherine die Gewölbedecke betrachtete, ließ sie ihre Gedanken schweifen. Ob Bridie zur selben Zeit in der Kirche war und der Muttergottes dafür dankte, dass sie sich gefunden hatten?

Das Vorsteherpaar des Arbeitshauses tischte ein reichhaltiges Weihnachtsessen für sie auf. Es gab Truthahn und Gemüse und als Nachspeise Plumpudding mit Vanillesoße. Mrs Townsend schien zu bedauern, dass Catherine allein war, und hatte sogar ein Geschenk für sie.

»Ein blauer Schal und passende Handschuhe – genau in Ihrer Farbe, meine Liebe«, erklärte Mrs Townsend lächelnd. »Schade, dass Sie Weihnachten nicht zu Hause verbringen können. Vielleicht kann Ihre Mutter Sie besuchen, wenn das Wetter schöner wird?«

Die Frau meinte es gut, aber Catherine graute es davor, welches Unheil Kate im vornehmen Hastings anrichten könnte.

Sie eilte nach Hause und schrieb einen herzlichen Brief an Bridie. Die Hausvorsteherin war sehr freundlich gewesen, aber ihr fehlte in dieser Zeit eine echte Freundin, mit der sie lachen und der sie Geheimnisse anvertrauen konnte. In einem Anflug von Überschwang fügte Catherine voreilig hinzu:

Der Gedanke, dass Du in Deine kleine Kammer in der Wäscherei zurückkehrst, während ich in einem solchen Palast lebe, ist mir zuwider! Warum ziehst Du nicht bei mir ein? Ich habe genug Platz, und Du kannst einen kleinen Beitrag zur Miete leisten, wenn Du möchtest. Das können wir später klären. Ich tue das nicht aus Mildtätigkeit, also komm gar nicht erst auf diese Idee. Ich frage deshalb, weil es hier einsam ist ohne Dich. Deine lange Abwesenheit hat mir gezeigt, wie sehr mir Deine Gesellschaft fehlt. Wir sind Seelenverwandte. Ich habe noch nie eine Frau so geliebt wie Dich, Bridie, außer vielleicht Großmutter Rose! Schreib mir schnell zurück und sag mir, was Du denkst. Oder noch besser – komm zurück. Ich kann es kaum erwarten, Dich zu sehen und fest an mich zu drücken.

In Liebe,
Catherine

Sie lief zum Briefkasten, bevor sie ihre Meinung ändern konnte. Die Luft war schneidend, kribbelte ihr in der Nase und verursachte ihr Kopfschmerzen. Als sie zurück nach Hause kam, bekam sie starkes Nasenbluten, und sie kroch ins Bett, fühlte sich plötzlich niedergeschlagen. Wenn Bridie bei ihr wohnen würde, gäbe es jemanden, der sich um sie kümmerte, wenn diese Blutungen auftraten. Wie sehr sie sich danach sehnte, jemanden zu haben, der für sie sorgte. Ihr ganzes Leben lang hatten die Leute von ihr erwartet, dass sie stark war und auf Abruf zur Verfügung stand.

Catherine blieb am zweiten Weihnachtsfeiertag zu Hause und schleppte sich am folgenden Tag zur Arbeit. Sie fühlte sich müde und lustlos.

»Geht es Ihnen nicht gut?«, fragte die Hausvorsteherin besorgt.

Catherine stritt es ab. Sie konnte ihr schlecht sagen, dass sie ihre Freundin in Irland vermisste.

Ein paar Tage später kam ein Brief von Bridie. Maisie war krank, und ihre Rückkehr verzögerte sich. Catherine machte sich Sorgen. Was, wenn sie beschloss, nicht zurückzukommen? Oder wenn sie zurückkehrte, aber Maisie mitbrachte? Für drei Personen war in der Wohnung fast kein Platz. Als sie das Angebot gemacht hatte, war ihr nicht in den Sinn gekommen, dass Bridies einfältige Tochter möglicherweise auch untergebracht werden müsste. Letztlich beschloss Catherine, dass sie bereit wäre, auch Maisie aufzunehmen, wenn damit sichergestellt war, dass Bridie zurückkam.

Mitte Januar stapfte Catherine nach einem langen Tag in der Wäscherei im Dunkeln nach Hause, die Bürgersteige waren vereist und tückisch. Als sie von dem rutschigen Weg vor ihrem Haus aufblickte, sah sie zwischen den Vorhängen in ihrem Wohnzimmer einen Lichtstreifen. Einen Moment fragte sie sich, ob sie den ganzen Tag das Licht hatte brennen lassen. Ihr Herz setzte einen Schlag aus.

Als sie mit ihrem Schlüssel im Schloss hantierte, öffnete sich wie von Geisterhand die Tür. Bridie stand da, mit einem vom Feuer geröteten Lächeln im Gesicht.

»Ich habe den Ersatzschlüssel unter dem Blumentopf benutzt«, erklärte sie verschmitzt. »Das Abendessen ist fast fertig. Würstchen mit Kartoffeln. Du wirkst durchgefroren. Komm rein, komm rein.« Bridie streckte ihr die Arme entgegen.

Catherine umarmte sie freudestrahlend.

»Du bist zurück! Hast du meinen Brief bekommen?«

»Ja, habe ich«, lachte Bridie. »Was glaubst du, warum ich hier bin, mein liebes Mädchen?«

»Du bleibst also?«, fragte Catherine, als ihre Freundin ihr aus dem Mantel half und ihn an die Rückseite der Tür hängte.

»So lange du willst«, versprach Bridie. »Von jetzt an kümmere ich mich um dich.«

28

Catherine war noch nie so glücklich wie in den Frühlingsmonaten des Jahres 1931. Tagsüber arbeitete sie unermüdlich und erntete für ihre Sorgfalt die Anerkennung und Bewunderung der Hausvorsteherin. An den länger werdenden Abenden spazierte sie mit Bridie zum Ende des Piers und betrachtete die Fischerboote, oder sie blieben in der Wohnung, lauschten ihrem neuen Radio und kochten.

Diese entspannten Momente der Zweisamkeit machten Catherine rundum glücklich. Sie erinnerten sie an die seltenen Abende ihrer Kindheit, an denen es in der Küche in der William Black Street harmonisch zugegangen war und sie auf der warmen Kaminbank gesessen und gelesen hatte. Rose hatte gestopft, John gedöst, und Kate hatte ihr das letzte Stück Teig gegeben, damit sie es nach Belieben formen konnte.

Aber mit Bridie endete der Abend nie mit einem Wutanfall oder einem Meer aus Tränen. Sie lachten viel, tratschten über das Wäschereipersonal und sangen zum Radio mit. Nachts teilten sie sich wie Familienmitglieder das große Bett in der Ecke. Bridie kuschelte sich an ihren Rücken und gab ihr das gleiche Gefühl der Sicherheit und Geborgenheit wie Kate früher, wenn sie nicht nach Whiskey gerochen hatte.

Als es Sommer wurde, nahm Catherine ihre Freundin mit in den Tennisverein und bezahlte den Unterricht, überhörte Bridies Proteste, sie sei zu alt. An den meisten Wochenenden gingen sie dorthin und mischten sich unter die Leute. Die beiden Frauen waren mit ihrem Gesangsrepertoire und ihrer Fröhlichkeit sehr beliebt. Catherine behandelte Maurice und die anderen Männer mit unbekümmerter Freundlichkeit, als wäre sie im vorigen Sommer nie mit ihm ausgegangen, und hielt sie alle auf Abstand. Mit Bridie im Schlepptau unterband sie jedes Gerücht, dass sie für Männer leicht zu haben war. Denn Catherine sehnte sich in erster Linie danach, von ihren neuen Freunden aus der Mittelschicht akzeptiert und geschätzt zu werden.

In ihrer Wohnung musste sie sich nicht verstellen; Bridie kannte sie genau und akzeptierte alles an ihr. Catherine sonnte sich in ihrer Warmherzigkeit und Aufmerksamkeit. Selbst ein unangenehmes Gespräch mit Mrs Townsend konnte ihre gute Laune nicht trüben.

»Ich bin mir nicht sicher, ob es ratsam ist, Mrs McKim als Untermieterin aufzunehmen«, warnte die Hausvorsteherin.

»Sie ist nicht meine Untermieterin, sondern meine Freundin«, antwortete Catherine überrascht.

»Aber die Wohnung ist zu klein, um sie mit jemandem zu teilen, der – nun ja – nicht zur Familie gehört.«

Catherine wurde stutzig. »Sie ist groß genug, und sie hat dort wesentlich mehr Platz als im Personalwohnheim. Außerdem leistet sie mir gute Gesellschaft.«

Mrs Townsend musterte sie. »Sie sind eine großzügige junge Frau. Ich möchte nur nicht, dass jemand Ihre Gutmütigkeit ausnutzt.«

Catherine lachte. »Bridie ist nicht so. Sie würde ihr letztes Hemd für mich hergeben. Wirklich, Mrs Townsend, es besteht kein Grund zur Sorge.«

Danach verdrängte Catherine die verwirrenden Bemerkungen der Hausvorsteherin und erzählte ihrer Freundin nichts davon, um sie nicht zu kränken. Im Laufe des Sommers traf Bridie Vorbereitungen, um Maisie wieder in Irland zu besuchen.

»Ich könnte dich begleiten«, schlug Catherine vor. »Ich wollte schon immer in das Land reisen, von dem Großvater sein ganzes Leben geschwärmt hat.«

Aber Bridie wich aus. »Ja, das wäre schön, aber besser ein andermal. Ich werde nicht lange weg sein, und es ist eine weite Reise. Außerdem hätten wir keine Zeit, uns die Sehenswürdigkeiten anzuschauen – wir werden viele Besuche machen.«

Catherine war enttäuscht und fragte sich, ob sich Bridie für ihre Herkunft schämte.

»Ich bin ein volles Haus gewöhnt. Für mich muss es nicht das Ritz sein.«

Aber Bridie blieb stur. »Maisie kann ziemlich anstrengend sein – sie fordert ständig meine Aufmerksamkeit. Für dich wäre es kein richtiger Urlaub.«

Catherine stürmte aus der Wohnung und machte einen langen Spaziergang, verletzt und verunsichert darüber, dass ihre Freundin sie nicht mitnehmen wollte. Ihr war egal, ob Maisie geistig nicht auf der Höhe war oder einen Wutanfall bekam; auf den Stationen von Harton hatte sie weitaus Schlimmeres erlebt.

Als sie zurückkam, war es schon dunkel. Bridie hielt auf der Straße zitternd nach ihr Ausschau, und Catherine fühlte sich schuldig.

»Komm rein, mein liebes Mädchen«, ermunterte Bridie sie, »ich habe mir solche Sorgen um dich gemacht.«

»Es tut mir leid«, sagte Catherine. Ihr Ärger war verflogen.

»Mir noch mehr.«

Bridie bemühte sich um sie und schenkte ihr warmen Tee ein. Nachdem sie sich versöhnt hatten, machte die ältere Frau einen Vorschlag.

»Warum fährst du nicht nach Jarrow, während ich weg bin?«

Catherine starrte sie ungläubig an.

»Ich weiß, wie du dich fühlst«, fuhr Bridie schnell fort, »aber du kannst deiner Mutter nicht für immer aus dem Weg gehen.«

»Warum nicht?«, entgegnete Catherine ungehalten.

»Weil es nicht richtig wäre. Auch wenn sie ihre Fehler hat, ist sie nicht an allem schuld. Sie hat dich nie im Stich gelassen – so wie dein Vater. Sie hat immer für dich gesorgt, nicht wahr? Du hast mir selbst erzählt, dass Kate ihre angenehme Arbeit in der Bäckerei aufgegeben hat, um sich zu Hause um deine Großmutter und dich zu kümmern. Ist es nicht an der Zeit, dass du sie besuchst?«

»Aber ich hasse Jarrow«, sagte Catherine panisch.

»Du musst ja nicht lange bleiben«, meinte Bridie, »nur ein paar Tage. Vielleicht ist es nicht so schlimm, wie du es in Erinnerung hast.«

»Doch, das ist es.«

»Was ist mit deinen anderen Verwandten? Werden deine Tante Mary und dein Onkel Alec dich nicht sehen wollen?«

Catherine zuckte mit den Schultern. »Vermutlich schon.«

»Na also. Und man weiß nie, vielleicht hat deine Mutter dem Alkohol abgeschworen.«

Catherine lachte kurz auf. »Da müsste schon ein Wunder geschehen.«

Doch in den folgenden Tagen ging ihr der Gedanke nicht mehr aus dem Kopf. Seit über zwei Jahren war sie nicht zu Hause gewesen. Sie hatte ihrer Mutter immer seltener geschrieben und Kates spärliche Antworten nur flüchtig überflogen und danach ins Feuer geworfen. Meist berichtete sie von Mary, einem Nachbarn oder einem weiteren Geschäft, das geschlossen wurde und an das sich Catherine kaum erinnerte. Sie wusste nicht, wie es Kate wirklich ging.

Catherine sprach im Gebet darüber und beichtete dem Priester ihren Widerwillen, nach Hause zu fahren. Wie Bridie drängte auch Pater John sie zur Rückkehr. Es sei ihre Pflicht, nachzusehen, ob es ihrer Mutter gut ging. Also schrieb sie Kate und teilte ihr mit, dass sie Ende August zu Besuch kommen würde. Postwendend kam ein Brief, in dem Kate voller Freude auf die Nachricht reagierte.

Mit großem Bangen und nach mehreren schlaflosen Nächten stieg Catherine in den Zug nach London und fuhr von dort aus weiter nach Norden.

Zu später Stunde erreichte sie Tyneside und erwischte den letzten Zug nach South Shields. Ihr Herz klopfte vor Nervosität, als am Flussufer die vertrauten Wahrzeichen und Kräne an ihr vorbeizogen. Als die Strecke oberhalb von Jarrow einen Bogen beschrieb, sah sie die geschwärzten Umrisse der St.-Pauls-Kirche und die Gerüste der Palmers-Werften und spürte einen unerwarteten Schmerz. Durch das schmutzige Fenster erblickte sie eine Gruppe von Männern, die auf der brachliegenden Fläche einer ehemaligen Chemiefabrik einem Fußball nachjagten.

Sie stieg in Tyne Dock aus und stellte erleichtert fest, dass Kate nicht gekommen war, um sie abzuholen. Es wäre zu unangenehm gewesen, in Gegenwart der Umstehenden zu versuchen, nach der langen Funkstille ein Gespräch in Gang zu bringen. Sie war dankbar für die zusätzliche Zeit, um sich sammeln zu können.

Nichts schien sich verändert zu haben. Die gleichen Straßen und Hafenspeicher drängten sich um sie herum, und ein Zug donnerte über sie hinweg, als sie unter den gewaltigen, widerhallenden Eisenbahnbögen hindurchging. Als kleines Mädchen hatte sich Catherine von diesem Teil der Stadt angezogen gefühlt. Sie erinnerte sich, wie sie dort frei umhergestreift war und zu den arabischen Seefahrern aufgeschaut hatte, die ihrem neugierigen Blick mit einem Augenzwinkern begegnet waren.

Doch beim Weitergehen beschlich sie ein ungutes Gefühl, und sie versuchte festzumachen, was anders war. Vielleicht lag es daran, dass weniger Verkehr herrschte oder wie heruntergekommen die Ladenfronten aussahen. Eine Schar Kinder schwirrte wie kreischende Möwen an ihr vorbei, ihre nackten Füße trommelten auf dem staubigen Gehweg. Ihr wurde klar, dass sie seit zwei Jahren keine so dünnen und blassen Kinder mehr gesehen hatte. Die Kinder aus Hastings trugen Stiefel und passende Kleidung.

Ihr Unbehagen wuchs, als sie zu den Hafentoren hinunterging, die mit Vorhängeschlössern verriegelt waren. Unkraut wucherte ungebremst auf dem rissigen Pflaster. Aber es war schon spät, und die Feierabend-Sirene musste längst ertönt sein. Sie machte kehrt und begann den steilen Anstieg nach East Jarrow, vorbei an der Leam Lane, wo sie das Licht der Welt erblickt hatte. Vor dem Alexandria stand eine Gruppe Männer, die sich eine Zigarette teilten, und sie empfand einen plötzlichen Schmerz über den Verlust ihres streitsüchtigen Großvaters. Dieser Pub war eines seiner Lieblingslokale gewesen, und sie horchte angestrengt nach dem Klang seiner dröhnenden Stimme, auch wenn sie wusste, dass es nur Wunschdenken war.

Die Männer verstummten und sahen zu, wie sie mit ihrem adretten Koffer vorbeiging, als wäre es das interessanteste Ereignis des Tages. Erst als Catherine die Anhöhe erreichte und die soliden, rußgeschwärzten Häuserreihen der New Buildings vor sich sah, begriff sie: Es war zu ruhig. Nicht nur die bedrückten

Männer, sondern auch die Stadt und das Flussufer. Wo war der Industrielärm – das Hupen, die Sirenen, das Ächzen und Klirren der Maschinen? Das Tuten eines weit entfernten Zugs drang deutlich bis zu den fernen Feldern vor, während es früher im Getöse der Docks untergegangen wäre.

Catherine sah sich mit neuem Blick um. Jetzt erkannte sie, dass es keine Jungen waren, die sich in zerschlissenen Jacken an der Straßenecke zusammenscharten. Dutzende von Männern hockten im Abendlicht auf dem Boden und spielten mit Murmeln. Ihr Magen verkrampfte sich. Von Kate wusste sie, dass die Eisenhütte noch nicht wieder in Betrieb genommen worden war, aber sie hatte keine Ahnung gehabt, dass es so schlimm um die Werften stand. Selbst in den unsicheren Jahren nach dem Krieg, als die Stahlwerke stillgelegt worden waren, hatte es in den Docks immer Arbeit gegeben.

Catherine griff nach ihrem Koffer und eilte zur William Black Street.

»Liebes!«, rief Kate, die in einer verblichenen Schürze auf der Türschwelle stand und winkte. Wie viel älter ihre Mutter aussah! »Da ist unsere Kitty ja endlich!«, verkündete sie niemand Bestimmten. »Sieht sie nicht großartig aus?«

Catherine blickte sich nervös um, beschämt darüber, dass die Nachbarn sie bemerken könnten. Ein paar von ihnen eilten bei dem Lärm an ihre Türen und riefen ihr einen Gruß zu.

»Sieht sie nicht wunderbar aus, Bessie?«, fragte Kate ihre Nachbarin mit Genugtuung. »Ich hab ja gesagt, dass es ihr im Süden gut geht.«

Catherine warf ihr einen flehenden Blick zu. »Lass uns reingehen.«

Kate ergriff stolz ihren Arm. »Ein hübsches Kleid«, lobte sie. »Komm rein, damit ich dich richtig anschauen kann.«

Drinnen überwältigte Catherine die Vertrautheit der stickigen Küche mit den dunklen Möbeln und dem alten schwarzen Herd.

»Wo ist das Bild von Lord Roberts?«, fragte sie. Sie hatte sofort bemerkt, dass es nicht mehr über dem Kaminsims hing.

»Verkauft«, sagte Kate mit einer abweisenden Handbewegung. »Es hat mich immer daran erinnert, wie der alte John uns mitten in der Nacht aus dem Bett gezerrt und durchs Zimmer hat marschieren lassen. Und bevor du fragst, die Bank bin ich auch losgeworden.«

Catherine sah, dass die lange Bank hinter dem Tisch verschwunden war. »Und wo soll ich schlafen?«

»In Großvaters altem Bett natürlich.«

Verwirrt über die Tränen, die ihr plötzlich in die Augen traten, betrachtete Catherine die Flickenmatte vor der Feuerstelle.

»Weißt du noch, wie du mir damit geholfen hast?«, fragte Kate. »Dein Großvater hat ein Affentheater gemacht, weil wir dafür seine alte Jacke benutzt haben, die an den Ellenbogen aufgerissen war. Und die violetten Streifen haben wir aus deinem hübschen Wintermantel eingearbeitet, den du nie tragen wolltest.«

Catherine lachte bei der Erinnerung. »Es war ein grauenhafter Mantel – mit den großen Puffärmeln sah ich aus wie vom Wanderzirkus.«

»Er hat mich ein Vermögen gekostet«, beschwerte sich Kate.

»Nein, hat er nicht – er stammte vom Kirchenbasar.«

Kate lachte laut. »Daran erinnerst du dich also.«

Es durchbrach die Betretenheit zwischen ihnen. Kate schob Catherine auf einen

Stuhl am Feuer und brachte ihr einen Teller mit Essen. Sie sah zu, wie Catherine das Ei, die Dosentomaten und Bratkartoffeln aß, die sie im Ofen warmgehalten hatte.

»Davie und ich haben schon gegessen«, wehrte Kate ihren Versuch ab, das Gericht zu teilen.

Catherine bemühte sich, den Teller leer zu essen, und stellte erleichtert fest, dass der Whiskey-Krug nirgendwo zu sehen war. Kate wirkte nüchtern.

Catherine lehnte sich zurück und sah sich um. »Wo steckt Davie? Hattest du nicht gesagt, dass er gerade nicht auf See ist?«

»Er geht etwas spazieren«, sagte Kate. »Er hat ein schwaches Nervenkostüm, und es hilft ihm, den Kopf freizukriegen.«

»Ein schwaches Nervenkostüm?«, wiederholte Catherine überrascht.

»Ja.« Kate blickte nachdenklich drein. »Ist das ganze Jahr nicht zur See gefahren. Auf dem Land fühlt sich der arme Kerl nicht lange wohl.« Unvermittelt sah sie Catherine ins Gesicht. »Es sind harte Zeiten für die Männer hier. Die Werften sind jetzt auch geschlossen, es gibt nirgendwo mehr Arbeit für sie.«

In dem sepiabraunen Licht, das durch das hintere Fenster hereinfiel, sah das Gesicht ihrer Mutter alt und abgespannt aus.

Besorgt fragte Catherine: »Und was ist mit dir? Du gehst noch arbeiten, oder?«

Kate seufzte und schüttelte den Kopf. »Niemand sucht jemanden für Verschönerungsarbeiten, wenn das Geld knapp ist.«

»Warum nehmt ihr nicht wieder Untermieter auf? Großvaters Zimmer ist frei.«

Ein zartes Lächeln überzog Kates faltiges Gesicht. »Es ist so friedlich hier ohne ihn«, sagte sie leise, ohne auf die Frage zu antworten.

Catherine hätte weiter nachgehakt, aber in diesem Moment kam Davie zur Hintertür herein. Entsetzt sah sie, dass er stark an Gewicht verloren hatte; seine Jacke schlackerte um ihn herum, und ein dicker Strick um die Taille verhinderte, dass ihm die Hose herunterrutschte.

»Hallo, Kitty«, begrüßte er sie lächelnd. »Schön, dich zu sehen.«

Er stellte sich hinter Kate, und sie nahm die Hand ihres Ehemanns. »Sieht sie nicht hübsch aus? Wie eine feine Dame. Du solltest hören, mit welch vornehmem Akzent sie jetzt spricht – als hätte sie den Mund voller Pflaumen.«

Davie legte seiner Frau die andere Hand auf die Schulter, und Catherine war erstaunt über ihre ungezwungene Vertrautheit.

»Ja, sie sieht großartig aus«, bestätigte Davie und nickte.

Kurz darauf sagte Catherine, sie sei müde, und zog sich in die Stube zurück. Das Zimmer roch muffig und unbenutzt. Auf dem Boden lagen keine Läufer, und ihre Schuhe hallten über die Dielen. Der Wohnzimmertisch und die Stühle waren verschwunden, und an der Feuerstelle gab es weder ein Kamingitter noch einen Schürhaken. Das sperrige Eisenbett stand noch in der Ecke, aber das einzige sonstige Möbelstück war ein Küchenstuhl mit einer Waschschüssel und einem Krug darauf. Fröstelnd schob sich Catherine unter die Bettdecke, noch zur Hälfte bekleidet. Wenn es im Sommer schon so kalt war, wollte sie nicht wissen, wie eisig die Winter sein mussten.

Als sie am nächsten Tag den Hang nach Jarrow hinunterging und die großen Gruppen untätiger Männer an den Straßenecken sah, konnte sie das

Offensichtliche nicht länger ignorieren: Jarrow befand sich in einer massiven Wirtschaftskrise.

Jedes Mal, wenn sie in der nationalen Presse in Hastings Bibliothek über einen Artikel zu diesem Thema gestolpert war, hatte sie die Seite schnell überflogen. In Tyneside hatte es immer Armut gegeben; sie schwoll an und ab wie die Gezeiten. Aber das hier war etwas anderes. Noch nie hatte sie so viele Arbeitslose gesehen, so viele Kinder, die an den Nebengleisen nach Kohlestücken suchten. Die Kräne, die sie vom Zug aus erblickt hatte, waren rostig und reglos, die Schlangen für Brot vom Vortag lang. Eine lähmende Resignation sprach aus der Haltung der umstehenden Personen, ihre Schultern waren zum Schutz vor dem Flusswind hochgezogen, die Hände tief in den fadenscheinigen Taschen vergraben.

Sie traf Davie beim Rasieren auf einem Hocker im Garten an, das Rasiermesser abgescheuert vom jahrelangen Benutzen. Ruhig beantwortete er ihre Fragen. Am Kai hatte es Streiks und Unruhen gegeben, verursacht durch Streitigkeiten zwischen rivalisierenden Seeleuten, die verzweifelt nach Arbeit suchten. Arabische Matrosen, die jahrelang hier gelebt hatten, waren deportiert worden. Die Chemiewerke hatten geschlossen, und Palmers war bankrottgegangen, was viele Arbeiter ihre Beschäftigung und ihre Ersparnisse gekostet hatte.

Dann verschlug es ihr die Sprache, als er zugab, dass Kate und er gezwungen gewesen waren, Arbeitslosengeld zu beantragen und die Bedürftigkeitsprüfung zu durchlaufen.

»Die Bedürftigkeitsprüfung?«, keuchte Catherine. Was für eine Demütigung für ihre hart arbeitende Mutter!

Davie nickte. »Wir mussten die Hälfte der Möbel verkaufen, bevor wir einen Penny gesehen haben«, erzählte er, ohne seine Verbitterung zu verbergen.

»Kate hat nie etwas davon gesagt.«

»Nein, das würde sie nicht, erst recht nicht zu dir. Sie ist zu stolz. Außerdem möchte sie dich nicht beunruhigen, Mädchen.«

Catherine spürte, wie ihr Tränen in die Augen stiegen. Sie dachte an ihren Zufluchtsort in Hastings mit der eleganten Einrichtung. Es war ein himmelweiter Unterschied zu Kates tristem Dasein in Jarrow. Aber als sie ihre Mutter darauf ansprach, tat sie das Thema rasch ab.

»Er hätte es dir nicht erzählen sollen«, sagte sie verärgert. »Wir kommen zurecht.«

»Ich kann euch Geld schicken.«

»Wenn du das tust, streichen sie uns die Beihilfe, Liebes«, sagte Kate. Sie streckte die Hand aus und fuhr ihrer Tochter über den Arm. »Ich will nicht, dass diese Wichtigtuer noch einmal herkommen und überall ihre Nasen reinstecken.«

»Sie brauchen es nicht zu erfahren«, sagte Catherine.

Kate schnaubte. »Eine von den Klatschbasen hier würde uns sofort verpfeifen.«

Catherine schaute so besorgt, dass Kate sie sanft schüttelte. »Es reicht mir zu wissen, dass du im Süden gut zurechtkommst, Liebes. Das ist besser als alle Reichtümer dieser Welt. Was würde ich dafür geben, dein Hastings zu sehen!«

Catherine wandte den Blick ab und tat so, als hätte sie die Sehnsucht in den Augen ihrer Mutter nicht bemerkt. Sie schrieb Bridie fast täglich und schilderte ihr Entsetzen über das, was sie hier vorfand. Doch eine Sache machte ihr Mut: Kate hatte noch nie so zufrieden gewirkt. Die Speisekammer war knapp bestückt, und es galt lange Stunden zu füllen, aber ihre Mutter war fröhlich und nüchtern, jetzt da John sie nicht mehr tyrannisierte oder verhöhnte. Davie war liebevoll und aufmerksam, und Kate schwelgte in seiner Zuwendung wie eine Katze in der Sonne.

Eins freut mich, schrieb Catherine an ihre Freundin, *dass Kate und Davie glücklich miteinander sind. Ich habe mich oft schuldig gefühlt, weil ich Jarrow und Kate den Rücken gekehrt habe, aber jetzt weiß ich, dass es richtig war. Kate und ich können uns nicht glücklich machen, und es ist das Beste, wenn wir voneinander getrennt leben. Ich bin froh, dass ich zurückgekommen bin, und es war richtig, dass Du mich dazu ermutigt hast, aber eine Woche ist genug. Ich kann es kaum erwarten, wieder nach Hastings zu fahren und mit Dir zusammen zu sein.*

Als Catherine ihren Koffer packte, erschien Davie in der Tür. Kate war gerade bei den Nachbarn, um sich Zucker für eine letzte Tasse Tee zu borgen.

»Sie wünscht sich nichts sehnlicher, als dich zu besuchen, Mädchen«, sagte er. »Es würde ihr sehr guttun, eine Weile wegzukommen.«

Catherine erschrak. »Aber meine Wohnung ist so klein, und sie könnte sich die Fahrkarte nicht leisten, oder?«

Davie musterte sie. »Nein, aber du kannst es.«

Catherine errötete und schämte sich für ihren Widerstand. Wie sollte sie erklären, dass sie zwei Jahre gekämpft hatte, um sich ein neues Leben aufzubauen, eine neue Identität zu finden und ihren Schmerz und ihre Wut auf ihre Mutter zu vergessen. Ein Besuch von Kate könnte ihren neu gewonnenen Seelenfrieden zunichtemachen, ganz zu schweigen von ihrem Ansehen bei ihren Kolleginnen und Freunden.

Sie wandte sich beschämt ab. »Ich lasse etwas Geld in der Dose da«, murmelte sie. »Pass auf, dass sie es sinnvoll ausgibt.«

Kate begleitete sie zum Bahnhof. Catherine versuchte, an den Nachbarn vorbeizueilen, aber ihre Mutter winkte, grüßte die Frauen an den Haustüren und zeigte stolz ihre gut gekleidete Tochter vor.

Als sie den Hang hinuntergingen, sagte Kate: »Du hast Lily Hearn gar nicht besucht.«

»Nein.« Catherine versteifte sich. Sie war mehrmals kurz davor gewesen, zu ihrer ehemaligen Freundin zu gehen, aber dann hatte sie der Mut verlassen.

»Habt ihr euch gestritten?«

Catherine zuckte mit den Schultern.

»Lily ist ein nettes Mädchen«, meinte Kate. »Ich habe sie an Ostern in der Messe gesehen. Sie hat nach dir gefragt.«

Catherine hätte gern mehr gewusst, aber die Fragen blieben ihr im Hals stecken. Der Gedanke, dass Lily in Tendring Gerüchte über sie verbreitet hatte, schmerzte immer noch zu sehr.

»Wie ist denn das Mädchen, mit dem du jetzt befreundet bist?«, fragte Kate, als sie die Absperrung am Bahnhof erreichten. »Diese Bridie.«

Catherine lächelte. »Sie ist kein Mädchen mehr – eher in deinem Alter.«

Kate zog überrascht die Augenbrauen hoch. »Ich dachte, du magst keine herrischen älteren Frauen«, neckte sie.

»Bridie ist nicht herrisch, sie ist eine echte Freundin«, erwiderte Catherine, als sie ihre Fahrkarte vorzeigte und durch das Drehkreuz ging. Kate hatte keine Bahnsteigkarte gekauft und musste zurückbleiben.

Als sich Catherine umdrehte, bemerkte sie, dass es zu spät war, um sie zum

Abschied zu umarmen. Kate stand da und wirkte verloren.

»Ich freue mich für dich, Liebes«, sagte sie, und ihre Augen glitzerten vor Tränen.

Catherine fühlte sich elend vor Schuldgefühlen. Sie hatte ihre Mutter nicht verletzen wollen und ertrug den Gedanken nicht, dass sie bei ihrer Abreise weinte. Der Schaffner lief neben dem Zug her und schlug die Türen zu; es blieb keine Zeit mehr.

Plötzlich sprudelte es aus Catherine heraus: »Vielleicht kannst du Bridie eines Tages kennenlernen.«

Kate klammerte sich an die Absperrung. »Was meinst du, Mädchen?«

»Komm uns in Hastings besuchen«, plapperte Catherine, bevor sie sich umdrehte, um in den Zug zu steigen. Sie warf ihren Koffer an Bord und stieg hinein. Dann öffnete sie das Fenster, lehnte sich hinaus und blickte in das freudestrahlende Gesicht ihrer Mutter.

»Das wäre wunderbar, Kitty!«, rief Kate über den Lärm des anfahrenden Zugs hinweg.

Catherine lächelte zurück, und eine unerwartete Wärme durchflutete sie. »Ich schreibe dir bald«, versprach sie und winkte.

Kate winkte hektisch zurück, und selbst durch den Dampf erkannte Catherine, dass ihrer Mutter Tränen über das Gesicht liefen. Dann wurden Kate und der Bahnhof von Tyne Dock vom Rauch verschluckt. Als sich Catherine zurücksetzte, kamen ihr die ersten Zweifel. Was hatte sie sich dabei gedacht, ihre Mutter in letzter Minute einzuladen, wo sie es die ganze Woche über vermieden hatte, eine solche Einladung auszusprechen? Kate in Hastings!

Dann dachte sie an Bridie. Sie würde nicht allein mit ihrer Mutter fertig werden müssen; ihre Freundin wäre da, um ihr zu helfen, sich Kate gegenüber zu behaupten. Sie konnten alle Schwierigkeiten gemeinsam meistern. Catherine schöpfte neuen Mut.

29

Zurück in Hastings hoffte Catherine, dass ihre Mutter ihre überstürzte Einladung vergessen würde. Das Leben folgte wieder der gewohnten Routine: arbeitsreiche Tage und gemütliche Abende in der Wohnung mit Bridie. Im Herbst belegte Catherine einen Kurs in Aktmalerei. Es war das erste Mal, dass sie einen Pinsel in die Hand nahm, seit sie in Jarrow Kissenbezüge bemalt hatte, aber sie stellte fest, dass sie immer noch ein Auge für Perspektive und Details hatte. In gewisser Weise fühlte sie sich dadurch mit ihrem ungreifbaren Vater verbunden, dessen Zeichnung von Großtante Lizzies Familie ihr noch gut in Erinnerung war. Sie versuchte, an Bridie zu üben, aber ihre Freundin konnte nicht lange stillhalten und schweigen.

»Mach doch eins von diesen impressionistischen Gemälden daraus«, flachste Bridie, als Catherine angesichts ihrer Zappelei die Geduld verlor. »Ich habe keine Lust, wie eine Statue dazusitzen. Wenn du etwas brauchst, das sich nicht bewegt, mal doch die Banane da.«

Dann kam ein Brief von Kate, in dem sie Catherine vorwarf, ihr Versprechen vergessen zu haben.

Hast Du es nicht ernst gemeint, als Du mir vorgeschlagen hast, nach Hastings zu kommen und Deine Freundin kennenzulernen? Ich würde Euch so gern besuchen. Schreib mir und gib mir Bescheid, Mädchen. Du musst mir das Geld für die Zugfahrt leihen, aber ich zahle es Dir zurück, sobald Davie wieder Arbeit hat.

Catherine reichte den Brief an Bridie weiter.

»Was schadet ein kleiner Besuch schon?«, fragte Bridie. »Du kannst ihr ja eine Hin- und Rückfahrkarte kaufen, damit sie nicht zu lange bleibt. Ich würde sie gern kennenlernen.«

»Nein, würdest du nicht.«

Bridie schnitt eine Grimasse. »Ich will sehen, was für ein Monster so eine nette und hübsche Tochter erschaffen hat«, witzelte sie.

Catherine lachte und warf ein Kissen nach ihr. »Ich nehme an, für eine Woche halte ich es aus ...«

Im November schickte sie Kate das Geld für die Hin- und Rückfahrt und überwand sich, ihr einen zweiwöchigen Urlaub vorzuschlagen. Fast rechnete sie damit, nichts mehr zu hören, weil sie annahm, dass ihre Mutter das Geld für Alkohol ausgeben würde. Doch in der folgenden Woche kam ein Brief mit Kates Reiseplänen und der Ankunftszeit.

Vor lauter Aufregung bekam Catherine nächtelang kein Auge zu, und sie war müde und schlecht gelaunt. Nur Bridie verstand, warum. Mrs Townsend wollte ihre Mutter unbedingt kennenlernen und bestand darauf, dass sie alle zum Sonntagsessen kamen.

»Warum musstest du ihr sagen, dass Kate kommt?«, warf Catherine ihrer Freundin vor.

»Wenn sie es im Nachhinein erfährt, lässt sie dich mit ihren Fragen nicht mehr in Ruhe«, erklärte Bridie. »Hör auf, dich verrückt zu machen, Mädchen.«

Als Kate am Samstag ankam, war Catherine so nervös, dass sie ihr Frühstück nicht bei sich behalten konnte. Sie fühlte sich wieder wie ein kleines Mädchen, in dem unausgesprochene Ängste tobten. Bridie ging mit ihr zum Bahnhof, sprach ihr Mut zu und kommandierte sie bei jedem Schritt herum.

»Hast du schon mal daran gedacht, zur Armee zu gehen?«, scherzte Catherine mürrisch. »Du wärst der perfekte Unteroffizier.«

»Ruhe in den Reihen«, lachte Bridie.

Catherine stand zitternd vor der Absperrung und stellte sich vor, wie Kate betrunken und schäbig gekleidet aus dem Zug taumelte, der aus London kam. Oder vielleicht hatte sie das Umsteigen nicht geschafft und war von der Polizei aufgegriffen worden.

»Ist sie das?«, fragte Bridie. »Die Frau mit dem Glockenhut und dem purpurroten Mantel?«

Catherine sah sich blinzelnd auf dem Bahnsteig um. »Wo?«

»Du brauchst eine Brille, Mädchen. Die Frau, die dir zuwinkt.« Bridie winkte zurück. »Sieht mir nicht nach einem dreiköpfigen Monster aus.«

Einen Moment lang sah Catherine eine adrett gekleidete Fremde mittleren Alters mit einem eng anliegenden Hut. Sie unterhielt sich mit dem Gepäckträger, der ihr die Tasche abnahm. Dann bemerkte sie Kates vertrautes Hinken, als sie auf sie zukam.

»Es muss nicht heißen, dass sie betrunken ist – sie hat einen Humpelfuß«, erklärte Catherine Bridie schnell.

Bridie sagte nichts, sondern drückte nur aufmunternd Catherines Arm.

Kate kam durch die Absperrung gestürmt. »Das ist meine Tochter Kitty«, verkündete sie dem Gepäckträger stolz. »Sie ist eine leitende Angestellte, wissen Sie?« Kate umarmte sie überschwänglich.

Catherine versteifte sich. Ihre Mutter wollte nur vor dem Mann angeben.

»Das ist Bridie«, sagte Catherine und zog sich schnell zurück.

Einen Moment lang musterten sich die beiden älteren Frauen gegenseitig, dann streckte Bridie die Hand aus.

»Wie schön, Sie kennenzulernen, Mrs McDermott«, sagte Bridie mit charmantem Lächeln. »Ich habe mich sehr darauf gefreut.«

»Ich mich auch. Bitte nenn mich Kate.« Ihre Mutter schüttelte Bridie die Hand.

Catherine bemerkte, dass sie Handschuhe trug. Kate musste sie von Mary geborgt haben. Sie roch nicht nach Alkohol; offenbar gab sie sich wirklich Mühe. Catherine spürte eine plötzliche Woge der Zuversicht, dass der Besuch gut verlaufen könnte. Kate legte einen Arm um Bridie, als wären sie alte Freundinnen, und begann über die Reise zu plaudern. Nur Catherine schien den Gepäckträger zu bemerken, der auf ein Trinkgeld wartete.

»Kate, deine Tasche«, unterbrach sie ihre Mutter.

Kate drehte sich aufgekratzt um. »Liebes, gibst du dem jungen Mann eine Münze? Er war so hilfsbereit.«

Catherine holte einen Sixpence aus ihrem Portemonnaie, bezahlte den Mann und nahm die Tasche. Sie folgte den anderen beiden, die wieder in ein Gespräch vertieft waren, halb erleichtert, dass sie sich auf Anhieb zu verstehen schienen, halb verärgert darüber, dass sie Kates billige Reisetasche tragen musste.

Sie fuhren mit dem Bus den Hügel hinauf zur Clifton Road, und Catherine spürte einen Anflug von Stolz, als Kate mit offenem Mund ihre Wohnung bewunderte.

»Sie ist so elegant«, sagte ihre Mutter ehrfürchtig, während sie durch den Hauptraum ging, die Möbel berührte und die Vorhänge befühlte. Als sie sich umdrehte, hatte sie Tränen in den Augen. »Ich bin stolz auf dich, Mädchen.«

»Habe ich nicht gesagt, dass es deiner Mutter gefallen würde?« Bridie strahlte, setzte den Tee auf und wuselte um sie herum. »Catherine hat wirklich einen erlesenen Geschmack.«

»Ach, Catherine jetzt also?«, neckte Kate. »Was ist mit meiner Kitty passiert?«

»Sie ist erwachsen geworden und hat sich in einen schönen Schwan verwandelt«, scherzte Bridie.

Nach dem Abendessen saßen sie am Feuer und erzählten sich Geschichten. Kate plauderte über die Nachbarn in Jarrow und Bridie über Irland.

»Du hast also eine Tochter?« Kate sah überrascht aus.

»Eine Tochter und einen verschwundenen Mann«, sagte Bridie reumütig, »genau wie du.«

Kate errötete. »Kitty hat wohl einiges ausgeplaudert.«

»Keine Sorge«, beruhigte Bridie sie und legte ihr schnell eine Hand auf den Arm, »ich erzähle es niemandem. Ich finde dich mutig wie eine Löwin, weil du für deine Tochter da warst, ohne einen Mann an der Seite zu haben. Ich weiß, wie grausam Menschen sein können. Du bist eine Frau nach meinem Geschmack.«

Kate lächelte dankbar. »Es ist sicher nicht leicht für dich, von Maisie getrennt zu sein.«

Bridie nickte. »Was würde ich nicht dafür geben, sie bei mir zu haben.«

Die beiden Frauen verfielen in mitfühlendes Schweigen.

Catherine stand auf. Ihr war unangenehm, wie vertraut die beiden nach so kurzer Zeit miteinander umgingen. »Ich glaube, wir sollten schlafen gehen.«

Bridie sprang sofort auf. »Kate, du musst dir das Bett mit Catherine teilen. Ich übernachte auf der Couch.«

Es war Jahre her, dass Catherine mit ihrer Mutter zu Hause in einem Bett geschlafen hatte. Sie wurde nervös, als sich Kate neben sie fallen ließ. Es war albern, dass sie sich immer noch so fühlte, schließlich war sie eine erwachsene Frau und kein Kind, das Angst vor der Dunkelheit hatte. Dennoch fragte sie sich, ob die alten Albträume zurückkehren würden und ihre tief verwurzelte Furcht vor betrunkenen Erwachsenen.

Sie hatte seltsame, schemenhafte Erinnerungen daran, wie sie nachts von Rascheln geweckt wurde und die leisen Proteste ihrer Großmutter Rose hörte, die John im Nebenzimmer anflehte, sie in Ruhe zu lassen. Zu anderen Zeiten schwebte ein dunkler Schatten über ihnen, und Kate zischte jemanden an, sie in Frieden zu lassen. Diesmal war es nicht Großvater John. Könnte es Onkel Jack oder ein längst vergessener Untermieter gewesen sein? Catherine versuchte, diese verstörenden Gedanken zu verdrängen. Angespannt lag sie in der Dunkelheit.

Der flackernde Schein des Feuers an der Decke und das Rauschen des Meerwinds im Kamin beruhigten sie nach und nach. Sie wurde schläfrig, während sie Kates gleichmäßigen Atem, ihren Duft nach Maiglöckchen und die Wärme ihres Körpers wahrnahm, die seltsam tröstlich auf sie wirkten.

»Catherine, bist du noch wach?«, flüsterte Bridie vom Sofa herüber.

»Ja«, murmelte sie.

»Es wird alles gut laufen mit deiner Mutter. Ich weiß es.«

Catherine lächelte schläfrig. »Hm, ich hoffe es.«

Innerhalb weniger Minuten war sie eingeschlafen.

Am nächsten Tag besuchten sie die Messe in St. Mary Star of the Sea in der

Altstadt und gingen anschließend zum Mittagessen zu den Townsends. Es gab einen bangen Moment, als der Hausherr Kate einen Sherry anbot, aber ihre Mutter lehnte ab. Dabei warf sie Catherine einen triumphierenden Blick zu. Die Gespräche am Tisch wurden lebhafter, und Mrs Townsend war schwer angetan von Kate. Sie bestand darauf, dass sie das Arbeitshaus besuchte.

»Sie möchten doch sicher sehen, wie gut sich Catherine in der Wäscherei macht.«

»Aber ja.« Kate wirkte erfreut. »Ich habe sie zu einer fleißigen Frau erzogen.«

»Mit Erfolg.« Mrs Townsend war voll des Lobs.

Am nächsten Tag wurde Kate durch die Einrichtung geführt. Catherine war wegen des Besuchs angespannt und betete, dass ihre Mutter nichts Beschämendes tat und keinen der Mitarbeiter mit ihrer einfachen Sprache brüskierte. Aber sie hätte sich keine Sorgen zu machen brauchen. Kate zeigte sich von ihrer besten Seite, brachte alle zum Lachen und erfreute sie mit zahlreichen Komplimenten.

»Es ist so viel besser geführt als das Arbeitshaus bei uns zu Hause!«, rief Kate. »Es wirkt eher wie ein Ferienlager, wenn Sie mich fragen. Ich wette, bei Ihnen stehen die Leute Schlange, um reinzukommen.«

»So einfach machen wir es ihnen nicht«, protestierte Mrs Townsend.

»Nein, es war nur ein Scherz«, sagte Kate hastig. »Sie sorgen sicher dafür, dass es hart, aber gerecht zugeht.«

Kate freute sich über die neue Umgebung und erkundete die Stadt, während Catherine und Bridie arbeiten gingen. Catherine befürchtete den ganzen Tag, dass ihre Mutter in ihre alten Gewohnheiten zurückfallen und die winterlichen Nachmittage in einem Pub verbringen würde. Aber bei ihrer Rückkehr hatte Kate immer das Abendessen zubereitet und war vollkommen nüchtern. Am nächsten Wochenende fuhren sie zu dritt mit dem Bus nach Brighton, kauften Kate neue Kleider und aßen am Pier Fish and Chips.

Ihre Mutter war begeistert von dem prächtigen Ort und der Fülle an Waren in den Geschäften.

»Hier muss niemand vorm Schuldeneintreiber fliehen«, sagte sie lachend.

Als ihre Mutter nach den zwei Wochen abreisen musste, war Catherine unerwartet traurig. Von der schwierigen, fordernden Kate von früher war nichts zu spüren gewesen. Ihre Mutter hatte sich große Mühe gegeben, sich anzupassen und keine Unruhe zu stiften. Vor allem hatte sie sich gut mit Bridie verstanden, und die Abende waren vergnügt und voller Lachen gewesen. Nach ihrer Abreise würde es wieder so still sein. Catherine deprimierte der Gedanke, was ihre Mutter zu Hause erwartete: eine leere Feuerstelle und ein mürrischer Davie, wenn man Kates beiläufigen Bemerkungen Glauben schenken konnte.

Bridie sagte: »Warum bleibst du nicht noch ein oder zwei Tage?«

Ihre Mutter schüttelte den Kopf. »Davie würde das nicht gefallen – er denkt bestimmt, ich bin mit einem anderen Mann durchgebrannt.« Sie lachte über Catherines schockierten Gesichtsausdruck. »Schön wär's.«

»Zwischen Davie und dir ist doch alles in Ordnung, oder?«, fragte Catherine.

Kate verzog das Gesicht, dann lachte sie. »Natürlich. Es ist nur der Gedanke, nach so einer herrlichen Zeit mit dir und Bridie zurückzufahren.«

»Du kannst jederzeit wiederkommen«, sagte Bridie spontan, »nicht wahr, Catherine?«

Catherine ärgerte sich über Bridies impulsives Angebot, aber der erwartungsvolle Blick ihrer Mutter ließ sie schwach werden.

»Natürlich kannst du das«, versprach Catherine.

Es erleichterte ihr den Abschied von Kate am Bahnhof, denn sie hatte ein schlechtes Gewissen, ihre Mutter in ein trostloses Jarrow und zu langen Tagen des Müßiggangs zurückzuschicken.

»Komm im Sommer, wenn die Tage länger sind und ich Urlaub nehmen kann«, schlug Catherine vor.

Kate umarmte sie unter Tränen. »Ich hatte so eine schöne Zeit. Pass gut auf dich auf, Liebes.«

Catherine winkte ihr nach, verwirrt von der Mischung aus Gefühlen, die Kates Abreise in ihr auslöste. Die Erleichterung darüber, dass der Aufenthalt ohne Zwischenfälle verlaufen war, und die Tränen über die seltene Geste, dass ihre Mutter sie nur um ihrer selbst willen in die Arme geschlossen hatte.

30

1932

Als Kate im Sommer erneut zu Besuch kam, sah Catherine sie das erste Mal wieder, denn sie hatte Weihnachten und Ostern in Hastings verbracht. Letztlich blieb Kate über einen Monat. Davie hatte endlich Arbeit gefunden und auf einem Frachter angeheuert, der die Ostsee durchquerte.

»Ich habe nichts, wohin ich zurückkehren könnte«, wiederholte Kate immer wieder, »nur ein leeres Haus.«

Bridie fuhr nach Irland, um Maisie zu besuchen. Catherine wäre gern mitgekommen, aber sie musste sich um Kate kümmern. Also nahm sie sich stattdessen zwei Wochen frei und machte mit ihrer Mutter Picknicks und Ausflüge an die Küste. Kate war keine Spaziergängerin. Sie saß lieber am Strand, beobachtete die Menschen und gab Kommentare über sie ab.

»Alle haben hier ein Automobil«, sagte sie erstaunt. »Sieh dir das an! Wo wollen die denn alle hin?«

Catherine lachte. »An die gleichen Orte wie die, die kein Auto haben – zur Arbeit, nach Hause, in den Urlaub.«

»Weißt du was?«, fragte Kate, den Blick auf das ruhige, azurblaue Meer gerichtet. »Das ist mein allererster Sommerurlaub.« Sie drehte sich um und sah ihre Tochter an. »Und ich habe die beste Zeit meines Lebens, Kitty.«

Als Catherine wieder arbeiten musste, war Kate nicht zur Abreise zu bewegen.

»Ich kann die Wohnung für dich in Schuss halten und das Mittagessen vorbereiten, wenn du nach Hause kommst«, verhandelte Kate.

»Ich bekomme mein Mittagessen in der Wäscherei.«

»Dann eben das Abendessen«, sagte Kate mit flehendem Blick. »Du bist hundemüde, wenn du von der Arbeit kommst. Ich kann mich um den Haushalt kümmern. Lass mich dir helfen, Liebes.«

Als Bridie zurückkam, betrübt und verärgert, weil sie Maisie wieder verlassen musste, verbündete sie sich sofort mit Kate.

»Lass sie bleiben, solange sie will«, sagte Bridie bei einem Ausflug zum Tennisverein. »Sie ist keine schlechte Köchin und hält die Wohnung blitzblank.«

Catherine war unsicher. »Aber wenn wir nicht da sind, hat sie zu viel Zeit für sich. Nichts wird sie davon abhalten, im Pub vorbeizuschauen.«

»Hat sie das versucht, während ich weg war?«

»Nein«, gab Catherine zu, »aber ...«

»Du suchst nach Problemen, wo es keine gibt«, rief Bridie. »Du bist ein kleiner Sorgenkrieger. Kate tut alles, um es dir recht zu machen. Ich glaube, du bist zu hart zu ihr.«

Catherine war verärgert. »Ich sehe, dass sie dich um den Finger gewickelt hat. Sie kann lieb und nett sein, wenn sie will, aber das hält nicht lange an.«

Bridie warf ihr einen finsteren Blick zu. »Ich würde alles dafür geben, bei meiner Tochter zu sein – und Kate geht es genauso. Gib ihr ein oder zwei Wochen und schau, wie es läuft.«

Den restlichen August über spielte Kate die Haushälterin, ging einkaufen und kochte, wenn die beiden anderen Frauen von der Arbeit nach Hause kamen. Sie roch kein einziges Mal nach Whiskey, und Catherine fühlte sich schuldig, weil sie sich dagegen gesträubt hatte, dass Kate ihren Urlaub ausdehnte.

Eine Postkarte von Davie bewegte ihre Mutter schließlich zur Rückkehr. Er war für zwei Wochen zurück in Tyneside und wollte, dass sie nach Hause kam.

»Ich weiß nicht, warum er nicht allein zurechtkommt«, beschwerte sich Kate. »Kaum bin ich zurück, sticht er wieder in See und lässt mich allein.«

Catherine wusste, dass ihre Mutter bleiben wollte, aber sie war es leid, ihre Wohnung zu teilen. Sie fühlte sich eingeengt, weil die Couch als Bett benutzt wurde, Kates Nähzeug den Tisch blockierte und bei Regen zusätzliche Wäsche über dem Kamin hing. Kate hatte die Möbel umgestellt, gab Catherine ungefragt Ratschläge und ignorierte ihre Bitte, das Essen nicht zu versalzen und nicht bei Straßenhändlern zu kaufen. Sie sehnte sich nach der Ruhe ihrer Leseabende vor dem Feuer – nur sie und Bridie, ohne Kates ständiges Geplapper und ihre Einmischungen. Seit ihrer Rückkehr aus Irland war Bridie ihr gegenüber seltsam distanziert, und sie wollte ihre alte Freundschaft wieder aufleben lassen.

»Du kannst nicht ewig hierbleiben«, drängte Catherine. »Irgendwann musst du nach Hause fahren.«

Sie saßen zu beiden Seiten des Kamins, während Bridie am Tisch einen Brief an Maisie schrieb. Catherine hoffte, ihre Freundin würde sie unterstützen, aber Bridie schwieg.

Kate warf ihr einen betrübten Blick zu. »Aber ich fühle mich hier mehr zu Hause als in Jarrow.«

»Das liegt daran, dass du im Urlaub bist«, wandte Catherine ein. »Es ist nicht das ganze Jahr über ein reines Vergnügen. Außerdem ist Davie dein Mann, und du wohnst in Jarrow.«

Kate wrang die Hände im Schoß. Ihre Adern traten wie Stricke hervor. Alte, von der Arbeit aufgeraute Hände. Sie sagte: »Ich will nicht dorthin zurück. Ich hasse es, allein zu leben – ich habe noch nie allein gelebt. Ich habe Angst davor, was ich tun könnte, wenn Davie wieder auf See ist.« Sie warf Catherine einen flehenden Blick zu. »Du weißt doch, wie ich bin, wenn niemand da ist, der die Zügel in der Hand hält.«

Catherine schluckte. »Tante Mary und Onkel Alec sind doch da – und all deine Freunde. Du bist nicht auf dich allein gestellt. Nicht so wie hier, wo du außer uns niemanden kennst.«

»Ich will bleiben«, platzte Kate heraus. »Bitte lass mich bleiben!«

Catherine spürte, wie sie in Panik geriet. Sie stand auf und schürte das Feuer, wandte Kate den Rücken zu, um die Verzweiflung in den Augen ihrer Mutter nicht sehen zu müssen. Sie konnte nicht mehr mit ihr zusammenleben. Schon jetzt tanzten sie sich gegenseitig auf den Nerven herum. Kates kleine Sticheleien setzten ihr zu, und sie fühlte sich wieder wie ein böses Kind. Aber ihre Mutter gab ihr zu verstehen, dass es ihre Schuld war, wenn sie in Jarrow wieder mit dem Trinken anfing. Es war eine unmögliche Entscheidung.

»Sieh dir diese Wohnung an«, sagte Catherine aufgewühlt. »Sie ist einfach nicht groß genug für uns drei. Es gibt keinen Platz ...«

Plötzlich schaltete sich Bridie ein. »Wir könnten eine größere Wohnung mieten.«

»Wie bitte?« Catherine drehte sich um und starrte ihre Freundin an.

»Du bekommst ein gutes Gehalt, Catherine, du könntest es dir leisten.«

Warum ermutigte Bridie Kates Fantasie? Sah sie nicht, dass ihre Mutter ihnen alles ruinieren würde? Catherine wurde wütend. Sie liebte ihre Wohnung und wollte nicht umziehen.

»Aber was ist mit Davie?«, suchte sie nach einer Ausrede.

»Was für ein Ehemann ist er denn?«, schnaubte Bridie. »Er ist monatelang weg, und wenn er zwischendurch nach Hause kommt, bläst er Trübsal wie ein verlorener Geist. Das ist kein Leben für eine heitere Frau wie Kate. Er hat sie nicht verdient.«

Catherine starrte die beiden an. Wann hatte Kate Bridie das alles anvertraut?

»Aber du liebst Davie doch?«, fragte sie.

Kate seufzte. »Er ist ein netter Kerl, aber in den letzten Jahren hatte ich wenig zu lachen, das kannst du mir glauben. Manchmal zieht er sich so in sein Schneckenhaus zurück, dass er den ganzen Tag kein Wort sagt. Dann unterhalte ich mich mit den Wänden.«

»Aber er ist immer noch dein Mann«, sagte Catherine verzweifelt.

Bridie fragte wütend: »Willst du deine Mutter zwingen, zu einer lieblosen Ehe zurückzukehren, nur um den Schein zu wahren? Ich weiß alles über unglückliche Ehen und wünsche es niemandem.« Ihre stechend blauen Augen funkelten Catherine an. »In Jarrow gibt es nichts für Kate – du hast selbst gesagt, dort ist es so still wie in einem Grab. Wie kannst du sie in ein Leben schicken, in dem nur Entbehrungen und Bedürftigkeitsprüfungen auf sie warten?«

Catherine stiegen Tränen der Frustration in die Augen. Sie trug keine Schuld an Jarrows Misere oder Kates fader Ehe. Sie war von Anfang an dagegen gewesen, dass ihre Mutter Davie heiratete! Warum also fühlte sie sich so schuldig? Sie ertrug es nicht, dass Bridie sie mit einer solchen Verachtung ansah. Auf einmal brach sie in Tränen aus.

Bridie eilte sofort herbei. »Oh, armes Mädchen, ich wollte dich nicht traurig machen.« Sie umarmte sie fest. »Komm, ich trockne dir die Tränen.«

Kate stellte sich neben sie und berührte zaghaft Catherines Haare. »Ich fahre zurück, Liebes. Davie und ich kommen schon klar. Ich sehe, dass hier kein Platz für mich ist, und es tut mir leid, dass ich dich zum Weinen gebracht habe.«

Catherine fühlte sich durch die plötzliche Freundlichkeit der beiden noch elender. Sie schluchzte, während die Frauen sie wie zwei Glucken bemutterten. Sie nahm das Taschentuch, das Bridie ihr reichte, und putzte sich die Nase. Das Tuch war voller Blut. Ihr schwindelte, als noch mehr Blut aus ihrer Nase strömte. Bridie rief Kate zu, sie solle Tücher aus der Küche holen, während sie Catherine zum Bett half. Ihre Stimmen erklangen und verstummten wie bei einem Radio mit schlechtem Empfang. Als sie sich hinlegte, drehte sich das Zimmer und ihr wurde übel.

Es dauerte eine Stunde, bis die Blutung aufhörte. Danach war Catherine erschöpft und hatte keine Lust mehr, über irgendetwas zu streiten. Sie schlief ein und erwachte in den frühen Morgenstunden, als das silbrige Licht der

Dämmerung durch die Vorhänge sickerte. Sie fühlte sich schwach und lustlos, und der Streit des vergangenen Abends ging ihr nicht aus dem Kopf.

Sie stand auf, ging zum Fenster und blickte auf die stille Straße hinaus. Breite Bürgersteige, verschnörkelte Geländer, gestutzte Hecken und elektrische Straßenlaternen. Es war ein himmelweiter Unterschied zu den New Buildings in Jarrow. Sie sah zu Kate hinüber, die in dem großen Bett schlief, und fühlte sich egoistisch. Ihre Mutter sah so friedlich aus, die Falten in ihrem Gesicht hatten sich geglättet, ihr Mund war halb geöffnet wie der eines Kindes.

»Kannst du auch nicht schlafen?«, flüsterte Bridie und ließ sie zusammenzucken.

»Nein.«

»Komm her und setz dich zu mir, Mädchen.« Bridie machte ihr Platz auf der Couch. »Ich bereite uns gleich einen Tee zu.« Sie legte einen Arm um Catherine. »Du zitterst ja. Fühlst du dich immer noch schlecht? Ich werde später den Arzt holen.«

»Nein, mir geht es gut«, flüsterte Catherine, dankbar für Bridies Mitgefühl. »Es tut mir leid wegen gestern Abend. Wenn du es für das Richtige hältst, lasse ich Kate bleiben. Ich hatte mich nur darauf gefreut, die Wohnung wieder für uns beide zu haben.«

»Ich auch«, versicherte Bridie ihr. »Aber wenn wir eine größere Wohnung hätten, würden wir uns weniger auf die Pelle rücken und besser miteinander auskommen.«

»Mag sein«, sagte Catherine resigniert.

»Es schadet doch nicht, wenn wir uns umsehen, oder?«, ermutigte Bridie sie. »Und wenn wir eine Wohnung finden, die dir gefällt und die groß genug ist, könnten wir vielleicht ...«

»Vielleicht was?«

»Vielleicht könnte ich Maisie aus Irland herholen. Wir könnten alle zusammenleben, wie eine große, glückliche Familie«, sagte Bridie aufgeregt.

Endlich begriff Catherine. »Ach, darum geht es. Du willst Maisie aufnehmen, nicht Kate. Warum hast du das nicht gleich gesagt?«

»Weil du schon so gut zu mir gewesen bist«, sagte Bridie und begann plötzlich zu weinen. »Ich kann nicht von dir verlangen, dass du für Maisie auch noch in die Tasche greifst. Sie ist meine Verantwortung, nicht deine.«

Catherine nahm Bridies Hand. »Sie fehlt dir sehr, nicht wahr?«

Bridie nickte. »Sie ist alles, was ich habe.«

Catherine traf eine Entscheidung. »Wenn es das ist, was du wirklich willst, dann machen wir es. Am Wochenende ziehen wir los und suchen uns eine größere Wohnung.«

Bridie schlang die Arme um sie. »Was bist du für ein liebes Mädchen! Ein großherziges, liebes, liebes Mädchen.«

Catherine lachte. Es durchflutete sie mit einem warmen Gefühl, jemanden so glücklich machen zu können. Die Sorgen um Kate, die Kosten oder die Betreuung von Bridies kleiner Tochter verflogen, während sie sich umarmten. Sie wurde wieder geliebt, und das war alles, was zählte.

31

Kate fuhr nach Jarrow, schrieb aber zweimal wöchentlich, um sich zu erkundigen, wie es mit den Plänen für ihre Rückkehr voranging. Davie war wieder zur See gefahren und hatte eingewilligt, dass sie bei Catherine wohnte, solange er so häufig unterwegs war. Er konnte seine Urlaube auch in Hastings verbringen.

Catherine beschlich eine ungute Vorahnung, was das Zusammenleben mit Kate anging, aber sie verdrängte ihre Zweifel und suchte weiter nach einer geeigneten Wohnung, um Bridie eine Freude zu machen. Ihre Freundin war ganz aufgekratzt bei dem Gedanken, Maisie wieder bei sich zu haben, und schob Catherines zaghafte Fragen beiseite.

»Müssen wir eine Schule für sie suchen?«, fragte Catherine.

»Eine Schule?« Bridie lachte. »Sie ist nicht mehr zur Schule gegangen, seit ich Irland verlassen habe. Sie ist kein Lerntyp.«

»Dann also eine Arbeit?«

»Maisie ist nicht die Art Mädchen, das einer geregelten Arbeit nachgeht«, antwortete Bridie.

»Was soll sie den ganzen Tag machen, während wir arbeiten?«, fragte Catherine.

»Oh, sie kann Kate im Haushalt helfen. Sie ist ein gutes Mädchen – man muss ihr nur sagen, was sie tun soll. Deine Mutter wird sie lieben.«

Auf Drängen der beiden älteren Frauen mietete Catherine eine Maisonettewohnung in der Laurel Street in der Nähe der Strandpromenade. Ende Oktober half Mr Townsend ihr mit dem Transporter des Arbeitshauses beim Umzug. Schweren Herzens händigte sie die Schlüssel zu ihrer Erdgeschosswohnung aus. Es war ein glücklicher Ort gewesen, ihr eigenes Reich. Jetzt musste sie wieder von vorn anfangen, zusammen mit zwei resoluten Frauen, die mitbestimmen würden, wie ihr Haushalt ausgestattet und geführt werden sollte. Trotzdem klammerte sich Catherine an den Glauben, dass sich Kate zum Besseren gewandelt hatte und dass Bridie sie vor der Einmischung ihrer Mutter schützen würde.

Bridie und Catherine begannen mit dem Großreinemachen in der neuen Wohnung und bestellten zusätzliche Möbel. Kate und Maisie sollten die beiden kleinen Schlafzimmer bekommen, weil Bridie der Meinung war, dass sie ihre eigenen Zimmer brauchten, während sie sich mit Catherine das große Schlafzimmer teilte. Es gab ein separates Badezimmer, eine Küche, die groß genug war, um darin zu essen, und einen geräumigen Wohnraum, von dem man einen Teil der Promenade und im Hintergrund das Meer sah.

»Ist das nicht eine Traumwohnung?«, rief Bridie. »Viel schöner als die in der Clifton Road. Und sie liegt näher an den Geschäften und am Strand. Maisie wird glauben, sie wäre gestorben und im Paradies aufgewacht.«

Sie vereinbarten, dass Kate als Erste eintreffen und sich einleben sollte, bevor Maisie aus Irland nachkommen würde. Nervös holte Catherine ihre Mutter am Bahnhof ab, während ihr Bridies aufmunternde Worte in den Ohren klangen: *»Das ist der Beginn eines neuen Lebens für uns alle, Mädchen. Wir werden eine große, glückliche Familie sein.«*

Die Waggons des Londoner Zugs leerten sich. Von Kate keine Spur. Catherine empfand augenblicklich Erleichterung. Ihre Mutter hatte es sich anders überlegt. Es war albern zu glauben, dass sie Jarrow jemals verlassen könnte. Aber in ihrem tiefsten Inneren wusste sie, dass Kate doch kommen würde, und im nächsten Moment entstand am anderen Ende des Zugs ein Tumult. Gepäckstücke wurden aus der Tür geworfen, und ein Schaffner half einem Fahrgast die Treppe hinunter. Sie hörte Kates Lachen. Selbst auf diese Entfernung erkannte sie, dass ihre Mutter betrunken war.

Catherine eilte mit hämmerndem Herzen den Bahnsteig entlang. Kate diskutierte laut, der Schaffner beschwichtigte sie und rief nach einem Gepäckträger, der ihr helfen sollte.

»Nicht nötig«, sagte Catherine hastig. »Ich nehme ihr Gepäck.«

»Da ist sie ja«, grölte Kate, »meine vornehme Tochter, Kitty. Ach, Ver-Verzeihung, sie wird lieber ›Catherine‹ genannt. Ich wette, du hast geglaubt, ich hätte mir das nur ausgedacht, mein Junge.« Sie lachte laut, als sie gegen den Schaffner stolperte.

»Sachte, sachte Ma'am. Ich helfe Ihnen zur Absperrung.« Er warf Catherine einen amüsierten Blick zu.

»Hab mich jahrelang um Kitty gekümmert – jetzt muss sie sich um mich kümmern«, kicherte Kate. »Das ist doch nur fair, oder?«

»Für mich hört es sich so an«, antwortete der Schaffner und zwinkerte Catherine zu.

Sie folgte ihm mit Kates beiden Taschen, hochrot vor Scham. Schnell rief sie ein Taxi und verfrachtete ihre Mutter auf den Rücksitz. Kate sah nicht so aus, als könnte sie zu Fuß zu ihrer neuen Wohnung gehen, und Catherine befürchtete eine unschöne Szene in der Öffentlichkeit. Als sie ihre Mutter die Treppe zur Maisonettewohnung hinaufbugsiert und ihre schweren Taschen hochgewuchtet hatte, kochte Catherine vor Wut.

Sie stellte Kate zur Rede. »Wie kannst du es wagen, in diesem Zustand aufzutauchen?«

»In was für einem Zustand?« Kate schaute sie müde an.

»Sturzbetrunken«, fauchte Catherine.

»Ich habe mir nur ein Schlückchen genehmigt«, sagte Kate und ließ sich auf einen Sessel fallen. »Um die Kälte zu vertreiben. In London war es bitterkalt.«

»Du hast versprochen, nicht mehr zu trinken«, sagte Catherine anklagend. »Ich hätte nicht eingewilligt, dass du herkommst, wenn ich gewusst hätte, dass du immer noch trinkst.«

Kate sah sie verletzt an. »Ich habe nur gefeiert. Tschüss, Jarrow, hallo, Hastings.« Sie bekam Schluckauf. »S-sei nicht s-sauer.«

Catherine seufzte entnervt und ging in die Küche, um ein Glas Wasser zu holen. Als sie zurückkam, hatte Kate die Augen geschlossen und atmete schwer.

»Du kannst hier nicht schlafen.« Catherine schüttelte sie. Kate stöhnte und ließ sich weiter in den Sessel sinken. Wenige Augenblicke später schnarchte sie laut.

Als Bridie vom Einkaufen zurückkam, sah sie Catherine mit tränenüberströmtem Gesicht vor dem Fenster sitzen.

»Was ist los, Mädchen?«, fragte sie besorgt.

Catherine deutete mit dem Kopf auf die schlafende Kate. »Sie ist vollkommen betrunken hier aufgetaucht. So wie immer. Es ist ein großer Fehler. Ich hätte nicht zulassen dürfen, dass sie kommt.« Sie verbarg das Gesicht in den Händen und begann wieder zu weinen.

Bridie legte einen Arm um sie. »Wahrscheinlich war sie so aufgeregt, dich zu sehen. Das heißt nicht, dass sie ständig trinkt. Kopf hoch, Mädchen. Wir haben hier das Sagen und lassen nicht zu, dass sie wieder in schlechte Gewohnheiten verfällt.«

Als Kate aufwachte, war sie zerknirscht und machte ihnen Komplimente über das neue Heim. Sie humpelte in die Küche und krempelte die Ärmel hoch.

»Ich spüle das Geschirr«, erklärte sie. »Ihr genießt euren Feierabend und legt vor dem Kamin die Füße hoch.«

»Hab ich's dir doch gesagt«, flüsterte Bridie Catherine zu, während sie ihr Strickzeug zur Hand nahm und es sich in einem Sessel gemütlich machte. »Komm, setz dich hin und lies mir etwas vor.«

Catherine schlug ein neues Kapitel aus *Große Erwartungen* auf, das sie gemeinsam zu lesen begonnen hatten. Bald darauf kam Kate mit einer Kanne Tee aus der Küche.

»Den trinken wir vor dem Schlafengehen, ja?«, sagte sie. »Lies weiter, Liebes. Ich höre dir gern zu. Sie hat früher selbst geschrieben, wusstest du das, Bridie?«

»Nein, das habe ich nicht gewusst.« Bridie sah sie überrascht an. »Schreibst du immer noch?«

Catherine wurde rot. »Nein, schon lange nicht mehr.« Sie wollte nicht erklären, dass sie nur dann schrieb, wenn sie sich einsam oder unglücklich fühlte. Das Schreiben hatte ihre langen Abende in Harton und Tendring ausgefüllt.

»Sie hat immer in ein altes Schulheft gekritzelt«, fuhr Kate fort. »Jack hatte es ihr aus einer Schule stibitzt, in der er im Krieg untergebracht war. Kitty hat jeden Zentimeter vollgeschrieben. Ich frage mich, was damit passiert ist.«

»Vermutlich hast du es ins Feuer geworfen«, schnaubte Catherine und wunderte sich insgeheim, dass ihre Mutter es überhaupt bemerkt hatte.

»Das hätte ich nicht getan«, protestierte Kate, »aber vielleicht hat der alte John es zum Anzünden benutzt.«

»So eine Überraschung«, sagte Bridie amüsiert. »Catherine ist Schriftstellerin.«

»Ja, und sie hat eine lange Geschichte für die Shields Gazette geschrieben, aber sie wurde sofort zurückgeschickt. Dabei hatte sie Amelia extra dafür bezahlt, sie ordentlich abzutippen, wie für ein Buch.«

»Bridie will das alles nicht hören«, rief Catherine. »Es war ein kindischer Einfall ...«

»Du hast dir schon immer gern Geschichten ausgedacht«, fuhr Kate fort. »Sie hat erzählt, dass es in unserer Straße Kobolde und Feen gibt und dass ich mit Dr. Dyer ausgehe – das war wirklich ein Märchen! Ihr Großvater meinte, ihre Geschichten würden sie entweder hinter Gitter bringen oder ihr Reichtum bescheren.«

Bridie und Kate lachten.

»Nun«, sagte Bridie, »hoffen wir uns allen zuliebe, dass es der Reichtum ist.«

Nach Kates Ankunft achteten Catherine und Bridie darauf, dass sich kein Alkohol in der Wohnung befand. Kate schien sich schnell einzuleben und hielt sich damit beschäftigt, die Wohnung zu putzen und das Essen zuzubereiten. Jeden Tag ging sie einkaufen, suchte in der Metzgerei und im Lebensmittelladen nach Sonderangeboten. Montags wusch sie, dienstags bügelte sie, mittwochs backte sie, donnerstags putzte sie die Fenster, freitags schrubbte sie die Küche und samstags backte sie wieder.

»Siehst du, sie kommt auch ohne Alkohol zurecht«, bemerkte Bridie eines Abends, nachdem Kate ins Bett gegangen war. »Sie war bei ihrer Ankunft nur etwas aufgedreht.«

Während dieser ersten Wochen trat nur ein Problem auf: Mrs Hind, die Witwe aus dem unteren Stockwerk, beschwerte sich darüber, dass Kate im gemeinsamen Hinterhof die Wäsche aufhängte.

Mrs Hind fing Catherine ab, als sie von der Arbeit zurückkam. »Der Montag war schon immer mein Waschtag, und Ihre Mutter nimmt die Leine nie ab, wenn sie fertig ist. Ich muss die ganze Woche auf ihre kahle Wäscheleine starren.«

Catherine bat Kate, stattdessen am Dienstag oder Mittwoch zu waschen.

»Aber ich habe immer montags gewaschen«, protestierte Kate. »Wenn ich es auf später verlege, verschieben sich all meine anderen Aufgaben.«

»Bitte, Kate«, flehte Catherine. »Das spielt doch keine Rolle, oder?«

»Für dich vielleicht nicht, aber ich verrichte hier die harte Arbeit. Die dumme Pute da unten wäscht nur ihre eigene Wäsche. Warum verschiebt sie ihren Tag nicht?«

»An den anderen Tagen ist sie nicht da«, erklärte Catherine, »und sie ist alt und festgefahren in ihrer Art.«

Kate schnaubte. »Dich kann sie vielleicht rumkommandieren, aber mich nicht.«

Catherine beschloss, nicht weiter zu diskutieren, und fand sich damit ab, dass die Nachbarin ihr jeden Montag einen Vortrag hielt. Sie hatte gehofft, dass die Witwe für Kate eine Gefährtin sein könnte, jemand, mit dem sie eine Tasse Tee trinken könnte. Aber aus Mrs Hinds abfälligen Bemerkungen schloss Catherine, dass sie sich für etwas weitaus Besseres hielt als Kate. Darüber verärgert beschloss sie, dass die Nachbarin ihre Wäscheschlacht mit Kate selbst austragen sollte.

»Deine Mutter braucht Gesellschaft«, sagte Bridie, als sie das Thema ansprach. »Es wird Zeit, dass Maisie kommt.«

Bridies Schwester in Irland wurde gebeten, die Fährüberfahrt zu organisieren. Bridie wollte ihre Tochter am Hafen abholen und sie mit dem Zug nach Hastings bringen.

»Unser erstes gemeinsames Weihnachtsfest!«, rief Bridie begeistert an dem Tag, an dem sie ihrer Tochter entgegenfuhr.

»Wie ist denn diese Maisie?«, fragte Kate, nachdem Bridie gegangen war.

Catherine zuckte mit den Schultern. »Ich habe sie noch nicht kennengelernt.«

»Du meinst, sie war in der ganzen Zeit noch nie hier?«, rief Kate.

»Nein, aber Bridie hat sie oft in Irland besucht«, erwiderte Catherine.

»Was stimmt denn nicht mit ihr?«, hakte Kate nach.

»Nichts.« Catherine wurde ungeduldig. »Sie ist nur nicht sehr gescheit, das ist alles.«

»Schwachsinnig, meinst du?«

»Nein! Sie braucht nur ein bisschen Betreuung.«

»Und das soll meine Aufgabe sein?« Kate sah sie durchdringend an. »Deshalb will deine liebe Bridie mich hierhaben – damit ich auf ihr Mädchen aufpasse, während sie arbeiten geht.«

»Du hast uns angefleht, herkommen zu dürfen«, erinnerte Catherine sie. »Wenn es dir nicht passt, kannst du jederzeit nach Hause fahren.«

Doch auch Catherine hatte Bedenken wegen des Neuankömmlings. Wie stark war Maisie beeinträchtigt? Würde sie Anfälle bekommen, ins Bett machen oder nachts umherirren wie einige der Insassen aus Harton? Kate sprach nur ihre eigenen Befürchtungen aus. Die Stanways aus dem Arbeitshaus in Essex hatten sie mit ihrer Ansicht schockiert, dass solche Menschen eingesperrt gehörten.

»Ich würde sie alle sterilisieren«, hatte der Hausvorsteher erklärt. »Die setzen sonst nur noch mehr Geisteskranke in die Welt. Das ist genetisch bedingt, verstehen Sie?«

Catherine war bei diesen Gesprächen zusammengezuckt, denn daraus sprach die gleiche fanatische Engstirnigkeit, der sie hatte entfliehen wollen. Die Stanways und andere Befürworter der Zwangssterilisierung würden sie wegen ihrer unehelichen Herkunft zweifellos genauso hart verurteilen. Sie glaubten, die Schwäche ihrer Mutter wäre eine moralische Krankheit, die auch sie beflecken würde. Deshalb war sie fortgegangen, bevor man sie damit hatte konfrontieren können.

Catherine wartete angespannt auf Bridies Rückkehr und schämte sich für ihre unausgesprochenen Ängste.

32

Es war schon spät, als die Reisenden zurückkehrten. Catherine und Kate erwarteten sie und kämpften gegen ihre Müdigkeit an.

»Was für ein großes Mädchen!«, rief Kate, als sie Bridies Tochter sah. »Ich dachte, du wärst noch ein kleines Kind.«

»Hallo, Maisie«, sagte Catherine lächelnd. »Du musst furchtbar müde sein.«

Maisie schmiegte sich an ihre Mutter und mied ihre Blicke. Bridie wirkte erschöpft.

»Sei nicht schüchtern, Mädchen. Sag Hallo zu den netten Damen«, ermunterte sie sie. Aber Maisie ließ den Kopf hängen und sagte nichts.

»Ich hole den Tee«, sagte Kate schnell.

»Ich nehme dir deinen Mantel ab«, bot Catherine an. »Möchtest du dein Zimmer sehen, Maisie? Wir haben es blau gestrichen, weil deine Mutter gesagt hat, dass das deine Lieblingsfarbe ist.«

Maisie sah ihre Mutter an, als hätte Catherine nichts gesagt. »Milch und zwei Stück Würfelzucker, bitte.«

»Ja, Liebes«, lächelte Bridie, »jetzt zieh deinen Mantel aus und gib ihn Catherine.« Sie half dem Mädchen aus dem Mantel und reichte ihn ihr. Die Freundinnen wechselten einen Blick. Bridie sagte: »Ich denke, Maisie sollte bei mir schlafen, bis sie sich an ihr neues Zuhause gewöhnt hat. Es macht dir doch nichts aus, für ein oder zwei Nächte in das kleine Zimmer zu gehen, oder?«

»Maisie schläft bei dir«, wiederholte Maisie, bevor Catherine antworten konnte.

»Das ist richtig«, versicherte Bridie. »Catherine hat bestimmt nichts dagegen. Und jetzt setz dich neben mich und trink deinen Tee.«

Sie setzten sich an den Tisch am Fenster und nippten am Tee, während Bridie ihnen von der Reise erzählte. Catherine versuchte, Maisie nicht so anzustarren, wie ihre Mutter es tat. Kate hatte recht: Maisie wirkte älter als vierzehn. Sie war kräftig, ihr Körper voll entwickelt, und ihre schwarzen Haare waren zu einem Dutt gebunden wie bei einer Frau mittleren Alters. Aber als Catherine beobachtete, wie Maisie methodisch ihren Tee umrührte und schlürfte, stellte sie fest, dass ihr Gesicht frisch und jugendlich aussah.

Kurz darauf brachte Bridie ihre Tochter in das große Schlafzimmer. Maisie ignorierte Kate und Catherine, die ihr eine gute Nacht wünschten, doch dann drehte sie sich an der Tür um.

»Es sind zweiunddreißig Stufen«, verkündete sie. »Erst zwanzig Stufen, dann zwölf Stufen. Vielen Dank für den Tee.« Dann betrat sie Catherines Schlafzimmer.

Bridie lachte über ihre verwirrten Gesichter. »Die Stufen, die zur Wohnung hochführen«, erklärte sie stolz. »Maisie bemerkt solche Dinge. Weckt uns morgen früh, ja?«

Nachdem sich die Tür geschlossen hatte, sagte Kate: »Na, die ist ja nicht ganz richtig im Kopf. Anstatt uns zu begrüßen, zählt sie die Stufen zur Wohnung. Ich weiß nicht, ob ich den ganzen Tag mit ihr zurechtkomme.«

»Das wird schon werden«, gähnte Catherine. Sie ärgerte sich, dass Bridie ihr Schlafzimmer ungefragt in Beschlag genommen hatte, aber wenn es Maisie half, sich einzuleben, konnte sie sich schlecht beschweren.

Der nächste Tag verlief gut, sie besuchten zu viert die Messe und aßen dann zu Hause ein reichhaltiges Frühstück mit Speck, Eiern und gebratenem Brot. Das

Wetter war winterlich, aber sie gingen mit Maisie am Pier spazieren und zeigten ihr den Hafen und die Fischerboote. Als sie nach Hause kamen, erzählte ihnen das Mädchen, dass in der Bucht sechzehn Boote lagen, während es in Irland nur zwölf Boote im Hafen gab, darunter das von Onkel Michael.

»Du wirst mir eine Hilfe sein, wenn ich beim Einkaufen die Pennys abzählen muss«, sagte Kate lachend.

Aber am Montagmorgen gab es eine Szene, als Bridie zur Arbeit ging. Maisie rannte zur Tür und heulte wie ein Baby. Kate versuchte, sie zurückzuhalten, aber das Mädchen war stark und stieß sie zu Boden. Bridie kehrte um und redete auf ihre Tochter ein, aber die war inzwischen hysterisch geworden. Mrs Hind kam an ihre Tür und wollte wissen, was der Lärm zu bedeuten habe.

»Lassen wir sie die Stufen zählen«, schlug Catherine verzweifelt vor. »Wie viele Stufen siehst du, Maisie?«

Das Weinen wurde leiser. Maisie spähte über das Treppengeländer.

»Tante Kate wird sie mit dir zählen«, ermutigte Catherine sie. »Mach schon«, zischte sie ihrer Mutter zu.

Sie stahlen sich aus dem Haus, während Kate und Maisie laut zählend die Treppe hinauf- und hinuntergingen.

Mit jedem Morgen ließen Maisies Proteste beim Aufbruch ihrer Mutter nach, bis sie schließlich unbeteiligt am Tisch saß und sich nicht einmal verabschiedete.

Catherine bemerkte, dass sich das Mädchen immer mehr an Kate hängte und sich lieber von ihr frisieren ließ als von Bridie.

Kate murrte: »Ich kann nicht mal aufs Klo gehen, ohne dass sie mitkommt. Sie ist wie mein Schatten.« Aber Catherine war sicher, dass sich ihre Mutter insgeheim darüber freute, wie schnell Maisie sie lieb gewonnen hatte.

Bridie war weniger angetan davon, dass ihre Tochter ihre Zuneigung auf Kate übertragen hatte.

»Sie ist zu alt für Ringellöckchen«, beschwerte sie sich, als Kate Maisies Haare an einem Abend mit Stoffstreifen zusammenband.

»Sie wird hübsch aussehen«, widersprach Kate, »viel besser als mit diesem altbackenen Dutt, den du ihr verpasst.«

»Hübsch aussehen«, wiederholte Maisie feierlich. »Sechzehn Ringellöckchen.«

Im Dezember bestand Catherine darauf, dass Maisie ihr eigenes Zimmer bezog.

»Das ist meine Wohnung«, erklärte sie, als Bridie Ausflüchte machte. »Du kannst dich mit Maisie in ihr Zimmer quetschen, wenn ihr zusammenbleiben wollt, aber ich will mein Bett zurück.«

Anstatt wie von Bridie vorhergesagt einen Wutanfall zu bekommen, akzeptierte Maisie den Umzug ohne Murren.

»Ich mag das blaue Zimmer«, verkündete sie beim Frühstück. »Milch und zwei Stück Würfelzucker. Danke, Tante Kate.«

Als Weihnachten näher rückte, stürzten sie sich in die Vorbereitungen für ihr erstes gemeinsames Weihnachtsfest in der neuen Wohnung. Sie gaben Kate zusätzliches Geld, um Zutaten für Mince Pies und Plumpudding zu kaufen. Catherine und Bridie verbrachten einen fröhlichen Samstagnachmittag mit Geschenkeeinkäufen, und Maisie half ihnen beim Schmücken des Baums, zerbrach dabei aber ebenso viele Kugeln, wie sie aufhängte.

»Pass auf, du Tollpatsch«, schimpfte Kate, als sie ein Tablett mit heißen Pasteten hereintrug und Maisie sie anrempelte. Drei Pasteten landeten auf dem Boden. Maisie flüchtete in ihr Schlafzimmer.

»Du musst vorsichtiger sein«, schalt Bridie. »Du hättest dem Mädchen eine böse Verbrennung zufügen können.«

Kate schmiss die restlichen Pasteten auf den Boden. »Macht euer Weihnachtsessen doch selbst. Ich bin nicht eure verdammte Dienstmagd!« Sie riss sich die Schürze herunter, eilte zur Tür und griff sich auf dem Weg nach draußen ihren Mantel.

»Wo willst du hin?«, rief Catherine ihr beunruhigt hinterher.

»Das geht dich nichts an«, rief Kate und knallte die Tür zu.

Bridie schaute verwirrt. »Was habe ich gesagt?«

Catherine seufzte. »Ich gehe ihr nach. Vielleicht hat sie noch Geld in der Tasche.«

Sie holte Kate an der Strandpromenade ein. Ein kalter Schneeregen prasselte auf das Geländer. »Warte! Was ist denn in dich gefahren? Bridie war nur etwas aufgebracht, weil du Maisie so angefahren hast.«

Kate wollte etwas erwidern, doch dann ließ sie die Schultern hängen und stieß einen langen Seufzer aus.

»Ich habe es satt, mich von Bridie rumkommandieren zu lassen, als wäre sie die Hausherrin«, beschwerte sich Kate. »Und Maisie ist zwar ein liebes Mädchen, aber es ist anstrengend, den ganzen Tag mit ihr allein zu sein. Ich kann nirgendwo hingehen, ohne dass sie mir hinterherdackelt und dummes Zeug redet.« Sie warf Catherine einen verzweifelten Blick zu. »Kann ich mir an Weihnachten nicht einen kleinen Tropfen gönnen, ein bisschen Spaß, Liebes?«

Catherine wandte sich ab und blickte auf das kabbelige graue Meer hinaus. Das Letzte, was sie wollte, war, dass ihre Mutter wieder trank. Aber Kate hatte die Last, den Haushalt zu führen und sich um Maisie zu kümmern, ohne zu klagen geschultert. Sie musste sich manchmal einsam fühlen, ohne Freunde oder Nachbarn, mit denen sie tratschen und den Alltag aufheitern konnte. Hatte sie zur Feier des Tages nicht ausnahmsweise ein Gläschen verdient?

»Bitte, Kitty«, flehte Kate, »nur ein kleines Schlückchen zu Weihnachten.«

Catherine wandte sich um und sagte: »Also gut, zum Weihnachtsessen.«

Zu Catherines Überraschung verlief ihr erstes gemeinsames Weihnachtsfest friedlich. Der Tag war kühl und klar, das Meer schillernd blau, als sie sich auf den Weg zur Messe machten. Bridie hatte darauf bestanden, zu Hause zu bleiben, um das Mittagessen zuzubereiten, damit Kate einen freien Tag hatte. Maisie trottete zufrieden zwischen ihnen her, eingemummelt in einen violetten Schal mit passender Mütze, die Catherine für sie ausgesucht hatte.

Bei ihrer Rückkehr bemerkte Catherine ein seltsames Winseln und Kratzen hinter der Schlafzimmertür.

»Was hast du da?«, fragte sie misstrauisch. »Ist der Truthahn ausgebrochen?«

Bridie lachte. »Mach schon, öffne die Tür und lass das Schätzchen raus.«

Kaum hatte Catherine die Türklinke heruntergedrückt, huschte ein kleiner weißer Terrier heraus und schlitterte aufgeregt bellend über den Linoleumboden. Er rannte um ihre Beine herum, dann um den Tisch und sprang an Kate hoch.

»Runter da!«, kreischte sie.

Maisie schrie und klatschte in die Hände, woraufhin der Hund noch lauter bellte. Catherine ging zu ihm und streichelte ihn. »Du bist ja ein hübsches Kerlchen! Wie heißt du denn?«

»Das entscheidest du«, sagte Bridie schmunzelnd. »Er ist mein Geschenk für dich.«

Catherine stieß einen Freudenschrei aus. »Für mich? Das ist ja wunderbar!« Sie ging in die Hocke, kraulte den Hund und ließ sich von ihm das Gesicht abschlecken.

»Ich wusste, dass du ihn lieben würdest«, sagte Bridie lächelnd. »Ich habe ihn über Nacht bei den Townsends gelassen und heute Morgen abgeholt.«

Catherine lachte, während sie mit dem Hund spielte. »Was für eine Überraschung! Das ist das beste Weihnachtsgeschenk meines Lebens.«

Kate schnaubte. »Es ist das dümmste Geschenk! Das ist kein Ort, um Hunde zu halten. Und wer soll auf ihn aufpassen, während du arbeitest? Ich bin wohl wieder die Dumme.«

Catherine beschwichtigte sie. »Ich nehme ihn mit zur Arbeit und gehe mittags mit ihm Gassi.«

Sie sah den ängstlichen Blick auf Maisies Gesicht. »Möchtest du ihn streicheln?«, fragte sie sanft. »Er macht einen wilden Eindruck, aber ich weiß, dass er ein weiches Herz hat.«

»Nur zu, Mädchen«, ermutigte Bridie ihre Tochter und beugte sich vor, um den Hund zu streicheln. »So – siehst du?«

Maisie trat näher und berührte ihn am Rücken. Er drehte sich um, sprang auf sie zu und leckte ihr die Hand ab. Das Mädchen quiekte und blieb wie erstarrt stehen, aber er fuhr damit fort, an ihr hochzuspringen und ihre Hand abzuschlecken. Catherine nahm ihn auf den Arm und hielt ihn fest.

»Versuch es jetzt«, sagte sie.

Maisie streckte zaghaft eine Hand aus und tätschelte ihm den Kopf. Der Hund verhielt sich ganz ruhig in Catherines Armen. Sie spürte sein Herz schlagen und empfand eine Woge der Liebe zu dem Tier, das sich so vertrauensvoll an sie schmiegte. Maisie wurde mutiger und streichelte sein borstiges Fell.

Catherine sah ihre Mutter an, die einen wachsamen Abstand hielt. »Möchtest du ihn auch einmal streicheln?«

Kate schnaubte. »Hunde sind dreckige, stinkende Viecher. Für den Köter hätte ich keine zwei Pence ausgegeben.«

Catherine war zu hingerissen von dem Welpen, um sich darüber zu ärgern. Lachend rief sie: »So werde ich dich nennen, du hübscher Kerl. Zwei Pence – Tuppence.« Sie rieb ihr Gesicht an seinem. »Ein Tuppence, der es wert ist, geliebt zu werden.«

Sie wusste, womit sie die Laune ihrer Mutter verbessern konnte, und nickte Bridie zu. »Jetzt öffnen wir die Flasche Sherry und stoßen auf unser neues Familienmitglied an.«

Bridie holte schnell drei Gläser und schenkte den Sherry ein. Kates Augen begannen beim Anblick der Flasche zu leuchten, die in Catherines und Bridies Schlafzimmer versteckt gewesen war. Sie trank ihr Glas in zwei Schlucken aus und goss sich, ohne zu fragen, ein weiteres ein.

»Ich trage das Essen auf«, sagte Bridie.

»Das hat keine Eile«, erwiderte Kate, und ihre Miene entspannte sich, während sich eine warme Röte über ihre Wangen legte.

Aber Catherine nickte zustimmend. »Ich decke den Tisch und tranchiere den Truthahn.«

Sie nahmen Platz und aßen Truthahn mit Kastanienfüllung, Gemüse und Brotsoße. Catherine räumte den Sherry weg, holte aber eine Flasche Bier heraus, die sie Kate versprochen hatte. Ihre Mutter war leicht angetrunken, aber fröhlich, und sie plauderten unbeschwert, während sie sich das Essen schmecken ließen. Catherine hielt Tuppence ein Stück Fleisch hin.

»Verwöhn ihn nicht so«, warnte Kate. »Sonst frisst er als Nächstes die Teller leer.«

»Sie hat recht«, sagte Bridie und schwenkte mahnend einen Finger.

Catherine blickte in das erwartungsvolle Gesicht, das sich mehr erhoffte. »Es ist auch sein Weihnachtsfest«, sagte sie, ignorierte die Ratschläge und gab ihm ein weiteres Stück Truthahn.

»Du bist weich wie Wachs«, schnaubte Kate.

»Ja, das ist sie«, stimmte Bridie mit einem warmen Lächeln zu, »und dafür lieben wir sie.«

Catherine wurde rot und lachte. Doch für einen flüchtigen Moment bemerkte sie einen merkwürdigen Blick in Kates Augen. War sie verärgert oder verängstigt? Als ihre Mutter Bridie ansah, blitzte fast ein Hauch von Zorn auf. Aber dann nippte sie an ihrem Bier und lachte ebenfalls.

»Sie war aber nicht immer lieb und nett«, erklärte Kate. »Hat sich vor den Nachbarskindern als herrische kleine Madame aufgeführt und wollte immer die Anführerin sein. Bei ihren Mutproben sind mir fast graue Haare gewachsen. Sie hat auf den Holzbohlen unten im Slake gespielt – bei Flut ist er so tief wie das Meer. Ein Sturz ins Wasser, und es wäre vorbei gewesen. Und dann gab es da diesen Jungen, Billy. Habe ich dir schon von dem einen Mal erzählt, als ...«

»Schluss jetzt, Kate!«, sagte Catherine aufgebracht. »Bridie will dieses Geschwätz von früher nicht hören.«

Bridie blickte zwischen den beiden hin und her, besorgt über den plötzlichen Stimmungsumschwung. Catherine stand abrupt auf und holte die zweite Flasche Bier, die sie in Reserve hatte. Sie stellte sie mit einem warnenden Blick vor Kate.

»Keine Geschichten mehr«, sagte sie knapp. Als sie sich an Bridie wandte, lächelte sie. »Das Essen war köstlich. Wie wäre es, wenn wir einen Spaziergang mit Tuppence machen, bevor es dunkel wird?«

»Was ist mit dem Plumpudding?«, rief Kate.

»Ich bin im Moment zu satt dafür«, sagte Catherine. »Ein bisschen frische Luft macht uns wieder Appetit.«

»Von mir aus gern«, sagte Bridie und stand schnell auf.

»Maisie und ich bleiben hier und spielen Snap«, verkündete Kate. »Du spielst doch gern Karten, oder, Liebes?«

»Snap«, wiederholte Maisie.

Catherine war erleichtert. Was machte es schon, wenn Kate das ganze Bier trank, während sie unterwegs waren? Es war ja nur für diesen einen Tag im Jahr.

Die beiden Freundinnen genossen einen erfrischenden Spaziergang im schwindenden Licht hinunter zum Hafen. Die warme Beleuchtung der Häuser und der Klang eines Klaviers, auf dem jemand in einem Zimmer im

Obergeschoss spielte, bescherten Catherine ein wohliges Gefühl, während sie Tuppence an seiner neuen Lederleine festhielt und ihm nacheilte.

An der Hafenmauer blieben sie stehen. Das Meer glitzerte bronzefarben in der winterlichen Abendsonne.

»Was war das mit diesem Jungen namens Billy?«, fragte Bridie plötzlich.

Catherines Herz begann zu rasen. »Nichts«, sagte sie abweisend. »Nur ein Streich, der schief gelaufen ist. Der Junge ist von den Balken in den Slake gestürzt und fast ertrunken. Wir anderen Kinder haben eine ordentliche Tracht Prügel dafür kassiert. Das ist alles.«

»Aber es wühlt dich immer noch auf?«, fragte Bridie leise.

Catherine zuckte mit den Schultern. »Ich habe schon seit Jahren nicht mehr daran gedacht. Ich mag es einfach nicht, dass Kate immer wieder in der Vergangenheit herumstochert, sobald sie etwas getrunken hat. Man weiß nie, was für fantasievolle Geschichten sie sich ausdenkt.«

Bridie legte einen Arm um sie. »Sie kann sagen, was sie will, es ändert nichts. Ich werde immer nur das Beste von dir denken. Selbst wenn du eine herrische kleine Madame warst«, stichelte sie.

»Das war ich nie!«

Bridie lachte schallend. »Du könntest keine Wäscherei leiten, wenn du nicht auch ein bisschen herrisch wärst.«

Auch Catherine musste plötzlich lachen. »Da hast du wohl recht.«

Irgendwie schaffte es ihre Freundin immer, ihr die lustige Seite vor Augen zu führen, sodass ihre Angst verflog. Gemeinsam kehrten sie mit dem hechelnden Hund zurück, der sich erschöpft vor dem Kamin niederließ.

Es war dunkel geworden, und sie zogen die Vorhänge zu. Sie aßen den Plumpudding, die Scones und den Kuchen, die Kate am Vortag zubereitet hatte. Bridie schaltete das Radio ein, und sie lauschten einem Orchester, während sie Karten spielten und Tee tranken.

Kate nickte vor dem Feuer ein, und Catherine las Maisie eine Geschichte vor, bis sie alle schläfrig wurden. Auf dem Weg ins Bett überprüfte Catherine, ob die Sherryflasche noch unten in ihrem Kleiderschrank versteckt war. Dort stand sie und war noch halb voll. Catherine legte sich schlafen, Tuppence rollte sich zu ihren Füßen zusammen, und sie fühlte sich satt und zufrieden. Es war seit langer Zeit das beste Weihnachten, an das sie sich erinnern konnte.

Erst viel später, als der zweite Weihnachtsfeiertag vorbei war und sie wieder arbeiten mussten, kam ihr der Gedanke, die Sherryflasche genauer zu untersuchen. Kate hatte den Inhalt ausgetrunken und ihn durch kalten Tee ersetzt.

33

Zunächst gelang es Kate, ihren Alkoholkonsum zu verbergen. Catherine freute sich, dass sich ihre Mutter für Tuppence zu erwärmen schien und ihr anbot, an den kurzen Januarnachmittagen mit ihm spazieren zu gehen.

»So habe ich einen Grund, rauszugehen«, sagte Kate. »Und Maisie hat sich in ihn verguckt – er hält mir das Mädchen vom Leib, wenn ich in der Küche zu tun habe.«

Also führte Catherine den ungestümen Welpen frühmorgens in der Dunkelheit aus und ließ ihn dann in Kates Obhut. In diesem Winter herrschte in der Wäscherei des Arbeitshauses Hochbetrieb, da die Zahl der bedürftigen Insassen und arbeitslosen Landstreicher, die ein Bett für die Nacht suchten, zunahm. Catherine und Bridie schufteten viele Stunden lang und waren froh, wenn sie von Kate mit einer warmen Mahlzeit und von Tuppence mit einer stürmischen Begrüßung empfangen wurden.

Oft war Catherine so erschöpft, dass sie nach dem Abendessen direkt ins Bett ging. Bridie und Kate wetteiferten darum, sie zu umsorgen.

»Ich bringe dir eine Tasse Tee, Liebes«, bot Kate an.

»Nein, sie braucht Ruhe, nicht noch mehr von deinem Tee«, warf Bridie ein.

»Was ist denn an meinem Tee auszusetzen?«, empörte sich Kate.

»Er ist so stark, dass er sie bis in die frühen Morgenstunden wachhält.«

»Ich habe ihn immer so gemacht. Das Mädchen mag ihn so, nicht wahr, Kitty?«

Catherine wurde allein schon vom Zuhören müde. »Ich brauche nichts, danke. Ich möchte nur schlafen.«

»Da hast du es!«, sagte Bridie mit Genugtuung. »Lass Catherine in Ruhe. Wir wollen doch nicht, dass sie sich aufregt und eine ihrer Blutungen bekommt.«

»Ich weiß mehr darüber als du«, schnaubte Kate.

Catherine warf Bridie einen flehenden Blick zu, und ihre Freundin schluckte eine Erwiderung herunter.

Plötzlich lächelte sie. »Natürlich tust du das«, stimmte Bridie zu. »Du bist schließlich ihre Mutter. Wir wollen beide das Beste für das Mädchen.« Sie wandte sich an Catherine. »Du gehst jetzt ins Bett. Kate und ich setzen uns ans Feuer, trinken den Tee aus und spielen eine Runde Karten. Nicht wahr, Kate?«

Ihre Mutter war von Bridies plötzlichem Charme völlig entwaffnet und willigte kleinlaut ein. Als Catherine im Bett lag und die beiden im Nebenzimmer plaudern hörte, kam ihr der Gedanke, dass es in Bridies Interesse lag, mit Kate auszukommen. Wie sollte Maisie sonst bei ihr bleiben können? Wenn Kate ihre Unterstützung verweigerte, müsste Maisie nach Irland zurückkehren.

Also ignorierte Catherine die kleinen Anzeichen, die darauf hindeuteten, dass zu Hause etwas nicht stimmte: ein zerbrochener Teller, für den Maisie verantwortlich gemacht wurde, verbrannte Bügelwäsche, Milch, die im Schrank statt in der Anrichtekammer stand. Gelegentlich wirkte Kate geistesabwesend, aber sie roch nie nach Alkohol, sondern nur stark nach dem Maiglöckchen-Parfüm, das sie zu Weihnachten bekommen hatte.

An einem Samstag im Februar gingen Catherine und Maisie mit Tuppence in der Altstadt spazieren, als der Hund sie zum Eingang eines Pubs zog.

»Nicht da rein«, sagte Catherine und zog ihn weg. Der Hund bellte vor der Tür. Maisie blieb stehen und wartete. »Komm schon, Tuppence«, drängte Catherine, aber er bellte noch lauter.

In diesem Moment schwang die Tür auf, und ein kleiner, stämmiger Mann in einer senffarbenen Weste kam heraus.

»Hallo, alter Kumpel«, gluckste er und streichelte Tuppence liebevoll. »Ich hatte heute nicht mit dir gerechnet – hab gar keinen Knochen für dich.« Er blickte auf. »Hallo, Maisie.« Er warf Catherine einen fragenden Blick zu. »Führen Sie den kleinen Racker für Kate aus?«

Catherine starrte ihn an. »Das ist mein Hund«, stotterte sie.

Der Mann warf ihr einen ungläubigen Blick zu, zuckte aber mit den Schultern. »Sie können gern reinkommen, Miss. Wer ein Freund von Tuppence ist, ist auch mein Freund«, scherzte er.

Catherine sah ihn entrüstet an. »Ich komme ganz sicher nicht rein.« Sie zerrte den Hund an der Leine die Straße hinunter und rief Maisie streng zu, ihr zu folgen.

Als sie die Hafenmauer erreichten, kochte sie vor Wut. Sie drehte sich zu Maisie um.

»Wie oft warst du mit Kate im Penny Luck?«

Maisie starrte auf die Fischerboote, als hätte sie sie nicht gehört.

»Gehst du mit ihr da rein?«, fragte Catherine. Maisie schwieg. Catherine packte sie am Arm und schüttelte sie. »Antworte mir! Gehst du mit Kate trinken?«

Maisie erwiderte ihren Blick, ihre Augen waren vor Schreck geweitet. Wimmernd wich sie zurück und rief nach ihrer Mutter. Catherine versuchte, sie zu beruhigen.

»Es tut mir leid, ich wollte dich nicht anherrschen. Du hast nichts falsch gemacht. Ich bin nur wütend auf Kate.« Sie strich dem Mädchen über das Haar, so wie Bridie es tat, um ihre Tochter zu beruhigen, aber Maisie hörte nicht auf zu weinen.

»Komm«, sagte Catherine schnell, »wir kaufen unterwegs beim Süßwarenladen ein paar Birnen-Drops.« Es waren Maisies Lieblingsbonbons. Das Weinen ließ ein wenig nach. Catherine legte einen Arm um das Mädchen und schob es zügig voran.

Beim Süßwarenladen angekommen, hatte sich Maisie beruhigt. Als sie sich der Wohnung näherten, fürchtete sich Catherine vor der Konfrontation mit ihrer Mutter.

Auf der Treppe sagte Maisie, während sie an ihrem Bonbon lutschte: »Nur ein kleines Schlückchen, um die Kälte zu vertreiben. Ein kleines Schlückchen für Kate und etwas Süßes für Maisie. Unser kleines Geheimnis.«

Bridie war vom Friseursalon zurück, saß am Tisch und nähte. Catherine stürmte in Kates Schlafzimmer, wo sich ihre Mutter ausruhte, und begann, die Schubladen aufzuziehen. Tuppence sauste bellend herein.

»Wo hast du ihn versteckst?«, rief sie und durchwühlte Kates Kleidung.

»Was machst du da?«, fragte Kate alarmiert. »Du hast kein Recht ...«

»Du trinkst wieder«, beschuldigte Catherine sie. »Du kaufst Alkohol von meinem Geld! Wie konntest du nur? Und dann nimmst du das arme Mädchen auch noch mit an diesen schrecklichen Ort. Von meinem Hund ganz zu schweigen!«

Da entdeckte sie in einem Pantoffel unter dem Bett eine halb leere Whiskeyflasche. Sie hielt sie Kate vor die Nase.

»Wie lange hängst du schon wieder an der Flasche? Was war ich naiv, dir zu glauben, du hättest damit aufgehört. Du hast mich angelogen – und Bridie. Du hast es mir versprochen!«

Kate schwang die Beine über die Bettkante. »Jetzt tu nicht so heilig«, sagte sie verächtlich. »Du bist mit deiner Freundin auch kein perfektes Vorbild.«

»Was soll das denn heißen?«, fragte Catherine.

»Du und sie – zwei erwachsene Frauen, die sich ein Bett teilen. Das ist widernatürlich.« Kate warf Bridie einen vernichtenden Blick zu, die mit offenem Mund hinter Catherine stand und den Streit verfolgte.

Catherine wurde blass vor Empörung. »Du und deine schmutzige Fantasie. Wir haben uns früher auch ein Bett geteilt, schon vergessen? Das ist nichts anderes.«

Kate schnauzte: »Das ist ein himmelweiter Unterschied. Ich bin deine Mutter.«

»So wie Bridie«, erwiderte Catherine. »Sie ist wie eine Mutter für mich. Also halte sie da raus. Du trägst hier die Schuld.«

»Ach, tue ich das?«, fauchte Kate zurück. »Ist es meine Schuld, dass ich hier den ganzen Tag mit der beschränkten Maisie festsitze und hinter diesem wilden Hund herräumen muss?« Sie schubste Tuppence aus dem Weg. »Du hättest es nie bemerkt, wenn Maisie dir nichts verraten hätte. Den ganzen Tag sagt sie kein Wort, und dann plappert sie über unsere kleinen Abstecher in den Pub.«

Bridie rief: »Du nimmst mein Mädchen mit in den Pub? Du bösartiges Weib!«

»Sie hat ihren Spaß«, verteidigte sich Kate. »Wenigstens beachten die Leute sie dort ein bisschen – mehr als hier.«

»Wie kannst du es wagen?«, tobte Bridie und stürmte auf Kate zu. Aber Catherine hielt sie am Arm fest.

»Nein, ich regle das, kümmere du dich um Maisie.«

Im Hintergrund hörte sie das Mädchen wimmern. Sie schob Bridie zur Tür und schloss sie hinter ihr. So ruhig wie möglich wandte sie sich an Kate.

»Das kann so nicht weitergehen. Du bist hier in meiner Wohnung, denk dran. Ich bin diejenige, die alles bezahlt, und ich werde nicht zulassen, dass du meinen Lohn versäufst, so wie Großvater deinen.«

Bei diesen Worten ließ Kate die Schultern hängen und gab ihren Widerstand auf.

»Es tut mir leid, Mädchen, ich kann nicht anders. Ich brauche ein bisschen Trost, um den Tag durchzustehen.« Sie blickte finster drein. »Ich bin fünfzig und habe gar nichts. Ich sehe meinen Mann so gut wie nie. Hier bin ich ein Fisch auf dem Trockenen, aber ich habe nichts, wofür ich zurückgehen könnte. Ich brauche etwas zu tun, Kitty, mehr, als nur das Abendessen für dich und deine Freundin zu kochen. Ich brauche Arbeit. Mir geht es besser, wenn ich etwas zu tun habe. Finde eine Aufgabe für mich, Liebes«, flehte sie.

Catherine lehnte sich ratlos an die Tür. Noch vor einem Moment war sie bereit gewesen, ihre Mutter hinauszuwerfen und zurück in den Norden zu schicken. Sie war Davies Problem, nicht ihres. Aber als sie die verzweifelte Frau sah, die mit gekrümmtem Rücken auf der Bettkante hockte, wusste sie, dass sie Kate nicht sich selbst überlassen konnte. Sie würde ihr noch eine Chance geben.

»Lass mich ein paar Tage darüber nachdenken«, seufzte Catherine.

»Du schickst mich nicht zurück nach Jarrow?«, flüsterte Kate.

Catherine schüttelte den Kopf.

Kate schenkte ihr ein zittriges Lächeln. »Danke, Kitty, du bist ein gutes Mädchen.«

Catherine wappnete sich innerlich. »Aber du gehst mit Maisie nicht mehr in die Nähe des Penny Luck. Versprochen?«

»Ja«, stimmte Kate zu und wischte sich mit dem Ärmel über die Augen.

Catherine erkannte an Kates ernsthaftem Gesichtsausdruck, dass sie es wirklich versuchen wollte, aber tief in ihrem Inneren zweifelte sie daran, dass ihre Mutter ein solches Versprechen halten konnte.

34

»Ein prächtiges Haus, nicht wahr?«, sagte eine Frau im Vorübergehen. »Eine Schande, dass es so verfallen ist.«

Catherine wandte sich um und schreckte aus ihrer Träumerei auf. Sie war beschämt, dass sie dabei ertappt worden war, wie sie durch das Geländer auf den überwucherten Garten und das Haus dahinter geblickt hatte. Vor ein paar Monaten hatte sie es auf dem Weg zur Arbeit zum ersten Mal bemerkt, nachdem das Herbstlaub von den Bäumen gefallen war und den Blick auf ein rotes Backsteingebäude mit einem malerischen Türmchen und großen Fensterläden freigegeben hatte. Das Gebäude wirkte geheimnisvoll und einladend mit dem Verkaufsschild am Tor, als wollte es sie zu weiteren Erkundungen ermuntern.

»Ja, eine Schande«, murmelte Catherine. »Ich bin überrascht, dass es noch niemand gekauft hat.«

Die Frau schüttelte den Kopf. »Mein Onkel hat dort früher Tee ausgeliefert«, vertraute sie ihr an. »Es hat einem Mann gehört, der sein Vermögen in Indien gemacht hat – er hatte indische Dienstboten, hat Onkel Vic erzählt. Das ist das Problem an einem solchen Haus, wissen Sie? Man braucht viele Bedienstete dafür, und niemand will heutzutage so eine Arbeit verrichten, nicht wahr?«

Catherine nickte der Frau zu und wollte sich entfernen.

»Aber man könnte natürlich eine Pension daraus machen«, meinte die Fremde.

Catherine sah sie verblüfft an, dann wurde ihr klar, dass die Frau nicht sie persönlich gemeint hatte. Doch den ganzen Tag bei der Arbeit ließ sie der Gedanke nicht mehr los. Sie fühlte sich von der früheren Pracht des Hauses angezogen. Es war die Residenz eines wohlhabenden Geschäftsmanns gewesen. Das Gebäude schrie förmlich danach, geliebt und wieder zum Leben erweckt zu werden. Ein Herrenhaus, das denen aus ihren kindlichen Tagträumen so sehr ähnelte, dass es schien, als hätte das Schicksal sie zu seinen Toren geführt.

Schluss mit den Hirngespinsten, mahnte sie sich. Ein solches Anwesen war für sie unerreichbar. Aber wenig später überlegte sie, wie viele Schlafzimmer es wohl hatte und wie viele Gäste es beherbergen mochte. Kate könnte sich um das Haus kümmern, und die Bewohner würden ihr Gesellschaft leisten. Es lag zu weit außerhalb des Stadtzentrums, um heimlich in den Pub zu gehen. Catherine wusste, dass Kate immer noch im Penny Luck vorbeischaute.

Erst gestern hatte sie im Küchenschrank eine Flasche Hustensaft gefunden, die mit Whiskey gefüllt war. Als sie Kate daraufhin zur Rede stellte, stritt sie ab, dass sie ihr gehörte, und behauptete, Bridie hätte sie dort hingestellt, um sie in Schwierigkeiten zu bringen.

»Alles Lügen, du alte Säuferin«, hatte Bridie gespottet und Kate damit erst recht in Rage gebracht.

Catherine wusste, wenn ihr gemeinsamer Haushalt fortbestehen sollte, musste sie ihre Mutter so schnell wie möglich außerhalb der Stadt unterbringen und dafür sorgen, dass sie Bridie nicht auf den Nerven herumtanzte. Noch am selben Tag rief sie im Büro des Immobilienmaklers an und vereinbarte einen Besichtigungstermin für »The Hurst«.

Am Samstag nahm sie Bridie mit, um sich umzusehen. Catherine war entzückt von den blühenden Narzissen auf der Auffahrt und den alten Bäumen, die im Sommer für Abgeschiedenheit sorgen würden.

»Sieh mal, sogar einen Tennisplatz gibt es«, rief Bridie. »Stell dir nur vor, was für wunderbare Tennis-Partys wir hier veranstalten könnten.«

Der Makler führte sie durch mehrere große Räume im Erdgeschoss.

»Es riecht ein wenig muffig«, sagte Catherine zögernd und blickte in den düsteren Salon mit dem offenen Kamin.

»Es braucht nur einen kleinen Frühjahrsputz«, erklärte Bridie.

»Ganz recht«, sagte der Makler. »Es steht seit über einem Jahr leer. Hier geht es zum Billardzimmer.«

»Billardzimmer?«, quietschte Bridie. »Noch mehr Partys!«

»Wie viele Zimmer sind es insgesamt?« Catherine schluckte, als sie ihm zurück in die Halle folgten. Zwei große Porzellanvasen, auf denen exotische Vögel abgebildet waren, standen zu beiden Seiten der großen Haupttreppe.

»Fünfzehn. Wie es sich für ein Herrenhaus gehört«, sagte der Makler und führte sie die Treppe hinauf.

Catherine konnte sich vorstellen, wie prachtvoll das Gebäude einst gewesen sein musste. Es roch immer noch nach verblasstem Zigarrenrauch und Essigpolitur, nach getrockneten Rosen. Fast erwartete sie, einen indischen Diener mit buntem Turban zu sehen, der auf einem silbernen Tablett den Tee servierte. Zunehmend aufgeregt folgte sie dem Makler und hielt sich an Bridies Arm fest.

Sie verloren den Überblick über die Anzahl der Schlafzimmer. Die Küche war altmodisch, mit einem riesigen schwarzen Herd, aber es gab eine separate Anrichtekammer, eine Küchenstube und ein noch immer funktionsfähiges Klingelsystem, mit dem die Bediensteten gerufen wurden.

»Wir können nach Kate klingeln, damit sie uns morgens Tee und Toast bringt«, scherzte Bridie.

»Wenn du dir den Tee über den Kopf schütten lassen willst«, prustete Catherine.

»Oh, Catherine, es ist ein Traumhaus. Maisie wird den Garten lieben – und Tuppence auch. Sag, dass du es kaufen wirst!«

Catherine versuchte, ihre eigene Aufregung zu zügeln. Sie müssten eine Menge Arbeit hineinstecken. Bei sechs Fenstern fehlten die Scheiben oder sie waren zerbrochen, und in mindestens drei Zimmern standen Eimer und Töpfe, um das Wasser aufzufangen, das durch das undichte Dach tropfte.

»Und zu guter Letzt, der Gartensalon.« Der Makler führte sie in den Wintergarten mit Glaskuppel an der Seite des Hauses.

Beim Eintreten wurden sie von Wärme und einem intensiven Pflanzengeruch umhüllt. Einige Treibhausblumen hatten überlebt – jemand musste vorbeigekommen sein, um sie zu pflegen – und zeigten in der beginnenden Frühlingssonne bereits erste Blüten. Der Raum führte auf die kleine Terrasse und einen Rasen mit einem herunterhängenden Tennisnetz. Dahinter befanden sich eine Reihe Rhododendren und alte Bäume.

Für einen Moment wurde Catherine an die Aussicht von Ravensworth Castle erinnert, an die ausgedehnten Rasenflächen und Sträucher, die sich hinter dem Adelssitz erstreckten. Ein Ravensworth im Miniaturformat. Sie blinzelte energisch. Natürlich war das ein alberner Vergleich, aber wie sehr sie sich danach sehnte, einen solchen Ort zu besitzen! In diesem Augenblick wünschte sie es sich mehr als alles, was sie je zuvor begehrt hatte. Kitty McMullen, die Besitzerin eines herrschaftlichen Anwesens! Sie würde dafür bezahlen, dass eine ganze Busladung ihrer alten Nachbarn und Klassenkameradinnen aus Jarrow anreiste, nur um es zu sehen! Dann wäre Schluss mit dem Gespött und Naserümpfen. Wie sehr sie es bereuen würden, Catherine von ihren Spielen ausgeschlossen zu haben ...

»Catherine?« Bridie rüttelte sie am Arm. »Der Herr möchte deine Meinung hören.«

Der Makler musterte sie distanziert. Er war offensichtlich der Meinung, dass sie seine Zeit verschwendete und sich das Haus nicht leisten konnte.

»Ich möchte es kaufen«, erklärte sie mit trotzigem Blick. »Es wird ein paar Tage dauern, bis ich das Geld beschafft habe. Vielleicht könnten wir in Ihr Büro gehen, um über den Kaufpreis zu verhandeln?«

Der Mann versuchte, seine Überraschung zu verbergen, und nickte schnell. Catherines Herz hämmerte angesichts ihres Leichtsinns. Sie würde jeden Penny ihrer Ersparnisse für die Anzahlung benötigen und müsste die Versicherungspolicen kündigen, die Maurice ihr aufgeschwatzt hatte. Möglicherweise musste sie die Hypothek bis in alle Ewigkeit mit ihrem gesamten Gehalt abstottern, aber sie würde es tun.

Bridie sprühte vor Freude und sprudelte nur so vor Plänen, als sie den Hügel in die Stadt hinabliefen.

»Wenn wir erst einmal den Schmutz rausgekehrt und dem Haus einen neuen Anstrich verpasst haben, wird es wie ein Palast aussehen. Jeder wird in The Hurst logieren wollen – wir suchen uns die besten Bewohner aus. Und Kate ist an Mieter gewöhnt. Ihr wird es gefallen, die Hausherrin zu spielen. Keine Zeit für einen Drink. Und wir lassen uns die Lebensmittel liefern, dann hat sie keine Ausrede mehr, in die Stadt zu gehen. Oh, Mädchen, wir werden uns prächtig amüsieren!«

Es dauerte über einen Monat, bis die finanziellen Angelegenheiten geregelt waren und der Verkauf abgeschlossen werden konnte; Wochen, in denen Catherine fast die Nerven verlor. Sie musste verrückt sein, sich eine heruntergekommene Villa aufzuhalsen, auch wenn sie ein Schnäppchen war, und ihre hart verdienten Ersparnisse aufzubrauchen, die sie im Laufe der Jahre für schlechte Zeiten zurückgelegt und zu guten Zinssätzen angelegt hatte. Sie war immer so vorsichtig mit ihrem Geld umgegangen, weil sie sich davor fürchtete, in die gleiche Notlage zu geraten wie diejenigen, denen nur das Armenhaus blieb. Und jetzt riskierte sie alles für einen Traum.

Doch dann erinnerte sie sich daran, dass dieses Vorhaben Kates Rettung und für sie alle ein Neuanfang sein könnte. Nur die arme Kitty aus den New Buildings hatte Angst davor, ein solches Haus in Besitz zu nehmen. Catherine McMullen, leitende Angestellte des Arbeitshauses von Hastings und Mitglied des Tennisvereins, hatte keine solchen Bedenken. The Hurst war ein passendes Zuhause für eine beruflich erfolgreiche Frau.

Kurz vor ihrem siebenundzwanzigsten Geburtstag wurde Catherine alleinige Eigentümerin eines Hauses, in dem die Hälfte der Bewohner der William Black Street in Jarrow Platz gefunden hätten. An dem Tag, an dem sie einzogen und anfingen, die Wände und Böden zu schrubben, dachte Catherine an ihre Freundin Lily Hearn. So oft hatten sie sich in der Vergangenheit gemeinsam ihre Zukunftsträume ausgemalt: einen reichen Mann zu heiraten und im Luxus zu leben. Sie war die Einzige, der Catherine jemals ihre Sehnsucht nach ihrem Vater anvertraut hatte und nach der privilegierten Welt, die ihr hätte zustehen sollen.

Als Catherine an diesem Abend nach den anstrengenden Reinigungsarbeiten mit schmerzenden Muskeln ins Bett fiel, wusste sie, dass Lily ihre Versessenheit, The Hurst zu besitzen, verstanden hätte. Es war mehr als nur ein Bedürfnis nach Sicherheit. Für sie war es, als würde sie ihre Bestimmung erfüllen, um die sie bereits vor ihrer Geburt gebracht worden war. Sie war eine Pringle-Davies, eine Immobilienbesitzerin, eine respektable Frau aus der Mittelschicht. Und sie hatte all das ohne die Hilfe eines Mannes – eines Vaters oder Ehegatten – erreicht.

35

Erst im Sommer konnte The Hurst seine Türen für Pensionsgäste öffnen. Der Heizkessel musste ersetzt werden, und Catherine und Bridie durchstöberten die Auktionslokale nach gebrauchten Möbeln, um die Zimmer einzurichten. Zum ersten Mal seit über zwei Jahren genoss Catherine den Luxus eines eigenen Schlafzimmers – ein wunderschöner Raum auf der Vorderseite des Hauses mit Aussicht auf den Garten. Sie schlief bei geöffneten Vorhängen, damit sie bei Tagesanbruch allmählich von Vogelgezwitscher geweckt wurde und beobachten konnte, wie die Morgendämmerung durch die Bäume schimmerte. Das war der friedlichste Teil des Tages, nur sie, die Vögel und die Sonne auf den Blättern. Aber am Monatsende war Catherines Konto leer, und sie musste weiterhin die Miete für die Maisonettewohnung in der Laurel Street zahlen. Sie fand Untermieter dafür und schaltete in den Lokalzeitungen Anzeigen, um Pensionsgäste für The Hurst anzuwerben.

»Wir könnten uns wieder ein Zimmer teilen«, schlug Bridie vor, »und das schöne Zimmer auf der Vorderseite zu einem höheren Preis vermieten.«

Catherine trennte sich nur ungern von ihrem Zimmer, aber Bridie hatte recht. Innerhalb von zwei Tagen hatten sie einen pensionierten Major für das geräumige vordere Schlafzimmer gefunden. Er brachte eine ramponierte alte Truhe und ein Aufzieh-Grammofon mit.

»Ich teile meine Plattensammlung gern«, verkündete Major Holloway und stellte eine Kiste mit Schallplatten ins Wohnzimmer. Kate und Bridie stöberten eifrig darin herum.

»Die Hälfte davon kenne ich gar nicht«, sagte Kate enttäuscht.

»Oper, meine Liebe«, gluckste der Major, legte eine Schallplatte auf und kurbelte an dem Messinggriff. Sie nahmen Platz und lauschten.

»Worum ging es da?«, fragte Kate danach. »Ich habe kein Wort verstanden.«

»Der Tenor hat auf Italienisch gesungen«, sagte Major Holloway, »der Sprache der Liebe.«

Kate warf ihm einen skeptischen Blick zu. »Ein hübsches Volkslied aus dem Norden ist mir allemal lieber«, meinte sie knapp und verschwand, um das Abendessen zuzubereiten.

Im Laufe der nächsten Wochen wuchs die Zahl der Bewohner. Eine blasse, schmächtige junge Frau namens Dorothy wurde von ihren Eltern hergebracht.

»Der Arzt sagt, sie braucht frische Seeluft«, erklärte ihre Mutter in gedämpftem Ton. »Die Londoner Stadtluft macht sie krank.« Sie fuhren in einem glänzenden schwarzen Ford davon und versprachen, jeden Monat zu Besuch zu kommen. Dorothy stand verloren da und blickte die Auffahrt hinunter, bis Catherine sie mit einem Stück Kirschkuchen ins Haus lockte.

Im Juli stießen zwei weitere Bewohner dazu: ein Klavierstimmer mit schmalem Gesicht und ein Bauchredner, der beim Essen Selbstgespräche führte. Zu ihnen gesellten sich ein pensionierter Seemann, der sich gern im Freien rasierte, eine frühere Internatsköchin und ein eigenbrötlerischer Dichter, der sich den ganzen Tag in seinem Zimmer verschanzte und nachts im Haus herumschlich, wobei er sich zu Kates Unmut an den Speisen in der Küche gütlich tat.

»Er hat mich zu Tode erschreckt«, klagte sie. »Saß mitten in der Nacht neben dem Herd und hat kalten Eintopf verputzt.«

»Was hast du um diese Zeit da gemacht?«, fragte Catherine misstrauisch.

»Ich konnte nicht schlafen«, murmelte Kate. »Du musst ihm sagen, dass er nicht wie ein Geist herumschleichen darf.«

»Ich kann ihn schlecht in sein Zimmer sperren.«

Kate grummelte. »Das ist ein seltsamer Haufen – keine berufstätigen Männer wie früher bei uns daheim.«

Catherine schnaubte. »Die waren genauso zusammengewürfelt wie diese hier. Und solange sie zahlen und niemandem etwas zuleide tun, ist es egal, wie sie sind.«

Sie hatte Mitleid mit dem einsamen Dichter, der nie etwas zu schreiben schien, mit der blassen Dorothy, deren Eltern sie nicht wie versprochen besuchten, und mit der schnaufenden Mrs Fairy, der pensionierten Köchin, die in der Küche herumlungerte und ihre Hilfe anbot, weil sie nicht wusste, was sie mit ihrem Ruhestand anfangen sollte. Catherine empfand einen Beschützerinstinkt für die drei und nahm sie vor Kates Ungeduld und Bridies Spott in Schutz.

Aber sie machte sich Sorgen, dass Kate nicht mit der Situation zurechtkommen könnte. Immerhin war es zehn Jahre her, dass sie zum letzten Mal Untermieter aufgenommen hatte. Wenn Catherine und Bridie morgens zur Arbeit eilten, war sie gereizt und mürrisch, und abends bei ihrer Rückkehr beschwerte sie sich über Kleinigkeiten. Tom, der Klavierstimmer, hatte sein Gebiss in der Spüle vergessen; Mrs Fairy hatte für Maisies Schokoladenkuchen den gesamten Zucker aufgebraucht, und dem Mädchen war davon schlecht geworden. Der Bauchredner Barny hatte Harold, den Dichter, verärgert, weil der den ganzen Morgen seine lärmende Affennummer geübt hatte, und Harold bestand darauf, im Turm zu übernachten.

»Und ich glaube, Dorothy hat die Schwindsucht«, warnte Kate. »Sie hustet ununterbrochen. Deshalb wurde sie hier abgeladen. Wir werden alle daran sterben, wenn sie hierbleibt. Mein Vater und meine Schwester Margaret sind daran gestorben. Eine furchtbare Krankheit. Das Mädchen gehört in ein Sanatorium.«

Catherine, bereits erschöpft nach einem langen, heißen Tag in der Wäscherei, musste die Ärmel hochkrempeln und beim Abendessen helfen, um die Gemüter zu beruhigen und Kate und die Gäste wieder in gute Laune zu versetzen.

Nur dem fröhlichen Major schienen Kates Murren oder die Spannungen zwischen den anderen Bewohnern nichts auszumachen. Solange auf seinem Grammofon Musik lief, war er glücklich und ignorierte alle, die sich nicht so für Opern begeistern konnten wie er. An manchen Spätsommerabenden setzte sich Catherine gern mit Major Holloway in den Wintergarten, um Puccini oder Verdi zu hören und zu beobachten, wie sich Schatten über die Rasenfläche schlichen.

Er erzählte von seiner Armeezeit in Südafrika und im Nahen Osten, bis Bridie auftauchte und sie schalt, weil sie so lange wach blieben.

»Du gähnst so breit, als wolltest du uns alle verschlingen. Ab ins Bett mit dir, mein Mädchen. Major, Sie können bis Mittag schlafen, aber Miss McMullen muss mit den Lerchen aufstehen.«

Der Major entschuldigte sich und schloss den Deckel des Grammofons. Catherine vermutete, dass er Angst vor Bridie hatte, die ihn ebenso wenig leiden konnte wie Kate.

»Du solltest nicht zulassen, dass er dich bis in die Morgenstunden wachhält«, sagte sie, als sie ins Bett gingen.

»Das tut er nicht. Ich habe mich freiwillig in den Wintergarten gesetzt, und er war zufällig da.«

»Nur, wenn du da bist«, entgegnete Bridie. »Er hat es auf dich abgesehen – und auf dieses Haus. Wen wundert's.«

Catherine lachte. »Sei nicht albern. Er ist viel zu alt.«

»Und du bist viel zu weichherzig«, erklärte Bridie. »Ich weiß, dass er manchmal mit der Miete im Rückstand ist, und was tust du? Gar nichts.«

»Nur das eine Mal«, protestierte Catherine.

»Wenn die anderen davon erfahren, sorgt das für Unfrieden.«

»Aber das werden sie nicht. Es sei denn, du sagst es ihnen.« Catherine warf ihr einen warnenden Blick zu. »Und was und wann die Gäste zahlen, ist meine Sache.«

»Na, das nenne ich Dankbarkeit, nachdem ich mir die Hände wund gearbeitet habe, um das Haus für dich schön zu machen!«, rief Bridie. »Für dich bin ich nur ein unbezahltes Dienstmädchen!«

Catherine beschwichtigte sie schnell. »Natürlich bist du das nicht. Du bist meine beste Freundin. Dies ist ebenso sehr dein Zuhause wie meins.«

Bridie ließ sich besänftigen, aber danach war Catherine darauf bedacht, nicht mit dem Major allein zu sein. Aus irgendeinem Grund schien Bridie eifersüchtig auf den freundlichen Mann zu sein, und Catherine wollte sie nicht verärgern. Doch schon bald überschattete die Sorge um Kate jegliche Diskussion über den Major.

Das Verhalten ihrer Mutter wurde immer sprunghafter. An manchen Tagen war sie voller Energie, putzte morgens um sechs die Fenster und sang aus voller Kehle; an anderen war sie lustlos und schlecht gelaunt, und Catherine musste sie wachrütteln.

»Alle warten auf ihr Frühstück«, rief Catherine.

»Mach du es«, murmelte Kate und vergrub den Kopf unter der Decke.

Catherine zog frustriert ab, denn sie wusste, dass sie zu spät zur Arbeit kommen würde, wenn sie das Frühstück servierte. Mrs Fairy eilte ihr zu Hilfe.

»Überlassen Sie das mir«, bot die ältere Köchin an. »Ich schlage ein paar Eier in die Pfanne, Maisie kann mir helfen.«

Catherine nahm das Angebot dankbar an, auch wenn sie wusste, dass sich Kate später darüber aufregen würde.

Als sie gemeinsam mit Bridie zur Arbeit ging, sagte ihre Freundin plötzlich: »Ich bin sicher, dass Kate wieder trinkt – so, wie sie sich benimmt.«

Catherine war schockiert über diese Vermutung. Doch Bridie sprach damit nur ihre eigene Befürchtung aus.

»Ich habe sie nicht beim Trinken gesehen, du etwa?«, entgegnete Catherine.

»Sie ist gerissen – sie trinkt, wenn wir alle im Bett liegen, nehme ich an. Deshalb ist sie morgens so grummelig wie ein schlecht gelaunter Bär.«

»Aber das kann nicht sein«, sagte Catherine ungestüm. »Sie verlässt das Haus nicht, das weiß ich von Mrs Fairy. Seit unserem Umzug hat sie keinen Fuß mehr in einen Pub gesetzt. Und ich gebe ihr kein Geld.«

Bridie zuckte nur mit den Schultern.

Catherine rutschte das Herz in die Hose. »Oh, Bridie, ich hoffe, du irrst dich. Ich weiß nicht, was ich tun soll, wenn sie wieder damit anfängt.«

Während Catherine überlegte, wie sie ihre Mutter zur Rede stellen sollte, tauchte unerwartet Davie auf, der Landgang hatte. Zuerst begrüßte sie seine Ankunft. Kates Laune besserte sich, und Davie erledigte eifrig die anfallenden Arbeiten rund ums Haus. Es gab so viel zu tun: Morsche Fensterrahmen mussten ausgetauscht, Dachziegel repariert und Regenrinnen gereinigt werden. Aber nach einer Woche wurde Kate ungeduldig.

»Er ist nicht hier, um deinen Palast instand zu setzen«, beschwerte sie sich, »sondern um mich zu sehen. Komm, Davie, ich zeige dir die Sehenswürdigkeiten von Hastings.«

Catherine fühlte sich bleischwer. Sie wusste genau, welche »Sehenswürdigkeiten« ihre Mutter im Sinn hatte, und versuchte, Davie zu warnen.

»Sie hat mir versprochen, dass sie nicht mehr trinkt. Bitte lass nicht zu, dass sie wieder anfängt. Gib ihr kein Geld.« Aber noch während sie ihren Stiefvater anflehte, wusste sie, dass er nicht die Kraft hatte, Kate zu bremsen. An seinem Blick erkannte Catherine, dass Davie seine Frau immer noch abgöttisch liebte und alles tun würde, um sie glücklich zu machen.

»Ich bin nur noch eine Woche hier«, sagte er mit entschuldigendem Blick. »Eine Woche macht doch keinen Unterschied.«

Aber am Ende seines Urlaubs war Kate in Trotzstimmung. Am Tag seiner Abreise entdeckte Catherine sie in der Küche, wo sie ungeniert Whiskey aus einer Teetasse schlürfte. Catherine nahm ihr die Tasse weg und kippte den Rest ins Spülbecken.

»Wo ist die Flasche?«, fragte sie ihre Mutter wütend.

»Hab sie ausgetrunken«, lallte Kate. »Und wieso auch nicht? Mein Davie ist weg; ich hab meinen Kummer ertränkt. Er ist der Einzige, der sich um mich kümmert.«

»Der Einzige, der dir einen Drink spendiert, meinst du«, sagte Catherine ungeduldig. »Tja, das Feiern ist vorbei.« Sie sah ihre Mutter an. »Damit ist jetzt Schluss, hörst du?«

Plötzlich brach Kate in Tränen aus. »Ich halte das nicht aus«, schluchzte sie. »Meine eigene Tochter hasst mich. Du brauchst nur eine Dienstmagd, das ist alles.«

»Das ist nicht wahr«, sagte Catherine und versuchte, die Fassung zu bewahren. »Ich habe dir ein Zuhause gegeben, oder etwa nicht? Dieses Haus kostet mich ein Vermögen, aber ich tue das alles für dich. Du hast mich angefleht, dir eine Arbeit zu geben, schon vergessen?«

»Alle hassen mich«, wimmerte Kate. »Sie rümpfen ihre vornehmen Nasen über mich. Und du bist genau wie sie.« Schwankend stand sie auf. »Ich gehe zurück nach Jarrow. Jetzt gleich.« Sie machte ein paar unsichere Schritte zur Tür, stieß gegen den Küchentisch und fasste sich vor Schmerz an die Hüfte.

Catherine reichte ihr eine Hand. »Red keinen Unsinn. Du gehst jetzt ins Bett und schläfst deinen Rausch aus.«

Kate versuchte, sie wegzustoßen, aber Catherine war stärker und schob sie zur Tür. Mrs Fairy war auf dem Flur und kam ihr zu Hilfe.

»Sie hat sich die Hüfte am Tisch gestoßen«, sagte Catherine schnell. »Sie muss sich etwas hinlegen.«

Die stämmige Köchin stellte keine Fragen und half Kate die Treppe hinauf und in ihr Schlafzimmer. Danach sagte sie: »Ich helfe, das Essen vorzubereiten. Sie soll sich ausschlafen.«

Catherine lächelte dankbar. »Danke, aber ich kann nicht ständig auf Ihre Hilfe bauen.«

»Warum nicht? Das Kochen war mein Leben, Herzchen«, sagte Mrs Fairy strahlend.

»Ich ziehe Ihnen diesen Monat etwas von der Miete ab«, bot Catherine an. Die ältere Frau stimmte schulterzuckend zu. Bridie würde ihr bestimmt Vorwürfe machen, weil sie der Köchin einen Mietnachlass gewährte, aber die Regelung war nur fair.

Beschämt fügte Catherine hinzu: »Und könnten Sie ein Auge auf meine Mutter haben, Mrs Fairy, und mir Bescheid geben, wenn sie – ähm – sich wieder in einem ähnlichen Zustand befindet?«

Mrs Fairy nickte. Sie war Methodistin, und an der Wand ihres Zimmers hingen Texte, die zu Abstinenz und Gottesfurcht aufriefen. Sie würde eine Verbündete sein, wenn es darum ging, Kate im Zaum zu halten.

Doch als der Herbst voranschritt, bestätigten sich Catherines schlimmste Befürchtungen.

»Sie trinkt mit Mr Wilkie im Gartenhäuschen Rum«, berichtete Mrs Fairy.

Catherine starrte sie erstaunt an. Der pensionierte Seemann war begeisterter Gärtner und bei Wind und Wetter draußen, um Blätter aufzukehren und die Blumenbeete zu pflegen.

»Sie geht nachmittags mit ihm raus, um eine Tasse Tee zu trinken«, fuhr Mrs Fairy fort, »und kommt erst nach einer Stunde wieder. Maisie kümmert sich allein um das Feuer und den Herd. Und das ist nicht alles. Sie bestellt den Alkohol zusammen mit den Lebensmitteln. Ich konnte nicht herausfinden, wo sie ihn versteckt, bis ich im Trockenraum eine Flasche Wodka entdeckt habe – ganz hinten, unter den Rohren.«

»Mit den Lebensmitteln?«, rief Catherine ungläubig. »Aber ich bezahle die Rechnungen. Wodka stand noch nie darauf.«

Die alte Köchin sagte: »Vielleicht lässt sie es als etwas anderes verbuchen.«

Catherine ging sofort zu ihrem Schreibtisch und blätterte die Rechnungen durch. Bei genauerem Hinsehen erschienen ihr einige der Mengen übertrieben. In der einen Woche wurde massenhaft Mehl bestellt, in der nächsten so viel Schuhcreme, dass man damit die Stiefel eines ganzen Regiments polieren könnte. In letzter Zeit schien zweimal wöchentlich eine große Menge Putzmittel bestellt worden zu sein.

Ein Anruf beim Lebensmittelhändler bestätigte, dass auf Anweisung von Mrs McDermott jede Woche zwei Flaschen Whiskey oder Wodka als andere Lebensmittel auf der Rechnung verbucht worden waren.

»Tut mir leid, Missus«, entschuldigte sich der Händler, »aber sie meinte, es sei für den Fall, dass einige der abstinenten Bewohner die Lieferung in Empfang nehmen und daran Anstoß nehmen. Sie sagte, der Alkohol sei für medizinische Zwecke.«

Catherine machte kurzen Prozess mit ihm. »In Zukunft ignorieren Sie alle Anfragen von Mrs McDermott. Von nun an geben entweder Mrs McKim oder ich die Bestellungen auf. Wenn noch einmal Alkohol hierher geliefert wird, werde ich meine Einkäufe woanders tätigen.«

An diesem Abend erzählte sie Bridie die ganze Geschichte. »Was soll ich tun? Ich vertraue ihr nicht. Und ich kann Mrs Fairy nicht bitten, rund um die Uhr auf sie aufzupassen. Sie hilft schon jetzt mehr in der Küche, als sie sollte, weil Kate so unzuverlässig mit den Mahlzeiten ist.«

»Du hast recht«, stimmt Bridie zu. »Man kann ihr nicht trauen. Wenn sie meine Maisie Kohle nachlegen lässt – sie hätte das Haus in Brand setzen können.« Bridie war entrüstet. »Die einzige Lösung ist, dass einer von uns die ganze Zeit hierbleibt.«

Catherine war entsetzt. »Aber das kann ich nicht. Wir brauchen jeden Penny meines Gehalts, um dieses Dach über unseren Köpfen zu behalten.«

»Dann muss ich es wohl sein«, sagte Bridie resigniert. »Das Geld, das wir sparen, wenn Kate nichts mehr trinkt, deckt wahrscheinlich meinen Lohnausfall«, fügte sie mit einem bitteren Lachen hinzu.

Als sie Kate damit konfrontierten, ging sie zum Angriff über.

»Das sind alles Lügen! Wilkie und ich trinken nur Tee, das ist alles. Die feiste alte Köchin steckt ihre Nase in alles rein – sie ist nur eifersüchtig, weil er mit mir befreundet ist und nicht mit ihr.«

»Ich weiß, wie du dir den Alkohol beschaffst«, sagte Catherine. »Ich habe mit dem Lebensmittelhändler gesprochen.«

Kate errötete. »Es war nur eine kleine Flasche ab und zu. Für meine Wehwehchen. Darf ich nicht ein bisschen Medizin nehmen? Du lässt mich so hart schuften.«

»Das wird von nun an nicht mehr nötig sein«, sagte Catherine streng. »Bridie gibt ihre Stelle auf, um dir bei der Leitung von The Hurst zur Hand zu gehen. Von jetzt an hat sie das Sagen – auch bei den Bestellungen.«

Kate schlug mit der Faust auf den Küchentisch, woraufhin Maisie zusammenzuckte.

»Das ist nicht fair! Das ist meine Aufgabe.«

»Es ist zu viel für dich«, sagte Catherine und bemühte sich, ruhig zu bleiben.

»Das stimmt«, sagte Bridie und lächelte. »Es ist eine große Last auf deinen Schultern. Gemeinsam schaffen wir das schon – wir machen das Haus zur besten Pension von Hastings, nicht wahr?«

Kate starrte sie an. »Ihr habt euch gegen mich verschworen. Ihr wollt mich loswerden.«

»Nein, wollen wir nicht.«

»Doch. Sie will mich verjagen!« Kate zeigte mit einem Finger auf Bridie. »Sie will dich ganz für sich allein haben. Sie tut, als wäre sie lieb und nett, und dann fällt sie einem in den Rücken.«

»Hör auf!«, befahl Catherine. »Es gibt keinen Grund, garstig zu Bridie zu sein. Es ist meine Entscheidung. Ich möchte, dass sie hier ein Auge auf die Dinge hat – und dass du aufhörst zu trinken.«

Kate ballte die Fäuste, und ihr Gesicht verzerrte sich zu einer hasserfüllten Fratze. Catherine wich zurück, weil sie befürchtete, dass ihre Mutter sie schlagen würde. Wütend wirbelte Kate herum, griff sich ein hübsches Milchkännchen vom Tisch und schleuderte es in die Feuerstelle. Maisie schrie auf, als es in ein Dutzend Scherben zerbarst.

Wutentbrannt stürmte Kate an ihnen vorbei aus dem Zimmer und knallte die Tür hinter sich zu, sodass die Fensterscheiben zitterten. Catherine klammerte sich an einer Stuhllehne fest, ihr Herz hämmerte vor Schreck.

Maisie begann zu weinen: »Tante Kate ist böse auf Maisie.«

»Nein, mein Schatz«, versuchte Catherine, sie zu beruhigen, »nur auf mich.«

Bridie drückte ihre Tochter an sich. »Kein Grund zu weinen, Mädchen. Es ist alles in Ordnung. Tante Kate hat nur schlechte Laune. Das geht vorbei, wie der Regen.« Sie ging zu Catherine und nahm sie in den Arm. »Mach dir keine Sorgen, ich bringe deine Mutter schon wieder ins Lot.«

Catherine konnte nicht aufhören zu zittern. »So ist es immer gewesen«, flüsterte sie. »Wutanfälle und Streit. Ich bin hierhergekommen, um dem zu entfliehen. Ich kann das nicht noch einmal durchstehen.« Sie warf Bridie einen verzweifelten Blick zu.

»Das musst du auch nicht«, sagte Bridie entschlossen. »Dafür werde ich schon sorgen.« Sie küsste Catherine wie ein Kind auf die Stirn. »Habe ich nicht gesagt, dass ich mich um dich kümmern werde?«

»Ja«, sagte Catherine und fühlte sich getröstet.

»Und das werde ich immer tun«, versprach Bridie.

36

Eine Zeit lang beruhigten sich die Gemüter in The Hurst, und Bridie schien Kate tatsächlich im Griff zu haben. Mit einer Mischung aus Charme und Beharrlichkeit gelang es der Irin, Kates Kooperationsbereitschaft zu gewinnen. Gemeinsam vereitelten sie Mrs Fairys Versuche, sich in der Küche einzumischen. Bridie verübelte der Frau, dass sie so viel Aufhebens um Maisie machte und Catherine mit Gerüchten versorgte.

»Miss McMullen sollte nicht mit Belanglosigkeiten belästigt werden, Mrs Fairy«, hörte Catherine ihre Freundin eines Tages sagen. »Mrs McDermott und ich haben hier das Sagen, also machen Sie sich keine Sorgen. Gehen Sie im Park spazieren, solange das schöne Wetter anhält.«

Catherine war dankbar für Bridies resolute Leitung. Auf der Arbeit hatte sie mit dem Personalwechsel und der Wäsche für ein nahe gelegenes Kinderheim genug zu tun. Es war eine Erleichterung, nach Hause zu kommen und das Abendessen vorzufinden, ohne die Befürchtung, was sie sonst noch antreffen würde. Oft war sie so müde, dass sie schnell aß und sich direkt ins Bett legte. Später kam Bridie mit einer Tasse Kakao nach oben und erzählte ihr den neuesten Klatsch und Tratsch, um sie zum Lachen zu bringen. Sollte es Ärger mit Kate gegeben haben, so behielt Bridie es für sich.

»Sie ist stocknüchtern«, lachte Bridie, als Catherine sie darauf ansprach.

Kate schien tatsächlich nicht mehr zu trinken. Sie war vor Catherine auf der Hut und ging ihr aus dem Weg, als befürchtete sie einen weiteren Ausbruch. Nur gelegentlich rutschte Kate eine vorwurfsvolle Bemerkung heraus.

Als sie eines Abends Gebäck zubereitete und Maisie beim Schneiden beaufsichtigte, sagte sie zu dem Mädchen: »Früher habe ich das mit Kitty gemacht. Wir haben Weckmänner gebacken. Das ist lange her, bevor sie zu vornehm für solche Sachen geworden ist.« Sie warf Catherine einen Blick zu. »Aber daran erinnert sie sich bestimmt nicht.«

Catherine war verblüfft. »Natürlich erinnere ich mich.«

Kate sah sie zweifelnd an.

»Das tue ich«, beharrte Catherine. »Für den zweiten Weckmann blieb nie genug Teig übrig. Du hast immer gesagt, er hätte sein Bein im Burenkrieg verloren.«

Ein flüchtiges Lächeln huschte über Kates gerötetes Gesicht, dann sagte sie zu Maisie: »Siehst du, sie erinnert sich immer nur an die schlechten Dinge – es gab nie genug Teig für die gnädige Frau. Wenn man Kitty zuhört, könnte man meinen, sie hätte die schlimmste Kindheit auf Erden gehabt. Hätte mal meine erleben sollen.«

Catherine war gegangen, bevor Kate die Tränen des Schmerzes in ihren Augen sehen konnte und glaubte, sie hätte sie kleingekriegt.

Dann stand Weihnachten vor der Tür, und die meisten Bewohner verließen das Haus, um das Fest bei ihren Verwandten zu verbringen. Nur der Major, Harold, der Dichter, und Mrs Fairy blieben. Catherine freute sich schon auf ein paar ruhige, gemütliche Feiertage, als Davie von der See zurückkam.

»Ich habe einen Monat Urlaub«, begrüßte er sie lächelnd. »Diesmal kann ich das Dach anständig reparieren.«

Aber der Wind blies zu stürmisch, und Kate untersagte ihm, auf eine Leiter zu klettern. Nach tagelangem Regen traten mehrere weitere undichte Stellen auf.

Harolds Bett wurde durchnässt, und er musste aus dem Turmzimmer in einen Raum in der unteren Etage ziehen, was ihn veranlasste, seine nächtlichen Streifzüge wieder aufzunehmen. An Heiligabend zogen Kate und Davie morgens los, um Kastanien zu holen, die sie über dem Feuer rösten wollten, und kamen erst bei Dunkelheit zurück.

Sie waren betrunken. Kate sang aus voller Kehle, Davie wirbelte sie in einem närrischen Tanz durch die Küche und lachte ohne bestimmten Grund. Kate forderte den Major auf, sein Grammofon hereinzutragen und eine seiner beiden Schallplatten mit Tanzmusik aufzulegen. Jedes Mal, wenn die Musik ausging, taumelte Kate herbei, um das Gerät wieder aufzuziehen.

Mrs Fairy verließ kopfschüttelnd den Raum, aber Kate bemerkte es gar nicht. Sie zog Maisie auf die Beine und ließ sie ebenfalls tanzen. Catherine beobachtete sie nervös, aber Bridie zwinkerte ihr zu.

»Es ist Weihnachten, sie tut nichts Böses«, flüsterte ihre Freundin, als Kate wieder zu singen begann.

Catherine begab sich daran, den drei Mietern, die im The Hurst geblieben waren, das Abendessen zu servieren, während der raue Gesang ihrer Mutter durch den Korridor hallte.

»Morgen machen wir alle zusammen ein schönes Weihnachtsessen«, verkündete Catherine mit einem Lächeln, um ihre Beschämung zu verbergen.

»Klingt, als hätten einige schon mehr als genug gefeiert«, sagte Mrs Fairy verächtlich.

Major Holloway gluckste. »Ich habe auch nichts gegen ein bisschen Musik und Tanz ab und zu.« Er sah Catherine schüchtern an. »Am zweiten Weihnachtsfeiertag findet im Imperial ein Ball statt. Möchten Sie vielleicht hingehen?«

Catherines Stimmung hellte sich auf. Sie war schon so lange nicht mehr tanzen gegangen. The Hurst hatte ihre ganze Energie verschlungen.

»Wie freundlich von Ihnen«, antwortete sie lächelnd. »Ich werde Bridie fragen, ob sie auch mitkommen möchte.«

Sein Lächeln verblasste. »Natürlich, Mrs McKim ist herzlich willkommen«, murmelte er und wandte den Blick ab.

Catherine verbarg ihre Belustigung über seine Einladung. Sie hatte nicht vor, eine romantische Beziehung mit dem alten Soldaten einzugehen. Bridie wäre die ideale Anstandsdame.

Am ersten Weihnachtstag machten sich Catherine, Bridie und Maisie auf den Weg zur Messe. Sie hatten weder Kate noch Davie aufwecken können. Bei ihrer Rückkehr wuselte Kate mit roten Augen, aber trotzig gut gelaunt in der Küche herum. Davie stapfte mit einem vollen Kohleneimer für die Feuerstelle aus dem Regen herein. Die feuchten Kohlen zischten und fauchten, als er sie darauf schaufelte.

»Geht ins Wohnzimmer«, wies Kate sie an. »Ich kümmere mich um das Mittagessen.« Sie lehnte jede Hilfe ab, also gesellte sich Catherine zu den anderen Gästen, um ein Glas Ingwerwein zu trinken. Als gegenseitiges Weihnachtsgeschenk hatten Bridie und sie ein gebrauchtes Klavier gekauft. Es war am Vortag bei strömendem Regen angeliefert worden, und Tom Hobbs hatte es gestimmt, bevor er den Zug zu seiner Schwester nach London genommen hatte.

Catherine hatte Bridie von ihren unglückseligen Klavierstunden als Mädchen erzählt und von ihrem halbherzigen Versuch, wieder mit dem Spielen zu beginnen, als Gerald Rolland sie umworben hatte. Aber Bridie konnte ein bisschen spielen und versicherte Catherine, dass es ihr Spaß machen würde, wenn sie es noch einmal versuchte. Während sie vor dem knisternden Feuer an ihren Getränken nippten, öffnete Bridie den Deckel und spielte eine flotte Varieté-Melodie. Dann trat zur allgemeinen Überraschung Harold vor.

»Ich möchte gern etwas spielen«, sagte er schlicht. Er setzte sich hin, dehnte seine Finger und beugte sich dann über die Tasten. Nach einem zögerlichen Start spielte er »Greensleeves«. Beim nächsten Durchgang begann Harold, dazu zu singen. Catherine war von seiner klaren, melodiösen Stimme beeindruckt. In den sechs Monaten, die er nun schon dort wohnte, hatte sie ihn noch nie singen gehört.

Bridie klatschte begeistert. »Was für ein Talent! Sie stecken ja voller Überraschungen. Spielen Sie uns noch etwas vor, Mr Harold.«

Er lächelte jungenhaft unter seinem blonden Haarschopf und spielte »Linden Lee«. Die anderen scharten sich um ihn und stimmten ein. Sie hatten das Lied fast zu Ende gesungen, als die Tür aufflog. Catherine drehte sich um und sah ihre Mutter, die mit bleichem Gesicht im Eingang stand und sie anstarrte.

Harold beendete das Lied, und die letzten Töne verklangen. Bridie klatschte. Kate humpelte durch den Raum, streckte die Hand nach Harold aus und murmelte etwas. Als sie bei ihm ankam, drehte er sich um, und sie blieb abrupt stehen und ließ ihre Hand sinken.

»Ich dachte, es klang so, Sie sahen aus wie ...«, murmelte sie verwirrt.

Catherine ging schnell zu ihr und ergriff ihren Arm. »Spielt Mr Harold nicht schön, Kate?«

»Mr Harold? Ja ...«

Ihre Mutter war den Tränen nahe.

»Setz dich einen Augenblick hin«, sagte Catherine beunruhigt. Das Letzte, was sie wollte, war eine Szene vor den Bewohnern. »Ich hole dir einen Schluck Ingwerwein.« Er war alkoholfrei, also konnte nicht einmal Mrs Fairy etwas dagegen haben.

Aber Kate winkte ab und schien sich wieder zu fangen.

»Wem gehört das Klavier?«, fragte sie.

Bridie sagte strahlend: »Uns. Catherine und ich haben es uns gegenseitig zu Weihnachten geschenkt. Ist es nicht wunderbar?«

Kate warf Catherine einen finsteren Blick zu. »Ihr habt ein Klavier gekauft?«

Catherine nickte und fühlte sich bei dem strengen Blick ihrer Mutter wieder wie ein Kind. »Es war Bridies Idee.«

Kate schnaubte. »Ja, natürlich. Bestimmt wirst du für sie spielen, wie du nie für mich gespielt hast.«

Mit diesen Worten drehte sie sich um, ging zur Tür und rief: »Das Essen ist fertig, wenn ihr euren Singsang beendet habt.«

Eine unbehagliche Stimmung legte sich über die Gruppe, und Harold schloss leise den Klavierdeckel. Catherine ärgerte sich über ihre Mutter, weil sie den Moment verdorben hatte, aber gleichzeitig fühlte sie sich schuldig wegen des Klaviers. Kate hatte sich so dafür eingesetzt, dass sie spielen lernte, um später ihren Lebensunterhalt damit zu bestreiten, aber Catherine hatte den Druck nicht ertragen und sich vor dem wachsenden Schuldenberg aus unbezahlten Klavierstunden und Ratenzahlungen gefürchtet. Die Sache war gescheitert und Kates Klavier gepfändet worden.

Beim Weihnachtsessen behielt Catherine ihre Mutter wachsam im Auge, um zu sehen, ob sich ein Sturm zusammenbraute, aber Kates seltsame Gemütslage schien sich gelegt zu haben. Nachdem sie sich die Bäuche mit Truthahn und Plumpudding vollgeschlagen hatten, schlug Kate vor, zurück zum Kamin zu gehen und am Klavier ein Lied zu singen.

»Mein Vater hat früher immer ›Linden Lee‹ gespielt«, erzählte sie Harold, als sie sich auf einem Stuhl neben dem Klavier niederließ. »Es ist eins der wenigen Dinge, die mir von ihm in Erinnerung geblieben sind. Spielen Sie es noch einmal für mich?«

Mit Tränen in den Augen sang Kate mit, und Catherine spürte Mitleid mit ihrer Mutter. Dies erklärte ihren aufgewühlten Zustand von vorher. Harolds Musik hatte eine lebhafte Erinnerung an Kates leiblichen Vater wachgerufen, einen Mann, an den sie sich kaum erinnern konnte. Catherine spürte eine bittersüße Sehnsucht nach ihrem eigenen unbekannten Vater. Vielleicht hatte er auch Klavier gespielt oder diese Art von Liedern gesungen. Sie würde es nie erfahren, und Kate würde es ihr nie erzählen.

Mrs Fairy zog sich zu einem Nickerchen zurück, der Major döste vor dem Feuer, und Catherine und Bridie gingen spazieren, während das Tageslicht zu schwinden begann. Bei ihrer Rückkehr war es bereits dunkel, und durch das Fenster sahen sie Kate und Davie im beleuchteten Wohnzimmer an ihren Tassen nippen und singen, während Harold immer noch auf dem Klavier spielte.

»Ich wette, das ist kein Tee, den sie da trinken«, murmelte Catherine.

Bridie nahm ihren Arm. »Sag heute nichts. Es würde nur alles verderben. Wir haben genug Zeit, um sie wieder auszunüchtern, bevor die anderen Mieter zurückkommen.«

Catherine seufzte. »Ich nehme an, du hast recht. Aber wenn Davie in der Nähe ist, trinkt sie, als gäbe es kein Morgen.«

»Das liegt daran, dass er für sie Partei ergreift. Sie weiß, dass sie ihr Glück herausfordern kann, wenn ihr Mann da ist«, antwortete Bridie. »Du solltest ihn nicht so oft herkommen lassen.«

Catherine versuchte, Kates Ausgelassenheit zu bremsen, indem sie ihr das Abendessen und Früchtekuchen brachte und ein Kartenspiel vorschlug. Aber ihre Mutter ignorierte sie, sang weiter und drängte Harold, nicht mit dem Spielen aufzuhören. Schließlich stand er auf.

»Ich kann nicht mehr«, verkündete er und zog sich in sein Zimmer zurück.

»Dann holen wir Mr Halloways Grammofon«, rief Kate und forderte Davie auf, es aus der Küche herbeizutragen.

Sie wies Davie und den Major an, die Möbel beiseitezuschieben und den Teppich aufzurollen, damit sie tanzen konnten. Mrs Fairy stolzierte aus dem Zimmer, und Catherine gab ihre Bemühungen auf, eine Partie Whist zu spielen. Sie half Maisie, eine Patience zu legen, dann ließ sie die anderen tanzen und zog sich früh ins Bett zurück.

»Da geht sie hin, die Miss Miesepeter«, rief Kate ihr hinterher. »Weiß nicht, wie man sich amüsiert.«

Lange Zeit lag Catherine im kühlen Schlafzimmer und lauschte dem lautstarken Gesang ihrer Mutter, verletzt von Kates Stichelei, sie sei freudlos. Stimmte das wirklich? Als Kind hatte sie gern vor dem Kamin gestanden und für die Familie gesungen. An Festtagen und an Hogmanay war sie bis spät in die Nacht im Haus ihrer Cousins oder Freunde geblieben und hatte mit ihnen gefeiert.

Aber ein Teil von ihr hatte sich immer zurückgehalten, weil sie Angst hatte, dass der Abend außer Kontrolle geriet. Er könnte in einer Schlägerei enden oder damit, dass Schürhaken durch den Raum geschleudert wurden. Sie musste wachsam bleiben, immer auf der Hut sein, damit Kate nichts zustieß. Gierige Hände könnten in der Nacht nach ihrer Mutter suchen, wenn sie vom Alkohol berauscht war.

Wieder einmal erinnerte sich Catherine eindringlich an einen dunklen Schatten, der sich über dem Bett abzeichnete, das sie einst mit Kate in Jarrow geteilt hatte. *Ein Mann zerrte an ihrer Mutter, schwer atmend, fluchend und bettelnd.*

»Lass sie los«, rief Catherine erschrocken. »Lass Kate in Ruhe!«

Aber der Mann ignorierte sie und betatschte weiterhin Kates schlaffen Körper, beugte sich über sie und hauchte ihnen seinen abgestandenen Atem entgegen.

»Wach auf, Kate«, wimmerte Catherine, bis sich ihre Mutter endlich regte. Kates anfängliche Verwirrung schlug in Panik um, während sie versuchte, den Mann von sich zu stoßen. Sie zischte ihn an und schlug nach ihm. Es kam zu Gerangel und Flüchen, dann sprang Kate aus dem Bett und tastete sich zur Tür. Mit einem kalten Luftzug verschwand sie. Die Hintertür knallte zu, und Catherine hörte die klatschenden Schritte ihrer nackten Füße über den Hinterhof zum Abort.

Sie blieb zurück, kauerte sich mit hämmerndem Herzen unter der Decke zusammen, während der Mann über ihr schwebte. Sie hielt den Atem an und wartete darauf, dass er sich bewegte, bis ihre Lunge fast platzte. Schließlich ging er, und sie lag zitternd im Bett, ganz allein. Schlaflos wartete sie darauf, dass Kate zurückkam und den Platz neben ihr wärmte. Aber sie kam nicht. Catherine horchte den Rest der Nacht nach Geräuschen, hoffte, dass ihre Mutter zurückkam, fürchtete sich davor, dass sich die schweren Schritte des Mannes wieder näherten, und betete, dass der Tag anbrach ...

Als sie jetzt an diese Bedrohung zurückdachte, schwitzte Catherine erneut vor Angst und zitterte gleichzeitig vor Kälte. So hatten die Feiern geendet. Der Gesang ihrer Mutter und das durch Whiskey angeheizte Lachen reichten aus, um ihr Inneres in Aufruhr zu versetzen. Wie sollte sie das jemals erklären? Nicht einmal die lebenslustige Bridie würde es verstehen. Ihre Freundin war unten geblieben; sie dachte ebenfalls, dass Catherine ihnen den Spaß verderben wollte. Catherine kroch tiefer unter die Decken und wünschte, sie könnte an ihrer Unbeschwertheit teilhaben.

Am zweiten Weihnachtsfeiertag schien die Sonne, und das Meer war nach tagelangen Stürmen wieder ruhig. Catherines Laune besserte sich augenblicklich, als sie das Licht durch die kahlen Äste schimmern sah, und sie nahm sich vor, den Ärger vom Vortag zu vergessen.

Sie stand auf, um das Frühstück vorzubereiten. In der Küche entdeckte sie leere Whiskey- und Rumflaschen auf der Kochstelle. Das Wohnzimmer war übersät mit dreckigen Gläsern und Tellern, und kein einziges Möbelstück war wieder an seinen Platz gerückt worden. Sie ärgerte sich, dass Bridie das Haus in einem solchen Zustand hinterlassen hatte. Als sie sich an die Arbeit machte, kam Mrs Fairy schnaufend durch die Tür und schimpfte über die Unordnung.

»Es tut mir leid –«, setzte Catherine an.

»Nicht Ihre Schuld«, antwortete die alte Dame und half ihr beim Aufräumen.

Kate und Davie erschienen nicht zum Frühstück. Bridie saß mit müden Augen da und trank große Tassen Tee. Sie spürte Catherines Missbilligung und erwähnte den Vorabend mit keinem Wort, sondern erzählte von dem Plan des Majors, sie am Abend zum Tanz ins Hotel auszuführen.

»Es gibt eine richtige Tanzkapelle«, schwärmte Bridie, »und zwischendrin wird das Essen serviert. Ich glaube, du solltest das grüne Kleid anziehen, das wir im Sonderangebot erstanden haben – das mit dem Kragen und den Ärmelaufschlägen aus Samt. Die Leute werden Schlange stehen, um sich in deine Tanzkarte einzutragen, wenn du wie eine Prinzessin gekleidet bist.«

Catherine lachte; ihr gefiel der Gedanke, sich schick zu machen. Die Gäste würden erst nach dem zweiten Weihnachtsfeiertag zurückkehren, also nahm sie sich vor, ihren Ausflug voll auszukosten.

Sie hatte Kate und Davie den ganzen Tag über kaum gesehen. Mittags waren sie verschwunden und kehrten erst zurück, als die drei gerade zum Ball im Imperial aufbrechen wollten. Maisie befühlte aufgeregt ihre Kleider und zwirbelte an ihrem eigenen Faltenrock aus Wolle herum.

Mrs Fairy sagte: »Lass sie gehen, Liebes. Wir essen einen Happen zu Abend und spielen eine Runde Snap.«

Kate starrte sie nur mit glasigen Augen an und sagte nichts. Catherine nahm ihren Mantel und ließ sich von Major Holloway hineinhelfen, begierig darauf, das Haus zu verlassen. Sie konnte die Gemütslage ihrer Mutter nicht einschätzen. Rührselig oder streitlustig? Auf jeden Fall nicht die krampfhafte Fröhlichkeit vom Weihnachtsabend.

Sobald sie das warme, lichterfüllte Hotel erreichten, vergaß Catherine Kates Blick und beschloss, jede Minute des Abends zu genießen. Sie tanzte mehrmals mit dem Major und einem anderen Mann, den sie aus dem Tennisverein kannte. Er lud sie ein, sich beim Abendessen zu ihren alten Bekannten an den Tisch zu setzen.

Sie neckten Catherine gutmütig. »Na, wenn das nicht die Gutsherrin ist!«

»Wo hast du dich das ganze Jahr über versteckt?«

»Wir haben dich vermisst, Schätzchen.«

Catherine lachte und scherzte mit ihnen über das Leben in The Hurst und versprach, dass sie ab 1934 wieder mehr Tennis spielen würde. Sie amüsierte sich so sehr, dass sie kaum mitbekam, wie ruhig Bridie neben ihr geworden war. Erst als ihre Freundin über Kopfschmerzen klagte und aufstand, um zu gehen, merkte sie, dass etwas nicht stimmte.

»Nein, bleib du hier und vergnüg dich«, sagte Bridie, während sie sich die Finger an die Schläfen presste. »Ich finde allein nach Hause.«

Catherine stand besorgt auf und folgte ihr. »Du kannst nicht allein zurückgehen, es ist zu dunkel. Kannst du nicht noch ein bisschen bleiben? Ich habe den nächsten Tanz dem Major versprochen.«

Bridie schloss die Augen und schüttelte den Kopf. »Ein Spaziergang an der frischen Luft vertreibt meine Kopfschmerzen vielleicht.«

Catherine seufzte. »Nein, keine Sorge, wir gehen jetzt gemeinsam zurück. Ich bin sicher, Major Holloway hat dafür Verständnis.«

Sie ging zurück, um sich von ihren Freunden zu verabschieden. Als sie mit dem

Major den Ballsaal durchquerte, um zu Bridie aufzuschließen, murmelte er: »Lassen Sie nicht zu, dass sie immer ihren Willen bekommt. Sie lässt Sie nach ihrer Pfeife tanzen.«

»Wer?«, fragte Catherine erschrocken.

»Mrs McKim natürlich. Sie müssen ihr klar machen, wer das Sagen hat. Sonst werden Sie ein Hundeleben haben.«

Catherine errötete. »Ich weiß nicht, wovon Sie sprechen.«

Sein Blick war mitleidig. »Nein, meine Liebe, ich glaube, das wissen Sie wirklich nicht.«

Catherine war verblüfft über seine Worte und beschloss, ihnen keine Beachtung zu schenken. Er war nur enttäuscht, weil sie früher gehen mussten.

Wieder daheim schien sich Bridie bei einer Tasse Tee zu erholen. Der Major ließ sich entschuldigen und winkte ab, als Catherine ihm für die Einladung danken wollte. Im Haus war es still, niemand war mehr wach. Die beiden Frauen nahmen ihren Tee mit ins Wohnzimmer, das nur vom flackernden Feuer erhellt wurde.

Erschrocken sah Catherine, wie sich eine Gestalt aus einem Sessel im Erkerfenster erhob.

»Was für ein Schreck!«, keuchte sie.

»Die Turteltauben sind also zurück?«, lallte Kate.

Catherine schnaufte verärgert. »Wenn du mich und den Major meinst, dann ...«

»Den Major?« Kate lachte schroff. »Nein, den nicht.« Sie taumelte vorwärts und stieß einen kleinen Getränketisch um.

Catherine versuchte, die Stehlampe einzuschalten, bevor etwas zu Bruch ging. Der Lichtschein ergoss sich um sie herum. Kate stützte sich an einem Stuhl ab. Ihr Gesicht war fleckig und ihr Haar zerzaust. Sie war stark betrunken.

»Die da!«, knurrte sie und deutete mit dem Finger auf Bridie. »Sie ist dein Turteltäubchen.«

»Kate, setz dich hin und hör auf, so dummes Zeug zu reden«, sagte Catherine und versuchte, sie zu einem Stuhl zu lotsen. »Wie viel hast du getrunken?«

»Nicht genug«, rief Kate und schüttelte die Hand ihrer Tochter ab. Sie stürmte zum Klavier. Catherine entdeckte eine Reihe von Flaschen auf dem Deckel. Kate griff nach einer davon und trank direkt daraus. Die Flüssigkeit rann ihr das Kinn hinab.

»Ich hoffe, du hast keine Spuren auf dem Holz hinterlassen«, sagte Catherine entrüstet.

»Was kümmert mich dein verdammtes Klavier?«, erwiderte Kate wütend. »Meins war dir doch auch egal! Meine eisernen Ersparnisse – allesamt für dich ausgegeben. Alles für dich. Ich habe geknausert und für den Unterricht gespart, die Lehrerin mit dem bezahlt, was ich hatte, habe eigenhändig Kuchen für sie gebacken – nur meiner Kitty zuliebe. Du hast mir alles ins Gesicht geschleudert.«

Catherine widersprach: »Du hast das Klavier nicht bezahlt – es wurde gepfändet. Wie hätte ich da weiterspielen sollen?«

»Du hast es nie versucht«, warf Kate ihr vor. »Nur um mich zu ärgern.«

»Du hast mich nie gefragt, ob ich es überhaupt lernen wollte. Das hätte uns allen eine Menge Ärger erspart.«

»Du hasst mich, stimmt's? Das hast du schon immer getan«, rief Kate. »Ich sehe es in deinen Augen – in *seinen* verfluchten Augen!« Sie drehte sich wieder zum Klavier um und griff mit jeder Hand nach einer Flasche. Sie nahm einen Schluck aus der einen, dann aus der anderen.

»Hör auf, Kate.«

»So bin ich«, erklärte Kate und lachte freudlos, »so ist deine Mutter. Nicht gut genug für dich.« Sie goss sich Whiskey in den Mund. Er spritzte ihr bis auf die Stirn. »Eine Hure und eine Säuferin, so hat mich dein Großvater genannt. Und das bin ich.«

Catherine sah entsetzt zu, wie sie das Gleiche mit dem Brandy tat. Plötzlich kam Bridie vom Kamin herüber und riss Kate die Flaschen aus den Händen.

»Schluss damit«, befahl sie. »Willst du dich umbringen?«

Kate versuchte, sich die Flaschen zurückzuholen, taumelte und verlor das Gleichgewicht. Rasend vor Wut fiel sie zu Boden.

»Das könnte dir so passen, was? Mich umbringen. Das werde ich! Dann könnt ihr zwei Huren zusammen sein.« Sie rappelte sich auf, keuchend und mit wildem Blick.

»Sag nicht solche Sachen«, rief Catherine angewidert.

»Es ist wahr«, rief Kate. »Vor dem Priester spielst du die Heilige, und vor den Mietern tust du vornehm. Aber ich weiß, wie du wirklich bist – schlimmer als ich. Du und diese Kreatur!« Sie spie die Worte aus. »Ein Bett zu teilen. Was macht ihr denn da drin?«

Catherine wurde leichenblass. Sie ballte die Hände zu Fäusten. »Wie kannst du es wagen! Wir tun nichts anderes als schlafen – im Gegensatz zu dir, als wir noch ein Bett geteilt haben!«

Bridie sagte: »Hör auf, Catherine, du machst es nur noch schlimmer.«

Aber sie war zu aufgebracht, um sich zu bremsen. »War es mit meinem Großvater oder mit einem Untermieter?«

Kate schnappte schockiert nach Luft. Einen Moment starrten sie sich an, wie betäubt von den hasserfüllten Worten. Dann verzerrte sich Kates Gesicht vor Zorn. Blitzschnell ergriff sie einen von Davies Nagelstiefeln, die er vor dem Kamin abgestellt hatte, hob ihn hoch und holte aus. Mit einem Wutschrei schleuderte sie ihn direkt nach Catherines Kopf.

In diesem Sekundenbruchteil stieß Bridie Catherine zur Seite. Der Stiefel traf sie seitlich am Kopf, als sie sich wegdrehte. Fassungslos griff sie sich ans Ohr, Schmerz flammte auf. Bridie nahm sie sofort in den Arm.

»Bist du verletzt? Lass mich mal sehen! Mein Gott, du blutest ja. Komm mit in die Küche, ich säubere die Wunde.«

Catherine war zu schockiert, um zu weinen.

Bridie führte sie aus dem Zimmer. »Es kommt alles in Ordnung, mein liebes Mädchen.«

Durch das Rauschen in ihren Ohren hörte Catherine hinter sich das Schluchzen ihrer Mutter.

37

Am nächsten Morgen versuchte Bridie, Catherine zu überreden, im Bett zu bleiben.

»Ruh dich aus«, drängte ihre Freundin. »Ich rufe Mrs Townsend an und sage ihr, dass du krank bist.«

Catherine war versucht, liegen zu bleiben. Ihr Kopf pochte, und sie fürchtete sich davor, der Außenwelt und vor allem Kate gegenüberzutreten. Aber sie wusste, wenn sie es nicht tat, würde es später doppelt so schwer sein. Sie hatte kaum geschlafen, weil sie immer wieder an den furchtbaren Streit mit ihrer Mutter und deren hasserfüllten Gesichtsausdruck denken musste. Ihre Gefühle für Kate gingen über Verbitterung und Wut hinaus – jetzt hatte sie sogar Angst vor ihrer Mutter. Wie sollten sie weiter unter einem Dach leben?

Sie kämpfte sich aus dem Bett, fühlte sich schwach, und ihr war übel. Aber den Bewohnern zuliebe musste sie weitermachen, als sei nichts geschehen. Vorsichtig kämmte sie ihr Haar über die Platzwunde an ihrem Ohr und tupfte zusätzliche Grundierung auf, um den Bluterguss am Wangenknochen zu verdecken. Dabei zuckte sie vor Schmerz zusammen.

In der Küche war Kate nicht zu sehen. Mit Bridies Hilfe machte Catherine in aller Eile ein Frühstück und stellte es in den Speisesaal, damit sich die Gäste selbst bedienen konnten.

Den ganzen Tag grübelte sie bei der Arbeit darüber nach, was sie tun sollte, aber als sie sich nach Hause schleppen wollte, sah sie Bridie vor dem Tor der Wäscherei auf sie warten.

»Die Lage hat sich beruhigt«, berichtete Bridie fröhlich. »Dorothy und Mr Hobbs sind zurück, und Kate hat die Betten gemacht. Sie hat den Schwanz eingezogen und bietet bei allem ihre Hilfe an.«

Catherine sagte entrüstet: »Sie kann nicht einfach so tun, als wäre letzte Nacht nie geschehen. Die Dinge, die sie zu mir gesagt hat ...«

»Sie war sturzbetrunken. An die Hälfte erinnert sie sich bestimmt nicht mehr – und wahrscheinlich hat sie es auch nicht so gemeint.«

»Wie kannst du sie verteidigen, nachdem sie so schreckliche Dinge über uns gesagt hat?«, warf Catherine ihr vor.

Bridie zuckte mit den Schultern, aber Catherine empfand immer noch Abscheu über die gehässigen Worte ihrer Mutter. »Ich kann ihr jedenfalls nicht verzeihen. Sie hätte mich mit diesem Stiefel umbringen können. Ich fühle mich in meinem eigenen Haus nicht mehr sicher.« Catherine verschränkte angespannt die Arme; sie wollte, dass sich Bridie auf ihre Seite schlug.

Ihre Freundin berührte sie mitfühlend an der Schulter. »Natürlich ist es deine Entscheidung. Aber sie ist immer noch deine Mutter. Du kannst sie nicht einfach auf die Straße setzen.« Sie warf Catherine einen schiefen Blick zu. »Ich glaube, die Wogen glätten sich von allein, sobald ihr nichtsnutziger Ehemann wieder auf See ist.«

Catherine kehrte mit schwerem Herzen zurück. Sie sah keinen Ausweg aus der Situation. Kate stand mit bleichem Gesicht am Herd. Ihre Hände zitterten, als sie Catherine eine Tasse Tee einschenkte.

»Tut mir leid, Kitty«, murmelte sie und reichte ihr die Tasse.

Catherine war immer noch zu erschüttert, um zu sprechen. Den Rest des

Abends beschäftigte sie sich damit, das Essen zu servieren und mit den zurückgekehrten Gästen zu plaudern, verbarg ihre Traurigkeit hinter einer fröhlichen Fassade.

Als sie die Treppe hochgehen wollte, um sich ins Bett zu legen, fing Davie sie ab.

»Kitty, kann ich dich kurz sprechen?«

Sie nickte misstrauisch.

»Kate fühlt sich schrecklich wegen dem, was sie getan hat – meinen Stiefel nach dir zu werfen. Sie ist zu weit gegangen.«

»Sie geht immer zu weit«, erwiderte Catherine aufgebracht. »Ich kann ihr nicht trauen. Was, wenn sie einen der Mieter angreift? Du musst sie wieder zu dir nehmen, Davie. Ich werde nicht mit ihrer Trinkerei fertig.«

Davie warf ihr einen verzweifelten Blick zu. »Ich weiß nicht, wie. Wir können nirgendwohin.« Er legte ihr seine schwieligen Hände auf die Schultern. »Du hast keine Ahnung, wie es in Jarrow zugeht – zehnmal schlimmer als bei deinem letzten Besuch. Fast niemand hat Arbeit. Es ist eine Geisterstadt. Schick sie nicht dorthin zurück, Kitty. Es wird sie umbringen.«

Catherine schüttelte seine Hand ab.

»Das versucht sie hier auch – so, wie sie trinkt.«

Davie rang nach Worten. Erschrocken sah Catherine, dass ihm Tränen in die Augen stiegen. Er schluckte. »Gib ihr noch eine Chance, Kitty.«

»The Hurst sollte ihre letzte Chance sein«, protestierte Catherine.

»Bitte! Nur noch eine. Du bist die Einzige, die sie retten kann.«

Sie stand ratlos da. Seine Hoffnungen lasteten so schwer auf ihr, dass sie kaum Luft bekam.

Schließlich flüsterte sie: »Sie kann bleiben.«

»Kitty, danke! Du bist ein Goldstück –«

»Aber du musst mir etwas versprechen«, unterbrach Catherine ihn und wappnete sich. »Du darfst nicht hierherkommen. Deine Besuche bringen das Schlimmste in ihr zum Vorschein.«

Davie warf ihr einen langen, gequälten Blick zu. Sie wusste, wie sehr es ihn schmerzte, aber mit den beiden zusammen klarzukommen, war zu viel für sie.

»Das sind Bridies Worte«, sagte er dumpf.

»Nein, es sind meine.« Catherine blieb standhaft. »Versprichst du mir das? Du kommst erst wieder, wenn Kate bewiesen hat, dass sie endgültig mit dem Trinken aufgehört hat.«

»Ja«, sagte er heiser und wandte sich ab.

Es war das letzte Wort, das sie miteinander wechselten, bevor er zwei Tage später The Hurst verließ.

Schon bei Anbruch des Jahres 1934 bereute Catherine, eingewilligt zu haben, dass Kate bleiben durfte. Oberflächlich betrachtet wirkte ihre Mutter normal, hielt sich im Haus beschäftigt und ging fröhlich mit den Gästen um. Aber wenn sie Catherine ansah, funkelte etwas in ihren Augen, das sie nervös machte. Kate war erbost über Davies erzwungene Abreise und ärgerte sich darüber, dass ihr Alkoholkonsum ständig überwacht wurde.

Obwohl Bridie zu Hause blieb und Mrs Fairy für Catherine spionierte, schaffte Kate es immer noch, an Alkohol zu kommen, auch wenn sich

Catherine nicht erklären konnte, wie. Sie fand keinerlei Spuren davon, aber Kates Stimmung schwankte, ständig taumelte sie gegen Möbel und zerbrach Gegenstände, als wäre sie betrunken. Wenn sie ihre Mutter darauf ansprach, lachte sie manisch, verfluchte Catherine oder brach in Tränen aus.

Dann kam es zu mehreren seltsamen Vorfällen. Als Tom Hobbs eines Tages das Klavier stimmen wollte, stellte er fest, dass zwei der Hämmerchen herausgebrochen waren. In der darauffolgenden Woche war die Türklinke seines Zimmers mit Marmelade beschmiert und der Inhalt seines Nachttopfs auf dem Bettvorleger ausgekippt worden.

»Jemand hat es auf mich abgesehen«, beschwerte er sich.

Catherine stellte ihre Mutter zur Rede. »Spielst du Mr Hobbs üble Streiche?«

Kate warf ihr einen verletzten Blick zu. »Warum sollte ich?«

»Um dich an mir für das Klavier zu rächen«, warf Catherine ihr vor.

Kate schüttelte den Kopf und ging davon. Ein paar Tage später war die Türklinke des Klavierstimmers wieder mit Marmelade beschmiert.

»Ich habe eine andere Unterkunft gefunden«, teilte er Catherine am Monatsende mit. Sie versuchte, ihn umzustimmen, aber er war fest entschlossen und ging.

Im Laufe des Frühjahrs ereigneten sich weitere bizarre Vorfälle. Der Bauchredner fand eine Mausefalle in seinem Bett, und beim Frühstück lag Seife in der Butterdose. Bis Ostern verließen drei weitere Bewohner das Haus.

»Warum tust du das?«, schrie Catherine ihre Mutter an.

»Was?« Kate kicherte wie ein Kind.

»Die Bewohner schikanieren. Sie haben dir nichts getan.«

»Ich weiß nicht, was du meinst.«

Catherine wollte sie schütteln, bis ihre Zähne klapperten, aber sie wagte es nicht, sie anzufassen.

»Wenn du nicht aufhörst, haben wir bald nichts mehr zu tun.«

Kate begann, vor den anderen Bewohnern offen auf Catherine herumzuhacken.

»Sie war schon als kleines Kind eine herrische Göre«, verkündete Kate eines Tages im Esszimmer, als Catherine sie gebeten hatte, das Salz aufzufüllen. »Und das ist sie immer noch – trotz ihres vornehmen Getues. Ich könnte Ihnen Geschichten über unsere Kitty erzählen, bei denen Ihnen die Haare zu Berge stehen.«

Bridie ging dazwischen. »Kate, die Gäste warten auf das Salz. Heb dir deine Geschichten für ein anderes Mal auf.« Sie schob Kate zur Tür.

»Fass mich nicht an«, fauchte Kate und drehte sich zu ihr um. »Du bist genauso verkommen. Die dreckigen, schmutzigen Dinge, die ihr miteinander treibt ...«

Bridie schob sie durch die Tür und knallte sie hinter ihnen zu. Kates gedämpftes Geschrei und Fluchen war noch zu hören, als Bridie sie den Korridor hinunterzerrte. Catherine blieb mit hochrotem Gesicht zurück und wusste nicht, was sie sagen sollte.

Der Major räusperte sich. »Die Suppe braucht kein Salz. Sie schmeckt auch so gut.« Er begann zu essen. Catherine spürte, wie ihr die Tränen in die Augen stiegen, als sie ihm einen dankbaren Blick zuwarf. Nach einer peinlichen Pause begannen auch die anderen zu essen.

Die Mahlzeiten wurden zu einem Schlachtfeld, und Catherine graute davor, weil sie nicht wusste, ob ihre Mutter jemandem einen Streich spielen oder mit ihrem unflätigen Gerede die Unterhaltung ruinieren würde. Tagsüber war Catherine ein angespanntes Nervenbündel, aber die langen Nächte waren noch schlimmer. Sie bekam kein Auge zu und wälzte sich im Bett hin und her. Zwar standen jetzt mehrere Zimmer frei, aber sie ertrug die Dunkelheit nicht allein. Schreckliche Erinnerungen quälten sie: die kränkenden Hänseleien ihrer Spielkameraden, ihr Großvater mit dem Schürhaken, Kates Schläge, weil sie am verbotenen Slake gespielt hatte. In der tiefen Nacht grübelte sie über ihr Missgeschick mit Männern nach. *»Du bist ein Bastard durch und durch«,* hallten die Worte einer Nachbarin ein ums andere Mal in ihrem Kopf wider. Aus diesem Grund wollten die Männer sie nicht. Sie war befleckt, unwürdig. Sie würde immer Kates ungewolltes Kind sein.

Wenn Catherine schließlich doch einschlief, verfing sie sich in einem Netz aus wiederkehrenden Albträumen. Der schwarz gekleidete Priester kam auf sie zu und wollte sie mit seiner Dunkelheit umhüllen, zeigte aber nie sein Gesicht. Im Traum flüchtete sie in einen Raum, der sich als das alte Schlafzimmer in der William Black Street entpuppte. Kate lag im Bett und lachte über sie. Das Geräusch würde sie verraten. Sie nahm das Kissen und presste es auf Kates Gesicht, um das Gelächter zu unterdrücken, nur für eine Minute. Immer wieder presste sie auf das Kissen, aber die hochgewachsene schwarze Gestalt entdeckte sie jedes Mal. »Sie ist tot, tot«, hallte ihre Stimme wider. Dann stand Catherine schluchzend neben einer Leiche, die im Wohnzimmer aufgebahrt war. Die Körperflüssigkeiten tropften von dem Gestell in einen Eimer. Allein und verängstigt zwang sie sich, einen Blick auf das Gesicht zu werfen. Aber es war nicht Kate, es war Großmutter Rose.

Catherine erwachte schreiend und schweißgebadet aus diesen Albträumen. Bridie wurde es leid, von ihr geweckt zu werden und sie beruhigen zu müssen.

»Vielleicht solltest du zum Arzt gehen«, gähnte Bridie. »Du bist erschöpft – das sind wir beide.«

»Und was soll ich ihm sagen? Dass ich meine Mutter im Traum mit einem Kissen ersticke?«

»Wenn sie der Grund für das alles ist, wird es Zeit, dass sie geht. Ich bin mit meiner Geduld am Ende. Sie wirft uns unsere Hilfsbereitschaft vor die Füße. Als würde sie es darauf anlegen, dass wir sie rausschmeißen.«

Catherine vergrub das Gesicht in den Händen. Bridie hatte recht. Kate schien ständig auf einen Kampf aus zu sein. Catherine war immerfort damit beschäftigt, einen Streit zu vermeiden, und staute ihre Wut wie Dampf in einem Schnellkochtopf auf. Was ihr wirklich Angst machte, war ihr wachsender Drang, Kate etwas anzutun, ihre Wut zu entfesseln. Was war sie nur für ein abscheulicher Mensch?

Weil sie sich nach diesen Träumen so sehr schämte, erduldete Catherine weiterhin Kates zunehmenden Wahnsinn.

Im Frühsommer wohnten nur noch der Major, Mrs Fairy und Dorothy im Haus, denen Kates Streiche nichts auszumachen schienen. In ihrer Verzweiflung erkundigten sich Catherine und Bridie bei den örtlichen Hotels, ob sie überzählige Gäste hatten. Sie machten Aushänge am Schwarzen Brett der Kirche und in den Schaufenstern.

Vereinzelte Sommergäste trafen ein, aber keiner von ihnen blieb länger als ein paar Tage. Die Betten waren nicht richtig gemacht, aus dem Warmwasserhahn kam kaltes Wasser, die Desserts schmeckten salzig und die Suppen süß. Dann erschien eine Französin, die zum Malen angereist war.

Sie war charmant und kultiviert, und Catherine mochte sie auf Anhieb. Nach dem Abendessen saßen sie im Wintergarten zusammen und unterhielten sich über Bücher, und Catherine erprobte ihr rudimentäres Französisch, das sie während ihrer Zeit in Harton gelernt hatte. Madame Clevy machte sie mit französischen Schriftstellern wie Voltaire und Flaubert bekannt und lieh ihr Bücher in englischer Übersetzung. Sie spielte auch Tennis, was Catherine anspornte, den Rasen zu mähen und ein Tennis-Fest zu veranstalten, zu der sie Freunde aus dem Verein einlud.

Den ganzen sonnigen Samstagnachmittag über spielten sie im abgeschirmten Garten von The Hurst und saßen auf Matten oder Liegestühlen. Kate lief hin und her, schnaufte in der Hitze und scherzte mit den Gästen. Catherine freute sich, dass sie sich bemühte, freundlich zu sein.

Als es Zeit für den Tee war, ging Catherine hinein, um ein Tablett mit Getränken und Gebäck zu holen.

»Ich helfe Ihnen«, sagte Madame Clevy und folgte ihr in die Küche.

Die Tür zur Anrichtekammer war offen. Kate stand dort und trank aus einer Flasche. Catherine erstarrte. Als Kate sie bemerkte, steckte sie den Korken seelenruhig wieder hinein und stellte die Flasche zu den Putzmitteln unter die Spüle.

Ihre Mutter kam heraus und verkündete süffisant: »Da hab ich euch wohl in flagranti ertappt? Kitty und ihr französisches Schätzchen.«

»Wie bitte?« Madame Clevy schaute verwirrt.

Kate taumelte auf sie zu. Catherine nahm einen scharfen Schnapsgeruch wahr.

»Wolltet in der Kammer ein bisschen kuscheln und knutschen, was?« Kate lachte gackernd.

»Halt den Mund!«, befahl Catherine und lief hochrot an.

»Nun, Sie verschwenden Ihre Zeit, Madame«, sagte Kate laut. »Sie ist schon vergeben. Bridie ist ihre kleine Gefährtin. Die Lady im Schlafgemach.«

»Sprich nicht so laut«, zischte Catherine. Sie zog die Französin am Ellbogen zur Tür. »Es tut mir so leid, sie ist nicht sie selbst.«

»Betrunken, meinst du?« Kate lief hinter ihnen her und packte Catherine am Arm. »Ja, das bin ich. Das ist meine einzige Freude an diesem verfluchten Ort! Du bist zu sehr mit deinen schicken Freunden beschäftigt, um dich um mich zu kümmern. Ich war dir schon immer egal. Genauso gut könnte ich tot sein, so wenig, wie du mich beachtest. Du hasst mich, hab ich recht? Hab ich recht?«, schrie sie.

Catherine schüttelte sie ab, ihr Herz raste. »Finger weg! Wag es ja nicht, in diesem Zustand draußen aufzutauchen, denn das werde ich dir nie verzeihen.«

Sie eilte davon und entschuldigte sich stotternd bei Madame Clevy. Draußen bemerkte Bridie sofort, wie verstört sie war.

»Ist es Kate?«, fragte sie. Catherine nickte.

»Ich kümmere mich um sie«, sagte Bridie und ging ins Haus.

Zehn Minuten später kam sie mit dem Teetablett zurück und lächelte. Als sie an Catherine vorbeiging, murmelte sie: »Ich habe sie in die Anrichtekammer gesperrt.«

Catherine schnappte nach Luft. Kate trank sich wahrscheinlich bewusstlos. Sie zwang sich zu einem Lächeln und schenkte den Tee ein. Der Nachmittag war ruiniert, und sie hoffte, dass die Leute bald aufbrechen würden. Sie befürchtete, dass sich Kate befreien und eine Szene machen könnte.

Bridie schnitt den Kirschkuchen an und reichte ihn herum. Madame Clevy nahm einen Bissen, dann schrie sie auf. Sie hielt sich den Kiefer.

»Was ist los?«, fragte Bridie.

»Etwas Hartes – mein Zahn«, murmelte sie.

Catherine griff nach ihrem Teller und klaubte etwas aus dem Kuchen heraus. Es war eins der Klavierhämmerchen.

»Wie um alles in der Welt ist das da reingekommen?«, fragte Joyce, eine ihrer Tennisfreundinnen.

Catherine wusste, dass sie in Tränen ausbrechen würde, wenn sie antwortete. Ihre Mutter war boshaft und niederträchtig! Sie würde nicht aufhören, bis sie alle ihre Mieter und Freunde vertrieben hätte. Das war der Tropfen, der das Fass zum Überlaufen brachte.

Ungestüm stellte sie den Teller ab und lief zurück ins Haus. Sie würde Kate eine gehörige Standpauke halten! Sie würde sie auf der Stelle auf die Straße setzen. Zum Teufel damit, was die Nachbarn dachten! Ihretwegen konnte ihre Mutter in der Gosse landen.

Als sie in die Küche stürmte, hörte sie Bridie hinter sich hereilen.

»Catherine, tu nichts Unüberlegtes ...«

»Versuch doch, mich aufzuhalten«, rief Catherine.

Sie rannte zur Anrichtekammer, drehte den Schlüssel um und riss die Tür auf. Kate lag ausgestreckt auf dem Boden, neben ihr eine leere Flasche. Sie war leichenblass und rührte sich nicht. Angst kroch in Catherines Magen.

»Atmet sie?«, flüsterte Bridie.

Catherine stand wie gelähmt da. Bridie schob sie zur Seite, beugte sich hinunter und hielt ein Ohr vor Kates Mund. Ein langer Moment verging. Sie durfte nicht so sterben!

»Sie atmet, aber nur flach«, sagte Bridie schließlich. »Ruf besser den Arzt.«

Catherine stieß einen langen Atemzug aus. Bridie hob die Flasche auf und schnupperte daran. »Herr im Himmel! Sie hat Brennspiritus getrunken.«

Catherine starrte auf den zusammengesackten Körper, das graue, zerzauste Haar auf dem einst so schönen Gesicht. Alle Wut und Angst von vorher lösten sich in Luft auf.

»Oh, Kate«, flüsterte sie und beugte sich vor, um die Haare ihrer Mutter zu berühren. »Oh, meine Kate!«

38

Kate wurde mehrere Tage lang im Bett gepflegt. Der Arzt erklärte, dass ihr Magen und ihre Leber durch das Trinken möglicherweise irreparable Schäden davongetragen hätten. Die Zeit würde es zeigen. Als Kate fragte, ob sie zu medizinischen Zwecken einen Schluck Brandy haben könne, war Catherine angewidert. Ihre Mutter schien es darauf anzulegen, sich selbst zu zerstören. Aber sie würde nicht zulassen, dass Kate auch ihr Leben in The Hurst ruinierte.

Nachdem Kate wieder auf den Beinen war und im Haushalt mitmischte, nahm Catherine ihren Mut zusammen und konfrontierte sie.

»Ich treffe Vorkehrungen, damit du woanders wohnen kannst. Ende des Monats verlassen die Untermieter unsere frühere Maisonettewohnung. Du kannst wieder dort einziehen.«

Kate starrte sie ungläubig an. »Du willst mich rauswerfen?«

Catherine schluckte. »Ich biete dir ein Dach über dem Kopf. Das ist mehr, als du nach der ganzen Schererei, die du hier verursacht hast, verdienst.«

»Ganz allein?«, sagte Kate aufgebracht. »Wie soll ich das schaffen?«

»Du nimmst deine eigenen Untermieter auf. Ich habe es mit Bridie besprochen. Wir werden einen Zimmermann damit beauftragen, ein paar Zwischenwände einzuziehen, damit du zusätzliche Räume hast. Du musst selbst für deinen Unterhalt aufkommen; ich kann es mir nicht leisten, zwei Häuser zu betreiben. Erst recht nicht, wo The Hurst gerade so schlecht läuft«, fügte Catherine vorwurfsvoll hinzu.

Kate erwiderte stur: »Und was, wenn ich mich weigere?«

Catherine hielt ihrem Blick stand. »Dann musst du zurück in den Norden ziehen. Ich lasse dich nicht länger in The Hurst wohnen.«

Kate stürmte aus dem Zimmer.

Später war sie reumütig und flehte Catherine an, sie bleiben zu lassen. »Ich habe die Sachen, die ich über dich und Bridie gesagt habe, nicht ernst gemeint. Ich glaube das nicht wirklich – ich ertrage es nur nicht, dass du sie als deine Mutter ansiehst und nicht mich!« Doch mit Bridies Unterstützung blieb Catherine standhaft und fuhr mit dem Umbau der Wohnung in der Laurel Street fort. Im September kratzte sie genug Geld zusammen, um die Rechnungen für den ersten Monat zu bezahlen, und schaltete eine Anzeige in der Zeitung, um Interessenten zu finden.

Als die ersten zwei Untermieter eine Woche im Voraus gezahlt hatten, forderte Catherine Kate auf, ihre Sachen zu packen.

»Ich bringe sie hin«, erklärte Bridie. »Nicht, dass du dich in letzter Minute noch erweichen lässt. Wenn Kate ein paar Tränen vergießt, nimmst du sie kurzerhand wieder in The Hurst auf.«

Also verabschiedeten sich Catherine und Kate angespannt in der Küche voneinander. Catherine ging zur Arbeit und fühlte sich den ganzen Tag elend, verfolgt von den vorwurfsvollen Blicken ihrer Mutter. Sie befürchtete, dass Kate sich mit Bridie angelegt hatte, und fragte sich, ob ihre Untermieter aufgetaucht waren.

Als sie zurückkam, beruhigte Bridie sie. »Sie ist quietschfidel. Macht eine Show für die neuen Gäste. Möge es lange so bleiben.«

Catherine bezweifelte es. Sie rechnete jeden Tag damit, dass Kate betrunken und verschuldet zurückkam und von ihrer undankbaren Tochter verlangte, sie bei sich aufzunehmen. Aber die Tage vergingen, ohne dass sie etwas von ihr hörte.

»Vielleicht sollte ich nachsehen, wie es ihr geht«, überlegte Catherine.

»Lass sie in Ruhe«, sagte Bridie ungeduldig. »Du hast doch, was du wolltest, oder?«

»Ja, aber ...«

»Dann hör auf, dir den Kopf zu zerbrechen. Kate schafft das schon. Und sei es nur, um dir eins auszuwischen.«

Als Catherine am Ende des Monats von der Arbeit heimkam, fand sie Bridie mit einem breiten Grinsen am Küchentisch vor. Sie schob ihr einen Umschlag zu.

»Schau mal rein.«

Darin befanden sich zwanzig Schilling und eine gekritzelte Nachricht: *Hier ist das Geld, das ich mir geliehen habe. Ich habe vier Untermieter aufgenommen. Hoffe, es geht Dir gut. Kate.*

Catherine warf Bridie einen erstaunten Blick zu. »Bei ihr läuft es besser als bei uns!«

Bridie lachte. »Habe ich es dir nicht gesagt? Sie möchte sich beweisen. Du brauchst dir also keine Gedanken zu machen – du hast das Richtige für sie getan.«

Catherine lächelte erleichtert. »Auch wenn sie das nicht so sehen wird.«

Bridie kam zu ihr und umarmte sie. »Aber ist es nicht herrlich ohne sie? Nur du, ich und Maisie. Versprich mir, dass du sie nicht wieder aufnimmst. Ich würde es nicht ertragen, wenn dich die Sorgen wieder auffressen.«

»Versprochen«, sagte Catherine. »Nie wieder.«

Es wurde Winter, und Catherine und Bridie fanden nach und nach neue Bewohner für The Hurst. Das Dach musste ständig repariert werden, und es war schwierig, die Feuchtigkeit und den Schimmel während der kalten, nassen Monate unter Kontrolle zu halten. Das Haus verschlang Geld wie eine unersättliche Bestie, und Catherine fragte sich oft, warum sie ein solch monströses Gebäude gekauft hatte.

»Du machst dir zu viele Sorgen«, tadelte Bridie.

»Und du machst dir nicht genug«, entgegnete Catherine, als sie im Turmzimmer einen neuen Fleck an der bröckelnden Wand entdeckte.

Wie sie feststellen musste, war Bridie bei der Haushaltsführung ebenso nachlässig wie Kate. Sie schaffte es nie, das wöchentliche Budget einzuhalten, und tat Catherines Versuche, die Ausgaben einzuschränken, mit einem Schulterzucken und einem Lachen ab, als wäre es ein Scherz. Zum Verdruss ihrer Freundin bot Catherine der treuen Mrs Fairy im Gegenzug für ihre Hilfe beim Kochen und im Haushalt freie Kost und Logis an.

»Ich komme auch ohne diese Frau zurecht. Sie hängt mir ständig auf der Pelle.«

»Ich dachte, du freust dich über die zusätzliche Hilfe«, sagte Catherine.

»Du vertraust mir nicht, stimmt's?«, warf Bridie ihr vor.

»Es ist zu viel für dich, alles allein zu bewältigen. Und Mrs Fairy kann gut mit Maisie umgehen.«

Danach war Bridie wochenlang mürrisch, und Catherine musste sich in Acht nehmen. Beiläufige Bemerkungen konnten als Kritik aufgefasst werden; die kleinste Aufmerksamkeit gegenüber Mrs Fairy wurde als Bevorzugung gewertet. Aber immerhin musste sie nicht befürchten, dass ihre labile Mutter vor den Gästen herumbrüllte oder Chaos auslöste. Sie war so erleichtert, dass die Kämpfe mit Kate vorbei waren, dass gelegentliche Auseinandersetzungen mit Bridie nichts im Vergleich dazu waren.

Mehrere Monate vergingen, ohne dass Catherine ihre Mutter sah oder von ihr hörte. Der Mietvertrag für die Maisonettewohnung war auf Kate überschrieben worden, und Catherine wertete die ausbleibenden Nachrichten als Zeichen dafür, dass ihre Mutter zurechtkam.

»Schlechte Nachrichten verbreiten sich schnell«, sagte Bridie zu ihr. »Wenn sie dich braucht, weiß sie, wo sie dich finden kann.«

Da Bridie sie nicht ermutigte, bemühte sich Catherine nicht, mit Kate in Kontakt zu bleiben.

Als Weihnachten näher rückte und Catherine überlegte, was sie mit Kate machen sollte, sagte Bridie: »Sie wird Davie als Gesellschaft haben. Erspar uns ein Weihnachten wie letztes Jahr!«

Catherine schauderte bei dem Gedanken daran. Stattdessen schickte sie ihrer Mutter eine Karte mit Geld. So fühlte sie sich weniger schuldig, dass sie ein ruhiges Weihnachten in The Hurst verbringen wollte. Bei der Messe sah sie Kate nicht, aber dann erhielt sie von ihr eine Karte mit guten Wünschen für das kommende Jahr.

Erst als 1935 schon fortgeschritten war, kamen ihr Neuigkeiten über ihre Mutter zu Ohren.

»Ich bin ihr unten an der Promenade beim Fischkaufen begegnet!«, berichtete Bridie. »Maisie hat sie zuerst gesehen. Kate hat abgenommen.«

Catherines Magen verkrampfte sich. »Geht es ihr gut?«

»Blendend«, versicherte Bridie. »Sie hat sechs Untermieter und ist stolz darauf.«

»Gut«, sagte Catherine. Ihre Kehle war wie zugeschnürt.

»Sie hat nach dir gefragt«, fuhr Bridie fort. »Du sollst bei Gelegenheit zum Abendessen vorbeikommen. Und Maisie mitbringen, um eine Runde Snap zu spielen. Ich habe ihr gesagt, dass du sehr beschäftigt bist und sie nicht damit rechnen soll.«

Catherine war dankbar. Sie hatte keine Lust auf einen Besuch. Sie freute sich, dass ihre Mutter gut allein zurechtkam, aber sie wollte sie nicht sehen. Seit dem letzten furchtbaren Jahr hatte sie sich redlich bemüht, wieder zu innerer Ruhe zu finden. Die Ereignisse hatten sie vollständig aus der Bahn geworfen. Jetzt war ihr Leben wieder im Gleichgewicht. Ein erneuter Kontakt mit Kate würde all das zerstören.

Catherine sagte: »Maisie könnte sie allein besuchen – oder du gehst mit ihr hin.«

Bridie zuckte mit den Schultern, und damit war das Thema vom Tisch.

Mit der Frühlingsblüte und dem frischen Grün der ersten Sommerblätter stieg Catherines Laune. Sie sprühte vor Energie und Optimismus. Wann immer ihr Zweifel an The Hurst kamen, brauchte sie nur in den Garten zu gehen, um sie zu vertreiben. Sie spazierte zwischen den Bäumen umher, berührte ihre raue Rinde und stellte sich in ihren Schatten, fasziniert von dem flackernden Licht, das durch die Blätter fiel. Nach einem Regenschauer den Duft der Blumen und des feuchten Grases einzuatmen, war besser als jedes teure Parfüm. Für kurze Momente spürte Catherine dort mehr Frieden als je zuvor in ihrem Leben.

Aber diese Augenblicke waren selten, denn sie arbeitete weiter beflissen in der Wäscherei, und wenn sie nach Hause kam, ging die Arbeit in der Pension bis zur

Schlafenszeit weiter. Im weiteren Verlauf des Sommers verpufften alle ihre Pläne, Tennis-Feste zu veranstalten. Es schien nie genug Zeit zu sein. Gelegentlich spielte sie an Samstagnachmittagen mit Bridie und forderte einige der Bewohner zu einem Doppel heraus.

Catherine war überrascht, dass Bridie der Mangel an sozialen Kontakten nichts auszumachen schien.

»Du musst dich doch langweilen, wenn du die ganze Woche hier festsitzt«, sagte Catherine. »Wir sollten uns bemühen, mehr rauszukommen.«

Bridie zwickte sie in die Wange. »Mach dir keine Sorgen um mich – ich liebe es hier. Ich habe dich und Maisie und ein schönes Zuhause. Was will ich mehr?«

Doch als sich das Jahr dem Ende zuneigte, spürte Catherine ein wachsendes Bedürfnis nach Kontakten außerhalb der abgeschotteten Welt der Wäscherei und des Gästehauses. Sie wünschte sich mehr Zeit zum Lesen und Lernen. Fast sehnte sie sich nach den fernen Tagen in Harton, in denen sie ihre Freizeit damit verbracht hatte, Bücher aus der Bibliothek zu verschlingen. Wann hatte sie das letzte Mal einen ganzen Abend in einem Buch geschmökert?

Die Tage wurden kürzer, und sie konnten abends nicht mehr Tennis spielen oder im Garten sitzen. Als sie bei schlechtem Wetter im Haus eingesperrt waren, begannen sich Bridie und Mrs Fairy wieder zu streiten, und sie überfielen Catherine bei ihrer Rückkehr mit ihrem Unmut. Jede versuchte, die Kontrolle über die Küche zu gewinnen.

Als sich Catherine eines Abends auf dem Rückweg von der Arbeit fragte, was für ein kleinliches Gezänk sie diesmal erwarten würde, entdeckte sie im Fenster eines Zeitungshändlers einen Aushang: *Fechtunterricht.* Sie blieb stehen. Eine Stunde pro Woche in einem Sportverein in der Harcourt Street. Kurz spielte sie mit dem albernen Gedanken, wie einer der drei Musketiere einen Degen zu schwingen. Madame Clevy hatte ihr den Roman von Dumas empfohlen, und die verwegene Geschichte hatte sie in ihren Bann gezogen.

Sie lachte über die Idee, verwarf sie und ging nach Hause. An diesem Abend ärgerte sich Bridie über eine angebrannte Käsesoße, die auf dem Herd vergessen worden war und die Pfanne ruiniert hatte. Sie gab Mrs Fairy die Schuld, die das empört zurückwies.

»Das kommt davon, wenn man eine Soße auf den Herd stellt und dann verschwindet, um ein Bad zu nehmen«, schimpfte die alte Köchin.

»Ich habe sie *neben* den Herd gestellt«, rief Bridie.

»Sie stand auf der Platte.«

»Ach, gehen Sie doch dahin, wo der Pfeffer wächst!« Bridie rauschte davon und ließ sie mit der Zubereitung des Abendessens allein.

Am nächsten Tag ging Catherine in die Turnhalle in der Harcourt Street und meldete sich bei einem drahtigen ehemaligen Schauspieler namens Mr Gascoigne zum Fechtunterricht an. Bridie war fassungslos.

»Fechten? Du willst mit einem Degen kämpfen?«

»Ja.« Catherine lachte über ihre eigene Impulsivität.

»Aber warum?«

Catherine zuckte mit den Schultern. Sie konnte ihr schlecht sagen, dass sie damit ihren Ärger über die Streitereien zwischen den Frauen in The Hurst abreagieren wollte. »So bleibe ich gesund und schlank.«

»An dir ist kein Gramm Fett«, rief Bridie. »Und wer ist dieser Mr Gascoigne?

Vielleicht ist er einer von den Männern, die junge Frauen in ihr Zimmer locken und sie ermorden!«

Catherine lachte nur: »Er ist klein wie eine Maus – mit dem werde ich jederzeit fertig.«

Nachdem Catherine ein paar Wochen trainiert hatte, ohne zu Schaden zu kommen, fand sich Bridie damit ab.

»Ich schätze, es wird sich als nützlich erweisen, falls Kate dich mit einem Tranchiermesser verfolgt«, scherzte sie trocken.

Catherine lachte unbehaglich. Sie gab nicht gern zu, dass sie beim Parieren und Angreifen des Gegners auch ihre aufgestaute Wut auf Kate loswurde. Aber sie genoss die wöchentlichen Trainingsstunden in der Turnhalle mit dem flinken, gesprächigen Lehrer und ihren Fechtkameraden immer mehr. Eine Stunde pro Woche konzentrierte sie sich auf etwas Körperliches, lenkte ihre Frustration in die Spitze ihres Degens und befreite ihren Geist von allem anderen.

Die Harcourt Street befand sich in der Nähe der Strandpromenade, und auf dem Heimweg kam Catherine am Ende der Laurel Street vorbei. An einem Dezemberabend, als der Mond so hell schien, dass er die Dächer in silbriges Licht tauchte, überkam Catherine eine eindringliche Erinnerung. Kate und sie waren nach einem seltenen Ausflug mit einer Kutsche die Böschung nach East Jarrow hochgelaufen, als ihre Mutter plötzlich ihre Hand ergriffen hatte.

»Komm, meine Kleine, Wettlauf mit dem Mond!«, hatte Kate gerufen und sie so schnell mitgezogen, dass sich ihre Füße wie im Flug vom Boden gelöst hatten. Es war so unerwartet und aufregend gewesen, dass sie einen Moment lang von einem Gefühl der Liebe überwältigt worden war.

Catherine blieb in der Kälte stehen und schnappte nach Luft. Sie hatte schon seit Jahren nicht mehr an dieses Erlebnis gedacht. Kate hatte so warmherzig von ihrem echten Vater, William Fawcett, gesprochen, der in ihrer Kindheit das gleiche Spiel mit ihr gespielt hatte, dass sich Catherine getraut hatte, sie auf ihren eigenen geheimnisvollen Vater anzusprechen. Das hatte den Moment verdorben. Kate war wütend geworden und hatte gesagt, sie solle nie wieder nach ihm fragen. Er werde nie zurückkommen. Er sei tot.

Catherines Herz hämmerte bei der bittersüßen Erinnerung; in einem Moment waren sie sich so nah gewesen, im nächsten zerstritten. Sie sah zum strahlenden Mond hinauf, und er schien ihr Mut zuzusprechen. Ohne lange darüber nachzudenken, bog sie rechts ab und ging zur Maisonettewohnung ihrer Mutter.

Kate zuckte zusammen, als sie die Tür öffnete. »Sie kommen mir bekannt vor. Sind wir uns schon einmal begegnet?« Catherines Entschlossenheit geriet bei der sarkastischen Bemerkung ins Wanken, aber Kate zog sie schnell ins Haus. »Steh nicht da und lass die ganze Wärme raus – komm rein.«

Sie führte sie in die Küche. Irgendwo lief ein Radio. Die Wäsche hing unter der Decke, es roch nach Pasteten und feuchter Kleidung, aber irgendwie war es gemütlich.

»Ich kann nicht lange bleiben«, sagte Catherine unbeholfen.

Kate schenkte ihr Tee ein, der zu lange gezogen hatte. »Setz dich, Mädchen, du machst mich nervös.«

Catherine nahm kleine Schlucke. Sie hatte vergessen, wie stark Kate den Tee zubereitete.

»Läuft das Vermieten gut?«

»Wie geschmiert«, sagte Kate mit herausforderndem Blick. »Ich habe gehört, dass du Mrs Fairy jetzt angestellt hast. Ich habe sie auf dem Markt gesehen – hat sich damit gebrüstet. Ich wette, Bridie passt das gar nicht.«

Catherine sagte: »Sie kommen gut miteinander aus.«

Kate schnaubte und wechselte das Thema. Sie plauderte über ihre eigenen Untermieter und über Davie, der ihr eine Postkarte aus Kapstadt geschickt hatte.

»Er kommt erst nächstes Jahr zurück«, berichtete Kate sachlich. »Und du, Mädchen, was hast du gemacht?«

»Das Gleiche wie immer«, sagte Catherine und stand auf. Dann fügte sie hinzu: »Ich habe mit Degenfechten angefangen.«

»Was meinst du damit?« Kate schaute verblüfft.

»Fechtkampf als Sport.«

Kate fing schallend an zu lachen. »Die heilige Catherine schwingt einen Degen!«

Catherine konnte sich ein Lächeln nicht verkneifen, als sie auf die Tür zuging. »Ja, ein hübsches Bild.«

Kate folgte ihr. Aus dem Badezimmer tauchte ein großer Mann mit einem Handtuch um die Schultern auf. Sofort sagte Kate: »Mr Soulsby, das ist meine Tochter Kitty. Sie ist Fechtmeisterin, wussten Sie das schon?«

Der Mann nickte erschrocken in Catherines Richtung und flüchtete den Korridor hinunter.

»Du hättest das nicht sagen sollen«, sagte Catherine verlegen. »Es ist nicht wahr.«

»Eines Tages wird es das sein. Komm bald wieder, ja, Mädchen?«, bat Kate.

Catherine versprach es und lief schnell die Treppe hinunter. Als sie sich an der Haustür noch einmal umschaute, sah sie, dass ihre Mutter immer noch oben am Treppenabsatz stand und ihr nachblickte.

Catherine eilte nach Hause, erleichtert, dass sie die Feuerprobe überstanden hatte, und doch seltsam froh, dass sie bei Kate vorbeigegangen war. Zehn Minuten mit ihr waren wahrscheinlich das Äußerste, was sie ohne Streit aushalten konnten, also würde sie ihre Besuche sporadisch und kurz halten.

An Weihnachten brachte Catherine Kate einen Korb mit Lebensmitteln und eine hübsche Strickjacke aus Wolle.

»Wann soll ich so eine schicke Jacke tragen?«, sagte Kate ungnädig. »Niemand lädt mich irgendwohin ein.«

Catherine wusste, dass ihre Mutter sie beschämen wollte, damit sie sie an Weihnachten nach The Hurst einlud, aber sie gab nicht nach. Sie hatte Bridie versprochen, nie wieder Weihnachten mit Kate zu feiern. Außerdem war Harold, der Dichter, dieses Jahr zurückgekommen, nachdem er sich vergewissert hatte, dass die »verrückte Mrs McDermott« weg war. Auch ihn wollte sie nicht verärgern.

Im Frühjahr des folgenden Jahres besuchte Catherine ihre Mutter gelegentlich auf dem Heimweg vom Fechtunterricht. Meist erzählte sie Bridie nichts davon, denn ihre Freundin nörgelte nur, dass sie ihre Zeit lieber dort als in The Hurst verbrachte. Catherine und Kate unterhielten sich über den Tod des alten King George, der während des Weltkriegs einmal zu Besuch in South Shields gewesen war.

»Du wolltest ihn unbedingt sehen«, erinnerte sich Kate. »Dem alten John hat der ganze Wirbel um die Adligen gar nicht geschmeckt.«

»›Zur Hölle mit den Königen und Generälen – es lebe der Papst.‹« Catherine lachte, als sie sich an die Worte ihres Großvaters erinnerte.

Kate wurde plötzlich trübsinnig. »Letzte Woche kam ein Brief von Mary. Ihr Mann ist arbeitslos, und es setzt ihm arg zu – er war noch nie besonders belastbar. Sie schreibt, dass in Jarrow mehr Läden geschlossen als geöffnet sind. Wo soll das nur enden?«

Wie immer, wenn das Gespräch auf die wachsende Armut in Tyneside kam, fühlte sich Catherine unwohl.

»Was ist mit Cousin Alec?« Sie schluckte. »Er ist doch sicher mit seiner Ausbildung fertig?«

Kate seufzte. »In den Werften werden keine Tischler gesucht. Aber glücklicherweise hat er in Cleadon Arbeit als Gärtner gefunden. Viel verdient er nicht, aber besser als gar nichts. Mary wüsste nicht, was sie ohne ihn machen sollte.«

Plötzlich wurde Catherine wütend. »Was für eine Verschwendung! Junge Männer wie Alec investieren ihre Zeit darin, einen Beruf zu erlernen, nur um arbeitslos zu werden, sobald sie ihre Ausbildung beendet haben. Eine Schande ist das! Und was tun die Politiker? Sie sitzen in London in ihren Klubs und unternehmen nichts! Jeder sollte das Recht haben, zu arbeiten und seine Familie zu ernähren.«

Kates Augen leuchteten. »Du hast also doch ein Geordie-Herz. Mein Vater hat genauso über die arbeitende Bevölkerung gesprochen. Das hat mir deine Großmutter Rose erzählt.«

Es war der einzige Punkt, in dem sich Mutter und Tochter einig waren: Arbeit war das Lebenselixier eines Menschen, einer Gemeinschaft. Auch wenn sie sich in ihren Tagträumen nach einem Leben in Müßigkeit sehnte, wusste Catherine, dass sie verrückt werden würde, wenn sie keine Aufgabe hätte.

Insgeheim war sie beeindruckt, dass ihre Mutter es geschafft hatte, ihren Lebensunterhalt ohne ihre oder Davies Hilfe zu bestreiten. Kate genoss es genau wie sie, beschäftigt zu sein. Trotzdem hatte Catherine bei diesen Besuchen immer die Befürchtung, dass ihre Mutter wieder in ihr destruktives Trinkverhalten zurückfallen könnte.

Im Juni wurde Catherine dreißig Jahre alt. Je näher ihr Geburtstag rückte, desto schwermütiger wurde sie. Bridie hörte, wie sie mit dem Hund sprach.

»Das Leben zieht an mir vorbei, Tuppence. Was habe ich schon vorzuweisen? Dieses riesige, undichte Haus und dich, nicht wahr?«

»Sag so etwas nicht!«, schimpfte Bridie. »Du hast eine gute Arbeit und ein erfolgreiches Gewerbe – und Freunde, denen du wichtig bist. Was willst du mehr?«

Catherine wurde rot. »Entschuldige, ich wollte nicht ...«

»Was du brauchst, ist eine Feier«, erklärte Bridie.

»Ich will nicht, dass alle wissen, wie alt ich bin«, protestierte Catherine.

»Wir müssen es ihnen nicht sagen. Wir veranstalten einfach ein Sommerfest für alle unsere Freunde.«

Catherine ließ sich schnell überreden. Ihr Geburtstag fiel auf einen Samstag, also planten sie ein Mittagessen mit anschließenden Tennis-Partien. Sie hielt sich von Kate fern, weil sie befürchtete, dass ihre Mutter uneingeladen auftauchen und ein Spektakel veranstalten würde, wenn sie von der Feier erfuhr. Bridie und Maisie legten sich eine neue Kombination zu, während sich Catherine mit einem Kleid vom letzten Sommer begnügte. Das gesparte Geld schickte sie diskret an Tante

Mary.

Der Tag war ein Erfolg, und die Sonne lachte. Es kamen Freunde aus dem Tennisverein, der Kirche und ihrem Fechtkurs, außerdem die Townsends und einige der Untermieter. Zur Teezeit gab es eine Geburtstagstorte, aber Catherines Alter wurde nicht erwähnt.

Beim Abschied sagte Mrs Townsend: »Es tut mir leid, dass ich Ihre Mutter nicht gesehen habe. Ihr fehlt doch hoffentlich nichts?«

Catherine errötete. Sie hatte ihrer Arbeitgeberin verschwiegen, wie problematisch die Situation vor zwei Jahren gewesen war und warum Kate hatte gehen müssen. »Nein, es geht ihr gut. Sie hat nur alle Hände voll zu tun.«

Eine Bekannte aus der Kirche meldete sich zu Wort. »Das wundert mich nicht, wo sie doch das neue Haus übernommen hat.«

Catherine starrte die Frau an. »Wie bitte?«

»Das große Reihenhaus am Maritime Place. Ich habe sie zufällig beim Einkaufen getroffen. Sie hat mir davon vorgeschwärmt. Acht Mieter. Aber das wissen Sie ja sicher.«

Catherine stammelte: »Oh, ja, natürlich.«

An diesem Abend sprach sie mit Bridie darüber. »Stell dir vor, sie zieht um, ohne uns etwas zu sagen. Ich komme mir dumm vor, weil ich nichts davon wusste.«

Bridie gähnte. »Nun, du hast sie ewig nicht mehr besucht.«

»Sie hätte trotzdem ihre neue Anschrift schicken können. In der Geburtstagskarte hat sie nichts erwähnt. Und ein Haus am Maritime Place! Wie kann sie sich das leisten?«

»Das ist ihre Sache. Aber eins ist sicher: Sie wird sich ins Fäustchen lachen, dass sie mit ihren acht Untermietern genauso viele hat wie du.«

Als Catherine schließlich das neue Zuhause ihrer Mutter ausfindig machte, war sie erstaunt. Es war eine große Pension in der Nähe der Strandpromenade.

»Einer der Untermieter ist Dekorateur – er hat mir günstig Farbe besorgt«, sagte Kate stolz, als sie ihr das Haus zeigte.

Die Zimmer waren spartanisch eingerichtet, aber sauber, und im Wohnzimmer im Obergeschoss gab es ein schönes Erkerfenster mit seitlichem Blick aufs Meer. Catherine spürte einen Anflug von Neid auf den geräumigen, lichtdurchfluteten Raum.

»Es ist hübsch«, gab sie zu. »Aber wie kannst du dir das leisten?«

»Das geht dich nichts an«, sagte Kate säuerlich.

»Du kannst nicht zu mir kommen, wenn du dich verschuldest«, sagte Catherine brüsk. »Ich habe kein Geld übrig.«

»Ich kann selbst dafür aufkommen«, blaffte Kate. »Ich brauche deine Almosen nicht.«

»Gut. Und du hättest mir sagen können, dass du umgezogen bist.«

»Du hast dich nicht mehr blicken lassen. Ich musste alles selbst machen.«

»Und wer hat dir den Weg in die Laurel Street geebnet?«, rief Catherine entrüstet. »Nicht, dass du mir je dafür gedankt hättest.«

»Danke für gar nichts! Du hast mich rausgeschmissen.«

»Wenn du dich so aufführst, komme ich nicht mehr vorbei.«

»Wenn du so ein Gesicht machst, verzichte ich gern darauf!«

Catherine marschierte davon und schwor sich, Kate nie wieder zu besuchen. Ihre undankbare Mutter konnte machen, was sie wollte, sie würde sich nicht um sie sorgen.

Nachdem Bridie sie mit warmem Tee und versöhnlichen Worten beruhigt hatte, schämte sich Catherine für ihren Ausbruch. Sie hatte nicht beabsichtigt, wegen Kates neuer Unterkunft taktlos zu sein, aber die Prahlerei ihrer Mutter hatte sie verärgert. Nach all den Strapazen, die sie auf sich genommen hatte, hätte Kate ihr wenigstens sagen können, wohin sie gezogen war.

Plötzlich kam eine Erinnerung in Catherine hoch. *Sie spielte mit den anderen Kindern in der William Black Street bei der Laterne. Es war neblig. Sie war kleiner als die meisten anderen Kinder. Sie mussten gerade aus der Leam Lane hergezogen sein. Aus dem Nebel tauchte eine große Frau mit einem lavendelfarbenen Kleid und einem Hut auf. Ihr ovales Gesicht war gerötet, sie hatte reine, klare Haut und sah sich mit weit aufgerissenen Augen um. Catherine blickte zu ihr auf und fand sie wunderschön.*

Sobald die Frau sie entdeckte, stürzte sie auf sie zu, packte sie am Arm und schüttelte sie kräftig. Catherine sog erschrocken die Luft ein, als sie erkannte, dass es Kate war.

»Du kleines Luder! Wo hast du gesteckt?«, rief Kate und schüttelte sie kräftig. »Ich dachte, du wärst tot! Tu mir so etwas nie wieder an, hörst du?«

Catherine blieb die Luft im Hals stecken. Sie hatte keine Ahnung, warum ihre große Schwester so wütend war, nur dass ihr Griff um ihren Arm schmerzte. Normalerweise freute sie sich auf Kates seltene Besuche, denn sie brachte immer Leckereien aus der Bäckerei mit, in der sie arbeitete. Aber jetzt war sie aus irgendeinem Grund schrecklich wütend auf sie. Im nächsten Moment zerrte Kate sie die Straße hinunter und wollte wissen, wo ihr Haus war. Als sie dort ankamen, entbrannte ein wütender Streit mit ihren Eltern ...

Catherine schüttelte die Erinnerung ab. Sie stammte aus der Zeit, bevor sie erfahren hatte, dass Rose und John ihre Großeltern waren und Kate ihre Mutter. Der große Verrat. Sie waren umgezogen, um den Gerüchten zu entkommen, ohne es Kate zu sagen, und sie hatte verzweifelt nach ihnen gesucht. Jahre später war Kate immer noch wütend darüber gewesen und hatte ihr die Schuld gegeben.

Catherine unterdrückte ihr Mitleid. Kate hatte ihr genauso wenig von dem Umzug zum Maritime Place erzählt. Wie immer benahm sie sich wie ein stures Kind.

Erst im Herbst zwang sich Catherine, nach ihrer Mutter zu sehen. Bridie sagte zwar, sie solle lieber keine schlafenden Hunde wecken, aber ihr Pflichtgefühl siegte. Sie würde auf dem Weg zum Fechten vorbeischauen, also konnte sie höchstens ein paar Minuten bleiben.

»Komm rein!« Kate strahlte vor Freude über den unerwarteten Besuch, und Catherine fühlte sich noch schlechter.

»Ich wollte nur kurz vorbeischauen – mein Fechtunterricht fängt gleich an.«

»Ich habe dir so viel zu erzählen, Mädchen«, ignorierte Kate ihre Ausflüchte und zog sie ins Haus. Sie ging auf die Treppe zu. »Im Wohnzimmer zieht gerade eine frische Kanne Tee. Einer meiner Untermieter trinkt ihn dort gern beim Lernen.«

»Gehen wir lieber in die Küche«, sagte Catherine angespannt. »Ich habe keine Zeit für Tee.«

»Sei nicht albern. Es dauert nur eine Minute.« Kate warf ihr einen stolzen Blick zu. »Er unterrichtet am Gymnasium.«

»Wer?«

»Mein neuer Untermieter. Er hat einen Abschluss von der Oxford University. Ist das nicht beeindruckend? Einer meiner Jungs ist Akademiker! Du musst ihn unbedingt kennenlernen!«

Catherine rutschte das Herz in die Hose. »Ich will ihn nicht kennenlernen – ich wollte nur kurz nach dir sehen.«

»Ich habe ihm gesagt, dass meine Tochter sehr gebildet ist. Er denkt wahrscheinlich, ich hätte mir dich nur ausgedacht, weil du nie vorbeikommst. Gehen wir kurz hoch. Es wäre unhöflich, das nicht zu tun.« Kate stieg schnaufend die steile Treppe hinauf.

Catherine umklammerte verärgert das Treppengeländer. Ihre Mutter war fest entschlossen, vor diesem lästigen Lehrer mit ihr anzugeben. Ungeduldig und mit finsterer Miene folgte sie ihr ins Wohnzimmer.

»Das ist meine Tochter Kitty, von der ich erzählt habe«, sagte Kate außer Atem.

Die tief stehende Herbstsonne durchflutete den Raum. Einen Moment wurde Catherine geblendet und sah die Person nicht, mit der ihre Mutter sprach. Dann regte sich jemand im Erkerfenster, und hinter dem Tisch trat ein schlanker Mann hervor. Das Licht fing sein knabenhaftes Gesicht ein. Er trug eine Brille und wirkte viel zu jung, um Lehrer zu sein, eher wie ein Schulsprecher.

»Das ist Tom Cookson«, verkündete Kate. »Er unterrichtet Mathematik.«

Der junge Lehrer schwieg.

Catherine spürte seine Verlegenheit. »Ich bin gerade auf dem Weg zu meinem Fechtunterricht«, sagte sie, »und wollte nur kurz vorbeischauen.«

Er betrachtete sie schweigend, die Hände in die Taschen geschoben. Neben ihm auf dem Tisch lagen aufgeschlagene Bücher.

»Aber wie ich sehe, komme ich ungelegen. Ich möchte nicht stören«, sagte sie hastig. »Eigentlich wollte ich gar nicht hochkommen.«

»Tom stört das nicht«, sagte Kate großspurig. »Wir trinken um diese Zeit immer eine Tasse Tee.«

»Aber ich kann nicht«, sagte Catherine panisch. Sein Blick machte sie nervös. »Ich muss los.«

Plötzlich trat er auf sie zu und hielt ihr die Hand hin.

»Tom«, sagte er mit einer tiefen Stimme, die nicht zu seiner schmalen Statur passte. »Sehr erfreut!«

Catherine zögerte.

»Wo sind deine Manieren, Mädchen?«, rügte Kate. »Er beißt dich schon nicht!«

Sie ging auf ihn zu und nahm seine Hand. Sie war weich und warm – die Hand eines Akademikers. Er hielt ihre fest. Aus der Nähe erkannte sie warme braune Augen hinter den schimmernden Brillengläsern und einen sinnlichen Mund.

»Gehst du auch fechten?«, fragte sie.

Erstaunt zog er die dichten Augenbrauen hoch. »N-nein. Leider nicht.«

Sie entwand ihm ihre Hand. Was um alles in der Welt hatte sie zu einer derart absurden Frage bewogen?

»Es spielt keine Rolle.« Sie drehte sich um und lief auf die Treppe zu. »Ich finde selbst raus«, murmelte sie. »Auf Wiedersehen.«

»Kitty!«, rief Kate.

Beschämt, sich so zum Narren gemacht zu haben, flüchtete Catherine die Treppe hinunter und aus dem Haus.

39

»Was ist denn in dich gefahren?«, fragte Bridie. »Ist dir der Hund von Baskerville auf den Fersen?«

Catherine schnappte nach Luft. »Nein, alles in Ordnung.«

Bridie sah sie verwundert an. »Warum bist du dann so früh wieder da?«

»So früh?«

»Normalerweise kommst du erst nach acht vom Fechten zurück – und es ist gerade mal sechs.«

»Fechten!« Catherine schlug sich die Hände vors Gesicht. »Das habe ich ganz vergessen!«

Bridie war verblüfft. »Aber du warst doch auf dem Weg dorthin …?«

»Ja, stimmt.« Catherine musste lachen.

»Wenn ich dich nicht besser kennen würde, würde ich sagen, du bist betrunken«, bemerkte Bridie.

»Nein, bin ich nicht«, sagte Catherine und ließ sich auf einen Küchenstuhl fallen.

»Raus mit der Sprache, Mädchen«, drängte Bridie.

Catherine warf einen Blick zu Mrs Fairy und Maisie hinüber, aber die beiden waren am Tisch in eine Partie Snap vertieft.

»Ich habe bei Kate vorbeigeschaut.«

Bridie schnappte nach Luft. »Hat sie dich aufgeregt? Trinkt sie wieder?«

»Nein«, antwortete Catherine rasch, »nichts dergleichen.«

»Aber irgendetwas muss doch passiert sein, dass du hier wie ein Kaninchen angesprungen kommst!«

Catherine kam sich albern vor. »Kate hat sich aufgeplustert – sie wollte mir einen ihrer Untermieter vorstellen, bloß weil er Lehrer ist. Ich hatte keine Lust, ihn kennenzulernen, aber sie hat darauf bestanden und ...«

»Und?«

»Ich habe mich blamiert. War ein bisschen unhöflich zu dem armen Mann. Und dann bin ich weggerannt.«

Bridie musterte sie aufmerksam. Catherine spürte, wie sie errötete.

»Das klingt nicht so, als müsste man deswegen aus der Fassung geraten«, sagte Bridie.

»Nein.« Catherine erschauderte erneut beim Gedanken an ihr seltsames Verhalten. Hätte Kate sie nicht so bedrängt, den schüchternen Lehrer kennenzulernen, wäre sie ihm vielleicht mit mehr Freundlichkeit und Haltung begegnet.

»Wie war er denn?«, fragte Bridie.

»Sehr jung. Er sah eher wie ein Schuljunge aus. Wahrscheinlich ist es seine erste Stelle.«

»Dann ist er zu jung für dich«, sagte Bridie unverblümt.

Catherine sah sie verblüfft an. »Oh, natürlich, ich meinte nicht … ich bin nicht im Geringsten an ihm interessiert.«

Bridie lachte unvermittelt. »Du solltest dich mal sehen! Aufgekratzt wie ein kleines Kätzchen. Kate wird sich freuen, dass dich einer ihrer geschätzten Untermieter in helle Aufregung versetzt hat.«

Es war zu spät, um noch einmal kehrtzumachen und zu ihrer Fechtstunde zu gehen. Catherine verfluchte sich für ihre Vergesslichkeit. Vor lauter Schreck war sie automatisch nach Hause gelaufen. Tags darauf konnte sie nicht glauben, wie albern sie sich verhalten hatte. Sie ärgerte sich wegen der peinlichen Begegnung – sowohl über Kate als auch über sich selbst, weil sie ihre kostbare Fechtstunde verpasst hatte. Was machte es schon, wenn ein Mathematiklehrer sie für unhöflich oder seltsam hielt? Vermutlich würde sie ihn nie wiedersehen.

Am Samstag zur Teezeit kam die schüchterne Dorothy zu ihr. Catherine war gerade dabei, im kalten Billardraum, der momentan als Abstellkammer diente, einen Stuhl zu reparieren.

»Miss McMullen, da ist ein Mann an der Tür.«

Catherine strich sich die Haare aus den Augen. »Kann sich Bridie nicht darum kümmern? Ich bin beschäftigt, Liebes.«

Dorothy sagte ängstlich: »Er hat nach Ihnen gefragt.«

»Wer ist es?«

Das blasse Mädchen biss sich auf die Lippen. »Tut mir leid, ich habe nicht gefragt. Ich habe ihn noch nie gesehen.«

Catherine seufzte. Wahrscheinlich war es irgendein Verkäufer, der sich ihren Namen gemerkt hatte. Sie ging zum Vordereingang.

»Hallo, Kitty.« Vor der Tür stand Tom Cookson, die Hände in den Jackentaschen vergraben.

Catherine starrte ihn mit offenem Mund an. Er war lässig gekleidet, trug ein Hemd mit aufgeknöpftem Kragen und eine Tweedjacke und wirkte damit noch mehr wie ein junger Student.

»Ich hoffe, es stört dich nicht, dass ich vorbeikomme. Ich war zufällig in der Gegend – deine Mutter hat erwähnt, wo du wohnst.«

»Oh.« Catherine war sprachlos.

»Aber wie ich sehe, bist du beschäftigt.« Er wich einen Schritt zurück, wirkte verunsichert. »Es sei denn, du begrüßt alle deine Gäste mit einem Hammer.«

Catherine blickte an sich herab und sah, dass sie immer noch das Werkzeug umklammert hielt. »Meine Güte! Nein, natürlich nicht.« Sie legte den Hammer schnell auf den Verandatisch. Wie musste sie aussehen – in einer alten Hose und mit zerzaustem Haar! Sie strich sich die lockigen Strähnen aus dem Gesicht. »Bitte, komm doch rein.«

Tom zögerte. »Ich würde gern, aber deine Mutter hat in zwanzig Minuten den Tee fertig, und wenn ich bis dahin nicht zurück bin, reißt sie mir den Kopf ab.«

Catherine war enttäuscht über seine Zaghaftigkeit, doch dann verriet ihr sein Lächeln, dass seine Bemerkung halb scherzhaft gemeint war.

»Ja, das wird sie«, erwiderte sie lächelnd. »Vielleicht ein anderes Mal.«

»Also«, sagte Tom und räusperte sich, »heute Abend läuft im Odeon ein Film mit Carole Lombard. Möchtest du vielleicht hingehen?«

Catherines Augen weiteten sich vor Überraschung. Woher wusste er, dass sie Lombard vergötterte und sogar versuchte, ihre verträumte Frisur nachzuahmen?

»Mit dir?«, fragte sie.

»Äh, ja.« Er sah so jung und unsicher aus, nachdem er so forsch gefragt hatte, dass sie ihn am liebsten beruhigend in den Arm genommen hätte.

»Natürlich, gern«, sagte sie schnell. »Um wie viel Uhr?«

Sein hageres Gesicht hellte sich auf. »Um halb acht.«

Catherine nickte. »Dann treffen wir uns um kurz nach sieben im Foyer.«

»Wirklich?« Er stand da und grinste dümmlich.

»Ja«, sagte Catherine ein wenig ungeduldig.

»Gut.«

Er lief die Auffahrt hinunter, die Hände in den Taschen, und pfiff dabei. Catherine fragte sich, ob sie nicht verrückt war, sich mit ihm zu treffen. Bridie wäre bestimmt dieser Meinung.

Sie erzählte es ihrer Freundin erst kurz vor dem Aufbruch. Bridie starrte sie an, als sie in ihrem blauen Lieblingskleid und in Stöckelschuhen die Treppe herunterkam.

»Du gehst doch nicht mit dem Major tanzen, oder?«

»Nein, ins Kino.« Catherine zog sich eilig ihren Mantel über.

»Mit Major Holloway?«, rief Bridie ungläubig.

»Mit Mr Cookson.«

Bridie folgte ihr zur Tür. »Wer zum Teufel ist Mr Cookson? Du triffst dich doch nicht allein mit einem Fremden? Warum hast du mir nichts gesagt?«

»Er hat mich erst vor zwei Stunden gefragt«, antwortete Catherine mit einem entschuldigenden Schulterzucken.

»Ich komme mit«, sagte Bridie sofort. »Gib mir eine Minute zum Umziehen.«

»Nein, Bridie«, erwiderte Catherine bestimmt. »Ich kann selbst auf mich aufpassen. Herrgott, ich bin dreißig – und größer als er!«

Sie öffnete die Tür und eilte in die Dunkelheit hinaus.

»Du hast mir gar nicht gesagt, wer er ist«, rief Bridie ihr nach, »oder woher du ihn kennst.«

»Das erzähle ich dir später«, antwortete Catherine und lief schneller.

Sie erkannte an dem Licht, das auf die Einfahrt fiel, dass ihre Freundin ihr nachsah, bis sie aus ihrem Blickfeld verschwand. Catherine hatte ein schlechtes Gewissen, weil sie Bridie so überrumpelt hatte, aber sie spürte auch eine gewisse Euphorie über ihre Kühnheit. Warum sollte sie nicht mit einem jungen Mann ins Kino gehen? Sie konnte sich nicht erinnern, wann sie zum letzten Mal jemand gefragt hatte. Zu Beginn ihrer Freundschaft waren Bridie und sie häufig ins Kino gegangen, und ihr fehlten derartige Aktivitäten.

Tom Cookson war neu in Hastings und wahrscheinlich einsam. Wenn er erst einmal Freunde gefunden hätte, bräuchte er eine alte Jungfer wie sie nicht mehr einzuladen. Sie würde die Gelegenheit nutzen, solange sie konnte.

Er erwartete sie in einem eleganten Anzug mit Krawatte und glatt frisiertem Haar. Als er sie sah, erhellte ein Lächeln sein ernstes Gesicht, und Catherine spürte ein leichtes Flattern in der Magengrube. Sie war geschmeichelt, dass er sich für sie in Schale geworfen hatte.

»Ich habe Pralinen für dich gekauft«, sagte er schüchtern und hielt ihr eine Schachtel hin. »Deine Mutter sagte, du magst sie.«

»Du hast Kate gesagt, dass wir uns treffen?«, fragte Catherine beunruhigt.

»Hätte ich das nicht tun sollen?«

Kate würde sich bestimmt köstlich darüber amüsieren, dass ihre dreißigjährige Tochter mit ihrem jugendlichen Untermieter ausging, aber das war ihr egal. Für einen Film mit Carole Lombard war sie bereit, die Hänseleien ihrer Mutter zu ertragen.

»Schon gut«, sagte sie lächelnd und nahm die Pralinen entgegen. »Danke, die sehen köstlich aus.«

Tom hatte gute Plätze im ersten Rang gekauft. Sie machten es sich bequem, aßen Pralinen und plauderten. Tom hatte nach seinem Studium in Oxford direkt seine erste Stelle an der Hastings Grammar School angetreten. Er liebte sein Unterrichtsfach. Die Schüler waren großartig. Er stammte aus Essex.

»Ich habe für kurze Zeit in Essex gearbeitet«, sagte Catherine.

»Ich weiß. Deine Mutter hat gesagt, dass es dir nicht gefallen hat.«

Catherine errötete. »Das würde ich so nicht sagen ...«

»Zu flach für euch Nordländer«, meinte Tom.

»Sagen wir einfach, hier gefällt es mir besser.«

Tom nickte. »Mir auch.«

Sie sah ihn erstaunt an. »Aber du bist doch gerade erst hergezogen.«

»Ja«, stimmte er zu, »aber ich weiß jetzt schon, dass ich hier glücklich sein werde.«

Catherine war neugierig. »Erzähl mir mehr. Was genau magst du hier?«

»Wandern in den Downs, das Licht auf dem Meer, meine Arbeit.« Er hielt inne. »Meiner lauten Familie zu entkommen – und den Snobs aus Oxford, die auf Stipendiaten herabschauen.« Er sah sie an. »Ich mag die Menschen, die ich hier kennengelernt habe.«

Catherines Herz schlug schneller. Er sprach aus, was sie fühlte. War auch er in dieser schönen Küstenstadt auf der Flucht vor seiner Vergangenheit und auf der Suche nach einer neuen Identität?

Bevor sie ihn noch mehr fragen konnte, erlosch das Licht, und die Pathé-Nachrichten wurden ausgestrahlt. Beim Anblick der schäbig gekleideten Männer, die mit ihren Spruchbändern durch den Regen marschierten, erstarrte Catherine, die Praline schwebte auf halbem Weg zum Mund.

»Die Teilnehmer des Jarrow-Marschs haben Bradford erreicht, wo sie ihr erstes heißes Bad genießen konnten«, hieß es im Kommentar. »Der Bürgermeister ist gekommen, um sie zu begrüßen, und es sind viele Lebensmittelspenden für die Männer mit den wunden Füßen eingetroffen. Zwei Medizinstudenten behandeln ihre Blasen, und ein Barbier stutzt ihnen die Bärte. Sie haben bereits eine lange Strecke von der Heimat zurückgelegt, aber es liegt noch ein weiter Weg vor ihnen, bis sie London erreichen und Premierminister Baldwin ihre Petition übergeben können ...«

Catherine legte die Praline zurück in die Packung, denn beim Anblick der hageren Gesichter war ihr der Appetit vergangen. Wären ihre Augen nicht von Tränen verschleiert gewesen, hätte sie vielleicht jemanden erkannt – Männer aus den New Buildings oder den Hafenanlagen. Männer, die so verzweifelt nach Arbeit suchten, dass sie bereit waren, Hunderte von Meilen bis nach London zu marschieren, um die Regierung zum Handeln zu zwingen. Ihre Landsleute. Sie empfand einen grimmigen Stolz, doch gleichzeitig verdarb ihr diese Nachricht die Freude. Wie konnte sie sich zurücklehnen und einen albernen Liebesfilm genießen, wenn sie wusste, dass die Demonstranten in feuchter, stinkender Kleidung auf einem harten Hallenfußboden schlafen mussten und ihre hungrigen

Familien allein zurückblieben? Sie konnte es sich nur zu deutlich ausmalen.

Als der Hauptfilm begann, stand sie gefährlich kurz davor, ihren Tränen freien Lauf zu lassen. Sie mochte ans andere Ende des Landes gezogen sein, aber sie würde ihre Vergangenheit nie abschütteln können. Sie holte sie immer dann ein, wenn sie es am wenigsten erwartete.

In diesem Moment spürte sie, wie eine warme Hand die ihre umschloss. Tom drückte sie sanft, als spürte er ihren Kummer. Er sagte nichts, lächelte sie nur schüchtern an und wandte sich dann dem Film zu. Sie ließ ihre Hand für einige Minuten in seiner ruhen.

Nach dem Film fragte Tom: »Darf ich dich nach Hause begleiten?«

Catherine war gerührt. »Es ist lange her, dass mich ein Mann das gefragt hat.« Sie lächelte. »Aber es ist ein ziemlicher Umweg für dich.«

»Ich gehe gern spazieren.«

»Also gut«, stimmte Catherine zu.

Während sie durch die dunklen, kalten Straßen liefen, sprachen sie über Filme und dann über Bücher. Sie versuchte, mit ihrem Wissen über Literatur zu glänzen, musste aber feststellen, dass er weitaus belesener war. Er kannte nicht nur die Klassiker der englischen Literatur, sondern war auch in Philosophie, Poesie und Theater bewandert.

»Ich wusste gar nicht, dass Mathematiker so viel lesen!«, rief sie neidisch.

Er erwiderte verlegen: »Ich habe mich früher immer in Büchern vergraben, statt mich um meine jüngeren Geschwister zu kümmern, wie meine Mutter es wollte.«

»Du hattest Glück, Bücher zu besitzen«, sagte Catherine und dachte daran, wie sie sich mit kleinen Bildergeschichten und dem gelegentlichen Buch eines Untermieters hatte begnügen müssen.

Als sie das Eingangstor von The Hurst erreichten, sagte Catherine spontan: »Komm doch auf eine Tasse Kakao mit rein, um dich aufzuwärmen, bevor du den Hügel hinunterwanderst.«

»Gern«, stimmte Tom sofort zu.

Bridie wartete oben in der Küche auf sie. Toms Anwesenheit verblüffte sie.

Catherine stellte sie einander vor und machte sich dann eilig daran, Milch zu erhitzen.

»Wie habt ihr euch kennengelernt?«, fragte Bridie.

»Über Mrs McDermott«, sagte Tom. »Ich habe bei ihr ein Zimmer gemietet.«

Bridie rief aus: »Ach, der Schuljunge!« Catherine warf ihr einen bösen Blick zu, aber sie fuhr fort: »Ich wiederhole nur Catherines Worte. Und schon Lehrer! Aber es muss schön für die Jungs sein, jemanden zu haben, der fast in ihrem Alter ist.«

Tom errötete.

»Beachte sie gar nicht.« Catherine versuchte, die Bemerkung mit einem Lachen abzutun. »Bridie kann ein ganz schöner Quälgeist sein.«

Tom lächelte unsicher. »Kitty sagt, du kommst aus Irland?«

»Oh, *Kitty* also?«, rief Bridie. »Und was hat *Kitty* sonst noch über mich erzählt?«

»Nichts«, sagte er.

Ihr Lächeln erlosch. »Das überrascht mich, schließlich sind wir seit über sechs Jahren beste Freundinnen. Es gibt nichts, was sie nicht über mich weiß – oder ich über sie.«

Der stechende Blick ihrer blauen Augen machte Catherine nervös.

»Tom und ich trinken unseren Kakao im Wohnzimmer«, sagte Catherine und rührte energisch die heißen Getränke um. »Du siehst müde aus – warte nicht auf mich.« Sie stellte die Tassen zusammen mit einem Teller mit Keksen auf ein Tablett und bedeutete Tom mit einem Nicken, ihr zu folgen.

»Hat mich gefreut!«, sagte er zu Bridie.

Bridie ignorierte ihn. »Wir sehen uns später oben, Catherine«, rief sie ihnen nach.

Catherine verbarg ihre Verärgerung über Bridies Unhöflichkeit. Glücklicherweise war das Wohnzimmer leer. Sie schaltete die Stehlampe ein und schürte das Feuer, stellte das Tablett vor dem Kamin ab und setzte sich daneben.

Tom studierte die Büchersammlung in der Vitrine.

»Trollope! Hast du seine Serie *Die Türme von Barchester* gelesen?«

Catherine schüttelte den Kopf. »Nur die Bücher, die dort stehen.«

»Ich leihe sie dir«, erklärte er eifrig. »Sie vermitteln ein gutes Bild vom anglikanischen Leben.«

»Das kann ich nicht beurteilen, ich bin römisch-katholisch.« Sie sah ihn an und fragte sich, ob in seinem Blick Verachtung aufflackern würde.

Er kam herüber und hockte sich mit nachdenklichem Gesichtsausdruck neben sie. »Mein Vater war Küster, ist aber gestorben, als ich noch ein Baby war. Manchmal frage ich mich, wie mein Leben verlaufen wäre, wenn er noch leben würde.«

Catherine hielt die Luft an und wartete darauf, dass er weitersprach.

»Meine Mutter hat wieder geheiratet. Ich habe eine große Familie und nichts, worüber ich mich beklagen könnte. Trotzdem denke ich immer noch ... ich hätte ihn gern kennengelernt. Ich habe das Gefühl, nicht so zu sein wie die anderen.«

»Ja!«, stimmte Catherine zu. »Nicht so zu sein wie die anderen, das trifft es. Ich habe auch einen Stiefvater. Meinen leiblichen Vater habe ich nie kennengelernt. Es ist, als stünde man in einem halb fertigen Gemälde – ein Teil davon fehlt, und man sieht nie das ganze Bild, so sehr man sich auch bemüht.«

»Trinkt deine Mutter deshalb, weil sie versucht, zu vergessen?«

»Sie trinkt?« Catherine errötete. »Sie hatte damit aufgehört!«

»Entschuldige«, sagte Tom hastig, »ich hätte das nicht sagen sollen ...«

Catherine legte schnell eine Hand auf seine. »Nein, mir tut es leid. Ich bin nicht überrascht darüber, aber es macht mich wütend. Gerade, als ich dachte, sie hätte endgültig aufgehört! Ich muss wieder die Scherben aufsammeln, wenn sie ihr ganzes Geld vertrinkt und sich verschuldet. Sie hätte mich hier um ein Haar ruiniert ...« Sie brach ab, bestürzt, so viel ausgeplaudert zu haben. Tränen brannten ihr in den Augen. »Was musst du von mir denken, bei so einer Mutter?«

Tom nahm ihre Hand, hob sie an seine Lippen und küsste sie sanft. »Ich denke, du bist die erstaunlichste Frau, die mir je begegnet ist – so stark und voller Leben. Du bist schön, klug, und ich könnte die ganze Nacht lang deiner Stimme lauschen.«

Catherine starrte ihn erstaunt an. Was für ein außergewöhnlicher junger Mann er war! Er sah aus, als könnte er keiner Fliege etwas zuleide tun, verstand sich aber ebenso gut aufs Schmeicheln wie die weltgewandten Männer, die sie in der Vergangenheit betrogen hatten. Doch an seinem ernsten Gesichtsausdruck und seinen freundlichen Augen erkannte sie, dass er jedes Wort ernst meinte.

Impulsiv beugte sie sich zu ihm und küsste ihn auf die Lippen. Sein Mund war fest und warm, und die Berührung jagte ihr einen Schauer über den Rücken. Als sie sich zurückzog, zitterte sie. Beiden hatte es die Sprache verschlagen.

»Der Kakao wird kalt«, sagte sie dann, schob ihm eine Tasse hin und versteckte sich hinter ihrer eigenen. »Erzähl mir mehr über Trollope.«

Bis spät in die Nacht saßen sie am Feuer, sprachen über Literatur und Geschichte, debattierten über Religion und soziale Gerechtigkeit. Tom vertrat liberale Ansichten und war überzeugter Anglikaner; Catherine war der Meinung, dass die Arbeiter durch Bigotterie und Unwissenheit ebenso versklavt wurden wie durch die Unternehmer.

»Niemand ist grausamer als bigotte Menschen«, erklärte Catherine, »egal, ob es sich um geschwätzige Nachbarn oder einen fanatischen Priester handelt.«

»Aber alle eure Priester, sogar die gemäßigteren, glauben, dass Protestanten wie ich in die Hölle kommen.«

»Ich weiß, aber das heißt nicht, dass ich es auch glaube.«

»Warum hörst du dann auf das, was der Priester sagt?«, forderte er sie heraus.

»Aus Schuldgefühlen«, gab Catherine zu. »Ich bin nicht mehr so religiös wie früher, aber ich kann nicht aufhören, zur Kirche zu gehen. Mein Glaube ist ein Teil von mir, auch wenn ich nicht mit allem einverstanden bin, was gelehrt wird.«

Sie hatte noch nie ein solches Gespräch geführt, schon gar nicht mit einem Mann. Catherine war angeregt und aufgewühlt. Es gab so viele Dinge, die sie wissen und ausdiskutieren wollte. Sie verbarg ihre Enttäuschung, als Tom schließlich seine verkrampften Beine ausstreckte und sich auf den Weg machte.

»Wollen wir das nächsten Samstag wiederholen?«, fragte er, als sie ihn hinausbegleitete.

»Das wäre schön«, sagte Catherine lächelnd.

»Vielleicht können wir vor dem Film einen Tee zusammen trinken?«

»Ja, gern.«

In dieser Nacht fand sie lange keinen Schlaf. Ihr Kopf schwirrte von ihrem Gespräch.

Am nächsten Morgen war sie erschöpft, und Bridie schimpfte.

»Was sollen die Gäste von dir denken, dass du so lange mit diesem Jungen aufgeblieben bist?«

»Er ist kein Junge«, sagte Catherine gereizt.

»Im Vergleich zu dir schon. Es ist nicht angemessen.«

»Wir haben uns nur unterhalten. Er ist ein interessanter Mann.«

»Pass auf, dass du keinen schlechten Ruf bekommst«, warnte Bridie düster.

Catherine ging spazieren, um der Diskussion zu entkommen. Unten am Hafen betrachtete sie die Wellen, die am Strand aufschlugen. Was würde Pastor John dazu sagen, wenn sie mit einem Anglikaner ausginge? Was hätte ihr Großvater davon gehalten? Selbst Kate wäre darüber möglicherweise nicht erfreut. Sie spürte, wie plötzlich das Gewicht der Tradition auf ihr lastete, und hörte die Stimme ihrer Mutter, die ihr sagte, sie solle sich nicht auf etwas einlassen, das nur zu Ärger oder noch mehr Liebeskummer führen würde.

Dann dachte sie an Toms dunkelbraune, mitfühlende Augen, die sie im Schein des Feuers anblickten, und spürte wieder ein Kribbeln. Es war das Risiko wert. Am Abend zuvor war etwas in ihr aufgekeimt – etwas ganz Neues –, und sie war fest entschlossen, es zu nähren.

40

1937

Die Freundschaft zu Tom entwickelte sich schnell. Ungeduldig sehnte Catherine die Wochenenden herbei, an denen sie nicht arbeiten mussten und sich treffen konnten. Tom hatte schulische Verpflichtungen, darunter die Betreuung der Pfadfinder. Oft blieb ihr nur, ihm Briefe zu schreiben, in denen sie zahlreiche Fragen und Ideen zur Diskussion stellte. Zu ihrem Erstaunen schien er ihre Gesellschaft ebenso sehr zu genießen wie sie seine, trotz Bridies und Kates Spott und Eifersucht.

Während der Wintermonate wanderten sie über die Klippenpfade zum Lovers' Seat in Fairlight Glen oder ins Landesinnere zur Ruine der St. Helen's Church, wo sie im Schutz des überwucherten Kirchturms picknickten. Sie küssten sich, aber zu Catherines Erleichterung drängte Tom sie nie zu mehr, wie andere Männer es versucht hatten. Als der Frühling kam, erkundeten sie die Gegend um das Brede Valley. Sie sprachen über die Bücher, die Tom ihr geliehen hatte, über den Spanischen Bürgerkrieg und über die Abdankung des Königs.

Catherine war über den plötzlichen Abschied von King Edward ebenso bestürzt wie der Großteil des Landes.

»Aber *alles* für diese Wallis Simpson aufzugeben, sein Land und seine Familie zu verlassen, ist eine schlimme Sache. Er war seinem Land gegenüber verpflichtet. Wie konnte er das tun?«

Tom sah sie an und sagte: »Er liebt sie und kann nicht ohne sie leben. So einfach ist das.«

Catherine schüttelte energisch den Kopf. »Ein Mann gibt selten all seine Macht und Privilegien für eine Frau auf – noch dazu für eine zweifach geschiedene! Ich verstehe das nicht.«

»Ich schon«, sagte Tom ruhig.

Sie musterte ihn. »Aber alle haben sich gegen sie gestellt – seine Familie, der Premierminister, die Kirche. Wie hat er diesem Druck standgehalten?«

Tom zuckte mit den Schultern. »Sein Verlangen nach ihr war stärker.«

»Es wird nicht halten«, sagte Catherine, plötzlich bedrückt von dem Thema. Tom wandte den Blick ab, und sie fragte sich, ob er auch über ihre Situation nachdachte.

Sie hatte damit gerechnet, dass ihre Beziehung zu Tom auf Widerstand stoßen würde, aber nicht mit dem Ausmaß an Eifersucht und Boshaftigkeit, das ihr Zusammensein ausgelöst hatte. Bridie tat alles, um sie vom Ausgehen abzuhalten: Sie bekam aus heiterem Himmel Kopfschmerzen und Unpässlichkeiten, bat den Priester, vorbeizukommen, wenn Catherine sich mit Tom verabredet hatte, oder ließ Arbeit liegen und forderte ihre Hilfe ein.

Tom gegenüber war sie schlichtweg unhöflich, nannte ihn immer »den Schuljungen« und sprach ihn nie mit Namen an.

»Stört es dich nicht, dass Catherine größer ist?«, spottete sie. »Den meisten Männern wäre das unangenehm.« Oder: »Wie viel jünger bist du? Sechs oder sieben Jahre? Gewöhnlich mag sie ältere Männer.«

Tom ging nie auf ihre Sticheleien ein, sondern lächelte nur angestrengt. Das erzürnte Bridie.

»Ich weiß nicht, was du an ihm findest«, blaffte sie Catherine zu später Stunde an. »Er bringt kaum zwei Worte zustande. Er ist ein mickriges Männlein.«

»Tom ist ein guter Sportler«, verteidigte Catherine ihn, »und ein guter Redner – wenn man ihm die Chance dazu gibt. Warum kannst du nicht nett zu ihm sein? Es kostet dich doch nichts.«

Dann wechselte Bridie die Taktik. »Reg dich nicht auf, mein liebes Mädchen. Ich will nur verhindern, dass du dich wegen dieses kleinen Kerls zum Narren machst. Er ist nicht stark genug für dich, Catherine. Du bist zu temperamentvoll. Glaub mir, wenn ich der Meinung wäre, dass er dich glücklich macht, würde ich dir als Erste meinen Segen geben. Und ich bin nicht allein – die Leute reden über euch.«

»Welche Leute?«, fragte Catherine.

Bridie machte ein betrübtes Gesicht. »Die Pensionsgäste, unsere Freunde – sie sehen, dass ihr nicht zusammenpasst. Und die Leute aus der Kirche! Du weißt, dass Pater John eure Beziehung nicht gutheißt. Und die Nonne aus dem Kloster, mit der du so gern plauderst, war neulich hier und hat Fragen gestellt.«

»Schwester Marguerite?«, fragte Catherine verblüfft. »Warum?«

»Sie wollte wissen, ob es stimmt, dass dir ein Protestant den Hof macht.«

»Woher weiß sie davon?« Catherine wurde rot.

»Die Leute reden.«

»Ja, ich wette, das tun sie«, sagte Catherine mit grimmigem Blick. »Du bist es, die Unruhe stiftet, oder nicht? Es geht weder Schwester Marguerite noch den Priester etwas an, mit wem ich zusammen bin!«

»Das sieht Pater John anders. Du bringst deine unsterbliche Seele in Gefahr, wenn du dich mit einem Protestanten einlässt. Das denken er und die Ordensschwestern.« Bridie streckte die Arme aus. »Mein armes Mädchen. Es ist einfach Pech, dass du dich in einen Anglikaner verliebt hast. Du könntest ihn niemals heiraten. Das verstehst du doch, oder?«

Während Bridie zu Hause unerbittlich Widerstand leistete, machte auch Kate Schwierigkeiten. Catherine vermutete, dass Tom ihr nur von einem Bruchteil der Vorfälle berichtete, aber gelegentlich ließ er eine Bemerkung fallen. Kate trank wieder mehr. Sie hatte ihn gebeten, die Miete früher zu zahlen und ihr Geld für die Gasrechnung zu leihen. Einige von Catherines Briefen hatte er nie erhalten.

Bei ihren Besuchen in Kates Pension am Maritime Place wirkte das Haus verwahrlost. Die Zimmer waren voller Staub, in der Spüle stapelte sich der Abwasch. Einmal ertappte sie Tom dabei, wie er seine eigenen Laken in der Badewanne wusch.

»Was hat das zu bedeuten?« Catherine stürmte in die Küche, wo Kate an einer Tasse Tee nippte. »Seit wann müssen die Gäste ihre Laken selbst waschen?«

Kate winkte ab. »Dieser pingelige kleine Mann. Ich habe ihm gesagt, dass ich sie morgen wasche.«

»Morgen ist Freitag. Du wäschst immer montags«, fuhr Catherine sie an. »Du verlierst dein Gewerbe, wenn du so weitermachst. Und erwarte nicht, dass ich dir wieder aus der Patsche helfe.«

Kate warf ihr einen düsteren, unsteten Blick zu.

»Dir ist egal, was mit mir passiert. Du haust mit diesem Schnösel ab und lässt mich im Stich. Wenn ich in deinem Arbeitshaus ende, wird es dir leidtun.«

»Darum geht es also – um mich und Tom? Du erträgst den Gedanken nicht, dass wir glücklich sind. Dir ist lieber, ich stehe für immer auf Abruf bereit, als mit einem anständigen Mann verheiratet zu sein!«

»Das stimmt nicht.« Kate stand schwankend auf. »Ich habe immer nur das getan, was für dich am besten war. Du kannst ihn nicht heiraten – er ist keiner von uns, es wäre eine Sünde. Ich bewahre dich nur vor einem großen Fehler.«

»Du bist betrunken«, sagte Catherine angewidert und griff nach Kates Tasse. Sie schnupperte daran. »Das ist mehr Whiskey als Tee.«

»Gib sie zurück!«, rief Kate und stürzte auf sie zu. »Das ist mein Haus, ich mache hier, was ich will.«

Während sie um die Tasse rangen, kam Tom herein.

»Keine Handgreiflichkeiten, bitte«, sagte er mit entsetztem Blick.

Die Tasse fiel ihnen aus den Händen, zerschellte auf dem ungefegten Boden, und der Inhalt bespritzte Catherines beste Schuhe.

»Seht nur, was ihr angerichtet habt«, beschuldigte Kate sie beide.

Tom bückte sich und begann, die Scherben aufzusammeln.

»Du kaufst mir eine neue Tasse«, befahl Kate. »Ohne dich hätte es keinen Streit gegeben, Tom Cookson. Bevor du aufgetaucht bist, war alles in bester Ordnung.«

Catherine erwartete, dass sich Tom zur Wehr setzen und Kate gehörig die Meinung sagen würde. Hätte man sie so behandelt, wäre sie auf der Stelle ausgezogen. Aber Tom sagte nichts, sondern fegte nur weiter die Scherben auf.

Plötzlich wurde Catherine wütend auf ihn. »Hör auf, Tom! Lass sie das machen.«

Er blickte sie verwirrt an. »Es macht mir nichts aus ...«

»Das sollte es aber!«, fauchte sie. »Warum lässt du dir das gefallen? Du lässt dich von ihr wie Dreck behandeln. Bridie hat recht: Du bist nicht Manns genug. Wie kann ich von dir erwarten, dass du dich für mich starkmachst, wenn du nicht einmal für dich selbst einstehst?«

Catherine stürmte aus dem Haus. Nachdem sie sich wieder beruhigt hatte, bereute sie ihren Ausbruch. Tom hatte ihre spitze Zunge nicht verdient. Es war scheußlich, dass sie ihren Frust über Kate und Bridie an ihm ausließ.

Sie schrieb ihm eine Entschuldigung, erhielt aber keine Antwort. Sie fühlte sich die ganze Woche über miserabel.

Es war Mai, und Tom hatte mit dem Krickettraining begonnen. Samstagnachmittags fungierte er bei den Spielen als Schiedsrichter. Catherine ging zum Spielfeld der Schule und wartete davor, bis sie den Mut fand, hineinzugehen.

Sie schob sich hinter ein paar Schülern durch das Tor. Unter einem großen Dach aus Kirschblüten stand sie abseits der anderen Zuschauer und beobachtete das Spiel. Tom stand als Schiedsrichter an einem Ende, ernst und konzentriert. Sie setzte sich auf den Rasen und sah zu. Hier war er glücklich, das merkte sie. Die Ruhe und Ordnung des Kricketplatzes, die Geschicklichkeit und der Einsatz der jungen Leute. Tom sah aus, als wäre er mit dieser Szene verschmolzen. In der Pause lachte und plauderte er mit den Jungen, die sich um ihn scharten. Er war ihr Vorbild.

Catherine spürte eine tiefe Sehnsucht und Bedauern. Wie konnte sie mit dieser Welt mithalten? Sie war zu ungebildet, um in seine Akademiker-Kreise aufgenommen zu werden. Und was konnte sie ihm bieten? Ein chaotisches Leben unter denen, die ihm verübelten, dass er jung, gebildet und nicht katholisch war.

Mit Tränen in den Augen ging Catherine davon.

»Kitty!«

Sie drehte sich am Tor um. Ihr Herz hüpfte beim Klang von Toms Stimme.

»Du bist gekommen, um zuzusehen«, sagte er mit einem unsicheren Lächeln.

»Ich wollte mich entschuldigen«, sagte Catherine und schluckte ihre Tränen hinunter.

»Ich dachte, du hättest die Nase voll von mir, weil du nicht auf meine Anrufe reagiert hast.«

»Welche Anrufe?«, fragte Catherine.

»Bridie hat sie entgegengenommen.«

»Oh, Bridie!«, rief Catherine verärgert. »Sie hat mir kein Wort gesagt.«

»Ich war dumm zu glauben, dass sie es tun würde.« Tom wirkte verzagt.

Catherine ging auf ihn zu. »Du bist nicht dumm, nur zu gutgläubig«, korrigierte sie ihn. »Du glaubst immer nur das Beste von den Leuten – das ist dein Problem.«

»Gibt es noch Hoffnung für uns, Kitty?«, fragte er leise.

Catherine schlang die Arme um ihn. »Ja, ja, die gibt es. Du musst daran glauben.«

Hartnäckig trafen sie sich den ganzen Sommer über weiter. Das veranlasste Bridie zu einem offenen Krieg gegenüber Tom. Sie setzte das Gerücht in die Welt, Catherine wolle sie und Maisie in die Obdachlosigkeit treiben, damit Tom bei ihr einziehen könne. Einige der Hausbewohner zeigten sich unverhohlen ablehnend und glaubten eher Bridie als Catherine, die nur selten da war, um sich zu verteidigen. Bridie beschämte Tom mit Geschichten über Catherines Anziehungskraft auf verheiratete Männer. »Sie sucht sich immer die Unpassenden aus – sie kann nicht anders. Ich sorge dafür, dass sie auf dem rechten Weg bleibt. Hat sie dir von dem Skandal erzählt, den sie im Tennisverein verursacht hat?«

Als Tom sie auf Maurice ansprach, entlockte Catherine ihm, was Bridie gesagt hatte. Sie war wütend und verletzt über deren Versuche, ihren Ruf zu ruinieren.

»Maurice war nicht verheiratet, und die anderen Männer haben mir übel genommen, dass ich erfolgreich und eine Frau bin.«

Tom versicherte ihr, es spiele keine Rolle, aber Catherine wusste, wie schwer sich Zweifel ausräumen ließen, wenn sie erst einmal gesät waren. Sie traute sich kaum noch, mit Bridie zu sprechen, und schlug ihr Lager lieber im Billardzimmer auf, als nachts in ihrer Nähe zu sein. Sie würde nicht zulassen, dass Bridie ihre Beziehung zu Tom ruinierte.

Die Besuche des Priesters und der Ordensschwestern häuften sich, während Bridie den Widerstand gegen Catherines Verbindung zu einem Nicht-Katholiken anheizte. Doch als all das die Romanze nicht beenden konnte, schob Bridie ihre Abneigung gegen Kate beiseite und bat sie um Hilfe, um ihre Liebe zu zerstören.

»Wir können nicht zulassen, dass Catherine ihre Karriere und Unabhängigkeit für ein Würstchen wie ihn wegwirft«, erklärte Bridie. »Sie will mich loswerden, da bin ich mir sicher. Sie wird mich und Maisie für diesen Mann auf die Straße setzen.«

»Das Gleiche gilt für mich«, ärgerte sich Kate, deren Angst durch Bridies alarmierende Worte geschürt wurde. »Ich bin ihr egal. Sie hat gesagt, dass sie mich nicht länger unterstützt. Und ich habe damit zu kämpfen, ein so großes Haus zu leiten. Ich brauche nur ein bisschen Hilfe mit den Rechnungen. Das ist doch nicht zu viel verlangt.«

»Du musst ihn abschrecken«, forderte Bridie. »Nur du kannst ihm Dinge über Catherine erzählen und ihm klarmachen, dass sie nicht in seine vornehmen Kreise passt. Ich werde im Gegenzug dafür sorgen, dass Catherine das nötige Geld für dich auftreibt.«

Als Catherine das nächste Mal mit Tom ein Schulkonzert besuchte, war er ungewohnt still. Auf dem Rückweg versuchte sie zu ergründen, was ihn beunruhigte.

»Habe ich etwas Falsches gesagt?«

»Nein, alles in Ordnung.«

»Ist es nicht. Sprich mit mir, Tom. Hat Kate dir wieder zugesetzt?«

Sein Blick verriet ihn.

»Sag es mir«, flehte sie.

Er blieb stehen, blickte zurück auf das Meer und klimperte nervös mit dem Kleingeld in seinen Taschen.

»Sie hat mir erzählt, dass du keinen Vater hast.«

Catherine hatte das Gefühl, als hätte sie jemand in den Magen geboxt. Sie bekam kaum Luft. Es war das Einzige, was sie Tom verheimlicht hatte, aus Angst, dass es seine Liebe zu ihr beeinträchtigen würde. Wie konnte Kate so etwas tun? Toms Gesichtsausdruck bestätigte, wie schockiert und enttäuscht er war. Er war ein gläubiger Mann mit festen Prinzipien. Wie sehr er sie verachten musste!

»Sie hatte kein Recht dazu«, schimpfte Catherine. »Du musst mich hassen.«

Tom drehte sich zu ihr um. »Nein, natürlich nicht. Deine Herkunft spielt für mich keine Rolle.«

»Offenbar doch«, sagte Catherine verwirrt. »Deshalb warst du den ganzen Abend so still. Du kannst dich kaum dazu durchringen, ein Wort mit mir zu wechseln.« Sie begann weiterzugehen. Tom lief ihr hinterher.

»Warte, Kitty, das ist es nicht.« Er zog sie an sich. »Es tut mir so leid für dich. Jetzt verstehe ich deine Wut auf all die bigotten Menschen. Es muss schlimm für dich gewesen sein. Warum hast du mir nichts erzählt? Ich dachte, wir könnten uns alles sagen.«

»Ich wollte nicht, dass du mich so ansiehst wie alle anderen, die es wissen«, sagte Catherine. »Ich wollte nicht, dass du auf mich herabschaust – mich bemitleidest!«

Tom löste seinen Griff.

»Was hat dir meine schwatzhafte Mutter noch erzählt? Wie viele gescheiterte Liebesaffären ich hatte?« Sein Schweigen und sein argwöhnischer Blick machten ihr Angst. »Das hat sie, nicht wahr? Nun, man kommt kaum in mein Alter, ohne mit anderen Männern zusammen gewesen zu sein. Nicht, dass einer von ihnen mich gewollt hätte, außer für eine Sache. Aber das ist es, was die Leute von Bastarden erwarten!«

»Hör auf!«, sagte er. »Sag so etwas nicht.« Er ballte die Fäuste. »Du bist die Einzige, die dich hier bemitleidet!«

»Wenigstens weiß ich jetzt, was du wirklich von mir hältst«, sagte Catherine verletzt.

»Hör mir zu, Kitty!«, verlangte er. Sie hatte ihn noch nie so aufgebracht gesehen. »Ich weiß, warum deine Mutter solche Dinge sagt – sie versucht, mich zu vergraulen. Sie war von Anfang an gegen mich; sie sieht mich als Bedrohung an, weil ich dich genauso liebe, wie sie es tut.«

»Sie liebt mich nicht!«, rief Catherine entrüstet.

»Doch, das tut sie, und du bist blind, wenn du das nicht erkennst. Sie erträgt den Gedanken nicht, dich an mich zu verlieren. Sie ist eine verängstigte alte Frau, die um sich schlägt. Sie braucht dich, Kitty.«

Catherine bekam es mit der Angst zu tun. Sie fühlte sich schwach auf den Beinen. »Aber ich brauche dich.«

»Tust du das?«, fragte er mit herausforderndem Blick.

»Ja, ich brauche dich!«

Er ergriff ihre Hände. »Dann heirate mich.«

»Heiraten?«, keuchte sie.

»Ja, bevor sie uns für immer entzweien.«

Catherine stand da und umklammerte seine Hände, während ihr der Gedanke im Kopf herumwirbelte. Sie hörte Pater Johns mahnende Worte über ihr gefährdetes Seelenheil; sie sah Bridies hasserfülltes Gesicht vor sich und Kate, die jammerte, dass sie verlassen würde.

Verzweifelt blickte sie in Toms erwartungsvolles Gesicht. »Würdest du – könntest du zum Katholizismus konvertieren?«, flüsterte sie. »Pater John und Schwester Marguerite sagen, dass ich keinen Anglikaner heiraten kann.«

»Wir könnten standesamtlich heiraten«, sagte Tom ungestüm.

Catherine schüttelte den Kopf. »Ich kann nicht heiraten, wenn es nicht in der Kirche ist, das weißt du. Für mich wäre es keine richtige Heirat.«

Tom machte sich los und vergrub die Hände in den Hosentaschen. Aus seinem Blick sprach Resignation.

»Ich kann meinen Glauben nicht aufgeben, Kitty«, sagte er leise, »und ich erwarte es umgekehrt auch nicht von dir.«

Sie starrte ihn fassungslos an. Er hatte ihr praktisch zu verstehen gegeben, dass es vorbei war. Ihre Beziehung war in einer Sackgasse gelandet, aus der sie nicht herauskamen. Sie fühlte sich miserabel, aber gleichzeitig spürte sie eine gewisse Erleichterung. So weiterzumachen wäre eine Qual, denn sie hätte sich noch mehr in einen Mann verliebt, den sie niemals heiraten konnte. Es war besser, die Sache jetzt zu beenden, bevor ihr Herz in zwei Stücke zersprang.

»Dann sollten wir uns nicht mehr sehen«, sagte Catherine äußerlich ruhig, während in ihrem Inneren tiefe Verzweiflung tobte.

Toms hageres Gesicht war angespannt vor Bedauern. Er schien etwas sagen zu wollen, bremste sich aber.

»Ja, du hast recht«, sagte er und nickte. »Leb wohl, Kitty.«

Er wandte sich ab und lief in der Dämmerung davon. Catherine sah ihm nach und unterdrückte das Schluchzen in ihrer Kehle, den Schrei, der ihn dazu bewegen würde, umzukehren. Sie verharrte reglos wie ein Stein und sah zu, wie der Mann, den sie liebte, aus ihrem Leben verschwand.

Erst später, mitten in der Nacht, rollte sie sich im Garten unter einer Eiche zusammen und schluchzte ihren Kummer hinaus.

41

Um ihren Schmerz zu begraben, stürzte sich Catherine in die Arbeit. Sie verbrachte lange Tage in der Wäscherei, anstatt nach Hause zu eilen, und wenn sie es doch tat, nahm sie ein Notizheft mit in den Garten und schrieb. An regnerischen Abenden hockte sie im undichten Gartenhäuschen über ihren Notizbüchern. Sie füllte ein Heft nach dem anderen mit Geschichten und Figuren, die sie weit weg von der Plackerei und den Enttäuschungen des wirklichen Lebens brachten.

Seit Tom nicht mehr vorbeikam, versuchte Bridie, sie zu umsorgen.

»Du bist erschöpft, komm rein«, lockte sie. »Ich habe dir eine Tasse Kakao gemacht. Du verdirbst dir noch die Augen, wenn du im Dunkeln kritzelst.«

Aber Catherine war immer noch wütend auf Bridie, weil sie mit dafür verantwortlich war, dass ihre Beziehung zu Tom in die Brüche gegangen war. Sie wollte nicht getröstet werden, sprach so wenig wie möglich und ging Bridie aus dem Weg. Als einer der Mieter das Haus verließ, zog Catherine aus dem Billardzimmer in das kleine Gästezimmer, anstatt sich wieder einen Raum mit Bridie zu teilen. Es war kein Trost, zu hören, dass Tom und sie nicht zueinander passten, selbst wenn es der Wahrheit entsprechen mochte.

Sie hielt sich von Kate fern, weigerte sich, am Maritime Place vorbeizuschauen, aus Furcht, Tom zu begegnen. Sie konnte Kate nicht verzeihen, dass sie ihm zu viel über ihre Vergangenheit erzählt hatte. Catherine wusste nicht, ob ihre Mutter zurechtkam, und es war ihr auch egal.

Doch im Laufe des Sommers gelangte sie zu der schmerzhaften Erkenntnis, dass Bridie und ihre Mutter wahrscheinlich recht gehabt hatten. Tom und sie waren grundverschieden: Sie war extrovertiert und impulsiv, er besonnen und schüchtern. Sie war älter und lebenserfahren, er jung und idealistisch. Er war ein Gelehrter aus Oxford, intellektuell und belesen, während sie die Schule mit dreizehn Jahren verlassen hatte. Je besser sie ihn kennengelernt hatte, desto unwissender hatte sie sich gefühlt.

Vor allem aber gehörte Tom der Church of England an, und sie war überzeugte Katholikin. Beides passte nicht zusammen. Ihr eigener Glaube war der wahre, wie der Priester und die Ordensschwestern ihr ständig in Erinnerung riefen. Wenn Tom nicht bereit war, zu konvertieren, gab es keine Zukunft für sie, egal wie sehr sie sich zueinander hingezogen fühlten.

Für kurze Zeit ging Catherine aus Verbitterung über ihre Situation nicht mehr in die Kirche. Sie wetterte gegen einen Gott, der einen guten Mann wie Tom in die Flammen der Hölle schickte. Aber Schwester Marguerite kam weiterhin zu Besuch. Die Nonne war besorgt, dass Catherine ihre Seele in Gefahr brachte, weil sie nicht zur Beichte ging und keine Absolution erhielt.

Während Catherine mit ihrem religiösen Dilemma kämpfte, brach eine weitere Krise aus. Kate suchte sie verzweifelt in The Hurst auf.

»Es ist Davie«, schluchzte sie mit aufgedunsenem und tränenverschmiertem Gesicht.

»Was ist passiert?«, fragte Catherine erschreckt.

»Hatte er einen Unfall?«, fragte Bridie.

Kate schüttelte den Kopf. Mit zitternder Hand hielt sie ihnen einen Brief hin. Catherine nahm ihn und las die kurze Nachricht. Ihre Besorgnis schlug schnell in

Verärgerung um.

»Was ist daran so schlimm? Er hat in Shields Arbeit auf einer Fähre gefunden – und er möchte, dass du zurückkommst.«

»Das kann ich nicht!«, rief Kate. »Mein Zuhause ist jetzt hier unten. Ich will nicht zurück nach Jarrow.«

»Dann schreib ihm und sag ihm das«, erklärte Bridie unverblümt.

Kate sah Catherine vorsichtig an und verschränkte die Hände im Schoß. »Es gibt noch einen anderen Grund: Ich habe kein Geld für die Rückreise.«

Catherine seufzte. »Ich zahle dir die Bahnfahrt, wenn du dir deswegen Sorgen machst.«

»Das ist nicht alles«, sagte Kate, wieder den Tränen nahe. »Ich bin mit der Miete ein wenig im Rückstand.«

»Wie sehr?«, fragte Catherine, und ihr wurde flau im Magen.

»Ein paar Monate. Die Gasrechnung ist auch fällig, und sie haben gedroht, mir den Strom abzudrehen.« Ihr Blick war flehend. »Ich brauche ein bisschen Geld, um über die Runden zu kommen, bis ich mehr Untermieter gefunden habe. Den Sommer über war es ruhig. Aber ich zahle es zurück, versprochen.«

Catherine sah ihre Mutter an und konnte ihre Verachtung nicht verbergen. »Deine Versprechen sind keinen Pfifferling wert.«

Anstatt zurückzufauchen, verzog Kate schuldbewusst das Gesicht. »Ich weiß«, flüsterte sie. »Es tut mir leid, Kitty.«

Bridie klopfte ihr auf die Schulter. »Vielleicht ist es das Beste, wenn du zurück in den Norden gehst. Dort kann Davie immerhin dafür sorgen, dass du ein Dach über dem Kopf hast.«

Kate warf ihr einen bitteren Blick zu. Sie hatte die Irin einst für ihre Verbündete gehalten, aber stattdessen hatte sie ihr Catherines Zuneigung streitig gemacht. Jetzt hatte Bridie keine Verwendung mehr für sie.

»Bridie hat recht«, sagte Catherine. »Dir bleibt keine andere Wahl.«

»Bitte, Liebes, schick mich nicht weg«, flehte Kate.

»Ich kann nichts dafür!« Catherine warf ihrer Mutter einen strengen Blick zu. »Ich helfe dir ein letztes Mal aus der Patsche, aber unter einer Bedingung: Du gehst zurück zu Davie.«

Kate ließ den Kopf hängen. »Aber was ist mit meinen Untermietern? Ich würde mich schlecht fühlen, wenn ich sie rauswerfen müsste.«

Catherine spannte sich an.

»Wie viele hast du?«, fragte Bridie.

»Zwei«, antwortete Kate fast unhörbar.

»Zwei in dem riesigen Haus?«, rief Catherine ungläubig. »Kein Wunder, dass du bis zum Hals in Schulden steckst.«

Kate hob trotzig den Kopf. »Und Tom Cookson – er hat gesagt, dass er nach den Sommerferien zurückkommt.«

Catherine errötete bei seinem Namen.

»Wo ist er?«, fragte Bridie und blickte zwischen ihnen hin und her.

»Auf dem Kontinent unterwegs. Er meinte, dass ihn nichts mehr in Hastings hält.«

Catherine schluckte. »Wir können deine Mieter hier unterbringen, wenn sie nichts anderes finden.«

Bridie war argwöhnisch. »Aber was ist mit dem Schuljungen? Was ist, wenn er zurück nach Hastings kommt?«

Catherine antwortete rasch: »Er kann sein Glück versuchen, so wie die anderen Pensionsgäste. Mich kümmert das nicht.«

Eine Woche später erhielt Catherine ebenfalls einen Brief von Davie. Er war es leid, von Kate getrennt zu leben. Sie war seine Frau, und er wollte, dass sie sich wieder um ihn kümmerte. Er war stolz darauf, die Stelle in Shields gefunden zu haben, während so viele arbeitslos waren. Er wusste, dass Kate sich darüber freuen würde, und es beunruhigte ihn, dass er nichts von ihr gehört hatte.

Catherine ging sofort zu ihrer Mutter. Jegliche Bedenken, sie aus Hastings wegzuschicken, waren verflogen.

»Wenn du Davie noch nicht geschrieben hast, dann tu es jetzt sofort«, befahl sie. »Er sorgt sich um dich.«

Kate schnaubte. »Er sorgt sich darum, dass er keine Haushälterin hat.«

Catherine wusste nicht, warum das Verhältnis zwischen ihrer Mutter und ihrem Stiefvater so schlecht geworden war, und es ging sie auch nichts an. Unter ihrem wachsamen Blick schrieb Kate einen Brief an Davie und teilte ihm mit, dass sie Ende August nach Hause kommen würde. Bevor ihre Mutter abreiste, sprach Catherine mit den beiden Untermietern und bot ihnen eine Unterkunft in The Hurst an, bezahlte Kates überfällige Rechnungen und versprach, den Mietvertrag so schnell wie möglich zu kündigen.

Kate war verblüfft, wie zügig und geschäftstüchtig ihre Tochter das Problem in den Griff bekam. Sie versuchte nicht, mit Catherine zu diskutieren oder Ausflüchte zu machen, denn sie erinnerte sie an Rose, wenn sie eine Krise zu meistern hatte. Kate dachte, dass ihre Mutter die Situation genauso entschlossen und fair gehandhabt hätte wie Catherine.

Eine Woche später hatte Catherine eine einfache Fahrkarte gekauft und nahm ein Taxi, um Kate und ihre zwei Taschen mit Habseligkeiten abzuholen. Bridie hatte angeboten, mitzukommen, weil sie befürchtete, dass Catherine in letzter Minute schwach werden und ihrer Mutter erlauben würde, zu bleiben.

»Ich werde meine Meinung nicht ändern.« Catherine war fest entschlossen. »Ich kann es nicht erwarten, dass sie geht.«

Kate saß nüchtern und mit bleichem Gesicht im Taxi und umklammerte ihre Handtasche. Sie legten die ganze Strecke schweigend zurück.

Am Bahnhof kaufte Catherine ein Bahnsteig-Ticket, damit sie Kate und ihr Gepäck in den Zug verfrachten konnte. Kate, die seit der Abholung stumm gewesen war, brach vor den Stufen des Waggons plötzlich in Tränen aus. Sie drehte sich um und schlang die Arme um ihre Tochter.

»Es tut mir so leid, Kitty!«, weinte sie. »Es war alles ein großer Fehler. Ich wollte die Sache zwischen dir und deinem Lehrer nicht verderben. Ich werde euch nie wieder in die Quere kommen – aber bitte schick mich nicht weg! Ich ertrage es nicht, von dir getrennt zu werden!«

Catherine war entsetzt über Kates Geklammer und Geheul. Verlegen sah sie zu den anderen Passagieren hinüber, die in den Zug einstiegen.

»Hör auf, Kate«, zischte sie. »Du machst dich lächerlich.«

Kate schrie noch lauter: »Das ist mir egal – ich will bleiben! Bitte nimm mich wieder bei dir auf! Ich rühre nie wieder einen Tropfen an, ich tue alles, was du willst. Du bist das Einzige, was ich habe. Bitte, Kitty!«

Catherine war von dem verzweifelten Flehen ihrer Mutter in letzter Minute vollkommen überrumpelt. Einen Moment hielt sie sie verlegen in den Armen. Kate zitterte, ihre Tränen durchnässten Catherines Kragen.

Der Schaffner kam vorbei. »Sie müssen jetzt einsteigen, Ma'am. Tut mir leid, aber der Zug fährt gleich ab.«

Unter Aufbietung ihrer gesamten Willenskraft machte sich Catherine von ihrer Mutter los. »Komm schon, du musst fahren, es ist alles arrangiert. Es gibt kein Zurück mehr.« Sie schob Kate die Stufen zur Waggontür hinauf. »Alles wird gut, wenn du erst einmal da bist.«

Kate drehte sich um und warf ihr einen so verzweifelten Blick zu, dass Catherine fast schwach geworden wäre. Doch der Schaffner kam zurück, und ihr blieb gerade noch Zeit, um Kates Taschen an Bord zu hieven, bevor er die Tür zuschlug. Sie blickte zu ihrer Mutter, die zusammengekrümmt und weinend in dem leeren Waggon stand; sie sah so alt und mutlos aus. Die Pfeife schrillte.

Der Zug ruckte vorwärts, und Kate schwankte, verlor fast das Gleichgewicht. Wer würde sich jetzt um sie kümmern? Catherine wurde von Schuldgefühlen übermannt. Sie wollte die Tür aufreißen und ihre Mutter herausziehen. Aber sie ballte die Hände zu Fäusten und widerstand dem Drang, unterdrückte ihre Tränen. Sie winkte Kate nach.

Wenige Augenblicke später war ihre Mutter außer Sichtweite, und der Zug nahm an Fahrt auf. Catherine stand noch lange Zeit da und blickte durch den Qualm des davonfahrenden Zugs auf die Stelle, an der ihre Mutter gestanden hatte. Sie hatte das Band zwischen ihnen ein letztes Mal gekappt, und es schmerzte wie eine körperliche Trennung.

Catherine machte einen langen Spaziergang entlang der Klippen oberhalb von Hastings und atmete die Seeluft ein, um ihr Gefühl des Versagens zu vertreiben. Der Wind half ihr, wieder einen klaren Kopf zu bekommen.

Kate hatte Davie, der sich um sie kümmerte. Hier war ihre Mutter überfordert und nicht in der Lage, für sich selbst zu sorgen. Catherines Beziehung zu ihr war zerrüttet, und sie konnte nichts mehr für Kate tun.

Als sich Catherine auf den Heimweg machte, um ihr Leben wieder in Ordnung zu bringen, klammerte sie sich an die Überzeugung, dass ihre Mutter eine Überlebenskünstlerin war. Sie hatte das Beste für Kate getan, indem sie sie zu Davie und ihrer Familie nach Hause geschickt hatte. Eines Tages würde ihre Mutter das verstehen.

42

Es war ein Schock, als sie an einem Septemberabend Tom die Tür öffnete. Catherine hatte zwar gewusst, dass er wahrscheinlich vorbeikommen würde – in seinem Zimmer befand sich noch eine Kiste mit seinen Büchern. Trotzdem klopfte ihr Herz, als sie ihn dort stehen sah, schlank und sonnengebräunt unter einem Panamahut, mit einem ramponierten Koffer zu seinen Füßen.

»Hallo, Kitty«, sagte er und nahm seinen Hut ab. »Ich weiß, es ist spät, aber ich habe in der Schule diese Nachricht bekommen ...«

Sie starrte ihn an, bekam kein Wort heraus, während ihr Inneres Purzelbäume schlug. Er sah genauso gut aus, wie sie ihn in Erinnerung hatte.

Tom fuhr fort: »Ich weiß leider nicht, wo ich wohnen soll. Das Haus deiner Mutter ist geschlossen, und in der Schule haben sie gesagt, ich solle hier vorbeikommen. Was ist mit Mrs McDermott passiert?«

»Sie ist weg«, fand Catherine ihre Stimme wieder. »Zurück nach Jarrow – ihr Mann hat Arbeit gefunden. Ich habe gesagt, dass ich ihre Untermieter aufnehme, wenn sie eine Unterkunft brauchen. Mr Parish ist hier. Und deine Kiste mit den Büchern – die wirst du sicher haben wollen.«

Tom musterte sie vorsichtig. »Ich weiß, es ist für uns beide unangenehm, aber wenn du ein Zimmer frei hast, würde ich es nehmen. Nur, bis ich etwas anderes gefunden habe. Ich werde dir aus dem Weg gehen.«

Catherines Herz zog sich bei dem bittersüßen Gedanken zusammen, dass er so nah und doch unerreichbar sein würde. Aber sie schob seine Bedenken mit einer Handbewegung beiseite. »Das ist überhaupt nicht unangenehm«, sagte sie forsch, »zumindest nicht für mich. Auf der Rückseite des Hauses gibt es ein Zimmer, das du haben kannst.«

Tom zögerte. »Wird Bridie nichts dagegen haben, dass ich hier bin?«

Catherine verbarg ihr Unbehagen. »Sie ist mit Maisie nach Irland in den Urlaub gefahren. Außerdem ist es meine Sache, welche Mieter ich aufnehme. Es ist schließlich mein Haus.«

Tom errötete. Sie hatte nicht vorgehabt, so schroff zu klingen, aber sie musste sich zusammennehmen, um ihre starke Zuneigung zu ihm nicht zu verraten.

In diesem Augenblick tauchte Tuppence von seiner Jagd nach Kaninchen aus den Bäumen auf und sprang auf Tom zu. Der Hund lief aufgeregt um ihn herum und bellte zur Begrüßung.

»Lass ihn in Ruhe, Tuppence!«, rief Catherine.

Aber Tom beugte sich vor und begrüßte ihn mit der gleichen Begeisterung. »Hallo, alter Junge. Wie ist es dir ergangen? Ja, ich habe dich auch vermisst.«

»Tuppence, das reicht jetzt«, erklärte Catherine und rief den Hund zu sich. »Setz dich doch zu den Gästen ins Wohnzimmer, während ich dein Zimmer herrichte. Und vielleicht sollten wir uns vor den anderen besser wieder siezen, Mr Cookson.«

Tom sah sie schief an. »Danke, Miss McMullen.«

Ihr war bewusst, dass er sie wahrscheinlich necken wollte, und sie ging schnell vor ihm her, damit er nicht sah, wie sie rot wurde.

Tom lebte sich ohne Aufhebens in The Hurst ein und verbrachte, genau wie Catherine, den ganzen Tag auf der Arbeit. Abends verschwand er in seinem Zimmer, um Arbeiten zu korrigieren, und wenn Catherine zu später Stunde noch einmal mit dem Hund rausging, sah sie bei ihm oft noch Licht brennen. Sie fragte sich, was er dachte, und konnte über seine Gefühle nur spekulieren. Er war freundlich und höflich zu ihr, genau wie zu den anderen Untermietern, aber sie musste davon ausgehen, dass er nicht mehr in sie verliebt war. Doch für Catherine war es eine Qual, mit ihm unter einem Dach zu leben, und sie sehnte sich nach ihrer früheren Vertrautheit. Wie hatte sie jemals glauben können, dass dieses Arrangement funktionieren würde?

Dann kehrte Bridie aus Irland zurück.

»Wie lange ist er schon hier? Kaum kehre ich dem Haus den Rücken, schleicht er sich wieder ein!«

»Sei nicht albern«, verteidigte sich Catherine. »Er ist nicht mehr an mir interessiert und wird genauso behandelt wie alle anderen.«

Bridie runzelte die Stirn. »Ich lasse mich von diesem ›Ja, Mr Cookson‹, ›Nein, Miss McMullen‹ nicht täuschen. Ich merke doch, wie er dich ansieht.«

Catherine ging zur Tür. Es war sinnlos, sich zu streiten: Bridie war gegen Tom, egal, was er tat. Wie friedlich der Haushalt gewesen war, während Mrs Fairy das Sagen gehabt und Rita, ein hilfsbereites Mädchen aus der Stadt, ihr zur Seite gestanden hatte.

»Kehr mir nicht den Rücken zu, Mädchen! Wann sucht er sich eine andere Unterkunft?«

»Das ist seine Sache«, antwortete Catherine und knallte die Tür hinter sich zu.

Schon bald sorgte Bridie für Ärger. Sie schloss Tom bei den Mahlzeiten von der Unterhaltung aus und verbreitete das Gerücht, dass seine Absichten Catherine gegenüber alles andere als ehrenhaft seien.

»Letztes Jahr im Frühling hat er es schon einmal bei ihr versucht. Sie hat ihn in die Schranken gewiesen, aber jetzt ist er wieder aufgetaucht. Natürlich hätte sie ihn nicht hier wohnen lassen sollen, aber so ist Catherine nun mal, viel zu weich für ihr eigenes Wohl. Ich traue ihm nicht. Ganz offensichtlich ist er hinter ihrem Geld und dem großen Haus her. Die Stillen sind es, die man immer im Auge behalten muss«, fügte sie düster hinzu.

Nur Major Holloway spottete über diese Idee.

»Blanker Unsinn! Tom ist ein erstklassiger Kerl. Grundanständig. Miss McMullen hat nichts vor ihm zu befürchten.«

Den ganzen Winter über versuchte Bridie, den jungen Lehrer zu vergraulen. Wenn sich Catherine für ihn einsetzte, machte das die Sache nur noch schlimmer. Bridies Eifersucht und ihr Argwohn, dass sich Catherine wieder mit Tom eingelassen hatte, wuchsen. Zwischen ihnen war nichts vorgefallen, aber Bridie glaubte ihr nicht. Catherine verstand nicht, warum sich Tom die Beleidigungen gefallen ließ und in The Hurst blieb. Sie bewunderte ihn dafür, dass er die Contenance wahrte und sich von Bridie nicht provozieren ließ. Aber er würde es nicht für immer hinnehmen. Die Vorstellung, dass er gehen würde, war unerträglich, aber sie wollte ihm ihre Gefühle nicht offenbaren, da er sie durch nichts ermutigt hatte.

Als Weihnachten näher rückte, plante Tom, die Feiertage bei seiner Familie in Essex zu verbringen. Er machte sich auf die Suche nach Catherine und fand sie über ein Notizbuch gebeugt im Gartenhäuschen, eine Decke über den Knien.

»Was machst du da?«, fragte er erstaunt.

»Ich schreibe«, sagte Catherine verschämt und schob das Heft unter die Decke.

Ihr Herz hämmerte, als sie plötzlich mit ihm allein war.

»Und was?«

»Geschichten«, sagte sie und wurde rot.

»Darf ich eine lesen?«

Sie starrte ihn an. Noch nie hatte jemand darum gebeten, etwas von ihr zu lesen. Der Gedanke machte sie nervös.

»O nein! Sie sind nicht für andere bestimmt. Ich schreibe sie nur für mich selbst.«

Tom nickte. »Tut mir leid – ich wollte nicht aufdringlich sein.«

»Aber nein, das weiß ich doch«, sagte Catherine schnell. Sie beobachtete, wie sein warmer Atem in der eisigen Luft schwebte. Wie konnte sie ihn lange genug zurückhalten, um ihm zu sagen, was sie fühlte? Vielleicht war er gekommen, um ihr endlich seine Liebe zu gestehen? Sie schöpfte Hoffnung. »Wolltest du mich etwas fragen?«

Tom räusperte sich. »Ich denke, es ist das Beste, wenn ich nach Weihnachten woanders hinziehe.«

Catherine schnappte nach Luft. »Warum? Liegt es an Bridie?«

Tom schien unbehaglich zumute zu sein. »Ich weiß, dass sie mich nicht leiden kann – das würde ich in Kauf nehmen, nur um hierzubleiben, aber ich glaube, ich bringe dich in Verlegenheit. Ich hatte törichterweise gedacht ...«

Catherines Herz pochte. Sie stand kurz davor, ihn zu verlieren. »Was gedacht?«

»Das spielt jetzt keine Rolle mehr.« Tom zuckte mit den Schultern. »Ich lasse meine Bücher über die Ferien in der Schule, dann kannst du das Zimmer sofort weitervermieten.« Er bedachte sie mit seinem schüchternen Lächeln, das ihr das Herz zerriss. »Pass auf dich auf, Kitty.«

»Nein, geh nicht!« Sie sprang auf. »Ich will nicht, dass du gehst.«

Er blieb stehen und starrte sie an. »Und was willst du?«

Catherine streckte die Arme nach ihm aus. »Ich will dich, Tom«, rief sie. »Ich will dich so sehr.«

Sofort schloss er sie in die Arme und hielt sie fest. »O Gott, Kitty. Du weißt nicht, wie sehr ich gehofft hatte, das von dir zu hören!« Er küsste sie innig auf die Lippen.

»Du hast mir gefehlt«, sagte sie und musste vor lauter Erleichterung halb weinen und halb lachen. »Du hast keine Ahnung, wie sehr.«

»Ich dachte, ich wäre dir egal – und dass der vergangene Frühling nur eine vorübergehende Phase war«, gestand Tom. »Deshalb bin ich gegangen. Es war zu hart, in dich verliebt zu sein, dir nahe zu sein und zu glauben, dass du keine Gefühle für mich hast.«

»Für mich war es genauso! Wie konnte dir nicht auffallen, wie viel ich für dich empfinde? Ich bin fast verrückt geworden, weil ich es dir nicht gesagt habe.«

Sie küssten sich wieder. Es war ein langer, zärtlicher Kuss, der sie mit Wärme durchflutete.

Als sie sich voneinander lösten, schwirrte ihr der Kopf.

Tom fragte: »Was ist mit Bridie?«

Catherine blickte sich schuldbewusst um, als würde Bridie sie beobachten. Dann schob sie ihr Unbehagen beiseite. Wenn Tom sie genauso liebte wie sie ihn, würden sie einen Weg finden, mit den Schwierigkeiten fertig zu werden.

»Überlass sie mir«, versicherte Catherine ihm. »Ich werde sie schon noch umstimmen.«

Eine plötzliche Blutung über Weihnachten vereitelte Catherines Plan, mit Bridie wegen Tom zu sprechen. Ein Arzt wurde gerufen und diagnostizierte Überarbeitung.

»Es ist ein Leiden, das durch Stresssituationen ausgelöst wird«, erklärte er.

Catherine war skeptisch, aber froh, dass sie für einige Tage im Bett bleiben konnte. Bridie bestand darauf, sie Tag und Nacht zu pflegen.

»Wenn du irgendetwas brauchst, sagst du Tante Bridie einfach Bescheid. Nichts ist zu viel Mühe, das weißt du ja, liebes Mädchen.«

Catherine schämte sich für ihre düsteren, nachtragenden Gedanken gegenüber Bridie. In einer solchen Krise war niemand so liebevoll und gutmütig wie ihre irische Freundin.

Als sie an Silvester in Decken eingewickelt vor einem prasselnden Feuer saß – Bridie und Maisie versorgten sie mit Pralinen, und Tuppence legte seinen Kopf auf ihren Schoß –, überlegte sie, was sie tun sollte. Sie fühlte sich Bridie gegenüber verpflichtet.

Dann dachte sie an Tom und spürte einen vertrauten Schmerz. Wie sehr sie sich nach ihm sehnte! Sie war begierig auf seine körperliche Nähe, auf seine Welt des Wissens und der Achtbarkeit. Bei dem Gedanken, mit Tom intim zu werden, überlief Catherine ein Schauer. Die Vorstellung erregte und beunruhigte sie auf unverständliche Weise. Es würde immer schwieriger werden, ihm zu widerstehen, solange sie unter einem Dach wohnten. Aber noch größere Angst hatte sie davor, den gleichen Fehler wie Kate zu begehen. Sie unterdrückte ihre lustvollen Gedanken.

Kurz vor Toms Rückkehr nahm sich Catherine Bridie zur Brust.

»Ich möchte, dass du freundlicher zu Tom Cookson bist. Es ist kränkend, wie du vor den anderen auf ihm herumhackst.«

Bridie schnaubte. »Offensichtlich nicht genug, denn der jämmerliche kleine Mann ist immer noch hier.«

»Sprich nicht so über ihn«, wies Catherine sie zurecht. »Er hat dir nichts getan, und ich dulde nicht, dass du ihn so behandelst. Dies ist sein Zuhause in Hastings.«

Bridie warf ihr einen prüfenden Blick zu. »Ich wusste es. Er hat es wieder auf dich abgesehen, habe ich recht?«

Die Aggressivität in Bridies Stimme weckte plötzlich Catherines Misstrauen. »Er ist ein Freund. Aber ich lasse mich nicht ausfragen, als hätte ich etwas falsch gemacht, hörst du?«

Bridie sagte nichts mehr und verließ türenknallend das Zimmer.

Catherine freute sich über Toms Rückkehr, aber als sie einen Moment allein waren, warnte sie ihn.

»Sie darf nicht erfahren, dass wir wieder ein Paar sind – noch nicht. Sonst macht sie uns beiden das Leben schwer. Aber wir können uns draußen treffen, besonders, wenn die Tage wieder länger werden. Wir können spazieren gehen.«

Tom sah sie enttäuscht an. »Du hast doch gesagt, du würdest mit ihr reden.«

»Ich war über die Feiertage krank, und sie hat sich liebevoll um mich gekümmert. Da habe ich es nicht übers Herz gebracht, hart zu ihr zu sein.«

»Krank?«, fragte Tom besorgt. »Wie krank?«

Catherine wich aus. »Ich war bloß übermüdet. Ich bekomme starkes Nasenbluten, wenn ich ausgelaugt bin.«

Tom streichelte ihr Gesicht. »Meine arme Kitty. Ich wünschte, ich wäre hier gewesen, um mich um dich zu kümmern.«

Catherine nahm seine Hand und küsste sie schnell. »Ich auch. Du hast mir sehr gefehlt.«

Tom hielt sich an Catherines Anweisung, ihre Gefühle füreinander vor den anderen Hausbewohnern nicht zu zeigen, aber es wurde immer schwieriger. Wenn sie samstagnachmittags über die ruhigen Landstraßen spazierten, verbrachten sie wertvolle Momente der Zweisamkeit. Tom las ihr aus einem Buch vor, während Catherine ihren Kopf an seine Schulter legte und die Worte in sich aufsaugte. Sie küssten sich und scherzten darüber, dass sie in ihrem Alter noch ein Geheimnis daraus machen mussten. Irgendwie steigerte es die Spannung ihrer Romanze, aber Catherine befürchtete, dass Bridie davon erfuhr. Sie wusste, wie grausam sie Tom gegenüber sein würde. Immer öfter überlegte Catherine, Bridie loszuwerden. Sie konnte es sich nicht leisten, ihr so wie Kate eine andere Pension zur Verfügung zu stellen; außerdem käme es ihr wie ein Verrat an ihrer früheren Freundschaft vor. Vor allem aber fühlte sich Catherine für Maisie verantwortlich und wollte nicht, dass sie auf der Straße landete.

Als der Sommer begann, wurde Tom ungeduldig.

»Wir wissen, was wir füreinander empfinden. Ist es nicht an der Zeit, dass wir handeln? Wir könnten uns verloben und uns später Gedanken über die Hochzeit machen.«

»Noch nicht.« Catherine bekam es mit der Angst zu tun. »Es wäre nicht schicklich, wenn wir im selben Haus zusammenleben würden. Du müsstest ausziehen, und dann könnten wir uns kaum noch sehen. Das würde ich nicht ertragen. So funktioniert es besser. Und es ist ja nicht für immer.«

Tom warf ihr einen kläglichen Blick zu. »Wie lange, Kitty? Ich liebe dich und möchte mit dir zusammen sein.«

»Bald«, versprach Catherine.

Bridie wurde misstrauisch, weil sie immer öfter gleichzeitig unterwegs waren. Eines Nachmittags beauftragte sie Dorothy, ihnen zu folgen und ihr zu berichten, wohin sie gegangen waren. Am Abend stellte Bridie Catherine in ihrem Schlafzimmer zur Rede.

»Wie lange triffst du dich schon heimlich mit dem Schuljungen?«, fragte sie. »Du brauchst es nicht abzustreiten – Dorothy hat euch gesehen.«

Catherine bot ihr die Stirn. »Ich streite es nicht ab. Tom und ich sind ein Paar.«

Bridie wurde blass. Sie stürmte auf sie zu und packte Catherine an den Armen. »Du Dummerchen! Siehst du nicht, dass er ein fieser kleiner Goldgräber ist? Er ist nur hinter deinem Vermögen her.«

Catherine war verletzt. »Das ist nicht wahr! Tom braucht mein Geld nicht. Ich bin diejenige, die ihn braucht. Er hat zehnmal mehr zu bieten.«

»Was denn?«, fragte Bridie bissig. »Eine Handvoll Bücher. Die kann ich dir auch kaufen.«

»Es geht nicht darum, was er mir kaufen kann«, rief Catherine und versuchte, sich loszumachen. »Ich mag ihn so, wie er ist. Er gibt mir das Gefühl, ein ganz besonderer Mensch zu sein. Ich liebe ihn.«

»Und was ist mit mir?«, rief Bridie und packte sie noch fester. »War ich nicht deine beste Freundin? Wer hat dich aufgemuntert, als du gerade erst nach Hastings gezogen warst und dich einsam gefühlt hast? Wir waren so glücklich zusammen. Und ich musste mit Kates Wutausbrüchen fertig werden. Ich habe das alles für dich getan, Catherine, ich habe alles für dich getan!«

Catherine bekam es mit der Angst zu tun, als sie den Zorn in Bridies stechend blauen Augen sah. Behutsam entzog sie sich ihr.

»Ich weiß, dass du das getan hast, und ich bin immer noch deine Freundin. Meine Liebe zu Tom ändert daran nichts.«

»Das ändert alles!«, schrie Bridie. »Er wird dich mir wegnehmen. Du wirst mich rauswerfen. Ich gehe zugrunde, wenn du versuchst, mich loszuwerden, das schwöre ich dir!«

»Ich werde dich nicht rauswerfen«, sagte Catherine mit Nachdruck. »Ich könnte das Haus nicht ohne dich führen. Hier gibt es immer eine Arbeit für dich, so lange du willst.«

Bridie warf ihr einen so vernichtenden Blick zu, dass Catherine glaubte, sie würde sie schlagen.

»Eine Arbeit?« Sie spie das Wort aus. »So wenig bedeute ich dir also? Ich bin nur deine verfluchte Haushälterin!«

Catherine wich einen Schritt zurück. »Sprich leiser. Sonst hören dich alle.«

»Sollen sie doch!«, rief Bridie. »Sollen sie doch hören, wie du mich ausgenutzt hast. Du willst mich wie ein altes Hemd ausrangieren, weil du keine Verwendung mehr für mich hast! Was hat der Schuljunge, was ich nicht habe?« Sie begann unkontrolliert zu schluchzen.

»Du machst dich lächerlich«, sagte Catherine aufgebracht. »Es ist keine Entscheidung zwischen dir und ihm.«

»Doch, ist es«, sagte Bridie, während ihr die Tränen über das wutrote Gesicht liefen. »Entweder er oder ich.«

Catherine hielt ihrem Blick stand. »Dann ist es Tom«, sagte sie entschlossen.

Bridie kreischte, als hätte sie sich verbrannt.

»Das kannst du nicht, das kannst du nicht! Der Priester wird es nicht erlauben. Du müsstest in Sünde leben und das würdest du nie tun, ich kenne dich. Du könntest diesen Mann niemals heiraten!«

»Darüber machen wir uns Gedanken, wenn die Zeit reif ist«, sagte Catherine. »Und jetzt verlass bitte mein Zimmer.«

Bridie blickte sie aus großen Augen an. »Bitte zwing mich nicht zu gehen. Ich liebe dich auch. Ich liebe dich mehr, als er es je könnte!«

Sie war so verzweifelt, dass Catherine befürchtete, sie könnte auf sie losgehen.

»Ich werfe dich nicht raus. Nicht, wenn du dich beruhigst und mein Zimmer verlässt.«

Bridie funkelte sie an, und Catherine versuchte mit angehaltenem Atem, ihre Angst zu verbergen. Nach einem angespannten Moment stürmte Bridie aus dem Zimmer. Catherine sank heftig zitternd auf das Bett. Sie hätte nie gedacht, dass Bridie dermaßen hysterisch und eifersüchtig reagieren könnte. Sie benahm sich wie eine besessene Geliebte.

Catherine wurde flau im Magen. Bridie sah sie doch sicher nicht auf diese Weise? Sie waren Freundinnen gewesen, eher wie Mutter und Tochter. Aber Bridie hatte behauptet, sie mehr zu lieben, als Tom es je könnte. Wenn sich Bridie als verschmähte Partnerin sah, so abwegig das auch sein mochte, dann hatte sie tatsächlich etwas zu befürchten. Catherine presste sich die Hände vor den Mund, um nicht laut zu schluchzen.

Am nächsten Tag holte sie Tom auf dem Weg zur Schule ein und erzählte ihm von der furchtbaren Szene. Aber Tom lächelte erleichtert.

»Mach dir keine Sorgen. Jetzt ist es endlich raus, und wir können offen miteinander ausgehen.«

»Wie können wir das? Ich habe Angst vor ihr«, rief Catherine, »Angst, dass sie uns etwas antut – oder sich selbst!«

Tom ergriff ihre Hand. »Sie spielt ein Spielchen und manipuliert deine Gefühle. Lass das nicht zu, Kitty. Sie ruiniert alles, wenn du das hinnimmst.«

Die nächsten Tage waren angespannt. Bridies Stimmung schwankte ständig: In einem Moment war sie fürsorglich und mütterlich, im nächsten bedrohlich und sarkastisch.

Der Major schritt ein, um die Stimmung im Haus aufzulockern.

»Am Samstagabend findet im Calais ein Tanzabend statt. Warum gehen wir nicht hin – Sie, Tom und ich?«

Catherine stimmte sofort zu. Aber als sie sich an dem Abend fertigmachte, schickte Bridie ihre Tochter nach ihr. Maisie berichtete beunruhigt, dass ihre Mutter krank sei. Catherine eilte in ihr Zimmer und traf dort auf Bridie, die sich in eine Schüssel übergab. Ihr Haar war feucht und klebte an ihrem geröteten Gesicht. Catherine befühlte ihre Stirn: Sie war glühend heiß. Im Raum war es unerträglich stickig, als hätte sie den Elektrokamin eingeschaltet.

»Du hast Fieber. Ich rufe den Arzt.«

»Nein«, flüsterte Bridie. »Ich will keinen Arzt. Ich will, dass du dich um mich kümmerst.«

Catherine bemerkte eine Wärmflasche auf dem Bett. Es war mitten im Sommer. Bridies Fieber war künstlich herbeigeführt. Sie verbarg ihre Verärgerung nicht. »Maisie wird dir ein kühles Bad einlassen und dich ins Bett bringen. Mrs Fairy kann ein Auge auf dich haben, während ich weg bin.«

»Du kannst nicht gehen und mich zurücklassen«, jammerte Bridie. »Bitte verlass mich nicht.«

»Ich gehe mit Tom und dem Major aus. Nur einen Abend lang. Ich gehe nicht weg. Es gibt keinen Grund, so ein Theater zu veranstalten.«

Bridie klammerte sich an sie. »Nein, geh nicht! Wenn dir etwas an mir liegt, dann gehst du nicht.«

»Oh, Bridie«, flehte Catherine. »Ich liebe dich nicht auf diese Weise. Das musst dir doch klar sein?«

Bridie schrie: »Ich bringe mich um! Ich schwöre, ich bringe mich um, wenn du mit ihm gehst!«

Catherine wich erschrocken zurück. »Sei nicht albern. Natürlich würdest du das nicht tun.«

»Und ob!« Bridie griff nach einem Stiefelknöpfer, der auf dem Frisiertisch lag, und stach damit auf ihr Handgelenk ein.

»Hör auf!«, rief Catherine und entriss ihr den Metallhaken. Bridie schrie wirres Zeug. Maisie drückte sich mit dem Rücken gegen die Tür und wimmerte verängstigt.

»Schon gut«, keuchte Catherine. »Ich gehe nicht aus – nicht heute Abend. Bitte beruhig dich. Maisie, es ist alles in Ordnung, Schätzchen. Deiner Mutter wird nichts passieren.« Sie sah Bridie an. Was hatte sie getan, um diese lebhafte Frau in das zitternde Wrack vor ihr zu verwandeln? Sie musste einen Teil der Schuld tragen.

Catherine streckte eine Hand aus. »Leg dich hin, du bist fix und fertig.« Sie ging zur Tür.

»Wo willst du hin?«, rief Bridie in Panik.

»Ich sage dem Major, dass ich nicht mitkomme«, antwortete Catherine tonlos.

»Danke«, schluchzte Bridie.

Die Männer warteten im Flur. Sie trugen elegante Smokings, der Major hatte seine Orden aus dem Burenkrieg angesteckt. Tom sah so gut aus, dass sich Catherines Herz zusammenzog.

»Du bist noch nicht fertig«, sagte er bestürzt.

»Nein, ich komme nicht mit. Es tut mir leid. Bridie geht es nicht gut – sie hat Fieber.«

»Von wegen Fieber!«, schimpfte Major Holloway. »Die Frau lässt Sie nach ihrer Pfeife tanzen.«

Catherine warf ihnen einen flehenden Blick zu und sagte leise: »Sie hat gedroht, sich umzubringen. Sie ist so aufgelöst, dass ich mich nicht traue, sie allein zu lassen.«

Der Major schüttelte den Kopf. »Sie dürfen nicht zulassen, dass sie die Oberhand gewinnt. Sonst kontrolliert sie für immer Ihr Leben.«

Aber Toms Blick war es, der sie frösteln ließ. Er starrte sie mit einer Mischung aus Wut und Enttäuschung an. Wenn er ihr auf der Stelle befohlen hätte, mit ihm zu gehen, hätte sie es vielleicht getan. Aber er wandte sich wortlos ab, den Rücken steif vor Ablehnung, und verließ das Haus.

43

In dieser Nacht döste Catherine in einem Sessel in Bridies Zimmer. Aus Angst davor, was Bridie tun könnte, bekam sie kein Auge zu, und auch Toms wütender Gesichtsausdruck ging ihr nicht aus dem Kopf. Schließlich schlief Bridie ein, und Catherine wartete auf die Rückkehr der Männer.

Nach Mitternacht hörte sie, wie der Schlüssel im Schloss herumgedreht wurde und wie sich die Männer auf der Treppe leise eine gute Nacht wünschten. Sie wollte sich entschuldigen, aber als sie über die knarrenden Dielen lief, regte sich Bridie. So spät in der Nacht konnte sie keine Szene mehr riskieren. Also ließ sie die Schritte vorbeiziehen, saß ruhelos da und fragte sich, mit wem Tom getanzt hatte.

Am nächsten Morgen brachte Catherine Bridie das Frühstück ans Bett und sagte ihr, sie solle sich ausruhen. Sie sah erschöpft und zerknirscht aus.

»Ich weiß, dass mir der Teufel im Leib steckt, wenn ich Angst habe, dich zu verlieren«, gestand sie. »Es tut mir leid, Mädchen. Ich wollte dir keinen Ärger machen. Bitte verzeih mir.«

Catherine nickte mit schwerem Herzen. Erst jetzt begann sie zu begreifen, wie obsessiv Bridies Liebe war; sie war noch erdrückender als Kates Bedürftigkeit nach ihr.

Unten half ihr Mrs Fairy, Speck und Eier aufzutragen. Der Major erklärte ihr demonstrativ, was für einen großartigen Ball sie verpasst hatte. Tom war nirgendwo zu sehen.

»Mr Cookson ist zur Messe gegangen«, sagte Mrs Fairy. »Er hat ein Picknick mitgenommen und gesagt, dass er den ganzen Tag unterwegs sein wird.«

Catherines Unbehagen wuchs. Tom und sie gingen sonntagnachmittags sonst immer spazieren. Sie musste mit ihm reden. Den Tag über jätete sie im Garten eifrig Unkraut, fand keine Ruhe zum Schreiben oder Lesen. Danach taten ihr die Muskeln weh, und sie war erschöpft. Auf dem Rückweg zum Haus setzte sie sich in das warme Gartenhäuschen und schlief sofort ein.

Ein sanftes Rütteln an der Schulter weckte sie. Toms dunkelbraune Augen blickten direkt in ihre.

»Tom!«, rief sie erschrocken. Sie schlang die Arme um seinen Hals, aber er entzog sich ihr. »Du bist wütend auf mich, ich weiß«, sagte Catherine schnell, als sie seinen finsteren Blick sah, »aber mir blieb gestern Abend keine andere Wahl. In einem solchen Zustand habe ich sie noch nie in erlebt. Ich glaube wirklich, dass sie etwas Schlimmes getan hätte.«

Tom stand da und beobachtete sie mit angespannter Miene. »Möglicherweise hast du recht«, sagte er leise, »aber ich kann so nicht weitermachen, Kitty. Keiner von uns ist glücklich. Die Stimmung im Haus ist so geladen, dass sie jeden Moment explodieren kann.«

»Was soll ich nur tun?«, fragte Catherine verzweifelt.

Er sah sie fest an. »Entscheide dich. Entweder Bridie geht oder ich.«

Catherine schluckte. »Aber ich kann sie nicht einfach rausschmeißen – nicht, solange Maisie bei ihr ist.«

Plötzlich wurde er wütend. »Dann hast du deine Entscheidung getroffen. Ich denke, es ist die falsche. Bridie klebt wie ein Blutegel an dir. Sie wird dich nie du selbst sein lassen, so wie ich es tun würde. Aber es ist deine Entscheidung.«

»Ist es nicht!«, protestierte Catherine. »Ich will nicht länger unter Bridies Fuchtel stehen. Das Zusammenleben mit ihr ist erdrückend. Aber was kann ich tun?«

»Du könntest ihr helfen, eine andere Pension zu finden – so wie du es für deine Mutter getan hast«, forderte Tom sie heraus.

»Daran habe ich auch schon gedacht«, sagte Catherine, »aber ich kann es mir nicht leisten.«

»Es ist nicht unmöglich.« Tom war unnachgiebig. »Aber du musst es wollen, Kitty, du musst es wirklich wollen. Für dich und mich. Und ich glaube, tief im Inneren willst du es nicht.«

Er wandte sich ab. Catherine geriet in Panik. Diesmal würde er nicht zurückkommen, das wusste sie. Er war zu verletzt, und unter seinem schüchternen Äußeren verbarg sich eine Entschlossenheit, die ihrer eigenen glich.

»Doch, ich will es!«, rief sie, sprang auf und packte ihn am Arm. »Ich wünsche mir nichts sehnlicher, als dass wir zusammen sind.« Sie schüttelte ihn, damit er begriff. »Aber du musst mir helfen, mit Bridie fertig zu werden. Nach der letzten Nacht traue ich ihr alles zu.«

Tom zog sie an sich und hielt sie fest. »Ich bin hier, und wir nehmen es gemeinsam mit ihr auf.«

Catherine klammerte sich an ihn. »Zusammen sind wir stark genug.«

Bevor sie mit Bridie sprach, ging Catherine zur Bank und erkundigte sich nach einem Kredit. Sie konnte nicht genügend Geld auftreiben, um Bridie auszuzahlen. Sie hatte zwar eine weitere Versicherungspolice angespart, aber auch deren Barwert reichte nicht aus. Dies führte zu einem erneuten Streit mit Tom.

»Wenn du es dir nicht leisten kannst, ihr eine Existenzgrundlage zu bieten, muss sie sich eben wieder eine Arbeit suchen«, sagte er ungeduldig. »Davon gibt es jetzt genug – jeden Tag eröffnen neue Rüstungsfabriken.«

»Nein.« Catherine blieb standhaft. »Ich lasse mir etwas anderes einfallen. Bridie hat ihre Arbeit aufgegeben, um mir in The Hurst zu helfen. Sie hat sich an dieses Leben gewöhnt und viel Herzblut in das Haus gesteckt. Das wäre nicht fair.«

Es gab noch einen weiteren Grund, den sie Tom gegenüber nicht erwähnte. Nur sie wusste, wie intensiv und bedrohlich Bridies Liebe zu ihr war. Sie hatte es im wilden Ausdruck ihrer Augen gesehen, als sie gedroht hatte, sich umzubringen. Aus ihren eigenen verworrenen Gefühlen Kate gegenüber wusste Catherine, wie leicht Liebe in Hass umschlagen konnte. Wenn sie Bridies Liebe verschmähte, könnte deren Vergeltung tödlich sein. Sie musste alles tun, um Bridie eine anständige Alternative zu bieten.

Als sie am frühen Morgen schlaflos durch den Garten spazierte, kam ihr die Idee. Sie blickte zu den dunklen Baumkronen hinauf und zurück über die feuchten Rasenflächen. Das Land unter ihren Füßen war ihr größtes Kapital. Die Bauunternehmer würden sich darum reißen, auf einem solchen Grundstück eine moderne Villa zu errichten. Von dem Geld könnte sie Bridie eine eigene Pension kaufen.

Der Gedanke tat ihr in der Seele weh. Aber es war die Antwort auf ihre Gebete. Sie wappnete sich und unterbreitete Bridie diesen Vorschlag.

Wie erwartet, explodierte Bridie vor Wut. Sie beschuldigte Catherine, herzlos und boshaft zu sein und ihre treue Freundin zu verraten. Es folgten Tränen und flehentliche Bitten. Catherine solle sie um Maisies willen bleiben lassen. Sie würde sie nicht daran hindern, mit Tom zusammen zu sein, wenn sie das wirklich wolle.

Doch gestärkt durch Toms stille Rückendeckung leitete Catherine den Verkauf von zwei Dritteln des Gartens in die Wege. Auch Bridies Selbstmorddrohungen und bösartige Verleumdungen konnten sie nicht umstimmen.

»Du undankbare Frau!«, fuhr Catherine schließlich aus der Haut. »Ich treibe mich fast in den Ruin, um dir deine eigene Pension zu beschaffen! Wie kannst du es wagen, meinen Gästen zu erzählen, ich würde dich und Maisie rauswerfen? Ich bin mehr als fair – und das nach all dem, was du zu Tom gesagt und getan hast.«

Bridie quittierte jedes Wort über Tom mit einem Schwall von Beschimpfungen.

»Du begehst einen schweren Fehler, wenn du dein Leben für so einen Mann wegwirfst. Das hält nicht lange. Er wird dich zu Tode langweilen. Und in zehn Jahren wird er mit einer jüngeren Frau durchbrennen. Dann wirst du es bereuen, deine einzige wahre Freundin vertrieben zu haben.«

Abends schloss sich Catherine in ihrem Schlafzimmer ein und ignorierte Bridies nächtliche Schimpftiraden oder ihr klägliches Jammern vor der Tür. Es waren schlimme Wochen, während sie nach einem Haus suchte, das sie sich leisten konnte. Die Außenwelt schien die vergiftete Atmosphäre in The Hurst widerzuspiegeln. Die Wehrmacht war in der Tschechoslowakei einmarschiert, und Hitlers territoriale Ansprüche wuchsen. In Spanien gewannen die Faschisten die Oberhand. Angst vor einem neuen Weltkrieg keimte auf, und niemand schien zu wissen, was zu tun war.

Catherine überredete Bridie, sich eine Pension in St. Leonards anzusehen. Der Preis überstieg zwar ihr Budget, aber sie wusste, dass Bridie das Haus gefallen würde. Es lag in einer Straße, die sie früher auf ihren Spaziergängen durch den Ort bewundert hatten.

Nachdem der Vertrag unterzeichnet war, fügte sich Bridie mürrisch in ihr Schicksal. Sie kommunizierte mit Catherine nur noch über die anderen Gäste.

»Fragen Sie sie, ob sie heute Abend das Feuer anmachen will.« Oder: »Sagen Sie ihr, dass ich mit Tuppence und Maisie spazieren gehe.«

So sehr es sie auch beschämte, war es immer noch besser als Bridies wochenlange Gefühlsausbrüche. Aber Catherine hatte die Folgen ihrer heimtückischen Bemerkungen nicht vorausgesehen. Als sich der Tag näherte, an dem Maisie und sie ausziehen mussten, kündigten auch fünf ihrer Untermieter.

»Sie vergrault mir meine ganze Kundschaft!«, klagte Catherine gegenüber Tom. »Sie denken, ich wäre an allem schuld. Es ist so ungerecht!«

Tom schloss sie fest in die Arme. »Du hast immer noch mich und den Major – und die liebe Dorothy. Bald sind wir wieder vollzählig.«

Die Tatsache, dass er sich in ihre Zukunftsplanung einbezog, verlieh Catherine die Kraft, die letzten Tage in Bridies Anwesenheit zu überstehen. Sie mietete einen Transporter, um einige Möbel in das neue Haus zu bringen. Bridie lud zusätzliche Sachen auf, die nicht abgesprochen waren, aber Catherine ließ sie gewähren.

Als Catherine am Tag der Abreise aus dem Bad zurückkam, entdeckte sie Bridie in ihrem Zimmer, wo sie ihre Schubladen durchwühlte. Sie hatte Schmuckstücke, Taschentücher und Halstücher zu einem Haufen aufgetürmt.

»Was machst du da?«

Bridie sah sie kurz an und kramte weiter. »Ich hole mir zurück, was mir gehört.«

»Aber du hast mir diese Sachen geschenkt!«, protestierte Catherine.

»Sie waren für eine andere Catherine bestimmt – ein mitfühlendes Mädchen, das ich einmal gekannt habe.«

Catherine war entrüstet. »Hör auf, meine Sachen zu durchwühlen!«

Bridie warf ihr einen verächtlichen Blick zu. »Keine Sorge – du kriegst auch alles zurück, was du mir geschenkt hast.« Sie griff nach einer Tasche und leerte sie auf dem Bett aus. Kleider, Haarkämme und Schmuck fielen heraus. Hastig stopfte sie die zurückeroberten Geschenke hinein. Catherine drückte ihren Morgenmantel an sich und biss sich auf die Zunge.

Bridie kam auf sie zu. »Das Einzige, was ich behalten habe, sind deine Briefe«, sagte sie mit unterdrückter Wut.

»Briefe?«

Bridies Gesicht strahlte triumphierend. »Tu nicht so, als hättest du sie vergessen. All die Briefe, die du mir geschrieben hast, während ich in Irland war, in denen du mir gesagt hast, wie sehr du mich liebst und vermisst, und mich aufgefordert hast, bei dir einzuziehen. Liebesbriefe, Catherine! Die kann ich doch nicht einfach wegwerfen, oder? Ich frage mich, was dein lieber Schuljunge davon halten würde.«

Catherine starrte sie entsetzt an und versuchte, sich zu erinnern. Sie hatte Bridie ein- oder zweimal geschrieben, als sie sich in Hastings einsam gefühlt hatte – und bei einem Besuch in Jarrow, um ihr zu berichten, was sie dort tat. Es waren alles andere als Liebesbriefe. Im Nachhinein betrachtet waren sie vielleicht übertrieben herzlich, aber damals war sie jung und nach dem Streit mit Lily begierig nach Freundschaft gewesen.

»Es waren keine Liebesbriefe«, protestierte sie.

»Doch, waren es – voller Leidenschaft. Besser als alles, was du dem Schuljungen je geschrieben hast, wette ich.«

»Sag das nicht!«

Bridies Blick wurde weicher. »Ach, Mädchen, wie konnte es nur so weit kommen?« Abrupt ließ sie die Tasche fallen und schlang die Arme um Catherine. »Ich will dir nicht wehtun – ich will bei dir bleiben! Überleg es dir noch einmal. Wir können das andere Haus vermieten. Noch ist es nicht zu spät.«

Catherine ertrug es kaum, von ihr berührt zu werden. Bridie spürte, wie sie sich anspannte, und löste sich langsam von ihr. Ihre blauen Augen schwammen vor Tränen. Sie sprach so leise, dass Catherine Mühe hatte, sie zu verstehen.

»Wenn ich dich nicht haben kann, wird er es auch nicht – dafür werde ich sorgen.«

Bevor Catherine fragen konnte, was sie damit meinte, stürmte Bridie mit ihrer Tasche an ihr vorbei und verließ den Raum.

Erschüttert von der Begegnung, ließ Catherine das Frühstück ausfallen und ging früh zur Arbeit, ohne sich von Bridie zu verabschieden. In einem Umschlag hinterließ sie einen Zehn-Schilling-Schein für Maisie und gab dem verschlafenen Mädchen in der Küche einen Abschiedskuss.

»Du kannst jederzeit zu Besuch kommen«, versicherte Catherine ihr, »und mit Tuppence Gassi gehen.«

Den ganzen Tag in der Wäscherei fühlte sie sich schwach, weil sie nicht gefrühstückt und kaum geschlafen hatte, aber sie war zu nervös, um etwas zu essen. Als sie abends nach Hause kam und Tom ihr zur Begrüßung entgegenlief, hellte sich ihre angeschlagene Stimmung auf. Bridie mochte ihren halben Hausstand mitgenommen haben, aber zumindest würde in The Hurst von nun an Ruhe und Frieden herrschen.

Tom küsste sie offen, aber sein verhaltener Blick ließ sie innehalten.

»Was ist los? Sie ist doch nicht etwa noch hier?«

Tom schüttelte den Kopf. Ein Muskel pochte in seinem angespannten Gesicht, als er sprach.

»Sie hat Tuppence mitgenommen.«

Catherine sah ihn verwirrt an.

»Mach dir keine Sorgen. Ich gehe zu ihr und hole ihn zurück. Sie ist boshaft bis zum Äußersten. Zu Mrs Fairy hat sie gesagt, dass der Hund ihr gehört, weil sie ihn gekauft hat – und dass Maisie ohne ihn nicht leben kann.«

Das war zu viel für Catherine. Sie schmiegte sich an Tom und begann bitterlich zu weinen. Tuppence war für sie wie ein Kind, das sie bedingungslos liebte. Tom drückte sie an sich, küsste sie sanft und führte sie zurück zum Haus. Sie brachte es kaum über sich, über die Schwelle zu treten, ohne dass ihr der Hund entgegensprang.

Aber Tom war fest entschlossen. Wenn Catherine es wollte, würde er noch am selben Abend vorbeigehen.

»Warum hat sie das getan?«, fragte Catherine immer wieder ratlos.

Mrs Fairy schüttelte ungläubig den Kopf. »Sie hat sich so seltsam benommen, als sie gegangen ist, ich glaube, es war einfach ein spontaner Entschluss.« Sie drängte Catherine, ihre Suppe zu essen, solange sie noch warm war.

Sie aßen in bedrückter Stille, dann sagte Mrs Fairy: »Sie hat eine Nachricht für Sie hinterlassen – nicht, dass sie irgendeinen Sinn ergeben würde. Sie meinte, bevor Sie den Hund zurückfordern, sollten Sie über die Briefe nachdenken.«

Catherines Löffel fiel klappernd in ihre Suppenschale. Mrs Fairy zuckte mit den Schultern.

»Das hat sie gesagt: ›Entweder der Hund oder die Briefe.‹«

Catherine starrte in ihre Suppe. Bridie musste sie abgrundtief hassen, um eine solche Forderung zu stellen. Zum Teufel mit den Briefen! Sollte Bridie sie Tom doch zeigen! Er würde erkennen, dass sie auf unschuldige Weise liebevoll waren, und sie trotzdem lieben.

»Was meint sie, Kitty?«, fragte er.

Sein beunruhigter Gesichtsausdruck bewog Catherine zu einer Entscheidung. Sie würde ihm keine weiteren Sorgen bereiten und ihm die Demütigung durch Bridie ersparen. Sie schüttelte den Kopf. »Gar nichts. Maisie soll Tuppence behalten. Er wird ihr helfen, sich einzuleben.«

Tom sah verwirrt aus, ließ die Sache aber auf sich beruhen. Er war so erleichtert, dass Bridie sie nicht länger schikanierte, dass auch Catherines Traurigkeit wegen Tuppence schnell verflog. Zum ersten Mal konnten sie zusammensitzen, sich unterhalten und lachen, ohne sich ständig vorsichtig umschauen zu müssen. Tom streifte seine Schüchternheit ab und gewann Vertrauen in ihre wachsende Liebe.

Catherines Erschöpfung nach dem turbulenten Sommer legte sich. Sie genoss Toms Gesellschaft, und ihr war egal, ob der Priester oder irgendjemand sonst etwas dagegen hatte. Sie war bis über beide Ohren verliebt.

Manchmal vergaß sie vor lauter Glück fast, dass es Bridie gab.

44

Herbst 1939

Catherine, Tom und Major Holloway saßen angespannt um das Radio herum und lauschten der Nachricht des Königs, dass sich das Land im Krieg befinde.

»Wir können nur das tun, was wir für richtig halten, und unser Schicksal ehrfürchtig Gott anvertrauen.«

Tom schaltete das Radio aus. Es war ein schöner, sonniger Septemberabend. Sie saßen einige Minuten schweigend da, dann schüttelte der Major den Kopf.

»Ich hätte nie gedacht, dass ich in meinem Leben noch mal einen Krieg erleben würde. ›Der Krieg, der alle Kriege beenden sollte‹, hieß es damals.« Er stieß einen langen Seufzer aus. »Ich bin zu alt, um zu kämpfen. Was werden Sie tun, Tom?«

Catherine war bestürzt. Sie dachte an den Beginn des Ersten Weltkriegs zurück, an dem sie als kleines Mädchen nach draußen gerannt war, um nachzusehen, ob eine Invasion im Anmarsch war. Ihr Großvater hatte über ihre Dummheit gelacht. Sie hatte nicht bedacht, dass auch Tom als Soldat eingesetzt werden könnte.

»Du gehst doch nicht hin und meldest dich, oder?«, rief sie. »Lehrer werden auch weiterhin gebraucht.«

Tom sah sie mit besorgtem Blick an. »Wenn ich einberufen werde ...« Er zuckte mit den Schultern.

An diesem Abend ging sie mit einer düsteren Vorahnung ins Bett. Sie hatten eigenartig ruhige Monate gemeinsam verlebt. Catherine hatte in der Wäscherei gekündigt. Der tägliche Spagat zwischen ihrer Arbeit und der Leitung von The Hurst hatte sie erschöpft, weshalb sie beschlossen hatte, sich ganz darauf zu konzentrieren, ihr eigenes Unternehmen wieder aufzubauen.

Das Geld war knapp, aber mithilfe von Tom, Mrs Fairy und Rita hatte sie neue Untermieter angelockt und begonnen, The Hurst wieder rentabel zu machen. Zweimal war sie Bridie begegnet, einmal in der Kirche und einmal vor dem Kino. Sie war wieder ganz die Alte, fröhlich und gesprächig, als hätte es die vergangenen Streitereien und Vorwürfe nie gegeben.

»Bei mir läuft es großartig – es melden sich mehr Gäste, als ich aufnehmen kann«, verkündete sie. »Ich habe gehört, du hast die Arbeit in der Wäscherei aufgegeben. Das habe ich dir doch immer geraten, oder? Du siehst Jahre jünger aus!«

Catherine erinnerte sich nicht daran, dass sie etwas Derartiges vorgeschlagen hätte, ließ es aber dabei bewenden. Sie wartete darauf, dass Bridie sie über Tom ausfragte, aber sie tat es nicht. Ihre frühere Freundin bedankte sich auch nicht dafür, dass sie ihr die Pension zur Verfügung gestellt hatte, von der sie so gut leben konnte. Catherine verkniff sich eine bissige Bemerkung.

»Komm doch vorbei und besuch Maisie und mich«, forderte Bridie sie auf. »Mir fehlen unsere Unterhaltungen.«

Catherine ignorierte die Einladung und erwähnte sie Tom gegenüber nicht.

Der einzige Vorfall, der ihre friedliche Existenz störte, war ein emotionaler Brief von Kate. Davie war bei einem Unfall ums Leben gekommen. Bei der Rückkehr auf sein Schiff war er vom Kai gestürzt und ertrunken. Als die Nachricht eintraf, war die Beerdigung bereits vorbei. Catherine schrieb ihrer Mutter einen langen, mitfühlenden Brief, lud sie aber nicht nach Hastings ein.

Sie wollte nicht riskieren, dass sich noch einmal jemand zwischen Tom und sie drängte.

Als sie nichts von Kate hörte, schrieb sie an Tante Mary, um weitere Informationen zu erhalten. Ihre Tante antwortete schnell und berichtete ihr von den Gerüchten. Davie war betrunken gewesen. Sie hatten sich wegen irgendetwas gestritten. Er war zu seinem Schiff gestürmt und nicht zurückgekehrt. Seine Leiche wurde zwei Tage später im Slake angeschwemmt, von Whiskeyflaschen beschwert. Vielleicht war er absichtlich von den Kohleverladebrücken gesprungen, vielleicht auch nicht. Wie auch immer, Kate gab sich die Schuld.

Catherine sprach mit Tom darüber. »Ich dachte, er hätte auf einer Fähre gearbeitet?«

»Vielleicht hatte er beschlossen, wieder zur See zu fahren«, sagte Tom. »Armer Mann. Und arme Kate.«

Sie sahen sich lange an, aber keiner sprach aus, was der andere dachte. Wenn Kate zurückkäme, würde sie sich genauso in ihr Leben einmischen wie zuvor. Stattdessen schickte Catherine ihr Geld, obwohl sie es sich nicht leisten konnte. Einen Monat lang hörte sie nichts, bis sie an ihrem dreiunddreißigsten Geburtstag eine Glückwunschkarte erhielt. Kate war in eine Wohnung in der Chaloner's Lane gezogen und hatte in einer Arztpraxis Arbeit als Putzhilfe gefunden. Catherine war dankbar, dass ihre Gebete erhört worden waren.

Was Tom betraf, so war das Thema Heirat in den Hintergrund gerückt. Sie lebten glücklich unter einem Dach, genossen gemeinsame Mahlzeiten und Gespräche, gingen ins Kino und in Konzerte und lasen sich vor dem Kamin gegenseitig vor, wie ein altes Ehepaar. Nur das Bett teilten sie noch nicht miteinander.

Wenn Catherine sich Gedanken daran erlaubte, stieg Panik in ihr auf. Es erinnerte sie an die qualvollen Beichten, die sie als junge Frau bei Pater O'Neill ablegen musste. »Sexuelle Gedanken sind eine Sünde«, hatte er sie gescholten, und sie war sich beschmutzt vorgekommen. Sie war das Produkt der Sünde und musste doppelt tugendhaft sein, um ihren schlechten Start ins Leben wettzumachen.

Doch Catherine wusste, dass Tom nicht ewig darauf warten würde, sie zu heiraten. Sie hatte seine langsam aufkeimende Gereiztheit gegenüber Bridie erlebt. Jetzt spürte sie diese Ungeduld in seinen Küssen. Die Zukunft war ungewiss, seit sich das Land mit Deutschland im Krieg befand. In jenem warmen September füllte sich die Stadt mit uniformierten Soldaten und Matrosen, und es gab eine Flut von Eheschließungen. Auch einige von Toms Schülern meldeten sich zum Kriegsdienst.

Tom kam wieder auf das Thema Heirat zu sprechen. »Wir könnten eine ruhige Zeremonie abhalten. Die Hälfte unserer Nachbarn und Freunde denkt sowieso, dass wir entweder heimlich verheiratet sind oder in Sünde leben«, scherzte er.

Catherine wurde rot. »Mach darüber keine Witze!«

»Also, was meinst du?«

»Wir werden sehen«, wehrte Catherine ab. »Möglicherweise ist der Krieg bald vorbei, dann können wir es richtig machen.«

Aber die Lage wurde immer bedrohlicher. Deutsche U-Boote versenkten ein Schiff nach dem anderen, und die Versorgung aus dem Ausland war unterbrochen.

Eines Tages tauchten örtliche Beamte in The Hurst auf und wollten sich umsehen. Kurze Zeit später erhielt Catherine einen Brief.

»Ich muss meine Untermieter rauswerfen«, sagte sie bedrückt zu Tom. »Sie schicken eine Gruppe blinder Veteranen aus London. Sie sagen, dort sei es nicht sicher für sie.«

»Und du sollst dich um sie kümmern?«, fragte Tom.

Catherine nickte. Sie streckte die Hand aus. »Du bleibst doch, oder? Ich sorge dafür, dass hier Platz für dich ist.«

Mrs Fairy blieb, um trotz ihres fortgeschrittenen Alters zu helfen. Unter Tränen verabschiedete sich Catherine von Major Holloway, der in eine kleinere Wohnung in der Stadt zog. »Laden Sie mich zur Hochzeit ein«, raunte er ihr gut hörbar zu.

Dorothy weinte und klammerte sich an Catherine, als ihre Mutter kam, um sie abzuholen, und sie versprachen, in Kontakt zu bleiben.

Als die Männer aus London eintrafen, war Catherine schockiert. Die meisten von ihnen waren nicht nur blind, sondern auch alt und gebrechlich.

»Ich kann mich nicht um sie alle kümmern«, erklärte sie den Mitarbeitern, die sie brachten. »Sie brauchen medizinische Betreuung.«

»Sie müssen es einfach versuchen«, sagte man ihr unverblümt. »Es herrscht Krieg.«

Mit Unterstützung von Rita und Mrs Fairy und abends auch von Tom kümmerte sich Catherine mit vollem Einsatz um die umgesiedelten Männer. Ihre Geschichten über den Krieg brachten sie zum Weinen. Andere waren bei Arbeitsunfällen erblindet. Einige waren inkontinent, ein Mann senil, zwei nervlich angeschlagen, und alle waren durch den Umzug desorientiert. Aber sie beeindruckten Catherine mit ihrer Geduld angesichts ihrer rudimentären Pflegefähigkeiten, und ihre Fröhlichkeit machte sie demütig. Es half ihr, ihre Arbeit ohne Klagen fortzusetzen.

Anfang 1940 platzte Bridie wieder in ihr Leben herein. An einem kühlen Frühlingstag erschien sie in Armeeuniform und mit Tuppence an der Leine vor ihrer Haustür.

Catherine lief auf Tuppence zu und umarmte ihn glücklich, und der Hund schleckte sie ab.

»Bekomme ich auch so eine Begrüßung?«, rief Bridie.

Catherine warf ihr einen misstrauischen Blick zu. »Hallo, Bridie. Was führt dich her?«

»Lass mich reinkommen, dann erzähle ich es dir.«

Als sie am Küchentisch saßen und Tee tranken, begann Bridie zu reden.

»Ich habe mich bei der Armee eingeschrieben. Maisie ist wieder zu meiner Schwester nach Irland gezogen. Ich will nicht, dass sie hier ist, wenn die *Jerries* einmarschieren.« Sie holte einen Revolver hervor und legte ihn auf den Tisch. »Sieh mal, ich habe meine eigene Waffe.«

Catherine starrte entsetzt darauf. »Steck sie wieder ein!«

Bridie lachte, griff nach der Waffe und streichelte sie.

Mrs Fairy schnaubte missbilligend. »Was ist mit der Pension, die Catherine für Sie gekauft hat?«, fragte sie bissig.

Bridie warf ihr einen abschätzigen Blick zu. »Wenn wir den Krieg gewinnen und sie noch steht – und ich noch lebe –, gehe ich dorthin zurück.« Sie wandte sich wieder an Catherine. »Was ist mit deinen Untermietern passiert? Hier riecht es wie in einem Krankenhaus.«

Catherine zog eine Grimasse. »Das ist es auch fast. Ich musste Männer aus einer Blindenanstalt in London aufnehmen.«

»Also musstest du den Schuljungen rausschmeißen?«, fragte Bridie vergnügt.

Catherine wurde rot. »Nein, Tom ist noch hier.«

Bridie fragte plötzlich alarmiert. »Aber verheiratet seid ihr nicht?«

Catherine antwortete nicht. Bridie lachte kurz auf.

»Ich möchte nicht wissen, was Pater John dazu sagen würde, dass du mit diesem Mann in wilder Ehe zusammenlebst.«

»Das tun wir nicht«, sagte Catherine entrüstet.

Mrs Fairy warnte: »Ich denke, Sie sollten gehen, bevor Mr Cookson zurückkommt und Sie hier antrifft.«

Bridie schnaubte. »Ich habe keine Angst vor der kleinen Maus.« Sie warf Catherine einen vielsagenden Blick zu, als sie die Waffe einsteckte. »Er sollte vor mir erzittern.«

Catherines Magen verkrampfte sich. Sie stand auf. Sie würde sich nicht einschüchtern lassen. »Ich wünsche dir viel Glück bei der Armee«, sagte sie steif.

»Wir können uns immer noch sehen«, sagte Bridie. »Die Kaserne, in der wir ausgebildet werden, ist nur zwanzig Minuten entfernt.«

Catherine schwieg, als sie zur Tür gingen. Tuppence trottete neben ihnen her. Unvermittelt hielt Bridie ihr die Leine hin.

»Ich kann ihn nicht mitnehmen – er gehört dir.«

»Mir?«, rief Catherine und strahlte vor Freude. »Oh, danke, Bridie!«

Schnell beugte sich Bridie vor und küsste sie auf die Lippen. »Auf Wiedersehen, mein liebes Mädchen.« Sie lief die Treppe hinunter und ließ Catherine sprachlos zurück.

Hinter ihr kam Tom die Auffahrt hoch. Er blieb stehen und starrte Bridie an. Einen Moment lang dachte Catherine, dass Bridie ihre Waffe ziehen und Tom erschießen würde. Aber sie ging wortlos an ihm vorbei. Tom eilte auf das Haus zu, wo Tuppence freudig herumsprang. Das Pochen in ihrer Brust verschlug Catherine die Sprache, und nach dem Schrecken überkam sie ein Gefühl der Erleichterung. Während Tom damit beschäftigt war, den Hund zu streicheln, zwang sie sich zur Ruhe.

»Was wollte sie hier?«, fragte er misstrauisch.

»Sie ist gekommen, um mir Tuppence zurückzugeben. Sie ist der Armee beigetreten.« Catherine versuchte, das Zittern in ihrer Stimme zu verbergen. Hatte Tom den Kuss auf der Türschwelle gesehen?

»Sie verlässt also die Stadt.« Toms Blick hellte sich auf.

»Noch nicht – die Kaserne liegt am Stadtrand.«

Er versteifte sich. »Sie wird sicher an ihren freien Tagen hier vorbeikommen.«

Catherine hatte ein ungutes Gefühl. Ihr ging nicht aus dem Kopf, wie Bridie ihren Revolver präsentiert hatte. Tom lief ohne einen Begrüßungskuss an ihr vorbei, Tuppence tappte hinter ihm her.

Die Stimmung zwischen ihnen war den ganzen Abend über angespannt. Als schließlich alle Männer in ihren Zimmern waren, stellte Catherine ihn zur Rede.

»Ich habe Bridie nicht eingeladen, warum bestrafst du mich dafür?«

Tom starrte sie an. »Sie wird immer hier sein und sich zwischen uns stellen. Das begreife ich jetzt. Du kannst sie monatelang nicht sehen, aber in dem Moment, in dem du es tust, bist du ein anderer Mensch. Es ist, als würde sie eine Art Macht über dich ausüben. Was läuft da zwischen dir und dieser Frau, Kitty?«

Catherine wurde heiß. »Zwischen uns ist nichts!«

Tom schüttelte ungläubig den Kopf. »Deshalb willst du nicht heiraten. All diese Ausreden wegen des Priesters – es liegt nicht an ihm, sondern an Bridie McKim. Wenn sie sagt, dass du mich nicht heiraten sollst, dann tust du es nicht.«

»Das ist nicht wahr«, protestierte Catherine.

An seinem Blick sah sie, dass er ihr nicht glaubte.

»Ich habe Angst vor ihr. Sie ist heute mit einer Pistole aufgetaucht und hat Drohungen ausgesprochen, Tom. Ich fürchte mich davor, was sie dir antun könnte.«

»Sei nicht melodramatisch.«

»Das bin ich nicht. Du hast ja keine Ahnung, wie eifersüchtig sie sein kann.« Catherine hoffte verzweifelt, dass er sie verstand. Sollte sie ihm von den Briefen erzählen?

Mit leiser Stimme sagte er: »Ich glaube, du hast Angst davor, glücklich zu sein. Du hast Angst, loszulassen und auf eine Zukunft zu vertrauen, die du nicht kontrollieren kannst. Nur weil es bei deiner Mutter mit der Liebe und der Ehe nicht geklappt hat, heißt das nicht, dass es bei dir auch so sein wird, Kitty.« Er sah sie bedauernd an. »Es ist so schade. Wir wären zusammen glücklich geworden. Ich weiß, dass ich nie wieder eine Liebe wie unsere finden werde.«

Catherine starrte ihn entsetzt an. »Sprich nicht so, als wäre alles vorbei. Wir haben immer noch einander – wir sind zusammen, Tom.«

»Nicht mehr lange. Die Schule wird evakuiert – ins Landesinnere nach St. Albans.«

Catherines Herz raste. »Wann?«, flüsterte sie.

»In zwei Wochen«, sagte er schlicht. »In zwei Wochen bin ich weg.«

In dieser Nacht fand sie keinen Schlaf. Sie stand auf und schlich in die hochsommerliche Luft hinaus. Trotz der Verdunkelungsmaßnahmen war es nicht finster; ein schwacher Lichtschimmer fiel auf die seufzenden Bäume. Vielleicht war sie dumm, in einer Nacht, die Luftangriffe mit sich bringen konnte, draußen zu sein, aber sie war zu aufgewühlt. Catherine saß unter ihrer Lieblingseiche, die der Bauunternehmer noch nicht abgeholzt hatte. Die halb fertige Villa auf dem verkauften Grundstück stand kahl wie eine Ruine da. Daneben wirkte der massive Gotikbau von The Hurst wie eine schlafende Bestie.

Catherine schmiegte sich mit dem Rücken an den rauen, schützenden Stamm. Die Zukunft war jetzt völlig ungewiss: Gerüchte über eine Niederlage in Belgien und Holland machten die Runde. Die britischen Truppen befanden sich auf dem Rückzug, und es hieß, dass man den Rauch und das Feuer der deutschen Bombenangriffe von der Küste Kents sehen und hören konnte. Eine Invasion, die vor einem Jahr noch undenkbar gewesen war, schien nun eine furchterregende Möglichkeit zu sein. Und hier saßen sie nun, am südlichen Zipfel von England. Wenn Frankreich fallen würde …

Bald wäre Tom für immer weg. Auch sie und ihre Patienten könnten evakuiert werden. The Hurst könnte bombardiert werden, und all ihre Jahre der Arbeit hier wären umsonst gewesen. Wie lächerlich, dass sie so viel Wert auf Reichtum und Besitz gelegt hatte. Das alles schien vollkommen unbedeutend, während andere

Menschen nur ein Stück weiter jenseits des Ärmelkanals um ihr Leben kämpften.

Nichts davon ist wichtig. Nur zu lieben und geliebt zu werden.

Sie setzte sich ruckartig auf. Die Äste der Eiche raschelten im Nachtwind. Es war, als hätte der Baum zu ihr gesprochen. Sie berührte die knorrige Rinde und fühlte sich getröstet. Diese Eiche hatte Menschen und Kriege kommen und gehen sehen, aber sie war immer noch da. Catherine schöpfte neuen Mut und Entschlossenheit.

»Bitte sei noch hier, wenn ich zurückkomme«, flüsterte sie und küsste die kalte, raue Rinde.

Sie ging zurück ins Bett, ihr Entschluss stand fest.

Catherine erwachte, als Rita an ihre Tür klopfte. Sie hatte lange geschlafen. Mit einem Satz sprang sie aus dem Bett und suchte ihre Kleider zusammen. Als sie die Jalousie öffnete, sah sie Tom die Auffahrt hinuntergehen. Sie hatte ihn beim Frühstück verpasst.

In Panik rannte sie zur Treppe und ignorierte Ritas Bitte, ihr zu helfen, einen der Männer aufzubocken. Mit zerzausten Haaren und halb zugeknöpften Kleidern stürmte sie aus der Haustür und die Stufen hinunter.

»Tom!«, rief sie. Er war am Tor angekommen und drehte sich nicht um. »Warte, Tom!«, rief sie noch lauter und rannte ihm hinterher. Gerade als er in die Straße einbog, sah er sie. Erschrocken starrte er auf ihren halb bekleideten Zustand.

»Tom«, keuchte sie, »warte. Ich muss dir etwas sagen. Wegen gestern und Bridie.«

»Nicht jetzt, Kitty«, sagte er erschöpft.

»Sie ist völlig unwichtig«, redete sie weiter. »Nichts von alledem ist wichtig.« Sie deutete auf das Haus im Hintergrund. »Nur eine Sache zählt. Du und ich. Du bist alles, was mir wichtig ist, Tom Cookson.«

Sie sah ihn an, und ihre Augen standen voller Tränen.

»Oh, Kitty«, sagte er mit trauriger Stimme, »warum hast du so lange damit gewartet? Es ist zu spät. Ich muss weg und kann nichts mehr dagegen tun.«

Catherine begann zu zittern. Sie konnte kaum noch sprechen. Sie wusste, wenn sie diesen Moment verstreichen ließ, würde sie es für den Rest ihres Lebens bereuen. Die neugierigen Blicke der Leute, die an ihnen vorbeigingen, kümmerten sie nicht. Auf dem Gehweg gab es nur sie und Tom, und ihre Zukunft hing an einem seidenen Faden.

»Samstag«, krächzte sie. »Was machst du am Samstag?«

Er runzelte die Stirn. »Morgens ist Schulunterricht, nachmittags ein Kricketspiel. Das weißt du doch.«

»Lass uns heiraten«, platzte sie heraus, »am Samstag – vor dem Kricketspiel.«

Er starrte sie an. »Heiraten? Du willst mich wirklich heiraten?«

Catherine nickte und drängte ihre Tränen zurück.

»Auch wenn es nicht in der Kirche ist?«, fragte er.

»Überall. Hauptsache, wir können zusammen sein.« Sie streckte ihre Arme aus.

»Oh, Kitty«, sagte er, und auf seinem Gesicht erschien ein breites Lächeln. Er zog sie an sich und küsste sie vor den Augen eines verblüfften Passanten auf die Lippen.

»Dann machen wir es also?« Catherine schnappte vor Aufregung nach Luft.

»Ja«, sagte Tom entschlossen. »Vielleicht sage ich sogar das Kricket ab.«

Sie lachte und umarmte ihn erneut. Sie fragte sich, warum sie so lange gebraucht hatte, um zu erkennen, wo das Glück lag.

45

Catherine und Tom sollten am Samstag, dem 1. Juni, still und leise in St. Mary Star of the Sea getraut werden. Pater John hatte in letzter Minute eingelenkt und sich bereit erklärt, das Paar zu vermählen, wenn Tom versprach, ihre Kinder im katholischen Glauben zu erziehen. Catherine hatte den Priester aufgesucht und damit gedroht, auf dem Standesamt zu heiraten. Als er sah, wie entschlossen sie war, hatte er ihnen diesen Kompromiss vorgeschlagen.

Ihr Freund Major Holloway würde sie zum Altar führen, und die Townsends und ein Kollege von Tom waren als Trauzeugen eingeladen. Es war zu überstürzt, um noch andere Personen zu benachrichtigen. Tom schickte seiner Mutter einen Brief, und Kate wurde per Telegramm informiert. Da das Reisen während des Kriegs problematisch war, konnten sie nicht teilnehmen.

»Es spielt keine Rolle«, sagte Tom, der froh war, kein großes Brimborium zu veranstalten. »Ich möchte nur, dass du Mrs Cookson wirst.«

Catherines Herz schwoll bei seinen Worten an. Endlich würde sie einen Namen tragen, der nicht von der Vergangenheit befleckt war. Doch bis zum Tag ihrer Hochzeit war sie vor Angst angespannt. Sie hatte Tom nicht erzählt, dass sie Kate auch gebeten hatte, ihr ihre Geburtsurkunde zu schicken. Catherine war nicht sicher, ob ihre Mutter sie überhaupt absenden würde, denn ihre schändliche Illegitimität stünde darin für alle sichtbar festgeschrieben.

Aber am Freitag traf die Urkunde zusammen mit Kates guten Wünschen ein. Catherine verschlug es die Sprache, als sie das Dokument las. Kate hatte sich als »Mrs Davies« und ihren Vater als »Alexander Davies, Kommissionsagent« eintragen lassen. Erschrocken über die unverfrorene Lüge setzte sie sich hin. Kate musste eine Gefängnisstrafe riskiert haben, um sich als verheiratete Frau auszugeben. Aber was hatte sie davon? Und warum hatte ihre Mutter es ihr gegenüber nie erwähnt? Wenn man bedachte, was sie in der Vergangenheit alles versucht hatte, um ihre Geburtsurkunde nicht vorzeigen zu müssen! Sie hätte deswegen ihre Stelle in Tendring verlieren können.

Oh, Kate! Catherine dachte mit einer Mischung aus Wut und Bewunderung an ihre Mutter. Es war seltsam, sich selbst als Catherine Davies zu sehen. Sie berührte den Namen ihres Vaters auf dem verblassten Dokument. Aber er war so ungreifbar wie immer. Catherine Davies war ebenso fiktiv wie dieses Stück Papier, und sie wollte den Namen genauso dringend loswerden wie Kitty McMullen.

Am Tag der Hochzeit zog Catherine ihr bestes Kleid und ihre hochhackigen Schuhe an. Ungeachtet der Hitze trug sie die Pelzstola, die Tom ihr als Hochzeitsgeschenk gekauft hatte, um sich trotz des schlichten Rahmens so elegant wie möglich zu fühlen. Tom brach zu seinem morgendlichen Unterricht auf und wollte sie danach vor der Kirche treffen.

Sie war den ganzen Morgen über nervös, weil sie befürchtete, dass Bridie von der Hochzeit erfahren hatte und sie zu vereiteln versuchen würde. Catherine stellte sich vor, wie Bridie ins Haus gestürmt kam und sie in ihre Gewalt brachte oder wie sie auf den Stufen zur Kirche stand und ihr die Liebesbriefe vor die Nase hielt. Bridie würde vor ihr dort ankommen und Tom vor dem Portal erschießen.

»Schlucken Sie das runter.« Mrs Fairy schob ihr einen Teelöffel Brandy in den

Mund. »Sie zittern ja wie Espenlaub. Für Ihren Hochzeitstag brauchen Sie ein bisschen Farbe in den Wangen.«

»Ich glaube immer noch nicht, dass es wirklich passieren wird«, vertraute Catherine der alten Köchin an. »Ich habe Angst, dass etwas ...«

Mrs Fairy drückte ihre Schulter.

»Hören Sie auf, sich Sorgen zu machen und genießen Sie es. An diesen Tag sollen Sie sich für den Rest Ihres Lebens erinnern.«

In diesem Moment klingelte es an der Tür. Catherine sprang auf.

»Ich gehe schon«, sagte Mrs Fairy entschlossen und stapfte aus dem Zimmer.

Catherine stand auf dem Flur und hörte die aufgeregte Stimme. Ihr Herz hämmerte vor Schreck. Es war Bridie.

»Ich muss mit ihr sprechen – lassen Sie mich rein!«

»Sie ist nicht hier.«

»Ich weiß, dass sie da ist. Ich habe das Haus beobachtet. Sie hat es nicht verlassen. Ich will nur mit ihr reden. Sie können mich nicht aufhalten!«

Catherine hörte, wie sie sich lautstark stritten und wie Mrs Fairy keuchte. Sie durfte nicht wie ein Feigling in Deckung gehen, während Bridie die alte Frau in die Mangel nahm. Ihre Hochzeit stand kurz bevor. Sie hatte nichts zu befürchten. Entschlossen lief Catherine über den Flur zur Tür.

»Alles in Ordnung, Mrs Fairy.« Catherine stellte sich zwischen die beiden und schob Bridie beiseite. »Warum bist du hier, Bridie?« Sie blickte sie herausfordernd an, während ihr Magen aufbegehrte.

Bridie trug eine Uniform, ihr rotes Haar war zurückgebunden und betonte ihre hohen Wangenknochen und strahlend blauen Augen. Sie sah wild, schön und verrückt aus.

»Sag mir, dass du diesen Wicht nicht heiraten wirst!«

»Ich werde Tom heiraten«, sagte Catherine entschieden. »Du kannst mir alles Gute wünschen oder nicht, es interessiert mich nicht. Aber du wirst mich nicht aufhalten.«

Bridie packte sie und schüttelte sie kräftig. »Doch, das werde ich. Ich habe die Briefe bei mir. Und meinen Revolver.«

»Ich rufe die Polizei«, schnaufte Mrs Fairy aufgeregt.

»Sie lügt«, sagte Catherine verächtlich. »Lassen Sie sich nicht einschüchtern.«

Verärgert über ihre Gelassenheit, tastete Bridie nach ihrem Revolver. Sie fuchtelte unsicher damit herum. Catherine schreckte zurück.

»Mrs Fairy, gehen Sie rein und verriegeln Sie die Tür hinter sich!« Als die Frau zögerte, schubste Catherine sie ins Haus. »Tun Sie, was ich sage!«

Sie blickte Bridie an und versuchte, ihre Angst zu verbergen. »Ich gehe jetzt und möchte, dass du mir nicht im Weg stehst.«

Wütende Tränen glitzerten in Bridies Augen. »Ich lasse nicht zu, dass er dich bekommt. Er ist deiner Liebe nicht würdig.« Sie schwenkte erneut die Waffe.

»Tom ist zehnmal so viel wert wie ich«, sagte Catherine leise. »Mich zu erschießen, wird mich nicht davon abhalten, ihn zu lieben. Ich werde immer zu ihm gehören, egal ob du uns heute heiraten lässt oder nicht. Ich werde nie dir gehören, Bridie. Nicht so, wie du es willst. Niemals.«

Sie hielt den Atem an. Aus Bridies Blick sprach Hass, und Catherine machte sich darauf gefasst, gleich zu sterben. Dort stand sie im Sonnenschein, schick gekleidet, eine halbe Stunde vor ihrer Hochzeit, und ihre beste Freundin wollte sie erschießen. Das Ganze erschien ihr so absurd, so sinnlos und auf düstere Weise komisch. Aber Catherine wusste, wenn sie in diesem Moment lachte, würde Bridie die Waffe abfeuern.

Doch nichts geschah. Sie sahen sich in die Augen. Bridie hielt den Revolver immer noch in der Hand, aber mit weniger Überzeugung.

Langsam setzte sich Catherine in Bewegung. Ihre Schultern berührten sich, als sie vorbeiging. Sie stieg die Stufen hinunter. Ihr Herz wummerte wie eine große Trommel. Bestimmt hörte Bridie ihre Angst, roch sie an ihr. Sie setzte einen Fuß vor den anderen und wagte kaum zu atmen. Sie hatte die Hälfte der Auffahrt zurückgelegt. Wenn Bridie ihr aus dieser Entfernung in den Rücken schoss, könnte sie überleben. Sie beschleunigte ihre Schritte. Von hier aus konnte sie auf die Straße rennen und um Hilfe schreien. Am Tor angekommen, fragte sie sich, ob Bridie überhaupt schießen konnte. Vielleicht waren keine Patronen in der Waffe. Vielleicht hatte sie nie Munition bekommen und es war alles nur ein Bluff.

Catherine bog auf die Straße ein und begann zu laufen, wagte keinen Blick zurück. Sie rannte und schluchzte vor Erleichterung, bis ihre Lungen zu platzen drohten. Langsam ging sie durch die Stadt, mischte sich unter die Fremden, tupfte sich das tränenüberströmte Gesicht ab und versuchte, ihre zerrütteten Nerven zu beruhigen.

Sie kam fünf Minuten zu spät. Tom stand oben auf den Stufen der Kirche und hielt nervös nach ihr Ausschau. Sie schenkte ihm ein strahlendes Lächeln.

»Solltest du nicht drinnen sein?«, keuchte sie.

»Ich dachte, du hättest es dir anders überlegt«, sagte er mit einem schüchternen Lächeln.

»Nicht einmal ein wildgewordener Gaul würde mich davon abhalten.« Sie lachte angestrengt. *Und auch keine wildgewordenen Soldatinnen.*

Die Trauung war kurz, fast hektisch. Pater John konnte sein Unbehagen nicht verbergen, dass er Catherine mit einem Anglikaner vermählen musste. Obwohl Tom nicht beleidigt zu sein schien, war Catherine in seinem Namen verärgert und verletzt. Was eigentlich ein erhabener Augenblick hätte sein sollen, wurde auf ein paar Phrasen und einen hastigen Segen reduziert.

Vielleicht lag es an ihrer Überreiztheit, aber es war einfacher, dem Priester die Schuld für die freudlose Zeremonie zu geben. Trotzdem setzte Catherine für die anderen ein tapferes Gesicht auf und tat so, als wäre alles in Ordnung. Endlich war es so weit. Sie war mit Tom verheiratet. Bridie hatte sie nicht aufgehalten. Sie würde nie wieder allein sein. Arm in Arm traten sie aus der Kirche und lächelten in Major Holloways Boxkamera. Catherine war gerührt, dass einige von Toms Schülern gekommen waren, um ihnen zu gratulieren.

Bei dem Gedanken an das, was sie in The Hurst erwarten mochte, überkam sie das Grauen. Die Gäste wollten gemeinsam zu Mittag essen, bevor die Townsends das frischgebackene Brautpaar zum Bahnhof bringen würden. Tom hatte eine kurze Hochzeitsreise gebucht, mit ein paar Übernachtungen in London und einem Besuch bei seiner Familie in Essex.

Zum Glück war im Haus alles ruhig. Mrs Fairy flüsterte ihr zu, dass Bridie zehn Minuten lang weinend auf der Treppe gehockt, eine Tasse Tee abgelehnt hatte und dann gegangen war.

»Ich wollte eigentlich die Polizei rufen, aber sie hat versichert, dass sie Ihnen nie etwas antun wollte. Ich habe ihr gesagt, sie soll verschwinden und sich nie wieder blicken lassen.« Mrs Fairy tätschelte ihr die Hand. »Immerhin verlassen Sie Hastings bald und müssen sich keine Sorgen mehr wegen ihr machen.«

Tom wollte wissen, worüber sie tuschelten. Catherine schob besitzergreifend ihren Arm durch seinen.

»Nichts, was mein Mann wissen muss«, scherzte sie und genoss es, ihn zum Erröten zu bringen.

Sie war froh, als es Zeit war, den Zug zu nehmen und ihren Freunden zuzuwinken. Sie setzten sich dicht nebeneinander, hielten sich an den Händen und genossen es, endlich allein zu sein. Tom hatte für den Abend einen Theaterbesuch arrangiert, und Catherine wurde ganz schwindlig bei dem Gedanken, am Arm ihres gut aussehenden Ehemannes durch die große Stadt zu schlendern.

Doch auf halbem Weg in die Hauptstadt hielt der Zug an einem überfüllten Bahnhof. Dutzende erschöpfter Soldaten drängten herein. Ihre abgezehrten Gesichter waren unrasiert, ihre Kleidung feucht. Ein seltsamer Geruch nach Schweiß, Schmutz und Rauch umgab sie. Catherine drückte Toms Hand fester und fragte sich bange, was das zu bedeuten hatte. Der Zug fuhr endlich los, aber im überfüllten Waggon war es unheimlich still. Ein Mann ertappte sie dabei, wie sie ihn anstarrte.

»Wo kommen Sie her?«, flüsterte Catherine.

»Frankreich«, antwortete er. Sie wartete vergeblich darauf, dass er mehr sagte.

Sie konnte nicht anders und fragte: »Ist die Lage sehr schlimm?«

Er ließ den Kopf hängen, zu erschüttert, um zu sprechen.

Ein älterer Mann neben ihm antwortete müde: »Wir hatten Glück, dass wir entkommen sind. Überall wimmelt es von Deutschen. Wir haben Tage gebraucht, um die Küste zu erreichen. Auf der Straße sind so viele Flüchtlinge unterwegs.« Sein Blick war gequält. »Sie töten jeden, der sich ihnen in den Weg stellt – sogar kleine Kinder. Ein verfluchter Massenmord.« Er entschuldigte sich nicht für seine Ausdrucksweise. Sein Akzent schien aus dem Nordosten zu stammen, möglicherweise aus Sunderland.

Ihre Augen brannten vor Tränen; sie war ergriffen von dem, was diese Männer durchgemacht haben mussten. Als sie sich umsah, bemerkte sie, dass einige von ihnen Verbände trugen und ihre Uniformen zerrissen waren. Sie standen nach der Niederlage unter Schock und waren völlig erschöpft. Was immer sie sagen würde, wäre nicht angemessen.

»Sie sind – sehr – tapfere Männer«, flüsterte sie.

Der ältere Soldat sah sie einen Moment lang an und schüttelte dann den Kopf. »Nein, Mädchen, wir nicht. Die Tapferen sind die Jungs, die wir zurückgelassen haben, um uns den Rücken zu decken.«

Tränen schimmerten in seinen Augen. Sie wandte den Blick ab, weil sie befürchtete, aus Mitleid mit den Soldaten selbst zu weinen. Als sie das nächste Mal hinübersah, schlief er an die Schulter seines Kameraden gelehnt. Keiner sprach mehr. Sie wechselte einen stummen Blick mit Tom und spürte sein Unbehagen. Hatte er Schuldgefühle, weil er dort unter Männern seines Alters saß, die nur knapp dem Tod entronnen waren, während sie geheiratet hatten? Beide waren an diesem Abend bedrückt.

In London spürte man die Anspannung. Überall sah man Menschen in

Uniformen, verrammelte Gebäude und lange Schlangen vor den Lebensmittelgeschäften. Die verzweifelte Fröhlichkeit der Theaterbesucher wirkte nach der Zugfahrt befremdlich. Zeitungsplakate bestätigten die traurige Nachricht, dass die Evakuierung der Truppen aus Dünkirchen begonnen hatte.

Ihre Vermieterin zeigte ihnen die U-Bahn-Station, zu der sie laufen sollten, falls die Sirenen ertönten.

»Ich überlege, die Pension zu schließen und zu meiner Schwester nach Worthing zu ziehen«, erzählte sie ihnen traurig. »Vermutlich sind Sie beide meine letzten Gäste, bis der Krieg vorbei ist.«

Sie zogen sich in ihr düsteres Zimmer zurück. Die trübselige Stimmung der Frau hatte sie angesteckt.

»Gehen wir ins Bett«, forderte Tom sie auf.

Catherine blickte ängstlich auf die verblichene grüne Tagesdecke, die Tom zurückschlug. Er bemerkte ihren Blick.

»Wenn du möchtest, ziehe ich mich im Badezimmer auf dem Flur um.«

Catherine nickte, ihre Nervosität wuchs. Sie hatte die Hochzeitsnacht ganz in den Hintergrund gedrängt. An diesem Morgen noch hatte sie Zweifel gehabt, ob sie sie überhaupt erleben würde. Dann waren ihre Gedanken um die Soldaten im Zug gekreist und hatten sie mit einer namenlosen Furcht erfüllt. Aber jetzt war der Moment gekommen: der Vollzug, der Geschlechtsakt. Jahrelang hatte sie sich deswegen gequält. Nun bestand kein Grund mehr dazu. Sie war verheiratet und nichts, was sie tat, war schändlich oder schmutzig. Warum also überkam sie eine so überwältigende Panik, dass ihr speiübel wurde?

Eilig zog sie sich aus, während Tom nicht im Zimmer war, und streifte sich ihr Nachthemd über. Sie schlüpfte zwischen die Laken, die sich kühl anfühlten und nach Feuchtigkeit rochen, obwohl es Juni war. Catherine schaltete das Licht aus und tauchte den Raum in völlige Dunkelheit. Tom kam zurück, tastete sich voran und polterte gegen die Möbel.

»Wo bist du?« Er stieß gegen das Bett.

Catherine hätte gelacht, wenn sie nicht gegen ihren Brechreiz hätte ankämpfen müssen. Tom kroch ins Bett und streckte im Dunkeln die Hand nach ihr aus. Bei seiner Berührung erstarrte sie.

»Was ist los? Ist dir kalt?« Er begann, ihre Schultern zu massieren. »Ich wärme dich schon auf.«

Plötzlich wurde eine Erinnerung in ihr wach. *Sie saß auf dem Schoß eines Mannes, der sie auf und ab wippte und ihr etwas ins Ohr raunte. Er war ein Freund von Kate. Aber ihre Mutter war nicht da. Sie war zu klein, um mit den Füßen den Boden zu berühren, und ihre Beine baumelten herab wie die einer Puppe. Sie waren allein. Seine Worte waren befremdlich und beängstigend, und sie wünschte sich, ihre Mutter würde zurückkommen und das Gewackel und Gerede beenden.*

Catherine schluckte die Galle hinunter, die ihr bei dieser Erinnerung in die Kehle stieg. Jetzt flüsterte Tom ihr etwas ins Ohr, nicht der Mann von früher, der nach Whiskey, Haaröl und schalem Schweiß gerochen hatte. Danny. So hatte er geheißen.

»Du zitterst ja, Kitty. Alles wird gut, ich verspreche es. Ich werde dir nicht wehtun.«

Catherines Magen krampfte sich zusammen. Es waren Toms Worte. Oder waren es Dannys? Plötzlich erinnerte sie sich daran, wie es geendet hatte. *Sie war wieder acht Jahre alt und rannte in den Garten, um ihm zu entkommen.*

Danny lief ihr hinterher und ermahnte sie, leise zu sein und ihre Großeltern nicht zu wecken. Auf halbem Weg zur Trockenkammer holte er sie ein und packte sie mit seinen großen, kräftigen Armen.

»Du zitterst ja, Kitty. Ich werde dir nicht wehtun.«

Er drückte sie gegen die Backsteinmauer. Dann liebkoste er ihre zitternden Glieder mit einer Hand, mit der anderen hielt er ihr den Mund zu, damit sie nicht schreien konnte. Eine große, feuchte Hand, die nach den Docks roch.

»Ich mache dich fertig fürs Bett, ja? Helfe deiner Mami. Das ist unser kleines geheimes Spiel.«

Er zog an ihrer Unterhose. Sie hatte das noch nie gespielt und wollte es auch jetzt nicht. Mehr als alles auf der Welt wollte sie, dass er seine Hände wegnahm. Er knöpfte seine Hose auf.

»Schau, Kitty.«

Sie wollte nicht hinsehen. Sie kniff die Augen zusammen. Aber sie hatte dieses Ding gesehen und sah es immer noch, selbst mit geschlossenen Augen. Sie wimmerte vor Angst. Ihr Mageninhalt stieg in ihrer Kehle auf. Sie würgte hinter seiner stinkenden Hand. Sie würde an ihrem eigenen Erbrochenen ersticken. Sie hasste dieses Spiel. Kate und Großmutter Rose würden böse werden, wenn sie sich auf ihr frisch gestärktes Trägerkleid übergab.

Dann riss jemand Danny von ihr weg und brüllte wie ein Stier. Sie wurde zur Seite gestoßen, fiel auf die kalten Steinplatten und prallte mit der Hüfte auf. Großvater stieß wüste Beschimpfungen aus und drosch mit dem Schürhaken auf Danny ein, als wäre er ein Stück Schlacke. Er schrie und schlug und grölte ...

Catherine beugte sich in der kleinen Londoner Pension über die Bettkante und erbrach sich auf den fadenscheinigen Teppich.

»Kitty!«, rief Tom besorgt und knipste schnell die klapprige Nachttischlampe an. Er streichelte ihr über den Kopf. »Du hättest sagen sollen, dass du dich nicht wohlfühlst, Schatz. Vielleicht hast du etwas Falsches gegessen.«

Catherine würgte und weinte vor Elend. Wie sollte sie erklären, dass es nichts mit dem Essen zu tun hatte? Eine sechsundzwanzig Jahre alte Erinnerung war in dem Moment in ihr aufgestiegen, als er versucht hatte, mit ihr intim zu werden, und hatte alles verdorben. Danny. Ein Untermieter, mit dem ihre Mutter ausgehen durfte, weil er Ire, katholisch und »nett zu dem Kind« war.

»Setz dich auf seinen Schoß, Kitty. Warum willst du nicht auf seinem Schoß sitzen? Danny hat dir etwas Süßes gekauft.«

Kates furchtbarer Mann. Aber Kate war nicht da, um sie zu beschützen. Wahrscheinlich war sie mit dem Steingutkrug unterwegs, um für sich und Danny Whiskey zu kaufen. Wieso begannen all ihre Probleme bei ihrer Mutter?

»Es tut mir leid«, schluchzte Catherine, als Tom die Bescherung aufwischte. »Ich habe unsere Hochzeitsnacht ruiniert.« Sie sah zu, wie er den Bettvorleger zusammenrollte und vor die Tür legte.

Er kam zurück und setzte sich auf die Bettkante, versuchte aber nicht, sie zu berühren.

»Das macht nichts«, sagte er müde. »Wir haben ein ganzes Leben vor uns. Auf eine Nacht kommt es nicht an. Du bist für immer bei mir, das ist es, was für mich zählt.«

Catherine streckte die Hand aus und drückte seine fest. »Du bist so ein gutmütiger Mann«, flüsterte sie.

Am nächsten Tag machten sie beide gute Miene zum bösen Spiel und gingen auf Besichtigungstour. Doch die Nachrichten, die in der Stadt verbreitet wurden, waren unheilvoll. Auf französischem Boden fanden erbitterte Kämpfe statt. Viele der Schiffe, die zur Rettung des britischen Expeditionskorps ausgesandt worden waren, wurden versenkt. Tausende saßen mit dem Rücken zum Meer in der Falle. Paris wurde bombardiert.

Sie gingen in eine Nachmittagsvorstellung und sahen *Vom Winde verweht*. Für ein paar köstliche Stunden verlor sich Catherine in der dramatischen Liebesgeschichte und weinte, als die temperamentvolle Scarlett O'Hara von Rhett Butler verlassen wurde. Einer ihrer Favoriten war der Schauspieler Clark Gable. Danach führte Tom sie zum Essen aus, aber das Restaurant schloss früh, und ihnen blieb nichts anderes übrig, als in die Pension zurückzukehren.

Diesmal wappnete sich Catherine für den Vollzug der Ehe, denn sie war fest entschlossen, die Sache hinter sich zu bringen. Tom zog sich wieder im Badezimmer um, aber als er zurückkam, erwartete sie ihn, während die Nachttischlampe brannte.

Sie küssten sich und hielten sich in den Armen, dann flüsterte Tom: »Willst du ...?«

»Ich bin bereit«, bestätigte sie angespannt.

Er streichelte sie sanft und zögernd, als wäre das alles auch für ihn neu. Plötzlich dämmerte es ihr.

»Du hast das auch noch nie gemacht, oder?«, platzte Catherine heraus.

Tom hielt inne. Sie sah, wie er im gedämpften Licht errötete. Catherine kicherte. Irgendwie machte es die Sache leichter. Keiner von beiden stellte Erwartungen an den anderen. Sie strich über seinen schlanken, sehnigen Rücken.

»Na, dann komm, lass es uns versuchen«, schmunzelte sie.

Er beugte sich zu ihr vor und küsste sie, ein langer, zärtlicher Kuss, während sie sich berührten und ihre Körper erkundeten. Catherine fand es überraschend angenehm. Sie wäre schon zufrieden gewesen, wenn das alles gewesen wäre. Aber sie wusste, dass da noch mehr sein musste. Als der Moment kam, verkrampfte sie sich und schrie vor Schmerz auf. Tom zögerte, also unterdrückte sie jeden Laut und klammerte sich an seinen starken Rücken. Das Bett knarrte rhythmisch und erinnerte sie an die seltsamen Geräusche, die manchmal aus dem Zimmer ihrer Großeltern gekommen waren, nachdem ihre Großmutter vergeblich protestiert hatte.

Tom stöhnte leise auf, seufzte und lehnte sich zurück. Catherine lag da und fragte sich, ob es das gewesen war. Als er sich vorbeugte, um das Licht auszuknipsen, wurde ihr klar, dass es vorbei war. Jetzt waren sie wirklich ein Ehepaar. Sie fühlte eine Welle des Triumphs und konnte sich ein zufriedenes Lächeln nicht verkneifen, während sie im Dunkeln dalag. Auch wenn sie nicht verstand, warum die Menschen so einen Wirbel um den Liebesakt machten. Bücher und Filme hatten sie glauben lassen, es sei etwas Besonderes, etwas Unwiderstehliches. Stattdessen war es unappetitlich, unangenehm und leicht ulkig. Vielleicht würde es mit der Zeit besser werden.

In der Dunkelheit tastete sie nach Toms Hand und hielt sie fest. Sie liebte diesen Mann. Sie wollte ihn für immer an ihrer Seite haben.

Sie schlief tief und träumte davon, dass Tom einer der Soldaten aus Dünkirchen war. Er saß in einem Zug, und sie versuchte, zu ihm zu gelangen, aber die

Menschenmassen auf dem Bahnhof drängten sie immer wieder zurück. Er winkte ihr verzweifelt zu, damit sie ihm folgte, doch der Zug fuhr ohne sie ab, und sie blieb allein zurück, weinte und winkte.

Mit einem Schaudern erwachte sie und sah, dass Tom die Arme um sie gelegt hatte und ihr über das Haar strich.

»Es war ein schlechter Traum, Kitty«, beruhigte er sie. »Nur ein schlechter Traum.«

Catherine ließ zu, dass er sie tröstete. Wie sollte sie ihm sagen, dass ihre bösen Träume oft Vorzeichen der Zukunft waren?

46

Im September saß Catherine am Fenster ihrer kleinen Wohnung und betrachtete den Sonnenuntergang. Sie zögerte, das Licht einzuschalten und die Vorhänge zu schließen. Gnadenlose Bombenangriffe auf London schienen die neue Taktik der deutschen Luftwaffe zu sein, statt sich mit der Royal Air Force Gefechte über dem Ärmelkanal zu liefern. Nicht zum ersten Mal fragte sich Catherine, ob die Entscheidung richtig gewesen war, in St. Albans Schutz zu suchen. Die Wahrscheinlichkeit, angegriffen zu werden, war hier höher. In ruhigen Nächten hörten sie die Explosionen über London und sahen in der Ferne den Glutschimmer der brennenden Stadt.

»Komm weg vom Fenster«, drängte Tom und zog die Verdunkelung zu.

Sie fühlte sich erschöpft und nicht in der Lage, sich vom Stuhl zu erheben. Er legte ihr eine Hand auf die Stirn.

»Fühlst du dich wieder schlecht? Hattest du Nasenbluten?« Er sah sie besorgt an.

Sie schüttelte den Kopf. »Nein. Ich bin nur müde. Auch wenn ich nicht weiß, warum. In Hastings habe ich stundenlang gearbeitet und mich nie so gefühlt. Es ist viel anstrengender, nichts zu tun«, erklärte sie lachend.

Tom warf ihr einen wachsamen Blick zu. Es war das Einzige, worüber sie sich seit ihrer Hochzeit im Juni gestritten hatten: Catherines fehlende Beschäftigung. Er war davon ausgegangen, dass sie es begrüßen würde, sich nach der anstrengenden Arbeit in The Hurst um ein viel kleineres Haus zu kümmern. Und als Lehrersfrau hatte sie selbst in Kriegszeiten soziale Verpflichtungen. Doch nachdem ihre kleine Wohnung eingerichtet und die Kisten ausgepackt waren, sträubte sich Catherine gegen das stundenlange Warten auf Toms Rückkehr. Das wichtigste Ereignis ihres Tages bestand darin, mit ihren Lebensmittelmarken beim Laden in der Schlange zu stehen. Sie verlangte nach Aktivität.

Viele von Toms Kollegen waren in diesen Tagen ältere Junggesellen, die aus dem Ruhestand geholt worden waren, um die jüngeren Männer zu ersetzen, die man bereits einberufen hatte. Catherine lud sie ein paarmal zum Essen ein, fühlte sich aber von ihren Gesprächen und ihrer klassischen Bildung eingeschüchtert. Vor allem der Englischlehrer, Mr Forbes, behandelte sie mit Vorliebe herablassend. Er hatte sie nur ein einziges Mal direkt angesprochen, um sie um Tipps zu bitten, wie man Flecken aus einem Hemd herausbekam.

»Sie haben in einer Wäscherei gearbeitet, nicht wahr, meine Liebe?«

Catherine wünschte, ihr wäre eine geistreiche Bemerkung eingefallen, um ihn in die Schranken zu weisen, aber sie war nur rot angelaufen und hatte etwas über die Reinigungskraft von Essig gemurmelt. Sie sehnte sich danach, sich mit Männern dieser Art unterhalten zu können. Abgesehen von Tom hatte sie keinen Vertrauten. Catherine genoss die Gesellschaft ihres Mannes und war noch nie so glücklich gewesen. Aber die Stunden ohne ihn waren lang und einsam.

Manchmal vermisste sie den Trubel in der Küche ihrer Pension, wo Mrs Fairy und Rita herumwuselten, während die Gäste hereinspazierten, um sich einen Keks zu holen oder die Schere auszuleihen. Ihr altes Haus war beschlagnahmt und von Armeeoffizieren besetzt worden. Mrs Fairy musste weiterhin das Frühstück vorbereiten, und Rita arbeitete in einer Fabrik. Sie hatten sich tränenreich voneinander verabschiedet, und Catherine war viel trauriger gewesen, The Hurst zurückzulassen, als sie je vermutet hätte.

Obwohl sie es vor Tom niemals zugegeben hätte, bedauerte Catherine den schrecklichen Streit mit Bridie. Sie sehnte sich nach der Gesellschaft jener Bridie, die sie einst kennengelernt hatte, bevor sie sich in eine eifersüchtige, manipulative und tyrannische Person verwandelt hatte.

Eine Karte von ihrer ehemaligen Freundin war ihnen nach St. Albans gefolgt; Bridie hatte sie an die Schule geschickt. Sie wünschte ihnen eine glückliche Ehe und hoffte, dass sie sich eines Tages in Hastings wiedersehen würden. Catherine hatte die Karte zerrissen und nicht zurückgeschrieben, weil es ihr gegenüber Tom treulos erschienen wäre.

Wäre doch nur Tuppence da gewesen, um sie auf Trab zu halten, aber Hunde waren in der Wohnung nicht erlaubt. Es hatte ihr das Herz gebrochen, den Hund an die Townsends abgeben zu müssen.

Aus Langeweile und Schuldgefühlen, keinen Beitrag zum Kriegsgeschehen zu leisten, hatte Catherine eine Arbeit in einer Munitionsfabrik angenommen, ohne vorher mit Tom zu sprechen. Er war bestürzt gewesen, hatte aber nichts gesagt, bis sie kurz darauf Atemprobleme bekam und sich abgeschlagen fühlte. Als sie eines Tages mit einem Krankenwagen nach Hause gebracht wurde, weil ihr das Blut aus Nase und Mund strömte, hatte Tom der Arbeit einen Riegel vorgeschoben.

Der Arzt hatte ihr Bettruhe verordnet. Eine weitere Auswirkung war, dass sie nach wie vor nicht miteinander schliefen. Seit ihren kurzen Flitterwochen in London waren sie nicht mehr intim geworden. Ihre Enthaltsamkeit war nicht beabsichtigt. Nach einem Besuch bei seiner Familie in Essex war Tom an einer schweren Grippe erkrankt. Und das Packen und der Umzug nach St. Albans hatten sie beide erschöpft. Catherines häufige Blutungen und zunehmende Übelkeit beunruhigten Tom so sehr, dass er sie wie ein rohes Ei behandelte und es nicht wagte, sie zu berühren oder zum Liebesakt zu drängen. Catherine war das nur recht, aber es tat ihr leid für Tom. Wenn sie ihm von ihrem Kindheitstrauma erzählen könnte, würde er verstehen, dass die Schuld nicht bei ihnen lag. Aber sie schämte sich zu sehr, um darüber zu sprechen.

In der Ferne heulte eine Sirene. Tom nahm ihre Hand und führte sie zum Kamin.

»Ich mache uns eine Kanne Tee. Setz du dich einfach hierhin. Und morgen«, er warf ihr einen strengen Blick zu, »gehst du noch einmal zum Arzt.«

Catherine protestierte. »Ich brauche keinen Arzt – ich brauche etwas zu tun.«

Er musterte sie. »Warum nimmst du das Schreiben nicht wieder auf? Du hast ein paar großartige Geschichten, sie brauchen nur noch etwas Feinschliff.«

Catherine dachte über seinen Vorschlag nach. Seit der Hochzeit hatte sie nicht mehr das Bedürfnis verspürt, zur Feder zu greifen. Ihr Stapel Schreibhefte schlummerte im Schrank, und nur Tom hatte ihre Geschichten lesen dürfen.

»Oder du bildest dich weiter«, beharrte er. »Jetzt hast du die Möglichkeit, alle Bücher zu lesen, die du schon immer lesen wolltest. Du kannst es als eine Arbeit betrachten. Zwei Straßen weiter gibt es eine Bibliothek. Warum gehst du nicht dort vorbei?«

Catherine spürte, wie sich Interesse in ihr regte. Wenn sie las, um sich weiterzubilden, statt nur zum Vergnügen, hätte sie ein Ziel vor Augen. Sie könnte ihren alten Wissensdurst wiedererwecken, der durch die jahrelange Überarbeitung und die Probleme mit Kate und Bridie unterdrückt worden war.

»Ja«, antwortete sie aufgeregt. »Das ist eine gute Idee.« Sie stellte sich vor, wie sie bei Tisch das Wort ergriff und wie Mr Forbes bewundernd nickte.

Als Tom mit dem Tee zurückkam, sagte sie: »Du könntest mir eine Literaturliste erstellen. Ich möchte über die Bücher sprechen können, die du gelesen hast. Ich habe so viel nachzuholen.«

Er lächelte sie liebevoll an und schenkte den Tee ein.

Am nächsten Tag kam Catherine mit einer großen Ladung Bücher aus der Bibliothek zurück. Sie setzte sich das Ziel, jeden Tag ein Buch zu lesen, und begann mit Sokrates und Chaucer. Sie wollte sich von Shakespeare über die Aufklärung und die Romantiker bis zu den zeitgenössischen Autoren vorarbeiten. Wenn sie im oberen Stockwerk ihrer Wohnung am Fenster saß und ein neues Buch aufschlug, war sie so erwartungsfroh wie ein Kind, das ein Weihnachtsgeschenk öffnet. Stundenlang versenkte sie sich in die Seiten und bemerkte erst, wie spät es war, wenn Tom zum Abendessen die Treppe heraufstapfte.

Abends befragte sie Tom über das Gelesene und bat um Erklärungen der Passagen, die sie nicht verstanden hatte. Sie fühlte sich von den Lehren der griechischen Philosophen der Antike angesprochen, für die Wahrheit und Liebe einen hohen Stellenwert besaßen. Es war viel einfacher, diesen Theorien zu folgen als dem von Schuldgefühlen und Urteilen geprägten Glauben, dem sie sich verschrieben hatte.

Bei ihrer Ankunft in St. Albans hatte sie Tom überredet, mit ihr in die katholische Kirche zu gehen, in der stillen Hoffnung, dass es ihn ermutigen würde, zu konvertieren. Aber der Missionspriester hatte gegen alle Andersgläubigen gewettert und ihnen Hölle und Verdammnis prophezeit. Catherine war beschämt und enttäuscht auf ihrem Platz herumgerutscht und hatte sich gefragt, ob Tom die Kirche verlassen würde. Er blieb, aber in der Woche darauf ging er wortlos zur Frühmesse in der anglikanischen Kirche.

Auch wenn sich Catherine wieder mit Büchern beschäftigte, machte sich Tom Sorgen um ihre angeschlagene Gesundheit. Sie war zu dünn, ständig erschöpft, und ihr war häufig schlecht. Um ihn zu beruhigen, ließ sie sich einen Termin in der örtlichen Arztpraxis geben. Eine junge Ärztin untersuchte sie. Sie diagnostizierte Anämie.

»Und Sie sind schwanger«, erklärte sie mit einem Lächeln.

Catherine starrte sie an. »Schwanger?« Sie schüttelte ungläubig den Kopf.

»Das – das kann nicht sein. Nein.«

»Sie haben Ihre Periode nicht bekommen und leiden unter morgendlicher Übelkeit«, erwiderte die Ärztin freundlich. »Sie bekommen ein Baby.«

»Aber ich habe nicht ...« Catherine brach ab und errötete vor Verwirrung. Sie konnte dieser fremden Frau nicht sagen, dass sie seit über drei Monaten nicht mehr mit ihrem Mann geschlafen hatte – und bisher auch nur ein einziges Mal.

Die Ärztin sah sie eindringlich an. »Gibt es ein Problem? Sie sind doch verheiratet, oder?«

Catherine stand abrupt auf. »Natürlich bin ich verheiratet«, rief sie empört. »Aber ich bin nicht schwanger.«

Als sie auf die Tür zuging, sagte die Ärztin: »Kommen Sie nächsten Monat wieder, dann sehen wir, wer von uns beiden recht hat.«

Catherine lief aufgewühlt nach Hause. Tom entlockte ihr, was die Ärztin gesagt hatte.

»Aber möglich wäre es doch, Kitty«, meinte er mit einem schüchternen

Lächeln. »Du könntest durchaus schwanger sein.«

Catherine lief rot an. »Sie ist zu jung, um Ärztin zu sein. Ich traue ihrem Urteilsvermögen nicht. Ich gehe zu einem anderen Arzt.«

Toms verdutzter Blick brachte sie in Verlegenheit. Warum verunsicherte sie die Vorstellung, dass sie ein Baby bekommen könnte, so sehr? War es nicht das, was alle frisch verheirateten Paare hören wollten? Der Priester würde es gutheißen. Toms liebenswürdige Mutter und seine überschwängliche Familie würden sich freuen. Vielleicht wäre sogar Kate von einem neuen Baby angetan.

Catherine konnte ihre Angst nicht benennen. Möglicherweise lag es daran, dass sie der Welt damit bewies, mit einem Mann geschlafen zu haben. Oder es waren die Risiken der Entbindung und die Furcht vor der Geburt, vor denen sie am meisten Angst hatte. So oder so, sie war nicht bereit, Mutter zu werden. Sie wollte weiterhin mit Tom allein sein, Zeit zum Lesen haben, ihr Leben selbst steuern, statt es von einem schrecklichen, schreienden Säugling bestimmen zu lassen.

Der zweite Arzt, der sie untersuchte, war ein Marinearzt, der gerade aus dem Ruhestand zurückgekehrt war. Natürlich sei sie nicht schwanger, versicherte er. Sie habe Magen-Darm-Probleme, akute Verstopfung. Er gab ihr ein starkes Abführmittel, um alles durchzuspülen.

»Ein Präparat aus Frankreich. Das bekommt man jetzt im Krieg nicht mehr. Damit sind Ihre Beschwerden im Handumdrehen beseitigt.«

Erleichtert ging Catherine nach Hause und trank die Medizin. Drei Tage lang hatte sie so starken Durchfall und Brechreiz, dass sie kaum zwischen Bett und Toilette hin und her kriechen konnte. Tom nahm sich frei, um sie zu pflegen, und war außer sich vor Sorge.

»Was hat dir dieser Mann bloß gegeben?«, wollte er wissen.

Catherine fühlte sich so elend, dass ihr alles egal war. Sie dachte, sie müsste sterben. Als es ihr am Ende der Woche wieder gut genug ging, um sich im Bett aufzusetzen und ein wenig Suppe zu löffeln, kam der Arzt wieder vorbei. Er untersuchte sie kurz und gab unwirsch zu: »Tut mir leid, Mrs Cookson. Wir haben uns beide geirrt. Sie erwarten ein Kind. Ich schätze, Sie sind im vierten Monat schwanger.« Er räusperte sich. »Nehmen Sie nicht noch mehr von der Medizin, die ich Ihnen gegeben habe.«

Toms Gesichtsausdruck ließ Catherine befürchten, dass er dem Arzt die Arzneiflasche hinterherschmeißen würde. Doch er kam zu ihr und nahm ihre Hand.

»Ich werde dich für die nächsten fünf Monate in Watte packen, Mrs Cookson«, erklärte er.

Sie fühlte sich schwach und weinte. Jetzt, da sie der Wahrheit über ihre Schwangerschaft ins Auge blicken musste, machte sich Catherine plötzlich Sorgen wegen der Einnahme des Abführmittels.

»Glaubst du, ich habe dem Baby geschadet?«, flüsterte sie. »Mir war noch nie so schlecht. Was, wenn ich dem Kind Schaden zugefügt habe?«

Tom drückte ihre Hand. »Denk so etwas nicht. Dem Baby wird es gut gehen. Du musst nur anständig essen und dich ausruhen.«

»Küss mich«, sagte sie und wurde von einer Woge der Zuneigung durchflutet.

Er beugte sich vor und küsste sie zärtlich auf die Lippen.

»Unser erstes Baby.« Er strahlte. »Ich könnte vor Freude auf der Straße tanzen.«

Catherine lachte bei der Vorstellung, dass ihr schüchterner Mann etwas so

Extrovertiertes tun könnte. Seine Begeisterung verlieh ihr Mut. Sie brauchte keine Angst wegen des Babys zu haben. Wenn Tom sich so darauf freute, eine Familie zu gründen, dann würde sie es auch tun. Sie wollte alles tun, um ihn ebenso glücklich zu machen wie er sie.

»Dann zieh deine Tanzschuhe an«, neckte sie ihn. »Das muss ich sehen.«

Er lachte und küsste sie erneut.

Nachdem sich Catherine an den Gedanken gewöhnt hatte, entspannte sie sich und genoss die Vorstellung, dass ihr Baby in ihr wuchs. Sie freute sich über Toms Aufmerksamkeit und seine Versuche, ihr eine zusätzliche Ration Fleisch zu besorgen, um zu Kräften zu kommen. Die Übelkeit verging, aber sie war weiterhin müde. Jede noch so kleine Anstrengung, wie Bücher von der Bibliothek nach Hause zu tragen, konnte einen erneuten Anfall von Nasenbluten auslösen.

Tom bestand darauf, ihr Lesestoff zu bringen und den Großteil der Einkäufe zu erledigen. Den Herbst verbrachte Catherine in der Wohnung, wurde umsorgt und geliebt. Ihre Zuversicht wuchs zusammen mit dem Baby. Die drohende Invasion, die monatelang über dem Land geschwebt hatte, rückte ein wenig in den Hintergrund. Die heroischen Manöver der Royal Air Force hatten Hitlers Luftwaffe dezimiert, und die Entschlossenheit der Navy, die Versorgungswege offenzuhalten, half, einen Sieg der Nazis zu verhindern – zumindest für den Winter.

Catherine wagte zu hoffen, dass ihr Baby in eine weniger bedrohliche Zukunft hineingeboren würde. Sie begann, Kurzgeschichten und Verse für ihr Kind zu schreiben, und stellte sich den Tag vor, an dem sie sie ihm vorlesen konnte, während es sich auf ihrem Schoß zusammenkuschelte. Ende Oktober war ihr »Bäuchlein« noch klein, aber sie spürte, wie das Baby kräftig in ihr strampelte und sich unruhig drehte. Wenn Tom in der Nähe war, legte sie seine Hand auf ihren Bauch und beobachtete, wie sich auf seinem Gesicht ein Ausdruck der Ehrfurcht ausbreitete. Sie lachten vor nervöser Aufregung. Tom und sie ließen ihrer Fantasie freien Lauf.

»Wir nennen sie Catherine, nach dir«, sagte er. »Catherine the Great – eine Kaiserin mit Schönheit und Verstand.«

»Es ist ein Junge, er kämpft schon für sein Land«, scherzte Catherine. »Er wird genauso sportlich und attraktiv wie sein Vater. ›William‹ würde gut zu ihm passen.«

»Mir gefällt John.«

»Bloß nicht«, rief Catherine, »sonst wird er so griesgrämig wie mein Großvater.«

Tom gluckste. »Dann eben David. Ein kleiner Mann wie ich gegen eine unsichere Welt – Goliath.«

Catherine lachte. »Ja, klein, aber mit dem Herzen eines Löwen – und einem klugen Kopf. Natürlich studiert er so wie du in Oxford. David, das ist perfekt.«

Im November kam ein Brief aus Tyneside, in dem ihr mitgeteilt wurde, dass ihre Mutter schwer krank sei.

»Von wem ist der Brief?«, fragte Tom. »Er ist nicht unterschrieben.«

Catherine war ebenso perplex. »Von Tante Mary ist er nicht ...«

»Irgendein Unruhestifter«, mutmaßte Tom.

»Aber was ist, wenn es doch stimmt?« Catherine war beunruhigt. »Dann muss ich zu ihr fahren. Ich könnte den Gedanken nicht ertragen, dass sie einsam stirbt und ich sie nicht mehr sehen kann. Beim letzten Mal war ich so bissig zu ihr ...«

»Kitty, du kannst in deinem Zustand nicht so eine weite Reise machen. Du hast nicht genug Kraft. Denk an das Baby.«

»Ich denke an das Baby«, sagte Catherine verzweifelt. »Ich habe es Kate noch nicht gesagt. Sie könnte sterben und nie erfahren, dass sie ein Enkelkind bekommt. Sie hat ein Recht darauf, es zu erfahren.« Plötzlich brach sie in Tränen aus.

Tom tat es sofort leid, und er drückte sie fest. »Ich wollte dich nicht aufregen.«

Catherine versuchte, es zu erklären. »Ich fühle mich immer noch schuldig, weil ich sie nach Davies Tod sich selbst überlassen habe. Jetzt, wo ich selbst Mutter werde, möchte ich mich mit ihr versöhnen, bevor es zu spät ist.«

»Das verstehe ich«, versicherte Tom. »Wir rufen Mary an und finden heraus, was los ist.«

Aber die Leitungen waren unterbrochen, und Tom kam nicht durch. Das verstärkte Catherines Angst noch. Er konnte nichts tun, um seine Frau zu beruhigen oder sie davon abzubringen, die lange Reise in den Norden anzutreten.

»Ich begleite dich«, sagte er entschlossen. »Ich werde um zwei Tage Sonderurlaub bitten.«

Nach stundenlangen Verspätungen auf eiskalten Bahnsteigen ratterten sie in einem überfüllten Zug gen Norden. Wegen der Verzögerung fuhren sie während der Verdunkelung und waren die ganze Fahrt über in Finsternis getaucht. Catherine war nervös und fühlte sich unwohl. Das Baby zappelte in ihrem Bauch, als spürte es ihre Unruhe.

Mitten in der Nacht erreichten sie Gateshead und dösten in einem Warteraum, bis sie am frühen Morgen den Zug nach Tyne Dock nehmen konnten. Es war noch dunkel, als sie Kates Wohnung in der Chaloner Lane erreichten und an ihre Tür hämmerten. Tom stützte seine Frau, die vor Müdigkeit und Sorge schwankte.

Verschlafen kam Kate die Treppe hinunter, um auf das verzweifelte Klopfen zu reagieren. Catherine warf sich ihrer Mutter in die Arme und brach in Tränen aus.

»Du lebst!«, schluchzte sie.

»Bei allen Heiligen! Was machst du hier, Liebes?«

»Bitte lassen Sie uns rein, Mrs McDermott«, sagte Tom müde.

Sie führte sie die schmale Treppe hinauf und in ihr kleines Wohnzimmer, während Catherine unzusammenhängend über den Brief plapperte. Kate holte ihr ein Glas Wasser und eine Decke.

»Ich hatte nur eine schlimme Erkältung«, sagte sie belustigt. »Kein Grund, gleich den Bestatter zu rufen. Du hättest dir keine Sorgen machen müssen.«

Catherines Erleichterung schlug schnell in Verärgerung um. »Warum schreibt dann jemand so etwas?«

»Ich wette, das war das zänkische Weib von unten. Sie glaubt, ich verbringe zu viel Zeit mit ihrem Mann im Getränkeladen. Nicht, dass ich das tun würde«, setzte Kate schnell nach. »Vielleicht dachte sie, du setzt dem ein Ende, wenn du in der Nähe bist.« Ihre Mutter sah verlegen aus. »Tut mir leid, Liebes. Aber es ist schön, dich zu sehen!«

Catherine sackte auf ihrem Stuhl zusammen und schloss die Augen. Sie fühlte sich schrecklich. Tom überbrachte ihrer Mutter die Nachricht von dem Baby.

»Ein Kind!«, rief Kate erfreut. »Das ist ja wunderbar. Ich werde dir helfen, wenn es so weit ist«, sagte sie eifrig. »Oh, ich werde Großmutter! Das muss ich

Mary erzählen.« Sie wischte sich eine Träne weg.

Auf Toms Drängen brachten sie Catherine ins Bett. Sie schlief unruhig, weil sie das Scheppern und Dröhnen der Docks nicht mehr gewohnt war. Jedes Mal, wenn ein Zug vorbeirumpelte, bebte das Haus und die Fenster klirrten. Zur Teezeit stand sie auf, lustlos und verstimmt. Kate sah so gut aus wie seit Jahren nicht mehr. Jetzt, da Alkohol schwerer zu bekommen und sie mit ihrer Arbeit beschäftigt war, wirkte ihre Mutter so forsch und lebhaft wie eh und je.

Catherine ärgerte sich, dass sie auf falschen Verdacht hin nach Norden geeilt war. Sie vermutete fast, dass Kate den Brief selbst geschrieben hatte, nur um Aufmerksamkeit zu bekommen. Nun, sie würde so etwas nicht noch einmal tun – nicht, wenn das Baby erst einmal geboren war. Und sie würde sich dem Vorhaben ihrer Mutter widersetzen, ihr Haus und ihr Baby zu vereinnahmen.

»Tom wird mir bei der Geburt helfen«, erklärte Catherine und verblüffte ihren Mann damit ebenso sehr wie ihre Mutter. »Es ist nicht nötig, dass du kommst.«

Kate war schockiert. »Du kannst ihn nicht dabei haben! Männer bringen keine Kinder zur Welt.«

»Ärzte tun das ständig«, erwiderte Catherine.

Kate schnaubte. »Ja, aber das ist etwas anderes. Es bringt Unglück, wenn bei der Geburt ein Mann im Haus ist.«

»Das ist abergläubischer Blödsinn«, sagte Catherine verärgert.

Am nächsten Tag brachen sie früh auf, während Kate um Catherine herumwuselte und Tom dafür schalt, dass er ihre Tochter die weite Reise hatte antreten lassen.

»Sie sieht schlimmer aus als ich«, schimpfte Kate. »Du wirst mich brauchen, wenn die Zeit reif ist. Gib mir auf jeden Fall Bescheid. Pass auf dich auf, Kleines.«

Wie üblich beklagte sich Tom nicht über Kates schroffe Behandlung, weshalb sich Catherine umso schuldiger fühlte, sie beide nach Tyneside geschleppt zu haben.

»Du solltest nicht zulassen, dass sie so mit dir redet«, sagte sie, als sie die schleppende Heimreise antraten. »Warum stehst du nicht mehr für dich ein?«

Er wirkte unbeirrt. »Sie wird ihre Meinung über mich nie ändern. Ich habe ihr ihre wertvolle Tochter weggenommen. Mir ist egal, was sie zu mir sagt. Für mich zählst nur du.«

»Ach, sei doch nicht so verdammt vernünftig!«, rief Catherine.

Schweigend fuhren sie zurück, und Catherine schämte sich, ihre Wut an Tom ausgelassen zu haben, obwohl die ganze Situation ihre Schuld war. Aber sie fühlte sich zu elend, um sich zu entschuldigen.

Zu Hause zog sie sich ins Bett zurück, und Tom ging wieder zur Arbeit. Er brachte ihr einen kleinen Blumenstrauß als Friedensangebot mit, aber sie bekam davon einen heftigen Niesanfall und Nasenbluten. Tom war zutiefst geknickt, und Catherines Beteuerungen, dass ihn keine Schuld traf, stießen auf taube Ohren.

Ihm zuliebe versuchte sie, das Bett zu verlassen und bei seiner Rückkehr das Abendessen für ihn fertig zu haben. Sie saß vor dem kleinen Feuer, niedergeschlagen durch die kürzer werdenden Tage und eine unterschwellige Angst, die sie nicht in Worte fassen konnte.

Als sie an diesem Novemberabend zusah, wie Tom am Tisch Arbeiten korrigierte, legte sie die Hände auf ihren gerundeten Bauch und wusste, was es war: Das Baby bewegte sich nicht. Sie erschrak. Wie lange hatte es sich nicht mehr gerührt? Einen Tag? Zwei Tage? Länger? Sie versuchte, ruhig darüber nachzudenken. Auf der Rückreise nach Süden hatte sie Bewegungen gespürt, kleine, drückende Empfindungen, als ob sich das Baby zusammenrollte, um Winterschlaf zu halten. Aber seitdem kaum etwas. Nicht die kräftigen Tritte von vorher.

Catherine drückte fest die Hände auf ihren Bauch, damit sich das Baby bewegte. Bildete sie es sich nur ein, oder fühlte er sich kleiner an, wie ein harter, runder Ball unter ihren zitternden Händen? Sie musste einen Schrei ausgestoßen haben, denn Tom blickte erschrocken auf. Ohne nachzufragen, kam er sofort zu ihr und legte seine großen, warmen Hände auf ihre.

Sie starrte ihn ängstlich an.

»Irgendetwas stimmt nicht«, keuchte sie. »Ich spüre nichts ...«

Tom stürmte aus dem Haus, ohne sich den Mantel überzuziehen. Catherine saß zusammengekauert auf ihrem Stuhl und verbot sich, an irgendetwas zu denken, bevor er zurückkam. Zwanzig Minuten später erschien er zusammen mit einem Arzt, den sie noch nie gesehen hatte.

Er war fröhlich und zuversichtlich, während sie ihr ins Bett halfen. Nach der Untersuchung wirkte er besorgter.

»Der Herzschlag ist noch da, aber er ist nicht sehr stark. Am besten wäre es, wenn wir Sie ins Krankenhaus verlegen, Mrs Cookson.«

»Krankenhaus?« Panik überkam sie. Sie klammerte sich an Toms Arm. Eine Entbindungsanstalt bedeutete für sie lange, demütigende, öffentliche Bettenreihen in trostlosen Armenhäusern. Tom würde nicht dabei sein dürfen. Sie wäre ganz allein.

»Was würde man dort tun?«, fragte Tom ebenso besorgt.

Der Arzt sah ihn mitfühlend an. »Möglicherweise muss die Geburt eingeleitet werden.«

»Damit das Baby jetzt schon kommt?«, fragte Tom. Der Mann nickte.

»Nein!«, rief Catherine. »Es ist zu früh. Das Baby ist noch nicht bereit. Ich bin erst im sechsten Monat.«

Tom bedeutete ihr, zu schweigen, und sah den Arzt ratsuchend an.

Er rang sich ein beruhigendes Lächeln ab. »Hören Sie, heute Nacht unternehmen wir nichts mehr. Sie bleiben im Bett und ruhen sich aus. Morgen früh komme ich wieder, und dann treffen wir eine Entscheidung.«

Als er ging, ertönte zum ersten Mal seit ihrer Rückkehr aus Tyneside das unheimliche Heulen der Luftschutzsirene. Tom legte sich zu ihr aufs Bett und hielt sie im Arm.

»Du rührst dich nicht von der Stelle, auch wenn eine Sirene heult.« Er küsste sie. »Wir drei bleiben oder gehen zusammen.«

Catherine vergrub das Gesicht an seiner Brust.

Es war ein Fehlalarm, und die Entwarnung kam spät in der Nacht. Zu diesem Zeitpunkt war an Schlafen nicht mehr zu denken. Irgendwann in den frühen Morgenstunden spürte sie, wie zwischen ihren Beinen Flüssigkeit herabtropfte. Für einen Moment dachte sie, sie hätte sich eingenässt, dann befürchtete sie, es könnte Blut sein. Sie blieb regungslos liegen und sehnte den Morgen herbei.

Als Tom aufwachte, schalt er sie. »Warum hast du mich nicht geweckt?« Er eilte wieder los, um den Arzt zu holen.

Diesmal gab es kein fröhliches Geplänkel.

»Leider ist Ihre Fruchtblase geplatzt, Mrs Cookson.«

»Was heißt das?«, fragte sie bestürzt.

»Es bedeutet, dass die Wehen bald einsetzen werden.«

Catherine stieß ein Wimmern aus. »Aber mit sechs Monaten kann es nicht überleben, oder? Es ist noch kein richtiges Baby.«

»Wenn wir es schaffen, Sie ins Krankenhaus zu bringen, können wir die Geburt vielleicht hinauszögern. Leider stehen die Chancen dafür nicht gut. Der Herzschlag ist sehr schwach.«

Tom sagte ganz ruhig: »Wäre es nicht besser, wenn sie in ihrem eigenen Bett bliebe? Wenn mir eine Hebamme zur Seite stünde, könnte ich mich um sie kümmern.«

Der Arzt musterte ihn erstaunt. Schließlich nickte er.

»Das ist eine Möglichkeit – wenn Sie nicht zimperlich sind, Mr Cookson.

»Sie ist meine Frau«, sagte Tom stolz. »Ich würde alles für sie tun.«

Catherine war zu überwältigt, um zu sprechen. Sie war zutiefst dankbar für Toms Hingabe und dafür, dass ihr die traumatische Erfahrung erspart blieb, in ein einsames Krankenhausbett verlegt zu werden.

Später am Tag kam Mrs Hume, um die Geburt zu beaufsichtigen. Die Witwe erzählte begeistert von ihrem Sohn auf See, der den Gefahren der Atlantik-Konvois trotzen musste. Ihr ungebremstes Geplapper ging Catherine auf die Nerven. Tom spürte das und hielt die Frau im Wohnzimmer mit endlosen Tassen Tee in Schach.

»Wir können nicht viel tun, bis das Baby kommt«, sagte sie und berichtete von einer langen, anstrengenden Geburt, bei der sie in der Woche zuvor assistiert hatte.

Als der Tag zu Ende ging, hatte sich die Situation nicht geändert, und Tom schickte sie nach Hause. Eine Woche lag Catherine in einer Dämmerwelt und wartete. Mrs Hume und Tom hielten abwechselnd in der Wohnung Wache. Catherine bestand darauf, dass er wieder arbeiten ging. An den Falten um seine Augen und an seinem verkniffenen Mund erkannte sie, dass dieser Schwebezustand für ihn unerträglich war. Der Unterricht würde ihn zumindest für eine Weile ablenken.

Am achten Tag verlor Mrs Hume die Geduld.

»Es gibt keinerlei Lebenszeichen, Mrs Cookson. Es wird Zeit, dass wir es rausholen.«

So verstört und elend sie sich auch fühlte, glaubte Catherine nicht, dass ihr Baby tot war.

»Ich kann es fühlen«, sagte sie verzweifelt.

»Aber Sie haben doch gesagt, dass es sich seit Tagen nicht bewegt hat«, erwiderte Mrs Hume unverblümt. »Wenn Sie das Baby nicht ausstoßen, werden Sie wirklich krank.«

Als Tom nach Hause kam, hörte Catherine, wie die Hebamme zu ihm sagte: »Ich will nicht den Tod Ihrer Frau auf dem Gewissen haben.«

Danach machte sich Mrs Hume an die Arbeit. Sie verabreichte ihr eine bittere Flüssigkeit und trommelte auf Catherines Bauch ein, um die Geburt einzuleiten. Spät in der Nacht, als Catherine erschöpft und schmerzgeplagt war, spürte sie, wie die ersten richtigen Wehen ihren Körper erfassten. Sie schrie auf, und Tom kam ins Zimmer gerannt.

»Ich glaube, es ist so weit. Hilf mir, Tom. Ich habe Angst.«

Er tupfte ihr mit einem feuchten Tuch das Gesicht und den Hals ab und sprach beruhigend auf sie ein. Sie bräuchte keine Angst zu haben, er hatte es Dutzende Male mit der Hebamme durchgesprochen und wusste, was zu tun war.

Sie umklammerte seine Hand, als die nächste Wehe durch ihren Körper schoss. Der Schmerz war wie eine eiserne Faust, die sich in ihr Inneres krallte, und sie unterdrückte einen Schrei.

»Schrei, wenn du willst, Kitty«, ermutigte Tom sie.

»Ich – will – diese Frau – nicht – wecken«, keuchte sie.

»Ich werde sie nicht in deine Nähe lassen«, sagte Tom entschlossen. »Meinetwegen kannst du die ganze Straße aufwecken.«

Catherine krümmte sich und stöhnte bis in die frühen Morgenstunden. Sie betete, dass es endlich vorbei war und dass sie das Wesen, das so lange brauchte, um ihren Mutterleib zu verlassen, nicht ansehen musste. Es wäre nur ein halb geformtes Etwas, eine Missgeburt, ein unförmiger Haufen Fleisch. Tom würde es schnell einwickeln und wegbringen müssen. Es wäre die einzige nützliche Aufgabe, für die sie die geschwätzige Mrs Hume hätten brauchen können. Aber sie schnarchte immer noch auf ihrem Sofa.

Plötzlich spürte Catherine, wie zwischen ihren Beinen etwas hinausglitt, wie auf einer Rutsche. Es war nicht mehr aufzuhalten.

»Es ist so weit«, flüsterte sie schwach.

Tom umklammerte ihre Hand. »Pressen, Kitty!«

Mit einem Schwung kam das Baby aus ihr heraus. Tom ließ ihre Hand los, um es aufzufangen. Sie spürte Erleichterung, als der seltsame Druck nachließ. Ihr ganzer Körper pochte und bebte. Sie kniff die Augen zu. Es war vorbei. Ohne hinzusehen, wusste sie, dass das Baby tot war. Irgendwann in den düsteren Stunden der Nacht hatte sie gespürt, wie sein Leben erloschen war.

»Schau her, Kitty«, sagte Tom mit belegter Stimme. »Du hattest recht. Es ist ein Junge.«

Catherines Herz schlug heftig. Sie konnte nicht hinsehen. Wie konnte er sie nur dazu auffordern? Doch im nächsten Moment legte er ihr etwas in die Arme.

»Hab keine Angst – schau ihn dir an«, sagte Tom mit ehrfürchtiger Stimme. »Unseren kleinen Sohn.«

Catherine öffnete die Augen. Ein winziger Junge, immer noch von Schleim und Blut bedeckt, lag eingebettet zwischen ihnen. Überrascht schnappte sie nach Luft. Er war perfekt geformt – eine Miniaturausgabe von Tom, mit seinem schmalen Kopf, den langen Füßen und ausdrucksstarken Händen. Zögernd berührte sie ihn, bewunderte seine zierlichen Finger und den kleinen Mund. Er lag mit geschlossenen Augen da, als würde er friedlich schlafen, sein Körper war noch warm.

»Er ist wunderschön«, flüsterte sie. »Ich hätte nie gedacht ...«

Sie hörte ein seltsames Geräusch, halb Jaulen, halb Stöhnen. Als sie aufblickte, sah sie die Tränen, die über Toms gequältes Gesicht liefen. Der Anblick zerriss ihr das Herz. In diesem Moment wurde Catherine klar, welch großen Verlust sie beide erlitten hatten. Ihren Sohn. Einen echten Menschen aus Fleisch und Blut, kein Hirngespinst ihrer Gedankenspiele. Sie starrte auf das niedliche Baby in ihren Armen und spürte, wie ihr der erste gewaltige Schmerz der Trauer den Atem raubte. Nicht nur er war gestorben, sondern ihnen waren auch all die Jahre seines Lebens geraubt worden, die vor ihm gelegen hatten und die sie gemeinsam hätten verbringen sollen. Sie umarmte ihn fest und wollte ihn nicht mehr loslassen.

In diesem Moment erschien Mrs Hume an der Tür und blinzelte schläfrig. Verwirrt betrachtete sie Catherine, die das Baby im Arm hielt, als würde es leben. Aber Toms Schluchzen verkündete die Wahrheit.

»Sie Ärmsten! Lassen Sie mich das wegbringen«, sagte sie und eilte geschäftig herbei.

Catherine blickte sie trotzig an. Für diesen kurzen Moment war sie eine Mutter.

»Er ist ein Junge, Mrs Hume«, sagte sie stolz. »Und wir haben ihn David genannt.«

47

Catherine weigerte sich, ihr Baby der Hebamme zu übergeben, bevor der Priester da gewesen war. Sie wickelte David in ihr Umschlagtuch und wiegte seinen kühlen Körper. Der beißende Geruch der Nachgeburt, die auf dem Kamin im Wohnzimmer verbrannte, brachte sie fast zum Erbrechen. Tom, unrasiert und mit müden Augen, kam mit Pater Shay, dem älteren Priester aus St. Michael's, zurück.

Er war freundlich und besorgt und sprach ein Gebet für Catherine und ihren leblosen Sohn. Mrs Hume stand in der Tür, seufzte missbilligend und murmelte, dass es unnatürlich sei, so viel Aufhebens um eine Totgeburt zu machen.

»Ich möchte, dass er getauft wird, Pater«, flüsterte Catherine. »Er muss in den Himmel kommen.«

Der Priester schüttelte mit traurigem Blick den Kopf.

»Ich kann kein Kind taufen, das nie gelebt hat.«

Catherine starrte ihn verwirrt an. »Aber das hat er.« Sie fand nicht die Worte, um zu beschreiben, wie real ihr Sohn gewesen war. Er war gewachsen, hatte sich in ihr bewegt und gelebt.

»Wenn er nur ein paar Stunden auf der Welt gewesen wäre …« Er streckte entschuldigend die Hände aus.

Tom sagte ganz leise: »Wird er ein christliches Begräbnis bekommen?«

Pater Shay blickte betreten drein. »Es tut mir leid, aber wenn er nicht getauft ist, kann er nicht in geweihtem Boden beerdigt werden.«

Tom sah Catherine bestürzt an. Sie drückte David verzweifelt an sich.

»Wo dann?«, fragte sie. »Was wird mit ihm geschehen?«

In diesem Moment drängte sich Mrs Hume an dem beschämten Priester vorbei.

»Sie sollten sich keine Sorgen über solche Dinge machen«, sagte sie und griff nach dem Bündel in Catherines Armen. »Es sollte einfach nicht sein.« Rasch packte sie das tote Baby und trug es aus dem Raum.

Tom folgte ihr nach draußen. Der Priester wandte sich zum Gehen.

»Sagen Sie es mir!«, rief Catherine heiser. »Wo bringt sie ihn hin?«

»Der Leichnam wird in ein Gemeinschaftsgrab gelegt«, sagte Pater Shay.

»Wie ein Heide«, sagte Catherine und begann zu zittern. »Was ist mit seiner Seele? Wohin wird sie wandern? Sie wird für immer und ewig im Fegefeuer schmoren!«

»Sie dürfen darüber nicht nachgrübeln, Mrs Cookson«, sagte er. »Gott nimmt sich der Seinen an.«

Sie setzte sich mühsam auf. »Aber er ist kein Kind Gottes – er ist nicht getauft worden. Wenn er für die Kirche nie existiert hat, dann hat er auch keine Seele. Das denken Sie doch auch, oder? Mein Baby hat keine Seele!«

Erschrocken sagte der Priester: »Sie müssen Gottes Willen akzeptieren.« Er eilte aus dem Zimmer.

Tom kam zurück und sah, wie sich Catherine zitternd und schluchzend an die Bettdecke klammerte. Er ging zu ihr und schloss sie fest in die Arme. Minutenlang drückten sie sich aneinander und weinten, während ihre Worte versagten. Schließlich löste sich Tom von ihr.

»Mrs Hume hat gesagt, du sollst dich waschen und dann ausruhen. Sie kommt später noch einmal vorbei, um nach dir zu sehen.«

Catherine blickte ihn an und fragte sich, wie er über so banale Dinge wie Waschen und Schlafen reden konnte. Ihr war egal, wenn sie sich nie wieder wusch.

»Hast du ihm einen Kuss gegeben?«, fragte sie unvermittelt.

Tom sah mitgenommen aus. Er schüttelte den Kopf.

Catherine schluckte. »Ich auch nicht. Wir haben ihn nicht einmal geküsst. Diese Frau hat ihn so schnell weggenommen.« Erneut liefen ihr die Tränen über das Gesicht. »Ich konnte ihm keinen Abschiedskuss geben!«

Catherine erinnerte sich kaum an die folgenden Tage. Sie waren wie ein Nebel aus Schmerz. Körperlich war sie erschöpft und seelisch zermürbt. In den langen, schlaflosen Nächten suchte sie nach einer Person oder Sache, die sie für den Tod ihres Sohns verantwortlich machen konnte.

Der Marinearzt hatte sie geschwächt und das Baby mit seinem brutalen Abführmittel geschädigt. Die überstürzte Reise nach Tyneside hatte die vorzeitigen Wehen ausgelöst. Kate trug die Schuld daran. Wenn sich ihre Mutter nicht erkältet hätte, wenn sie mit ihrer Trinkerei nicht die Eifersucht der Nachbarin auf sich gezogen hätte, wenn sie eine verantwortungsvollere Mutter gewesen wäre ...

Mrs Hume war eine furchtbare Hebamme, die nichts unternommen hatte, bis es zu spät gewesen war. Dann hatte sie auf ihren Unterleib eingeprügelt und ihrem Sohn, der um sein Leben rang, den Atem abgedrückt. Auch Tom blieb von ihrer fieberhaften Suche nach einem Sündenbock nicht verschont. Er hätte auf den Arzt hören sollen, der sie ins Krankenhaus schicken wollte. Vielleicht hätte man David dort noch retten können. Tom hätte darauf bestehen sollen.

Ihre Überlegungen drehten sich ständig im Kreis. Aber sie kehrte jedes Mal zu dem einen belastenden Gedanken zurück: Sie selbst traf die Hauptschuld daran, dass ihr Baby gestorben war. Wenn sie der ersten Ärztin geglaubt hätte, dass sie schwanger war, wäre sie vorsichtiger gewesen. *Sie* hatte begierig das Abführmittel genommen. *Sie* hatte hartnäckig darauf bestanden, nach Jarrow zu fahren, und *sie* hatte nicht in ein Krankenhaus gehen wollen, um ihr Kind zu retten.

Aber Catherine hatte das Baby damals noch nicht als Kind betrachtet. Sie hatte keine Vorstellung davon gehabt, was sie in ihrem Mutterleib trug. Um Schwangerschaft und Entbindung wurde ein furchtbares Geheimnis gemacht, ihr Geist war von Unwissenheit umhüllt gewesen. Alles, was sie von Kate erfahren hatte, war, dass eine Schwangerschaft eine Schande war und die Geburt eine Folter.

Zu spät waren ihr die Augen geöffnet worden. Nichts hatte sie auf die überwältigende Freude vorbereitet, ein voll ausgebildetes menschliches Wesen in den Armen zu halten. Niemand hatte ihr gesagt, was für ein Wunder es war. Sie war vollkommen überrascht von der leidenschaftlichen, besitzergreifenden Liebe gewesen, die beim Anblick und der Berührung ihres kleinen Sohns in ihr aufgestiegen war.

David. David. David.

Catherine begann zu glauben, dass sie eines solchen Geschenks nicht würdig war. Wenn sie ein besserer Mensch gewesen wäre, wäre das nicht passiert. Sie war böse und sündig. Doch auch wenn sie sich für die Totgeburt verurteilte, wandte sie sich von der Kirche und deren Urteilen ab.

Selbst als es ihr wieder gut genug ging, um die Wohnung zu verlassen und kurze Strecken zurückzulegen, mied sie die Beichte und Messe. Wenn der Priester vorbeikam, ging sie nicht an die Tür. Sie stellte ihre vertrauten, tröstlichen Gebete zur Muttergottes ein.

»Warum durfte ihr Sohn leben und meiner nicht?«, empörte sie sich gegenüber Tom. »Was wäre passiert, wenn Jesus als Totgeburt zur Welt gekommen wäre?«

Er sah sie schockiert an. Aber Catherine war nicht zu bremsen.

»Wohin wäre seine Seele gelangt?«, fragte sie. »Das sollen mir die Priester beantworten!«

Auch Tom wusste auf die Flut ihrer Fragen keine Antwort. Er schlich bedrückt in der Wohnung umher und beäugte sie wachsam. Catherine hatte den Eindruck, dass er morgens gar nicht schnell genug aus dem Haus kommen konnte und immer länger in der Schule blieb.

Sie verübelte ihm seine Arbeit und wie er wieder darin eingetaucht war, als sei nichts geschehen. Er war von Dutzenden Jungs umringt – er brauchte ihren David nicht. Er glaubte, sie bräuchte keinen weiteren Trost, als dass er ihr Tee und Kekse ans Bett brachte, bevor er ging. Sie wollte über ihr Baby sprechen, aber er brachte es nicht über sich, seinen Namen zu erwähnen. Sie brauchte ihn, damit er sie vor ungebetenen Besuchern abschirmte, aber er war nie da, wenn sie auftauchten.

Es war für sie eine Qual, das Haus zu verlassen, wo ihr Frauen mit Kinderwagen begegneten. Sie erstarrte beim Anblick der Babys, die in dicke Tücher und Wollmützchen gemummelt waren. Mit angehaltenem Atem eilte sie an den Schaufenstern mit Babykleidung und Babyschuhen vorbei. Ihr wurde schlecht, als sie eine hochschwangere Frau über die Straße schlurfen sah.

Tom beobachtete sie mit wachsender Besorgnis und fühlte sich elend, weil er sie nicht trösten konnte. Sie wies jeden seiner Vorschläge mit verletztem Blick zurück.

»Warum gehst du heute nicht in die Bibliothek?«

»Ich kann nicht mehr lesen, davon bekomme ich Kopfschmerzen.«

»Ein Spaziergang im Park?«

»Ich hasse den Park. Da wimmelt es von Müttern mit Kinderwagen.«

»Schreib doch etwas. Das kannst du auch hier in der Wohnung machen.«

»Ich kann nicht schreiben! Worüber sollte ich jetzt schreiben wollen?«

Catherine sah ihn verzweifelt an. Wie konnte sie ihm erklären, dass ihr bei dem Gedanken, wieder einen Stift in die Hand zu nehmen, schlecht wurde? Das Letzte, woran sie gearbeitet hatte, war eine Geschichte für David gewesen. Sie war schon zur Hälfte fertig. Wenn sie das Heft aufschlüge, würde sie ihr entgegenstarren und auf ein glückliches Ende warten.

Tom machte keine weiteren Vorschläge und wurde immer wortkarger. Über die Weihnachtsfeiertage waren sie bei seiner Familie in Essex eingeladen. Seine Mutter hatte geschrieben, dass ihr die »Fehlgeburt« leidtäte. Auch Kate hatte sie zu Weihnachten in den Norden eingeladen, aber Catherine konnte sich nicht vorstellen, dorthin zurückzukehren. Es würde sie zu sehr an die schreckliche Reise im November erinnern, und Kate würde tränenreich und verdrießlich um ihr verlorenes Enkelkind trauern. Lieber wollte sie an einen Ort fahren, der sie nicht an ihre Schwangerschaft erinnerte, und so stimmte sie der Reise nach Essex zu.

Catherine mied alle Aktivitäten zum Schuljahresende: die Weihnachtsaufführung, das Adventsliedersingen und die Mitarbeiterfeier. Tom warf ihr vorwurfsvolle Blicke zu, aber sie war nicht in der Lage, gute Miene zum bösen Spiel zu machen. Ein Chorknabe, der von Engeln sang, oder eine Lehrerin, die fröhlich über ihre Kinder sprach, und sie wäre in Tränen ausgebrochen. Tom nahm allein daran teil und erzählte ihr bei seiner Rückkehr nichts.

An Heiligabend packten sie einen kleinen Koffer und eine Tüte mit Geschenken und machten sich auf den Weg nach Grays in Essex. In London herrschte Chaos; viele Urlauber versuchten, einen Zug zu erwischen, und Menschen, die evakuiert worden waren, kehrten für die kurzen Feiertage nach Hause zurück. Langsam bahnten sie sich ihren Weg die Themse hinunter zu den riesigen Docks von Tilbury. Auf dem Fluss drängten sich die Schiffe, das niedrige Ufer war von Kreidebrüchen und Industrie geprägt. Das geschäftige Treiben erinnerte Catherine an Tyneside, obwohl der Akzent sie glauben ließ, sie befände sich in einem anderen Land.

Die Weihnachtstage in dem kleinen Reihenhaus der Cooksons vergingen schnell, und Toms Mutter tat ihr Bestes, um Catherine das Gefühl zu geben, Teil der Familie zu sein. Catherine stand in der engen Küche und schälte Kartoffeln, während sie mit halbem Ohr dem Geplapper von Toms Schwestern lauschte, die beide mit einem Mann ausgingen. Einer der Brüder war bei der Marine – und vermutlich gerade in Ägypten. Der Jüngste spielte draußen auf der nassen Straße Fußball.

Tom spähte immer wieder besorgt herein, um zu sehen, ob es ihr gut ging. Catherine entspannte sich und aß so viel wie seit Wochen nicht mehr, dankbar für die Herzlichkeit seiner Familie. Ein kleines Glas von dem Sherry, der eigens für diesen Anlass gehortet worden war, machte sie leicht beschwipst und angenehm gelöst. Nach dem Essen legte sie sich hin, während Tom mit seinen Schwestern spazieren ging.

Als Catherine aufwachte, hörte sie im Erdgeschoss Stimmen und Gelächter. Seine Mutter hatte erwähnt, dass eine Cousine zum Tee kommen wollte, um sie zu sehen. Catherine betrat das Wohnzimmer, erstarrte aber auf halbem Weg zu Tom.

Vor dem Kamin saß eine dunkelhaarige junge Frau und wippte ein Baby auf ihrem Schoß. Das Baby blickte sich mit großen Augen um, eine Faust in den Mund gesteckt, sabberte und brabbelte vor sich hin. Catherine war wie vom Donner gerührt.

»Das ist Cousine Betty«, sagte Toms Mutter, »und der kleine Winston. Komm und setz dich, Kitty.«

Die junge Cousine lächelte. Der einzige freie Platz war neben ihr. Catherine warf Tom einen panischen Blick zu. Er lächelte sie verkrampft an. Sie setzte sich und kauerte sich mit klopfendem Herzen auf ihrem Sitz zusammen. Im Raum war es viel zu stickig, ihre Handflächen waren schweißnass.

Das Gespräch wurde fortgesetzt. Alles drehte sich um den kleinen Winston – er hatte so einen gesunden Appetit und konnte schon fast allein aufrecht sitzen. Eine der Schwestern bot Catherine eine Tasse Tee an. Sie nickte und fühlte sich benommen.

»Vielleicht möchte Catherine das Baby zuerst auf den Arm nehmen?«, fragte die ältere Mrs Cookson.

Catherine starrte sie an. Das konnte nicht ihr Ernst sein! Aber Toms Mutter lächelte sie aufmunternd an und nickte.

»Aber natürlich«, sagte Betty und hielt ihr das Baby hin. Winston bemerkte die

Übergabe und begann zu quengeln. Betty schaukelte ihn auf und ab und wartete darauf, dass Catherine ihn nahm.

Sie war starr vor Schreck. Bei dem Gedanken, das Kind zu berühren, kam ihr die Galle hoch. Sie schluckte und versuchte zu sprechen. Alle sahen sie in der Erwartung an, dass sie das Baby auf den Arm nahm. Was dachten sie sich dabei? Dass sie den Verlust ihres eigenen Sohns vergaß, wenn sie das Kind einer anderen Frau im Arm hielt?

Was für eine Qual! Niemand hatte David auch nur mit einem Wort erwähnt. Sie taten so, als hätten Tom und sie nie ein Baby gehabt. Wie konnten sie nur?

»Nein, ich will nicht ...«, murmelte sie.

Während sie wie versteinert dasaß, trat Tom plötzlich vor.

»Gib ihn mir«, sagte er und streckte die Arme nach dem Jungen aus. Er hob das Baby behutsam hoch, als wäre es aus Porzellan. Als er Winston unbeholfen an sich drückte, begann er sofort zu weinen.

»Wieg ihn in den Armen«, sagte Toms Mutter. »Babys mögen Bewegung.«

»Halte ihn so, dass er dir über die Schulter schauen kann«, riet Betty.

Winston weinte noch lauter. Das Geräusch versengte Catherine wie ein Brandeisen. Sie hatten nie Davids Weinen gehört. Sie hätte alles dafür gegeben, es zu hören. Sie ertrug es nicht, Tom dabei zuzusehen, wie er das Baby auf dem Arm hielt und sich bemühte, es zu beruhigen.

Sie sprang von ihrem Stuhl auf, rannte zur Tür und stieß dabei eine Tasse Tee um, die sich auf den Teppich ergoss.

»Verzeihung«, murmelte sie, blieb aber nicht stehen und stürmte hinaus.

Hinter ihr hörte sie Mrs Cookson mit beleidigter Stimme sagen: »Das war wirklich nicht nötig. Ich dachte, es würde dem Mädchen vielleicht helfen, ein bisschen mit dem Kleinen zu kuscheln.«

Catherine floh aus dem Haus. Draußen war es bereits dunkel, und sie stolperte in der Finsternis umher. Tom entdeckte sie am Ende der Straße, wo sie zitternd und weinend vor einer vernagelten Tür stand.

»Wie konntest du ihn nur auf den Arm nehmen?«, beschuldigte sie ihn. »Und deine M-Mutter – so grausam!«

Sie versuchte, ihn abzuschütteln, als er einen Arm um sie legte. Aber er blieb hartnäckig.

»Sie dachte, es würde dir helfen. Sie versteht es nicht.«

»Nein, das tut sie nicht«, sagte Catherine verbittert. »Niemand versteht es.«

»Ich schon«, sagte Tom sanft.

Catherine erwiderte scharf: »Nein, tust du nicht – sonst hättest du Winston nicht anfassen können.«

Tom lockerte seinen Griff. Sie erkannte seinen Gesichtsausdruck nicht, spürte aber, wie er sich versteifte.

»Glaubst du, ich wollte das?«, fragte er. »Ich hatte genauso viel Angst davor wie du. Aber ich habe ihn genommen, damit du es nicht tun musstest. Ich habe es für dich getan, Kitty, für niemanden sonst. Ich würde alles dafür geben, damit es dir besser geht, damit du wieder lächelst. Du hast ja keine Ahnung, wie einsam ich mich fühle.«

Catherine fuhr ihn an: »Du und einsam! Du hast deine Arbeit, deine Kollegen, deine heiß geliebten Schüler. Und was habe ich? Nichts! Nur Leere – ein großes, klaffendes Loch – und Arme, die schmerzen, weil ich kein Baby darin halten kann. Du hast keine Ahnung, wie sich das anfühlt!«

»Doch, habe ich«, rief Tom und hielt sie fest. »Du bist nicht die Einzige, die leidet. Ich vermisse ihn jede wache Minute. Ich denke die ganze Zeit an ihn – stelle mir vor, wie er mit zwei, drei, dreiundzwanzig Jahren ausgesehen hätte. Wie er hinten in meiner Klasse sitzt, die Hand hebt, um eine Frage zu beantworten, und mich durch eine Brille wie meine ansieht.« Seine Stimme zitterte. »Ich liege nachts in unserem Bett und kann nicht schlafen, weil mir das Bild nicht aus dem Kopf geht, wie du ihn in diesem Bett im Arm gehalten hast.«

Catherine stöhnte schmerzerfüllt auf. Sie klammerte sich an ihn.

»Sprich ihn aus«, flüsterte sie, »seinen Namen. Sag seinen Namen.«

Ein Schluchzen blieb Tom in der Kehle stecken. »David«, presste er hervor, »David«.

Sie schlangen die Arme umeinander.

»Es tut mir leid«, schluchzte Catherine. »Es tut mir so leid.«

Im eisigen Nieselregen klammerten sie sich aneinander und weinten. Allmählich ließ in den Armen des anderen der quälende Schmerz ein wenig nach.

Zurück in St. Albans ging Catherine an einem kalten Januartag zu dem Friedhof, auf dem David vermutlich begraben war. Sie hatte den Priester und die Gemeinde um Informationen gebeten. Es begann zu schneien, und der Tag wurde immer düsterer, obwohl es erst kurz nach Mittag war.

Sie schlenderte über den großen Friedhof und warf einen Blick auf die Steintafeln.

Das Grab ihres Babys würde nicht markiert sein. Ihr Sohn war wie ein Bettler in ein Massengrab geworfen worden. Trotzdem würde sie keine Ruhe finden, bevor sie nicht wusste, unter welchem schwarzen Erdhügel er lag.

Schließlich entdeckte sie den Friedhofswärter, der sich mit einem Totengräber unterhielt. Catherine nannte ihnen das ungefähre Datum der Beerdigung. »Ein totgeborener Junge. Cookson. Pater Shay sagte, er sei hier.« Die beiden Männer sahen sie erstaunt an. Sie verstummten, während sie darüber nachdachten. Der Friedhofswärter schüttelte den Kopf.

»Ein paar Babys aus dem Arbeitshaus wurden hergebracht ...«

»Nein«, erklärte Catherine bestimmt, »er gehörte nicht dazu.«

»Jetzt fällt es mir wieder ein«, sagte der Totengräber plötzlich, »ein winziges Baby, Anfang Dezember. Der Name war Cookson.«

Catherines Herz klopfte wie wild. »Erinnern Sie sich, wo er begraben wurde?«

Der Mann nickte. »Ja, dort drüben. Wir haben ihn zusammen mit einer alten Frau aus dem Arbeitshaus bestattet. Ich weiß noch, wie ich dachte: Wenigstens hat er so Gesellschaft, der arme kleine Kerl.«

Catherine brannten Tränen in den Augen. »Zeigen Sie es mir?«

Der Totengräber führte sie zu einem unmarkierten Grab, berührte sie an der Schulter und ließ sie allein.

Catherine ging in die Hocke und betastete die gefrorene Erde unter der dünnen Schneedecke. Der Gedanke, dass David neben einer älteren Frau ruhte, einer Ersatzgroßmutter, tröstete sie auf seltsame Weise. Eine Rose McMullen, die ihn im Tod in den Armen hielt. Er würde nie allein sein.

Im Frühling würde sie zurückkehren und Blumen für die beiden niederlegen. Catherine stand auf, steif und fröstelnd von der beißend kalten Luft, und ging davon.

Auf halbem Weg nach Hause bog sie aus einem Impuls heraus zur Bibliothek ab. Den Rest des Nachmittags saß sie im warmen Lesesaal und studierte ein Geschichtsbuch. Als es Zeit war, zu gehen, entdeckte sie einen Aushang für einen Zeichenkurs. Nach kurzem Zögern schrieb sie sich die Details auf. Irgendwie würde sie einen Weg aus dem Tunnel der Trauer finden, in dem sie gefangen war.

Heute war der erste Tag, an dem sie einen Funken Licht erblickt hatte.

48

»Das ist fabelhaft«, sagte Tom bewundernd, als Catherine ihm ihre Skizze der St. Alban's Cathedral zeigte. »Die Struktur der Steine, die Details – es wirkt alles so lebendig.«

Sie lächelte ihn glücklich an. Der Unterricht an der Kunstakademie war nicht von Dauer gewesen. Sie hatte sich den jungen Studenten unterlegen gefühlt und sich schwergetan, Menschen zu zeichnen. Ihr Versuch, zur Illustration einer ihrer Kurzgeschichten ein kleines Kind zu zeichnen, war gescheitert, aber sie besaß einen Blick für feine Details. Catherines Kohlezeichnungen von Gebäuden waren gelungen, und sie war stolz darauf, Autodidaktin zu sein.

Tom sah sie liebevoll an. »Hättest du nur die gleichen Chancen gehabt wie ich – ein Stipendium und die besten Dozenten. Du hast so viel Talent.«

Catherine lachte. »Und du siehst mich durch eine rosarote Brille.«

»Vielleicht kannst du nach dem Krieg eine richtige Ausbildung machen«, schwärmte er. »Du musst unbedingt dranbleiben, Kitty.«

Tom prahlte vor seinen Kollegen mit Catherines neuen Fähigkeiten, und wenn sie zu Besuch kamen, ermutigte er sie, ihre Skizzen vorzuzeigen. Selbst Mr Forbes war beeindruckt.

»Warum lassen Sie nicht Weihnachtskarten davon drucken und verkaufen sie in der Stadt?«, schlug er vor.

Catherine war begeistert von der Idee und berauscht vom Zuspruch des Englischlehrers. Leichtsinnigerweise bat sie ihn, sich auch einige ihrer Kurzgeschichten anzuschauen.

»Ich wäre Ihnen dankbar, wenn Sie einige davon lesen würden, um zu sehen, ob sie für eine Veröffentlichung geeignet sind. Ich habe überlegt, eine oder zwei davon zu illustrieren.«

Mr Forbes zeigte sich überrascht, willigte aber ein, die Geschichten während der Sommerferien zu lesen.

Dann erhielt Tom seinen Einberufungsbescheid, und Catherine verfiel in Panik. Er sollte sich der Royal Air Force anschließen. Es folgten einige angespannte Tage, in denen sich Catherine ausmalte, dass er zur Ausbildung ins Ausland geschickt würde. Manche Männer waren nach Südafrika oder Kanada ausgesandt worden. Wie sollte sie hier allein zurechtkommen? Und bei Fliegereinsätzen dabei zu sein, war die gefährlichste Tätigkeit überhaupt.

Tom kam entmutigt nach Hause zurück. »Ich bin bei der Musterung durchgefallen. Ich bekomme einen Schreibtischjob.«

Catherine schlang erleichtert die Arme um ihn. »Gott sei Dank!«

»Das ist nicht gerade heldenhaft«, sagte er mürrisch und befreite sich aus ihrer Umarmung.

»Mag sein, aber du wirst trotzdem gebraucht, egal was du tust. Und ich komme mit dir, selbst bis ans andere Ende der Welt.«

Sie verbrachten die Schulferien mit Spaziergängen und Picknicks, besuchten die Cooksons und packten Kisten für den Umzug. Tom wurde als Ausbilder eingeteilt und brach zu seiner ersten Stelle in Leicester auf. Catherine sollte nachkommen und eine Wohnung suchen, sobald seine Einarbeitung abgeschlossen war. Kurz vor ihrer Abreise traf ein Paket mit ihren Schreibheften ein.

Gespannt entfaltete sie Mr Forbes' beiliegenden Brief. Er war kurz und enthielt schonungslose Kritik. Ihre Geschichten seien schlecht geschrieben, zu umgangssprachlich und voller Grammatikfehler – nahezu unleserlich. Er riet ihr dringend davon ab, sie an einen Verlag zu schicken. Ihre Zeichenarbeiten waren eine andere Sache. Dort könnte sie eine Zukunft haben – eine, die sich mit dem Beruf ihres Mannes vereinbaren ließe. Er wünschte ihnen beiden viel Glück.

Catherine zerknüllte den Brief angewidert. Wie konnte er es wagen, ihre Arbeit zu verhöhnen! Tom gefielen ihre Erzählungen. Aber er war natürlich voreingenommen und würde alles sagen, um sie glücklich zu machen. Vielleicht konnte man ihre Geschichten wirklich nicht veröffentlichen. Anklagend blickte sie auf den Stapel eselsohriger Hefte. Sie würden nur Platz im Koffer wegnehmen und in einem anderen Schrank ungelesen herumliegen.

Mit verkniffenen Lippen zerriss Catherine die Hefte und warf sie auf den leeren Kaminrost. Sie nahm ein Streichholz, entzündete eine Kerze und hielt sie an den Papierhaufen. Grimmig sah sie zu, wie die Arbeit mehrerer Jahre in einer Stichflamme verschwand und sich schnell in heiße Asche verwandelte. Wozu musste sie in eine Fantasiewelt mit Lords und Ladys flüchten? Sie hatte Tom und ihre Kunst. Sie würde sich mit der echten Welt und dem Abenteuer eines Neuanfangs an einem neuen Ort zufriedengeben müssen.

Schon kurze Zeit später wurde Tom nach Lincolnshire versetzt. Erneut packte Catherine ihre Habseligkeiten zusammen und folgte ihm. Die einzige Unterkunft, die sie fand, war ein winziges Zimmer auf der Rückseite eines Reihenhauses in Sleaford. Die Vermieterin war bösartig, stellte im Winter abends um neun Uhr den Strom ab und rationierte das Toilettenpapier. Um zur Toilette zu gehen, musste Catherine zu ihrer Beschämung die Küche durchqueren, in der sich die Familie versammelte. Sie unterbrachen ihr Gespräch und starrten sie an, also hielt sie so lange wie möglich ein.

Aber ihr Drang, zur Toilette zu gehen, wurde immer häufiger und sie ahnte bald, warum. In den langen Winternächten hatten Tom und sie in ihrem abgedunkelten Zimmer wieder angefangen, miteinander zu schlafen. Je mehr Übung sie hatten, desto mehr Genuss bereitete es ihr.

Im Frühjahr und Frühsommer fanden erneut Bombenangriffe auf London und den Südosten Englands statt. Eine weitere Kampagne wurde gestartet, um die Frauen aus ihren Häusern in die Fabriken zu locken, damit sie die Kriegsaktivitäten unterstützten.

»Dieses Jahr kann ich nicht dabei sein«, sagte Catherine im Juni verlegen zu Tom. »Ich glaube, ich bin wieder schwanger.«

Er umarmte sie vor Freude.

»Ich hatte es gehofft!«, gab er zu und küsste sie innig.

Vorsichtig begannen sie, Pläne für einen Umzug in eine größere Wohnung zu schmieden, sobald das Baby da wäre. Als sich der Sommer dem Ende zuneigte, wagte Catherine zu hoffen, dass dieses Mal alles gut gehen würde. Sie begann wieder, Kindergeschichten und Verse zu schreiben.

Als die Tage kürzer wurden, kam Tom nach Hause und teilte ihr mit, dass er nach Hereford auf der anderen Seite des Landes versetzt werden würde.

»Es liegt in der Nähe von Wales«, sagte er, »angeblich ist es eine schöne Stadt mit einer Kathedrale. Das Militärlager befindet sich ein paar Meilen entfernt, aber ich kann mit dem Rad fahren. Sicher ein schöner Ort, um eine Familie zu gründen.«

Catherine gab vor, sich über den erneuten Umzug zu freuen, aber insgeheim war sie bestürzt. Schon der Gedanke daran, packen und eine Unterkunft finden zu müssen, erschöpfte sie. Außerdem graute ihr davor, ohne Tom zu sein, selbst wenn es nur für kurze Zeit war.

Ihr blieb keine Zeit, darüber nachzudenken, denn vier Tage später musste Tom den Zug nehmen. Catherine winkte ihm am Bahnhof nach und kehrte traurig und mit einem unguten Gefühl nach Hause zurück.

Als sie am nächsten Tag aufwachte, war das Bettlaken von Blut durchtränkt. Im ersten Moment der Ungläubigkeit dachte sie, sie hätte sich geschnitten, aber sie spürte keine Schmerzen. In Panik eilte sie zu ihrer Vermieterin, die mit den Vorbereitungen für ihren Urlaub beschäftigt war.

»Bitte rufen Sie einen Arzt«, flehte Catherine. Sie fühlte sich schwach auf den Beinen. Die Frau zögerte. »Ich zahle es Ihnen zurück.«

Der Arzt wurde gerufen. »Wahrscheinlich haben Sie eine Fehlgeburt. Sie können nichts tun, außer das Bett hüten und sich ruhig verhalten. Die Natur geht ihren Gang.«

Catherine starrte ihn wie betäubt an. »Sie meinen, ich werde das Baby verlieren?«

Er zuckte mit den Schultern. »Es sieht ganz danach aus. Soll ich jemanden benachrichtigen?«

Catherines Ohren rauschten, als hörte sie seine Worte in einem Traum. Einem schrecklichen Albtraum.

»Meinen Mann«, flüsterte sie. »Er ist auf dem Luftwaffenstützpunkt Madley. Ich weiß nicht, wie man ihn erreichen kann.«

»Vielleicht warten wir erst einmal ab, was passiert«, schlug der Arzt vor. »Ich komme morgen früh wieder vorbei.«

Verängstigt legte sie sich zurück und hörte, wie der Arzt der Vermieterin die Situation schilderte.

»Ich kann sie nicht pflegen«, sagte sie entrüstet. »Ich fahre morgen in Urlaub.«

Catherine schloss die Augen und weinte so leise, wie sie konnte. Die Nacht war unendlich lang. Sie wagte kaum, sich zu bewegen, doch selbst im Liegen spürte sie, wie sie blutete. In den finsteren Stunden nahmen die stechenden Schmerzen zu, und ihre Hoffnung schwand. Am nächsten Tag bestätigte der Arzt ihre schlimmsten Befürchtungen: Sie hatte eine Fehlgeburt.

»Aber ich habe immer noch das Gefühl, dass es da ist«, schluchzte Catherine. »Ich habe immer noch Schmerzen.«

Er untersuchte sie erneut. »Sie müssen ins Krankenhaus und operiert werden. Die Plazenta hat sich nicht vollständig abgelöst. Ich rufe einen Krankenwagen.«

Catherine wurde ins Krankenhaus von Grantham gebracht und mittels einer Vollnarkose in seliges Vergessen versetzt. Als sie aufwachte, hörte sie Babygeschrei und konnte sich einen Moment lang nicht daran erinnern, was geschehen war. Dann kehrte das Wissen in einer alles verzehrenden Welle des Schmerzes zurück. Sie hatten ihr zweites Baby verloren.

Eine Krankenschwester teilte ihr mit, dass man versucht habe, ihren Mann anzurufen, aber nicht durchgekommen sei.

»Besser so«, sagte Catherine kläglich. Sie wollte nicht, dass er sie in diesem

Zustand sah und die Nachricht über eine knackende Telefonleitung erfuhr, während er zwischen den Unterrichtsstunden hin und her eilte. »Ich werde es ihm persönlich sagen.«

Catherine war zwar geschwächt und untröstlich, konnte es aber nicht ertragen, in dem geschäftigen Krankenhaus in Hörweite der Entbindungsstation zu bleiben. Gegen den Willen der Ärzte entließ sie sich selbst. Sie wollte so schnell wie möglich nach Hereford zu Tom gelangen.

In dem Augenblick, als er ihr Gesicht am Bahnhof sah, wusste er Bescheid. Sie fiel ihm in die Arme und weinte. Tom versuchte, tröstliche Worte zu finden, konnte aber kaum sprechen. Es war zu grausam, dass es noch einmal passiert war.

Sie fanden ein Zimmer in der Marktstadt, und Tom zuliebe versuchte Catherine, ihre zerrütteten Lebensgeister aufzurichten. Aber sie verbrachte wieder viele einsame Stunden damit, sich zu fragen, warum ihnen eine solche Tragödie widerfahren war. Sie ging zurück in die katholische Kirche. Warum, so fragte sie den Pfarrer, hatte sie zwei Babys verloren?

»Haben Sie einmal überlegt, dass es Gottes Strafe sein könnte, weil Sie außerhalb des Glaubens geheiratet haben?«, fragte er sie streng.

Catherine war von dieser Anschuldigung zutiefst verletzt und bekam sie nicht mehr aus dem Kopf.

»Was für ein Gott würde so etwas tun?«, schrie sie Tom an. »Kein liebender Gott!«

»Das ist doch absurd«, sagte Tom ungeduldig. Er war wütend auf den Priester, der seine Frau in Bedrängnis gebracht hatte. »Was für ein Unsinn, zu glauben, Gott könnte unsere Babys aus reiner Bosheit getötet haben. Auf solch abergläubische Dogmen darfst du nicht hören.«

Catherine wusste, dass er recht hatte, aber ein Teil von ihr fürchtete sich vor den Vorwürfen des Priesters. Wenn sie von nun an folgsam wäre, zur Beichte ginge und regelmäßig die Kirche besuchte, könnte sie Vergebung erlangen. Vielleicht bekäme sie die Chance auf ein weiteres Kind. Sie rang mit sich, um die beiden widerstreitenden Teile in sich zu versöhnen. Daheim bei Tom stellte sie viele Aspekte des katholischen Glaubens infrage und stand ihnen kritisch gegenüber. Sonntags ging sie zur Messe, war von der Schönheit und dem Mysterium des Gottesdienstes berührt und fühlte sich in der unveränderlichen Vertrautheit zu Hause.

Sie freundete sich mit Schwester Teresa aus dem örtlichen Kloster an. Im geschützten Garten gingen sie unter den kahlen Bäumen spazieren und unterhielten sich.

»Kommt her zu mir alle, die ihr mühselig und beladen seid; ich will euch erquicken«, zitierte die Nonne. »Das sind doch nicht die Worte eines grausamen Gottes, oder?«

Catherine seufzte. »Dann ist vielleicht die Kirche schuld, weil sie einen nicht selbstständig denken lässt. Man kann beliebig viel sündigen und bekommt es mit ein paar Ave-Maria vergeben, aber es ist nicht erlaubt, Fragen zu stellen. Warum können wir nicht direkt zu Gott sprechen, so wie die Protestanten, anstatt über den Priester? Als könnte man uns nicht trauen.«

»Sie müssen mehr Demut zeigen«, sagte Schwester Teresa sanft. »Die Priester sind dazu da, uns zu helfen, und der Papst ist Gottes heiliger Vertreter auf Erden.«

»Der Papst ist auch nur ein Mensch«, schnaubte Catherine.

Sollte dies die gelassene Nonne schockiert haben, so ließ sie es sich nicht anmerken, und Catherine besuchte sie im Laufe des folgenden Jahres weiterhin. Sie fühlte sich schuldig, weil sie nicht bei der Kriegsarbeit mitwirkte. Als verheiratete, kinderlose Frau hatte sie Anfang 1942 eine Einberufung erhalten, war aber bei der ärztlichen Untersuchung durchgefallen. Catherine litt wieder unter häufigem Nasenbluten, das sie schwächte und Blutarmut verursachte.

»Tom will auch nicht, dass ich in der Fabrik arbeite. Er sagt, ich wäre körperlich noch nicht wieder dazu in der Lage«, vertraute sie Schwester Teresa an. »Aber ich fühle mich so nutzlos, während alle um mich herum beschäftigt sind, auch hier im Kloster.« Sie wies auf den Garten. »Sie haben jeden freien Zentimeter umgegraben, um Nahrung anzubauen.« Sie sah Schwester Teresa verzweifelt an. »Wenn ich nie Mutter sein werde, was soll ich dann tun?«

Die Nonne blieb einen Moment stehen und starrte in die Ferne. Catherine beneidete sie um ihre Gelassenheit und Ruhe.

»Sie haben eine wundervolle Seele«, sagte sie sanft. »Wofür Sie sich auch entscheiden, Sie werden der Welt Schönheit zurückgeben.« Sie lächelte und schob ihren Arm durch ihren. »Und das brauchen wir weiß Gott in dieser Welt voller Notlösungen und Kompromisse! Vielleicht ist es an der Zeit, wieder mit dem Zeichnen anzufangen.«

Ermutigt durch den Zuspruch der Nonne, entdeckte Catherine erneut ihr Interesse an der Kunst. Sie zog durch Hereford und skizzierte die alten Gebäude. Mr Forbes' Vorschlag fiel ihr wieder ein, und sie brachte ihre Skizzen zu einer Druckerei, die ihr einen Kostenvoranschlag für die Herstellung der Karten machte. Der Drucker war davon so angetan, dass er ihr half, die Karten in den Geschäften der Stadt zu verkaufen, was ihr einen kleinen Gewinn bescherte. Das sprach sich herum, und Catherine wurde gebeten, ein paar kleine Aufträge zu übernehmen: Illustrationen für ein Magazin und Kopien von Fotos für Postkarten. Der Leiter der Kunstschule wurde auf ihre Arbeiten aufmerksam und bot ihr an, sie auszustellen. Auf der Ausstellung lernte sie einen niederländischen Maler und seine Frau kennen, die sie einluden, ihm in seinem Atelier bei der Arbeit zuzusehen, wann immer sie wollte.

Während Tom von morgens um halb sieben bis abends um sechs im Lager war, fand Catherine Zuflucht in dem nach Ölfarben und Terpentin duftenden Dachbodenatelier des Malers Van der Meersch. In dieser friedlichen Umgebung beobachtete sie aufmerksam, wie der Künstler mit kräftigen Farben auf eine große Leinwand malte. Kurz darauf kaufte sie sich selbst Pinsel und Farben und begann, am Schlafzimmerfenster zu experimentieren, während die Tochter ihrer Vermieterin unten auf dem Klavier klimperte.

Eines Tages, als sie sich ohne Tom einsam fühlte, schlich sich Catherine ins Wohnzimmer und hob den Deckel des Klaviers an. Sie spielte ein paar zaghafte Töne. Auf dem Ständer entdeckte sie ein Notenheft. Sie blätterte darin und fand ein altbekanntes Lied, »The Waters of Tyne«. Stockend schlug sie die Tasten an und arbeitete sich durch die Melodie.

Sie beschwor eine längst vergangene Zeit herauf, in der sich die McMullens um das Klavier eines Bekannten versammelt und gesungen hatten. Wahrscheinlich war es bei einem Nachbarn gewesen, vermutlich an Weihnachten. Sie erinnerte sich nur noch daran, dass sie zwischen Großmutter Roses Knien gesessen, sich an der Musik erfreut und einer lieblichen Gesangsstimme gelauscht hatte. Der

Stimme ihrer großen Schwester Kate. Zumindest hatte sie sie damals noch dafür gehalten.

Sie spürte ein kurzes Glücksgefühl bei dem Gedanken, dass sie sich an eine Zeit der unbeschwerten Freude und Unschuld erinnern konnte, bevor das Leben durch ihre Illegalität und Kates Abgleiten in den Alkoholismus vergiftet worden war. In den folgenden Monaten klammerte sich Catherine an dieses Gefühl. Sie nahm Klavierunterricht und legte Prüfungen ab, während sie trotzig daran dachte, dass ihre Mutter nicht da war, um sie als undankbar zu beschimpfen oder ihr Nagelstiefel an den Kopf zu schleudern.

Als 1944 die Alliierten überraschend am D-Day in Frankreich landeten, war Tom unruhig.

»Ich wünschte, ich wäre Teil des Geschehens«, sagte er neidisch, »um etwas zu bewirken.«

»Ich dachte, du unterrichtest gern?« Catherine war überrascht.

»Nicht dort. Es ist so langweilig – immer wieder die gleichen Lektionen. Und die jungen Leute sind immer nur vorübergehend da, sodass man nie die Chance hat, sie kennenzulernen.«

Catherine machte sich Sorgen, dass er das Leben mit ihr zu langweilig fand. Eines Nachts wachte sie auf, und seine Seite des Betts war leer und kalt. Sie fand ihn im kleinen Garten, wo er bei hellem Mondschein saß, die Augen geschlossen und das Gesicht angespannt.

»Tom, was ist los?«

»Ich habe Kopfschmerzen, das ist alles. Ich konnte nicht schlafen, aber ich wollte dich nicht wecken.«

Sie setzte sich neben ihn auf die Bank und zitterte in ihrem Morgenmantel.

»Wo genau tut es weh? Kann ich dir etwas bringen?«

Er schüttelte den Kopf und zuckte vor Schmerz zusammen. »Bitte geh wieder ins Bett, Kitty. Niemand hat etwas davon, wenn wir beide nicht schlafen.«

Sie legte sich wieder hin, wälzte sich aber den Rest der Nacht hin und her. Was, wenn Tom ernsthaft krank war? An einem Tag Kopfschmerzen, am nächsten Tag tot. Oder vielleicht war es nur eine Ausrede und er hatte keine Lust auf ihre Gesellschaft. Was, wenn er von ihrem gemeinsamen Leben gelangweilt war und beschloss, sie zu verlassen? Wenn die Invasion in der Normandie der Anfang vom Ende des Kriegs war, blickte Tom vielleicht darüber hinaus und stellte sich ein neues Leben ohne sie vor. Ihre Ehe musste eine große Enttäuschung für ihn sein – ihr mittelmäßiges Liebesleben, das immer noch keinen Nachkommen hervorgebracht hatte, ihre angegriffene Gesundheit und ihre Ängste, ihren Glauben zu verlieren. Catherine kletterte aus dem Bett, sank auf die Knie und betete, dass Tom sie nicht verlassen würde.

Kurz darauf war sie wieder schwanger, und Toms sonderbare Stimmung besserte sich. Ihre Gebete waren erhört worden. Es war richtig gewesen, wieder in die Kirche zu gehen, denn nun wurde ihre Treue belohnt. Nur ein Ereignis trübte ihre positivere Verfassung in diesem Herbst: Ihr Freund Van der Meersch war unerwartet gestorben. Sie vermisste nicht nur seine sanfte Ermutigung und sein Vorbild, sondern auch den behaglichen Rückzugsort in seinem Dachgeschoss-Atelier.

Sie versuchte, diese friedliche Stimmung in ihrem eigenen beengten Schlafzimmer nachzubilden, aber es gelang ihr nicht. Vom Geruch der Farben bekam Tom Kopfschmerzen, und die Vermieterin beschwerte sich über die Unordnung. Außerdem war Catherine ungern stundenlang in einem kleinen Raum eingesperrt. Das Atelier war eine willkommene Flucht aus der Enge gewesen, wo sie Toms stundenlange Abwesenheit überbrücken konnte.

Stattdessen zog Catherine durch die Teesalons von Hereford, hielt sich eine Stunde an einer Tasse fest oder besuchte die Bibliothek, um an ihren Zeichnungen zu arbeiten. Sie ließ weitere Karten drucken, die sich vor Weihnachten in den örtlichen Geschäften gut verkauften, denn durch den Krieg bestand ein Mangel an traditionellen Karten.

Als Weihnachten näher rückte, hatte sich ihr Gemütszustand wieder eingependelt. Tom hatte nach langem Zureden zugestimmt, mit ihr zur Messe zu gehen. Sie verpackten gerade ihre Geschenke füreinander in Papier vom Vorjahr, als Catherine sich am Tisch festklammerte.

»Mir ist schwindlig«, sagte sie und versuchte aufzustehen. Einen Moment später krümmte sie sich auf dem Boden und hielt sich den Bauch.

Diesmal waren die Blutungen stark und schnell. Tom rannte zum Telefon im Erdgeschoss und rief einen Krankenwagen. Catherine wurde halb bei Bewusstsein aus dem Haus getragen und eilig ins Krankenhaus gebracht. Sie blutete stark und war so geschwächt, dass der Arzt den fassungslosen Tom beiseitenahm.

»Wenn Sie nicht so schnell gehandelt hätten, wäre sie jetzt womöglich nicht mehr am Leben«, sagte er. »Der Gesundheitszustand Ihrer Frau ist sehr kritisch. Sie sollte keine weitere Schwangerschaft riskieren.«

Als Catherine im neuen Jahr wieder zu Hause war und sich im Bett erholte, sprach Tom das Thema an.

»Man hat mir gesagt, du solltest keine Babys mehr bekommen, Kitty.«

Sie starrte ihn aus leblosen, dunkel geränderten Augen an, alle Farbe war aus ihrem Gesicht gewichen. Sie nickte. »Das haben sie mir auch gesagt«, flüsterte sie. »Es tut mir so leid.«

Er nahm schnell ihre Hand. »Es ist nicht deine Schuld.«

»Aber ich weiß, wie sehr du dir Kinder wünschst«, sagte sie mit brüchiger, niedergeschlagener Stimme. »Und ich kann dir keine schenken.«

Er bemerkte das Glitzern von frischen Tränen. »Ich liebe dich, Kitty Cookson. Wir haben immer noch einander«, betonte er. »Das ist das Wichtigste für mich. Und das heißt nicht, dass wir nicht –«, er bemühte sich, es vorsichtig auszudrücken, »ich meine, wir können doch Vorsichtsmaßnahmen treffen, oder?«

Sie schaute ihn verständnislos an. Er wurde puterrot.

»Noch nicht, natürlich. Wenn du wieder gesund bist. Der Arzt kann uns beraten, welche Art von Verhütung ...«

»Verhütung?« Catherine schnappte nach Luft.

»Wir können immer noch Mann und Frau sein«, murmelte er.

»Aber ich kann nicht«, stotterte sie aufgewühlt. »Es ist verboten. Das Leben eines Kindes so zu verhindern, ist eine Sünde.«

Tom ließ bestürzt ihre Hand los. »Nach allem, was du durchgemacht hast, ist deine Furcht vor diesem elenden Priester immer noch größer als dein Wunsch, dein eigenes Leben zu schützen.«

»Nein, ist sie nicht«, sagte sie, verletzt von der Wahrheit. »Und wenn dir etwas an mir läge, würdest du mich in Ruhe lassen, anstatt nur an deine Befriedigung zu denken!«

Tom stand abrupt auf. »Wenn es das ist, was du willst, rühre ich dich nicht mehr an.« An der Tür warf er einen Blick zurück. »Ich will dich nur trösten, Kitty, das ist alles.«

Er ging zur Arbeit, und Catherine blieb liegen, während ihr der Kopf schwirrte. Die Wände schienen sich zu bewegen, auf der gemusterten Tapete tauchten Formen auf, Gesichter starrten sie an, Stimmengewirr erfüllte ihren Geist. Sie war nutzlos, eine Versagerin, ein Bastard durch und durch. Eine Sünderin. Sie würde in die Hölle kommen, weil sie einen Protestanten geheiratet hatte. Es war Toms Schuld. Ihre Kinder schrien im Fegefeuer, seinetwegen, ihretwegen. Kates Gesicht blickte ihr von der Decke entgegen, Kates schallendes Lachen durchdrang den Raum. Sie war die schlechte Brut einer schlechten Frau. Schlechtes Blut bricht sich Bahn. Ihre Babys hatten keine Chance, denn sie kam aus einem verseuchten Schoß. Sie war nicht wirklich verheiratet – es war keine richtige Ehe –, also waren ihre Babys dem Untergang geweiht. Es war besser, im Mutterleib zu sterben, als die gleiche Schande zu erleiden wie sie ...

Catherine hielt sich die Ohren zu und schrie, dass die Stimmen aufhören sollten. Aber sie wurden lauter, begannen zu fluchen und zu schimpfen. Sie klangen wie ihre eigene Stimme, wieder mit einem ausgeprägten Dialekt, durchsetzt von unflätigen Ausdrücken wie bei Großvater John. Sie vergrub den Kopf unter der Decke und betete, dass sie verstummten.

Schließlich taumelte sie nach einer gewaltigen Überwindung aus dem Bett und zog sich an. Unsicher und benommen hüllte sie sich in ihren Mantel, Hut und Schal und begab sich auf die Suche nach Pater Logan. Im dunklen Beichtstuhl schüttete sie ihre Qualen über die verstorbenen Babys aus und darüber, dass sie keine weiteren bekommen durfte.

»Aber ich bin immer noch eine Ehefrau«, sagte sie heiser. »Ich habe immer noch eine Pflicht, nicht wahr? Wie kann ich ihr gerecht werden, ohne … ohne zu verhüten? Das wäre doch eine noch größere Sünde, oder?«

Mit trockenem Mund wartete sie auf eine Antwort der Stimme hinter dem Gitter.

»Ihr Mann ist doch Protestant, nicht wahr?«

Catherine machte sich auf einen weiteren Vortrag darüber gefasst, wie verwerflich gemischtkonfessionelle Ehen waren. »Ja«, schluckte sie.

»Dann lassen Sie *ihn* sündigen«, riet Pater Logan.

»Wie meinen Sie das?«

»Wenn er die Vorsichtsmaßnahmen ergreift, liegt die Sünde nicht bei Ihnen und Sie bringen Ihre Seele nicht in Gefahr.«

Catherine war fassungslos. Was für eine Heuchelei! Sie steckte in einem riesigen moralischen Dilemma, ertrank in Zweifeln, und er degradierte es zu einem albernen Spiel, bei dem es darum ging, wem man die Schuld zuschieben konnte. Sie war zu erschüttert und wütend, um zu sprechen. Nachdem sie die Kirche verlassen hatte, wanderte sie wie benommen durch die Stadt, empört über die Vorschläge des Pfarrers. Das Ganze war völlig absurd. Gott existierte nicht. Wie ein gefangenes Tier wurde sie von einer wilden Aggression gepackt. Gott, die Kirche, die Priester – sie alle hatten sie verraten. Die Erkenntnis war ähnlich verheerend wie der Moment, in dem sie als Siebenjährige erfahren hatte, dass Rose und John nur vorgegeben hatten, ihre Eltern zu sein.

Catherine stieß mit einer Frau zusammen, die auf die Apotheke zusteuerte.
»Verzeihung«, murmelte Catherine geistesabwesend.
Die Frau stellte ihren Kinderwagen im Eingang ab. Catherine blickte hinein. Unter einem Haufen Decken lag ein Baby, ein Junge. Sein winziges Gesicht lugte unter einer Strickmütze hervor. Eine Stupsnase, rosige Lippen, die Augenlider so neu und zart, dass die Adern sichtbar waren. Ein wunderschönes schlafendes Neugeborenes.
Catherine streckte eine Hand aus und berührte die Decke. Sie könnte das Kind mitnehmen. Sie musste nur danach greifen und es an sich drücken. Mit jeder Faser ihres Seins sehnte sie sich danach, das Baby im Arm zu halten. Sie hatte es verdient. Nichts anderes in ihrem Leben vermochte das klaffende schwarze Loch in ihrem Inneren zu füllen. Gott würde sie nicht bestrafen, denn Gott gab es nicht.
Catherine warf einen Blick in die Apotheke. Die Frau stand mit dem Rücken zu ihr. Vermutlich hatte sie ein halbes Dutzend anderer Kinder – in der Schule, zu Hause. Sie brauchte dieses Baby nicht so sehr wie Catherine, wäre ihr dankbar, wenn sie es ihr abnahm. Ihr Herz begann zu rasen. *Tu es jetzt*, sagte eine Stimme. *Jetzt*. Ihre Arme brannten bei dem Gedanken, das Kind im Arm zu halten. Ihre Finger umklammerten die Decke.
»Entschuldigung«, sagte die Frau hinter ihr.
Catherine fuhr erschrocken herum. Die Mutter warf ihr einen misstrauischen Blick zu und packte besitzergreifend den Griff des Kinderwagens.
»Ich habe nur – geschaut ...«, stammelte Catherine, zog die Hände weg und verschränkte sie hinter dem Rücken.
Die Frau nickte und schob den Kinderwagen zügig die Straße hinauf, warf ihr über die Schulter einen merkwürdigen Blick zu. Catherine rang um Atem, entsetzt über das, was sie beinahe getan hätte. Wäre sie mit dem Baby weggelaufen? Hätte sie es womöglich erdrückt? Sie hatte das Gefühl, dass sie zu allem fähig war. Es gab nichts, was sie aufhalten konnte, keine Glaubenssätze, die sie zurückhielten. Am liebsten wäre sie in den Altarraum der Kirche gerannt, hätte sich der Marienstatue zu Füßen geworfen und um Hilfe gefleht. Aber wenn es keinen Gott gab, gab es auch keine Heilige Familie, keine Muttergottes, die Vergebung und Trost spenden konnte.
Übelkeit überkam sie. Catherine taumelte in eine Gasse und erbrach sich in die Straßenrinne.
Sie erzählte Tom nicht von ihrem Impuls, das Baby zu entführen, sondern nur von ihrer Wut auf Pater Logan.
»Ich habe allen Glauben verloren«, erklärte sie. Doch als Tom sie nachts im Bett berührte, wich sie zurück. Sie ertrug es nicht. Abstinenz war der einzige Weg, um Ruhe zu finden.
Tom versuchte zu verhindern, dass sie sich in eine düstere Welt voller anklagender Stimmen und Halluzinationen zurückzog.
An einem Frühlingstag erzählte er ihr: »Ich war beim Priester.«
»Warum?«, fragte sie misstrauisch.
»Ich habe ihn um Unterweisung gebeten«, sagte er zaghaft. »Ich denke darüber nach, zum Katholizismus zu konvertieren.«
»Wozu das denn?«, fragte Catherine entsetzt.
»Damit wir zusammen in die Kirche gehen können«, sagte er und wirkte plötzlich unsicher. »Ich will dir helfen, das durchzustehen, Kitty.«

Sie funkelte ihn an: »Mir helfen? Du dummer Mann! Du hast die ganze Zeit gewartet – bis ich jeden Glauben verloren habe. Und jetzt denkst du, dass eine Bekehrung auch nur das Geringste ändern würde? Das wird es nicht, also gib dir keine Mühe!«

Er schreckte zurück, als hätte sie ihn geschlagen.

»Ich versuche zu helfen«, sagte er ratlos, »weil ich dich liebe.«

»Tust du das?«, fragte sie herausfordernd. »Bleibst du deshalb bis spät in die Nacht im Lager? Vielleicht hast du da oben ein fesches Mädel – eins, das mit dir schläft und dir Bälger gebiert. Dann kannst du mich für immer verlassen.«

Er starrte sie an, als wäre sie eine Fremde. Doch genauso fühlte sie sich. Sie wusste nicht, woher diese hasserfüllten Worte kamen. Sie sprudelten aus einer tiefen Jauchegrube in ihrem Inneren hervor und verseuchten ihre kränkelnde Ehe.

Tom sagte: »Wenn du dir nicht von mir helfen lassen willst, muss es jemand anders tun. Ich möchte, dass du noch einmal mit dem Arzt sprichst. Dir geht es nicht gut, Kitty.«

»Nicht gut?«, lachte sie schroff. »Das ist die Untertreibung des verfluchten Jahres. Natürlich geht es mir nicht gut. Ich bin in der Hölle! Ich hasse es, hier zu leben, ich hasse dieses Zimmer, ich hasse es, mit dir hier zu sein! Ich liebe dich nicht mehr, Tom!«

Er verließ das Haus und kehrte an diesem Abend nicht zurück. Sie blieb die ganze Nacht wach, wartete und machte sich Sorgen. Ihre Wut schlug in Panik um. Als er am nächsten Abend nach Hause kam, war sie vor Angst schweißgebadet.

»Ich habe im Militärlager geschlafen – ich dachte, das wäre dir recht«, sagte er erschöpft.

Catherine schlang die Arme um ihn. »Ich habe mir solche Sorgen gemacht. Ich dachte, du wärst tot. Ich habe nichts von dem, was ich gesagt habe, ernst gemeint. Verlass mich nicht, Tom. Versprich es mir!«

Er löste sich von ihr und konnte seine Verärgerung nicht verbergen.

»Ich werde dich nicht verlassen.« Seine Stimme war dumpf und resigniert.

Als die Nachricht von der Kapitulation der Nazis in Europa eintraf und das Land in Jubel ausbrach, zwang sich Catherine, mitzufeiern. Sie tat verzweifelt so, als wäre sie glücklich, und lud einige von Toms Arbeitskollegen zu einer Feier ein. Seine Freunde zogen Tom damit auf, dass er seine temperamentvolle Frau versteckt gehalten hatte.

»Kein Wunder, dass du nie im Lager leben wolltest«, neckte einer.

Catherine lachte und scherzte mit ihnen und ermutigte Tom in dieser Nacht, mit ihr zu schlafen.

Aber als der Morgen anbrach und er zur Arbeit ging, versank Catherine stärker als je zuvor in ihren Depressionen. Sie wurde erneut von einer Vielzahl von Ängsten geplagt. Angst vor dem Tod, Angst davor, dass Tom sie verließ, Angst vor Kate, Angst davor, keinen Vater zu haben, Angst vor Trunkenbolden, Angst vor Gott, Angst vor keinem Gott, Angst vor dem schwarz gewandeten Priester, der sie in ihren Träumen heimsuchte, Angst vor Händen, die nach den Docks rochen, Angst davor, verrückt zu werden, Angst davor, das Bett zu verlassen.

Sie starrte in den Raum, der sich wieder mit Gesichtern und Stimmen füllte, die sie beschimpften und aufforderten, aus dem Bett zu steigen. Sie versuchte es, konnte sich aber nicht bewegen. Ihre Beine waren schwer und nutzlos wie eiserne Gewichte.

Sie schrie nach Tom, obwohl sie wusste, dass er weit weg im Lager war. Sie weinte und wimmerte wie ein Kind, rief nach ihrer Mutter. Schließlich kam Mrs Bright, die Vermieterin, und rügte sie, weil sie so einen Lärm veranstaltete.

»Das liegt daran, dass Sie bis spät in die Nacht gefeiert haben«, sagte sie missbilligend.

»Ich kann mich nicht bewegen«, sagte Catherine hilflos.

Die Frau warf ihr einen skeptischen Blick zu. »Schlafen Sie Ihren Rausch aus. Ich bringe Ihnen eine Tasse Tee. Aber machen Sie keinen Lärm mehr. Mein Mann versucht, vor seiner Nachtschicht zu schlafen.«

Catherine lag den ganzen Tag da und wurde von den Stimmen gequält. Erinnerungen aus ihrer Kindheit flimmerten wie ein Film vor ihren Augen. *Sie steigt die Stufen zu Cissys Haus hinauf, in einem frischen Kittelkleid und mit neuen Haarbändern. Sie klopft an die Tür, aber niemand hört sie. Nach einer langen Zeit kommt Cissy an die Tür. Alle ihre Freunde drängen sich um sie herum, lachen und zeigen auf sie.*

»Du kannst nicht reinkommen – du hast keinen Papa ...«

Die Worte schallten durch ihren Kopf wie die Glocke des Angelus.

Dann sah Catherine sich selbst unten am Jarrow Slake, wie sie bei Flut auf dem öligen Wasser von einem Balken zum nächsten hüpfte und Mutproben veranstaltete.

»Los, spring da rüber, Billy«, fordert sie einen kleineren Jungen auf.

Sie ist voller Wut, weil die anderen Kinder nicht mehr mit ihr spielen wollen. Sie sagen, sie wäre tyrannisch und ein Raufbold. Sie fühlt sich wie ein Feuerwerk, das jederzeit explodieren kann. Danny, der irische Untermieter, ist weg, aber sie weiß, dass es ihre Schuld ist. Kate hasst sie dafür. Danny sollte ihr Vater werden. Bei der Vorstellung wird ihr schlecht. Sie hat keinen Papa. Sie hat keinen Papa! Grob schubst sie den schmächtigen Billy vorwärts.

»Spring, du kleiner Nichtsnutz!« Er verfehlt die nächste Planke und plumpst in das Brackwasser. Er taucht prustend und strampelnd auf und ruft um Hilfe. Die anderen Kinder wollen nicht mit ihr spielen; ihre Eltern sagen, sie wäre nicht gut genug für sie. Sie darf nicht auf ihre Geburtstagsfeiern gehen. Aber Kate sagt, sie wird ihnen zeigen, was in ihr steckt – und es ihnen heimzahlen.

Sie wird sich jetzt rächen. Billy, die Heulsuse, wird für all das Leid bezahlen. Zumindest über ihn hat sie Macht. Das geht ihr in den Sekunden durch den Kopf, während Billy schreit. Sie wird von einem glühenden Gefühl durchströmt. Sie drückt Billys Kopf wieder unter das Wasser. Seine Hände winken wie zum Abschied.

Da wird sie von Händen gepackt und weggestoßen. Ein kräftiger Mann in Arbeiterhosen und Stiefeln zieht Billy aus dem Wasser.

»Du hättest ihn fast ertränkt, du böses kleines Biest!«

Catherine klammert sich entsetzt ans Ufer. In Windeseile rennt sie die Böschung hinauf und flieht vor dem wütenden Mann und dem röchelnden, schluchzenden Jungen ...

Wie erstarrt vor Angst lag Catherine in dem klaustrophobischen Schlafzimmer in Hereford. Jahrelang hatte sie die Wahrheit verdrängt, weil sie sich zu sehr geschämt hatte, um daran zu denken. Kate hatte sie verprügelt, als sie davon erfahren hatte. Sie hatte es nicht anders verdient. Sie hatte versucht, einen unschuldigen Jungen zu ertränken. Sie war von Grund auf böse. Kein Wunder, dass Gott ihr die Babys weggenommen hatte – sie war nicht in der Lage, sie zu behüten. Sie war eine Gefahr für Kinder. Catherine erschrak, als sie daran dachte, wie sie in diesem Winter kurz davorgestanden hatte, ein Baby zu entführen.

»Hilf mir!«, schrie sie in den vibrierenden Raum.

Als sie versuchte, sich aufzurichten, erblickte sie sich in dem fleckigen Spiegel über dem Waschtisch. Kates geschwollenes, vom Alkohol gezeichnetes Gesicht starrte sie an. Catherine schlug sich die Hände vors Gesicht, und die Frau im Spiegel tat es ihr gleich. Wer war sie? Sie wusste es nicht mehr. Eine Hülle, die wie ihre Mutter aussah. Ihr wahres Ich hatte sich verflüchtigt, war entschwunden. Vielleicht war sie nie ein echter Mensch gewesen.

Als Tom zurückkam, fand er sie schwitzend und zusammengekauert unter der Bettdecke. Er rief den Arzt, und sie wurde ins Krankenhaus gebracht. Ein paar Tage später, als sie wieder ein paar wackelige Schritte machen konnte, willigte sie ein, einen Psychiater aufzusuchen.

Mit Tom konnte sie nicht reden. Sie schlichen wie Fremde in einem Stummfilm umeinander herum, während in ihrem Kopf fortwährend wütende Stimmen stritten. Nach einer Woche erklärte sie sich bereit, in die Nervenheilanstalt St. Mary's eingewiesen zu werden. Sie konnte nicht länger vor ihrer Vergangenheit fliehen. Es war an der Zeit, zurückzublicken und sich ihr zu stellen.

49

Es konnten fünf Tage, fünf Wochen oder ein ganzes Leben sein, das sie in St. Mary's verbracht hatte; Catherine hatte keinerlei Zeitgefühl in der großen gotischen Heilanstalt. Die Flure hallten wider, und die hohen Decken erinnerten sie nur allzu schmerzlich an die Krankenstationen eines Arbeitshauses. Im Nachbarbett lag eine Witwe, die kein Wort sprach, und auf der anderen Seite eine junge Frau, die sich für einen Filmstar hielt. Jeden Morgen packte sie ihre Tasche und wartete darauf, dass jemand sie zum Filmset bringen würde.

Tagsüber saß Catherine in einem Sessel und starrte auf das begrünte Gelände, während sie mit einer Näharbeit hantierte, die man ihr aufgetragen hatte. Nachts hielten sie ihre eigenen wirbelnden Gedanken und das Weinen der anderen wach. Aber am schlimmsten waren die Tage, an denen man sie die Steintreppe hinunter in den Keller zur Elektroschocktherapie brachte. In einem schmutzigen Korridor saß sie auf einer Holzbank und wartete darauf, dass sie an die Reihe kam, wie eine Schülerin, die ihrer Bestrafung harrt. Die Bank stand neben einer Toilette, die nach Urin stank, und Catherine musste sich die Hand vor den Mund halten, um sich nicht auf den Steinboden zu erbrechen.

Wenn der Zeitpunkt gekommen war, an dem das weiß gekleidete Krankenhauspersonal sie auf die harte Liege schnallte und grelles Licht sie blendete, war sie starr vor Angst. Die weißen Fliesen, klirrenden Metallinstrumente, schneidenden Lederriemen und das unheimliche Summen der Maschinen verstärkten ihre Angst. Sahen so die Folterkammern der Nazis aus und rochen sie ähnlich? Nüchtern, klinisch sauber, ohne menschliche Note.

Als Nächstes klemmte man ihr einen harten und schmerzhaften Gegenstand an den Kopf. Ein Rauschen erfüllte ihre Ohren, während der Stromschlag durch sie pulsierte, ihre Gedanken übertönte, ihren Körper aufbäumte und von ihr Besitz ergriff. Eine Sekunde lang war alles rot. Dann kam die Schwärze, das Vergessen.

Seit Catherine wusste, was sie in dem weiß gekachelten Saal erwartete, schwitzte und zitterte sie abwechselnd, während sie auf der Bank saß. Während ihre Mitpatienten in stiller Resignation dasaßen, kämpfte Catherine gegen die Übelkeit an und war überzeugt, dass sie in die Hölle auf Erden geraten war.

Die Behandlung raubte ihr nach und nach die Fähigkeit, zu denken, zu fühlen und sich zu erinnern. Anschließend wusste sie nicht mehr, welcher Tag war, was sie gefrühstückt hatte oder wie ihre Großmutter hieß. Nach und nach fielen ihr vereinzelte Dinge wieder ein. Aber manche kamen nicht zurück. Sie hatte Schwierigkeiten, sich an weite Abschnitte ihrer Schulzeit zu erinnern oder an die Namen ihrer Klassenkameraden, die ihr einst ebenso vertraut gewesen waren wie ihr eigener.

Manchmal war das Vergessen willkommen. Es gab so viel in ihrer Vergangenheit, das sie am liebsten ausgelöscht hätte. Es war beruhigend, in einem Nebel der Verwirrung dazusitzen, unfähig, sich auf die einfachsten Aufgaben zu konzentrieren, während ihre Gedanken wie in einem Kokon eingeschlossen waren. Aber der Nebel raubte ihr jedes Empfinden. Sie verspürte für nichts oder niemanden starke Gefühle. Sie wachte auf, zog sich an, aß, bewegte sich und saß. Sie konnte weder lächeln, lachen, weinen noch lieben.

Manchmal fühlte sie sich so losgelöst, dass sie Mühe hatte, sich zu erinnern, wer und wo sie war.

»Mr Cookson ist hier, um Sie zu sehen«, sagte die Krankenschwester eines Abends zu ihr.

Catherine starrte sie ausdruckslos an. Wer war Mr Cookson?

»Ihr Ehemann«, sagte sie, »er ist zu Besuch gekommen.«

Ehemann. Was für ein seltsames Wort. Was bedeutete es? Was taten Ehemänner? Sie hatte weder den Willen noch die Energie, das herauszufinden.

»Soll ich ihm sagen, dass Sie heute Abend zu müde sind?«, schlug die Krankenschwester vor. »Er kann morgen wiederkommen.«

Catherine nickte. Die Sache schien nichts mit ihr zu tun zu haben. Die Krankenschwester und der Ehemann konnten es unter sich ausmachen.

Später, mitten in der Nacht, wurde Catherine schlagartig hellwach. Der Ehemann war Tom. Tom war gekommen, um sie zu besuchen. Er musste kilometerweit geradelt sein, nur um abgewiesen zu werden. Sie konnte sich Tom bildlich vorstellen, wie er auf seinem Fahrrad durch die engen Gassen sauste und dabei pfiff. Es war, als sähe sie einen Film aus einem anderen Leben. Wie merkwürdig, sich eine Welt vorzustellen, die woanders stattfand als ihre eigene.

Manchmal kam Tom und blieb den ganzen Besuch über schweigend neben Catherine sitzen. Er hatte es aufgegeben, ihr von seiner Arbeit oder aktuellen Ereignissen wie von den bevorstehenden Parlamentswahlen zu erzählen. Sie zeigte kein Interesse und schien seine Anwesenheit kaum zu bemerken. Noch weniger war sie bereit, ihm zu erzählen, was in der Klinik mit ihr geschah. Nur über das Personal erfuhr er, dass sie regelmäßig mit Elektroschocks behandelt wurde.

Tom betrachtete seine einst so lebhafte Frau, die mit schütterem Haar und verkniffenem Gesicht dasaß, und befürchtete, dass sie sich nie wieder erholen würde. Vergessen waren ihre angeregten Gespräche über Literatur und Ethik, verschwunden waren ihr ansteckendes Lachen und ihr trockener nordischer Humor, vorbei das Gefühl, in ihren Armen zu liegen. Nach einem Monat, in dem er jeden Abend nach einem langen Tag im Militärlager mit dem Fahrrad zur Anstalt gefahren war, stand Tom kurz davor, seine Besuche einzustellen.

Seine Gegenwart machte keinen Unterschied; womöglich schadete sie ihrer Genesung sogar. Sie blickte ihn mit Misstrauen an – oder gar nicht. Und dann kam der Tag, an dem sich Catherine weigerte, ihn zu sehen. Der Gedanke, dass er seine Kitty für immer verloren haben könnte, war furchterregend. Nur kurz währte die Erleichterung darüber, an diesem Abend nicht zu einer depressiven und unberechenbaren Frau zurückzukehren. Allein in ihrem Bett zu liegen, war eine trostlose Erfahrung. Ein Leben ohne ihr lebhaftes, liebevolles Wesen war ein Dasein ohne Farbe und Wärme. Ein Leben in Schwarz-Weiß.

Er musste sich an die Frau erinnern, in die er sich auf den ersten Blick verliebt hatte, als er sie in Kates Pension gesehen und gehört hatte. Sie war die echte Catherine, nicht die verbitterte, wütende, verletzende Frau, die ihm gesagt hatte, dass sie ihn nicht mehr liebte. Seine Kitty war krank, verloren in einem schwarzen Sturm der Depression, und er durfte sie nicht im Stich lassen, so wie andere es getan hatten.

Tom zwang sich, am nächsten Tag zurückzukehren. Dort erwartete ihn eine andere Catherine. Sie war langsam und schwach auf den Beinen, aber in ihren traurigen Augen lag ein Schimmer.

»Möchtest du im Garten spazieren gehen?«, fragte sie ihn.
»Sehr gern«, sagte er lächelnd und reichte ihr den Arm.
Nach kurzem Zögern ergriff sie ihn und hielt sich während des kurzen Spaziergangs über die Einfahrt an ihm fest.
»Man hat mir gesagt, dass ich schon seit fünf Wochen hier bin«, sagte Catherine.
»Fast«, bestätigte Tom. »Eigentlich ist das nicht lange. Du hast so viel durchgemacht, Kitty. Du musst dir so viel Zeit geben, wie du brauchst, um gesund zu werden. Ich werde noch eine Weile in Madley bleiben.«
Sie blieb stehen und umklammerte seinen Arm. »Nein! Ich muss hier weg. Ich weiß, was sie tun: Sie bringen mich dazu, dass ich nur noch in der Anstalt leben kann. Ich habe das selbst gesehen – im Arbeitshaus. Du gelangst an einen Punkt, an dem du draußen nicht mehr zurechtkommst, selbst wenn sie dich irgendwann entlassen. Auf der Station gibt es eine Frau, die seit fünfzig Jahren hier ist – fünfzig Jahre! –, und sie will nicht einmal das Haus verlassen. Sie hat kaum mitbekommen, dass Krieg war, und versteht nicht, warum sie seit fünf Jahren keine Banane und keinen Pudding mehr bekommen hat. Ich werde so enden wie sie, wenn ich noch länger hierbleibe.«
Tom war erstaunt über diesen Wortschwall, aber auch besorgt über ihre Aufregung.
»Nein, das wirst du nicht – nicht nach nur einem Monat.«
»Doch, das werde ich.« Catherine war unnachgiebig. »Sie können mich nicht zwingen zu bleiben. Ich will zurück nach Hause, Tom. Hilf mir, nach Hause zu kommen.«
Bei ihrem plötzlichen Appell traten ihm Tränen in die Augen. Zum ersten Mal seit über einem Monat hatte sie seinen Namen erwähnt.
»Natürlich tue ich das«, versicherte er ihr.
Die Ärzte stimmten zu, dass Catherine an diesem Samstag einen Ausflug nach Hereford machen durfte. Wenn alles gut liefe, würden sie einen längeren Aufenthalt zu Hause in Betracht ziehen. Sie nahm ihren Mut zusammen, um sich der Außenwelt zu stellen, stand früh auf, kleidete sich an und richtete ihr Haar sorgfältig her. Tom holte sie an der Bushaltestelle ab und merkte sofort, dass etwas nicht stimmte.
Catherine wollte nicht zu ihrer Unterkunft gehen, weil sie Angst vor den Gesichtern und Stimmen hatte, die noch immer in den Wänden lauern könnten. Sie wollte auch nicht still in einer Kirche sitzen, wo sie von ihren Zweifeln und ihrem Unglauben überwältigt werden könnte. Also versuchten sie es mit einem Café, aber es war zu voll, und Catherine schaute immer wieder zur Tür, als wollte sie jeden Moment die Flucht ergreifen. Als sie ihren Tee zur Hälfte ausgetrunken hatte, rannte sie auf die Straße. Tom eilte ihr hinterher. Sie zitterte am ganzen Körper, ihre Hände schwitzten in ihren Handschuhen, ihr Gesicht war klebrig und grau. Als Tom versuchte, sie in den Arm zu nehmen, erstarrte sie und bekam keine Luft mehr.
Er brachte sie mit dem Taxi zurück in die Heilanstalt und erklärte ihr, dass sie eine Panikattacke erlitten habe. Niedergeschlagen ließ er sie dort zurück.
Am nächsten Tag zwang sich Catherine, die Auffahrt entlangzugehen und einen Blick hinter die Tore zu werfen. Sie atmete die warme, aromatische Luft ein, den Duft von gemähtem Gras und lauschte dem Gezwitscher der

Waldtauben. Das waren kleine Freuden, die sie wieder zu genießen lernte. Die Welt jenseits der Anstaltsmauern brauchte nicht so beängstigend zu sein. Von der frischen Luft wurde ihr schwindlig, und sie stützte sich an einem großen Baum ab. Einer Eiche.

Augenblicklich war sie zurück in The Hurst und drückte sich mit dem Rücken an die tröstliche Stärke ihrer Lieblingseiche. Wie hatte sie diesen Baum nur vergessen können? Er leuchtete wie ein Talisman in ihrem Kopf. Etwas Gutes, an dem sie sich festhalten konnte, etwas, zu dem sie heimkommen konnte.

Von diesem Moment an war Catherine überzeugt, dass sie nach The Hurst zurückkehren musste. In Hereford gab es zu viel Schmerz. Selbst wenn es bedeutete, von Tom getrennt zu sein, würde sie gehen. Nur dort, in der verfallenen, vertrauten Umgebung des knarrenden Hauses und seines schönen Gartens, würde sie ihren Seelenfrieden finden. Dort könnte sie ihre Liebe zu Tom, ihre Leidenschaft für Bücher und für das Leben wiederentdecken. Der Krieg war vorbei; die Soldaten, die in dem Haus einquartiert waren, würden bald abziehen. Mrs Fairy lebte jetzt in einem Pflegeheim, aber sie würde The Hurst auch ohne die Hilfe der alten Köchin wieder in Besitz nehmen und in ein Zuhause verwandeln. Und das Haus würde sie umgekehrt wieder zum Leben erwecken.

Bei Toms nächstem Besuch erzählte sie ihm von ihrem Plan und wies seine Bedenken zurück.

»Jemand muss dir zur Seite stehen«, sagte er. »Kannst du nicht warten, bis ich aus dem Kriegsdienst entlassen werde?«

»Nein. Ich bleibe nicht länger hier – und ich ertrage auch den Gedanken nicht, in Hereford zu sein. The Hurst ist unser Zuhause, Tom. Es ist der einzige Ort, an dem ich eine Chance habe, gesund zu werden, und an dem wir die Möglichkeit haben, unsere Ehe zu kitten.«

Tom errötete bei ihren unverblümten Worten. Aber sie hatte recht. Ihre Ehe war durch die Kriegswirren, den Verlust ihrer Kinder und Catherines Zusammenbruch zerrüttet worden. Er wusste nicht, ob sie jemals friedlich zusammenleben konnten oder ob die Wunden zu tief saßen. Das würde nur die Zeit zeigen.

»Ich kann versuchen, an den Wochenenden zu kommen«, sagte er zweifelnd. »Aber mir wäre wohler, wenn du nicht allein wärst. Vielleicht könnte deine Mutter kommen – nur für eine kurze Zeit?«

Sie warf ihm einen wütenden Blick zu. »Kate? Nach allem, was sie mir und uns angetan hat! Ich kann nicht glauben, dass du das vorschlägst. Diese Frau ist der Grund für meinen ganzen Leidensweg. Wenn ich mir über eine Sache im Klaren bin, dann, dass ich nie wieder mit ihr zusammenleben werde.«

Eine Woche später unterschrieb Catherine in St. Mary's ihre Entlassungspapiere, und Tom reiste mit ihr zurück nach Hastings. Ein Nachbar, der ihnen die Schlüssel übergab, versicherte ihnen, dass das Haus leer und weitgehend unversehrt war. Sie stellten fest, dass der Turm durch eine Brandbombe beschädigt worden und der Wintergarten eingestürzt war, aber der Rest stand noch. Drinnen herrschte jedoch ein Bild des Verfalls und der Verwahrlosung. Tapeten hingen von den feuchten Wänden, Teppiche waren herausgerissen worden, Holzbalken klafften durch die Löcher im Putz.

Als sie vorsichtig die Treppe hinaufstiegen, schlug Catherine ein penetranter Geruch nach abgestandenem Urin entgegen. Sie musste würgen und dachte für einen albtraumhaften Moment, sie sei wieder in dem unterirdischen Gang vor dem Elektroschockraum. Das war der Beweis dafür, dass sie verrückt war und niemals hätte freigelassen werden dürfen. Sie klammerte sich an das Geländer und schrie nach Tom.

»Dieser Gestank – kannst du ihn riechen?«

Tom entdeckte bald die Quelle. In den Schlafzimmern standen Nachttöpfe, die bis zum Rand gefüllt waren. Die Soldaten hatten es so eilig gehabt, dass sie sich nicht die Mühe gemacht hatten, sie zu leeren.

»Ich mache das«, sagte Tom angewidert. »Sieh du nach, ob sie uns einen Kessel dagelassen haben.«

Über das Wochenende versuchten sie, die Küche und ein Schlafzimmer bewohnbar zu machen. Bevor Tom nach Hereford zurückkehrte, teilte er Catherine mit, dass seine Mutter für ein paar Wochen aushelfen würde.

Catherine protestierte nur halbherzig. Jetzt, da sie wieder in dem großen, leeren Haus war, hatte sie Angst, mit ihren Gedanken alleingelassen zu werden. Die Gesellschaft der freundlichen, zupackenden Mrs Cookson wäre ihr zehnmal lieber als die ihrer eigenen Mutter.

In ihrer letzten gemeinsamen Nacht schliefen Catherine und Tom miteinander. Es war nicht geplant, und beide waren überrascht von ihrem Wunsch nach körperlicher Nähe. In der Stille des muffigen Schlafzimmers lagen sie umschlungen und lauschten dem abendlichen Vogelgezwitscher durch das zerbrochene Fenster. Zum ersten Mal seit vielen Wochen spürte Catherine einen Anflug von Zufriedenheit. Vielleicht hatten sie ja doch eine Zukunft.

Mrs Cookson traf ein und half ihrer Schwiegertochter bei der großen Aufgabe, The Hurst wieder bewohnbar zu machen. Sie putzten, schrubbten und strichen. Sie besserten Möbel aus, wuschen und bügelten Vorhänge, brachten Teppiche nach draußen und klopften sie aus. Es war eine anstrengende Arbeit, von der Catherine alle Muskeln schmerzten, sodass sie abends kaum die Treppe hochkam. Ihrer besorgten Schwiegermutter gegenüber verharmloste sie ihr Nasenbluten und tat deren Bemühungen, sie zum Ausruhen zu bewegen, mit einem Lachen ab.

»Ich habe das schon seit Jahren. Die Ärzte sagen, es liegt an meiner Nervosität«, sagte Catherine augenzwinkernd. »Es könnte genauso gut mit dem Wetterbericht zu tun haben – *ein kalter, windiger Tag, mit leichtem und unbeständigem Nasenbluten.*«

Sie konnte Toms Mutter nicht sagen, dass Arbeit ihr Lebensinhalt war. Harte Arbeit hielt die Dämonen in ihrem Kopf in Schach und machte sie so müde, dass sie einschlief, sobald sie sich abends hinlegte. Beschäftigung – schwere körperliche Betätigung – und Schlaf. Das war alles, was sie wollte.

Als Mrs Cookson zu ihrer Familie zurückkehren musste, fühlte sich Catherine verloren. Sie hatte ihre ungezwungene Gesellschaft am Küchentisch und bei den seltenen Ausflügen zum Einkaufen genossen. Nur die Anwesenheit der älteren Frau hatte sie davor bewahrt, beim Anblick einer Warteschlange oder eines belebten Ladens in Panik zu geraten.

Aber nicht nur die Furcht vor dem Alleinsein beunruhigte Catherine. Sondern auch die wachsende Gewissheit, dass sie wieder schwanger war. Sie konnte es kaum glauben. Die eine Liebesnacht mit Tom war so schnell und unvermutet geschehen, dass sie nicht einmal über Verhütung nachgedacht hatten.

Es erfüllte sie mit Sorge und Spannung. Sie war fast vierzig. Dies war sicherlich ihre letzte Chance, Mutter zu werden. Ein letztes Geschenk von einem abwesenden Gott, den sie zurückgewiesen hatte. Aber sie wagte nicht zu hoffen. Sie wusste, wenn sie dieses vierte Kind verlor, würde sie wieder in den Abgrund des Wahnsinns stürzen. Catherine bezweifelte, dass sie ein zweites Mal hinausklettern könnte.

Beinahe hätte sie sich Mrs Cookson anvertraut, entschied sich aber dagegen. Sie hatten nie über den Verlust ihrer Babys gesprochen, und Catherine dachte immer noch mit Unbehagen an jenes unglückliche Weihnachtsfest zurück, an dem sie aus dem Haus ihrer Schwiegermutter geflohen war, um den kleinen Winston nicht auf den Arm nehmen zu müssen.

Tom sollte Ende der nächsten Woche eintreffen. Sie würde warten und es ihm persönlich sagen. Dann erhielt sie einen Brief von Kate, in dem sie fragte, ob sie zu Besuch kommen könne. Catherine warf ihn ins Feuer. Kates nächster Brief war vorwurfsvoller. Sie hatte sie während des ganzen Kriegs nicht gesehen. Sie würden sich gegenseitig Gesellschaft leisten, während Tom weg war. Catherine zerriss ihn und fragte sich ärgerlich, ob Tom oder seine Mutter an Kate geschrieben hatte. Woher wusste sie sonst von ihrer Situation?

Sie fegte gerade den ersten Haufen Herbstlaub zusammen, als sie es spürte. Einen stechenden Schmerz und das Fließen von Blut. Als Catherine ins Haus eilte, bemerkte sie, dass sie nicht überrascht war. Sie hatte auf diesen schrecklichen Moment gewartet und tief in ihrem Inneren gewusst, dass sie eine Fehlgeburt erleiden würde. Frauen wie sie hatten es nicht verdient, ein Kind zu bekommen.

Catherine legte das Bett mit Zeitungspapier aus und kroch unter die Decke. Die Schwangerschaft war noch nicht so weit fortgeschritten wie beim letzten Mal, und am Morgen hörte die Blutung auf. Schwerfällig raffte sie das Papier und die Laken zu einem Bündel zusammen und brachte es nach draußen. Sie schichtete es mit den Blättern vom Vortag auf und setzte den Haufen in Brand. Catherine sah zu, wie es schwelte und dann brannte, wie die Flammen höher züngelten, während ihr der strenge Geruch in die Nase stieg.

Zurück im Haus holte sie Zeichnungen aus dem Nachttisch und Zettel mit Gedichten, die sie sich nicht erinnern konnte, verfasst zu haben. Sie schnappte sich ein Bündel Briefe von Tom und Kate, riss Fotos aus einem Album, die Bridie und Maisie zeigten, als sie gerade nach The Hurst gezogen waren. Sie warf alles ins Feuer. Es war ein wildes Triumphgefühl, ihr Leben in Flammen aufgehen zu sehen – ihre Vergangenheit und ihre Zukunft.

Doch die Hochstimmung hielt nicht lange an. Sie trottete zurück in das leere Haus. Eigentlich hätte sie ein Bad nehmen und sich umziehen, den Arzt rufen oder jemandem erzählen sollen, was passiert war. Aber eine drückende Lustlosigkeit lastete auf ihr. Sie schaffte es kaum, die Treppe hochzugehen und Tom einen Brief zu schreiben, in dem sie ihm erklärte, warum sie ihn verließ. Doch es war das Einzige, was ihr zu tun blieb.

Nachdem sie eine Stunde oder länger auf der Treppe gesessen hatte, zwang sie sich, aufzustehen. Sie fand eine halb ausgetrunkene Flasche Rum, die einer der Soldaten zurückgelassen hatte, und nahm sie mit nach oben. Sie durchwühlte das Schlafzimmer und sammelte ihren Vorrat an Beruhigungsmitteln und Schlaftabletten zusammen.

Catherine ging ins Badezimmer, schloss die Tür ab und entriegelte sie dann wieder. Es hatte keinen Sinn, es der Polizei oder demjenigen, der sie finden würde, zu erschweren, ihre Leiche zu entfernen. Hätte sie noch einen Funken Energie besessen, wäre sie in ein heißes Bad gestiegen, hätte sich die Pulsadern aufgeschnitten und den Rum getrunken. Aber das war ihr zu anstrengend. Sie würde die Tabletten hinunterwürgen und es hinter sich bringen.

Catherine goss sich ein Glas Wasser ein und schluckte die erste Pille.

50

»Ich liebe dich, Kitty Cookson.« Die Worte waren so deutlich und klar, dass Catherine herumschwang und erwartete, Tom hinter sich stehen zu sehen. Sie spürte seine Gegenwart im Badezimmer.

»Tom ...?« Sie klammerte sich am Waschbecken fest. Außer ihr war niemand da. Sie betrachtete sich im Spiegel. Wer war die ausgemergelte Frau mit dem schütteren Haar, die sie anstarrte? Sie sah aus wie mindestens fünfzig. Aber ihre Augen waren die eines verwirrten kleinen Mädchens. Wie konnte Tom nur so ein erbärmliches Geschöpf lieben?

»Ich liebe dich. Wir haben immer noch einander. Das ist das Wichtigste für mich.«

Catherine merkte, wie ihre Knie nachgaben. Hinter ihren trockenen Augen spürte sie brennende Tränen. Sie blickte auf die Handvoll Tabletten hinunter, die sie ins Vergessen oder zum Teufel befördern sollten. Was hatte sie nur getan? Wie konnte sie zulassen, dass Tom sie auf dem Boden des Bads im Todeskampf entdeckte, mit einem gekritzelten Zettel auf dem Schminktisch, der nichts erklärte?

Tom mit den warmen, braunen Augen und dem schüchternen Lächeln; ihr fleißiger, gewissenhafter, loyaler Freund. Ihr bescheidener Liebhaber. Vielleicht würde er sie sowieso verlassen. Aber in diesem Sekundenbruchteil wusste sie, dass sie ihn nicht verlieren wollte. Abrupt griff Catherine nach den Tabletten und warf sie in die Toilettenschüssel. Sie riss an der Kette und sah zu, wie die Pillen weggespült wurden. Gleichzeitig entfuhr ihr ein ersticktes Schluchzen, und die ersten Tränen rannen über ihr Gesicht.

Unter Tränen stolperte sie aus dem Bad, die Treppe hinunter und aus dem Haus. Es hatte zu regnen begonnen. Sie eilte in den Garten und suchte unter der Eiche Schutz. Der kalte Regen peitschte ihr ins Gesicht, als sie sich in das nasse Laub rund um den Baumstamm fallen ließ. Sie schluchzte ihre Qualen heraus, wunderte sich, dass sie noch weinen konnte. Auch wenn der Schmerz sie verzehrte, war er ein Beweis dafür, dass sie lebte, immer noch lebte.

Catherine saß zitternd und erstarrt da und hatte keine Ahnung, wie sie den Rest des Tages überstehen sollte, geschweige denn die folgenden Tage. Wie auch immer sie es schaffen würde, sie müsste es allein tun, ohne die Hilfe ihres Mannes oder die betäubende Wirkung der Medikamente. Sie schmiegte sich an den Baum, bezweifelte, dass sie den Mut dafür hatte.

»Vertreib deinen Kummer durch Arbeit, Mädchen.«

Die Worte durchfuhren sie wie ein elektrischer Schlag. Kates Worte. Das Patentrezept ihrer Mutter, um seelisches Leid oder Schwierigkeiten zu überwinden. Natürlich war das die Antwort. Aber Catherine hatte es versucht, sie hatte sich bis zum Umfallen angetrieben und vermutlich die Fehlgeburt erlitten, weil sie sich die zermürbende Hausarbeit aufgehalst hatte. Das verstand Kate unter Arbeit.

Aber Catherine besaß ihr eigenes Heilmittel gegen ein gebrochenes Herz: Schreiben. Wenn sie sich nur aufraffen könnte, wieder damit anzufangen ...

Mühsam kam sie auf ihren eingeschlafenen Füßen in den Stand und humpelte zurück ins Haus. An diesem Abend hatte sie nicht die Kraft dazu. Sie schürte das Feuer in der Küche, legte sich mit einer Decke auf den Kaminvorleger und schlief unruhig.

Am frühen Morgen bereitete sich Catherine eine Kanne Tee zu und begab sich auf die Suche nach Papier. Sie riss einige leere Seiten aus Mrs Fairys alten Kochbüchern heraus und setzte sich damit an den Küchentisch. Mit zitternden Händen nahm sie den Bleistift in die Hand, mit dem sie die Einkaufslisten schrieb. Ihr wurde übel. Den Stift in der Hand zu halten, rief die Erinnerung an ihre Schwangerschaft mit David wach. Sie rannte zur Spüle und übergab sich.

Für den Rest des Tages ließ sie ihr Vorhaben ruhen und lief pausenlos durch den Garten, um müde zu werden. Zum zweiten Mal verbrachte sie die Nacht auf dem Küchenboden. Am nächsten Morgen versuchte sie es erneut. *Schreib einfach irgendetwas – niemand wird es lesen.* Diesmal schien der Ratschlag von ihr selbst zu kommen.

Sie saß da und starrte auf ihre müßigen Hände, während sie dem Regen lauschte, der durch den Schornstein prasselte und das Feuer zum Zischen brachte. Genau wie in der William Black Street Nummer zehn. Wenn sie die Augen schloss, hörte sie das Rascheln von Großvaters Zeitung, wie die Ofentür zuschlug und Kate summte, während sie den Teig mit dem Nudelholz bearbeitete. Sie konnte die Asche und den aufgehenden Teig riechen.

Catherine griff nach dem Stift und begann zu schreiben. Nach zwei Stunden hatte sie sechs Seiten gefüllt und stellte erstaunt fest, dass es schon Mittag war. Sie kochte noch mehr Tee, aß zwei Kekse und schrieb weiter. An diesem Abend wagte sie sich in ihr Schlafzimmer und las die vollgeschriebenen Seiten. Es war eine fast perfekte Nachbildung der Küche in East Jarrow. Sie konnte sie sehen, riechen und schmecken.

In den nächsten Tagen dachte Catherine an die Orte und Menschen aus ihrer Kindheit zurück, die sie jahrelang zu vergessen versucht hatte. Exzentrische Untermieter, schlecht gelaunte Ladenbesitzer und den freundlichen Pfandleiher, der spürte, dass sie sich schämte, die Habseligkeiten ihrer Familie verpfänden zu müssen. Sie stolperte über die Schlackestücke an den Bahngleisen, rannte durch die unheimlichen, tropfenden Brückenbögen bei den Docks und bewunderte ein Meer aus Mohnblumen auf einem Feld oberhalb von Shields. Jemand ergriff ihre Hand, und ihre Füße hoben ab, während sie dem Mond nachjagten. Kates Hand.

Sie verdrängte den unangenehmen Gedanken aus ihrem Kopf. Sie hatte es zu weit gebracht und zu viel Energie darauf verwendet, sich von Kates Einfluss zu befreien, um liebevollen Erinnerungen an sie nachzuhängen. Sie war Catherine Cookson, die Frau eines Oxford-Absolventen. Es gab keinen Weg zurück.

Catherine legte ihre Beschreibungen von Tyneside beiseite. Sie waren zu anschaulich und verstörend. Aber sie hatten sie wieder auf den Geschmack gebracht, Geschichten zu verfassen. Sie setzte sich das ehrgeizige Ziel, jeden Tag zehn, zwölf oder vierzehn Stunden zu schreiben.

Anfang 1946 wurde Tom aus dem Kriegsdienst entlassen und nahm seine Stelle als Mathematiklehrer am Gymnasium wieder auf. Sie gewöhnten sich an eine ruhige Routine: Er unterrichtete, war mit den Pfadfindern unterwegs und trainierte Kricket, sie schrieb, machte Haus- und Gartenarbeit. Tom bewunderte Catherine sehr dafür, wie sie ihre Depressionen mit konsequenter Arbeit am Schreibtisch bekämpfte. Oft blieb sie bis in die frühen Morgenstunden wach und verfasste seitenweise Texte.

Sie versuchte sich an Theaterstücken, aber sie waren hölzern und leblos. Sie probierte es mit Gedichten, aber sie waren sentimental und schwülstig. Sie schloss sich einem Autorenzirkel an, wo sie ihre Kurzgeschichten vortrug, reagierte aber empfindlich auf die Kritik der anderen und kehrte verletzt nach Hause zurück. Tom versuchte, ihr mit der Grammatik zu helfen, aber sie gerieten darüber in Streit.

»Ich kann nicht so schreiben«, protestierte Catherine. »Das raubt meinen Figuren die Glaubwürdigkeit.«

»Du kannst sie nicht mit so vielen Rechtschreibfehlern an Zeitschriften schicken«, sagte Tom ungeduldig. »Die Hälfte der Sätze ist nicht korrekt.«

Catherine verzichtete fortan darauf, ihm ihre Arbeit zu zeigen; sie wollte es auf ihre Weise tun oder gar nicht. Fest entschlossen, Tom zu beweisen, dass sie es schaffen konnte, schickte sie jede Woche eine Kurzgeschichte ab. Nach einem Jahr waren alle zurückgekommen. Sie versandte sie trotzdem weiter. Jedes Mal, wenn ein großer brauner Umschlag zurückkam, lief sie in den Garten und jätete energisch Unkraut, um gegen ihr Gefühl des Versagens anzukämpfen.

Tom und sie lebten unter demselben Dach und waren doch weit voneinander entfernt. Als wäre er wieder ein Untermieter in ihrem Haus, dachte Catherine bedrückt. Aus Angst vor einer Schwangerschaft hatten sie aufgehört, miteinander zu schlafen. Sie teilten sich ein Bett, aber oft blieb Catherine die halbe Nacht wach, um zu schreiben, oder sie stand in den frühen Morgenstunden auf und traf auf Tom, der aufrecht auf einem Stuhl saß und unter Migräne litt.

Nach außen hin vermittelten sie ein glückliches Bild. Er widmete sich ganz dem Unterricht und seinen Schülern. Catherine zwang sich, an Schulveranstaltungen teilzunehmen, um ihn zu unterstützen, und lud die Schüler nach den Spielen zum Tee ein. Sie bemühte sich um sie und konnte nachvollziehen, warum Tom so sehr an den lebhaften Jungen hing. Trotzdem konnte sie nicht umhin, sich über die Aufmerksamkeit zu ärgern, die er ihnen schenkte, und über die langen Stunden, die er nicht in The Hurst verbrachte. Hätten sie doch nur ihre eigene Familie gehabt …

An einem Sommernachmittag machte sich Catherine auf den Weg, um Tom bei einem Kricketspiel in der Schule zuzusehen. Er würde als Schiedsrichter fungieren, und sie sollte mit den anderen Frauen plaudern. Ihr war ganz und gar nicht nach Gesellschaft zumute. An diesem Morgen war eine ihrer Kurzgeschichten zurückgeschickt worden. Vielleicht sollte sie das Schreiben aufgeben und zu ihrer Malerei zurückkehren, eine müßige Dame sein, eine Ehefrau, die zu Tom passen würde.

Als sie in einem neuen Sommerkleid in die Stadt lief, wuchs ihr Unmut. Warum musste eine Ehefrau ihr Leben immer nach dem ihres Mannes ausrichten? Warum hatte Tom eine gute Ausbildung erhalten und sie nicht? Sie wusste, dass sie Schriftstellerin sein könnte, wenn sie nur genügend Unterstützung bekäme. Aber Tom war ein Mann der Zahlen und Fakten; er verstand ihren Drang zu schreiben nicht.

In der Innenstadt angekommen, brodelte Catherine vor Aggression. Als sie an Arbeitern vorbeikam, die eine Mauer reparierten, verspürte sie den unbändigen Drang, einen der losen Ziegelsteine aufzuheben und ihn in das Schaufenster gegenüber zu schleudern. Sie blieb stehen und starrte auf einen Stein, ballte die Fäuste und kämpfte gegen den Wunsch an, etwas damit zu zerstören.

»Willst du den Ziegel mit nach Hause nehmen, Liebes?«, neckte einer der Bauarbeiter.

Catherine errötete und drehte sich verwirrt um. Sie eilte nach Hause und war entsetzt darüber, dass ihre Wut sie fast übermannt hatte. Sie war eine Gefahr für die Allgemeinheit. Zurück in The Hurst zog sie ihre eleganten Kleider aus und schlüpfte in ihre Gartenhose und ihr Arbeitshemd. Als sie gerade damit beschäftigt war, eine Ladung Möhren auszubuddeln, hörte sie Schritte auf der Auffahrt. Sie drehte sich um und schnappte überrascht nach Luft.

»Bridie?«

Die rothaarige Frau kam auf sie zu und umarmte sie. »Catherine, du bist so dünn. Ich dachte, du wärst eine Vogelscheuche, als ich dich dort stehen sah! Kümmert sich dein Mann nicht um dich?«

Catherine zog eine Grimasse, sagte aber nichts. Es war so seltsam, Bridie nach all der Zeit wiederzusehen. Ihre Wut auf ihre frühere Freundin war schon lange verraucht. Wenn sie etwas empfand, dann wahrscheinlich Mitleid.

»Bietest du mir eine Tasse Tee an oder muss ich mir selbst einen machen?«, flachste Bridie.

Catherine nickte und führte sie ins Haus. Während sie mit der Teedose hantierte und den Kessel erhitzte, erzählte Bridie von ihrer Zeit bei der Armee.

»Ich leite seit zwei Jahren wieder die Pension.« Sie sah Catherine über den Rand ihrer Tasse hinweg an. »Es tut mir leid, dass ihr keine Kinder bekommen könnt.«

Catherine zuckte zusammen. »Wer hat dir das gesagt?«

»Kate schreibt mir ab und zu. Sie hat mir erzählt, dass du eine schwere Zeit hinter dir hast – ich weiß von der Psychiatrie.«

Catherine fuhr sie an: »Ich war in einem Sanatorium, weil ich nervlich angespannt war, das ist alles.«

Bridie warf ihr einen ungläubigen Blick zu. »Es tut mir trotzdem leid. Hätte ich das gewusst, wäre ich zu dir gekommen und hätte versucht, dir zu helfen. Offensichtlich ist dein Mann zu fast gar nichts zu gebrauchen.«

Catherine wusste, dass sie Tom verteidigen sollte, aber plötzlich bebten ihre Lippen. Sie stellte ihre Tasse ab und brach in Tränen aus. Sofort lief Bridie um den Tisch herum und schloss sie tröstend in die Arme.

»Wein dich ruhig aus, Mädchen«, rief sie. »Bridie wird sich um dich kümmern. Ich sehe doch, wie unglücklich du bist. Ich wusste, dass dir dieser Mann nichts als Kummer bereiten würde.«

Catherine schluchzte so sehr, dass sie kein Wort herausbekam.

»Hör zu«, sagte Bridie leise, »ich bin gekommen, um dir zu sagen, dass ich die Pension verkaufe und zurück nach Irland gehe. Warum kommst du nicht mit? Wir werden genug haben, um uns dort ein eigenes Gewerbe aufzubauen. Du, Maisie und ich, wie in alten Zeiten. Ich bin die Einzige, die dich je wirklich verstanden hat, Catherine, die dich so geliebt hat, wie du bist. Als Lehrersfrau wirst du nie glücklich werden, weil du immer an zweiter Stelle stehst. Du hast etwas Besseres verdient, etwas viel Besseres. Komm mit mir, Mädchen!«

Catherine schwirrte bei der Vorstellung der Kopf. Der Tristesse von Hastings in der Nachkriegszeit zu entkommen, den endlosen einsamen Stunden in The Hurst und ihren Schuldgefühlen, Tom als Ehefrau zu enttäuschen – all das schien plötzlich möglich. Bridie bot ihr die Möglichkeit zur Flucht.

Bevor Catherine antworten konnte, hörte sie, wie die Haustür zuschlug und Schritte durch den Flur eilten. Tom stürmte in die Küche.

»Was ist passiert?«, fragte er atemlos. »Du bist nicht gekommen ...«

Bridie stand auf, ohne ihre Hände von Catherines Schultern zu nehmen.

»Was machst du hier?«, fragte er misstrauisch.

»Deine Frau ist am Ende ihrer Kräfte«, sagte Bridie mit verächtlichem Blick. »Sieh nur, was du ihr angetan hast.«

»Kitty.« Tom stürmte auf sie zu. »Wo liegt das Problem?«

»Du bist das Problem«, antwortete Bridie sofort. »Sie hat die Nase voll von dir. Ich habe sie gebeten, mit mir nach Irland zu gehen. Sie braucht jemanden, der sich richtig um sie kümmert.«

Tom starrte Catherine fassungslos an.

»Ist das wahr?«, fragte er. »Sag mir, dass du nicht mit dieser Frau mitgehst.«

»Wenn sie halbwegs bei Verstand ist, wird sie es tun«, rief Bridie. »Wenigstens weiß ich, wie man sie liebt.«

»Sie liebt?«, rief Tom. »Du hast sie nahezu in den Wahnsinn getrieben.«

»Nein, das hast du getan!«, beschuldigte Bridie ihn.

Catherine sprang auf. »Hört auf, ihr beiden! Ich kann für mich selbst sprechen.« Sie starrte sie an. »Ich weiß nicht, was ich machen werde, ich weiß nur, dass ich nicht glücklich bin. Hört auf, euch um mich zu streiten, als wäre ich euer Eigentum. Keiner von euch beiden weiß, wie ich wirklich bin.« Sie drehte sich zu Tom um. »Bridie will, dass ich wie Maisie bin – ein hilfloses kleines Mädchen, um das sie sich kümmern kann. Und du willst eine Frau aus der Mittelschicht, die dich unterhält und nicht vor deinen gebildeten Freunden blamiert. Aber ich bin weder das eine noch das andere. Ich bin Kitty McMullen, Kates uneheliche Tochter. Ich habe Gefühle, die keine kultivierte Dame empfinden sollte – Wut, Leidenschaft und Hass. Ich habe sie auf den Straßen von Jarrow gelernt. Ich verstehe das Böse, weil ich es gesehen und gehört habe – ich habe es erlebt. Ich bin nicht die richtige Frau für dich, Tom«, rief sie. »Mein halbes Leben habe ich versucht, jemand zu sein, der ich nicht bin, und bin daran fast zugrunde gegangen!«

Catherine rannte an ihm vorbei und floh nach draußen. Sie lief lange Zeit ziellos umher. Was für ein zerstörerischer Mensch sie doch war! Sie verletzte alle, die sie liebten. Doch mit jedem Schritt wuchs ihre Gewissheit, dass sie Tom die Wahrheit ins Gesicht gebrüllt hatte. Catherine Cookson, die wortgewandte Frau des Schullehrers, war ein Mythos. Ihre mühsam erlernte Ausdrucksweise, ihre Umgangsformen und ihre hochtrabenden Bemühungen, an sich zu arbeiten, waren nur ein Deckmantel. Darunter war sie immer noch das wilde und verängstigte Kind wie seit jeher.

Erst am Abend trat Catherine erschöpft den Heimweg an. Zu ihrer Erleichterung war Bridie nicht mehr da. Sie sah, dass im Schlafzimmer Licht brannte, und ging hinauf, um sich Tom zu stellen. Er saß auf dem Bett, neben ihm lag ein gepackter Koffer. Als er sie sah, stand er auf und schloss den Deckel.

»Ich habe gewartet, dass du zurückkommst, bevor ich gehe«, sagte er mit eisiger Stimme.

»Was machst du da?« Catherine starrte ihn erschrocken an.

»Ich verlasse dich, Kitty. Das willst du doch, oder? Um mit Bridie zusammen zu sein.«

»Mit Bridie? Sei nicht albern. Ich hatte nie vor, mit ihr zu gehen.«

Er drehte sich um und funkelte sie an. »Das ist nicht, was *sie* denkt. Du hast deutlich gemacht, dass du mich nicht liebst. Und jetzt weiß ich, dass du die ganze Zeit diese Frau geliebt hast. Wie oft hast du sie hinter meinem Rücken getroffen? Was war ich dumm, zu glauben, ich könnte dich glücklich machen.« Er riss den Koffer vom Bett.

»Hör auf, Tom. Du machst mir Angst. Ich weiß nicht, wovon du redest. Ich habe Bridie heute das erste Mal seit unserer Hochzeit wiedergesehen.«

»Das glaube ich dir nicht«, sagte er mit fester Stimme. »Bridie hat gesagt, dass ihr nie aufgehört habt, euch zu lieben.«

Catherine rief: »Und du glaubst ihr mehr als mir?«

Tom zog ein Bündel aus seiner Jackentasche. Seine Stimme zitterte vor Wut. »Ich glaube, was ich sehe!« Er drückte Catherine das Bündel in die Hand. Ein Stapel Briefe; ihre Briefe an Bridie. Eine Granate, die Bridie vor ihrer Abreise zwischen sie geworfen hatte, um ihre Ehe in Schutt und Asche zu legen. Dachte Bridie, wenn sie Toms Liebe zerstörte, bliebe ihr keine andere Wahl, als mit ihr zu gehen? *»Wenn ich dich nicht haben kann, wird er es auch nicht – dafür werde ich sorgen.«*

Catherine packte Tom am Arm, als er sich vorbei drängte. »Diese Briefe bedeuten nicht das, was du denkst«, sprudelte es aus ihr heraus. »Ich habe sie vor vielen Jahren geschrieben, als ich einsam war ...«

»Und in sie verliebt«, sagte Tom barsch.

»Nein! Ich weiß es nicht. Ich war mehr beeindruckt als verliebt – wie ein Mädchen, das von einer älteren Person betört ist. Sie hat mir die Liebe und Ermutigung gegeben, die ich von Kate nie bekommen habe, und das in einer Zeit, in der ich es wirklich brauchte.« Catherine sah ihn flehend an. »Aber ich habe schon vor Jahren aufgehört, sie zu lieben. Ich liebe nur dich, Tom, dich.«

Er schaute sie fassungslos an. »Was sollte dann das Gerede, dass du nicht meine Frau sein willst?«

»Ich will. Aber nicht so, wie es jetzt ist.«

»Wie dann?«, rief er. »Was willst du, Kitty?«

»Ich muss meine eigene Person sein dürfen, Tom, nicht nur deine Frau. Aber ich habe Angst, dass das nicht die Frau ist, mit der du verheiratet sein willst.«

Er setzte den Koffer ab, sein Blick war trostlos. »Alles, was ich je wollte, warst du, Kitty. Keine vornehme Mrs Cookson. Ich schäme mich nicht dafür, wer du bist oder woher du kommst. Ich liebe dich dafür. Kannst du das nicht sehen? Ich liebe Kitty McMullen aus Jarrow. Ich liebe Kates Tochter.«

Tränen sammelten sich in Catherines Kehle. Sie streckte die Hände aus, und sie fielen einander in die Arme. Wärme durchflutete sie wie ein Segen.

»Das ist das Schönste, was man je zu mir gesagt hat«, flüsterte sie. »Ich liebe dich, Tom. Ich liebe dich so sehr, dass es wehtut. Bitte verzeih mir.«

Er antwortete mit einer Umarmung, die ihr zeigte, dass er es tat.

51

Nach dem Streit um Bridie kamen sich Tom und Catherine wieder näher. Abends unterhielten sie sich und lasen einander vor, sie gärtnerten Seite an Seite. Nach einer Operation, bei der Catherine die Hälfte ihrer Gebärmutter entfernt wurde, konnten sie ihr Liebesleben wieder aufnehmen. Vor allem aber ermutigte Tom sie, über das zu schreiben, was sie erlebt hatte. Er entdeckte ihre Beschreibungen der Küche ihrer Großeltern und der Orte ihrer Kindheit.

»Das scheint dir zu liegen«, sagte er begeistert. »Schreib über Jarrow und Shields, Kitty.«

Und das tat Catherine. Sie schrieb jeden Tag des Jahres. Schließlich nahmen die vielen Seiten die Form eines Romans an. Die Geschichte einer schönen Frau, deren Leben durch eine uneheliche Tochter fast ruiniert wurde, sprudelte aus ihr heraus. Allerdings wurde ihre Protagonistin, Kate Hannigan, durch die Heirat mit einem ehrbaren Mann gerettet. Ein Sprecher des Autorenkreises vermittelte Catherine einen Agenten, und kurz darauf wurde ihr Buch zu ihrer Überraschung und großen Freude zur Veröffentlichung angenommen.

Am liebsten wäre sie auf die Straße gerannt und hätte die frohe Botschaft hinausgeschrien. Sobald der Roman gedruckt war, erzählte der stolze Tom jedem davon, der ihm Gehör schenkte – von seinen Kollegen bis zum örtlichen Metzger. Einige der Leute, die ihr Buch gelesen hatten, musterten sie skeptisch.

»›Etwas zu brutal für einen Liebesroman, meinen Sie nicht?‹«, ahmte Catherine ein Mitglied der Schreibgruppe vor Tom nach. Sie lachte kurz auf. »Ich schreibe keine Liebesromane – ich schreibe über echte Menschen, mit all ihren Fehlern.«

Catherine schrieb weiter. Als ihr Folgeroman abgelehnt wurde, versank sie in Depressionen und fragte sich, ob sie mit einem so düsteren Thema weitermachen sollte. Tom wollte nichts davon hören, dass sie einen anderen Kurs einschlug.

»Du hast recht, und die Verleger irren sich«, beharrte er. »Bleib dran.«

Manchmal überkam sie die alte Trübseligkeit, und sie wanderte in dem leeren Haus umher, ohne dass ihr etwas einfiel. Als sie an einem Tag allein in The Hurst war, rief sie wütend: »Wenn es irgendeine höhere Macht gibt, dann schick mir eine Geschichte!«

Innerhalb einer Stunde kam ihr eine Idee, so klar und vollkommen, dass Catherine zutiefst erschüttert war. War sie aus ihrem Inneren gekommen oder wachte die Gottesmutter trotz ihres schwindenden Glaubens immer noch über sie? Sie arbeitete Tag und Nacht daran. Im folgenden Jahr wurde *The Fifteen Streets* veröffentlicht, ein Jahr später *Colour Blind*. Obwohl sie Tyneside schon vor langer Zeit verlassen hatte, war ihr der Ort noch nie so lebendig und anschaulich erschienen. Sie schrieb über die edwardianischen Straßenzüge, an die sie sich erinnerte, aber sie war froh, sie nur in ihren Gedanken zu besuchen.

Seltsamerweise dachte Catherine gerade an Kate, als ein Brief von Tante Mary eintraf.

Sie rannte Tom auf dem Rückweg von der Schule entgegen. »Kate ist krank«, berichtete sie ihm aufgeregt. »Mary sagt, sie liegt im Sterben.«

»Du musst zu ihr fahren«, sagte Tom sofort. »Sonst wirst du es dir nie verzeihen.«

»Aber was soll ich ihr nach all der Zeit sagen?«, fragte Catherine hilflos.

»Du warst noch nie um Worte verlegen«, sagte Tom trocken.

Sie drückte seine Hand. »Kommst du bitte mit?«

Eine Woche später fuhren sie auf derselben Route nach Norden wie damals, als Catherine mit David schwanger gewesen war. Sie versuchte, nicht daran zu denken. Als das rauchige Tyneside in Sicht kam, spürte Catherine, wie ihr Herz einen Ruck machte. War es nur Nervosität oder etwas Tiefergehendes? Auf dem Weg vom Bahnhof durch die engen Gassen von Tyne Dock zu Kates Wohnung hörte sie die vertrauten Akzente und sah die verblassten Markisen über den bekannten Geschäften. Mit Tränen in den Augen klammerte sie sich an Toms Arm.

Tante Mary ließ sie herein. Als Catherine ihre Mutter im Bett liegen sah, auf deren aufgedunsenem Gesicht bei ihrem Anblick ein Lächeln erschien, begann sie zu schluchzen.

»Hör auf mit dem Lärm, Liebes«, schalt Kate. »Noch bin ich nicht tot.«

Catherine setzte sich, bevor ihre Knie nachgaben. Ihre Mutter sah so alt und hilflos aus, ganz und gar nicht bedrohlich. Das düstere Zimmer roch nach Verwesung. Sie hätte Blumen mitbringen sollen, um es aufzuheitern. Warum hatte sie nicht daran gedacht, welche zu kaufen?

Tom, der sah, wie seine Frau von ihren Gefühlen überwältigt wurde, unterhielt sich mit Kate über die Reise. Als er sich nach ihrem Gesundheitszustand erkundigte, machte Kate eine abweisende Handbewegung.

»Der Doktor macht zu viel Aufhebens. Erzähl mir von Kittys Büchern.«

Später, als Kate schlief, berichtete Mary ihnen unverblümt: »Sie hat Krebs. Er sitzt in der Leber. Außerdem hat sie ein Ödem und Herzprobleme. Der Arzt sagt, ihr bleiben nur noch drei Monate – vielleicht auch sechs.«

Catherine schluckte. »Kann sie nicht operiert werden?«

Mary schüttelte den Kopf. »Es ist zu weit fortgeschritten. Sie ist aufgeblasen wie ein Ballon. Sie klagt kaum, aber man sieht ihr an, dass sie Schmerzen hat.«

»Was können wir tun?«, fragte Catherine.

»Der Arzt sagt, sie sollte an einem Ort sein, wo die Luft sauberer ist. Das kann sie zwar nicht heilen, aber es würde ihr zumindest das Atmen erleichtern. Sie bekommt so wenig Luft, dass sie nicht mehr die Treppe runterkommt. Und ich bin zu alt, um ständig nach ihr zu sehen.«

Catherine warf Tom einen Blick zu. Seine Augen waren voller Mitgefühl: »Sie kann bei uns wohnen«, sagte er leise.

Catherine wurde von Dankbarkeit erfüllt. Obwohl Kate ihn in der Vergangenheit schlecht behandelt hatte, war Tom bereit, ihr zu vergeben und sie bei sich aufzunehmen. Im Grunde ihres Herzens wusste Catherine, dass sie der sterbenden Kate ein Zuhause bieten sollten, aber sie hätte nicht die Kraft gehabt, es ohne ihn zu tun.

Sie berührte sanft sein Gesicht. »Danke.«

Kate belebte sich nach dieser Nachricht sichtlich, aber der Arzt war unsicher, ob sie die lange Reise schaffen würde. Schließlich wurde sie mit dem Krankenwagen zum Bahnhof gebracht und mit dem Gepäckaufzug in einen Schlafwagen nach London befördert. Als Mary weinte, sagte Kate, sie solle kein Drama machen.

In London wurde sie in einen anderen Krankenwagen gehoben und quer durch die Stadt zum Zug nach Hastings gebracht, wo ein dritter Krankenwagen auf sie wartete. Nach einer strapaziösen Nacht und einem anstrengenden Reisetag brachten Catherine und Tom Kate sicher nach The Hurst.

Sie trugen ein Bett nach unten und stellten es in die kleine Stube, die an die Küche grenzte.

»Hier bekommst du die Wärme aus der Küche ab«, sagte Catherine und deckte ihre Mutter zu. »Tom macht eine Schüssel Suppe für dich warm.«

Kate klammerte sich kraftlos an ihren Arm. Ihre Augen glänzten.

»Danke, dass du das tust, Liebes«, krächzte sie.

Catherine zuckte unbeholfen mit den Schultern. »Du solltest dich bei Tom bedanken – es war seine Idee.«

»Ja, aber es ist dein Verdienst.« Kates Kinn bebte. »Oh Mädchen, ich bin nach Hause gekommen!«

Kate starb nicht so schnell wie erwartet.

»Dein Geschick als Krankenschwester hat sie am Leben erhalten«, sagte Tom.

»Ihre Sturheit«, scherzte Catherine.

Nach einem Jahr konnte Kate wieder kurze Spaziergänge im Garten machen und beim Kochen helfen. Sie verlor ihr aufgedunsenes Aussehen und blieb nüchtern, denn es gab niemanden, der ihr einen Drink spendierte. Doch The Hurst am Laufen zu halten, sich um Kate zu kümmern und weiterhin zu schreiben, war zu viel für Catherine. Ihr eigener Gesundheitszustand verschlechterte sich wieder.

Tom beschloss, dass sie an einen Ort ziehen sollten, der einfacher zu handhaben war. Als sie eine bezaubernde Villa im Tudorstil mit einem sonnigen Garten entdeckten, fiel es Catherine leichter, ihr altes Zuhause zu verlassen, als sie gedacht hatte.

»Es sind nur Ziegel und Mörtel, sonst nichts«, sagte Kate und freute sich auf den Umzug.

Sie wählte ein Zimmer im Erdgeschoss mit Aussicht auf den Garten durch die Verandatüren. Nachdem sie sich eingelebt hatten, brachte Tom einen verspielten Terrier mit nach Hause.

»Er ist auf dem Schulhof ausgesetzt worden. Niemand will ihn haben.«

Catherine streichelte den Hund voller Mitgefühl. »Wie kann man dich nur nicht haben wollen, hm?« Sie verliebte sich auf der Stelle in den lebhaften, anhänglichen Terrier. Er tollte durch das Haus wie ein ungestümes Kind, was er in Catherines Augen auch war.

Sie nannten ihn Bill, und sogar Kate verwöhnte ihn mit Leckerbissen vom Tisch.

Manchmal widerstrebte es Catherine, so sehr an ihre Mutter gekettet zu sein. Tom und sie gingen kaum noch zu zweit aus, denn Kate schaffte es nicht ohne Hilfe ins Bad, und sie befürchteten, dass sie stürzen könnte, wenn sie unbeaufsichtigt blieb. Nach und nach baute Kate wieder ab, aber anstatt ihre Einschränkungen zu akzeptieren, wetterte sie dagegen und wurde von Tag zu Tag gereizter. Catherine lenkte ein und gewährte ihrer Mutter abends ein Glas Bier, um die Schmerzen zu lindern.

An manchen Tagen saß Kate glücklich auf einem Stuhl und las langsam eins von Catherines Büchern, während Bill auf ihrem Schoß lag. Vor Kurzem waren

Maggie Rowan und *A Grand Man* erschienen. An anderen Tagen konnte sie sich nicht aus dem Bett quälen und meckerte Catherine wegen des Essens an oder weil sie länger als zehn Minuten allein gelassen worden war.

Der Arzt riet Catherine, sich auf den Tod ihrer Mutter vorzubereiten.

»Ich könnte einen Pflegedienst organisieren, damit Sie eine Pause bekommen«, schlug er vor.

»Nein«, sagte Catherine entschlossen. »Ich werde sie selbst pflegen. Sie würde die arme Krankenschwester nur nach ihrer Pfeife tanzen lassen.«

Aber ihr Pflichtgefühl war nicht der einzige Grund, warum sie ihre Mutter betreuen wollte. In dem Maße, in dem Kates Leben schwand, gingen auch die Geheimnisse ihrer Vergangenheit verloren. Wenn Catherine in ihrer Nähe blieb, könnte ihre sterbende Mutter ihr etwas über ihren Vater verraten. Catherine sehnte sich immer noch danach, etwas über diese schemenhafte Gestalt herauszufinden, um die Teile von sich zu vervollständigen, die ihr das ganze Leben lang gefehlt hatten. Sie wollte die Wahrheit von Kate erfahren, nicht bloß den Klatsch aus zweiter Hand von Tante Mary oder Großtante Lizzie.

An einem Tag Ende September, als der Garten wie Bronze im Sonnenlicht schimmerte, fand Catherine ihre Mutter im Bett vor, wo sie weinend über ihrem Buch *Colour Blind* saß.

»Woher hast du das gewusst?«, flüsterte Kate. »Von Jack.«

»Was gewusst?« Catherine blickte sie verwirrt an.

»Er war genau wie der Mann aus dem Buch – er hat mich genauso bedrängt. Aber du warst zu jung, um es mitzubekommen.«

Catherine starrte sie schockiert an. Die Figur in ihrem Roman hatte sich an ihrer Schwester vergangen. Das hatte ihr Onkel Jack doch sicher nicht getan? Sie hatte ihn als schüchtern und zaghaft gegenüber Mädchen in Erinnerung. Aber Kates Gesicht erzählte eine andere Geschichte. Eine alte Erinnerung kehrte zu ihr zurück: Sie wachte neben Kate im Bett auf, über ihnen lauerte eine Gestalt, die nach Whiskey stank, gezischte Worte, Gerangel, bis sich Kate losriss und im Toilettenhäuschen in Sicherheit brachte. Onkel Jack. Sie musste es die ganze Zeit geahnt haben, denn da stand es, in ihrem Buch.

»Warum hast du Großvater oder Großmutter nichts davon erzählt?«

Kate lachte bitter. »Wer hätte mir schon geglaubt? Er war Mutters Goldjunge. Man hätte mich beschuldigt – Kate, das Flittchen –, ihn verführt zu haben.«

Catherine saß auf dem Bett, ihr Herz war schwer. »Erzähl mir von damals«, bat sie sanft, »und von der Zeit vor meiner Geburt.«

Kate wischte sich energisch die Tränen weg. »Du willst das alles nicht hören.«

»Doch, das will ich«, erklärte Catherine unbeirrt. »Was auch immer du sagst, bleibt innerhalb dieser vier Wände, das verspreche ich. Ich werde auch Tom nichts erzählen. Aber ich muss es wissen, Kate. Lieber erfahre ich, dass mein Vater ein Taugenichts war, als gar nichts zu wissen.«

Lange Minuten saßen sie schweigend da und Catherine befürchtete, dass ihre Mutter stur schweigen würde. Dann begann sie plötzlich mit nachdenklicher Stimme zu sprechen.

»Ich habe ihn zum ersten Mal in Ravensworth gesehen – er war mit Lady Emma dort – und dann beim Reiten. Er hat sein Pferd angehalten, um die Himbeeren aufzuheben, die mir heruntergefallen waren, und mir eine in den Mund gesteckt.« Ihre trüben Augen begannen zu leuchten, ihr Tonfall war fast mädchenhaft. »Er sah so fesch aus in seiner Reiteruniform. Sein Haar war kastanienbraun und gewellt wie eine Löwenmähne, und mit seinen Augen hat er direkt in mich hineingeblickt. Mit *deinen* Augen.« Kate sah sie liebevoll an.

Catherine hielt den Atem an, während ihre Mutter von der aufkeimenden Romanze mit Alexander erzählte, dem Adoptivsohn eines Kohleagenten, der oft auf das Anwesen gekommen war und sie umworben hatte.

»Bin ich ihm auch sonst ähnlich?«, wagte sie zu fragen. »Großtante Lizzie hat erzählt, dass er Künstler war.«

Kate guckte erschrocken, dann nickte sie. »Das war er, wobei er lieber Menschen als Gebäude gezeichnet hat. Ganz normale Männer und Frauen – das war es, was ihn interessiert hat. Er ist überall auf dem Anwesen herumgezogen und hat sie bei der Arbeit gezeichnet.« Sie hielt inne und fuhr unruhig mit den Händen über die Decke. »Und noch etwas anderes. Er hatte immer Nasenbluten, so wie du, schlimmes Nasenbluten. Aber das konnte ich Dr. Dyer nie sagen, weil ich mich geschämt habe. Ich wollte nicht an ihn denken – nicht, nachdem er uns im Stich gelassen hat.«

»Dann hast du ihn nie wieder getroffen? Wenn er dich gesehen hätte – als du mit mir schwanger warst –, hätte er sich vielleicht um uns gekümmert.« Catherine wollte unbedingt das Beste von ihrem abwesenden Vater glauben.

Kate warf ihr einen so mitleidigen Blick zu, dass sich ihr der Magen umdrehte.

»Er ist zurückgekommen, um mich zu sehen«, sagte sie traurig. »Ich dachte, er wollte uns aus der Leam Lane wegbringen, aber er hat mir und deiner Großmutter ein bisschen Geld zugeworfen und ist abgehauen. Ich habe ihn nie wiedergesehen. In den Wochen vor deiner Geburt habe ich in diesem schrecklichen Haus wie in einer Gruft gelebt.« Ihr Gesicht war gequält. »Ich habe immer gehofft, dass er es sich anders überlegt, auch danach. Deshalb habe ich auf deiner Geburtsurkunde seinen Namen eintragen lassen und mich als Mrs Davies ausgegeben. Ich hätte dafür im Gefängnis landen können, aber es war alles, was ich dir geben konnte – einen anständigen Namen.«

Catherine schluckte. »Also wusstest du nicht, dass er in Schweden gestorben war, als du mir als Kind erzählt hast, dass er tot ist?«

»Nein, ich wollte nur, dass du keine Fragen mehr stellst. Du hattest den Kopf schon immer voller Fantasie und den Mund voller Fragen. Aber ich habe es erst Jahre später erfahren, als Davie mir erzählte, dass er seinen Grabstein gesehen hatte.« Ihre Stimme war belegt. »Erst da habe ich Alexander aufgegeben und Davie geheiratet.«

»Aber vielleicht hat Davie das nur gesagt, damit du ihn heiratest«, erwiderte Catherine entrüstet. »Hast du nie daran gedacht?«

Kate kniff die Augen zu, als wäre der Schmerz zu groß. »Doch«, murmelte sie. »Darüber haben wir uns in der Nacht gestritten, in der Davie verschwunden ist. Es war ein schrecklicher Streit. Wir hatten beide zu viel getrunken. Ich habe gesagt, ich würde nicht glauben, dass Alexander wirklich tot ist, dass er das nur erzählt hätte, damit ich ihn vergesse. Ich habe schreckliche Dinge gesagt – dass ich ihn nie hätte heiraten dürfen und dass Alexander der einzige Mann war, den ich je geliebt habe.«

Kate flüsterte jetzt fast, und Catherine beugte sich näher heran.

»Und da hat er es mir erzählt. Alexander war nicht nur vor all den Jahren gestorben, sondern der Grabstein wurde ›von seiner liebenden Frau Polly‹ dort aufgestellt.« Ein Schluchzen blieb ihr in der Kehle stecken. »Da wusste ich, dass es stimmte. Dein Vater war mit einer vornehmen Frau verlobt – sie gehörte zum Landadel –, als er noch mit mir zusammen war. Ich war so dumm zu hoffen, er würde mich ihr vorziehen – ich war so verliebt in ihn und dachte, er wäre es auch. Jedenfalls hieß sie Polly. Selbst wenn ich mein ganzes Leben gewartet hätte, wäre Alexander nie zurückgekommen, auch wenn er noch gelebt hätte.« Kate schauderte. »Ich habe Davie gesagt, er soll verschwinden und nie mehr zurückkommen – obwohl ich wusste, dass er die Wahrheit sagte. Aber es tat zu weh, Liebes. Und der arme Davie ...«

Catherine nahm schnell die Hand ihrer Mutter und drückte sie. Sie empfand ein tiefes Verlustgefühl, nicht nur ihretwegen, sondern auch für die junge Kate, die so herzlos behandelt worden war.

Als die Sonne an diesem Nachmittag hinter den Bäumen versank, erzählte Kate von der Geburt und wie sie von ihren Eltern zum Arbeiten nach Chester-le-Street verbannt worden war, damit sie Catherine als ihre eigene Tochter aufziehen konnten.

»Um den Ruf unserer Familie zu wahren, musste ich dich aufgeben«, sagte Kate bitter. »Ich wurde damit bestraft, dass ich für deinen Unterhalt arbeiten musste, aber nicht deine Mutter sein durfte. Nach deiner Geburt war ich nur noch eine Dienstmagd, sonst nichts. Der alte John hat gesagt, ich könnte froh sein, dass er mich nicht auf die Straße gesetzt hat, so wie eine Hure es verdient hätte.« Tränen stiegen ihr in die eingefallenen Augen. »Er hat mir nicht einmal erlaubt, dich zu umarmen, wenn ich nach Hause kam.«

Catherine traten ebenfalls Tränen in die Augen. Sie dachte daran, wie sehr sie sich nach all der Zeit immer noch danach sehnte, ihren kleinen David im Arm zu halten. Wie grausam Kates Strafe gewesen war – die Liebe einer Mutter bei der Geburt zu ersticken.

Impulsiv beugte sich Catherine über das Bett und schloss Kate in die Arme. Wortlos hielten sie sich umschlungen, während ihre Mutter Tränen in ihr Haar vergoss.

Schließlich schluchzte Kate: »Ich war eine schreckliche Mutter – ich war so bösartig zu dir, Kitty!«

Catherine dachte an all den Schmerz und die Verletzungen in ihrer angespannten Beziehung. Manchmal hatte sie ihre Mutter mehr gehasst als alles andere auf der Welt, aber sie wusste, dass es nichts brachte, ihrer Wut Luft zu machen. Kate musste in Frieden sterben dürfen. Catherine rang um Worte der Vergebung.

»Nein, warst du nicht.« Sie schluckte. »Die einzige Person, der du in all den Jahren wirklich wehgetan hast, bist du selbst. Du kannst nichts für das, was passiert ist, also hör auf, dir die Schuld zu geben.«

Kate lehnte sich leise weinend zurück. »Verlass mich nicht, Kitty.«

Catherine blieb bei ihrer Mutter, bis sie einnickte. In dieser Nacht ging sie erschöpft ins Bett und schlief sofort ein. In den nächsten Tagen verfiel Kate in einen Dämmerzustand, aber es schien sie zu beruhigen, wenn Catherine in der Nähe war. Am dritten Morgen bemerkte Catherine, dass sich Kates Atem verändert hatte. Er ging flach und rasselte, als hätte sie Murmeln im Hals.

Ihre Mutter lag mit geschlossenen Augen da, aber als Catherine das Zimmer verlassen wollte, bewegte sie aufgeregt die Hand und versuchte, etwas zu sagen.

Catherine beugte sich zu ihr und versicherte: »Ich bin hier, mach dir keine Sorgen.«

Einen Moment flackerten Kates Augen auf, und sie erkannte ihre Tochter. Ihre Hand tastete suchend umher. Catherine ergriff sie und hielt sie fest. Kates Finger umschlossen schwach ihre Hand.

»Verzeih mir, Mädchen«, murmelte Kate, während ihr Atem stoßweise ging.

Catherine beugte sich vor und küsste sie liebevoll auf die Stirn.

»Gott segne dich, Kitty«, murmelte Kate und schloss wieder die Augen.

Catherine hielt die Hand ihrer Mutter, während die Uhr auf die Mittagszeit zutickte. Erst als Bill die Tür aufstieß, ins Zimmer tapste und winselnd vor dem Bett stehen blieb, bemerkte sie die plötzliche Stille. Kate war gestorben.

Einen Augenblick durchströmte Catherine ein Gefühl des Friedens, der Erleichterung. Kate lag so ruhig und unbeschwert da wie eine viel jüngere Frau. Catherine spürte einen Stich im Herzen. Sie wünschte, sie hätte diese Kate gekannt – das Mädchen, in das sich Alexander verliebt hatte. Catherine stand auf, beugte sich über ihre Mutter und küsste sie auf die kühle Wange.

»Es ist vorbei«, flüsterte sie. »All deine Kämpfe sind vorbei, Mama.«

Tränen stiegen ihr in die Augen, als sie das Wort aussprach, das ihr nie über die Lippen gekommen war, als Kate noch gelebt hatte: Mama. Sie ging zur Verandatür, öffnete sie und ließ die herbstliche Brise ins Zimmer wehen. Mit Bill auf den Fersen lief Catherine in den Garten, um zu weinen.

52

In der Zeit nach Kates Tod steckte Catherine in einem seltsamen Gefühlskonflikt. Sie war abwechselnd froh, von ihrer herrischen Mutter befreit zu sein, und trauerte um sie. Ganz zum Schluss war sie Kate nähergekommen als je zuvor in ihrem Leben, nur um sie ausgerechnet in dem Moment zu verlieren, in dem sie sie zu verstehen begann.

Kates Ableben schien ihre Verbindung zu Tyneside zu kappen und Catherine von ihrer Quelle der Inspiration abzuschneiden. Nach und nach wurde ihr klar, wie wichtig Kate für ihre schriftstellerische Arbeit war; sie war das Herzstück ihrer Geschichten, und ihre turbulente Beziehung beflügelte ihre Kreativität.

Tom schlug ihr vor, über Kate zu schreiben.

»Spül sie aus deinem System, Kitty«, ermutigte er sie. »Wenn du über nichts anderes schreiben kannst, dann schreib über sie.«

Catherine versuchte es. In den nächsten Jahren bemühte sie sich, ihrer Kindheit und ihren widerstreitenden Gefühlen für Kate einen Sinn zu verleihen. Manchmal war es zu hart, zu unversöhnlich, und Catherine gab das Projekt auf. Das Thema war zu persönlich und wühlte Gefühle auf, die sie jahrelang zu verdrängen versucht hatte. Doch nachdem sie die Idee verworfen hatte, erwachte ihre Kreativität in ihren Romanen wieder.

Zum Ende des Jahrzehnts hatte sie sich einen Namen als populäre Schriftstellerin gemacht, und einige ihrer Romane wurden verfilmt. Manche Leute fanden es seltsam, dass sie so lebendig über den Norden des Landes schreiben konnte, obwohl sie mehr als die Hälfte ihres Lebens fernab der Heimat verbracht hatte.

Gelegentlich unternahm sie Recherchereisen dorthin, besuchte ihre verbliebenen Verwandten einige wenige Male. Tom ermutigte sie zu den Reisen und begleitete sie gern. Aber nach ein oder zwei Tagen bekam sie immer Heimweh nach ihrem Haus in Hastings und konnte es kaum erwarten, wieder dort zu sein.

»Vielleicht ziehen wir in den Norden, wenn ich in Rente gehe«, hatte Tom einmal vorgeschlagen.

Catherine hatte über diese Idee gelacht. »Du meinst, wie Elefanten, die zum Sterben in ihre Heimat zurückkehren?«, schnaubte sie. »Du kannst gern dorthin ziehen, Tom, ich bleibe hier.«

Dann stand eines Tages plötzlich eine Besucherin vor der Tür.

Catherine starrte die Frau mittleren Alters mit dem adretten Mantel und Hut an, die eine Handtasche umklammerte.

»Hallo, Kitty«, sagte sie nervös. »Oder sollte ich sagen: Mrs Catherine Cookson?«

Irgendetwas an ihrer schelmischen, melodischen Stimme ließ Catherines Herz hüpfen.

»Lily Hearn?«, keuchte sie. »Das kann doch nicht sein!«

Die Frau schmunzelte und nickte. »Ich bin auf einer Busreise. Ich wusste, dass du in der Nähe wohnst. Eigentlich wollte ich nicht kommen, aber eine der Mitreisenden meinte, ich soll dir einen Schreck einjagen.«

Catherine lachte und fiel ihrer vor langer Zeit verlorenen Freundin um den Hals.

»Lily, ich bin so froh, dass du da bist. Komm rein, komm rein und lern Tom kennen. Wir trinken gerade im Garten Tee.«

»Hör sich das einer an«, neckte Lily. »Tee im Garten. Du hattest schon immer diese schicken Einfälle. Und siehe da, du hast sie in die Tat umgesetzt. Dieses Haus ist unglaublich!«

Sie blickte sich staunend um, als Catherine sie durch das Gebäude in den geschützten Garten führte. Voller Stolz stellte Catherine ihr Tom vor.

»Lily war in Jarrow meine beste Freundin.«

»Bis wir uns entzweit haben«, sagte Lily unverblümt.

Catherine errötete bei der Erinnerung an ihren schmerzlichen Abschied. »Es war dumm von mir, das zuzulassen. Damals war ich immer zu schnell gekränkt. Ich dachte, du hättest dieser schrecklichen Atter erzählt, dass ich keinen Vater habe.«

Lily war entrüstet. »Nein, niemals! Hast du dich deshalb nicht mehr gemeldet? Ich dachte, du wärst dir einfach zu fein für Leute wie mich. Ich hätte dich nie hintergangen, Kitty.«

»Das weiß ich doch«, versicherte Catherine schnell. »Atter muss es selbst herausgefunden haben – sie hat ihre Nase immer überall reingesteckt. Als meine Wut verraucht war, war es zu spät, um es wieder gutzumachen. Es tut mir leid.« Sie hakte sich bei Lily unter, als wären sie wieder junge Mädchen. »Es ist so schön, dich zu sehen.«

Im Laufe des Nachmittags tauschten sie sich darüber aus, was sie alles erlebt hatten. Lily hatte einen Mann aus der Gegend geheiratet, zwei Kinder bekommen und lebte immer noch in Shields. Sie redeten pausenlos und erfreuten Tom mit Geschichten aus ihrer Vergangenheit. Tom staunte, denn Catherine hatte seit Jahren nicht mehr so jung und unbeschwert ausgesehen. Die beiden Freundinnen kicherten und zogen sich gegenseitig schonungslos auf. Warum hatte sie diese Lily Hearn nie zuvor erwähnt?

Catherine drängte sie, zum Mittagessen zu bleiben, aber Lily lehnte ab.

»Sonst denkt Matt, ich hätte mich aus dem Staub gemacht.«

»Dein Mann ist auch hier?«, rief Catherine. »Warum hast du ihn nicht mitgebracht?«

Lily lächelte süffisant. »Er meinte, er wüsste nicht, was er zu einer Dame sagen soll, die Bücher schreibt. Ich habe ihm gesagt, dass du nur ein Mädchen aus Jarrow bist, aber er wollte es nicht glauben.«

Catherine errötete. Früher hätte sie alles dafür gegeben, wenn die Leute aus Jarrow sie als Dame bezeichnet hätten, aber jetzt empfand sie nur ein Gefühl der Leere.

»Ich freue mich für dich«, sagte Lily großherzig. »Du hast es verdient, Kitty.«

Catherine war gerührt. »Komm uns wieder besuchen«, bat sie. »Nimm dir beim nächsten Mal Urlaub und bring Matt und die Kinder mit.«

Lily zuckte mit den Schultern. »Vielleicht sehen wir dich ja mal wieder bei uns?« Als Catherine nicht antwortete, fügte sie hinzu: »Komm besser schnell, sonst erkennst du den Ort nicht wieder. Sie reißen die New Buildings ab.«

Catherine war von dieser Nachricht unerwartet erschüttert. Nachdem Lily gegangen war, fand sie keine Ruhe. Tom sprach ihre Gedanken laut aus.

»Du solltest hinfahren, bevor es zu spät ist, Kitty. Du solltest nach Jarrow zurückkehren.«

An einem stürmischen Frühlingstag stand Catherine mit Tom und Lily auf dem halb demolierten Grundstück in East Jarrow. Die William Black Street war bereits ein Trümmerhaufen, nur der Giebel an der Rückseite des Hauses stand noch, wo

Catherine einst Kaufladen gespielt hatte. Fast konnte sie den Singsang der spielenden Kinder hören, das Schlagen eines Springseils, die Stimme einer Mutter, die ihre Tochter hereinrief.

Jarrow, wie sie es kannte, existierte kaum noch. Die Werften waren verschwunden, und anstelle der Kräne und Gerüste schossen neue Wohnblocks in den Himmel. Doch die Vergangenheit umringte sie immer noch – die geschwärzten Umrisse der St.-Pauls-Kirche und ihrer Klosterruine, der ölige Slake, die Fördertürme von South Shields und der rastlose River Tyne.

Catherine hielt Toms Hand fest.

»Willst du immer noch an einem Ort wie diesem leben?«, fragte sie herausfordernd.

Tom lächelte sie liebevoll an. »Nur wenn du bei mir bist.«

Catherines Augen brannten, als sie auf die zerschlagenen Ziegel ihres früheren Zuhauses starrte. Im Geist hörte sie Kates Verheißung widerhallen: *»Du wirst ihnen zeigen, was in dir steckt – und es ihnen heimzahlen. Bei Gott, das wirst du!«*

Auf einmal wurde Catherine klar, dass es keine Rolle mehr spielte. Sie musste sich vor ihrer alten Gemeinschaft nicht beweisen, und sie wollte sich auch nicht für die Kränkungen und Grausamkeiten aus ihrer Kindheit rächen. Mehr als alles andere sehnte sie sich danach, wieder aufgenommen zu werden. Die rastlose, ungestüme Kitty McMullen, die vor all den Jahren weggelaufen war, wollte heimkommen.

Vielleicht würden Tom und sie eines Tages für immer zurückkehren. Catherine war überrascht von dem warmen Gefühl, das dieser Gedanke in ihr auslöste.

Sie drehte sich zu Lily um und fragte lächelnd: »Lädst du uns auf eine Tasse Tee zu dir ein?«

»Aber ja«, antwortete Lily lächelnd, »und auf ein paar von Mamas Scones – die magst du doch so gern. Sie wartet seit über dreißig Jahren auf deinen Besuch.«

Catherine lachte und hakte sich bei Lily und Tom unter. Wie sehr sie die beiden liebte! Gemeinsam machten sie sich ein letztes Mal auf den Weg von den New Buildings hinunter nach Shields.

RÜCKKEHR NACH JARROW bildet den Abschluss der Jarrow-Trilogie, die mit DAS MÄDCHEN AUS JARROW begann und mit EIN KIND AUS JARROW fortgesetzt wurde.

Lob für *Das Mädchen aus Jarrow* und *Ein Kind aus Jarrow*:

»Eine kraftvolle und fesselnde Saga«
Bolton Evening News

»Ein exzellentes Werk über die damalige Zeit«
Bournemouth Daily Echo

»Für diese leidenschaftliche und dramatische Geschichte sollte man auf jeden Fall eine Packung Taschentücher neben dem Bett bereithalten.«
Worcester Evening News

»*Das Mädchen aus Jarrow* wurde von Catherine Cooksons Großmutter inspiriert. *Ein Kind aus Jarrow* führt die Lesenden in die nächste Generation, zu Cooksons Mutter und zur Kindheit der grandiosen Schriftstellerin selbst. Ein ganz großer Wurf.«
The Bookseller

»Die Bände erwecken das Jarrow des ausgehenden neunzehnten und frühen zwanzigsten Jahrhunderts bildhaft zum Leben. Eine fabelhafte Lektüre.«
Lancashire Evening Post

***

Janet freut sich über Kommentare und Feedback zu ihren Romanen. Wer ihr schreiben möchte, kann dies über ihre Webseite tun:
www.janetmacleodtrotter.com

Printed in Poland
by Amazon Fulfillment
Poland Sp. z o.o., Wrocław

51264890R00177